ullstein

Das Buch

Hermann Steputat, Sohn eines Schneidermeisters im ostpreußischen Jokehnen, hat deutsche Geschichte am eigenen Leib erfahren: Geboren am Todestag Hindenburgs, erlebte er den Beginn der Nazi-Zeit ebenso wie den Ausbruch des Zweiten Weltkriegs, wurde Zeuge des Zusammenbruchs des Dritten Reichs und schließlich der Vertreibung aus der Heimat. Doch nicht nur davon erzählt Jokehnen: Es ist auch eine Erinnerung an die herbe Schönheit der Landschaft zwischen Königsberg und Masuren, an Sommerabende auf dem Lande und Pferde in der Schwemme, an weite Roggenschläge und Kutschfahrten zur benachbarten Kreisstadt und an die Menschen in Jokehnen mit ihrem behäbigen Mutterwitz ...

1974 erstmals erschienen und 1987 für das Fernsehen verfilmt, ist *Jokehnen* längst ein Klassiker der deutschsprachigen Literatur geworden. Das Anliegen des Autors aber ist heute so aktuell wie eh und je: »Noch immer wächst das Bedürfnis, den Menschen, die unbeachtet im Straßengraben starben, aus dem Zug geworfen oder in Massengräbern verscharrt wurden und die bis zuletzt nicht wußten, womit sie das verdient hatten, Stimme und Gedächtnis zu geben. Mein Wunsch war es, mit Jokehnen ein Buch zu schreiben, das die Botschaft 'Nie wieder Krieg, nie wieder Flucht und Vertreibung!' unausgesprochen hinausträgt.« (aus dem Vorwort)

Der Autor

Arno Surminski, am 20. August 1934 in Jäglack als Sohn eines Schneidermeisters geboren, blieb nach der Deportation seiner Eltern 1945 allein in Ostpreußen zurück. Nach Lageraufenthalten in Brandenburg und Thüringen wurde er 1947 von einer Familie mit sechs Kindern in Schleswig-Holstein aufgenommen. Im Anschluß an eine Lehre in einem Rechtsanwaltsbüro und zweijähriger Arbeit in kanadischen Holzfällercamps war er seit 1962 in Hamburg in der Rechtsabteilung eines Versicherungsunternehmens tätig. Seit 1972 arbeitet er freiberuflich als Wirtschaftsjournalist und Schriftsteller.

In unserem Hause sind von Arno Surminski bereits erschienen:

Aus dem Nest gefallen · Damals in Poggenwalde · Fremdes Land oder Als die Freiheit noch zu haben war · Grunowen oder Das vergangene Leben · Jokehnen oder Wie lange fährt man von Ostpreußen nach Deutschland? · Die Kinder von Moorhusen · Kudenow oder An fremden Wassern weinen · Malojawind · Polninken oder Eine deutsche Liebe · Sommer vierundvierzig oder Wie lange fährt man von Deutschland nach Ostpreußen? · Der Winter der Tiere

Arno Surminski

Jokehnen

oder Wie lange fährt man von Ostpreußen nach Deutschland?

Roman

Ullstein

Ähnlichkeiten mit lebenden Personen sind zufällig und nicht beabsichtigt.
Das Umschlagsfoto zeigt den Teich im Gutspark von Jäglack (Jokehnen) im Sommer 1944.

Besuchen Sie uns im Internet:
www.ullstein.de
www.arno-surminski.de

Wir verpflichten uns zu Nachhaltigkeit
- Klimaneutrales Produkt
- Papiere aus nachhaltiger Waldwirtschaft und anderen kontrollierten Quellen
- ullstein.de/nachhaltigkeit

FSC
www.fsc.org
MIX
Papier | Fördert gute Waldnutzung
FSC® C083411

Ungekürzte Ausgabe im Ullstein Taschenbuch
1. Auflage Januar 2003
10. Auflage 2022

Umschlaggestaltung: HildenDesign, München
(nach einer Vorlage von Thomas Jarzina, Köln)
Titelabbildung: Dr. Helga Kallembach, Berlin
Druck und Bindearbeiten: CPI books GmbH, Leck
ISBN 978 3-548-25522-4

Zur Neuausgabe

»Jokehnen« ist vor einem Vierteljahrhundert erstmals erschienen, doch statt sich zu entfernen, kommt es näher. Nichts ist zurückzunehmen, auch nicht jene Passagen, die über das Authentische hinaus einen Roman entstehen ließen. Einige Personen hätte ich vielleicht weniger deutlich zeichnen sollen, um sie und ihre Angehörigen nicht zu verletzen.

Viele sind seitdem von Deutschland nach Ostpreußen gefahren, um den Dorfteich, den Krug, das Schloß, den Hof von Onkel Franz und das Haus des Schneidermeisters Steputat zu sehen. Ich machte mich 1974 auf den Weg und fand mein Elternhaus bewohnt von einer freundlichen Familie. 1979 stand es leer, und 1987 war es dem »Erdboden gleichgemacht«, um einen Ausdruck aus jener fernen Zeit zu gebrauchen.

Die Zahl der Briefe zu »Jokehnen« ist Legion. Die meisten Schreibenden übermittelten diese Botschaft: »In dem Buch ist mein Dorf, meine Geschichte, meine Flucht, mein Kriegsende beschrieben. Nun steht es schwarz auf weiß und kann nicht mehr verlorengehen.« So ist »Jokehnen« ohne mein Zutun allein durch die Vorstellungskraft der Leser zur Dokumentation einer Landschaft, ihrer Bewohner, einer Zeit und ihres Endes geworden.

Noch immer wächst das Bedürfnis, den Menschen, die unbeachtet im Straßengraben starben, aus dem Zug geworfen oder in Massengräbern verscharrt wurden und die bis zuletzt nicht wußten, womit sie das verdient hatten, Stimme und Gedächtnis zu geben. Darum die Neuausgabe des längst vergriffenen Romans. Mein Wunsch war es, mit »Jokehnen« ein Buch zu schreiben, das die Botschaft »Nie wieder Krieg, nie wieder Flucht und Vertreibung!« unausgesprochen hinausträgt. Leider ist mir das nur bescheiden gelungen. Die Schrecken setzen sich fort, toben sich aus in anderen Regionen. Aus der Geschichte lernen nur die, die unter der Erde liegen.

Nachholen möchte ich, was bei der Erstausgabe versäumt wurde: Das Buch meinen Eltern zu widmen. Sie haben durch ihr Leben und Leiden mir den Stoff gegeben, »Jokehnen« zu schreiben. Da ich den Ort, an dem sie begraben sein könnten, nicht kenne, habe ich ihr Bild in dieses Buch gegeben.

Hamburg, Herbst 2000

Gegen Mittag setzten die Wehen ein. Da Steputat eines der drei Telefone besaß, die es im Dorf Jokehnen gab, konnte er selber die Hebamme in Drengfurt anrufen, die einzige, die in der kleinen Stadt und den umliegenden Dörfern die Kinder ans Licht der Welt brachte, sofern die Klapperstörche sie nicht aus den zahlreichen Poggenteichen der Umgebung fischten. Bis vor einem Jahr war die gute Frau noch zu Fuß auf die Dörfer gekommen, aber die neuen Herren, die es gern sahen, wenn viele Kinder schnell auf die Welt kamen, hatten ihr ein Fahrrad besorgt. Aber was hilft ein Fahrrad im Herzen Ostpreußens! Das reicht doch höchstens für die Angerburger Chaussee, die über Drengfurt an Jokehnen vorbei nach Korschen führt. Auf den je nach Jahreszeit verschlammten oder versandeten Nebenwegen der Dörfer bedeutete ein Fahrrad eher ein Hindernis als eine Erleichterung.

Aber immerhin, ein Fahrrad! Steputat beruhigte der Gedanke, daß die Hebamme für die sechs Kilometer von Drengfurt nach Jokehnen nur eine halbe Stunde brauchen würde. Als er Martha nebenan stöhnen hörte, spielte er für einen Augenblick mit dem Gedanken, die Hebamme für zwanzig Reichsmark im Auto kommen zu lassen. Aber das ließ sich nicht machen, nicht in Jokehnen. Die Jokehner würden ihn für verrückt halten, wenn er wegen einer Geburt viel Aufhebens machte. Kinder bekam man in Jokehnen zur Vesperpause hinter der Haferhocke oder beim Kühemelken.

Um eins wollte sie in Jokehnen sein. Also gut, nun

fahr los mit dem Fahrrad! Hol ihn raus, den kleinen Steputat, damit die Geschichte beginnen kann. Denn es ist seine Geschichte und dazu noch ein bißchen Geschichte der zweihundert Jokehner Seelen. Da radelte sie endlich aus der Drengfurter Vorstadt den Berg hinunter, an den entgegenkommenden Erntewagen vorbei, an den Knechten, die die Mütze zogen vor der Wehfrau. Und sie saß steif auf dem Sattel, ganz aufrecht, und sah ziemlich böse aus, wie eine Amtsperson.

Wie sollte Karl Steputat die Zeit bis zum Eintreffen der Wehfrau verbringen? In der Schneiderstube hielt es ihn nicht. Mit seinem Gesellen, dem alten Heinrich aus Masuren, konnte er kein Gespräch über das Kinderkriegen führen. Der verstand davon so viel wie vom Hühnerfühlen. Nein, Steputat mußte hinaus ins Freie. Im Nachbargarten sah er die Markowsche trotz der Mittagshitze in den Frühkartoffeln wühlen. Er stieg über den Staketenzaun, schritt die Furchen zwischen den trockenen Kartoffelstauden ab, bis er hinter der alten Frau stand.

»Sie hat sich hingelegt«, sagte Steputat.

Die Markowsche, selbst Mutter von vier erwachsenen und drei toten Kindern, richtete sich auf.

»Da komm ich gleich rüber, Meisterche«, sagte sie und wischte die erdigen Hände an der Schürze ab. Steputat fühlte Erleichterung. In solchen Stunden sind die Frauen am besten unter sich, das ist die Zeit der Frauen, der Mütter.

An der Gartenpumpe wusch die Markowsche ihre Hände, während Steputat den Pumpenschwengel in Betrieb setzte. Als sie in seinem Haus verschwand, wurde er ruhiger und schlenderte zu den Bienen im Garten, die um diese Zeit Honig aus dem zweiten Kleeschnitt in die Waben trugen. Er öffnete die Bienenkörbe, prüfte sorgfältig ihren Inhalt. Bei anhaltend gutem Wetter wäre in einer Woche Honig zu schleudern. Das traf sich gut. Honig brauchte er zum Bärenfang und Bärenfang für die Taufe.

Die Markowsche sang Lieder vom Herrn Jesus. Mit ihrem schrillen Diskant übertönte sie das böse Summen der Steputatschen Bienen und Marthas Stöhnen, das aus dem geöffneten Schlafzimmerfenster nach draußen drang.

»Sing was Lustiges, Mutter Markowski!« rief Steputat.

Also gut, was Lustiges. Was gibt es denn Lustiges in Jokehnen? Das Lustigste ist immer noch ein bißchen traurig. Wie wär's denn mit »Dort unten in der Mühle« oder »Holde Gärtnersfrau«?

Steputat saß auf den Steinen zwischen den ersten aufgeblühten Astern und ließ die Bienen über seine Hände kriechen. Sie hatten es aufgegeben, ihn zu stechen. Nein, es war nicht leicht für einen Mann von bald fünfzig Jahren, zum erstenmal Vater zu werden. Damals nach der großen Inflation war ihm die erste Frau gestorben: zu wenig Blut. Zehn Jahre blieb er allein, nähte mit Heinrich aus Masuren Anzüge und Reithosen für die Herren der Güter, für die Offiziere, für den Landrat aus Rastenburg, den Sanitätsrat Wittke aus Drengfurt und für die reichen Bauern aus Marienthal und Wolfshagen, die es den Gutsherren gleichtun wollten.

Was ihn bewog, noch einmal zu heiraten? Der Gedanke, ohne Nachkommen zu sterben, und die nach dem vierzigsten Lebensjahr zunehmenden Magenbeschwerden, gegen die auch das Bullrichsalz immer weniger auszurichten vermochte. Und der Hexenschuß, der sich in regelmäßigen Abständen meldete, der dringend nach massierenden Frauenhänden verlangte, nach heiß aufgetragenen Kartoffeln. Da war er im letzten Sommer zum Marienthaler Schützenfest gegangen und hatte Martha kennengelernt. Im November gab es Hochzeit, und jetzt im Erntemonat kam sie nieder und gebar ihm einen Sohn oder eine Tochter. Das mochte der Himmel wissen.

Geselle Heinrich wartete noch ein halbes Stundche. Als sich in der Küche nichts tat, als er immer nur den monotonen Gesang der Markowschen hörte, schlich er aus der Werkstatt an der guten Stube vorbei nach draußen. In sicherer Entfernung von den schwärmenden Bienen blieb er stehen.

»Meisterche«, sagte er, »es geht schon auf eins zu, und von Mittagessen ist nuscht zu merken.«

»Geh in die Küche und nimm dir was«, erwiderte Steputat.

Als Heinrich in der Küche herumklabasterte, als er den durchwachsenen Speck aus dem Schrank holte, fiel die alte Markowsche über ihn her.

»Kein Kerdel hat was in der Küch zu suchen!« rief sie und machte Anstalten, Heinrich mit dem Nudelholz zu Leibe zu rücken.

»Aber der Mensch muß essen«, wehrte sich Heinrich.

Sie nahm ihm das Messer aus der Hand, schnitt eine Scheibe Speck ab, na gut eine Handbreit dick. Dazu Brot. Dann öffnete sie die Haustür, wie man die Tür für einen Hund öffnet, den man aus der Stube jagen will. In der Küche war kein Platz für Männer, schon gar nicht heute. Erst draußen besann Heinrich sich auf sein zweisprachiges Talent und fluchte masurisch. Das half.

Sie könnte nun kommen, die Wehfrau aus Drengfurt. Das dachte auch Steputat, obwohl er noch genug mit einem Bienenschwarm zu tun hatte, der samt Königin in die Astgabel des Kruschkenbaumes gekrochen war. Zwischendurch sah er hinüber zur Angerburger Chaussee, deren breite, mächtige Eichen sich wie Scherenschnitte vom Horizont abhoben. Ab und zu rasselte ein vierspänniger Leiterwagen über die Dorfstraße, der einzige Lärm in der Mittagshitze Jokehnens. Dann staubte es, als zöge eine Eskadron Kosaken ins Dorf. Vom Felde kamen, bedächtig schwankend, die mit Roggengarben beladenen Fuhren. Erntezeit in Jokehnen. Und ein heißer Sommer, dieser Sommer 34. Das klapperte nun schon seit morgens um sechs mit den Leiterwagen, und vor Sonnenuntergang gaben die keine Ruhe. Weit waren sie, die Jokehner Kornfelder. Sie reichten von der Angerburger Chaussee bis an die Gemarkungsgrenze nach Marienthal, auf der anderen Seite nach Wolfshagen hin bis an die Dunkelheit des Waldrandes, ein nicht enden wollendes wogendes Gelb.

Und in dieses blendende Gelb, geradezu hinein in die flimmernde sommerliche Hitze radelte die Wehfrau aus Drengfurt an den Scherenschnitten der Chaussee vorbei, hängte sich, erschöpft von der Hitze, an eine Roggenfuhre, ließ sich bis zum Jokehner Friedhof mitnehmen, überholte dann das Fuder und bog auf die Dorfstraße ein. Sie kam über den Anger geradelt, und plötzlich belebte sich das verschlafene Jokehnen. Hunde schlugen an, Kinder rannten ihr nach, denn ein Fremder in Jokehnen war ein aufregendes Ereignis. Mit der Fahrradbimmel scheuchte sie die auf dem Anger liegenden Enten der Markowschen auf und reizte den wütenden Schafsbock des Maurers Seidler zu ein paar vergeblichen Anläufen. Nur die Kette, die ihm ein Wiesenareal von fünfzehn Meter Durchmesser ließ, hinderte den Schafsbock daran, mit seinen Hörnern die blinkenden Speichen aus den vorbeikullernden Rädern zu brechen. Steputat ging der guten Frau entgegen und mußte einen Ganter in die Flucht schlagen, der es auf ihre schwarzen Wollstrümpfe abgesehen hatte. Er brachte das Rad die Auffahrt hinauf, ließ die Frau vorausgehen, hörte, wie sie sich mit der Markowschen besprach, die an alles gedacht hatte. Ein Kessel mit warmem Wasser dampfte auf dem Herd, und Rührei und Speck standen in der Röhre, dazu eine Kanne Buttermilch auf der Fensterbank, aus der sie die Fliegen fischte, bevor sie der guten Frau eingoß. Nachdem die Hebamme reichlich getrunken hatte, ging sie zu Martha und überzeugte sich davon, daß es noch seine Weile hatte, Zeit genug, um sich über Rührei und Speck herzumachen. Wenn man bedenkt, wie lange es dauert, um auf die Welt zu kommen! Und wie schnell man sich wieder davonmachen kann! Da aß die Hebamme Rührei und Speck, während Martha im Schlafzimmer stöhnte, trank die ganze Buttermilch aus und ließ Steputat in der guten Stube allein auf und ab wandern.

Aber dann geschah etwas, was Karl Steputat ablenkte: Vom Gutshof her kam der Major geritten. Eigentlich nichts Ungewöhnliches, denn täglich nach der Mittagsruhe ritt der Major über seine Felder. Aber heute trug er die kaiserliche Kavallerieuniform, mit der er 1915 in Galizien Attacke geritten hatte. Es war ausgemacht, daß der Major nur dreimal im Jahr in diesem Aufzug erschien: am Reichsgründungstag, zu Kaisers Geburtstag und am Tag von Sedan. Was war geschehen, daß der Major an einem Augusttag des Jahres 34 in Kavallerieuniform auf seine Felder ritt? Er fiel jetzt in leichten Trab, ritt an der Schule vorbei hinauf zum Krug, hielt die entgegenkommenden Gespanne an, trabte weiter, bog zur Windmühle ab, nahm den Weg zum Gutsvorwerk, wo seine Arbeiter auf dem Feld einen Strohberg errichteten.

Bei Steputat läutete das Telefon, Gutsinspektor Blonski war am Apparat.

»Haben Sie schon gehört, unser Reichspräsident Hindenburg ist tot.«

Steputat blickte zur Wand, an der links neben dem Telefon ein Bild des alten Hindenburg hing, während ihn von der rechten Seite jener Mann anblickte, den der Hindenburg vor anderthalb Jahren zum Reichskanzler gemacht hatte.

»Der Hindenburg ist tot«, sagte Steputat zu den Frauen.

»Die Kosaken werden wiederkommen«, jammerte die Markowsche und begann zu heulen.

Steputat verlor sogar die Scheu vor dem Schlafzimmer. Er stürmte hinein, erzählte es Martha, aber es schien sie wenig zu beeindrucken.

»Die Markowsche soll mir Wasser bringen«, sagte sie nur.

Aber die Markowsche hatte noch keine Zeit für das Wasser, mußte erst mit ihren Kosaken fertig werden.

»Über den Fürstenauer Berg werden sie kommen mit ihren struppigen Pferdchen ... Wie damals werden sie kommen ...«

Sie breitete die Arme aus und zeigte nach Osten.

»Da kommt nuscht, Mutter Markowski«, sagte Steputat und blickte fest zu dem Mann in der braunen Uniform an der rechten Seite des Telefons.

Der Major hatte inzwischen das Feld erreicht. Ein Vorarbeiter wollte ihm den Steigbügel halten, aber er blieb auf dem Pferd und ließ die Leute zusammenrufen. Sie kamen bedächtig über die Stoppeln, die Männer mit den sonnenverbrannten Oberkörpern, die Forken auf den Schultern, die Frauen in schwarzen Röcken und mit weißen Kopftüchern. Sie standen im Halbkreis, und eine Wolke von Schweiß und Knoblauch, gemischt mit scharfem Tabak, stieg zu dem Major auf. »Heute ist unser Generalfeldmarschall Hindenburg gestorben!« rief er über ihre Köpfe hinweg (er sprach nur vom Feldmarschall, weil er seinem

Hindenburg den Verrat nicht verziehen hatte, sich zum Präsidenten einer Republik wählen zu lassen).

»Zwanzig Jahre ist es her, da trieb er die Russen über diese Felder in die Masurischen Seen!«

Während er sprach, hob sein Wallach den Schwanz und ließ einige Pferdeäpfel zur Düngung auf die Jokehner Erde fallen.

»Es gibt keinen zweiten Deutschen, der so viel für Ostpreußen getan hat wie unser Hindenburg. Wir ehren ihn mit einem letzten Hurra!«

Der Major hob die Reitgerte wie einen Taktstock. Dreimal brüllten die Erntearbeiter hurra, aber es klang nicht sehr überzeugend. Das lag freilich weniger an der Stimmkraft der Leute als an der echolosen Weite der Jokehner Felder. Da verwehte jeder Laut. Und nun stimmte Zarkan, der Wolhyniendeutsche, der nach dem Kriege auf Gut Jokehnen geblieben war, das Trutzlied von 1914 an:

»Und wieder sprach Held Hindenburg:
potz-zapper, schwere Not!
Der Russe läßt das Mausen nicht,
Ostpreußen ist bedroht.
Raus da! Raus da aus dem Haus da!
Tataren und Kalmück ...«

Zur gleichen Zeit zog die gute Frau im Haus des Bürgermeisters und Schneidermeisters Karl Steputat ein kleines, nasses Bündel aus dem Leib der Martha Steputat, geborene Sablowski. Als Steputat den ersten Schrei hörte, unterbrach er den unruhigen Spaziergang in der guten Stube. Er wollte hineinstürmen, aber die Frauen hatten sich eingeschlossen. Er hörte das Plätschern des Wassers in der Zinkwanne. Herrgott, die Markowsche würde das Kind am Ende noch ersäufen!

»Karl! O mein Gott!« Er hörte Marthas Stimme.

Die Markowsche öffnete. »Meisterche, es ist ein Jungche!« rief sie und zog alle Runzeln ihres welken Gesichts zu einem Lachen zusammen.

»Ein strammer Lorbaß«, sagte die Hebamme und trug das Kind zum Vater.

Martha richtete sich auf, blickte ihrem Kind nach, aber die Hebamme drückte sie ziemlich unsanft in die Kissen. »Sie müssen jetzt schön ruhig liegen, liebe Frau!«

Martha sah erwartungsvoll zu ihrem Mann. Es war ihre ständige Furcht, seinen Ansprüchen nicht zu genügen. Er war in der Welt herumgekommen, war so viel älter und erfahrener als sie. Sogar in Königsberg hatte Karl Steputat einige Jahre gelebt. Aber sie kannte nur die flachen Felder, die man vom Drengfurter Kirchturm aus überblicken kann. Jetzt hatte sie ihm einen Sohn geboren. Karl Steputat lachte. Martha bezog es auf sich, obwohl es ebensogut dem Jungen gelten konnte, den die Markowsche in der guten Stube spazierentrug.

»Was war mit dem alten Hindenburg?« fragte Martha.

»Tot ist er«, antwortete die Hebamme.

Martha erschrak. Da war der größte Deutsche gestorben, den sie kannte. Und am gleichen Tag hatte sie einen Sohn geboren. Was hatte das zu bedeuten? Hatte der liebe Gott Großes mit ihrem Kind vor? Steputat öffnete die Luke zum Weinkeller unter den Holzdielen der guten Stube und förderte eine verstaubte Flasche Johannisbeerwein zutage. Die Markowsche legte das Kind der Mutter über die Brust, weil sie die Hände brauchte für das Weinglas.

»Wie soll er denn heißen?« fragte die Markowsche, während Steputat einschenkte.

Martha sah ihren Mann an. »Was meinst du, Karl?«

Steputat überlegte. Anspruchsvolle Leute wählten

damals den Vornamen Arno, weil der Rastenburger Dichter Arno Holz in Berlin einige Furore gemacht hatte. Aber auch Hermann Sudermann von der Memel stand für ostpreußische Kultur. Hermann oder Arno?

»Adolf wäre doch auch was Gutes«, schlug die Hebamme vor.

Karl Steputat sah zu dem strammen, braunen Bild, das rechts neben dem Telefon hing. Einen Augenblick zögerte er, aber dann entschied er sich für die Kultur, für Hermann Sudermann. So begann das Leben des kleinen Hermann Steputat im ostpreußischen Jokehnen im heißen Erntemonat 34, während der Reichssender Königsberg, umrahmt von Trauermusik, folgende Nachricht ausstrahlte:

»Paul von Hindenburg und Beneckendorff ist am 2. August 1934, 9 Uhr früh, in die Ewigkeit eingegangen.«

Nun wird es Zeit, daß du den kleinen Hermann in Drengfurt anmeldest, Karl Steputat. Beim Standesamt und dem Pfarrer. Er lebt schon den dritten Tag. Und besauf dich nicht in der Stadt! Denk an deinen kranken Magen.

Martha, schon wieder auf den Beinen, schmierte Brote für die Reise. Steputat zog den besten Anzug an, vergaß nicht, die Parteinadel in den Rockaufschlag zu stecken, und klammerte die Hosenbeine fest, damit sie nicht in die Fahrradkette gerieten. Nachdem er noch einen Blick in die Wiege geworfen hatte, fuhr er los. Er fuhr über den Anger auf die Dorfstraße zu, aber schon hier müssen wir seine Fahrt unterbrechen. Onkel Franz kam ihm mit einer Fuhre Gerste entgegen, und ihn dürfen wir nicht vorüberfahren lassen, ihn müssen wir vorstellen. Onkel Franz war einer der wenigen Bauern in Jokehnen, die neben dem allmächtigen Gut ihre Felder bestellten. Er machte sich einen Spaß daraus, eher zu säen, eher zu düngen, eher zu ernten als das Gut. Onkel Franz kaute immer auf einem Strohhalm oder Streichholz, hatte es auch meistens eilig. Nur nachts und sonntags arbeitete er nicht. Sein Hof lag einen Kartoffelacker weit von Steputats Anwesen entfernt. Aus Steputats Schneiderstube sah man den Roßgarten mit den schwarz-weißen Kälbern, das Storchennest auf der Scheune, den Misthaufen, um dessen Besitz das Hühnervolk und der sich aufplusternde Truthahn stritten, man sah die Tauben, die in gefälligen Formationen vom Stalldach zum Teich flogen, und man sah Tante Hedwig (sie hinkte ein wenig), die das Geflügel auf dem Hof fütterte oder im Garten Erbsenschoten pflückte. Das alles würde der kleine Hermann eines Tages erblicken, sobald er den Kopf über die Fensterbank heben konnte. Lassen wir die Pferde also anhalten. Prrr! Steputat stieg vom Fahrrad.

»Gratulier auch schön zum Stammhalter«, sagte Onkel Franz. »Wär schon längst rübergekommen, aber jetzt in der Ernte ... Im August darf man keine Kinder kriegen.«

Sie lachten beide.

»Dann komm am Sonntag rüber«, lud Steputat ihn ein. Sie würden Johannisbeerwein trinken und über die Bauern sprechen und die Güter, über die Ernte, über den alten Hindenburg und wie es nun weitergehen sollte. Aber das hatte Zeit. Onkel Franz mußte die Gerste in die Scheune unter das Storchennest fahren und Steputat zum Magistrat nach Drengfurt.

Zuerst zum Standesamt, dann zum Herrn Pfarrer. Eigentlich war es Steputat gleichgültig, ob sein Kind getauft wurde oder nicht. Er tat es Martha zuliebe, die sich viel vom lieben Gott versprach. Angenehmer war da schon der Besuch bei der Stadtsparkasse, auf der

Steputat ein Sparkonto mit zehn Reichsmark für den Jungen eröffnete. Der Sparkassendirektor gab ihm eine Zigarre und plauderte mit ihm über die Erntearbeiten in Jokehnen.

Mit qualmender Zigarre schlenderte Steputat über den Drengfurter Markt, führte sein Fahrrad an den dickleibigen Weibern vorbei, die Butterche, Schmand, Eier, Speck und gerupfte Hähne anboten. Umging die Viehhändler, die jeden besoffen machten, der in ihre Finger geriet. Erreichte endlich mit heiler Haut das Kolonialwarengeschäft Schwarz nebst angebauter Kneipe, schräg gegenüber dem Hotel »Zum Kronprinzen«. Hier empfing ihn Kühle und ein schäumendes Bier, das der Inhaber spendierte, als er die Ursache für Steputats Besuch in der Stadt erfuhr. Während der Kommis Zucker, Salz, Kathreinerkaffee, Käse und Streichhölzer einpackte (es war üblich, für die Nachbarn mit einzukaufen, denn nur selten kam jemand in die Stadt, zur Erntezeit schon gar nicht), saß Steputat im Herrenzimmer der Kneipe bei einem Kornche, der Wirt ihm gegenüber. Er erzählte, daß genau dieses die Stelle sei, an der sie vor einem Jahr den Gutsinspektor Blonski aus Jokehnen volltrunken aufgebahrt hatten. Vier Kerzen hatten sie um ihn auf dem Tisch angezündet und »Jesus, meine Zuversicht« gesungen. Im feierlichen Geleit war der kleine Blonski zu dem wartenden Kutscher auf den Markt getragen worden. Der Kutscher hatte tatsächlich geglaubt, man bringe ihm eine Leiche, und ehrfurchtsvoll den Hut gezogen. Später mußte Blonski alle Beteiligten mit Zehnmarkscheinen bestechen, damit dieses Begräbnis nicht öffentlich bekannt wurde.

Aber so weit wollte Steputat es nicht kommen lassen. Nach drei Klaren und ein paar Bierchen ließ er sich das Einkaufspaket auf dem Gepäckträger festschnüren und machte sich auf den Heimweg. Angeregt durch den

Schnaps, überkamen Steputat starke Gedanken. Wie man sich vorstellen kann, kreisten sie um seinen Sohn; ältere Väter sind da besonders anfällig. Sie hängen alle Hoffnungen an ein schreiendes Bündel von siebeneinhalb Pfund. Junge Väter haben noch ihren eigenen Ehrgeiz. Aber die Hoffnungen des Karl Steputat waren aus der Art geschlagen. Der Offizierslaufbahn für seinen Sohn, Traum aller Herren in Ostpreußen, sofern sie nicht mit Klumpfüßen auf die Welt kamen, konnte er nichts abgewinnen. Nicht des Totschießens wegen, sondern weil ihm zu viele Offiziere ohne Verstand begegnet waren. Bauer oder Handwerker? Diese Träume der kleinen Leute erschienen ihm zu bescheiden. Steputat dachte an Dichter oder Musiker, nicht an Maler, weil ihm das Beklecksen unschuldiger Leinwand verdächtig erschien. Auf jeden Fall etwas Geistiges. Wenn es zum Dichter nicht reichte, dann vielleicht Arzt oder Advokat, zu allerletzt Schulmeister. Solche ungeheuerlichen Gedanken durfte er in Jokehnen niemals aussprechen; selbst vor Martha wollte er sie geheimhalten, obwohl er sie verdächtigte, ähnlichen Träumen nachzuhängen. Lag es an den Schnäpsen oder am günstigen Wind, der in seinem Rücken stand und ihn kräftig den Marienthaler Berg hinunterpustete, daß er in diese beschwingte Stimmung geriet, die in Gedanken Helden zeugt? Vielleicht denken alle Eltern so über ihre Kinder, wenn sie vor Arbeit überhaupt zum Denken kommen. Nein, Steputat glaubte nicht, daß die Deputatarbeiter des Gutes mit ihrem halben Dutzend Kindern ähnlicher Gedanken fähig waren. Es war nicht einfach für einen Menschen wie Karl Steputat, unter den zweihundert einfältigen Jokehner Seelen zu leben. Er mußte sich verstellen, den Drang zum Höheren vor den Jokehnern verbergen, wollte er nicht ein Fremder im eigenen Dorf werden.

1924 war er Bürgermeister von Jokehnen geworden, als er mit dem Meisterbrief aus Königsberg zurückkehrte und seine Schneiderei eröffnete. Die Jokehner erinnerten sich daran, daß er in der Dorfschule der Beste gewesen war, besonders im Singen und Schreiben. Es war ihm nicht leichtgefallen, nach Jokehnen zurückzukehren, Königsberg zu verlassen, die große Welt, eine Station vor Berlin. Ja, Königsberg. Abends den Steindamm hinabbummeln oder die Langgasse, am Sonntag zu den Pregelinseln, einmal um den Dom auf dem Kneiphof. Oder mit der Bahn nach Palmnicken an die Samlandküste. Sozialistische Zirkel besuchen, gelegentlich ein Schauspiel. Vor der Königsberger Zeit der Krieg, den Steputat nicht von der schlechtesten Seite kennengelernt hatte. Anfangs Bursche eines Feldpredigers, später Sanitäter im Westen. Er führte den Hexenschuß und die gelegentlichen Magenverstimmungen auf diesen Krieg zurück.

Dieser Mann, der Liebknecht und ein bißchen Nietzsche gelesen, Schauspiele von Wedekind gesehen und ein dickleibiges Buch des Arno Holz zur Hälfte geschafft hatte, dieser Karl Steputat kehrte 1924 zu den zweihundert Seelen Jokehnens zurück. Deutschnational und hindenburgtreu waren sie alle bis auf die Knochen, ausgenommen vielleicht der Maurer Seidler, der in der wilden Zeit an einem Umzug mit einer roten Fahne in Rastenburg teilgenommen hatte. Karl Steputat hatte knapp einen Monat in Jokehnen geschneidert, als sie bei ihm erschienen waren, der Gutskämmerer Mikoteit, Krugwirt Wittkuhn und Sattler Rogall. Sie brauchten einen neuen Bürgermeister, weil die Blindheit des alten bedenkliche Ausmaße angenommen hatte. Karl Steputat äußerte Bedenken, Bürgermeister der zweihundert deutschnationalen Seelen zu werden, aber sein Widerstand klang nicht überzeugend genug.

»Deutsch sind wir doch alle«, hatte Sattler Rogall gesagt.

Recht so. Für Deutschland war auch Karl Steputat, für ein großes Deutschland, groß genug, um die Kosaken von Königsberg fernzuhalten.

»Hier im Grenzland kommt es nur darauf an, ein guter Deutscher zu sein.«

Das waren die Worte des Kämmerers Mikoteit gewesen, und Steputat hatte darin eine Brücke gesehen, die alles zu überspannen vermochte: Deutschsein. Wenn er nur ein guter Deutscher zu sein brauchte, durfte er Bürgermeister von Jokehnen werden.

Den Ausschlag hatte schließlich der Major gegeben. Er war am Tage darauf über den Anger gesprengt gekommen. »Hören Sie mal, Steputat«, hatte er vom Pferd herab geschnarrt, »das bißchen Schreiberei schaffen Sie doch. Wir brauchen nun mal 'nen Bürgermeister, der zu uns paßt.«

»Jawohl«, hatte Steputat geantwortet. Später ärgerte er sich über das Jawohl. Es war ihm so herausgerutscht, weil die Militärzeit erst wenige Jahre zurücklag. Aber so ging es allen hier in Jokehnen, der Major war eben der Major.

So kam es, daß Steputat Bürgermeister von Jokehnen geworden war. Er verspürte keine Skrupel, neben die »Geschichte vom deutsch-französischen Krieg« und das »Amtliche Kreisblatt« ein Buch der Rosa Luxemburg, das er aus Königsberg mitgebracht hatte, in die gute Stube zu stellen. Abgesehen vom Major wußte niemand in Jokehnen etwas über die Luxemburg, und der Major pflegte sein Haus nicht zu betreten, sondern vom Pferd herab mit ihm zu verhandeln.

Mit solchen Gedanken erreichte Steputat Jokehnen, sein Jokehnen. Genaugenommen war es etwas schmutzig, dieses Dorf im Herzen Ostpreußens; aber auch nicht schmutziger als andere Dörfer zwischen Weichsel und Memel. Neben einer mörderischen Pflasterstraße führte ein staubiger Sommerweg durch das Dorf. In der Trockenzeit tat man gut daran, den Sommerweg zu benutzen, der einen nicht so heftig durcheinanderschüttelte. Die Häuser – einige mit grauem Strohdach – duckten sich flach in die Felder, die bis an die Hühnerställe und Kaninchenausläufe der Deputatisten reichten. Wie ein geöffnetes Halsband lag das Dorf mit seinen Häusern im Halbkreis um den Teich, der in jedem anderen Landstrich Deutschlands See genannt worden wäre. Aber Seen, wirkliche Seen, gab es genug zwischen den Wäldern und Kornfeldern, da mußte man diesen von Weiden und Schilf umstandenen Wasserstau schon Teich nennen.

Steputat kam über den Gemeindeanger auf sein Haus zu, das auf der anderen Seite des Teiches als letztes Glied der halbgeöffneten Halskette lag. Da sah er das Pferd des Gutskämmerers Mikoteit, das an Steputats Gartenzaun gebunden war und mit dem Schwanz die Bremsen und Fliegen vertrieb. Und er hörte, als er die Auffahrt emporeilte, die Stimmen aus dem Haus. Na, die hatten doch bestimmt die dritte Flasche Johannisbeerwein intus. In der guten Stube saßen sie: Kämmerer Mikoteit, Sattler Rogall und Krugwirt Wittkuhn saßen so, wie sie damals gesessen hatten, als sie im Mai 33 den reibungslosen Übergang Jokehnens bewerkstelligten.

»Mensch«, hatte Sattler Rogall damals gesagt, »ganz Jokehnen tritt geschlossen der braunen Partei bei, und dann bleibt alles beim alten.«

Die Aufregung hatte damals ein glatzköpfiger Kerl aus Rastenburg-Langheim verursacht, der das Gerücht verbreitete, die neuen Herren wollten den Gemeinderat von Jokehnen absetzen und Maurer Seidler zum Bürgermeister befördern. Ein Maurer als Bürgermeister! Einer, der schon mal mit 'nem roten Tuch durch Rastenburg marschiert war.

»Das ist doch bloß Formsache«, hatte Kämmerer Mikoteit damals gesagt. »Wir Jokehner machen hier, was wir wollen, ob nun mit diesem Hitler oder einem anderen.«

»Sogar Gutsinspektor Blonski ist der Partei beigetreten«, hatte Krugwirt Wittkuhn berichtet. »Und als der Major ihn deswegen zur Rede stellen wollte, soll der Blonski gesagt haben: Herr Major, wir haben die Jugend und die Zukunft. Das zählt!«

Sie hatten Steputat schließlich von dieser »Formsache« überzeugt. Tatsächlich änderte sich kaum etwas in Jokehnen. Versammlungen und SA-Umzüge blieben dem viel zu kleinen Jokehnen erspart. Ortsgruppenleiter Krause aus Drengfurt war seitdem nur einmal erschienen, aber in Zivil, weil er darauf hielt, sich in Uniform nie zu besaufen. Die Verfärbung Jokehnens von schwarz-weiß-rot in braun war ohne Aufsehen vor sich gegangen. Die Jokehner erhielten ein Parteibuch und das Parteiabzeichen mit dem Hakenkreuz für den guten Anzug, sie zahlten Beiträge und hängten neben den alten Hindenburg jene schlichte Fotografie aus Braunau. Den einzigen Schmutzfleck bei dieser Verfärbung verursachte der Major, der den schwarz-weiß-roten Farben die Treue hielt, obwohl Hindenburg auch den Braunen seinen Segen gegeben hatte. Am 20. April 1934, als Steputat zum erstenmal seine Hakenkreuzfahne über den Lilienbeeten im Garten hatte flattern lassen, war der Major mit einer Fuhre Mist aufs Feld gefahren und hatte sie eigenhändig mit seinem Kutscher Borowski abgeladen.

Das alles ging Steputat durch den Kopf, als er die drei bei seinem Johannisbeerwein sitzen sah.

»Hör mal, Karl«, sagte Rogall, der älteste von ihnen. »Übermorgen bringen sie den Hindenburg von Neudeck nach Tannenberg. Und ganz Ostpreußen gibt ihm die letzte Ehre. Der Führer kommt auch. Da müssen ein paar aus Jokehnen dabeisein, das sind wir dem Hindenburg schuldig.«

Steputat setzte sich erst einmal hin. Er verspürte keine große Neigung, Martha und das Kind zwei Tage allein zu lassen.

»Als Bürgermeister von Jokehnen ist es deine Pflicht«, stellte Krugwirt Wittkuhn fest.

Ja, es war wohl seine Pflicht. Sattler Rogall erbot sich mitzukommen und die Fahne des Kriegervereins zu tragen. Auch der Krugwirt hielt es für seine Pflicht, dabeizusein. Sie beratschlagten gerade, wer das Fuhrwerk stellen sollte, als das Telefon heftig schrillte. Das geschah so selten, daß Steputat stets zusammenfuhr. Steif schritt er auf den Apparat zwischen dem braunen und dem roten Feldmarschall zu.

»Heil Hitler«, sagte er in die Muschel. Ortsgruppenleiter Krause teilte ihm mit, daß die Reichsregierung für vierzehn Tage Staatstrauer angeordnet habe und am Tage der Beisetzung Hindenburgs zu flaggen sei ... halbmast. Die Hakenkreuzfahne.

»Das versteht sich von selbst«, brummte Sattler Rogall, als Steputat aufgelegt hatte. Jokehnen würde seine Fahnen heraushängen. Alle drei, die es in Jokehnen gab. Und übermorgen fährt Jokehnen nach Tannenberg. Letzte Ehre. Spalier der Bevölkerung. Ich hatt' einen Kameraden.

Rudolf Heß schrieb einen Nachruf auf den Sieger von Tannenberg, der Reichstag – vielmehr das, was davon übriggeblieben war – trauerte am 6. August auf einer Kundgebung in Berlin. Aber das war alles nichts gegen die Beisetzungsfeierlichkeiten am Nationaldenkmal von Tannenberg, jenem burgartigen Bau mit acht Türmen, der sich aus dem flachen Land der Wälder und Seen erhob. In der Nacht davor fuhren sie den toten Hindenburg von Gut Neudeck nach Tannenberg. Es mußte nachts geschehen wegen der Fackeln der Soldaten, SA-Männer und Hitlerjungen, die im Dunkeln so schön leuchteten.

Als die Fackeln erloschen, als das erste Morgenlicht ihren spärlichen Schein ersetzte, stand Karl Steputat auf. Martha kochte Kaffee, während er auf den Hausboden stieg, um die Fahnenstange aus der Dachluke zu bugsieren. Das rote Tuch mit dem Hakenkreuz hing schlaff bis zu den Johannisbeerbüschen herunter. Steputats Blick fiel auf die verstaubte Fahne der Republik unter den Dachlatten. Martha würde aus dem Fahnentuch eine Bluse für den Jungen nähen. Später.

Sie saßen noch beim Frühstück, als der offene Landauer vom Gut kam. Sattler Rogall saß schon in der Kutsche und umklammerte die zerfranste Fahne des Kriegervereins mit den Goldbuchstaben: Mars la Tour, Sedan, Verdun, Somme.

Neben ihm Krugwirt Wittkuhn, der sich in das Braun der neuen Macht gestürzt hatte und Steputat mit diesem Aufzug in Verlegenheit brachte, denn er hatte sich für Gehrock und Zylinder entschieden wie bei jeder Beerdigung in Jokehnen.

Als die Sonne über den Fürstenauer Berg kletterte, brachen sie auf, noch bevor die Gespanne des Gutes auf die Felder fuhren. Gut, daß sie sich so zeitig auf den Weg machten. So brauchte Steputat nicht mit anzusehen, wie der Major auf dem Schloßturm die Fahne hissen ließ, nicht die Fahne des Führers, sondern die Fahne des untergegangenen Kaiserreichs. Es würde ein Nachspiel geben. Oder vielleicht auch nicht. Jokehnen lag so weit entfernt von der neuen Zeit und den neuen Fahnen.

Gemächlich klapperten sie mit der Kutsche die Pflasterstraßen und Sommerwege entlang. Nach Süden. Gerste und Roggen waren abgeerntet, der Hafer lag im Schnitt.

»Heute werden wir den Führer sehen«, sagte Krugwirt Wittkuhn feierlich.

Hinter Rößel im Masurischen belebten sich die Straßen. Die Menschen kamen in Kutschen und auf einfachen Leiterwagen. An einem Bahnübergang bei Bischofsburg mußten sie vom Wagen, um die Füchse festzuhalten. Die Jokehner Pferde hatten sich mit Mühe an Gutstraktoren und Dreschmaschinen gewöhnt, feuerspeiende Lokomotiven waren ihnen noch ein Greuel. Aus den Fenstern des Zuges hingen Fahnen. Ostpreußen war unterwegs. Die Frauen auf den Feldern banden ihre Kopftücher ab und winkten dem Zug nach. Die Schnitter dengelten die Sensen länger als sonst, und Sattler Rogall traten die Tränen in die Augen, als sie einen Leiterwagen mit bärtigen Männern trafen, auf dem die alte Fahne der Insterburger schlaff in der Morgensonne hing. Seine Fahne. Vor Tannenberg dann das große Gedränge auf den Straßen. Offene Maybachautos mit viel Uniform bahnten sich ihren Weg durch die Bauernfuhrwerke. Alle Gespanne abbiegen auf die Stoppelfelder. Zu Fuß gingen sie weiter auf die sechs Türme des Tannenbergdenkmals zu. Absperrungen in Feldgrau.

»Der Führer kommt!« ruft eine Stimme.

Ist bloß nichts zu sehen vor lauter Köpfen, Wagen und Uniformen. Vielleicht dort hinten, wo die ewige Flamme brennt. Nun geht's wirklich nicht mehr weiter. Sie ballern über den Sarg, daß die Pferde scheu werden. Neben den Jokehnern stehen eine Abordnung aus Tilsit und dahinter die Sensburger. Die vielen Fahnen versperren die Sicht.

Da vorn predigt der Feldbischof, ist aber kaum was zu verstehen. Nun nehmen sie den Hut ab. Ich bete an die Macht der Liebe, der Choral der alten Preußen. Der Führer nimmt Abschied. Deutschland, Deutschland über alles ... Von der Maas bis an die Memel ... Alles reckt die Hand zum deutschen Gruß. Und stillgestanden die ganze Zeit. Das halte mal einer aus. Und das Horst-Wessel-Lied gleich hinterher. Da läßt der alte Sattler Rogall die Fahne des Kriegervereins fallen. Nein, das schafft er nicht mehr, links die Fahne halten, rechts die Hand erheben. Steputat greift nach dem Tuch, bevor die Fahnenstange zwischen die Tilsiter schlägt, und Sattler Rogall legt sich in den Staub von Tannenberg. Zum Glück hat einer 'ne Feldflasche mit Wasser bei sich und gießt das Zeug dem Sattler über den Kopf. Ob er zu sich kommt? Na, es dauert ein bißchen. Als sie alle Heil schreien, reißt er die Augen auf. Der Führer mit seinen Paladinen geht gerade vorüber. Auf Zehenspitzen hätte man ihn sehen können, aber Steputat verpaßt den Führer, weil er sich um Sattler Rogall kümmern muß. Dagegen behauptete Wittkuhn noch Jahre später, er habe dem Führer direkt ins Gesicht gesehen. Und der Führer habe die Jokehner fest angeblickt und die Fahne des Kriegervereins gegrüßt.

Nach dem Aufbruch der Männer zum Heldenbegräbnis fütterte Martha die Schweine. Dann blickte sie zu ihrem Kind, das noch schlief und ihr Zeit ließ, die Kuh zu melken. Geselle Heinrich saß auf dem Schneidertisch und sang seine masurischen Lieder. Er fragte, ob er die Kuh auf den Anger bringen sollte, aber Martha machte das schon. Sie ging barfuß durch das taunasse Gras, die Kuh an der Kette hinter sich herziehend. Im Teich waren die Unkenrufe verstummt, nur Wildenten schnatterten noch im Schilf. Ein Nebelstreifen schnitt den Weidenbüschen die Köpfe ab. Die Sonne hatte sich vom Fürstenauer Berg erhoben, der Bismarckturm, das Wahrzeichen der Umgebung, blinkte immer noch, obwohl es schon heller Tag war. Da hatte jemand vergessen, das Licht auszuschalten. Die Gutsknechte ritten die Pferde zur Morgentränke in den Teich, und der Milchwagen klapperte von Gehöft zu Gehöft, um die Kannen abzuholen. Bei der Markowschen spektakelte das Federvieh im Stall, die Alte fütterte ihre Hühner. Anschließend kam sie rüber, um ein Schlubberche Kathreiner mit Martha zu trinken.

»Haben Sie gehört, in Petersburg tanzen die Russen auf der Straße«, sagte die Markowsche.

Martha nahm das Kind aus der Wiege und legte es an die Brust.

»Weil der Hindenburg tot ist. Vor dem hatten sie Angst ... Und auf Gut Neudeck sollen sie einen russischen Spion gegriffen haben. Der hat den Gutsbrunnen vergiftet, und daran ist der Hindenburg gestorben.«

Martha packte den kleinen Hermann zurück in die Wiege, weil er nicht trinken wollte.

»Wir werden das alles noch einmal erleben, die Kosaken und die brennenden Dörfer«, jammerte die Markowsche.

Zum erstenmal hörte der fünf Tage alte Hermann Steputat die Geschichte vom großen Krieg in Jokehnen, die Geschichte, die sich die beiden Frauen erzählten, so recht was für lange Winterabende zum Fürchten und Gruseln. Es fing damals in der Erntezeit an. Am Abend brannte die Jokehner Mühle; die Mühlenflügel standen wie ein feuriges Kreuz am Himmel. Ein böses Zeichen, wie die Markowsche sagte. Solche Kreuze am Himmel. Martha war damals zehn Jahre alt. Ihr Vater holte mit den größeren Brüdern den Hafer vom Feld. Die Mutter lud in der Scheune die Fuhren ab, als der Älteste auf den Hof gerannt kam; er hatte die Russen gesehen. Sie schleppten Betten und Wäsche auf einen leeren Leiterwagen, der mit Hafergarben gut gepolstert war. Während die kleine Martha schreiend um das Haus lief, brachte der Vater in aller Ruhe eine volle Fuhre heim, schob sie auf die Tenne, verriegelte das Scheunentor und spannte die Pferde um. Zu der Zeit flogen schon Schrapnells über das Dorf und explodierten am Waldrand, wo sich deutsche Landwehrmänner eingegraben hatten. Im offenen Leiterwagen ging es dem Wald zu. Die Mutter setzte die Kinder so, daß sie die Federbetten im Rücken hatten, denn ostpreußische Gänsedaunen halten auch Gewehrkugeln ab. Es war damals noch ein faires Wettrennen: die Kosaken mit ihren kleinen, zottigen Pferden und die Bauern mit ihren schwitzenden Ackergäulen.

Im Wald machten sie Rast, weil sie sich sicher glaubten. Sie saßen im Gras, aßen Schmalzbrote und tranken dicke Milch. Es war alles ruhig. Nur Vater ging brummend auf und ab. Er nahm es den Kosaken übel, daß sie zur Erntezeit gekommen waren. War es nicht eine Sünde vor dem Herrgott, das reife Brot auf den Feldern im Stich zu lassen? Und die Kosaken ritten durch die Getreideschläge wie durch ihr Steppengras.

Am Abend fiel es Vater ein, daß er die Färsen im Stall nicht losgebunden hatte. Die Tiere würden vor Hunger ihre Mäuler wundblöken. Ihm fiel noch so manches ein, was er in der Eile vergessen hatte. Die Schweine gehörten auch besser in den Apfelgarten als in die engen Ställe. Und die Pfeife. Vaters Pfeife lag zu Haus in der Ofenröhre. Vater lud ab, schaffte alle Habseligkeiten auf die Waldwiese und fuhr allein mit dem leeren Wagen zurück. Er kam gleichzeitig mit den Kosaken auf seinem Hof an. Sie stellten sich quer auf den Weg und hielten ihm ihre Lanzen vor die Nase. Sie durchsuchten sein Fuhrwerk, seine Taschen. Dann ritten sie weiter, ritten nach Berlin mit ihren Lanzen und Krummsäbeln.

Vater trieb das Vieh auf die Weide, öffnete die Tür des Schweinestalls und holte Pfeife und Tabak aus der Ofenröhre. Er fand sogar Zeit, die Kleidung zu wechseln, einen Schinken aus dem Rauch zu nehmen und drei Laibe Brot in einen Sack zu stecken. Bei der Rückkehr wollten die Kosaken das Fuhrwerk behalten und Vater zu Fuß gehen lassen. Aber sollte er einen Schinken und drei Laibe Brot auf dem Rücken in den Wald tragen? Nein, er gab die Leine nicht aus der Hand. Sie verhandelten in verschiedenen Sprachen, bis die deutsche Artillerie Vater zu Hilfe kam. Einige Einschläge lagen so dicht am Wege, daß die Kosaken sich in ein Rübenfeld verzogen und Vater den Füchsen die Peitsche geben konnte.

Sie übernachteten in einem Dorf, das im tiefsten Frieden lag. Noch in der Dunkelheit schwankten die letzten Erntewagen auf die Höfe. Aber am Morgen kamen die Russen. Obwohl es keinen einzigen deutschen Soldaten im Dorf gab, ritten sie Attacke über ein Stoppelfeld, schossen in die Luft, fuchtelten furchterregend mit ihren Säbeln herum. Martha wollte sich vor Angst in einen Brunnen stürzen.

Das also waren die Kosaken, kleine schnauzbärtige Kerle mit runden Mützen. Aus dem Brunnen, in dem Martha sich hatte ersäufen wollen, mußte Vater einen Eimer Wasser ziehen und trinken. Nachdem er die Giftprobe bestanden hatte, tränkten die Kosaken ihre Pferde. Auf den umliegenden Höfen requirierten sie Hühner und drehten dem gackernden Federvieh vor aller Augen die Hälse um. Mutter mußte das Geflügel rupfen, während die Kosaken im Garten aus Hafergarben und Zaunlatten ein Feuer anzündeten. Sie steckten die gerupften Hühner auf ihre Lanzen und brieten sie am offenen Feuer.

Und da kommt ein rundes, mongolisches Gesicht, grinst, winkt Martha mitzukommen, geht zu einem Pflaumenbaum und schüttelt. Martha muß Pflaumen sammeln. Für sich. Die ganze Schürze voll. Und der Mongole hat Spaß daran, wenn ihr die Pflaumen auf den Kopf fallen. Als das Schütteln nicht genug bringt, schlägt er mit seinem Säbel einen Zweig ab und reicht ihn Martha. Es lacht, das Mongolengesicht, lacht und zeigt die tabakbraunen Zähne. Auch Martha lacht.

Nur Vater schimpfte an jenem Morgen, weil die Kosaken sein bestes Pferd mitnahmen und ihm einen hinkenden Panjegaul zurückließen, auf dessen struppigen Leib sie in kyrillischen Buchstaben das Wort »Berlin« geschrieben hatten. Fünf Tage Kosaken. Vater erhielt von einem Offizier ein Dokument, das ihm gestattete, auf seinen Hof zurückzufahren. Er dachte nur an Rückkehr, an die Färsen, die Schweine und an den Hafer in der Hocke. Was sonst in der Welt geschah, war ihm gleichgültig. Als sie endlich den Hof erreichten, ließ Mutter alles stehen und ging zu den Kühen, die mit ihren prallen Eutern auf der Weide standen und nach den Menschen brüllten. Vater fuhr noch am gleichen Tage mit den Brüdern aufs Feld und holte drei Fuhren Hafer heim.

In einer Gewitternacht kamen die Preußen. Zwei Tage lang hatte es im Süden gegrummelt. Als die Russen abzogen, steckten sie – war es Fahrlässigkeit oder Mutwillen? – den Behrendschen Hof an. Von dem Feuerschein wachte Martha auf und sah auf der Straße die Deutschen einrücken. Sie weinte, weil sie das Feuer fürchtete.

In der Schule hatten die Kosaken eine Woche lang ihre Pferde untergestellt und Stroh und Mist hinterlassen. Aber Schlimmeres war im Dorf nicht geschehen. Erst viel später beim Pflügen im Herbst fanden die Gutsknechte einen unbekannten Toten auf dem Feld neben der Angerburger Chaussee. Ein Flüchtling, der über die Felder laufen wollte und erschossen worden war. Er wurde auf seinem Feld, wo er so lange gelegen hatte, begraben. Der Pfarrer aus Drengfurt kam und der Lehrer mit allen Schulkindern. Der Major stiftete zwanzig Quadratmeter Roggenacker für das Flüchtlingsgrab am Wickerauer Berg. Um das Grabkreuz setzten sie eine Hecke aus Weißdorn, und die Schulkinder pflanzten in der Mitte Vergißmeinnicht. Das Flüchtlingsgrab am Wickerauer Berg blieb die einzige Erinnerung an den großen Krieg in Jokehnen. Und natürlich der Gedenkstein, der später neben der Schule errichtet wurde. Unseren Helden. In Stein gemeißelt die vertrauten ostpreußischen Namen einiger Landwehrmänner und Jäger. Der abgebrannte Behrendsche Hof wurde aus einer Reichsspende für das verwüstete Ostpreußen wieder aufgebaut. Aus dem Reich kamen Pferde, Vieh und Saatgetreide. Nachdem der Mist aus der Schule gefegt, Schränke und Stühle renoviert waren, lernten die Kinder patriotische Lieder von der Befreiung Ostpreußens, zum Beispiel: »Was schmettern die Fanfaren!«

Im Winter 14/15 ging das Gerücht um, Hindenburg käme durchs Dorf. Einen Vormittag lang standen die Schulkinder frierend an der Angerburger Chaussee, bauten Schneemänner und steckten ihnen Fähnchen in die Hand. Aber der Sieger von Tannenberg zog es vor, auf anderen Wegen nach Osten zu ziehen.

Erst Jahre später zogen die Gutsarbeiter bei einem Fischzug Lanzen und Flinten aus dem Dorfteich, die die

Russen bei ihrem eiligen Aufbruch zurückgelassen hatten. Letzte Erinnerung an die Kosaken. Der Major ließ die verrosteten Waffen säubern und hängte sie in sein Jagdzimmer.

An jenem Nachmittag, als Gutsinspektor Blonski zu Pferd Vater Steputat aufsuchte, um seine Reithose anzuprobieren, kam dem zweijährigen Hermann die Ahnung, wie wichtig es im Leben ist, zu denen zu gehören, die auf Pferden reiten, und nicht zu der großen Schar, die in der tieferen Etage des Daseins auf den eigenen Beinen herumlaufen muß. Hermann spielte im Dreck am Gartenzaun, als sich die Sonne verdunkelte. Der Rappe des kleinen Blonski stand über ihm, kaute Schaum und hörte erst zu tänzeln auf, als Blonski ihn an einen Pfahl gebunden hatte. Die Reitstiefel mit den glänzenden Sporen traten neben Hermann in den Sand, hohe Stiefel, die Abdrücke wie Krater auf dem Boden zurückließen. Zum erstenmal begriff der kleine Hermann, daß die Welt geschieden wurde zwischen Menschen, die auf Pferden sitzen, und jenen, die auf der Erde stehen. Das Pferd ist nicht nur ein Mittel zur Fortbewegung, sondern zur Erhöhung. Da es sich dem Stolz des Reiters anpaßt, vor einem Mistwagen mit gesenktem Kopf, hinter einer Militärkapelle erhobenen Hauptes schreitet, ist es für die Erhöhung des Menschen geeigneter als beispielsweise ein Ochse. Die Wissenschaft irrt, wenn sie den Beginn des Menschseins auf jenen Tag datiert, als ein Vierbeiner sich zum Zweibeiner erhob. Der wahre, höhere Mensch entstand, als der erste Zweibeiner sich auf ein Pferd schwang. Wer auf dem Pferd sitzt, zwingt die Menschen zum Aufsehen; auch kleine Gestalten wie der Gutsinspektor Blonski erscheinen in dieser Dimension überhöht, heben sich vom Himmel ab.

Die Herren auf den Pferden waren die Herren Jokehnens: der Major mit seinen dreitausend Morgen Acker, Wald und Torfmoor, sein Sohn Siegfried, der in Königsberg diente und gelegentlich aufs Dorf kam, um Enten oder Wildschweine zu schießen. Inspektor Blonski, der den Mangel der kleinen Gestalt mit einer ungewöhnlich lauten Stimme ausglich und damit, daß er fast nie vom Pferd stieg. Und Gutskämmerer Mikoteit, der einzige, der nicht als Reiter geboren, sondern durch Tüchtigkeit dazu geworden war. Sein Vater hatte noch Schafe auf der Gutspange gehütet. Der Sohn fing als Kutscher beim Major an, wurde Vorarbeiter und stieg endlich als Kämmerer aufs Pferd. Mikoteit, die Seele des Gutes Jokehnen.

Hermann krabbelte auf allen vieren zu dem Rappen. Er betrachtete mit jener Freude am Kleinen, wie sie nur Kindern eigen ist, die grauen Hufe mit den blitzenden Eisen. Die Hände erreichten mit Mühe die herabhängenden Steigbügel. Er schaukelte ein bißchen daran. Der Schwarze ließ es sich gefallen, daß Hermann mit beiden Armen sein Vorderbein umklammerte. Nur als die Kinderhand den Zügel berührte, ruckte der Pferdekopf hoch, und Hermann kollerte ins Gras. Er versuchte es jetzt bei den Hinterhufen. Er wollte mit Pferdeäpfeln spielen, aber sie zerbrachen in seinen Händen. Daß es dann doch noch ein Unglück gab, war nicht bös gemeint von dem Rappen des kleinen Blonski. Schuld daran trugen die Stechfliegen, die sich unter den Schwanz des Tieres gesetzt hatten. Es schlug aus. Der Hinterhuf traf Hermann in den Leib und warf ihn einige Meter zurück in den Sand. Das reichte aus, um Hermann blau anlaufen zu lassen. Er lag zusammengerollt da, konnte nicht wimmern, nicht schreien. Onkel Franz kam mit dem Fuhrwerk gerade von der Mühle, als er Hermann Steputat wie leblos hinter dem Pferd liegen sah. Er hielt an. Er sprang vom Wagen. Er rannte über den Anger (Onkel Franz konnte trotz seiner 45 Jahre noch gut laufen). Er stand vor dem blau angelaufenen kleinen Steputat. Er riß ihn hoch. Legte ihn über die Schulter. Klopfte seinen Rücken. Mensch, du mußt doch wieder atmen! Da kam Martha ihm schon entgegen. Und wie sie kam! Mit erhobenen Armen. Dann sah sie das blaue Kind und stürzte. Fiel um, legte sich auf die Steine vor der Haustür. Steputat entkleidete Hermann in der Schneiderstube und fand auf der Brust wie ein Brandmal den Hufabdruck des Pferdes. Er rieb und schüttelte den kleinen Körper, bis er ein leises Wimmern hörte. Es wurde lauter und ging in ein befreiendes Schreien über, so laut, daß Martha aus ihrer Ohnmacht erwachte.

Blonski erbot sich, den Gutskutscher Borowski nach Drengfurt zum Sanitätsrat Wittke zu schicken. Karl Steputat lehnte das in einer Anwandlung von Großmannssucht ab. Nicht so viel Aufhebens machen, den Jungen nicht wie ein zimperliches Stadtkind erziehen. Der hatte doch schon wieder die Augen auf, atmete ganz normal. Täglich fielen Kinder in Jokehnen von Bäumen, Pferden oder Wagen. Es gehörte zur Abhärtung, wenigstens einmal von einem Pferd getreten worden zu sein. Nur selten kam jemand dabei zu Tode, allerdings blieben einige lahme und verwachsene Gestalten als Folge solcher Unfälle zurück.

Steputats Optimismus behielt recht. Nach einer Woche kam Hermann darüber hinweg. Er hustete noch etwas, und nach längerem Laufen konnte es vorkommen, daß er sich plötzlich hinwarf und zu weinen begann. Aber diese Symptome klangen nach und nach ab. Zurück blieb die Erkenntnis, daß es im Leben darauf ankommt, auf dem Pferd zu sitzen.

Zu Martini 1936 stellte der Major ein Stubenmädchen für den Gutshaushalt ein: Anna, eine Schwarzhaarige aus dem katholischen Ermland. Das wiederholte sich Jahr um Jahr, denn die Stubenmädchen des Gutes verschwanden stets auf merkwürdige Weise: sie wurden geheiratet. Anna besaß melancholische Augen und volle Brüste, Äußerlichkeiten, die ihre Bewerbung unterstützten. Niemand warnte Anna. Die Mamsell wußte es, schwieg aber wie in allen Jahren. Sogar der Frau des Majors war bekannt, warum die Stubenmädchen des Gutes so häufig wechselten. Der kleine Blonski wußte es und Kämmerer Mikoteit; aber sie verspürten beinahe Schadenfreude, als sie das ahnungslose Mädchen mit ihrem Koffer von der Bushaltestelle kommen sahen. So blieb Anna ahnungslos, bis der Major eines Nachts in ihrem Zimmer stand, mit Reithose und Stiefeln bekleidet, wie er gerade von der Jagd gekommen war. Sie schrie vor Schreck, aber das Schloß besaß dicke Wände, und Annas Zimmer lag im äußersten Südflügel.

Der Major bekam seine Genugtuung. So war der Lauf der Welt in Jokehnen. Warum sollte es Anna anders ergehen als den vielen Stubenmädchen vor ihr? Auf diese Weise erhielt der Major immer wieder die Bestätigung, trotz seiner 66 Jahre ein vollwertiger Mann zu sein. Es überkam ihn stets im Spätherbst, wenn die langweiligen ostpreußischen Winter begannen, wenn er auf seine Ausritte verzichten mußte, weil die Wege grundlos oder zugeschneit waren. Begonnen hatte es in jenem Jahr, in dem seine Frau den Winter über mit einer hartnäckigen Lungenentzündung und einigen Rückfällen zu ringen hatte. Damals brachte sie Verständnis für ihn auf, aber der Major blieb dabei, auch als die Lungenentzündung abgeklungen war. Mit Anna hätte es trotzdem gut ausgehen können, wenn sie nach jener Nacht ins Ermland zurückgekehrt wäre. Aber sie wagte es nicht. Es war ihre erste Stellung. Zu Hause würde es einen fürchterlichen Krach geben, wenn sie davonlief. Sie wußte auch nicht genau, ob das, was der Major von ihr verlangte, zu ihren Pflichten gehörte. Vielleicht mußte sie das über sich ergehen lassen.

Im neuen Jahr blieb die Regel aus. Erst glaubte sie nicht daran, aber als ihre Brüste prall wurden, gab es keinen Zweifel mehr. Jetzt erst begriff Anna, was über sie gekommen war. Der Major zeigte großes Verständnis. Er strich ihr, die einzige Zärtlichkeit, die er sich in der ganzen Zeit vergab, über das lange, schwarze Haar. Tags darauf ließ er den Melker August in sein Zimmer rufen. Das war ein baumlanger Kerl mit Armen, die einen Stier in die Knie zwingen konnten. August blieb auf der Schwelle des Arbeitszimmers stehen und drehte seine speckige Melkermütze in der Hand.

»Hast schon 'ne Marjell zum Heiraten?« fragte der Major.

August grinste verlegen.

»Unser Stubenmädchen, die schwarze Anna, will dich.«

Da blieb dem Mann der Mund offen. Er hörte auf, die Mütze zu drehen, konnte es nicht verhindern, daß die Röte ihm ins Gesicht stieg. Nein, es war nicht zu glauben, daß die schwarze Anna ihn mochte.

Der Major überließ ihn eine Weile seinen Phantasien, dann fuhr er bedächtig fort: »Sie bekommt aber schon was Kleines. Das macht dir doch nuscht aus, August?«

Der Melker kniff für eine Sekunde die Augen zusammen. Hatte er sich gleich gedacht, daß da noch irgend etwas war. Aber die Vorstellung, die schwarzhaarige Anna unter sich zu bekommen, überwand den aufkommenden Unwillen.

»Nee, gar nuscht, Herr«, sagte er.

»Es soll auch dein Schaden nicht sein. Du bekommst die Deputatwohnung am Park. Wenn der Obermelker geht, bist du Obermelker von Jokehnen.«

August glaubte, das Geschäft seines Lebens gemacht zu haben. Er polterte mit Riesenschritten die Treppe hinunter, rannte – ja, der große, mächtige Kerl rannte im Trab – über den Gutshof zum Kuhstall. Hätte es gern den glotzenden, stumpfsinnigen, trägen Tieren in die Ohren geblasen, daß er die schwarze Anna bekomme. Wie besessen lud er Kuhmist auf, schob Karre um Karre nach draußen.

Bis dahin zeigte sich nichts Ungewöhnliches an dem Fall der katholischen Anna aus dem Ermland. So waren schon Förster Wiehn zu lebenslanger Anstellung und einer Frau gekommen, einige Vorarbeiter, der Gutsgärtner und der Speicherverwalter. Aber bei Anna gab es Schwierigkeiten. Als sie den riesigen, muskelbepackten August sah, erschrak sie. Die Vorstellung, mit ihm fortzusetzen, was der Major begonnen hatte, ließ sie zittern. Nein, sie mußte diese Heirat ausschlagen! Das war neu für Jokehnen. Das war noch nie dagewesen. Es überforderte auch das Verständnis des Majors, der ihr immer wieder sagte, wie gut er es mit ihr meine.

Anna wäre gern zu einem katholischen Pfarrer gegangen. Drengfurt hatte keinen. In Rastenburg mußte doch einer sein, ganz bestimmt aber in Rößel. Aber sie wagte nicht, um einen freien Tag für eine so weite Reise zu bitten. So blieb die Sache bei Karl Steputat hängen. Sie kam in der Dunkelheit und klopfte ans Küchenfenster, als Martha die Milchsuppe für das Abendessen rührte. Aus einem schwarzen Tuch blickten übernächtigte Augen. Sie wollte nur mit Martha sprechen, weil sie sich vor einem Mann schämte. Sie saß da auf dem Küchenschemel und sprach stockend, während der kleine Hermann unbeteiligt seinen Grießbrei löffelte.

Das unschuldige Kind verstand noch nichts von dem, was in Annas Bauch vorging, durfte deshalb auch in der Küche bleiben, selbst als Anna zu weinen begann.

Als Martha es ihrem Mann berichtete, war Steputats erster Gedanke Abwehr. Das sind Fälle für einen Geistlichen oder Arzt, nicht für den Bürgermeister von Jokehnen. Was sollte er tun? Er nahm es dem fremden Mädchen ein wenig übel, daß es sich weigerte, den Melker August zu heiraten. Martha sah ihn an, wie sie ihn noch nie angesehen hatte. Steputat fühlte, sie erwartete etwas von ihm. Für eine Weile kam er von dem Gedanken nicht los, daß es für den Major ein leichtes sein müsse, einen Königsberger Arzt zu finden und zu bezahlen. Aber dann erschrak Steputat selbst über so viel Kühnheit. Er telefonierte mit dem Major, ein Anruf, der Steputat einige Überwindung kostete, weil er sich dem Major stets unterlegen fühlte. Um so angenehmer, daß der Major sich bemerkenswert aufgeschlossen zeigte und nicht gleich lospolterte.

»Was soll ich denn machen, Steputat?« rief er in den Apparat. »Ich kann mich doch nicht scheiden lassen und ein Stubenmädchen heiraten.«

Steputat versicherte dem Major, daß er dergleichen nie erwartet habe. Er suchte Worte, mit denen er dem Major die Sache mit dem Königsberger Arzt nahebringen konnte; aber der Major kam ihm zuvor.

»Abtreibung kommt überhaupt nicht in Frage. Ich will wegen einer solchen Affäre nicht ins Zuchthaus.«

»Vielleicht hat sie nur was gegen den August«, gab Steputat zu bedenken und fragte, ob der Major nicht etwas Besseres hätte.

»Unfug!« wurde der Major nun heftig. »August gehört zu meinen besten Leuten. Das ist eine treue Seele, das wissen Sie doch auch, Steputat.«

Es blieb dabei. Steputat sollte dem Mädchen gut zureden, es von den Vorteilen einer Ehe mit dem Melker August überzeugen. Also gut. Steputat gab sich Mühe, holte weit aus, sprach von der Armut der Menschen auf dem Land, von dem Glück, ein sicheres Plätzchen und einen Ernährer zu haben. Alles andere sei dann nicht so wichtig.

Ja, ja, sie verstand ja alles, aber sie konnte doch diesen Ekel nicht hinunterwürgen, diesen Widerwillen gegen die Kraft und Gewalt, mit der August über sie herfallen würde. Schon der Gedanke an seine starken Hände verursachte ihr Schmerzen.

In seiner Ratlosigkeit eilte Steputat zum Schreibtisch und kramte den Fahrplan für den Bus Angerburg–Korschen heraus. Das Mädchen mußte nach Hause. In solchen Situationen wissen Mütter den besten Rat. Er setzte ihr umständlich auseinander, wie sie zu fahren und umzusteigen hatte, um ins Ermland zu kommen.

»Hast du Geld?« fragte Martha.

Anna schüttelte den Kopf. Ohne zu zögern, zückte Karl Steputat die Börse und gab ihr fünf Mark. Ohne Quittung. Auf Nimmerwiedersehen. Für den Spaß des Majors gestiftet. Anna nahm das Geld teilnahmslos, fast widerwillig. Sie bedankte sich nicht einmal, als sie ging, was Steputat einigermaßen verwunderte.

»Mein Gott«, sagte Martha, »der Major tut auch nicht gut an dem Mädchen.«

Es war jene Nacht, als das Eis auf dem Dorfteich brach. Schon am Tage hatte das Tauwasser von den Dächern geleckt, der verbliebene Schnee war matschig und schwer geworden. Es donnerte ganz schön in Jokehnen, wenn das Eis brach. Die Risse reichten von der Schleuse bis ins Schilf, und am Morgen trieben die ersten Eisschollen der Schleuse zu. Das war ein Fest für die Dorfjugend. Winterabschied. Wer Mut besaß, enterte eine Scholle und stakte mit langen Stangen über den Teich, ein nicht ungefährliches Unternehmen, denn die morschen Schollen brachen leicht. Zum Schollenfahren gab es eine Stunde früher schulfrei, das war Tradition im Jokehner Frühling. Und alle Kinder standen um den Teich herum, warteten darauf, daß sich einer die Schlorren vollschöpfte. Am nächsten Tag bei einer Schollenfahrt fanden sie Anna. Die Stange eines Jungen verfing sich in dem schwarzen Tuch. Er zog und sah für den Bruchteil einer Sekunde ihr bleiches Gesicht. Die Jungs markierten mit Stangen die Stelle, an der Anna aufgetaucht und wieder untergegangen war. Vom Gut kamen die Männer mit Heuharken und Forken, auch Melker August war dabei. Nach einer Stunde fanden sie Anna, einen Steinwurf von der Schleuse entfernt. Sie zogen sie auf eine Eisscholle. Da lag das kleine Häuflein unter der wärmenden Märzsonne. Melker August stand über der Toten und sah mit dumpfem Blick auf das zierliche Gesicht. Jemand brachte eine Pferdedecke. Sie warfen sie über die Leiche. Und dann trug man das tropfende, nasse Bündel hinauf zum Schloß.

Mit einiger Verzögerung brach auch in Jokehnen die neue Zeit an. Und Hermann durfte dabeisein. Alle Jokehner waren eingeladen zu jenem Dorfgemeinschaftsabend, den die Ortsgruppe Drengfurt der NSDAP im Wittkuhnschen Krug in Jokehnen veranstaltete. An einem Sonnabend im Herbst. Auch die Kinder. Denn die Kinder sind die Zukunft. Also stand die Zukunft in langer Schlange vor dem Eiskübel der Wittkuhnschen und fuchtelte mit klebrigen Stundenlutschern in der Luft herum.

Hermanns Vater stürzte der Dorfgemeinschaftsabend in Verlegenheit. Jedermann erwartete von ihm eine Rede. Zumindest die Eröffnung. Er würde etwas über die Partei und den Führer und die Volksgemeinschaft sagen müssen. Aber gegen Ansprachen sträubte sich etwas in ihm. Dieses stereotype Einerlei. Liebe Volksgenossen und Volksgenossinnen. Freue mich, Sie begrüßen zu können. Und so weiter. Im Grunde immer dasselbe. Zum Glück wollte Ortsgruppenleiter Krause das Hauptreferat halten. Aber wie, wenn der Krause absagte, wenn er krank wurde oder wegen schlechten Wetters nicht kam? Dann würde sich die ganze Last des Abends auf Karl Steputats Schultern senken.

Es gelang ihm, Schulmeister Klose zu überreden, für ihn den Abend zu eröffnen. Der war das Reden vor den Kindern doch gewöhnt. Der Schule fiel sowieso die Hauptlast bei der Ausgestaltung des Abends zu. Vier kräftige Jungs aus der achten Klasse wurden zur Fahnenwache vor der Bühne eingeteilt, die Kleinen lernten Kanons und Schattenspiele. Schon am Vormittag verteilte die Lehrersfrau Papierfähnchen mit dem Hakenkreuz.

Gegen Einbruch der Dunkelheit schmiß sich Jokehnen in die braune Uniform: Steputat, der kleine Blonski, Kämmerer Mikoteit, sogar der gichtkranke Sattler Rogall gab seiner gebückten Haltung durch den braunen Rock einige Festigkeit. Lehrer Klose versammelte die Schulkinder vor dem Kriegerdenkmal und kam mit ihnen gegen acht Uhr geschlossen in den Saal marschiert, vorn Klose in Zivil, hinten die Klosesche in NSV-Tracht. Die Schusterkapelle aus Drengfurt spielte »Dorfschwalben aus Österreich«. Hermann lief im neuen Matrosenanzug mit flatternden weißen Bändern an der Hand seiner Mutter durch das drängelnde Jokehnen. Er gab nicht eher Ruhe, bis Martha ihm ein Hakenkreuzfähnchen beschafft hatte. Sie kaufte es für einen Dittchen einem schwarzhaarigen, blassen Jungen ab, der neben der Flügeltür des Krugs stand und zusah, wie die Wittkuhnsche schäumendes Bier in die Gläser füllte und die Schaumkronen mit dem Messer abstrich.

»Wie heißt du?« fragte Martha den Schwarzhaarigen, der so bereitwillig sein Fähnchen verkauft hatte.

»Peter Aschmoneit.«

Das also war Peter Aschmoneit. Eines der vielen Deputatkinder. Hermann sah ihn zum erstenmal und staunte. Wie konnte der seine Fahne für einen Groschen verkaufen! Hermann sah, wie Peter Aschmoneit sich durch das Gewühl der Beine und Bäuche an die Theke heranarbeitete, dort den Groschen hinlegte und zwei Brausepulvertüten bekam. Die Fahne verkauft für zwei Tüten Waldmeisterpulver!

Martha zog den kleinen Hermann zu den reservierten Plätzen in der ersten Reihe des Saals. Die Schulkinder gruppierten sich vorn neben der Schusterkapelle, die noch immer die Dorfschwalben aus Österreich zwitschern ließ. Hermann saß bedenklich nahe der Pauke, war fasziniert von dem Instrument mit den dumpfen Tönen. Als die Schuster aus Drengfurt aufhörten, sangen die Schulkinder: Nur der Freiheit gehört unser Leben! Klose dirigierte heftig. Da stand er wieder, der dünne Peter Aschmoneit. In der vordersten Reihe der Schulkinder. Grinste zu seiner Fahne hinüber, die Hermann hinter dem Rücken des Lehrers hin- und herschwenkte. Täuschte Gesang vor, kaute in Wirklichkeit auf dem Brausepulver, bis der grüne Schaum ihm vor den Mund trat.

Freiheit ist das Feuer, ist der helle Schein,
solange sie noch lodern, ist die Welt nicht klein!

Es wurde offenbar: Die neue Zeit war noch nicht weit in Jokehnen fortgeschritten. Trotz Kloses Aufforderung, den Refrain mitzusingen, kannte niemand die Strophen von der feurigen Freiheit. Sogar Steputat mußte passen und schützte eine Amtshandlung in der

Gaststube vor. Zum Schluß traf Hermann mit dem Fuß, halb absichtlich, halb aus Unachtsamkeit, die Schusterpauke. Der Bums löste spontane Heiterkeit aus. Peter Aschmoneit mit dem grünen Schaum vor dem Gesicht lachte laut. Die ernste Feierlichkeit war hin. Es gelang auch Schulmeister Klose nicht mehr, mit ernsten Begrüßungsworten die anfängliche Würde wiederherzustellen, obwohl er bis zu den Ordensrittern ausholte. Nach ihm Ortsgruppenleiter Krause. Der versuchte erst gar nicht, in die Tiefe zu dringen, verlor sich in der Ernte und der harten Arbeit auf dem Land, die dem deutschen Volk so nützlich sei. Er sparte politische Sprüche aus, obwohl er unverwandt auf das Führerbild an der gegenüberliegenden Saalwand starrte, das die weithin lesbare Unterschrift trug: Ein Volk – Ein Reich – Ein Führer! Der alte Hindenburg, der früher an dieser Stelle gehangen hatte, war in das Altherrenzimmer des Krugs verbannt worden, wo er zwischen prächtigen Hirschgeweihen verstaubte.

Nach Krause gab es kein Halten mehr. Die Drengfurter Schuster bearbeiteten ihre Instrumente, Mädchen formierten sich zum Volkstanz auf der Bühne, angeführt von der Kloseschen, die wie eine üppige Elfe über die Bretter schwebte. Dann ein Höhepunkt: Vier verkleidete junge Männer sangen, Lehrer Klose zum Possen, das Lied vom armen Dorfschulmeisterlein:

»Und wenn im Dorf ein Kind getauft, Kind getauft,
dann sollt ihr sehen, wie er sauft, wie er sauft.
Das größte Glas ist ihm zu klein,
dem armen Dorfschulmeisterlein.
Und wenn im Dorfe Hochzeit ist, Hochzeit ist,
dann sollt ihr sehen, wie er frißt, wie er frißt.
Was er nicht auffrißt, steckt er ein,
das arme Dorfschulmeisterlein.«

Hermann, der, an einem Stundenlutscher leckend, in den Armen seiner Mutter lag, genoß am meisten ein Puddingwettessen zweier Schulanfänger, die sich mit verbundenen Augen auf der Bühne gegenseitig die Puddinglöffel in den Mund schoben. Da war er wieder, der schwarzhaarige Peter Aschmoneit. Beim Puddingfüttern machte er mit. Spritzer flogen bis zu den Ehrenplätzen der ersten Reihe; einer traf sogar den braunen Ärmel des Ortsgruppenleiters. Zum Glück brauner Schokoladenpudding.

Nach der Pause kam Hermanns große Stunde. Während die Klosesche mit den Mädchen ein Schattenspiel vorbereitete, animierte der Paukenschläger den kleinen Hermann zu einer Soloeinlage. Für ein Eis und eine Limonade. Aber nicht auf der Bühne, nein, stehend auf dem Stuhl. Mit dem Rücken zum Publikum. Die Schuster aus Drengfurt spielten einen Tusch, und der vierjährige Hermann sang die »Alten Kameraden«: Ob im Kampfe oder Pulverdampf ... Zur Attacke ging es Schlag auf Schlag ... Ruhm und Ehr soll bringen uns der Krieg ... Und beim Wirte, da gab's Geflirte ... tirallalala.

Na, das war eine Begeisterung im Jokehner Krug. Das kannten sie alle, das brüllten sie mit. Ortsgruppenleiter Krause klopfte Martha wohlwollend auf die Schulter.

»Das ist ein prächtiger Lorbaß.«

Karl Steputat stand, eine schwarze Zigarre im Mund, am Saaleingang und freute sich, Vater dieses Jungen zu sein, eine Freude, die ihn einige Runden Kartoffelschnaps kostete. Gegen zehn Uhr neigte sich der offizielle Teil dem Ende zu. Gegenüber der Bühne räumten die Gutsknechte schon die ersten Tische aus, um Raum zum Tanzen zu schaffen. Krause wollte zum feierlichen Schlußakt von der Theke zur Bühne eilen, stolperte aber und lag quer auf der Türschwelle. Trotz guten Zuredens war er nicht zum Aufstehen zu bewegen. Vier Männer mußten ihn auf das Kanapee in die Gaststube tragen, wo die Wittkuhnsche seine Schläfe mit Eisbeuteln traktierte. Nun bloß schnell Musik. Die Schuster stimmten das Deutschlandlied an. Aber das brachte auch nichts mehr ein. Da rannte alles kreuz und quer durch den Saal. Mädchen kicherten. Ein Stuhl brach zusammen. Noch größer wurde die Verwirrung beim Horst-Wessel-Lied. Sattler Rogall behauptete sogar, Pfiffe gehört zu haben.

Während die Jugend tanzte, kümmerten die Jokehner Frauen sich um ihre angetrunkenen Männer. Martha trug die ganze Last des Heimwegs. Mit der Rechten mußte sie Karl Steputat davon abhalten, in Luftlinie über den Teich nach Hause zu wandern. Auf dem linken Arm trug sie Hermann, der – aus dem Schlaf gerissen – mürrisch vor sich hin weinte und sich mit dem aufgehenden Mond über dem Fürstenauer Berg partout nicht trösten lassen wollte. Und die Musik schmetterte über das Wasser, daß das Schilf sich bog. Aus der Entfernung vernahm man deutlich, daß die Schusterjungs auch nicht mehr Herr ihrer Instrumente waren. Nur die Pauke schlug einigermaßen regelmäßig bum.... bum... Bis in Steputats Schlafzimmer. Da lag er, Karl Steputat. Während Hermann noch im knöchellangen Nachthemd mit seinem Papierfähnchen Strammstehen übte, spuckte Karl Steputat schon in den Eimer, den Martha vorsorglich neben sein Bett gestellt hatte.

Wohin wenden wir uns jetzt? Wovon soll man zuerst berichten? Gehen wir über den breiten Kartoffelacker zu Onkel Franz, gehen wir den Weg, den Hermann Steputat einschlug, wenn ihn Heinrich aus Masuren geärgert hatte oder er sich langweilte. Er hätte auch zu den Deputatshäusern der Gutsarbeiter gehen können, zu jenen flachen Lehmhäusern hinter dem Teich, in denen es mehr Kinder als Hühner gab. Aber die kalten Lehmfußböden, auf denen das spärliche, selbstgezimmerte Mobiliar stand, das Durcheinander von Katzen, Hunden und Hühnern mit Säuglingen, die an einem Schnuller lutschten und im Dreck spielten, hatten wenig Anziehendes. Außerdem stank es dort. Das kam von den Kaninchen- und Schweineställen, die die Deputatisten an die Hauswände gebaut hatten, von den vielen Windeln und den Hühnern, die durch die Stuben spazierten. Und dann dieses Gerangel um ein Stück trockenes Brot mit Zuckerkrümeln bestreut, diese Klopperei unter den Kindern um eine heiße Pellkartoffel, dieses Freudenfest um einen Blecheimer eingelegter Heringe, den die ganze Familie am Löhnungstag – im Sommer 22 Mark, im Winter 14 Mark Monatslohn – im Triumphzug bei Krugwirt Wittkuhn einkaufte und nach Hause schleppte. Und dauernd die plärrenden Säuglinge, um die sich die großen Schwestern kümmern mußten, weil die Mütter auf dem Feld arbeiteten. Das alles machte keinen Spaß.

Bei Onkel Franz war es anders. Warum hatte Onkel Franz keine Kinder? Lag es daran, daß Tante Hedwig lahmte und einen leichten Ansatz zum Buckel zeigte? Aber herzlich war sie, das mußte man ihr lassen. Die beiden konnten so einen wie den kleinen Hermann Steputat gut gebrauchen. Bei Onkel Franz durfte Hermann aus Schnapsgläsern schlubbern und durch die Tabakspfeife husten. In Tante Hedwigs Speisekammer gab es Rauchwurst ohne Brot und einen Riesentopf mit eingelegten Kürbiswürfeln. Aber das alles war nichts, verglichen mit den Pferden. Onkel Franz setzte Hermann einfach auf einen Pferderücken und sah zu, wie er sich anstellte. Um Himmels willen, bloß nicht heulen! Keine Miene verziehen! Einfach dasitzen ohne Sattel, ohne

Zaumzeug. Wenn der Gaul verrückt spielt, läuft er bis in den Wolfshagener Wald. Lachen. Dem Braunen den Hals tätscheln. Die Probe war bestanden.

»Aus dir kann ein richtiger Bauer werden«, stellte Onkel Franz zufrieden fest. So, jetzt allein runterrutschen an dem prallen Pferdebauch. Onkel Franz setzte sich mit Hermann auf die Milchrampe und erzählte von seinen Pferden. Schrullige Namen hatte er sich für sie ausgedacht: Osterhase, Ackerpogg, Beißer, Lorbaß, Pollack. Eine schwarze Stute hieß Zigansche.

»Mit fünf Jahren mußt du allein aufs Pferd klettern können«, sagte Onkel Franz. Erst wer ohne fremde Hilfe, ohne Sattel und Zaumzeug auf ein Pferd klettern kann, ist ein Reiter. Das war gar nicht so einfach. Hermann nahm den Osterhasen und übte hinter der Scheune. Anfangs mußten Staketenzäune, Strohballen und die Mauer des Misthaufens ihm helfen, aufs Pferd zu steigen.

Als er es geschafft hatte, ritt Hermann vor Tante Hedwigs Küchenfenster, zeigte, wie ein Dreikäsehoch ein geduldiges Pferd erklimmt. Dann die gleiche Vorstellung noch einmal vor Marthas Küchenfenster.

Onkel Franz war zufrieden. Zur Belohnung durfte Hermann an einem Sonntagsausritt teilnehmen, diesmal mit Sattel. Sie ritten – Onkel Franz auf der Ziganschen, Hermann auf dem Osterhasen – den Sommerweg nach Wolfshagen entlang, an den geköpften Weiden vorbei.

»Das ist Bauernland, und das ist Gutsland«, sagte Onkel Franz. »Früher gehörte alles den Gütern. Die Güter leben von der Arbeit anderer, die Bauern von der eigenen Arbeit.«

Darum drehte sich bei Onkel Franz die Weltgeschichte: die Bauern und die Güter! Deshalb ritt er am liebsten nach Wolfshagen. Dort gab es nur Bauern. Ihre

Gehöfte lagen verstreut am Waldrand. Nur der Wald gehörte ihnen nicht, dieser mächtige Nadelwald, der bis Nordenburg, Gerdauen und zum Masurischen Kanal reichte.

Onkel Franz hielt oft an. Meistens prüfte er die Erde, zerkrümelte die trockenen Kluten zwischen den Fingern. Fruchtbare Erde, das war hier der Götze, den jeder anbetete. Onkel Franz überschlug, wieviel Zentner Roggen der Morgen brachte, rechnete den Dünger aus, den man den Kartoffeln auf trockenem Sandboden geben mußte. Erde ist nicht einfach Erde. Da kann man hineinsehen. Die kann man fühlen.

»Solange die Güter den Wald haben und die Bauern ihnen das Holz abkaufen müssen, sind wir nicht wirklich frei«, meinte Onkel Franz.

Vor zwei Jahren wäre er fast der braunen Partei beigetreten, als die neuen Herren das verschuldete Gut Görken aufsiedelten und an Bauern vergaben. Das hatte ihm imponiert. Aber er hatte rechtzeitig gemerkt, daß sie es nicht der Bauern wegen getan hatten. Bei den Bauern waren sie für die Bauern, bei den Arbeitern für die Arbeiter, auf den Gütern waren sie für die Güter. Die hatten für jeden etwas. Die sprachen alle Hoffnungen an und gewannen alle Seelen. So einfach ist das.

»Na, hast auch Hunger, Hermannche?« fragte Onkel Franz plötzlich.

Hunger nicht, aber Durst. Onkel Franz bog auf einen Feldweg ein, der zum Wald führte. Dort, im Schatten der nahen Bäume, lag der Hof der alten Wowerieschen, der in den Akten der ostpreußischen Landesbrandkasse mit einem Kreuz versehen war, weil ihn in den letzten zehn Jahren dreimal der Blitz getroffen hatte. Na, einen Stippel Buttermilch würde die schon übrig haben. Ein bißchen wunderlich war die alte Frau. Seitdem sie verwitwet war, hatte sie merkwürdige Gesichte, meistens Feuersbrünste. Kein Wunder, wenn man allein mit einem Knecht und einer Magd am Waldrand lebt. Und Katzen hatte die auf dem Hof! Herrgott, so viele Mäuse gab dieser trockene Boden doch gar nicht her. Trinken? Gewiß doch. Von wegen Buttermilch, die brachte Himbeersaft für das Jungche. Das ist doch der kleine Bürgermeister, nicht wahr? Sie erzählte Onkel Franz von einem Kalb mit zwei Köpfen, das bei ihr auf die Welt gekommen sei. Das war kein gutes Zeichen. Es wird Krieg geben oder ein großes Feuer. Außerdem schreit der Unk nachts so gräßlich im Teich. Und in Skandlack ist die Kornmuhme leibhaftig erschienen. Damals beim Russeneinfall im Jahre 14 habe es das auch gegeben. Am schlimmsten sei das Morgenrot. Noch nie in ihrem langen Leben habe es ein so blutiges Morgenrot gegeben wie im Sommer 38.

Von Wolfshagen ritten sie über Marienthal zurück nach Jokehnen. Querfeldein über die Äcker des Gutes. Direkt auf den Teich zu, der dem Gut gehörte. Die Bauern mußten dem Major dankbar sein, daß er ihnen gestattete, in diesem Sumpf ihre Pferde zu tränken. Eines Tages könnte der kleine Hermann seinen Hof übernehmen, dachte Onkel Franz, als er auf die Riesenpappel hinter dem Teich zuritt. Aber das lag noch in weiter Ferne. Vielleicht 1955 oder noch später.

Nach der Heimkehr Österreichs ins Reich schloß der Major seinen Frieden mit dem Mann aus Braunau. Zwar störte ihn noch immer der niedrige militärische Rang, aber der Neid mußte es ihm lassen: für einen Gefreiten hatte er erstaunliche Erfolge aufzuweisen. Der kleine Blonski ließ auch keine Gelegenheit aus, den Major von der Größe der neuen Zeit zu überzeugen.

»Politische Begabung darf man nicht am militärischen Rang einer Person messen.«

Das war Blonskis Weisheit.

Äußerlich zeigte sich der Sinneswandel des Majors zum erstenmal am 20. April 1938. Blonski überredete ihn, wenn schon nicht allein die Hakenkreuzfahne, so doch wenigstens das schwarz-weiß-rote Tuch zusammen mit dem Hakenkreuz auf das Schloß zu hängen. Er fuhr selber nach Drengfurt und holte die neue Fahne.

Leidtragende waren die Störche. Da das Jokehner Schloß nur zwei Türme besaß und auf dem einen traditionsgemäß die Fahne des Kaisers wehte, blieb für die Hitlerfahne nur der linke Turm, der weißleuchtend aus den Kronen der Parkbäume herausragte. Dort aber nisteten, solange man sich in Jokehnen erinnern konnte, die Störche. Sollte das Schloß etwa wegen der Störche keine neue Fahne bekommen? Nein, die neue Zeit läßt sich auch nicht von Störchen aufhalten. Bevor die Tiere Ende März zurückkehrten, ließ Blonski das Storchennest entfernen. Zu diesem Zweck kletterte Kutscher Borowski eines Abends die Turmstiege hinauf. Dann krachte das Nest mit dem angesammelten weißen Kot von Jahrzehnten auf den Schloßhof. Blonski warf ein Bund Stroh über die Reste, steckte den ganzen Haufen in Brand. Als Ausweichquartier ließ er den Schloßstörchen ein Wagenrad auf das Dach des Kuhstalls legen.

Und dann kamen die Störche. Sie brachten den Frühling nach Ostpreußen. Ein Fest wie in jedem Jahr. Die Schulkinder beschmierten die Wandtafel:

»Der Storch ist gekommen, hat die Bücher genommen ...«

Klose ließ ein paar Frühlingslieder singen und gab schulfrei.

Das war wie eine Invasion. Sie kreisten in großer Höhe über Jokehnen, senkten sich in immer enger werdenden Spiralen abwärts. Einen Tag lang gab es die berühmten Storchenschlachten, abends befanden sich die Nester in festen Händen. Nur auf dem Schloß gab es eine Storchentragödie. Die Störche verschmähten das Wagenrad, das Blonski auf das Stalldach hatte bringen lassen, und kehrten zu ihrem Schloßturm zurück. Eifrig begannen sie, für ein neues Nest auf dem Schloßturm Schilfrohr vom Teich heranzufliegen. Blonski ließ das angefangene Nest zweimal zerstören, aber die Störche behaupteten sich hartnäckig auf ihrem Turm.

»Dann müssen wir sie abknallen«, sagte Blonski.

Heimlich, versteht sich. Denn auf Störche schießen war ein Frevel, der nie verziehen wurde. Mehr noch als die Elche, die gelegentlich von der Niederung am Kurischen Haff herübergewandert kamen, waren die ostpreußischen Störche heilig. Störche sind die Preußen unter den Vögeln, sie tragen die preußischen Farben.

Nur Melker August wußte, daß Blonski die Störche mit seinem Drilling ermordet hatte. Vor Tagesanbruch fielen sie vom Schloßturm, Melker August vor die Füße, der gerade zu seinen Kühen in den Stall gehen wollte. August vergrub die beiden Störche auf dem Komposthaufen, während Blonski pro Stück eine Zigarre spendierte.

Nicht nur die Störche zahlten ihren Tribut an die neue Zeit. In der Schule übte Klose den deutschen Gruß.

»Heil Hitler, Herr Lehrer!« brüllten sie jeden Morgen.

Das setzte sich mühelos durch. Die Kinder brachten es ihren Eltern bei, nur die Greise konnten sich an das Heil nicht mehr gewöhnen. Niemand nahm es ihnen übel. Karl Steputat führte keine Liste über die Personen, die den deutschen Gruß verweigerten. Der Major hätte als erster auf einer solchen Liste stehen müssen, denn er pflegte jeden Gruß nur stumm mit einem leichten Handaufheben zu erwidern. Mehr konnte niemand von dem Herrn des Gutes Jokehnen erwarten.

Steputat erhielt – auch ein Zeichen der neuen Zeit – neben dem amtlichen Kreisblatt vier Wochen kostenlos den »Völkischen Beobachter« ins Haus geschickt. Danach wurde es nationale Pflicht, die Zeitung zu abonnieren. Ähnlich ging es mit dem »Stürmer«, nur daß Steputat sich hier länger seiner nationalen Pflicht entzog. Während das Kreisblatt gesammelt und gebunden werden mußte, begrüßte Martha den übrigen Zeitungsanfall als nützliches Papier für den Herd, als Auslage für den Küchenschrank und stille Reserve für den Lokus.

So vollzog sich langsam die Verfärbung Jokehnens von schwarz-weiß-rot in braun. Aber die Roggenfelder blieben gelb wie Jahrhunderte vorher und die Störche schwarz-weiß-rot. Die Sonne ging über den Masurischen Seen auf wie immer und tauchte ins Frische Haff. Die Sommer blieben heiß und die Winter kalt. Die Störche kehrten wieder und nach ihnen die Schwalben. Da sollte die Welt verändert werden, und in Wahrheit kleckste man nur ein paar braune Farbtupfer in das ewige Bild. Gelassen konnte man dem neuen Treiben zusehen. Es erschien so oberflächlich, so vergänglich, verglichen mit dem, was schon immer gewesen war zwischen Weichsel und Memel.

Wer gehört denn noch zur Jokehner Menagerie? Da wäre Samuel Mathern zu erwähnen, der wöchentlich einmal mit seinem Wägelchen über Land gefahren kam. Bog von der Chaussee ab mit seinem struppigen Litauerpferd und dem Zigeunerkarren. Rumpelte über das Jokehner Dorfpflaster. Hatte der das nötig, über Land zu fahren? Der mit dem Textilgeschäft in Drengfurt, am Markt gelegen, gleich neben der Bushaltestelle. War wohl sein Feiertag, dieses Über-Land-Klabastern. Er liebte das gemächliche Klappern des Karrens und die Ruhe unterwegs, die es ihm erlaubte, mit seinem Pferd litauisch zu sprechen. Eigentlich brachten diese Tage geschäftlich nichts ein, denn während Samuel reiste, verkaufte seine Haushälterin Marie in Drengfurt kaum ein Stück im Laden, weil Samuel ihr verboten hatte, unter den ausgeschriebenen Preisen zu verkaufen. Das nun aber machten die Drengfurter und die Bauern vom Lande nicht mit. Wer bei Samuel kaufte, wollte ein Geschäftchen machen, ein bißchen handeln und schachern, so gehörte sich das.

Samuel Mathern klapperte wieder einmal über die Jokehner Dorfstraße. Die Kinder liefen ihm nach und schrien: »Der Jud kommt! Der Jud kommt!«

Das war nicht böse gemeint, und Samuel ärgerte sich auch nicht. Nach guten Geschäften pflegte er Kandisstücke unter die Kinder zu werfen. Eine Peitsche besaß Samuel nicht, weil er das seinem litauischen Freund nicht antun mochte. So ließ es sich auch nicht verhindern, daß die Kinder sich an seinen Wagen hängten, ihm lange Nasen machten und Sprüche nachriefen, die auf seine Glatze und den dicken Bauch anspielten.

Vor Steputats Anwesen hielt Samuel Mathern, holte zwei Stoffballen unter der Plane hervor und schleppte sie schnaufend die Auffahrt hinauf.

»Wunderscheenen Tag, Gnädigste«, begrüßte er Martha und machte eine so heftige Verbeugung, daß die Stoffballen fast die Fliesen berührten.

»Mein Mann ist nicht da«, behauptete Martha, und der kleine Hermann blickte von seinem Baukasten auf, wunderte sich, daß seine Mutter log. Karl Steputat ließ sich stets verleugnen, wenn Samuel kam. Er gestand es sich nicht ein, aber in ihm steckte die Angst, dem händlerischen Talent des Samuel Mathern nicht gewachsen zu sein. Auch bei noch so vorteilhaften Einkäufen plagte ihn der Zweifel, ob der kleine Jude ihn nicht doch überfahren hatte.

»Oh, ich werde warten«, meinte Samuel leutselig. Steputat wäre ihm bis ans Ende aller Tage böse, wenn er diese Stoffe nicht sähe. Die seien gerade aus England eingetroffen. Er habe sie eigenhändig von Königsberg abgeholt. Es gebe keine besseren Stoffe in der ganzen Provinz. Dem Oberpräsidenten in Königsberg habe er ausgerechnet diesen Stoff für einen feierlichen Anzug verkauft, und selbst Ortsgruppenleiter Krause in Drengfurt habe ihn genommen. Es sei auch der letzte Ballen. Was dann werden solle, wisse der liebe Himmel. Er habe großen Zweifel, ob ein so guter Stoff noch einmal übers Meer komme.

Martha ließ alles über sich ergehen und knetete Brotteig. Wenn Samuel seinen geschäftlichen Teil hergesagt hatte, verlegte er sich aufs Geschichtenerzählen, Geschichten aus dem Litauischen. Na, das war etwas für Hermann! Wenn Samuel Wildschweine besiegte, die in einem litauischen Wald sein Wägelchen umzuwerfen drohten. Oder die Geschichte vom litauischen Wolf, der sich vor Hunger selber auffraß. Samuel zog auch den größten Karpfen des Baltikums aus einem Dorfteich gleich hinter der Grenze, ein Stückchen nur hinter Tilsit.

Seine Geduld war unerschöpflich. Und schließlich kletterte Karl Steputat, dem es zu dumm wurde, aus dem Fenster seines eigenen Hauses und trat durch die Vordertür ein.

»Ich kaufe nichts«, sagte Steputat, als er den kleinen Juden zu Gesicht bekam. Diese kategorische Behauptung schien für Samuel das Signal zu sein, schlummernde Kräfte zu wecken. Er raffte seine Ballen zusammen und rannte hinter Steputat her. Die Stoffe des Samuel Mathern enthielten geheimnisvolle Kräfte. Sie waren so weich wie der Popo der kleinen Marjellchens. Sie trugen das Gütesiegel des englischen Königs. So einen Anzug besaß noch kein Mensch im ganzen deutschen Reich, ausgenommen der Herr Oberpräsident in Königsberg. Und das alles für fünfundneunzig lumpige Reichsmark!

Aber Steputat brauchte die Stoffe nicht.

Ausgeschlossen! Ein so bekannter Schneidermeister braucht doch gute Stoffe! »Vielleicht kommt morgen ein feiner Herr, ein Gutsbesitzer, am Ende ein Graf, und der Meister Steputat besitzt keinen Stoff von dieser Qualität!«

Jetzt machte Steputat einen Fehler. Er ließ sich von Samuel das Tuch in die Hand drücken. Nur zum Fühlen. Nicht schlecht, aber keine fünfundneunzig Mark wert. Nun kam der zweite Fehler. Steputat sagte: »Außerdem habe ich kein Bargeld im Hause.«

Da lief der kleine Jude rot an. »Meister!« rief er beschwörend. »Niemand hat so viel Kredit wie Sie!«

Nein, Steputat kaufte nicht auf Kredit, niemals auf Kredit.

Samuel legte eine Verschnaufpause ein zum Schneuzen und Schweißabwischen. Dann fragte er leutselig: »Wieviel Geld hast denn im Haus?«

»Fünfzig Mark«, erwiderte Steputat, ärgerte sich aber sofort, einen so hohen Betrag genannt zu haben.

»Das ist mein Ruin!« schrie Samuel, ergriff die Stoffe und eilte zur Tür. Umständlich verstaute er die Ballen, rannte wie verstört um sein Wägelchen, hantierte am Pferdegeschirr, murmelte ständig vor sich hin, kletterte auf den Bock, kratzte seine Glatze, sprang behend wie ein Gummiball vom Wagen, zog die Stoffballen wieder hervor und kam zurück ins Haus, warf sie Steputat auf den Schneidertisch.

»Sei's ums Verrecken! Für sechzig Mark kannst sie behalten. Sechzig Mark, Meisterche, das reicht nicht für 'ne Handvoll Hafer für mein Pferd.«

Karl Steputat zückte die Brieftasche und legte fünfundfünfzig Mark zwischen sich und den heftig atmenden Samuel. Samuel kamen fast die Tränen, während seine Hände das Geld einstrichen. Steputat verwahrte den Stoff, bot dem kleinen Juden einen Stuhl an und holte Zigarren. Samuels Taschentuch tupfte die Schweißperlen von der Stirn, die Hände legten sich über sein Bäuchlein: er schien zufrieden.

»Wie gehen die Geschäfte?« fragte Steputat.

Samuel Mathern zwinkerte mit den Augen. »Ein bißchen gut, ein bißchen schlecht.«

»Willst nicht zurück nach Litauen?«

»Soll ich mein Geschäft aufgeben? Zwanzig Jahre Arbeit. Und meine Kunden? Wer soll ihnen die besten Stoffe aus England verkaufen?«

Steputat verglich Samuel mit den zweifelhaften Gestalten im »Stürmer«. Er fand, Samuel sei ein passabler Jude.

»Was soll mir schon passieren?« meinte Samuel. »Ich habe keinem Menschen nuscht getan, nicht mal mein Tier bekommt Prügel. Ich zahle Steuern und mach ein bißchen Geschäfte, nur kleine Geschäfte.«

»Aber die Partei mag euch nicht«, bemerkte Steputat.

»Schon viele neue Herren haben die Juden nicht leiden können. Sie haben sie hier ein bißchen gekitzelt und ihnen da ein bißchen weggenommen. Und dann sind sie verschwunden, die neuen Herren. Aber ein paar Juden blieben übrig. Die bleiben immer übrig. Sie werden die dreckigen Zigeuner von der Straße jagen und ein paar Taugenichtse in die Kaschubei schicken, aber die anständigen Juden werden sie behalten.«

Steputat stand auf der Schwelle und blickte dem Wägelchen nach. Die Juden haben keine Ehre, dachte er. Wirft man sie vorn hinaus, kommen sie durch die

Hintertür herein. Aber sonst sind sie gar nicht so schlecht.

Vier Wochen danach gab es die Kristallnacht. In Drengfurt wurde sie von der SA-Leitung verschlafen. Nichts geschah. Als am Tage darauf die Nachrichten aus dem Reich über demolierte Judengeschäfte und Synagogenbrände eintrafen, stand SA-Führer Neumann ratlos da, weil er gar nichts vorzuweisen hatte. Die SA beriet einen Vormittag lang im Hotel »Zum Kronprinzen«. Es gab nur drei Juden in Drengfurt. Der eine war kriegsbeschädigt, der andere so alt, daß man an ihm keine Heldentat vollbringen konnte. Blieb Samuel Mathern. Er unternahm gerade eine seiner geliebten Ausfahrten in Richtung Blaustein und Fürstenau, als bei Einbruch der Dunkelheit drei maskierte Gestalten aus dem Gebüsch sprangen. Eine nahm sich des Pferdes an, zwei stürzten sich auf Samuel.

Samuel schrie »Räuber!« und »Hilfe!«, bis sie ihm einen Knebel in den Mund schoben. Sie fesselten seine Hände auf dem Rücken und banden ihn mit der Leine auf dem Kutscherbock fest. Einer durchwühlte Samuels Stoffballen und schmierte mit schwarzer Dachdeckerfarbe Hakenkreuze auf die Tuche. Dann verschwanden sie. Der kleine Litauer wartete ein Viertelstündchen. Als sich nichts tat, setzte er sich auch ohne Samuels Zureden in Bewegung und brachte das Wägelchen sicher in die Stadt. Wegen der Dunkelheit achtete niemand auf den hilflosen Samuel. Bis er vor der Toreinfahrt seines Hauses stand. Marie befreite ihn von den Fesseln. Samuel war sehr glücklich, daß die Räuber ihm nicht die Geldbörse mit 250 Mark abgenommen hatten, die er in der Gesäßtasche trug.

Am nächsten Morgen schrubbte Marie den Spruch ab, den Unbekannte nachts an das Schaufenster geschmiert hatten:

Ein Herink wird keine Forelle, und wenn er gleich
im Bach ersäuft.
Ein Jud bleibt ein Jud, und wenn er zwanzigfach
getäuft.
Das merke jeder Pfaffe sich und taufe diese Rasse
nicht.

SA-Führer Neumann gab einen langen, umständlichen Bericht über die Aktion an die Kreisleitung. Dort hielt man den Vorfall zwar für belustigend, aber nicht heldenhaft genug, um im Parteiblatt erwähnt zu werden. Lediglich der Schaufensterspruch wurde anerkennend wiedergegeben. Hering allerdings nicht mit k.

Steputat erfuhr als erster von dem Manöver. Mit dem Fahrrad eilte er durchs Dorf, um die Unterbringung zu regeln. Er selbst nahm zwanzig Mann auf seinen Heuboden, dazu einen Offizier ins Fremdenzimmer. Das Gros der Soldaten kam aufs Gut. Die Zeit war dafür günstig, das Vieh befand sich auf den Weiden, die Scheunen waren noch leer. Der Major stellte den Festsaal des Schlosses für den Stab der Blauen zur Verfügung. Die Roten lagen irgendwo im Pangewald und warteten auf das Signal zum Angriff.

Hermann war schon kurz nach Sonnenaufgang auf den Beinen und sah zu, wie die Soldaten von Steputats Heuboden kletterten. Dann unter die Pumpe. Den verstaubten Oberkörper abwaschen. Schnell einen Zug aus der Zigarette, weil man auf dem verdammten Heuboden nicht hatte rauchen dürfen. Martha kochte mit allen Töpfen Kaffee, anschließend Eier und wieder Kaffee, während Hermann draußen auf dem Hauklotz saß und Soldatenknäckebrot probierte. Neben ihm die zu einer Pyramide zusammengestellten Karabiner. So viel gut geöltes Eisen gab es nicht jeden Tag in Jokehnen zu sehen. Er durfte ein Gewehr anfassen, durfte es über die

Schulter legen. Himmel, war das schwer. Ein Unteroffizier aus Küstrin fotografierte Hermann, wie er, die rechte Hand zum deutschen Gruß erhoben, die linke am Gewehrkolben, barfuß vor den Brennesseln am Zaun der Markowschen stand.

Jokehnen glich einem Heerlager. Gänse und Enten mußten ihre Plätze auf dem Anger räumen und in den Teich flüchten. Ein Fesselballon hing über dem Gutspark. Und gegen Mittag landete ein Fieseler-Storch auf dem Anger, dicht neben Seidlers störrischem Schafbock, der sich vor Angst fast das Genick brach. Klose gab den Kindern schulfrei und zog auch selber hinaus, um das Manöver zu sehen. Die meisten Kinder lagerten in der Nähe der Gulaschkanone, die man im Schatten der Bäume an der Gutsauffahrt aufgestellt hatte. Nur Hermann zog es zu Onkel Franz. Er bettelte so lange, bis Onkel Franz den Osterhasen und die Zigansche sattelte. Als Zuschauer ritten sie über das Jokehner Schlachtfeld. In den Gärten zwischen Johannisbeersträuchern und Holunderbüschen lagen die Blauen. Sogar eine Kanone war dort gut getarnt in Stellung gefahren, unter einem Kruschkenbaum. Ihr schwarzes Maul richtete sich auf den Pangewald zwischen Jokehnen und Skandlack. Am Waldrand hatten die Roten ihre Stahlhelme mit Birkenreisig verziert, robbten hinter Grasbüscheln und tarnten zwei im Unterholz stehende Panzerwagen. Zwischen Blauen und Roten ritten Onkel Franz und Hermann durch das Niemandsland.

Alle Arbeit ruhte auf den Jokehner Feldern, weil nach Kleinmittag das Manöverspektakel begann. Die Roten krochen aus der Pange, versuchten, den Blauen das Dorf Jokehnen abzunehmen. Ihre beiden Panzer, mit Laub behängt wie Pfingstwagen, rollten von Westen auf das Dorf zu, fest entschlossen, Petersilie, Mohrrüben und morsche Zäune niederzuwalzen. MG-Garben aus Platzpatronen. Da wirbelte es richtig Staub auf. Wenn die Panzer ihre Kanonen abschossen, gab es einen Knall, der bis Drengfurt zu hören war. Und Qualm vor der Mündung.

Der Major stand mit den Offizieren des blauen Stabes auf dem Schloßturm und ließ sich den Einsatz der Panzerwaffen erklären. Er schwärmte von seinen Reitermanövern im märkischen Sand und bedauerte, daß die Roten keine Kavallerieattacke auf Jokehnen ritten.

Nach einer halben Stunde war alles vorbei. Keine Schießerei mehr. Unklar blieb, ob die Roten oder die Blauen gesiegt hatten. Waren die Panzer geknackt? Geknackt oder nicht, sie mahlten mit offener Luke durch die Patschlöcher der Feldwege. Die Kinder begleiteten sie ins Dorf. Bis zur Gulaschkanone. Auf dem Schlachtfeld von Jokehnen aber blieben leere Patronenhülsen zu Tausenden zurück. Reiche Beute gab es in den MG-Nestern. Dort fanden sie ganze MG-Gurte mit leeren Patronen im Sand. Wie die Marodeure zogen die Kinder über das Feld, um die Schätze des Manöverkrieges zu sammeln. Am nächsten Tag befahl Lehrer Klose, die gesammelten Patronen und MG-Gurte abzuliefern. Die deutsche Wehrmacht brauche das Zeug, um neue Patronen zu schmieden und stark und mächtig zu werden. Natürlich gingen nicht alle Patronen zurück. Sie waren so praktisch für alle möglichen Zwecke. Pfeifen konnte man darauf wie eine Lokomotive. Warf man sie in die Luft, zogen sie heulend ihre Bahn wie gefährliche Geschosse. In Hermann weckten die leeren Patronenhülsen eine schlummernde militärische Begabung. Er stellte sie in langer Reihe neben sein Bett auf die Fensterbank. Da verwandelten sich die blanken Metallhülsen in tatsächliche Soldaten, die über die Fensterbank marschierten, an der Gardine ausschwärmten, sich in Rote und Blaue teilten, angriffen, umfielen, wieder aufgebaut wurden, endgültig unter das Bett rollten und von Martha mit dem Besenstiel hervorgeholt werden mußten. Ja, das war ein großartiges Erlebnis, das Jokehner Manöver. Das Soldatenleben auf dem Anger, auf dem Heuboden mit Knäckebrot und Hirsebrei, die lachenden Gesichter über den Uniformen, die im Gleichschritt durchs Dorf marschierenden Stiefel. Frauen, die den Soldaten Marmeladeneimer mit Himbeersaft an den Weg stellten. Kinder, die ihnen nachliefen, als ziehe ein Zirkus ins Dorf. Es war schon schön, Soldat zu spielen! Martha sang ihm ein neues Lied vor:

»Zehntausend Mann, die zogen ins Manöver,
hei rumfidebum, der Stiefel ist krumm,
der Absatz liegt daneben, rumfidebum ...«

Martha sang, und Hermann marschierte mit seinen fünf Jahren mächtig um den Tisch im Wohnzimmer, immer ins Manöver.

Nein, den 18. August 1939 würden die Jokehner nicht so leicht vergessen. »Nun ist der Behrend auch schon verrückt geworden«, sagte Onkel Franz am Abend jenes Tages. Wie das kam? Nun, Bauer Behrend vom Jokehner Abbau hatte seine Getreideernte gut verkauft; gleich auf dem Feld neben dem Dreschkasten hatte er das mit Mischkat von der Raiffeisenkasse Rastenburg per Handschlag erledigt. Dann hatte er den Abend über gerechnet. Bis kurz vor Mitternacht. Am nächsten Morgen, jenem denkwürdigen 18. August, stand er frühzeitig auf. Sagte keinem ein Wort. Ließ den Knecht anspannen und zum Zug fahren. Nach Gerdauen. Dort stieg er um. Als er in den Polstern des Schnellzuges nach Königsberg saß, als er wieder genug Zeit zum Denken hatte, kamen ihm erste Zweifel. Und dann erst auf dem Königsberger Bahnhof. Sollte er wieder umkehren? Es half nichts, er mußte am Heumarkt in eine

Kneipe und alles, was sich ihm innerlich in den Weg stellte, mit drei Wacholderschnäpsen hinunterspülen. Jetzt ging es besser. Er fragte sich durch zur Langgasse. Wie hieß das doch? Blaschke & Co. oder so ähnlich. Sollte er hineingehen? Als er die erschreckend laut schellende Eingangstür hinter sich hatte, nahm Bauer Behrend ehrfürchtig die Schirmmütze ab und drehte sie in seinen Händen. Er fuhr ein wenig zusammen, als ein Herr mit Stehkragen und schwarzem Anzug auf ihn zutrat. Mein Gott, sah der fein aus! Und Behrend hatte für diese Fahrt nicht einmal seine Wäsche gewechselt. Bauer Behrend zeigte auf den Zwei-Liter-Opel im Ausstellungsraum. Den da, genau den wollte er kaufen. Was der so koste? Der mit dem Stehkragen öffnete bereitwillig die Autotüren. Behrend zögerte, sich auf das Saffianleder zu setzen. Er sah seine vom Staub der Jokehner Feldwege bedeckten Schuhe, die leicht nach Kuhmist riechende Joppe. Gerade hier in dieser Umgebung fiel ihm das auf. Er strich mit der schwieligen Hand über den Lack und fuhr zurück, weil er fürchtete, Schrammen zu hinterlassen.

»Den nehm ich gleich mit«, brummte Behrend.

Nein, den nicht, aber den anderen da hinten. Der ist nur zweihundert Mark teurer. Ja, wie ist das überhaupt mit der Bezahlung?

Behrend fummelte die Raiffeisenabrechnung aus der Joppe, schob sie über den Tisch zu dem Stehkragen. Raiffeisen aus Rastenburg schickt das Geld nach Königsberg. Der Mensch wollte mit Raiffeisen in Rastenburg telefonieren. Während der Stehkragen mit Rastenburg sprach, schob ein Monteur den hellgrauen Opel vor die Tür. Er erklärte auch die Knöpfe und Hebel, brauste mit Behrend einmal den Steindamm rauf und runter, stellte den Wagen gleich in die richtige Richtung, die aus Königsberg hinausführte. Richtung Jokehnen.

In Jokehnen kamen die Gespanne vom Feld, als der hellgraue Opel um die Wickerauer Kurve bog. Vor der Jokehner Mühle hielt Behrend an, umschritt bedächtig sein Auto und wischte mit dem Taschentuch den Staub von der Kühlerhaube. Dann schlug er sein Wasser an einem Chausseebaum ab.

Es war das erste Auto in Jokehnen. Nicht einmal der Major hatte sich einen Horch aufschwatzen lassen, obwohl Inspektor Blonski dauernd davon redete. Krugwirt Wittkuhn sparte noch Dittchen für ein Auto, weil er nicht auf Kredit kaufen wollte. Onkel Franz hielt Autos für eine verrückte Mode, und sonst gab es keinen Menschen in Jokehnen, der an ein Auto denken durfte, nicht einmal Steputat oder Lehrer Klose.

Auf dem Behrendschen Hof riß sich der Hund von der Kette, als das Auto hupend neben der Mistkuhle zum Stehen kam. Else Behrend lief mit zwei Kindern an der Hand aus der Küche. Die Knechte kamen grinsend näher, stützten sich auf ihre Forken und starrten das blanke Vehikel an. Else Behrend streichelte das rote Saffianleder. Sie band die Schürze ab und setzte sich auf den Rücksitz. Kühl und glatt fühlte sich das Leder an. Es erinnerte sie an etwas Angenehmes, an ein phantastisches Märchen, einen sentimentalen Roman aus ihrer Mädchenzeit.

Nach dem Abendessen fuhren sie beide eine Runde. Nach Marienthal und über Wolfshagen zurück. Else hatte das gute Kleid angezogen; in ein neues Auto darf man nicht mit einem Küchenkittel einsteigen. Behrend mußte noch nach den Bullen auf der Waldwiese sehen. Er erledigte das zum erstenmal per Auto, gewöhnte den Wagen gleich an den schrecklichen Holperweg durch den Wald. Die Bullen standen hinter dem Zaun und glotzten das Auto an. Behrend stieg aus, zählte sie. Als er zurückkehrte, um Else zu holen, fand er sie auf dem roten Saffianleder des Rücksitzes halb sitzend, halb liegend. Da überkam es ihn, während die jungen Bullen ihre Köpfe über den Zaun reckten ... Wie praktisch ist doch Saffianleder. Es läßt sich alles abwischen. Außerdem kühlt es so angenehm. Sie fuhren noch öfter zur Waldwiese. An einem Sonntag brauste Behrend sogar nach Rastenburg und spendierte seiner Frau Himbeereis und Mokka-Kaffee, ja er war ganz verrückt geworden, der Bauer Behrend. Und dann hatte plötzlich die Herrlichkeit ein Ende. Die Reichsverordnung über die Weiterbenutzung von Kraftfahrzeugen vom 6. September 1939 verbot auch Bauer Behrend aus Jokehnen, den hellgrauen Opel weiter in Betrieb zu setzen. Ein Opfer für den großen Krieg. Ende September kam ein Wehrmachtsauto, um die Reifen abzuholen. Na klar, die brauchten sie, weil im polnischen Schlamm so viele Reifen hinübergegangen waren! Behrend bockte das verstümmelte Fahrzeug in der Scheune auf, ließ sich von Else ab und zu überreden, zu dem roten Saffianleder zu gehen. Aber als der Herbstregen einsetzte, wurde es zu kühl in der Scheune.

Als sich der Sieg in Polen klar abzeichnete, Behrends Ernte auch eingebracht war, kam ihm in einer heroischen Anwandlung der Gedanke, freiwillig den feldgrauen Rock anzuziehen. Aber Else überzeugte ihn mit Texten aus dem »Landboten«, daß es jedermanns Pflicht sei, auf seinem Posten auszuharren, sei es an der Front, in der Fabrik oder hinter dem Pflug. Also blieb Bauer Behrend hinter dem Pflug.

Steputat trug die ganze Last des Krieges. Pferde zählen, Einberufungen zusammenstellen. Ortsgruppenleiter Krause gab ihm per Telefon die Polizeiverordnung über das Verbot von Tanzlustbarkeiten im Kriege durch. Also mußte Steputat sich auch darum kümmern, daß das

Schützenfest im Jokehner Krug einen würdigen Rahmen erhielt. Kein Tanz, ernst, feierlich, getragen. SA-Führer Neumann erkundigte sich, wie die Luftschutzvorkehrungen Jokehnens beschaffen seien. Er würde zur Besichtigung kommen. Dann die ersten Marken: Lebensmittelkarten, gelbe Kleiderkarten, Reichsseifenkarten. Auch Martha mußte mithelfen, die papierne Flut zu bewältigen.

Diese lästigen Äußerlichkeiten blieben vorerst das einzige Zeichen des Krieges in Jokehnen. Kein Kanonendonner von Neidenburg und Ortelsburg wie damals im August 14. Hermann wartete vergeblich auf durchziehende Soldaten. Wo war denn der Krieg? Da haben wir nun einen richtigen Krieg, aber er ist langweiliger als das Manöver Blau gegen Rot im Pangewald. Kämmerer Mikoteit kam sich verabschieden. Er wurde als Feldwebel der Reserve nach Stablack geholt. Sogar der Major ritt an dem Tag, als England in den Krieg eintrat, über den Anger zu Steputat und schimpfte über den Dilettanten aus Braunau, der Deutschland nun doch wieder einen Zweifrontenkrieg aufgehalst hatte.

Eines Tages kam eine fremde Frau mit zwei kleinen Kindern an der Hand von der Bushaltestelle zur Bürgermeisterei. Das war die Frau Busch aus Königsberg. Sie gehörte zu der Familie, bei der Karl Steputat gewohnt hatte, als er noch Wedekinds Schauspiele sah, Ausstellungen besuchte und zweifelhafte Bücher las. Im Gegensatz zu den bedächtigen Jokehnern hatte die Frau aus Königsberg die Panik ergriffen. Sie befürchtete polnische und englische Luftangriffe auf Königsberg, wußte auch, daß über Pillau schon ein englischer Aufklärer gesichtet worden sei. In einem Dorf wie Jokehnen sei man viel sicherer. Steputat meinte zwar, Jokehnen liege gut siebzig Kilometer näher zur polnischen Grenze als Königsberg, aber er konnte die Buschen schlecht zurückschicken. Sie hatte es nun einmal mit ihren Fliegerangriffen.

Für Hermann brachte der Besuch Bananen mit. Bei Kriegsausbruch hatte die Buschen die Südfruchtgeschäfte Königsbergs abgeklappert und eingekauft, was zu kaufen war. Zum erstenmal in seinem Leben bekam Hermann diesen Genuß aus Afrika zu Gesicht. Abgesehen von den Bananen war ihm der Besuch eher lästig. Mit den kleinen Kindern ließ sich noch nichts anfangen; außerdem wirkten sie städtisch verpimpelt, liefen nicht einmal barfuß im Jokehner Septemberdreck. Na, und die Frau erst! Die rannte ständig mit einer Leidensmiene herum, schreckte bei ungewöhnlichen Geräuschen auf und machte den Eindruck, sie habe Gewißheit über den bevorstehenden Weltuntergang. Auch Martha zeigte mehr als nötig, daß ihr diese Art Besuch nicht gefiel, wobei sicherlich eine Rolle spielte, daß die Buschen jünger aussah und großstädtische Kleidung trug. Und eines Tages stellte Martha fest, daß die Buschen gelegentlich die Lippen anmalte und heimlich auf ihrem Zimmer rauchte. Sie sprach sie darauf an. Sie glaubte sich im Recht. Sie sagte voller Überzeugung, daß sie das für ein schändliches Benehmen halte, gerade jetzt, da deutsche Männer im Krieg ihr Leben ließen. Immerhin war der Mann der Buschen auch dabei, als Zahlmeister irgendwo am Westwall.

Zum Glück schaffte die deutsche Wehrmacht den Polenkrieg in gut drei Wochen. Bei längerer Dauer wäre es zwischen Martha und der Buschen zu einer Katastrophe gekommen, und auch Hermann hätte dem ältesten der beiden Kinder bei passender Gelegenheit ein Loch ins Ohr gebohrt. Der schnelle Sieg in Polen löste alle Probleme. Steputat brachte die Frau zur Bushaltestelle, während Hermann aus dem Hinterhalt die Kinder mit Eicheln bewarf.

Aber der Besuch aus Königsberg hatte auch sein Gutes. Er gab den Anlaß, daß Steputat einen Radioapparat kaufte. Die Buschen hatte täglich für teures Geld mit Bekannten in Königsberg telefoniert, um die neuesten Nachrichten zu hören. Gerade im Krieg ist es wichtig, informiert zu sein. Auch Steputat störte es, die Einnahme Warschaus nur aus zweiter Hand und mit erheblicher zeitlicher Verzögerung zu erfahren. Das Radiogeschäft Gaidies lieferte Steputat per Omnibus ein schönes braunes Gerät, dazu einen Akku, denn Jokehnen besaß noch kein elektrisches Licht. Als Steputat den Kasten auspackte, flatterte ihm ein Zettel mit der Verordnung über außerordentliche Rundfunkmaßnahmen vom 1. September 1939 vor die Füße:

Im modernen Krieg kämpft der Gegner nicht nur mit militärischen Waffen, sondern auch mit den Mitteln, die das Volk seelisch beeinflussen und zermürben sollen. Eines dieser Mittel ist der Rundfunk. Jedes Wort, das der Gegner herübersendet, ist selbstverständlich verlogen und dazu bestimmt, dem deutschen Volke Schaden zuzufügen. Die Reichsregierung weiß, daß das deutsche Volk diese Gefahren kennt, und erwartet daher, daß jeder Deutsche aus Verantwortungsbewußtsein es zur Anstandspflicht erhebt, grundsätzlich das Abhören ausländischer Sender zu unterlassen. Für diejenigen Volksgenossen, denen dieses Verantwortungsbewußtsein fehlt, hat der Ministerrat für die Reichsverteidigung die nachfolgende Verordnung erlassen ...

Es folgten Zuchthaus, in leichten Fällen Gefängnis, Einzug des Geräts. Wer ausländische Nachrichten weiterverbreitet, Zuchthaus, in schweren Fällen Tod.

Zuständig sind die Sondergerichte.

Steputat erschrak, als er sich über die Gefährlichkeit des für viel Geld gekauften Geräts klar wurde. Tod und Zuchthaus dafür, daß man an einem falschen Knopf drehte. War das nicht etwas viel? Aber Kriege sind Ausnahmesituationen, die besondere Maßnahmen rechtfertigen. Deutschland kämpft um sein Leben.

Zum erstenmal ertappte Steputat sich dabei, daß er für die da oben Entschuldigungen suchte.

Das Radiogerät kam so rechtzeitig, daß Steputat die Sondermeldungen über das Ende des Polenkrieges hören konnte. Steputat ging, eine Friedenszigarre rauchend, durch die gute Stube. Martha stand mit vor der Schürze gefalteten Händen in der Tür. Hermann kauerte auf dem Teppich vor dem Gerät. Ein ergreifendes Gefühl: Sieg! Ostpreußen kehrte heim ins Reich, vom Adolfche heimgeholt. Ostpreußen war keine Insel mehr. Hermann rannte mit der Nachricht durch das Dorf, rannte auch zu Onkel Franz, der vorbeikam, um die Berichte aus dem neumodischen Apparat zu hören.

»Jetzt haben wir alle Kräfte frei gegen Frankreich und England«, sagte Steputat selbstbewußt.

»Die werden wir auch brauchen«, meinte Onkel Franz. Aber auch er freute sich, daß es gutgegangen war. Polen hatte so nahe gelegen, hatte die ostpreußische Insel umklammert gehalten. Jetzt konnten Onkel Franz' Kartoffeln mühelos ins Reich transportiert werden.

»In Marienthal ist der junge Klischke gefallen«, sagte Onkel Franz nach einer Pause.

Das war der erste Tote, von dem sie hörten. Verwundete gab's schon genug, sogar Kämmerer Mikoteit hatte einen Granatsplitter in die Wade bekommen, ärgerlicherweise von der eigenen Artillerie. Er lag in einem Lazarett bei Deutsch-Eylau.

»Jetzt ist's genug«, meinte Onkel Franz nachdenklich. »Der Hitler soll man jetzt Schluß machen. Wir brauchen keinen Krieg. Wir haben Ackerland genug, um zu leben. Wenn sie die verkommenen Güter aufsiedeln und das Land den Bauern geben, werden wir in Deutschland nie mehr hungern.«

»Das kommt alles später«, beruhigte ihn Steputat. »Im Krieg läßt sich das mit den Gutsbesitzern nicht machen. Nach dem Krieg wird alles erledigt.«

Der Reichssender Königsberg spielte das Deutschlandlied.

»Der Führer hat es gut eingerichtet«, sagte Steputat. »Als es losging, war die Getreideernte schon vorbei, und zur Kartoffel- und Rübenernte sind die Männer wieder zu Hause.«

Bis auf den jungen Klischke.

Wie in jedem Jahr versank Jokehnen in einer Woge von Schlamm und Dreck. Ohne Pferdefuhrwerk gab es da kein Durchkommen. Fahrräder kamen am besten auf die Lucht. Nur die Angerburger Chaussee blieb einigermaßen passierbar, was nicht ausschloß, daß die Gutsgespanne den fahrplanmäßigen Omnibus gelegentlich aus dem Morast ziehen mußten. Das Wasser im Teich stieg und stieg, verschlang die Weidenbüsche am Ufer, dann ein Stück des Angers. Die Schwäne waren fort und auch die Störche. Im Gutspark verloren die Ulmen ihre Blätter; die im Sommer vom Laub überwucherten Schloßtürme leuchteten weiß und kalt.

Ein Glück, daß Hermann Gummistiefel besaß, langschäftige, grasgrüne Gummistiefel, die Steputat vor Kriegsausbruch aus Drengfurt mitgebracht hatte. Damit stromerte er die aufgeweichten Feldwege entlang, holte die letzten matschigen Birnen von wilden Kruschkenbäumen, schoß mit dem Katapult in die Krähenpulks, die über die Felder herfielen und bald auch Gärten und Ställe belagerten. Aber am liebsten watete er im Teich. Bei Ostwind schlug sogar eine leichte Brandung auf die Grasnarbe des Angers. Hermann baute Dämme, wälzte Steine und Grassoden, legte Häfen an und ließ Holzschiffchen gegen England fahren. Gelegentlich versenkte er mit Dreckklumpen einen Geleitzug in der Biskaya, ließ auch mal ein Schiff auf eine Mine fahren. Die wenigen Wildenten, die nach der Jagd geblieben waren, schnatterten laut im Schilf. Überhaupt das Schilf. Dort hinten in dem Dickicht, wo die Kiebitze schreiend ihre Täuschungsmanöver flogen, die braunen Pompesel ihre Köpfe aneinanderrieben, dort gab es eine uneinnehmbare Festung: das verlassene Schwanennest. Dort lag Hermann geschützt vor dem scharfen Südostwind, hörte das Rascheln des Schilfs und blies mit einem Rohr Blubberblasen ins Wasser. Dort war es auch, wo er eines Tages im Wasser watende Schritte hörte. Er richtete sich auf, blickte über die Schilfköpfe hinweg. Da ging einer mit aufgekrempelten Hosen barfuß durchs Wasser und zog einen alten Drahtkorb hinter sich her. War das nicht Peter Aschmoneit, jener Junge, der auf dem Dorfgemeinschaftsabend ein Hitlerfähnchen gegen grünes Brausepulver getauscht hatte? Hermann verließ seine Festung. Aber fort war er, dieser Peter Aschmoneit. Immerhin fand Hermann einen zerfransten Rucksack mit Fischen: Schleie und Karauschen. Er beugte sich über das Getier, nahm einen in die Hand, ließ ihn am Schwanz zappeln und machte Anstalten, den Fisch ins Wasser zurückzuwerfen.

»Nimm die Pfoten weg!« schrie Peter Aschmoneit und kam aus dem Gebüsch. »Wenn du einem was erzählst, ersäuf ich dich«, fuhr er fort, steckte den Fisch wieder in den Rucksack und schnürte zu.

»Was willst damit anfangen?« fragte Hermann.

»Klauen.«

»Warum klauen? Die gehören doch allen.«

»Die Fische ja, aber der Teich gehört dem Gut.«

»Warum klaust du sie denn?«

»Mein Vater hat gesagt, die meisten erfrieren im Winter. Da kann man sie doch lieber vorher in die Pfanne hauen.«

Das leuchtete ein. Peter zeigte ihm, wie er es anstellte. Er suchte flache Kuhlen, aus denen die Fische nicht so leicht entkommen konnten. Dort trieb er sie in die Enge. Dann zog er den Drahtkorb durch. Besonders die Schleie, die sich mit Vorliebe im Dreck einwühlten, holte er heraus.

»Einmal hab ich Feuer gemacht und einen Fisch gebraten. Aber das ist nuscht. Der Blonski sieht den Rauch und kommt angeritten. Damals hat er mir die Reitpeitsche um die Ohren gehauen.«

Hermann bewunderte Peter, der nicht nur Fische fangen, sondern auch Feuer anzünden und Schleie braten konnte. Dabei war er höchstens zwei Jahre älter. Peter warf den Rucksack auf die Schulter, wollte gehen, drehte sich noch einmal um und sagte: »Wenn keinem nuscht sagst, kannst mitkommen.«

Bevor sie die Häuser erreichten, blieb Peter stehen und schüttelte den ganzen Segen ins Gras.

»Mit den zappelnden Biestern kann man nicht ins Dorf, das sieht jeder. Paß auf, daß sie nicht abhauen!«

Peter holte einen Knüppel aus den Weiden, legte sich jeden Fisch zurecht und gab ihm einen Schlag auf den Kopf. Jetzt war Ruhe. Sie sammelten die toten Fische wieder ein, trugen sie abwechselnd bis zu dem Insthaus neben dem Krug, in dem die Aschmoneits wohnten. Viel Kohl im Garten und vertrocknetes Kartoffelkraut. Neben der Tür ein paar welke Sonnenblumen mit hängenden Köpfen.

»Kein Wort sagen!« befahl Peter. »Ich hab da nämlich eine blinde Oma drin.«

Ein Geruch von abgestandener Kartoffelsuppe, Sirup

und feuchten Betten empfing sie. Der Steinfußboden strömte mehr Kälte aus als das Wasser im Teich.

»Bist wieder da, Jungche?« rief eine Stimme aus der Dunkelheit.

Peter warf die Fische in eine Zinkwanne, holte ein Messer und schlitzte ihnen die Bäuche auf.

»Das riecht nach Fisch«, rief die blinde Oma. »Sollst doch nicht klauen, Peterche. Wer viel klaut, muß viel beten.«

»Hab doch nicht geklaut, Oma.«

»Hat Blonski dir wieder Fische geschenkt?«

Peter brummte etwas vor sich hin.

»Der Blonski ist doch ein guter Mensch«, sagte die Alte.

Peter stocherte im Herdfeuer, ließ Hermann Holz holen und schlug Schweineschmalz in die Pfanne.

»Vergiß das Salz nicht, Jungche«, mahnte die blinde Oma.

»Wo ist deine Mutter?« fragte Hermann leise.

»Die arbeitet im Gut.«

»Und dein Vater?«

Peter hörte auf, Fische zu zerlegen. Grinste. Legte die rechte Hand an die Schläfe. »Peng ... peng! Der hat schon drei Polen umgelegt.«

»Was sagst, Jungche?«

»Nuscht, ich sprech man bloß mit den Fischkes.«

In kurzer Zeit verwandelten sie die Küche in eine Räucherkammer. Als sie fertig waren, stellte Peter einen eisernen Rost auf den Küchentisch und darauf die Pfanne mit den Karauschen.

»Krieg ich auch einen ab?« fragte die blinde Oma.

Sie kam an zwei Krücken aus dem Dunkel geschlurft, steuerte zielbewußt auf den Tisch los, suchte sich ihren Schemel. Ihre grauen, leeren Augen versuchten zu erfassen, was vorging.

»Fall nicht wieder hin, Oma«, mahnte Peter.

Als sie Platz genommen hatte, glitten ihre Hände suchend über die Tischplatte.

»Verbrenn dir nicht die Pfoten, Oma.«

Peter legte eine goldgelbe Karausche vor Hermann auf den Tisch.

»Brot ist keins da«, sagte er entschuldigend.

»He, was brauchen wir Brot, wenn wir Fisch haben«, mischte sich die blinde Oma ein.

Hermann schaffte sie nicht, die goldgelbe Karausche. Er starrte die Frau an, sah die trockenen Finger, die die Gräten aus den Fischleibern rissen, die das Fleisch in den Mund schoben, immer wieder nachstopften. Manchmal spuckte sie auf die Steinfliesen.

»Hau rein, das gibt Kraft, Jungche. Sollst so stark werden wie dein Vater.«

Sie vertilgten alle Fische bis auf zwei Karauschen, die Peter für die Mutter in die Röhre schob.

»Und die Gräten bring der Katz«, schlug die blinde Oma vor. »Dem armen Tierchen soll's auch gutgehen.«

Sie kamen rechtzeitig, bevor die Zuckerrüben Ende November auf den Feldern einfroren. Sie trugen die eckigen polnischen Soldatenmützen, braune Mäntel ohne Gürtel und zerrissenes Schuhzeug. Ein Posten mit aufgepflanztem Bajonett brachte sie auf einem offenen Rübenwagen nach Jokehnen. Wochen später folgten die Zivilisten, Männer und Frauen.

Das also waren die Polen! Sie sahen so aus, wie sich die deutsche Überheblichkeit damals die Polen vorstellte, zerlumpt und frierend, schmutzig. Es ging das Gerücht um, sie hätten allesamt Läuse, und das war das Schlimmste, was man in Jokehnen haben konnte. Gerade der Dreck der ostpreußischen Wege, das reichlich vorhandene Ungeziefer, die nahe Grenze, die nach deutscher Meinung nicht nur eine Grenze der Slawen und Germanen, sondern der Wanzen und Läuse war, machte die Reinlichkeit zu einem Götzendienst. Läuse haben, es gab nichts Schrecklicheres in Jokehnen.

SA-Führer Neumann nahm sich dieser Sorgen an. Die polnischen Gefangenen und Zivilisten sollten vor ihrer Verteilung auf die Bauernhöfe und Güter einer gründlichen Reinigungsprozedur unterworfen werden. Wir wollen das deutsche Heim nicht verwanzen und verlausen! Das Gut stellte einen Kübel grüner Seife und die Gutswaschküche für die Mädchen, die Schweinsküche für die Männer zur Verfügung. Dort schrubbten sie sich gegenseitig mit Seife ab, während die Kleidung in den Kesseln kochte. Für die Haare hatte Neumann eine besondere Tinktur besorgt; nach dem Bad mußten sich die Polen damit Kopfhaare, die Achselhöhlen und das Schamhaar einreiben.

»Erst mal Menschen machen aus den Pollacken!« sagte Blonski.

Das Gros der Männer blieb auf dem Gut. Wegen der Zuckerrübenernte. Onkel Franz, der zwei Knechte an die deutsche Wehrmacht hatte abgeben müssen, erhielt zum Ausgleich Alex aus Krakau, Anton aus Suwalki und die kleine schwarzhaarige Jescha. War die nicht viel zu zierlich für die Küchenarbeit?

Auch Bauer Behrend kaufte reichlich Arbeitskräfte ein. Es sprach sich bald herum, daß die Polen preiswert waren. Sogar die Wittkuhnsche aus dem Krug ließ sich eine Maruschka für die grobe Arbeit schicken. Schließlich erwog auch Steputat, zur Unterstützung seiner Frau ein Polenmädchen anzufordern. Aber Martha brauchte keine Hilfskraft. Sie hatte Angst um ihr Kind, denn ein Polenmädchen konnte Krankheiten oder Ungeziefer ins Haus schleppen.

Ein ganz neues Gefühl überkam die einfachen Jokehner Menschen. Deutsche brauchten nur noch höherwertige Arbeit zu leisten, den Dreck erledigten die Fremden. Das war der natürliche und gottgewollte Lauf der Dinge und die Bestätigung einer Überlegenheit, die seit Jahrhunderten als ausgemacht galt. Der dreckige Pollack und der naive brutale Russe hatten Jahrhunderte lang staunend zuschauen können, wie die Deutschen aus Steinen Brot machten.

Kaum hatten die Polen sich eingelebt, als Else Behrend weinend zu Steputat gelaufen kam, weil sie sie wieder loswerden wollte. Da war nämlich ein Fehler passiert. Bauer Behrend hatte sich so reichlich mit fremden Arbeitskräften eingedeckt, daß er auf dem eigenen Hof überflüssig geworden war und einen Gestellungsbefehl erhielt. Völlig überraschend und fast im Frieden. Was hatte die Wehrkreisverwaltung mit Heinrich Behrend vor? War es ein Irrtum? Steputat erkundigte sich telefonisch. Nein, kein Irrtum.

»Er darf auf keinen Fall zur Marine, weil er nicht schwimmen kann«, jammerte Else. Ihre Befürchtung war so unberechtigt nicht, denn zu dieser Zeit fand der Zweite Weltkrieg nur auf dem Atlantik statt.

»Können Sie ihn nicht freistellen lassen, Meister Steputat?«

Na gut, Steputat wollte es versuchen.

»Schreiben Sie, daß wir kleine Kinder haben – und hundertfünfzig Morgen Ackerland ... das will bewirtschaftet werden ... und wir sind erst fünf Jahre verheiratet ...«

Nein, das letzte nicht, das half doch nichts. Steputat zweifelte an dem Erfolg seines Gesuchs. So kam es auch. Ortsgruppenleiter Krause rief am nächsten Tag an: »Die Sache ist aussichtslos, da wird nuscht draus. Die Ernte ist eingebracht, und zur Aussaat im Frühjahr ist der Mann wieder auf dem Hof. Dann ist der Krieg zu Ende.«

Lieber Himmel, hatte der einen Optimismus!

Elses Gesuch, ihr den Mann weiterhin zur Verfügung zu stellen, kam nicht über den Papierkorb des Ortsgruppenleiters hinaus. Einfach deshalb nicht, weil es keine plausiblen Gründe gab, und nach den sonstigen Nöten einer alleingelassenen Frau fragte in dieser großen Zeit niemand. Wär ja auch noch schöner!

Vier Wochen hielt sie es aus, dann zeigte sie ihrem Stanislaus, dem breitschultrigen Polen mit dem pockennarbigen Gesicht, das rote Saffianleder in dem in der Scheune aufgebockten Auto. Else Behrend handelte nicht wie eine deutsche Frau, wenn auch immerhin wie eine Frau. Es war verboten, mit Fremdarbeitern an einem Tisch zu sitzen, sie in die Familie aufzunehmen oder gar mit ihnen zu schlafen. Wegen des reinen deutschen Blutes. Und dann die Gefahr, durch zu engen Kontakt ansteckende Krankheiten und Läuse in die deutschen Stuben zu holen. Else Behrend wurde nicht krank, bekam auch keine Läuse, aber um Neujahr 1940 war sie schwanger.

Schneller als gedacht, gewöhnte sich Jokehnen an die fremden Menschen. Die Kinder verloren als erste die Scheu. Anfangs hatten sie in den Holunderbüschen gesessen und »Pollack!« gerufen, aber bald wurde das langweilig. Sie kletterten auf die Rübenwagen, auch wenn die Polen die Zügel führten. Man kannte sich bald mit Namen, und von den Eltern hatte niemand etwas dagegen, wenn die Kinder mit den Polen aufs Feld fuhren. Das tägliche Beisammensein öffnete eine andere Welt, sehr weit entfernt von jenem erkünstelten Unterschied, der in den Zeitungen stand.

Aber dann gab es doch einen Zwischenfall, als ein größerer Junge den Anton von Onkel Franz mit einem

Stein traf. Anton rannte hinterher, erwischte den Lorbaß vor seiner Haustür und verprügelte ihn, nun ja, wie er auch in Suwalki einen solchen Bengel verprügelt hätte. Damit war der Vorfall für Jokehnen abgeschlossen. Aber irgendwie bekam SA-Führer Neumann Wind davon. Er meinte, ein Pole habe gefälligst seine Finger von einem deutschen Arsch zu lassen, und schickte drei SA-Männer mit Fahrrädern nach Jokehnen, die es Anton in dunkler Nacht heimzahlten.

Auch die Polen gewöhnten sich an Jokehnen. Sie konnten sich frei im Dorf und den umliegenden Ortschaften bewegen; aber ausreißen war verboten. Nur wenige versuchten es, denn stärker als das Heimweh war die Einsicht, daß zu Hause schlimmere Zustände herrschten als in dem vergleichsweise gemütlichen Jokehnen. Wen es dennoch überkam, der wurde von der Polizei im Süden aufgegriffen. Es kam dann ein Bericht an den Bürgermeister von Jokehnen, aus dem hervorging, der polnische Fremdarbeiter Soundso sei beim Grenzübergang Neidenburg festgenommen und weisungsgemäß dem Sicherheitsdienst überstellt worden.

An den großen kirchlichen Feiertagen kamen sie in einer Bude in Jokehnen zusammen, zwanzig oder mehr. Zusammenrottungen dieser Art waren zwar verboten, aber es gab niemand in Jokehnen, der die Polen deswegen anzeigte. Woher bekamen die eigentlich den Schnaps? Sie machten irgendeine Maruschka betrunken und stiegen alle über sie her. Anschließend gab es Schlägerei, meistens auch um eine Maruschka. Dabei kamen auch die Messer zum Einsatz. »Das ist der Unterschied«, sagte Karl Steputat. »Die Deutschen prügeln sich mit Fäusten, die Polen mit Messern.«

Die Bauern behandelten die Polen gut, so wie man einen braven Hund behandelt. Nur Inspektor Blonski hatte es nötig, seine kleine Gestalt zu bestätigen, indem er die Polen vom Pferd herab anschrie. Es war jene Zeit, in der deutsche Soldaten vom Westwall bis zur Memel das Lied vom Polenmädchen sangen: In einem kleinen Teiche, da fand man ihre Leiche, die war so schön! Vergiß Maruschka nicht, das Polenkind.

Am Weihnachtsmorgen ließ Onkel Franz die Pferde vor die Schlitten spannen zur Kirchfahrt ins katholische Rößel. Jescha, Alex und Anton durften mit.

»Sie sind doch auch katholisch«, hatte Tante Hedwig gesagt.

Jescha lief in aller Frühe aufgeregt im Hause herum, verplemperte Milch, vergaß, die Puten zu füttern. Ihr langes, schwarzes Haar lag wie ein Kranz um den Kopf. Tante Hedwig hatte ihr einen Pelz geliehen. Im ersten Schlitten saßen Onkel Franz und Tante Hedwig; die Zigansche und der Osterhase zogen den Bimmelschlitten. Dahinter die drei Polen, Jescha zusammengekauert in der Mitte, Wärme spendend. Niedlich sah sie aus. Auf den hartgefrorenen Straßen lag Neuschnee. Die Rauchsäulen aus den flachen Häusern stiegen kerzengerade in den verhangenen Himmel; das Läuten der Glocken am Pferdegeschirr war das einzige Geräusch dieses Weihnachtsmorgens. Jescha blies den warmen Atem unter die rotgefrorene Nase. Es war fast so wie Weihnachten am San. Die gleiche weiße Eintönigkeit des Ostens, die Häuschen, die sich ins Land duckten, um den Schneestürmen keinen Widerstand zu bieten, der zugefrorene Teich mit den Spuren der Hasen und Krähen.

In Rößel stand der Kirchplatz voller Schlitten und Kutschen. Anton blieb bei den Pferden, Jescha und Tante Hedwig gingen nebeneinander in die Kirche. Sie saßen auch zusammen. Sie waren plötzlich alle gleich, sie tauchten die Finger in das gleiche Weihwasser und schlugen das Kreuz. Beim Abendmahl lagen sie nebeneinander auf den Knien.

Zu Hause brachte Alex die Pferde in den Stall. Tante Hedwig holte die Polen aus der Gesindestube an die gemeinsame Weihnachtstafel. Gänsebraten. Tante Hedwig betete deutsch, Jescha polnisch. Die Männer falteten nur die Hände. Weihnachten 1939 in Jokehnen. Noch ist Polen nicht verloren!

Erste Kriegsweihnacht, aber nichts vom Krieg zu merken. Der Weihnachtsmann kam wie immer nach Jokehnen. Schon seit Anfang Dezember spukte er durch das Dorf, sorgte dafür, daß die Kinder vor Anbruch der Dunkelheit vom Eis kamen, ihre Schularbeiten erledigten und der Mutter Holz aus dem Schuppen holten. Neben der kinderfressenden Kornmuhme und der hexenden Zigansche war der Weihnachtsmann der dritte Schrecken der Jokehner Kinder. Straßenwärter Schubgilla verdiente sich mit diesem Schrecken eine Kleinigkeit dazu, um seine neun Kinder durchzubringen.

Zum erstenmal erschien Schubgilla am Nikolausabend bei Hermann Steputat. Er begnügte sich noch damit, ans Fenster zu klopfen und die schauderhafte Larve zu zeigen, die Generationen von Kindern in Angst und Schrecken versetzt hatte. Sogar Heinrich aus Masuren wurde es unheimlich, wenn diese Fratze hinter der Scheibe auftauchte und Hermann unter den Tisch sprang, um sich in der halbgefüllten Flickenkiste zu verbergen.

Beim zweitenmal – eine Woche vor dem Fest – kam der Weihnachtsmann sogar ins Haus. Er stand auf der Schwelle, brachte viel Kälte und schmutzigen Schnee mit, fuchtelte mit einem abgenutzten Besen und ermahnte Hermann, sich keine Frechheiten gegenüber der Mutter herauszunehmen.

Bei Peter Aschmoneit ließ sich der Weihnachtsmann nicht blicken.

»Sei froh, Jungche, daß der nicht kommt«, sagte die blinde Oma. »Er haut dir den Arsch voll, daß du nicht sitzen kannst.«

Die Prügel hätte Peter wohl in Kauf genommen, wenn er nur gekommen wäre. Hing das mit dem Fischeklauen zusammen?

Drei Tage vor dem Fest brachte Förster Wiehn auf einem Schlitten Tannenbäume ins Dorf. Und was für Tannenbäume! Da fehlte kein Zweig. Wiehn hatte seine festen Abnehmer. Der größte Baum ging ins Schloß, wo er auf die Veranda gestellt wurde; er war zu groß für irgendeinen Raum im Schloß. Steputat erhielt einen Baum, ebenso der aus dem Krieg heimgekehrte Kämmerer Mikoteit und Krugwirt Wittkuhn. Und immer gab es für Förster Wiehn ein paar Zigarren und ein Schnapsche, im Krug sogar eine ganze Flasche. Die Bauern wurden weniger großzügig bedient; sie mußten ihre Tannenbäume im Gutsbüro bestellen, bar bezahlen und selber von Förster Wiehn abholen. Für die Gutsarbeiter ließ der Major einen Schlitten mit kleineren Bäumen – sie mußten in die niedrigen Stuben passen – auf dem Gutshof abladen. So kam auch Peter zu seinem Tannenbaum. Die Mutter brachte ihn mit, als sie am Nachmittag des Heiligabend vom Melken kam. Die blinde Oma schnupperte sofort den frischen Tannenduft und sang Lieder vom heiligen Christ.

Heiligabend beginnt in Jokehnen am Nachmittag, wenn die Schummerstunde über das Land zieht, wenn der Waldsaum hinter Wolfshagen verschwimmt und die letzten Schlitten mit Holz auf den Gutsweg einbiegen. Bei Steputats gab es nur Pfefferkuchen, noch mit Friedenszutaten gebacken. Marzipan fiel zum erstenmal aus. Hermann durfte die selbstgebastelten Papierketten und Strohsterne in den Baum hängen, während Karl Steputat die Baumspitze anbrachte, die verteufelte Ähnlichkeit mit einem preußischen Kürassierhelm hatte. Hermann wartete auf den Weihnachtsmann, aber der konnte nicht eher kommen, bis Schubgilla von seinem Straßenwärterdienst heimgekehrt war. Martha überbrückte die Zeit, indem sie traurige Lieder sang. Geselle Heinrich wippte mit den Filzpantoffeln den Takt dazu und rauchte Pfeife um Pfeife. Sie war gemütlich, diese Schummerstunde, die Zeit, die zu hell war, um die Lampen anzuzünden, aber zu dunkel, um zu arbeiten.

Für Peter Aschmoneit begann der Heiligabend später. Als die Dunkelheit sich endgültig breitgemacht hatte, nahm er seinen Rucksack und wanderte zum Teich. Er befreite sein Wasserloch von einer dünnen Eisschicht und holte den primitiven Kescher aus dem Versteck im Schilf. Na, mal sehen, was ins Netz ging. Er rührte mit dem Kescher im Wasser, rührte wie in einer Milchsuppe, bis er die dicken Klunker in der Kelle hatte. Er brachte einige Karpfen nach Hause, kleine nur, aber immerhin Karpfen. Außer den Aschmoneits aß nur noch der Major an diesem Abend Karpfen. Peters Mutter kochte sie, die blinde Oma sang »Stille Nacht«, und Peter wartete am Fenster. Aber der Weihnachtsmann kam nicht; das hing sicher mit den geklauten Karpfen zusammen. Geschenke gab es dann doch noch. Sie waren plötzlich da: von der Mutter ein paar Hosen. Die blinde Oma hatte heimlich unter der Bettdecke Handschuhe gestrickt.

»Vielleicht kommt Papa auf Urlaub«, sagte Frau Aschmoneit, als es schon ganz spät war.

Zu Hermann Steputat kam der Weihnachtsmann gegen acht Uhr. Er hatte heftig mit dem Schneefall zu kämpfen, der wie auf Bestellung ostpreußische Weihnacht zauberte. Kein Wunder, daß seine Stiefel Schnee in die gute Stube trugen. Der Matsch lag unter dem Weihnachtsbaum, schmolz und ließ dreckige Lachen zurück, die Martha mit dem Scheuertuch entfernen mußte. Nach dem strengen Einführungszeremoniell mit Gedichthersagen, Ruteschwingen und poltrigem Brummen nahm der Weihnachtsmann im besten Sessel Platz und packte aus. Sehr viel Praktisches, noch kurz vor Kriegsausbruch kleidermarkenfrei eingekauft und für Weihnachten aufbewahrt: Strümpfe, vom Vater genähte Hosen, Stiefel, aber auch ein Baukasten für den U-Boot-Krieg und ein Schwarzer-Peter-Spiel. Martha bekam nichts, aber für Karl Steputat hatte der Weihnachtsmann eine Überraschung im Sack: eine Flasche Friedensrum! Der Weihnachtsmann schlug vor, den Rum sogleich auf seine Friedensqualität zu überprüfen, aber Steputat hatte einen besseren Einfall. Friedensrum sollte man nur im Frieden trinken. Er würde diese Flasche bis zum Endsieg aufbewahren. Feierlich wickelte er den Friedensrum in Goldpapier und verwahrte die Flasche hinter den Kristallschalen im Büfett. Der Weihnachtsmann mußte sich mit Rotwein und einer Zigarre begnügen. Als er ging, steckte Martha ihm für Schubgillas viele Kinder ein ganzes Blech Pfefferkuchen in den Sack.

Hermann lag schon im Bett, als Peter ans Fenster klopfte. Er öffnete, ließ die Schneeflocken in sein Bett wirbeln. Das sah lustig aus wie bei Frau Holle.

»Darfst du so spät raus?« fragte Hermann.

Natürlich, Peter durfte immer raus.

»War der Weihnachtsmann bei dir?« fragte Peter.

Hermann schleppte den U-Boot-Baukasten und das Schwarzer-Peter-Spiel auf die Fensterbank. Als er hörte, daß der Weihnachtsmann Peter vergessen hatte, gab Hermann ihm das Spiel. Peter grinste den Schwarzen Peter an, fand ihn ziemlich lustig, und Hermann behauptete, zwischen den beiden bestehe eine Ähnlichkeit.

Als Peter sich am Fenstersims nicht mehr halten konnte, sprang er zurück in den Schnee. Er schlenderte, beide Hände in den Taschen, über den zugefrorenen Teich. Es machte Spaß, die verwehten Spuren zu suchen. Überall brannte Licht, und doch sah man keinen Menschen. In Drengfurt läuteten die Kirchenglocken. Trotz der wirbelnden Schneeflocken stand der Mond verschwommen, freundlich leuchtend, über dem Friedhof. Hasso, der Jagdhund des Majors, heulte ihn schon den ganzen Abend an. Früher gab es Wölfe im Wolfshagener Forst, hatte die blinde Oma erzählt. Der letzte Wolf war vom Major nach dem großen Krieg im Gutswald geschossen worden. Peter pfiff vor sich hin, weil er ein bißchen Angst bekam wegen der Wölfe. Er trabte über das Eis, um sich warm zu laufen. Wenn er jetzt den Weihnachtsmann träfe, würde er ihm ein Bein stellen. Er mochte Weihnachtsmänner nicht.

Am Weihnachtsmorgen staunte ganz Jokehnen über die vielen Uniformen, die auf der Dorfstraße, auf dem Teich, im Park und auf dem Gutshof spazierengetragen wurden. Weihnachtsurlauber in Feldgrau. Nur einer fiel aus dem Rahmen, Melker August in der schwarzen Uniform der SS. Donnerwetter, das war ein Kerl! Fast zwei Meter, rotblondes Haar, Arme, mit denen man Bäume entwurzeln konnte. Einer lief mit dem Eisernen Kreuz Zweiter Klasse auf dem Teich Schlittschuh. Was mußte der für eine Heldentat vollbracht haben? Nach drei Wochen Polenkrieg schon das Eiserne Kreuz! Die Jokehner Mädchen flanierten, meistens eingehakt zu dritt, kichernd an den Uniformen vorbei. Sogar Melker August war noch zu haben.

Inspektor Blonski lud August für den zweiten Weihnachtstag zu einem Ritt über die Gutsfelder ein. Blonski hatte eine Schwäche für Draufgänger wie August, der es schon als Gutsmelker fertiggebracht hatte, einen wildgewordenen Bullen mit den bloßen Händen zu bändigen. Männer wie Melker August brauchte Großdeutschland, um noch größer zu werden, meinte Blonski.

Nach dem siegreichen Ende des Polenkrieges war auch das Tanzen wieder erlaubt, allerdings mit Würde und Anstand und erst ab sieben Uhr abends. Krugwirt Wittkuhn nahm die Gelegenheit wahr und ließ die Urlauber mit den Dorfmädchen abends in den Saal. Kutscher Borowski spielte Ziehharmonika bis zur Erschöpfung.

Peters Vater fehlte unter den Weihnachtsurlaubern, aber zwei Tage nach dem Fest brachte die Postbotin aus Drengfurt ein Feldpostpäckchen. Es enthielt einen nicht mehr neuen Teddybären, ein Dominospiel und 27 Haselnüsse.

»Das wird er den polnischen Kindern weggenommen haben«, meinte Peter.

»Warum, das kann man doch kaufen?« erwiderte Hermann.

»Man kann es aber auch wegnehmen. Wenn einer den Krieg verliert, verlieren auch die Kinder den Krieg. Im Krieg darf man das.«

SA-Führer Neumann erinnerte dringlich daran, daß Jokehnen ein halbes Jahr nach Kriegsausbruch noch keinen Feuerlöschteich besaß. Steputat erschien das ziemlich sinnlos, denn Jokehnen hatte den Dorfteich, und eine bessere Löschstelle ließ sich beim besten Willen nicht ausheben. Aber Neumann dachte anders darüber. Der Dorfteich ist zu flach, in kürzester Zeit sind die Schläuche voller Dreck und Schlingpflanzen. Nein, Jokehnen brauchte eine richtige tiefe Kuhle.

Den Winter über ließ sich Neumann vertrösten, weil der Boden gefroren war, aber im Frühling gab es kein

Halten mehr. An einem Sonntag rief Steputat die Jokehner Männer zum Schippen zusammen. Na, das gab ein Besäufnis! Als Martha zu Kleinmittag kalte Klopse und Schmalzbrot mit Spirgel brachte, waren die schon im Stiehm.

Gefährlicher konnten Fliegerangriffe auch nicht sein als diese dreckige Kuhle mitten in Jokehnen. Da konnte man hineinstürzen und sich den Hals brechen. Die Kinder umlungerten das Loch, als sollte ein Schatz gehoben werden, sahen zu, wie die angetrunkenen Männer Jokehnens mit Spaten und Schaufel umgingen. Unnötigerweise kam der Major angeritten und machte sich über die fleißigen Jokehner lustig.

»Ihr könnt mir auch so ein Loch im Schloßpark graben für die Jagdhunde zum Baden«, sagte er.

Am Nachmittag – sie hatten gerade, auf dem ausgehobenen Dreck sitzend, sauren Kumst gegessen – kam SA-Führer Neumann, um die Arbeit abzunehmen. Er stelzte mit seinen Langschäftern durch den Dreck, maß Tiefe und Breite und ordnete an, die Kuhle mit einem festen Zaun zu umziehen.

»Sonst ersaufen die Kinder.«

Da Neumann nun einmal in Jokehnen war, erinnerte er sich eines alten Vorgangs.

»Ihr hattet doch früher einen Kommunisten im Dorf«, sagte er.

Ach, der meinte den Maurer Seidler. Ob der nun wirklich Kommunist war oder Sozialist oder irgendein Sektierer?

Neumann wußte noch nicht, was er mit einer solchen Kreatur anfangen sollte. Aber nun war er einmal in Jokehnen und konnte das gleich mit erledigen. Vielleicht ihn erst einmal mitnehmen und verhören.

»Der ist doch früher mit einer roten Fahne durchs Dorf gezogen«, erinnerte sich Neumann.

»Ja, das war in der schlechten Zeit 1923«, meinte Steputat. »Sie hatten ihm den Monatslohn ausgezahlt, etliche Millionen in Scheinen. Und als er damit einkaufen wollte, reichte es nicht für ein Fäßchen Heringe. Da zog er randalierend durchs Dorf.«

»Der bekommt doch schon Rente«, sagte Mikoteit.

»Außerdem war er damals betrunken«, mischte sich Chausseekratzer Schubgilla in das Gespräch. »Der ganze Monatslohn reichte gerade aus, um sich einmal zu betrinken.«

Mit einer Flasche Bärenfang, die von Hand zu Hand ging, gelang es den Jokehnern, SA-Führer Neumann von dem alten Seidler abzulenken. Aber er notierte sich den Fall. Ja, er würde darauf zurückkommen. Feinde muß man ausmerzen, große und kleine!

Am späten Nachmittag zogen sie ziemlich laut und mit markigen Sprüchen zum Krug. Zurück ließen sie einen Haufen Dreck und eine Kuhle – zwei Meter tief –, die sich langsam mit Grundwasser füllte. Später versank der Feuerlöschteich in der Jokehner Wurschtigkeit, im ostpreußischen Dreck und Entenkraut. Er blieb den Poggen und den Kindern überlassen. Ja, die Poggen! Sie bekamen in dem tiefen Tümpel ein vorzügliches Gelände für ihre Weitsprungübungen. An warmen Tagen saßen sie zu Dutzenden auf dem Dreckrand und plumpsten abwechselnd ins Wasser. Manchmal halfen die Jungs mit Steinen nach. Der Feuerlöschteich war ein vortreffliches Zielgebiet für Hermanns Schießübungen. Hermann lag mit Peter in den Weidenbüschen und warf Steine, Lehmkluten, Grassoden. Jeder Einschlag im Feuerlöschteich vernichtete einen polnischen Bunker oder sonst etwas Wertvolles. Peters Idee war es, die Zielübungen zu verfeinern. Die Frösche, die behaglich quakend ihre Köpfe aus dem Tümpel steckten, mußten die Rolle der polnischen Infanterie übernehmen, die von der deutschen Artillerie aus den Weiden unter schweren Beschuß genommen wurde. Nach jeder Kanonade zählten sie die getroffenen Feinde, die mit weißen Bäuchen nach oben im Entenkraut schwammen. Peter spießte sie auf einen Stock und beförderte die toten Frösche aufs Trockene. Dort hatten sie Zeit, langsam zu verwesen, bis allein die dürre Froschhaut übrigblieb.

Der Frankreichfeldzug war doch wesentlich besser vorbereitet. Gleich am Anfang gab es eine schneidige Hymne, die Hermann nach wenigen Tagen auswendig konnte.

»... Über Schelde und Rhein
marschieren wir siegreich
nach Frankreich hinein ...«

Er lag mit Peter hinten im Schilf und sang den Enten und den Unken vor, wie Deutschland siegte. Es fallen auch viele der Besten! Wer fiel denn schon? Ein paar grünschnäbelige Frösche im seichten Wasser und ein Kiebitz, den Peter mit einem Steinwurf aus der Luft holte und den sie auf dem Acker beerdigten. Als Calais fiel, rief Martha die Jungs zur Sondermeldung ins Haus. Siegen! Etwas Großartiges!

Für Jokehnen wurde der Krieg im Westen noch ruhiger als der Marsch durch Polen. Frau Busch aus Königsberg vertraute der deutschen Luftwaffe und floh diesmal nicht vor Fliegerangriffen aufs Land. Es gab keine Einquartierung, auf der Chaussee fuhren keine Militärkolonnen. Alles großer Frieden, große Stille im Osten. Calais lag weit entfernt. Während des Sichelschnitts durch die Ardennen schnitt Onkel Franz die erste Mahd mit Butterblumen und Hahnenfuß auf den Wiesen am Teich. Dabei kam es zu dem furchtbarsten Ereignis jenes Sommers: eine brütende Wildente wurde von dem Grasmäher beinamputiert, flatterte hilflos im Gras umher, fiel beim Landen immer über den eigenen Schnabel, bis der Pole Alex sich des Tiers erbarmte und ihm den Hals umdrehte. Was tun damit? Der Chausseekratzer Schubgilla besaß neun Kinder, die auch einmal Entenbraten essen wollten. Die angebrüteten Eier fingen bald an zu stinken und wurden von Hermann und Peter mit Steinen zu Matsch geschlagen.

Der »Völkische Beobachter« lieferte regelmäßig Sonderbeilagen mit Landkarten über die Gebiete, in denen Deutschland gerade siegte. Steputat heftete eine Karte über die andere an die Wand seines Schneiderzimmers. Im Mai 1940 bedeckte Westeuropa im Großformat die noch frische Kartenlieferung Skandinavien. Geselle Heinrich versuchte, die französischen Namen in seinem masurischen Dialekt so auszusprechen, wie das ein gebildeter Mensch in Masuren getan hätte. Als der Wehrmachtsbericht die Einnahme von Verdun meldete – so im Vorbeigehen ohne viel Aufhebens –, stand Steputat kopfschüttelnd vor der gelben Karte.

»Da haben wir damals jahrelang gelegen.«

»Es kann einem schon unheimlich werden«, brummte Heinrich aus Masuren und starrte auf Steputats Finger, der sich in die Karte von Frankreich bohrte. Es war unfaßbar. Diese schnellen Siege. Auch der Major lieferte sich vorbehaltlos dem Führer aus, als die Hakenkreuzfahne über Paris wehte. Sogar die gefangenen Polen erhielten eine kleine Genugtuung. Wenn das große Frankreich in sechs Wochen niedergewalzt wurde, war es für das kleine Polen keine Schande, sich nur drei Wochen gegen Deutsche und Russen behauptet zu haben.

Im August 1940 kam eine Feldpostkarte von der Biskaya in das kleine verschlafene Jokehnen. Melker August schrieb an Inspektor Blonski – vielmehr ließ er von einem schriftgewandten Kameraden schreiben –, daß er im Atlantik gebadet habe. Auch der Frankreichfeldzug brachte keine Toten für Jokehnen, dafür dem benachbarten Wolfshagen gleich zwei: einen Waldarbeiter, der irgendwo bei Amiens begraben wurde, und einen Knecht, der nach schwerer Verwundung in einem Lazarett in der Eifel starb. Aber ein Ritterkreuz fiel für Jokehnen ab. Der junge Siegfried, der Sohn des Majors, erhielt es für den Einsatz seiner Flakbatterie bei Dünkirchen. Gleichzeitig wurde er zum Oberstleutnant befördert. Den Major kostete dieses Ritterkreuz eine maßlose Aufregung und sämtliche Bestände im Gutsweinkeller. Er rief, was völlig gegen seine Gewohnheit und Selbstbeherrschung war, bei Steputat an, um ihm die Neuigkeit zu berichten. Jokehnen besaß einen Ritterkreuzträger! Natürlich war es ein wenig gemogelt, dieses Ritterkreuz einfach für Jokehnen zu beschlagnahmen, denn der junge Siegfried wohnte seit seinem Studium in Königsberg, hatte dort die kleine, blasse Tochter eines Biologieprofessors geheiratet und besuchte Jokehnen nur zu den großen Feiertagen. Aber er war in Jokehnen geboren, und deshalb gehörte das Ritterkreuz zu Jokehnen.

Bevor er Anfang September mit dem Ritterkreuz in Urlaub kam, schickte er seinem Vater eine Kiste Champagner, wohl ahnend, daß der Gutskeller dieser Auffrischung bedurfte. Ein offener Geländewagen von der Kommandantur in Königsberg brachte den jungen Ritterkreuzträger mit der kleinen weißen Frau nach Jokehnen. Sie kamen ohne telefonische Ankündigung. Plötzlich stand der Wagen vor dem Schloßportal. Während Kutscher Borowski angelaufen kam und der kleinen weißen Frau aus dem Wagen half, ging der junge Siegfried zu den Jagdhunden. Er betrat den Zwinger, ließ sich von den Hunden anspringen, zog seinem Hasso sanft die Ohren lang und versprach ihm einige Entenjagden im Jokehner Schilf. Die kleine weiße Frau stand scheu daneben, spielte mit einem Handtäschchen und gab mit jeder Geste zu verstehen, daß sie die rustikale Derbheit Jokehnens nicht sehr schätzte.

Der Major verzieh es sich lange nicht, daß er die Ankunft seines Ritterkreuzträgers verpaßt hatte. Er befand sich gerade auf einem Spazierritt über die Felder bei der Pange und kam erst heim, als sein Sohn schon in der Gutsküche saß und eine Portion echt ostpreußischen Beetenbartsch vertilgte. Am nächsten Tag wußte es ganz Jokehnen: Der Major hatte geweint, als er seinen Sohn begrüßte.

Zwei Wochen lebte Jokehnen mit seinem Ritterkreuzträger. Er fand sogar Zeit, an der Großen Ostpreußischen Turnierwoche des Insterburger Rennvereins in Trakehnen teilzunehmen, gewann dort auch irgendeinen Preis. Aber meistens ritt er allein durch das Dorf, nur von seinem Jagdhund Hasso begleitet. Er kam den Jokehnern etwas unnahbar vor. Wenn die Kinder laut Heil Hitler riefen, winkte er nur flüchtig zurück. Er saß aufrecht auf dem Pferd wie selten einer, baumlang war er, größer als sein Vater. Seine Blicke schienen über die flachen, schmutzigen Häuser Jokehnens hinauszuschweifen; aber das durfte man ihm nicht übelnehmen. Muß ein Ritterkreuzträger nicht weiter blicken als bis zur nächsten Dorfgrenze? Die Jokehner waren mit ihm zufrieden.

Die kleine weiße Frau konnte und mochte nicht reiten. Kutscher Borowski fuhr sie im Einspänner auf den Feldern spazieren, jeden dritten Tag brachte er sie nach Drengfurt zum Friseur. Sie trug immer helle Kleidung und einen breitrandigen Hut, dazu weiße Handschuhe. Hinter dem grobschlächtigen Borowski saß sie wie ein weißer Schmetterling im Wagen und schaute sanft lächelnd auf die eintönige Schönheit der Weidenalleen, der kahlen Stoppelfelder und der verkrauteten Weiher und Tümpel.

Vor der Abreise seines Ritterkreuzträgers gab der Major ein Fest. Die Auffahrt der Kutschen nahm kein Ende: die Todenhöfers, der Gutsherr von Althof, die Siegfrieds aus Skandlack und Kollkeim, auch ein Lehndorff vom Mauersee war dabei. Alles Herren der fruchtbaren Erde Ostpreußens. Die Größten. Da durfte sich kein Sanitätsrat Wittke oder Pfarrer Broschek einmischen, kein Bürgermeister Steputat und kein Emporkömmling wie der Gutsinspektor Blonski. Allenfalls den Landrat von Rastenburg hätte man geduldet. Und natürlich Offiziere.

Da lag ein Holzstoß im Schloßhof, und bei Einbruch der Dunkelheit legte Kutscher Borowski Feuer. Spanferkel wurden geröstet (Donnerwetter, war das nicht Schwarzschlachten?). Ein Knecht stand in den Büschen und schleppte neues Holz heran, wenn die Glut zu verlöschen drohte. Septembernächte in Ostpreußen sind kühl. Das offene Feuer warf seine Wärme auf die Schloßterrasse, und trotzdem mußte die kleine weiße Frau ihren Mantel überziehen. Gegen Mitternacht war der erbeutete Champagner hin, und die Gäste mußten zu den derberen ostpreußischen Getränken greifen. Nur für die kleine weiße Frau hatte der Major eine Flasche aus Frankreich in Reserve gestellt, der ostpreußische Bärenfang hätte sie umgebracht.

Als die Melker am frühen Morgen auf den Hof kamen und die Petroleumlaternen im Kuhstall anzündeten, ging das Fest zu Ende. Der junge Siegfried wanderte zur Kutscherstube neben dem Pferdestall, wo die Kutscher sich die Zeit mit Rübenschnaps und Kartenspiel vertrieben. Er war ganz beherrscht, ganz gelassen, ein Ritterkreuzträger besäuft sich nicht.

»Ihr könnt anspannen«, sagte er.

Es war die gleiche Nacht, in der Else Behrend ihr Polenkind auf die Welt brachte, ein Kind mit den roten Haaren des Polen Stanislaus. Es lebte nur eine Viertelstunde, weil es einfach nicht schreien wollte. Ja, der Führer hatte recht. Es war nun erwiesen, daß Polenblut und deutsches Blut nicht zusammengehörten, denn das Kind hatte nur eine Viertelstunde gelebt. Nach dieser Viertelstunde Leben begrub Else Behrend ihr Geheimnis und blieb eine treue deutsche Soldatenfrau.

»Hermann Langschlafer«, hänselte der Pole Alex den kleinen Steputat, wenn er frühmorgens über den Anger gelaufen kam, um mit Alex die Milchkannen in die Meierei nach Drengfurt zu fahren. Im Sommer ging das schon früh los, so gegen sechs Uhr. Als Peter Ferien hatte, kam er auch mit. Sie saßen dann zu dritt vorn, und hinten schepperten die Milchkannen. Warum hielt Alex stets die Pferde zurück, wenn sie am Jokehner Dorfkrug vorbeikamen? Warum blickte er jeden Morgen zu dem kleinen Fenster im Dach hinauf? Einmal winkte er sogar und zog seine speckige Mütze. Als Peter dahinterkam, daß in der Dachstube Maruschka wohnte, riefen die Jungs eines Morgens, als sie am Krug vorbeikamen: »Maruschka! Maruschka!«

Lieber Himmel, wurde Alex böse! Er hätte sie fast vom Wagen geworfen. Erst auf der Chaussee, weit weg vom Jokehner Dorfkrug, beruhigte er sich. Hermann und Peter durften abwechselnd die Zügel halten, während Alex Zigaretten auf Vorrat drehte. Am Marienthaler Bogen sagte Alex meistens: »Biskaya singen, Jungchens.«

Alex meinte das Lied über den Golf von Biskaya, das er so gern hörte, obwohl er den Text nicht recht verstand. Also sangen sie Alex zuliebe Biskaya, und wenn sie fertig waren, sang Alex auf polnisch von Katinka aus Nadschinka. Je, war das traurig!

Auf dem Rückweg kletterten Hermann und Peter zwischen den leeren Kannen herum, bis sie die Buttermilch gefunden hatten, die Alex heimbrachte. Jeder füllte sich einen Kannendeckel voll, hielt die Löcher mit den Fingern zu und trank.

Aber dann kam der Tag, an dem Hermann nicht dem Milchwagen nachzulaufen brauchte, Alex hielt schon mit dem Fuhrwerk vor Steputats Tür.

»Pan«, hörte Hermann den Polen zu seinem Vater sagen. »Diese Frau nix gut ... Maruschka immer blauen Kopf.«

Alex ballte die Faust und demonstrierte, wie die Wittkuhnsche der Maruschka die Augen blau schlug.

»Was geht dich die Maruschka an?« fragte Steputat.

»Maruschka gutes Polenmädchen ... Anständiges Polenmädchen ... Alle Polenmädchen kriegen Kinder, weil wollen nach Hause ... Kind machen ist einzige Meeglichkeit zu kommen nach Heimat ... Maruschka nix Kind machen ... Maruschka anständiges Polenmädchen ... Warum Maruschka schlagen?«

»Ich werde mit Frau Wittkuhn sprechen«, hörte Hermann die Stimme seines Vaters.

»Maruschka müssen weg ... auf andere Stelle ... Maruschka fleißig, aber nicht schlagen.«

»Sie soll wohl zu dir kommen?« fragte Steputat.

»Nix zu mir ... Maruschka nicht schlafen mit Alex ... Maruschka soll kommen in andere Dorf, aber Maruschka nicht schlagen.«

An diesem Morgen sang Alex nicht, wollte auch nichts von Biskaya wissen. Teilnahmslos saß er auf dem Bock, rauchte eine Machorka nach der anderen und starrte durch die Eichenkronen der Chaussee bis nach Czenstochau, bis zur Schwarzen Madonna, die aber viel zu weit entfernt war, um hier helfen zu können.

Als Steputat mit dem Fahrrad Mehl aus der Mühle holte, sprach er mit der Wittkuhnschen.

»Hat das Miststück sich beschwert?«

»Nein, jemand anders«, sagte Steputat.

Einen Augenblick schien die Wittkuhnsche irritiert zu sein.

»Das war ihr polnischer Liebhaber. Der streunt jeden Abend wie ein Hund ums Haus ... Dabei macht sie sich gar nichts aus ihm.«

»Aber Schlagen geht nicht«, sagte Steputat.

»Das Dreckstück ist schlampig und faul. Hat gestern die Bodentreppe gescheuert und dabei den Eimer mit Dreckwasser umgekippt. Jetzt ist der Teppich hin.«

»Wenn die Fremdarbeiter nicht gehorchen, sind sie zu melden. Aber nicht schlagen.«

Die Wittkuhnsche holte jetzt Maruschka in die Gaststube, ließ sie an der Tür stehen und warten. Die sah doch ganz manierlich aus, dachte Steputat. Auch die schmutzige Schürze entstellte sie nicht. Steputat überlegte, was die Wittkuhnsche dazu trieb, das Mädchen zu prügeln. War sie zu hübsch? Hatte die alte Frau mit ihrem Warzengesicht Angst, ihr Mann könnte sich in Maruschkas Dachkammer schleichen?

»Maruschka, sag dem Herrn Bürgermeister, daß es dir gut geht bei mir«, befahl die Wittkuhnsche.

Maruschka nickte, aber ihr blutunterlaufenes Auge strafte sie Lügen.

»Und daß du gut zu essen bekommst.«

Maruschka nickte wieder.

Steputat fragte, ob sie lieber auf einer anderen Stelle arbeiten wollte.

»Nein, Pan!« sagte das Mädchen und blickte Steputat stolz und trotzig an.

»Sehen Sie, Meister Steputat«, sagte die Wittkuhnsche sanft. »Es ist nicht so schlimm, wie dieser Pollack es macht.«

Am nächsten Morgen kam Onkel Franz zu Steputat. Alex war verschwunden. War er getürmt, weil er den Jammer mit Maruschka nicht mehr ansehen konnte? Steputat zögerte, die Polizei anzurufen. Das würde eine große Aktion mit Hunden und Suchtrupps auslösen, und alles nur, weil Alex Liebeskummer hatte. Während sie noch überlegten, rief die Wittkuhnsche an und keifte in den Hörer.

»Stellen Sie sich vor, er hängt hier! Vor meiner Tür, dieser Pollack!«

Ja, dort hing der Alex. Zwanzig Zentimeter länger als sonst. Im Eingang zum Krug, mit dem blau angelaufenen Gesicht zur Straße. An der Stelle, an der bei Schützenfesten das bekränzte Schild »Herzlich willkommen« hing, baumelte heute Alex. Und seine Füße berührten fast die Treppe. Otto Wittkuhn hatte sich aus dem Staub gemacht, und die Wittkuhnsche wollte den toten Pollack nicht anrühren. So mußte Maruschka die Trittleiter holen und mit einem Küchenmesser den Strick durchschneiden, ein letzter Dienst an Alex. Sie tat es, ohne eine Träne zu vergießen.

Der Frankreichfeldzug führte zur Entrümpelung der Steputatschen Bücherregale. Dabei kam ein Buch zutage: »Der deutsch-französische Krieg 1870/71«. Eine dickleibige Schwarte aus festem, glänzendem Papier, so schwer, daß Geselle Heinrich ängstlich mahnte: »Hermannche, laß dir den Wälzer nicht auf die Hessen fallen, sonst kriegst Plattfüß.«

An regnerischen Tagen saß Hermann mit Vorliebe neben Heinrich auf dem Schneidertisch und blätterte zum soundsovielten Male den deutsch-französischen

Krieg durch, den Sturm auf die Spicherer Höhen, Gravelotte, die Begegnung Napoleons mit Bismarck bei Sedan. Durch den deutsch-französischen Krieg 1870/71 kam es, daß Hermann schon vor der Einschulung ein wenig lesen lernte. Ihn ärgerte, daß er die Bildunterschriften in dem dicken Buch nicht entziffern konnte. Heinrich aus Masuren mußte beim Buchstabieren helfen, obwohl es auch ihm Schwierigkeiten bereitete, den französischen Namen beizukommen. Am einfachsten ging es noch mit jener Gräfin namens Lotte, die sich in dem Schlachtenort Gravelotte verewigt hatte.

Als Steputat das Interesse des Jungen bemerkte, holte er ganze Stapel alter Hefte aus der Serie »Der deutsche Landsturmmann« vom Boden. Das Titelblatt zeigte einen lachenden Soldaten, der mit aufgepflanztem Bajonett zum Sturmlauf antritt, begleitet von einem zweifellos deutschen Adler, der schützend seine Schwingen über den Stürmenden ausbreitet. Die Serie enthielt so packende Geschichten wie »Franctireurs im Dorf«, »Die Preußen kommen«, »Hurra dem Kaiser«, »Ziethen aus dem Busch«. Aber leider alles ohne Bilder.

Es verschlug sogar ein paar französische Kriegsgefangene in das ferne Ostpreußen, nicht nach Jokehnen, aber ins benachbarte Skandlack. Kleine freundliche Männer, die ihre Zigaretten eigenhändig mit bewundernswerter Schnelligkeit drehten. Sie brachten ein wenig Heiterkeit in den kalten Osten, und jedermann konnte sich leicht vorstellen, wie diese zarten Kerlchen vor Guderians Panzer in die halbreifen Weizenfelder geflüchtet waren. Die meisten blieben nicht lange, litten zu sehr unter dem ostpreußischen Winter und kehrten heim nach Vichy. Als sie gingen, fehlten Arbeitskräfte auf den Bauernhöfen und Gütern. Es half nichts, das Deutsche Reich mußte einen neuen Krieg beginnen, weil die Güter Arbeitskräfte brauchten.

Auch die Komponisten stellten sich in den Dienst der großen Sache. In jenen Tagen blühte auf allen Heiden Deutschlands ohne Rücksicht auf die Jahreszeit die Erika, ein Lied, das für immer mit dem Marschtritt deutscher Knobelbecher verbunden bleiben wird. Es marschierte täglich mehrere Male forsch über den Deutschlandsender. Als Hermann es Onkel Franz fehlerfrei vorsang, erhielt er fünf Dittchen, eine Menge Geld für jene Zeit! Mit der keuschen Erika war es vorbei, als jene barbarische zweite Version des Liedes in Jokehnen ankam. Niemand wußte, wer den Text nach Jokehnen eingeschleppt hatte:

»Auf der Themse schwimmt ein altes Lügenschwein,
und das heißt: Chamberlain!«

Die Jungs waren davon begeistert. Es war die einzige Gelegenheit, ungestraft das Wort »Schwein« in den Mund zu nehmen, wenn es sich auf Chamberlain reimte, wobei die sprachliche Vergewaltigung dieses Reims im fernen Jokehnen keine Rolle spielte.

Überhaupt rückte England jetzt mehr und mehr in den Mittelpunkt der deutschen Sondermeldungen. Man fuhr ständig gegen Engeland. Die stolzen Maschinen wackelten, weil den Feind der Teufel geholt hatte. Die Fanfarenklänge aus »Les Préludes« erschütterten wöchentlich mehrere Male das Steputatsche Haus bis in die Grundmauern. Martha öffnete stets das Fenster und stellte das Radio lauter, damit Hermann die Fanfaren hörte. Weil zwischen der Ankündigung der Sondermeldung und der eigentlichen Durchsage eine Pause blieb, in der alle Volksgenossen an den Lautsprecher geholt werden konnten, schaffte Hermann es regelmäßig bis nach Hause. Anfangs schrieb Steputat die Bruttoregistertonnen auf, die in den Grund des Atlantiks gebohrt wurden. Am Ende des Monats addierte er die Zahlen und berauschte sich an den vielen Nullen.

Später wurde der U-Boot-Krieg zur Routine. Einmal waren es 14000, dann 26000 Tonnen, die bei Neufundland, in der Biskaya oder im Nordmeer versanken.

Es kam immer häufiger vor, daß Hermann bei Sondermeldungen vom U-Boot-Krieg nicht mehr nach Hause kam, sondern weiter im Dreck wühlte, Dämme baute, selber Schiffe aussetzte und torpedierte.

Obwohl Steputat den »Stürmer« stets sorgfältig versteckte, sah Hermann doch jenes Titelbild, das einen feisten, untersetzten Churchill zeigte, auf einem Geldsack mit dem Pfundzeichen sitzend, eine dicke Zigarre im schmierigen Gesicht, die allerdings eine Hakenkreuzbanderole trug und jeden Augenblick mitsamt der Insel in die Luft fliegen konnte. Anspruchsvoller war da schon jene Karikatur im »Völkischen Beobachter«. Da erklärte ein wohlgenährter Lord den hungernden Engländern im Hydepark: »Der Ochse frißt das Gras und liefert Beefsteak. Warum den Umweg über den Ochsen machen? Laßt uns gleich Gras fressen!«

Nach der Schneeschmelze im März 1941 erschienen die ersten Walzen und Teerkocher. Die Chaussee, jene Querverbindung vom Eisenbahnknotenpunkt Korschen nach Angerburg mitten durchs Herz Ostpreußens, sollte ausgebaut werden. Das war eine Überraschung für die Jokehner. Solange Steputat Bürgermeister war, lief das Projekt Straßenausbau. Zwanzig Jahre lang nur Versprechungen und Vertröstungen, und nun standen die Walzen unter den Eichen der Chaussee, fertig zur Arbeit. Mitten im Krieg, im Frühling 1941, wird im fernen Ostpreußen eine Straße gebaut. Das war die neue Zeit und der neue Geist. Da saß Mumm dahinter. Die brachten alles fertig. Auch die Dreckwege Ostpreußens wurden nicht vergessen. Peter entdeckte als erster, daß es keine besseren Spielgeräte in Jokehnen gab als die abgestellten Baumaschinen an der Chaussee. Zwar schaffte er es nicht, die Walzen in Betrieb zu setzen, aber nach Feierabend, wenn die Arbeiter verschwunden waren, drehte er mit Hermann an den Hebeln der großen Maschinen. Solange sie mit Walzen und abgestellten Lastautos spielten, ging alles gut. Malheur gab es, als sie sich an die Teerkocher wagten. Der noch warme Teer blieb an Schuhen, Strümpfen, Händen und Haaren kleben. Das war eine Schweinerei!

»So können wir nicht durchs Dorf laufen«, entschied Peter. Er schlug vor, zum Teich zu gehen, um dort alles abzuwaschen. Aber Teichwasser ist nicht gut für festklebenden Teer. Auch half es wenig, die beschmierten Hände mit Schmirgelsand einzureiben und im Teich abzuspülen.

»Du hast es gut, deine Oma ist blind«, meinte Hermann.

»Die riecht den Teer, sie riecht alles«, sagte Peter.

Während Hermann eine Tracht Prügel von Steputat bezog, ging es Peter besser. Die blinde Oma schlief im Lehnstuhl, als er heimkehrte. Peter versuchte, mit warmem Wasser und grüner Seife dem Teer zu Leibe zu rücken. Als auch das nichts half, kroch er ins Bett. Da seine Mutter spät heimkam und am Morgen früh aufstand, um zur Arbeit zu gehen, überstanden Peters teerbeschmierte Hände sogar das gemeinsame Frühstück mit der Oma. Auch in die Schule nahm er die Teerfinger mit, hatte aber eine Mullbinde um die dreckigen Finger gewickelt. Schlimm wurde es, als Lehrer Klose seine beliebten Fingerparaden abhielt. »Ein deutscher Junge muß sauber und anständig sein! Bei den Fingernägeln fängt das an.«

Alle Hände auf den Tisch. Da kamen sie zum Vorschein, die langen, kurzen, dicken Finger der Jokehner Kinder. Peters Mullbinde strahlte weiß, aber für die Fingerspitzen hatte es nicht ganz gereicht. Sie waren schwarz wie die Hölle und stachen auffallend von der weißen Binde ab, Lehrer Klose konnte sie nicht übersehen. Mein Gott, war das ein Weltuntergang! Auch nach fünf Hieben mit dem Rohrstock hatte Klose sich nicht abreagiert. Er tobte, sprach von Sabotage am deutschen Straßenbau und wollte dafür sorgen, daß künftig ein Wachtposten bei den Maschinen jeden erschießt, der es wagt, mit Teerkochern und Walzen zu spielen.

Im nachhinein ist zu sagen, daß jene Prügel in der kleinen Dorfschule von Jokehnen weltgeschichtliche Bedeutung erlangten. Das wußte damals niemand, und heute weiß es auch niemand. Ohne Kloses rasenden Auftritt hätten Hermann und Peter weiter mit Walzen und Teerkochern gespielt und die Maschinen reparaturreif gemacht. Die Straße nach Osten wäre nicht termingerecht fertig geworden. Der deutsche Aufmarschplan hätte sich verzögert. Nicht auszudenken, welchen Lauf die Weltgeschichte genommen hätte, wäre Peters Mullbinde länger gewesen, um seine teerverschmierten Fingernägel zu bedecken.

Was Geselle Heinrich von der Schule hielt, damit konnte man einen ganzen masurischen Landkreis das Fürchten lehren. Langgezogene Ohren, ausgerupfte Haare, stundenlanges Eckenstehen waren noch die erträglichsten Qualen. Auch Onkel Franz machte es Spaß, Hermann auf seine Art mit der Schule vertraut zu machen. Jeden zweiten Tag Prügel. Stillsitzen, bis der Hintern schmerzte. Martha hatte große Mühe, das alles wieder geradezubiegen.

So kam der Tag, an dem Lehrer Klose breitbeinig auf der Schultreppe stand, um die Kleinen zum Vorstellen zu empfangen. Hermann an der Hand seiner Mutter. Klose blickte mild über quirlende, schreiende Kinder. Es war die Kleinmittagspause. Peter freute sich, daß es Hermann nun auch erwischt hatte; bisher war es ihm immer besser gegangen.

»Wie heißt du?« fragte Lehrer Klose den kleinen Steputat. Das war so eine Frage, wie die Erwachsenen sie an sich haben, wenn ihnen nichts Besseres einfällt. In Jokehnen weiß doch jeder den Namen des anderen. Warum fragt der nicht, wieviel fünf und fünf sind oder wo der Führer geboren ist?

Hermann sagte nichts. Er starrte kurze Zeit auf Kloses Bauch, der sich vor seinem Gesicht wölbte.

»Heißt du Michel?« setzte Klose das Gespräch fort.

Nein, das war zu viel! Hermann riß sich von der Hand der Mutter los, stürzte zur Tür, stieß ein Mädchen zur Seite, sprang ins Freie. Klose nahm entsetzt die Brille ab, eilte ihm hastig nach, erschien ratlos auf dem Schulhof. Ihm fiel nichts Besseres ein, als den großen Jungs zuzurufen, daß sie den Ausreißer ergreifen sollten. Aber Hermann hatte schon den Teich erreicht, brachte die ersten Weidenbüsche zwischen sich und die Verfolger, verschwand in dem gelben Schilfwald. Unbehelligt erreichte er das alte Schwanennest. Dort war er sicher, nur Peter kannte das Versteck. Hermann kühlte die Hände im eiskalten Teichwasser. Wie kann der verrückte Klose nach Dingen fragen, die er schon weiß? Hermann sah zu, wie Enten und Bleßhühner Halme zum Nestbau zusammentrugen. Die hatten es gut. Keinen Klose mit dummen Fragen. Nur Schilf und Wasser. Allerdings wurden sie im Spätsommer geschossen. Na, auf Menschen wird ja auch geschossen. Ohne Schonzeit. Das ist kein Vorteil mehr.

Die Jungs aus der 8. Klasse trabten am Schwanennest vorbei. Sie ließen es ruhig angehen, machten aus der Verfolgung einen gemütlichen Spaziergang um den Jokehner Dorfteich. Sie machten sogar hinter einem Weidenbusch Pause, drehten aus trockenen Kleeblüten Zigaretten und rauchten, bis ihnen schwarz vor Augen wurde.

Hermann lag auf dem Rücken und verfolgte die Kreise der Fischreiher über dem Teich. Ein Strandläufer verirrte sich in seine Nähe und schlug mit dem spitzen Schnabel auf ein morsches Schilfrohr ein. Auch ein Stieglitz besuchte ihn. Auf dem Gutshof bimmelte die Mittagsglocke. Kämmerer Mikoteit schlug mit einem Hammer gegen eine Pflugschar. Zwölf Schläge. Hermann probierte junge Schilfschößlinge, die schmeckten süß und wässerig. Warum wurde Klose nicht Soldat? Weil er einen zu dicken Bauch hatte? Daß der Führer das zuließ!

Als die Sonne hinter den Wolken hervorkam, wurde es sogar warm auf dem alten Schwanennest. Das Schilfrohr umgab Hermann wie ein Wald. Windgeschützt. Nur Rascheln. Kein Wunder, daß Martha ihn nicht finden konnte. Sie lief ziemlich verzweifelt um den Teich. Mein Gott, das Kind war ertrunken! Schließlich holte sie Peter, redete ihm gut zu, weinte sogar ein bißchen. Da führte Peter sie zu dem alten Schwanennest. Aber vorher mußte Martha versprechen, daß Hermann keine Prügel bekomme.

Immerhin, dem Klose war es auch in die Glieder gefahren. Er behandelte Hermann besonders rücksichtsvoll, und niemand sprach ein Wort darüber, daß Hermann einen halben Tag lang auf dem alten Schwanennest gelegen hatte. Die Schule ließ sich viel besser an, als Onkel Franz und Heinrich aus Masuren vorausgesagt hatten. Weil alle Schulkinder Jokehnens zur gleichen Zeit im gleichen Raum unterrichtet wurden, gab es immer Abwechslungen. Während die Kleinen monoton »Ei ... Ei ... Ei ... Das ist ein Huhn« leierten und ihre Schiefertafeln bemalten, lauschte Hermann der großen Geschichte, die Klose den Älteren nahebrachte. Zorndorf mit der goldenen Schnupftabaksdose. Leuthen: Nun danket alle Gott! Ziethen aus dem Busch. Es ging eine gewaltige Faszination aus von den Schlachten des Alten Fritz. Der Weg war klar vorgezeichnet. Bei Roßbach und Leuthen begann die großdeutsche Herrlichkeit, und von dort führte eine gerade Linie zu Dünkirchen, den Gebirgsjägern in Narvik und Scapa Flow. Und das unendliche Geleier der »Trompete von Vionville«:

»Sie haben Tod und Verderben gespien ...«

»Halt!« schrie Klose. »Das muß man spüren! Das war kein Bromelbeerenpflücken!« – »Sie haben Tod und Verderben gespien ... eine Kugel hatte durchlöchert ihr Erz ... der zweite Mann ist geblieben ... die Toten ... die Toten!«

Großartig, beim Blasen einer Trompete erschossen zu werden! Immer wieder die Trompete von Vionville. Bei offenem Fenster drang sie bis auf die Dorfstraße, übertönte das Klappern der Gespanne.

Die Kleinen fingen harmloser an, zum Beispiel »Deutscher Rat« von Robert Reinick:

»Vor allem eins, mein Kind,
sei treu und wahr!
Laß nie die Lüge deinen Mund entweihn.
Von alters her im deutschen Volke war
der höchste Ruhm, getreu und wahr zu sein.«

Solche Worte wirkten mehr als Kanonendonner. Treu und wahr. Treu bis in den Tod. Das Adolfche hing über der schwarzen Wandtafel, den Arm mit der Hakenkreuzbinde in die Seite gestemmt. Wenige Wochen nach Hermanns Einschulung feierten sie Führers Geburtstag. Die festliche Ausgestaltung übernahm wie immer Frau Klose. Schon am 19. April befreiten die großen Mädchen das Bild von allen Staubkörnern und stellten es vorn aufs Pult. Am Morgen des Führergeburtstages strömten die Kinder in den Gutspark, um Blumen zu pflücken. Anemonen, Sternblumen, die letzten Schneeglöckchen, Peter kannte sogar eine Stelle mit Veilchen. Mitten in das Idyll der blumenpflückenden Schulkinder platzte der Major auf seinem morgendlichen Ausritt.

»Raus aus dem Park, ihr Lümmel!« schrie er. Das war immer so. Diesem Gebrüll folgte die gewohnte Reaktion der Kinder. Alles machte kehrt, setzte über Büsche und Zäune, um die Straße zu erreichen, bevor der Major mit der Reitpeitsche zuschlug. Aber plötzlich geschah etwas Unerwartetes. Da blieb einer stehen, einer von den Großen aus der 8. Klasse. Der ging zurück, baute sich vor dem Major auf und sagte mit großen, gläubigen Augen: »Wir pflücken Blumen für Führers Geburtstag.«

So etwas hatte es in Jokehnen noch nicht gegeben. Auch der Major war ratlos. Schlüge er mit der Peitsche zu, bekäme er Ärger mit dem Führer. Der Führer hatte gesiegt, er hatte endgültig in Jokehnen gesiegt. Für den Führer durfte man alles tun, in fremden Parks Blumen pflücken oder sterben.

»Dann pflückt man weiter«, sagte der Major.

Das Pult mit dem Führerbild ertrank in Blumen. Frau Klose ließ singen und Lehrer Klose Gedichte aufsagen. Ein großes Mädchen las die Lesebuchgeschichte von Adolf Hitler: 20. April 1889 Braunau am Inn. Erster Weltkrieg, Gasverwundung. Marsch zur Feldherrnhalle. Festung Landsberg. Mein Kampf. Es dauerte nur eine Stunde, dann ließ Jokehnens Schuljugend das bekränzte Bild allein in der Klasse. Heil Hitler!

Neben Steputats Nähmaschine dröhnten Märsche aus dem Lautsprecher. Paraden und Ansprachen. Hermann setzte seine Patronenhülsen in Dreierreihen auf den Fußboden und ließ sie an einem Miniaturführer in der Flikkenkiste vorbeiparadieren. Die große Zeit ergriff alle, vor allem die Kinder. Die Zeit war voller Eisen und Worte mit metallenem Klang. Natürlich gab es auch Blumen, Vögel und Schmetterlinge. Aber was sind schon zarte Anemonen, wenn dem Mann von Vionville durch die Trompete ins Herz geschossen wird? Oder wenn der Alte Fritz über das Schlachtfeld von Leuthen reitet?

Pfingsten 41. Kaum waren die Walzen und Teerkocher von der Angerburger Chaussee verschwunden, kamen sie. Es nahm kein Ende. In Kompaniestärke an Jokehnen vorbei. Von Westen nach Osten. Die Infanterie verschwand hinter der Marienthaler Kurve, und schon tauchte am Wickerauer Berg eine neue Kolonne auf. Bespannte Artillerie. Oder Radfahrer. Was wollten die mit ihren blankgeputzten Rädern im sandigen, grundlosen Osten? So etwas hatte Jokehnen noch nicht erlebt. Leute mit viel Zeit standen an der Chaussee, lächelten, winkten schüchtern, staunten zweifelnd. Nur die Kinder kannten keine Zweifel. Den nicht enden wollenden Vorbeimarsch nahmen sie als angenehme Unterbrechung der Jokehner Langeweile hin. Nach der Schule lagerten sie im Chausseegraben, warteten auf die Stahlhelme, die hinter dem Wickerauer Berg auftauchten. Hermann erreichte es sogar, daß seine Mutter ihm das Mittagessen an die Chaussee brachte. Auch Lehrer Klose zeigte Verständnis für die Größe der Zeit; er gab in jenen Wochen keine Schularbeiten auf. Frau Klose meinte, es sei wünschenswert, wenn die Jokehner Kinder an der Chaussee ständen und den Soldaten zuwinkten. Die Klosesche wußte immer, was sich schickte.

Sie zählten die Kanonen, die Lastwagen, die Kompanien. Himmel, waren das Soldaten! Diese Ordnung. Ratsch ... ratsch ... ratsch ... schlugen die Stiefel auf die frischgewalzte Angerburger Chaussee, Stiefel, die in drei Wochen Polen und in sechs Wochen Frankreich durchquert hatten. Wenn sich die Truppe den Jokehner Häusern näherte, gab es meistens ein Lied. Oft war es die »Erika«, manchmal auch der »Westerwald« oder die »Blauen Dragoner«. Es mußte sich nur zum Marschieren eignen. Hinter Jokehnen verstummte der Gesang, der Marschtritt verwehte, löste sich auf in dem großen, flachen Land, das hier begann. Bei Einbruch der Dunkelheit, wenn die Lastwagen mit verhängten Scheinwerfern auf der Chaussee brummten, holten die Mütter ihre Kinder nach Hause. Es nahm kein Ende.

»Wie alt muß ich sein, um Soldat zu werden?« fragte Hermann.

»Achtzehn vielleicht«, antwortete Martha.

»Kann sich jeder aussuchen, zu welchen Soldaten er will?«

»Das kommt darauf an«, wich Martha aus. »Erst einmal muß man tüchtig essen, um groß und stark zu werden ... muß sich immer waschen ... in der Schule viel lernen.«

So war das also.

Vom Bett aus – bei geöffnetem Fenster – hörte Hermann das Ratsch ... Ratsch ... Ratsch. Die Stiefel übertönten das Plätschern der springenden Karpfen im Teich, übertönten die Unken, die brüllenden Kühe auf dem Anger. Wie war es plötzlich laut geworden in Ostpreußen! Durch das verträumte Masuren, durchs Ermland, durch die Elchniederung und über die Memel hinaus marschierte Großdeutschland.

»Was soll das bedeuten?« fragte Onkel Franz den Bürgermeister Steputat, der es eigentlich wissen mußte.

»Manöver in der Rominter Heide«, meinte Steputat ohne Hintergedanken. Das hatte er von der Kreisverwaltung in Rastenburg gehört, und die wußten doch alles.

»Aber Tag und Nacht geht das so, eine ganze Woche schon ... Und immer nach Osten ... Keiner kommt zurück.«

»Ich glaub nicht, daß es Krieg gibt«, behauptete Steputat. »Das haben wir nicht nötig, das macht der Führer nicht. Nur wenn der Russe angreift.«

Inspektor Blonski hatte die phantastischste aller Ideen, die jeden zufriedenstellte: Das befreundete Rußland gestattete den deutschen Soldaten den Durchmarsch, um England in Persien und Indien zu schlagen.

Und was glaubten die, die singend auf der Chaussee marschierten? Hofften sie, es müßte noch einmal gutgehen, einmal wenigstens noch? Die marschierenden und die zuschauenden Millionen vertrauten allein dem einen, der diesen Marsch befohlen hatte. Das Adolfche würde seine Sache schon gut machen. Millionen bauten nicht mehr auf den lieben Gott, sondern auf die Anständigkeit eines einzigen Mannes. So einfach war das.

Sie hat ihm, dem Mann aus Braunau, nicht gefallen, diese Weite Ostpreußens, in der Marschtritte echolos verwehten. Das erschien ihm alles zu slawisch, zu verkommen, zu geschichtslos. Sein Herz stand ihm nach Süden, Westen und Norden, nur der gequälte Verstand zwang ihn, im Osten die Erde aufzuwühlen und in die ungewohnte Weite zu marschieren. Es war nur eine Frage des Echos. Dieser Mann des Südens kannte den langen Weg des Echos in den östlichen Weiten nicht. Und so schrie und schrie er Millionen Menschen in den Osten hinaus und horchte vergeblich auf eine Antwort.

Oh, das Echo hatte einen langen Weg, aber als es zurückkehrte, zersprangen manche Ohren.

Die Millionen stauten sich an der Grenze wie das Wasser vor einem Wehr. Der Stau reichte zurück bis Angerburg, dann überflutete er Drengfurt, und auch Jokehnen bekam seine Einquartierung. Abends bog ein Bataillon von der Chaussee ab und nahm Jokehnen in Besitz.

»Nur keine Umstände«, winkte der Kommandeur ab, als Steputat, Blonski und Mikoteit sich um die Unterbringung kümmern wollten. Nur keine Umstände. Es war alles auf schnellen Aufbruch und Weitermarsch eingerichtet. Die Soldaten schliefen auf Heuböden, in Scheunen und leeren Ställen. Onkel Franz sprach mit ihnen, versuchte Aufschluß über den Zug der Millionen zu erhalten. Aber niemand wußte Genaues. Die Offiziere schwiegen, die anderen zuckten die Schultern. Aber alle glaubten, es würde irgendwie gutgehen. Irgendwie. Lemminge auf dem Weg zum Meer.

Entgegen allen Erwartungen blieben sie doch länger; die ganze Vorpfingstwoche. Hermann ernährte sich von Resten aus der Gulaschkanone und hartem Knäckebrot. Warum erzählten die Soldaten nichts von ihren Siegen in Frankreich? Aber sie waren einfach zu jung, kamen von den Truppenübungsplätzen in Jüterbog, Stablack und Arys. Was unternimmt ein Bataillon Zwanzigjähriger zu Pfingsten 41 in einem kleinen, schmutzigen Dorf Ostpreußens? Heiß war es, muß man hinzufügen. Eigentlich wäre Baden das richtige gewesen. Aber im Teich blühte das Wasser, und die Frösche quakten, wie sie seit Jahrzehnten in Jokehnen gequakt hatten. Nicht einmal einen Kahn gab es am Ufer des Dorfteichs, aber auf dem Anger lagen Berge mit Langholz. Die Soldaten rollten einige Stämme ins Wasser, zogen Uniformröcke, Hosen und Knobelbecher aus und stachen in See. Auf jedem Stamm ein halbes Dutzend. Mit den Händen paddelten sie und erreichten beachtliche Geschwindigkeiten. Es gab eine Langholzregatta von der Schleuse zu Steputats Haus und zurück. Stämme wurden gerammt und warfen ihre Besatzung mitten zwischen die Poggen und die aufgescheuchten Karpfen. Gelächter am Ufer. Das kann doch einen Seemann nicht erschüttern, sang eine der Besatzungen, die mit Wucht gegen die Schleusenmauer gefahren war und, mit Entengrütze beschmiert, dem Ufer zuwatete. Das Schwanenpaar, unumschränkter Beherrscher des Jokehner Dorfteiches, zog sich vor dieser Invasion ins Schilf zurück. Die Frösche wühlten sich tiefer in den Schlamm, die verstörten Karpfen hörten auf zu springen. Mit moderbedeckten Beinen, voller Schlingpflanzen und Entenkraut kam das Bataillon aus dem Wasser. Vor der Dorfpumpe auf dem Anger standen sie Schlange, pumpten sich das kalte Wasser über den Rücken, pumpten so lange, bis der Brunnen nichts mehr hergab und die Jokehner Feuerwehr anrücken mußte, um sie abzuspritzen.

Am Pfingstmontag nahm das Bataillon Abschied von Jokehnen. Abends im Gutspark. Ganz Jokehnen war eingeladen. Die Klosesche hatte die Lampions herausgerückt, die sonst nur zum Kinderfest verteilt wurden. Im Halbkreis standen sie um den aufgetürmten Holzhaufen. Die Lampions wie Glühwürmchen dazwischen. Hermann stand eingepreßt zwischen seinen Eltern, die ihn daran hinderten, bei den Soldaten herumzuvagabundieren, wie es Peter nun schon den ganzen Abend lang tat. Ein Soldatenchor sang, während der Holzstoß Feuer fing. Keine Marschlieder, nur Herzergreifendes: »Dort unten in der Mühle«, »Wenn ich den Wandrer frage«. Mein Gott, diese jungen, blassen Menschen, die so aufmerksam auf den Einsatz ihrer Stimme achteten, was hatten sie mit Schießen, Töten, Kämpfen zu tun? Auf Wunsch des alten Majors dann »Argonnerwald«, jene Erinnerung an den Stellungskrieg im Westen 14/18. Alt war er geworden, der Major. Ganz Jokehnen sah es. Die Mamsell brachte ihm einen Stuhl ans Feuer. Als er aufstand, um eine Rede zu halten, suchten seine Hände Halt an der Stuhllehne.

»Wohin ihr auch zieht, wir vertrauen euch! Ihr werdet das Vaterland beschützen.«

Mehr brachte er nicht zustande.

Der Bataillonskommandeur antwortete kurz. Keine großen Worte. Sie hätten die Jokehner Landluft und Buttermilch genossen. Nach dem Kriege, das versprach er, würden sie wiederkommen und den verschlammten Dorfteich ausbaggern. Jokehnen sollte dann ein Schwimmbad erhalten.

Die Flammen schlugen bis unter die Baumkronen. Flammen. Flammen. Als die Glut zusammenbrach, sprang der kleine Bataillonskommandeur als erster über das Feuer, nach ihm die Soldaten. Ja, es wurde Zeit, daß sie lernten, durchs Feuer zu springen. Der kleine Bataillonskommandeur sprang zuerst und fiel zuerst, im September 41 in der Kesselschlacht von Kiew.

Blonski war als einziger in Parteiuniform erschienen. Er suchte nach einem würdigen Ausklang des Abends. Als die Glut fast erloschen war, stellte er sich in den Halbkreis und begann mit dem Deutschlandlied. Abschied eines ahnungslosen Bataillons von der Kindheit. Das kann doch einen Seemann nicht erschüttern. Flammen zum Durchspringen. Nächte zum Durchmarschieren. Pfingsten 41.

Hermann wachte im Morgengrauen auf; das war so gegen drei Uhr. Am fremden Ort läßt sich immer schlecht schlafen. Der Geruch des trockenen Klees, der Pferdemistgestank, der durch die Luke heraufzog, das waren ungewohnte Eindrücke. Onkel Franz hatte sich in eine

Pferdedecke gehüllt und schnarchte neben ihm im Heu. »Wenn wir ausreiten, dann vor Sonnenaufgang. Da stehen die Rehe in der Saat, die Fasane streichen über die nassen Wiesen, und die Füchse kommen von ihren Raubzügen nach Hause.«

Das hatte Onkel Franz gesagt, als sie abends auf den Heuboden gekrochen waren. Ausritt in der Morgendämmerung des beginnenden Sommers, drei Tage vor Johannis. An einem Sonntag. Wer früh ausreiten will, schläft bei seinen Pferden. Das ist doch klar!

Unten prusteten die Pferde vor den Raufen. Hermann tastete sich an der mit Spinnweben verhangenen Wand zur Dachluke, schob den Riegel zur Seite und blickte hinaus. Über den geköpften Weiden des Wolfshagener Sommerwegs stieg das Licht empor, vor dem Waldrand lag ein dünner Nebelstreifen. Der Storchenvater vom Scheunendach flog zum ersten Beuteflug über die nassen Wiesen, auf denen schemenhaft schwarzbunte Kühe standen. Hermann kletterte vorsichtig die Leiter hinunter.

»Wer zuerst wach wird, gibt den Pferden Hafer«, hatte Onkel Franz gesagt.

Als er unten mit den Hafereimern klapperte, wachte Onkel Franz auf, steckte den Kopf durch die Luke und sagte: »Wenn du fertig bist, wollen wir erst mal frühstücken.«

Er wühlte die Thermosflasche aus dem Heu, trank selber und ließ Hermann trinken. Tee, lauwarmer Tee. Hermann wickelte die von Tante Hedwig eingepackten Butterbrote aus. Während er Eier pellte, sattelte Onkel Franz den Osterhasen und die Zigansche.

»Kein Junge steht so früh auf wie ich«, sagte Hermann.

»Ja, du wirst ein richtiger Bauer. Früh aufstehen, das schafft ordentlich was.«

»Ich will aber zu den Panzern«, sagte Hermann.

»Mit den Panzern geht es bald zu Ende, aber Bauern gibt es immer«, brummelte Onkel Franz.

Als sie aufsaßen, hatte sich der Lichtstreifen im Nordosten rotgelb verfärbt. Die Spitze des Bismarckturms auf dem Fürstenauer Berg glänzte schon in den Strahlen der aufgehenden Sonne (merkwürdig, der Turm blinkte gar nicht). Unten im Teich standen die Fischreiher wie Denkmäler unbeweglich im Nebel.

»Wenn wir still sind, siehst du die Füchse vor dem Bau«, sagte Onkel Franz, als sie vom Hof ritten.

Hermann hatte die besten Absichten, still zu sein. Aber da kam jenes unerwartete Getöse dazwischen, das an jenem Morgen die Menschen von der Memel bis zur Weichsel erschreckte. Wie eine nicht enden wollende Detonation im Steinbruch rollte ihnen der Donner entgegen, von Wolfshagen her, von Marienthal, über den Fürstenauer Berg hinweg. Er rollte von Memel über Tilsit, Gumbinnen und Goldap die Grenze hinunter bis Neidenburg. Die Sonne war es, die Sonne, die rot aus den russischen Sümpfen aufstieg. Ein donnernder Vulkan spie sie aus, ihre rote Glut entzündete die Erde, fraß sich aus den Wäldern Ostpreußens nach Osten. Verbrennen! Verbrennen!

Die Pferde standen, hoben die Köpfe und spitzten die Ohren. Onkel Franz blickte über sein Saatfeld mit den gelben Spitzen. Waren das die Manöver in der Rominter Heide? Ein solches Inferno?

»Reiten wir nicht aus?« fragte Hermann.

Onkel Franz antwortete nicht, schien abwesend zu sein, wendete sein Pferd, ließ es dorfeinwärts traben. Und der Osterhase trottete mit Hermann im Sattel gehorsam hinterher. Einige Fenster standen offen. Chausseekratzer Schubgilla lehnte in Hosenträgern an der Gartenpforte, genehmigte sich schon am frühen Morgen ein Pfeifchen und meinte: »Das hab ich kommen sehen.«

Onkel Franz ritt zu Steputat, klopfte an die Scheibe, wartete, bis Steputat verschlafen am Fenster erschien.

»Jetzt geht es doch los«, sagte Onkel Franz.

Steputat starrte über seine Bienenkörbe, über die flachen Marienthaler Bauernhäuser, über den Kirchturm von Drengfurt und den Fürstenauer Berg.

»Das sind Manöver, nicht wahr?« fragte Hermann.

Niemand antwortete. Sie schienen alle ratlos zu sein. Auch Heinrich aus Masuren, der hinzugekommen war und in der Morgenkühle fröstelte, hatte es die Sprache verschlagen. Hermann glitt von seinem Pferd. Er lief ins Haus und kroch unter die warme Bettdecke zu seiner Mutter. Er hatte das Gefühl, etwas Schlimmes sei geschehen.

Steputats erste Reaktion: Radio einschalten. Aber der Apparat gab keinen Laut von sich. Keine Sondermeldung, keine Ansprache des Führers. Was war los an der Grenze? Dem fernen Rumoren konnte niemand entfliehen, auch unter der Bettdecke nicht. Gedankenverloren aß Steputat sein Frühstücksei, früher als sonst. In der Küche vibrierten leise die Fensterscheiben, mußten mal neu verkittet werden.

Straßenwärter Schubgilla kam früher zu Steputat, als es abgemacht war. »Ja, ja, die vielen Soldaten, und alle zogen nach Osten«, sagte er.

Steputat ging mit Schubgilla und Heinrich – jeder eine Sense über der Schulter – zu Steputats Wiese am Teich. Gras muß man in der Frühe mähen, solange es noch feucht ist. Das schneidet besser. Sie standen da und schärften ausgiebig ihre Sensen, aber die Artillerie übertönte an diesem Morgen jedes Geräusch. Auch das Quaken der Frösche im Teich, das Zirpen der Grillen und das Trillern der Lerchen über der Wiese. Also los, dann mähen wir mal! Wer weiß, ob wir noch leben, wenn das Heu trocken ist?

Als erste fand Martha ihre gewohnte Heiterkeit wieder. Sie strich in der Küche Schmalzbrote für die Männer und erzählte Hermann von früher. Gut, daß Hermann noch ein Kind war! Die Kosaken mögen Kinder. Damals hatten sie für die Kinder Pflaumen von den Bäumen geschüttelt.

Als die Sonne schon über dem Teich stand, lief Hermann wieder zu Onkel Franz. Vielleicht ritten sie doch noch aus. Aber der Pole Anton schüttelte den Kopf, Onkel Franz war zur Messe nach Rößel gefahren. Das war das Beste, was man tun konnte an einem solchen Tag. Sehen, was der liebe Gott vorhatte mit Ostpreußen und den Jokehnern. Das gab Sicherheit, noch bevor der großdeutsche Rundfunk die ersten Meldungen verbreitete.

Mißmutig lief Hermann zu den Männern auf der Teichwiese und setzte sich in das frisch gemähte Gras.

»Ist das Krieg, Papa?« fragte er seinen Vater.

»Ich glaub schon«, antwortete Steputat abwesend.

»Haben wir angefangen?«

Steputat zuckte die Schultern. »Wenn wir angefangen haben, hatte der Führer sicher einen wichtigen Grund.«

Hermann flocht geköpfte Butterblumen zu einem gelben Kranz. Bald kamen die Schmetterlinge – weiße und blaue –, setzten sich auf den gelben Kranz, umgaukelten eine abgeschnittene Distel, wetteiferten mit den Bienen, die ihre Köpfe in die weißen Kleeblüten steckten.

Mensch, das sah putzig aus, wie die alte Markowsche in ihrem langen, schwarzen Rock auf Schlorren über die Wiese gesockt kam! Wenn die nun hinfiel. Die heulte ja, weinte so herzergreifend, als wäre ihr ein Kind gestorben. Was die wohl hatte?

»Jetzt kommen die Russen«, jammerte sie, als sie Steputat erreicht hatte. Steputat richtete sich auf, wischte betulich die Sense ab.

»Abwarten, abwarten, Mutter Markowski«, sagte er.

Gerade rechtzeitig, um die alte Markowsche zu beruhigen, tauchten über dem Friedhof Flugzeuge auf, schön gestaffelt drei mal drei Maschinen.

»Das sind unsere«, meinte Schubgilla.

»Stukas!« rief Hermann und ahmte das Heulen einer Ju 87 nach, die im Sturzflug über der Innenstadt von Warschau, über Calais oder – was haben wir denn jetzt? Na, nehmen wir mal Moskau – niederging. Das war eine großartige Beschäftigung: Stukas zählen. Sechsundvierzig ... siebenundvierzig ... immer nach Osten. Flugzeuge waren damals noch Raritäten in Ostpreußen; wenn sie am Himmel auftauchten, liefen die Kinder aus den Häusern. Vertrauter waren da schon die Zeppeline. Vor gar nicht so langer Zeit flog regelmäßig ein Zeppelin bei seinen Ausflugsfahrten von Königsberg nach Masuren über den Jokehner Dorfteich. Zeppeline verdunkelten die Sonne und warfen langsam gleitende Schatten auf die Kornfelder. Aber diese gutmütigen Walfische waren nichts für den Krieg. Damit konnte man keine Bomben nach Moskau fliegen ... achtundsechzig ... neunundsechzig Stukas auf dem Weg in die russischen Sümpfe.

Eine Woche lang schwieg der großdeutsche Rundfunk, wollte erst mal sehen, wie es sich anließ. Dann kam der Tag der Sondermeldungen. Alle Siege gesammelt an einem Tag, ein Blumenstrauß des Führers, dem deutschen Volke überreicht. Am frühen Morgen ging es los: Wilna in deutscher Hand. Die erste Kesselschlacht mit 25 000 Gefangenen. Fanfarenklänge. Deutschland, Deutschland über alles ... Der Rundfunk hielt die Siegesmeldungen bis zum Abend durch, ein erhebender Tag. Und dazwischen das Rußlandlied zum Einüben:

»Nun hebt sich die Sonne im Osten
und ruft die Millionen zur Schlacht ...
Von Finnland bis zum Schwarzen Meer ...
Führer befiehl, wir folgen dir! ...«

Onkel Franz sagte zwar, die Sonne habe sich nicht im Osten erhoben, sondern sei im Osten untergegangen. Aber sonst blieb alles beim alten in Jokehnen. Der Kanonendonner war verstummt, die Frösche im Teich gaben allein den Ton an. Auf der Angerburger Chaussee fuhren nur noch selten Militärwagen, aber Flugzeuge sah man öfter am stillen Himmel Ostpreußens. Sie änderten nichts daran, daß es ein stiller Sommer wurde. Der Roggen reifte, und der Klee blühte weiß und rot. Die Linden verströmten ihren süßen Duft im Gutspark und lockten Steputats Bienen an. Die Karpfen sprangen an den Abenden wie in jedem Sommer. Der Krieg hatte Jokehnen mit einem Donnerschlag aus dem Schlaf gerissen und sich dann verabschiedet. Er tobte sich nur noch im Radio aus; in Sondermeldungen von Finnland bis zum Schwarzen Meer.

In Litauen hatte Samuel Mathern gelernt, mit den Wölfen zu heulen. So hielt er es ein ums andere Jahr bis in den Spätsommer 1941 hinein. Er nahm HJ-Hemden und die schwarzen Pimpfenhosen in sein Textilsortiment auf, dazu Fahrtenmesser mit eingraviertem Hakenkreuz, stiftete reichlich fürs Winterhilfswerk und gab seinem Pferdchen weniger Hafer zu fressen. Alles für den Endsieg.

Aber so laut konnte Samuel Mathern gar nicht mit den Wölfen heulen, daß sie ihn nicht eines Tages doch übertönten. SA-Führer Neumann, diese Schlafmütze, ärgerte sich regelmäßig, wenn ihn die Rundschreiben aus dem Reich und von der Gauleitung erreichten, die von großartigen Leistungen der Partei und der SA in anderen Städten und Dörfern berichteten. Drengfurt hatte nichts vorzuweisen. Kranzniederlegung am Heldengedenktag, Umzug an Führers Geburtstag, dazu Saalsicherung bei Parteiveranstaltungen. Das war alles, was die SA in Drengfurt fertigbrachte. Immer wenn Neumann vor diesen Erfolgsmeldungen saß, bäumte er sich für kurze Zeit gegen seine angeborene Bequemlichkeit auf, plante, entwickelte Ideen und Tatkraft. Eine solche Phase im Leben des SA-Führers Neumann wurde Samuel Mathern zum Verhängnis. In jenem Sommer starb, wie es das Unglück wollte, einer der drei Juden, die in Drengfurt lebten. Einfach an Altersschwäche. Es blieben noch der Beinamputierte von 14/18 und Samuel Mathern übrig. Jetzt überfiel Neumann eine Art Torschlußpanik. Bevor alle Juden auf natürliche Weise ihren Abschied nahmen, wollte er noch eine spektakuläre Tat vollbringen. Er besprach die Sache mit Ortsgruppenleiter Krause, und beide luden Samuel – sinnigerweise auf einen Sonnabend – zum Rathaus, wobei das mit dem Sonnabend Samuel wenig störte, weil er den Sabbat ohnehin nicht streng einhielt. Da saßen die beiden. Neumann sah man an, daß er nicht gewohnt war, hinter einem Schreibtisch zu hocken. Vor Krause häuften sich die Akten und Papiere. Da lag die »Verordnung über Firmen von entjudeten Gewerbebetrieben« und die frisch gedruckte Polizeiverordnung über die Kennzeichnung der Juden vom 1. September 1941, die so anfing:

»Juden, die das sechste Lebensjahr vollendet haben, ist es verboten, sich in der Öffentlichkeit ohne einen Judenstern zu zeigen. Der Judenstern besteht aus einem handtellergroßen, schwarz ausgezogenen Sechsstern aus gelbem Stoff mit der schwarzen Aufschrift ›Jude‹. Er ist sichtbar auf der linken Brustseite des Kleidungsstücks fest aufgenäht zu tragen.« Aber von solchen Verordnungen wußte Samuel nichts.

Er wollte gleich ein nettes Gespräch anfangen, vielleicht über die gerade anlaufende Kartoffelernte oder über das Wetter oder – wenn man es gern hätte – über die deutschen Siege im Osten. Bitte schön. Aber die beiden schwiegen, schwiegen demonstrativ wie Amtspersonen, die es gewohnt sind, das Gespräch als erste zu beginnen. Aber plötzlich konnte Neumann nicht mehr an sich halten.

»Es ist eine Sauerei, daß Menschen wie Sie der deutschen Jugend Braunhemden verkaufen!« schrie er los.

»Soll ich sie verschenken?« fragte Samuel listig.

»Nichts damit! Dicht machen! Zu! Schluß! Aus!«

Samuel verging das Lachen. Mit denen konnte man nicht einmal über die siegreichen Kesselschlachten im Osten plaudern.

»So sind die Bestimmungen«, mischte sich Ortsgruppenleiter Krause mit sanfterer Stimme ins Gespräch. »Das bißchen Kleidung, das es auf Karten gibt, dafür genügt ein Geschäft in Drengfurt. Wir brauchen keinen Judenladen Mathern.«

Samuel schwieg. So war das also. Er blickte aus dem Fenster hinaus in das geschäftige Treiben auf dem Drengfurter Marktplatz. Seine Blicke folgten einem Bauernwagen, der wohl zur Mühle einbog. Dann sah er den Jungchens zu, die mit Knüppeln Kastanien von den Bäumen holten. Und schließlich erreichten seine Blicke das Namensschild über dem Laden an der Ecke: SAMUEL MATHERN. Sogar in Leuchtschrift. Um Strom zu sparen, schaltete Samuel die Schrift aber nicht mehr ein. Es war doch Krieg. Da mußte man sich bescheiden. Auch mit den Geschäften.

Das Rumoren der Neumannschen Stiefel brachte Samuel wieder in die Rathausschreibstube zurück.

»Wenn die Vorschriften so sind, muß ich wohl schließen«, bemerkte Samuel. Er machte eine Pause, in der er von einem zum anderen blickte. »Aber vielleicht gestatten mir die hohen Herren ergebenst, daß ich mit meinem Wägelchen weiter über Land fahre.«

»Typisch Jude!« brüllte Neumann. »Jetzt fängt er an, mit uns zu handeln!«

Samuel zuckte zusammen, weil Neumann so laut schrie. Er fürchtete, etwas Verkehrtes gesagt zu haben, wollte einlenken, erklären, richtigstellen, aber Ortsgruppenleiter Krause erhob sich spontan. »Sie hören von uns«, sagte er.

Samuel Mathern fand sich auf dem sonnenüberströmten Drengfurter Marktplatz wieder, zwischen Frauen und Kindern, die ihn grüßten, einem Lastauto mit Milchkannen und Pferdefuhrwerken vom Land. Er spazierte um den Marktplatz, blieb vor den bescheidenen Gartenstühlen eines Cafés stehen, vergaß ärgerlicherweise, einige Passanten zu grüßen, was sich ein Geschäftsmann in einer Kleinstadt um keinen Preis erlauben darf. Nach einigen Runden kam ihm, als er die spärlichen Auslagen einer Papierwarenhandlung musterte, ein brauchbarer Gedanke: Samuel schrieb einen Brief an den »hochverehrten Bürgermeister von Jokehnen Karl Steputat«. In holprigem Deutsch, gemischt mit jiddischen und litauischen Brocken, bat er um eine Bescheinigung, daß er sich immer redlich betragen, keine deutsche Seele betrogen oder geschädigt und nichts Böses über den Führer oder Ortsgruppenleiter Krause gesprochen habe.

Steputat schleppte den Brief Tag für Tag mit sich herum, wußte nicht recht, was er mit dem armen Samuel anfangen sollte. Der war im Grunde doch ein anständiger Kerl, tat keiner Fliege etwas zuleide, schacherte nur ein bißchen mit seinen Stoffen. Aber das hatte nun auch bald ein Ende; es gab ja nichts mehr zu schachern. Am Sonntag setzte sich Steputat an seinen Schreibtisch, schrieb auf feinem, holzfreiem Friedenspapier:

»Bescheinigung zur Vorlage beim Magistrat der Stadt Drengfurt!

Herr Samuel Mathern ...«

Nein, nicht: Herr!

»Samuel Mathern, Textilkaufmann in Drengfurt, ist mir seit dem Jahre 1930 bekannt. Ich stehe mit ihm seit dieser Zeit in geschäftlicher Verbindung. In den ganzen Jahren hat er sich keine Verfehlung zuschulden kommen lassen. Ich kenne ihn als ordentlichen, ehrlichen Menschen, der seiner Gesinnung nach ...«

Steputat stockte. Es mußte im Sinne des Führers sein, zwischen anständigen und unanständigen Juden zu unterscheiden. Warum schlug der verrückte Neumann alles über einen Leisten? Dabei sagt einem der gesunde Menschenverstand, daß es Ausnahmen geben muß. Anständige Juden sind anders zu behandeln, dieser Samuel Mathern zum Beispiel.

»Da haben Sie sich was Schönes geleistet!« röhrte SA-Führer Neumann ins Telefon. »Wie können Sie einem Juden eine solche Bescheinigung geben? Wenn ich das nach Rastenburg weiterleite, holt Sie der Teufel, Mensch. Ich schmeiß den Wisch am besten in den Papierkorb. Seinen Laden machen wir dicht, und mit dem Karren soll er meinetwegen über Land ziehen. Basta!«

Am 20. September 1941 wurde Samuel Mathern, Textilien und Stoffe, auf behördliche Anweisung geschlossen. Die Bestände blieben in den Regalen, Samuel hatte alles sorgfältig katalogisiert und eine Kopie der Bestandsliste auf dem Rathaus abgegeben. Eines Tages würde es weitergehen. Die Drengfurter würden den runden, glatzköpfigen, pfiffigen Samuel Mathern wieder brauchen. Davon war er fest überzeugt. Die Rolltür ließ Samuel selber herunter und verschloß sie fest. Ins Schaufenster hängte er ein Schild: »Wegen besonderer Umstände bleibt mein Geschäft vorübergehend geschlossen.«

Neumann beanstandete das »vorübergehend«, und Samuel strich das Wort bereitwillig mit roter Tinte aus.

Damit war für Neumann der Fall Samuel Mathern abgeschlossen. Samuel durfte mit seinem Wägelchen über Land ziehen, gelegentlich würde Neumann ihn zu öffentlichen Arbeiten heranziehen: Schneeschippen im Winter, Drainagearbeiten auf den Stadtwiesen.

Doch die Sache war Neumann schon aus den Händen geglitten. Nicht ohne Stolz hatte er die Schließung eines jüdischen Geschäfts nach Rastenburg gemeldet. Dort wunderte man sich, daß es in einem durch und durch deutschen Landkreis überhaupt noch ein jüdisches Geschäft gegeben hatte. Ohne die Drengfurter einzuschalten, erledigten die Rastenburger die Sache selber. In der Dunkelheit eines nebligen Herbstmorgens kamen drei Mann in Zivil mit einem PKW aus Rastenburg vorgefahren. Samuel, der gewöhnlich lange schlief, war ausnahmsweise früh auf den Beinen. So nahm er den dreien die Freude, einen rundlichen, glatzköpfigen Juden im Nachthemd zu besichtigen. Samuel fütterte gerade sein Pferdchen, als sie kamen und ihn zu einer Fahrt nach Rastenburg einluden. »Wir haben von Ihrem Fall gehört und wollen sehen, ob sich da was machen läßt. Zu dem Zweck müssen Sie mitkommen und alles zu Protokoll geben.«

Samuel sah einen mächtigen Hoffnungsschimmer am Horizont aufleuchten. Er beeilte sich, seine Sachen einzupacken, ließ sich kaum Zeit, den von der Haushälterin gekochten Kaffee auszutrinken.

Die Haushälterin Marie sollte mitkommen, schlugen die drei vor. Marie wollte nicht, aber Samuel redete flehentlich auf sie ein. Er hoffte, wenn sie – eine Arierin – etwas Gutes über ihn zu Protokoll gebe, müßte ihm das helfen. Also gut, Marie kam mit. Aber bevor sie einwilligte, ließ sie sich von den unbekannten Männern die Rückfahrzeiten der Kleinbahn aufgeben, denn sie mußte rechtzeitig im Haus sein, um das Geflügel und das kleine Pferd zu füttern.

Als sie davonfuhren, begann gerade das gemächliche Leben der kleinen Stadt. Niemand sah ihre Abfahrt, niemand wartete auf ihre Wiederkehr. Nur das kleine Pferdchen. Am Tage darauf begann es, vor Hunger so laut zu wiehern, daß Nachbarn aufmerksam wurden. Sie berichteten es dem Stadtgendarm Kallweit, der mehrfach an Samuels Tür klopfte. Als niemand öffnete, brach er die Tür auf, konnte aber nur feststellen, daß Samuel und seine Haushälterin nicht anwesend waren. Kallweit fütterte das Pferd, obwohl das eigentlich nicht zu seinen Amtspflichten gehörte. Dann verschloß er die Räumlichkeiten wieder.

Erst drei Tage später erhielt Neumann ein Schreiben aus Rastenburg. Es setzte ihn davon in Kenntnis, daß Samuel vorerst nicht zurückkehren würde und aus dem Einwohnerregister zu streichen sei.

»Was die arische Haushälterin betrifft, so wird sie vorerst auch in Haft behalten. Da sie mit einem Juden zusammengelebt hat, ist davon auszugehen, daß es auch zu mehrfachem Geschlechtsverkehr gekommen, somit ein strafbarer Tatbestand nach §§ 2, 5 Abs. 2 Blutschutzgesetz vom 15. 9. 35 gegeben ist. Sollte es nicht zu Geschlechtsverkehr gekommen sein, so doch zu Zärtlichkeiten, die als sexuelle Ersatzhandlungen im Sinne des Gesetzes zu verstehen sind.«

Und was sollte mit dem litauischen Pferdchen werden? Neumann entschied, es an die Freibank zu liefern. Dort kam es gerade rechtzeitig an, um den ersten Transport gefangener Russen mit Pferdefleisch zu versorgen.

In Steputats Schneiderstube entwickelte sich eine neue Strategie. Die russischen Kesselschlachten erforderten dermaßen viel Raum, daß sich kaum noch eine Tür öffnen ließ und Heinrich von Masuren auf Zehenspitzen zum Lokus gehen mußte. Das wurde sogar dem gutwilligen Heinrich zu viel; er drohte, nach Masuren zurückzukehren, wenn die deutsche Wehrmacht und die Rote Armee nicht den Fußboden räumten.

Hermann verlegte den Kriegsschauplatz in die gute Stube. Sie besaß den Vorteil, daß man die Blumenkrippe als Hinterhalt für Partisanen benutzen konnte. Und niemand störte den großen Krieg, nur Martha kam gelegentlich, um ein Weckglas mit Eingemachtem aus dem Weinkeller zu holen. Die blanken Messingpatronen, die Hermann beim Jokehner Manöver erbeutet hatte, vertraten in Steputats guter Stube die Soldaten der Roten Armee; die gelben, grünen und roten Schrotpatronen, die beim Entenschießen am Teich zurückgeblieben waren, stellten die deutschen Heeresgruppen dar. Hermann stampfte Kompanien und Regimenter aus dem Boden, ließ sie über knarrende Dielen marschieren und schlug die Kesselschlacht von Smolensk noch einmal. Aber er blieb fair in diesem Krieg. Die Schrotpatronen siegten nicht pausenlos. Häufig wurden sie in die Defensive gedrängt, harrten auf verlorenem Posten neben dem Sofakissen aus, wurden dezimiert, daß es einen Stein erbarmen konnte ..., doch der Endsieg gehörte ihnen. Großartige Siege dort auf dem Fußboden. Flugzeuge stiegen von Bügelbrettern auf und warfen Bauklötze auf Truppenansammlungen. Mit einem Kreidestrich verwandelte Hermann einen Teil des Fußbodens in ein Meer, auf dem kleine und große Schiffseinheiten operierten und die Küste beschossen. Nur eine Kanone fehlte Hermann, eine Spielzeugkanone, die Bauklötze über eine Entfernung von, sagen wir, drei oder vier Metern in feindliche Aufmärsche befördern konnte. Er würde das auf den Wunschzettel für Weihnachten schreiben.

Peter hatte nicht viel Spaß daran, immer mit den Messingpatronen zu verlieren. Er entwickelte mehr Sinn für das Praktische, für Äpfelklauen im Gutsgarten, Fische fangen, Frösche morden und Spatzen schießen.

Bei gutem Wetter unterbrach Martha das Inferno der Materialschlachten.

»Wollt ihr nicht draußen spielen, Kinderchen?« fragte sie.

Sie dachte immer an die Gesundheit. Frische Luft tut gut. Frische Luft härtet ab. Um die beiden aus dem Haus zu bekommen, räumte sie freiwillig den Trümmerhaufen von Smolensk auf.

Draußen ging es auch. Sie jagten mit Weidenruten die Bristol Blenheim. Das gefiel Peter besser. Die feindlichen Maschinen gaukelten verspielt über den Anger oder saßen in Scharen an den Dreckpfützen. Sie legten Eier auf deutsche Kohlblätter, aus denen gefräßige Larven schlüpften, die die Selbstversorgung des deutschen Volkes gefährdeten. Deshalb mußten sie getötet werden. Lehrer Klose hatte das zu Beginn der Sommerferien allen Kindern mit auf den Weg gegeben; also wurden die kleinen, gaukelnden Kohlweißlinge zu Hunderten in den Dreck geschlagen. Die größten Abschußziffern erzielten sie bei den feindlichen Flugplätzen unten am Teich. Dort zerschmetterte ein Schlag gleich ein Dutzend gelandeter Maschinen. Am Abend kehrten sie mit über hundert Abschüssen heim, sie waren Richthofen,

Mölders und Galland. Das war gesund. Über den Anger laufen. In der frischen Luft laufen. Das gab Kraft und Ausdauer. Nur für die Bristol Blenheim und die Kohlweißlinge war es ein schlechter Sommer dort in Ostpreußen. Geschont wurden die braunen und blauen Schmetterlinge, Flugzeuge aus neutralen oder befreundeten Ländern. Trotzdem kam es gelegentlich vor, daß Peter heimlich hinter den Weidenbüschen einem gefangenen Pfauenauge bedächtig die Flügel ausrupfte.

Im Herbst verschwanden die Kohlweißlinge. Ihre Rolle übernahmen die Krähen, die in schwarzen Pulks aus dem Dönhofstädter Forst kamen und sich gemächlich über den Teich schwangen. Gegen diese großen, schwarzen Vögel war die Flugabwehr Jokehnens machtlos. Sie schoß zwar mit Pfeilen in die Schwärme, aber die Krähen wichen den aufsteigenden Geschossen geschickt aus. Nein, diesen schwarzen Bombern war nicht beizukommen. Nur Peter gelang es einmal, eine dumme Krähe mit einem Pfeil im Hals vom Himmel zu holen.

Erfolgreicher war da schon das Spatzenschießen mit Katapulten, obwohl die Spatzen auch nicht dumm waren. Sie nahmen stets Reißaus, wenn Hermann und Peter auftauchten. Fand sich überhaupt kein Ziel für ihre Geschosse, dann räumten sie auch mal die Telefondrähte ab, auf denen die Schwalben saßen. Ja, so war die Zeit. Kämpfen! Töten! Schießen!

Dann kam jener milde Herbsttag, der vom Rauch der Kartoffelfeuer auf den Jokehner Feldern erfüllt war. Zu Hause eine Sondermeldung mit Fanfarenklängen. Hermann erwischte gerade noch den leeren Kartoffelwagen, mit dem der Pole Anton aufs Feld fuhr. Onkel Franz drehte mit der Kartoffelhaspel seine Runden, während Frauen und Kinder auf den Knien lagen und Kartoffeln in die Drahtkörbe sammelten. Hermann rannte über das Feld.

»Kiew ist gefallen!« rief er Onkel Franz zu. »Jetzt gehört uns die ganze Ukraine.«

Onkel Franz lachte den kleinen Hermann an.

»Gut, Hermannche«, sagte er nur. Die Haspel ratterte weiter und ließ die gelben Früchte auf die sandige Erde rollen. Hermann durfte die Peitsche halten. Aber nicht knallen, Jungche. Die Pferde laufen zu schnell, und die Kartoffeln kollern zu weit.

»Immer siegen«, brummte Onkel Franz an der Wende seines Kartoffelackers. »Wir müssen immer siegen; wenn wir damit aufhören, ist es aus.«

Das war die Kartoffelschlacht von Kiew. Es roch nach Pferdeäpfeln und frisch aufgebrochener Erde. Onkel Franz freute sich über die saubere gelbe Sieglinde mehr als über die vielen gefangenen Russen. In der Vesperpause schleppte Hermann Kartoffelkraut zusammen. Onkel Franz setzte den Haufen in Brand. Der Rauch zog flach und träge über das Feld nach Osten. Nach Kiew. Und jetzt Kartoffeln rösten.

Mitten in die Siege platzte die Nachricht: Bauer Behrend ist verwundet. Else kam mit dem Brief zu Steputat. Der konnte sie trösten.

»Das ist nicht lebensgefährlich«, sagte er, und Steputat mußte es wissen aus seiner Sanitäterzeit im Ersten Weltkrieg.

Behrend lag in einem Lazarett bei Schneidemühl, lag dort drei Wochen und kam anschließend zum Genesungsurlaub nach Jokehnen, den Arm in der Binde, aber sonst in manierlichem Zustand. Bei Else Behrend fing alles von vorn an. Sie dachte an das rote Saffianleder, dessen Farbe längst dahin war, aber in der Erinnerung immer noch hell leuchtete. Nach dem Tode ihres Kindes hatte sie alles vergessen. Polenblut und deutsches Blut vertragen sich nicht. Sie hatte sich gewundert, wie leicht diese Dinge zu unterdrücken waren mit anstrengender Arbeit, mit Kühemelken, Dungaufladen, Häckselschneiden, mit dem Gedanken an die Kinder und einen Mann, der im russischen Dreck lag und mehr ans Überleben als ans Fortpflanzen dachte. Doch kaum war Behrend im Haus, nahm er sie vor den Kindern her, schob sie in die Schlafstube, schloß ab und vergaß den russischen Dreck. Vierzehn Tage Genesungsurlaub. Behrend grollte der Natur, die ihn um vier Tage Menstruation betrog.

Wie alle Urlauber besuchte Behrend die Bürgermeisterei, um seine Urlauberkarten abzuholen. Anfangs schenkte Steputat jedem Fronturlauber Johannisbeerwein ein, später wurde ihm das zu aufwendig. Behrend krempelte den Arm hoch, zeigte den Durchschuß oben nahe der Schulter, eine gute Handbreit vom Herzen entfernt. Hermann saß stumm auf dem Fußboden und starrte den Menschen an, der aus dem unendlichen Rußland heimgekehrt war. Dabei sah der ganz normal aus. Nein, er war kein Held geworden, der Bauer Behrend aus Jokehnen.

»Gegen die Hauswand geknallt und als Querschläger durch meinen Arm«, erklärte Behrend. So einfach ging das.

»Wie ist die Stimmung draußen?« erkundigte sich Steputat.

»Solange wir siegen, ist die Stimmung gut.«

»Schaffen wir es bis Weihnachten?«

»Mensch, durch den Dreck«, meinte Behrend zweifelnd. »Ich hab ein bißchen Angst vor dem Winter. Wir Ostpreußen kennen den russischen Winter, aber unsere Leute aus dem Westen, aus dem Rheinland, aus den großen Städten, die wundern sich doch, wenn Schnee fällt.«

Behrend erzählte stockend und langatmig vom

Marsch nach Wilna, der Einnahme von Minsk, von verstaubten Straßen, brennenden russischen Dörfern, einem requirierten rotbraunen Hahn, von einer Madka, die Eier gegen deutsche Streichhölzer tauschen wollte, von herumliegenden toten Russen nach einem Fliegerangriff, von einem Flußübergang, bei dem ein Amphibienfahrzeug auf eine Mine lief, von Mückenschwärmen in den nordöstlichen Sümpfen und der Scheißerei der deutschen Landser. Und dann, als er schon gehen wollte, fragte Behrend nach Jokehnen. Nach der Arbeit auf den Feldern. Nach der Ernte. Wie macht sich denn meine Frau allein auf dem Hof? Steputat mußte ihm versprechen, nach dem Rechten zu sehen und seiner Frau reichlich Arbeitskräfte zur Verfügung zu stellen. Es gab doch Gefangene genug.

»Sie haben es auch nicht leicht, unsere Frauen«, murmelte Bauer Behrend, als er sich verabschiedete. Ja, sie hatte es nicht leicht, Else Behrend, in ihrer Hölle der Enthaltsamkeit, die an dem Tag begann, als der Genesungsurlaub endete. Und die Nächte! Nur langsam erlosch das Feuer. Die Zuckerrüben halfen dabei. Else schuftete wie ein Pferd, riß die tiefsitzenden Rüben mit eigenen Händen aus der Erde und fiel abends, wenn die Kinder im Bett waren, vor Übermüdung vom Küchenschemel. Während die Männer Kesselschlachten in russischen Sümpfen schlugen, tobten lautlose Schlachten in den heimatlichen Schlafzimmern. Siege und Niederlagen wechselten, aber für eine Zeit, die alles nimmt, muß es erstaunlich sein, wie viele stille Siege damals errungen wurden.

Bei der Kartoffelernte hatte Onkel Franz es schon vorausgesagt: Der Winter kommt früh. Wildgänse und Kraniche zogen Ende August aus ihren baltischen Sommerquartieren nach Süden. Lag es an der ständigen

Schießerei dort oben, oder gab es tatsächlich einen frühen, strengen Winter? Mitte November fiel der erste Schnee in den Jokehner Matsch. Anfangs tauten die Flocken noch, aber bald wurde das Treiben so heftig, daß der Schnee in zusammengewehten Haufen liegenblieb, sich vor Straßengräben und Zäunen auftürmte und die niedrigen Häuschen in der flachen Landschaft untergehen ließ.

Stiehmwetter, sagten die Alten und hatten einen Grund mehr, heißen Grog in die Bratröhre zu stellen.

Winter in Ostpreußen. Mit ungebrochener Kraft fegte der Wind den Schnee vom Ural her über die Weiten Rußlands bis an die Fenster der Steputatschen Schneiderstube in Jokehnen. Lustiges Aufstehen am Morgen. Dieses matte Schneelicht im Raum. Dann der Blick durch die Scheibe, vor der der Schnee bis zum Fensterkreuz lag, alle Geräusche dämpfend. Draußen kratzte Geselle Heinrich mit der Schneeschaufel, machte den Weg frei zum Stall und zum Lokus. Plötzlich aus der Ferne das Quieken eines Schweins. Schlachtzeit, die Tiere mußten noch rechtzeitig vor dem Weihnachtsfest in den Rauch kommen. Die Sonne ging nicht mehr über dem Fürstenauer Berg auf, sondern stieg aus einer Schneewehe. Und es war nicht die alte Sonne; zahllose treibende Schneekörnchen gaben ihr einen verschwommenen Glanz. Auf der zugeschneiten Chaussee fuhr kein Auto nach Osten, kein Flugzeug zog über den Himmel. Nur die Krähen kamen aus den Wäldern, saßen auf den vereisten Pumpen und warteten auf Abfälle.

Die Schule fiel für zwei Tage aus. Vom Gutsvorwerk kamen die Kinder nicht durch den Schnee. Auch Else Behrend war von der Außenwelt abgeschnitten. Die Kleinbahn von Barten nach Nordenburg blieb bei Sechserben in einer Schneewehe stecken und mußte von Gefangenen freigeschaufelt werden.

Hermann und Peter bauten in Aschmoneits kleinem Gemüsegarten, direkt neben der Hauswand, einen Schneebunker. Bunker bauen war immer gut. Peter holte aus dem Nachttisch der blinden Oma Kerzen und Streichhölzer. Mensch, das denkt man gar nicht, wie gemütlich ein Schneebunker sein kann!

»Peterche!« rief die blinde Oma.

»Immer schreit sie nach mir«, schimpfte Peter.

»Gib mehr Feuerung in den Herd«, sagte die blinde Oma. »Ich frier so.«

»Mußt dich besser zudecken«, antwortete Peter.

»Und feg auch den Schnee von der Fensterbank, Jungche. Sonst leckt nachher das Wasser in die Küche.«

Peter steckte so viel Holz in den Küchenherd, daß es für den Rest des Tages reichen mußte. Es gab einen mächtigen Rückstoß, der Rauch quoll in dicken Schwaden aus allen Ritzen.

»Willst mich doch nicht umbringen, Jungche!« schrie die blinde Oma.

Peter riß Tür und Fenster auf. Das gab Luft, aber die Kälte drang in den Raum, und die feinen Schneekrümel legten sich auf das rote Zudeck der blinden Oma.

»Davon kriegt die wieder Husten und keucht Tag und Nacht«, sagte Peter. »Kein Mensch kann dabei schlafen.«

In einen Bunker gehören auch Vorräte. Da muß es Verpflegung geben. Peter wußte am besten, wie man die beschaffte. Sie liefen zu den Rübenmieten des Gutes hinter dem Park. Peter kratzte den Schnee von den Löchern, riß Strohbunde heraus, kroch hinein und beförderte Steckrüben ans Tageslicht. Mit dem Taschenmesser schnitt er einer Rübe den Bauch auf, setzte sich auf ein Strohbund und fing an zu essen.

»So eine Rübenmiete ist ein gutes Versteck«, meinte Peter. »Wenn die Russen kommen, kriechen wir rein, da findet uns keiner.«

»Warum sollen die Russen kommen?« wunderte sich Hermann.

»Mal sind die doch auch dran, mal werden die auch gewinnen.«

Peter sagte das so, als sei es ihm ziemlich gleichgültig, solange er nur Steckrüben aus der Miete und Fische aus dem Teich klauen konnte. Sie schleppten jeder ein paar Rüben in den Schneebunker. Eine brachte Peter in die Küche.

»Die muß ich ihr kochen, weil die Oma doch keine Zähne mehr hat«, erklärte Peter. Er schöpfte Wasser aus der Tonne neben dem Küchenherd in einen Kochtopf, schälte die Steckrübe ab und schnitt Scheiben in den Topf.

»Was kochst, Peterche?«

»Wruken, Oma.«

»Sind noch immer welche da?«

»Der ganze Keller ist voll, Oma.«

»Und schütt nicht das Suppche weg, da ist die beste Kraft drin.«

Hermann saß neben dem Herd, sah zu, wie Peter seiner blinden Oma Steckrüben kochte. Lieber hätte er im Schneebunker gesessen, denn es stank in der Küche penetrant nach Petroleum. Peter hatte beim Auffüllen der Lampe gekleckert.

»Ist dein Papa in Rußland?« fragte Hermann plötzlich.

Peter wußte es nicht genau. Aber es wird schon sein. Die waren doch jetzt alle in Rußland. Da war am meisten los. Er hatte schon lange nicht mehr geschrieben. Dafür hat man wohl in Rußland keine Zeit. Und in Rußland gibt es sicherlich auch keine Post. Vielleicht schreibt er zu Weihnachten.

Peter goß das heiße Rübenwasser in eine Kanne, streute Salz hinein und rührte um. Die weichgekochten

Rübenstücke legte er auf einen Teller und trug sie der blinden Oma ans Bett.

»Das ist Rübenspeck, Oma«, lachte Peter. Sie nahm die Stücke in die Hand, aß sie wie trocken Brot. Dazu trank sie die heiße Brühe aus der Kanne.

»Gefroren hat es heuer,
noch gar kein festes Eis ...«

So leierten es die Jokehner Kinder jeden Morgen bei Lehrer Klose. Seit Ende November trug der Teich eine Eisdecke, aber es gab noch offene Stellen an der Schleuse. Dazu die Eislöcher, die die Arbeiter schlugen, wenn sie Eisblöcke in den Gutskeller schafften.

Hermann sollte Schlittschuhe bekommen. Man glaubt nicht, welche Mühe es Steputat verursachte, dem Jungen Schlittschuhe zu beschaffen. Eisen war knapp in dieser Zeit. Das großdeutsche Reich sah sich sogar auf den Friedhöfen um und ließ die Eisengitter von den Familiengräbern reißen. Der Gutsschmied brachte es schließlich fertig, aus alten Pflugscharen ein Paar Schlittschuhe zu schmieden.

Und Peter? Schlittschuhe waren so rar und kostbar, die konnte man nicht einmal klauen. Ja, wenn sein Vater dagewesen wäre, der hätte ihm auch Schlittschuhe geschmiedet. Peter setzte sich zu der blinden Oma in die Küche, sägte zwei fußlange Bretter ab und nagelte Drähte darunter. Dann über jedes Brett einen Riemen als Halterung. Nun eine Bohnenstange aus dem Garten geholt. Am Ende einen Nagel als Pike hineingeschlagen. Und dann aufs Eis. Das fuhr sogar einigermaßen auf den Drähten, wenn er sich mit der Pike am Eis abstieß. Er erreichte fast die gleiche Geschwindigkeit wie Hermann mit Schlittschuhen, leider aber immer nur geradeaus wie die Nordenburger Eisenbahn.

Sie verbrachten die ersten Wintertage auf dem Eis.

Meistens lagen sie im Schilf und spielten Krieg mit trockenen Pompeseln. Peter machte ab und zu ein Feuer, wenn sie zu sehr froren. Dabei gab es einmal eine Panne, als plötzlich der ganze Jokehner Dorfteich in Flammen stand. Eine Rauchwolke wälzte sich vor dem Ostwind her über das Eis auf das Schloß zu. Inspektor Blonski kam zu Pferd um den Teich gesprengt. Mein Gott, schrie der kleine Blonski! Aber seine Stimme konnte das Feuer im trockenen Schilf auch nicht auspusten. So rückten die freiwilligen Feuerwehren von Marienthal und Kollkeim an, und die Männer standen verdutzt auf dem Anger. So etwas hatte es noch nicht gegeben: der Jokehner Dorfteich brannte.

Am nächsten Morgen kein eintöniges Gedichtehersagen. Von wegen »Gefroren hat es heuer«. Klose wütete die erste halbe Stunde mit dem Rohrstock, wobei Peter die Hauptlast trug, aber auch Hermann seinen Teil abbekam.

Das eingeschneite Jokehnen erstarrte. Die Gutsschlitten fuhren morgens in den Wald und kamen abends mit Buschholz und Kloben zurück. Der Major verzog sich auf Anraten des Sanitätsrats Wittke zur Kur nach Baden-Baden. Wegen dieser vermaledeiten Kur verpaßte er sogar die ersten Treibjagden auf Hasen und Füchse, die wie in jedem Jahr über Jokehnens Äcker tobten.

Niemand erfuhr etwas von jener Treibjagd, die tausend Kilometer weiter östlich stattfand, die erste Treibjagd, bei der die Jäger zu Gejagten wurden. Hans Fritsche meinte zwar in seinem Mittwochabendkommentar, der frühe Winter habe alle Aktionen vor Moskau unmöglich gemacht, und der Wehrmachtsbericht meldete, die gewonnenen Stellungen würden standhaft behauptet. Als aber die große Kleidersammlung anlief, ahnten einige, daß vor Moskau etwas schiefgegangen sein mußte. War es möglich, daß die deutsche Führung ihre Soldaten in Baumwollsocken und ohne Handschuhe nach Moskau geschickt hatte im sicheren Glauben, sie wären Weihnachten wieder am warmen Ofen in der Heimat?

Frau Klose – in NSV-Tracht – ging mit den Kindern von Haus zu Haus. Begehrt waren Ohrenklappen, Pelzmützen, Handschuhe, Pulswärmer, gefütterte Stiefel. Steputat und Heinrich aus Masuren arbeiteten bis spät in die Nacht. Aus Stoffresten nähten sie klobige Handschuhe und Mützen, alles ohne Lohn, allein für die gute Sache. Die Spenden kamen auf einen Gutsschlitten, und Kutscher Borowski fuhr das Zeug zur Zentrale nach Drengfurt, wo SA-Führer Neumann die Verladung in den Zug nach Rastenburg persönlich überwachte. An jedem Eisenbahnwagen klebte die ›Verordnung des Führers zum Schutz der Sammlung von Wintersachen für die Front‹:

»Die Sammlung von Wintersachen für die Front ist ein Opfer des deutschen Volkes für seine Soldaten. Ich bestimme daher: Wer sich an gesammelten oder von Verfügungsberechtigten zur Sammlung bestimmten Sachen bereichert oder solche Sachen sonst ihrer Verwendung entzieht, wird mit dem Tode bestraft.

Diese Verordnung tritt mit der Verkündung durch den Rundfunk in Kraft. Sie gilt im Großdeutschen Reich, im Generalgouvernement und in den von deutschen Truppen besetzten Gebieten.

Führer-Hauptquartier, den 23. Dezember 1941. Der Führer. Adolf Hitler.«

Nachdem die Sammelleidenschaft ausgebrochen war, nahm sie kein Ende mehr. Frau Klose proklamierte den Mittwoch jeder Woche zum Sammeltag der Kinder, ein Tag ohne Schularbeiten. Hermann wühlte seines Vaters Flickenkiste durch und trug die letzten Fetzen gebündelt in die Schule. An Lumpen für den Endsieg sollte es nicht fehlen. Danach kam das Altpapier. Auch hier stand Hermann an der Spitze. Er schleppte sogar Papier mit, das Martha für den Lokus zurückgelegt hatte. Als Martha ein paar Seiten des »Völkischen Beobachters« retten wollte, erklärte Hermann empört: »Wegen unserem Lokus werden wir noch den Krieg verlieren!«

Schwieriger war es, in Jokehnen Alteisen aufzutreiben. Die Bauern schlossen ihre Pflüge in die Geräteschuppen ein, damit sie nicht gestohlen wurden, und der Gutsschmied zählte täglich seine Hufeisen. Als Peter vorschlug, die Bronzetafel am Gefallenendenkmal zu opfern, erhob Lehrer Klose Einspruch. Das könne man den Helden von 1914/18 nicht antun.

Wie nachhaltig der Schock jenes Winters wirkte, konnte man daran ermessen, daß eine neue Polizeiverordnung über Tanzlustbarkeiten im Krieg nun jegliches Tanzen verbot. Nur den Teufel durfte man noch tanzen lassen. Er tanzte ausgiebig in allen Sälen. Der Führer stiftete »in Würdigung des heldenhaften Einsatzes gegen den bolschewistischen Feind« die Medaille für die Winterschlacht im Osten 1941/42. Der deutsche Reichstag gab sich im Kampf um Sein oder Nichtsein shakespearianisch:

»Es kann keinem Zweifel unterliegen, daß der Führer in der gegenwärtigen Zeit des Krieges, in der das deutsche Volk in einem Kampf um Sein oder Nichtsein steht, das von ihm in Anspruch genommene Recht besitzen muß, alles zu tun, was zur Erringung des Sieges dient oder dazu beiträgt. Der Führer muß daher – ohne an bestehende Rechtsvorschriften gebunden zu sein – in seiner Eigenschaft als Führer der Nation, als Oberster Befehlshaber der Wehrmacht, als Regierungschef und oberster Inhaber der vollziehenden Gewalt, als oberster

Gerichtsherr und als Führer der Polizei jederzeit in der Lage sein, nötigenfalls jeden Deutschen – sei er einfacher Soldat oder Offizier, niedriger oder hoher Beamter oder Richter, leitender oder dienender Funktionär der Partei, Arbeiter oder Angestellter – mit allen ihm geeignet erscheinenden Mitteln zur Erfüllung seiner Pflichten anzuhalten und bei Verletzung dieser Pflichten nach gewissenhafter Prüfung ohne Rücksicht auf sogenannte wohlerworbene Rechte mit der ihm gebührenden Sühne zu belegen, ihn insbesondere ohne Einleitung vorgeschriebener Verfahren aus seinem Amte, aus seinem Rang und seiner Stellung zu entfernen.«

Während der Major in Baden-Baden der Langeweile nachging, herrschte Blonski allein über das Gut Jokehnen. Er entfaltete sofort eine heftige Betriebsamkeit und bestellte dreißig russische Gefangene als Arbeitskräfte. Sie wurden prompt geliefert. Es bedurfte keines Bezugsscheins, keiner Marken, nur eines Anrufs beim Kreisbauernführer in Rastenburg. Gefangene gab es im Überfluß. Die Bahn brachte sie bis Drengfurt. Von dort marschierten sie zu Fuß durch die Schneewehen nach Jokehnen, begleitet von einem Wachtposten mit aufgepflanztem Bajonett. Die ersten Russen in Jokehnen! Lange, zerfranste Mäntel ohne Gürtel. Wattierte Mützen. Wie rund und wohlgenährt die aussahen! Oder lag das an der slawischen Physiognomie? Die Wittkuhnsche wunderte sich, daß sie normalen Menschen ähnlich sahen. Aber die alte Markowsche fand, sie wären nicht viel anders als die Kosaken, die im August 14 die Pflaumenbäume geschüttelt hatten. Rot an dieser Roten Armee waren nur die frostigen Nasen.

Da stand der Haufen zusammengedrängt auf dem Gutshof. Aus den Stalltüren schauten die Knechte, die Melker, die polnischen Arbeiter, und im Schloß drückten die Dienstmädchen ihre Nasen an den Scheiben platt. Das also waren die Russen! Und dann kam der kleine Blonski.

»Was bringen Sie mir da für einen müden Haufen!« brüllte er über den Hof. Der Wachtposten stopfte gerade seine Pfeife. Er ließ Blonski näher kommen, schob ihm einen Zettel hin, eine Quittung über dreißig russische Gefangene. Wie man dreißig Säcke Korn in der Mühle abliefert. Aber vorher noch nachzählen. Ja, es stimmte. Genau dreißig.

»Nun geben Sie denen man was zu essen«, sagte der Posten, der inzwischen seine Pfeife unter Dampf gesetzt hatte.

Aber Blonski rannte geschäftig herum, gab Befehle und ließ den Wolhyniendeutschen Zarkan kommen, der als einziger in Jokehnen Russisch sprach. Dann geschah folgendes: Ein Melker fuhr mit einer Karre Steckrüben vorüber. Der Wachtposten ging auf ihn zu, nahm eine Rübe, spaltete sie mit dem Bajonett und winkte die Gefangenen heran. Das hatte Jokehnen noch nicht gesehen. Da stürzten sich dreißig Männer auf die Jokehner Rüben, kratzten den Dreck mit den Händen ab und die Schale mit den Zähnen.

»Sind Sie des Teufels, Mann!« schrie Blonski.

»Na, wenn das für die Kühe gut ist, wird es wohl auch für die Menschen genießbar sein«, brummte der Posten und knabberte selber an einer Rübe. »Die haben seit gestern abend nichts gegessen.«

Von den Steckrüben ließ sich nichts mehr retten. Die waren schneller verschwunden als in der Krippe des Kuhstalls. Jetzt die Gefangenen verteilen. Den größten Haufen in die Gutswaschküche. Vorher Strohbunde aus der Scheune holen und den Ziegelfußboden damit auslegen. Brauchen wir Gitter vor den Fenstern? Der Posten sagte nein. Solange wir siegen, läuft keiner weg.

Außerdem verdammt kalte Zeit zum Weglaufen. Aber Blonski wollte sichergehen. Also doch Gitter. Und Zarkan mußte übersetzen, daß jeder ohne Anruf erschossen wird, der zu fliehen versucht.

Ein wenig bekamen es die Jokehner doch mit der Angst. Dreißig Gefangene, dreißig schweigsame Menschen, vielleicht Raubtiere, vielleicht Untermenschen, wie die Wittkuhnsche meinte. Jokehnen mußte mit dreißig Russen leben. Dabei hatten die gar nichts Böses im Sinn. Die sahen noch ganz so aus, als wären sie glücklich, mit heiler Haut aus dem Schlamassel herausgekommen zu sein. Freuten sich über jedes Stück Fleisch, das aus der Gutsküche für sie abfiel. Waren zufrieden mit den Gerichten, die ihr eigener Koch aus Steckrüben, Kartoffeln, Schweinebohnen, Kohl und Erbsen zusammenrührte. Dann ihr erster großer Einsatz beim Dreschen in der Feldscheune. Und gleich darauf im Schnee. Noch nie war Jokehnen so schneefrei geschippt worden wie in diesem Winter. Sie wühlten sich durch die Schneewehen auf der Angerburger Chaussee, schaufelten alles in den Graben, legten sogar den Fußweg über den Anger zur Bürgermeisterei frei.

Eines Morgens schippten sie auf dem Schulhof. Als die Kinder aus dem Fenster blickten, nahm einer einen Schneeball, warf ihn gegen die Scheibe, lachte sogar dabei. Und dann machten die draußen eine Vorstellung für die Jokehner Kinder: russische Schneeballschlacht. Sie seiften sich ganz schön ein, und die Kinder gingen begeistert mit. Bis Klose eintrat. Er erklärte, mit denen da draußen bestehe keine Gemeinsamkeit. Das seien unsere Feinde. Da gäbe es nichts aus dem Fenster zu lachen. Während der Pause mußten alle Kinder in der Schule bleiben, weil die Russen draußen noch immer schippten.

Abends trug Kämmerer Mikoteit ein Bündel Felle

vom Gutsspeicher zu Steputat. »Die Himmelhunde haben unter dem Mantel nichts weiter an als ein Hemd«, sagte er. »Vielleicht lassen sich aus diesem Zeug Pelzwesten nähen.«

Mit diesen Worten warf er Steputat die Felle auf den Tisch. Gute Schafswolle, beinahe zu schade für die Russen. Die hätte man auch fürs Winterhilfswerk spenden können.

»Die armen Teufel sind auch Menschen«, sagte Mikoteit. »Die können nichts dafür, daß sie den Bolschewismus haben.«

Steputat nickte. Er schob die Felle unter den Schneidertisch. Mit Heinrich würde er sich daranmachen. Aber das dauerte seine Zeit. Eine Woche bestimmt.

Tante Hedwigs Geburtstag im Dezember 1941. Der vierzigste. Aus dem Kreis Rastenburg kamen die Katholischen zusammen, sogar aus Rößel und Blaustein. Das stand den Festen auf dem Schloß kaum nach, die Katholischen konnten das auch. Drei Puten und ein Kalb mußten zu Tante Hedwigs Geburtstag dran glauben. Jescha beschickte alles. Über ihrem tristen, schwarzen Kleid trug sie ein weißes Schürzchen. Damit rannte sie geschäftig zwischen Küche und Stube hin und her. Sie lächelte fortwährend und ersetzte damit ihre noch immer mangelhaften Sprachkenntnisse.

Hermann war dabei, obwohl er nicht zu den Katholischen gehörte. Er saß neben Onkel Franz an der Kaffeetafel, das einzige Kind in dieser Gesellschaft. Jescha trug Käsekuchen und Bienenstich auf, dazu das erste Weihnachtsgebäck: Mürbeteig und Pfefferkuchenherzen. Aber nicht gleich über die Mürbteigsterne herfallen, erst muß Tante Hedwig aufstehen und beten. Von Armut und Not. Das reimt sich auf täglich Brot. Von der Mutter Gottes. Hermann kannte das schon von früheren Besuchen. Er stand neben Onkel Franz und schielte zu Jescha, die mit der heißen Kaffeekanne wie eine Statue in der Tür verharrte. Wenn die jetzt die Kanne fallen läßt!

»Amen.«

»Nimm ein Stückchen Käsetorte, Hermannche«, sagte Tante Hedwig.

Aber Hermann verlangte nach Pfefferkuchenherzen mit kalter Milch.

»Nun mußt auch eins singen, Hermann«, sagte Onkel Franz.

Was, vor den Katholischen singen?

»Kriegst auch paar Dittchen.«

Ja, denn schon eher. Aber nicht vor allen Menschen. Runter unter den Tisch. Zwischen die Beine gesetzt. An was anderes denken. Und dann los:

»Auf, auf, Kameraden, aufs Pferd, aufs Pferd!
In das Feld, in die Freiheit gezogen.
Im Felde, da ist der Mann noch was wert,
da wird ihm das Herze gewogen.
Da tritt kein anderer für ihn ein,
auf sich selber steht er ganz allein.«

Da sage keiner, die Katholischen seien geizig. Sie sammelten dreiundzwanzig Dittchen für den Sänger unter dem Tisch.

Jescha kam mit Hermanns Milch und hochrotem Kopf in den Raum.

»Anton wartet in der Küche.«

Gut, soll er reinkommen.

Anton blieb auf der Schwelle stehen. Himmel, der sah richtig feierlich aus. Verbeugte sich nach allen Seiten und eilte plötzlich auf Tante Hedwig zu. Wickelte hastig Zeitungspapier aus, zog eine Holzfigur hervor, ein Schaf mit einem Lamm auf gemeinsamem Holzsockel, von Anton an dunklen Abenden geschnitzt.

»Jescha und Anton dir das schenken«, grinste er.

Tante Hedwig war gerührt.

»Du bist ja ein richtiger Künstler, Anton«, sagte sie.

Onkel Franz goß ihm einen Schnaps ein. Jescha wollte nicht. Und in einer halben Stunde würde es in der Küche Kaffee geben. Für alle Arbeiter. Jescha machte das schon.

»Es gibt doch auch gute Polen«, sagte der Glatzköpfige aus Rößel, der Tante Hedwig am nächsten saß.

Nach dem Kaffee wollten die Männer Skat spielen. Aber das ging nicht. Weil der Herr Pfarrer dabei war. Vielleicht Kartenlotterie. Da konnten die Frauen mitspielen. Hermann übernahm mit Onkel Franz die Bank und gewann Dittchen für Dittchen. Das brachte mehr ein als das Singen. Weiß der Himmel, wieviel Dittchen Hermann noch gewonnen hätte, wäre Steputat nicht gekommen, um ihn abzuholen. Er platzte in die fröhliche Geburtstagsfeier und sagte: »Wißt ihr schon, daß wir Amerika den Krieg erklärt haben?«

Das sagte Karl Steputat, und dann war es plötzlich still wie in der katholischen Kirche zu Rößel.

»Der Hitler ist wohl verrückt geworden!«

Das war Onkel Franz, der sich nicht beherrschen konnte, den Tante Hedwig mit Mühe auf den Stuhl zog, den sie beschwor, leise zu sein. Wenn das die Polen in der Küche hörten!

»Amerika schaffen wir doch nie!« rief Onkel Franz.

Steputat schwieg, aber der Glatzköpfige meinte: »Was der Führer getan hat, ist bisher alles gutgegangen.«

»Jetzt können unsere U-Boote auch die amerikanischen Schiffe im Atlantik versenken«, sagte einer.

»Der Hitler ist doch auch katholisch«, meinte die kleine Frau, die neben dem Glatzköpfigen saß.

»Man muß abwarten«, sagte Steputat.

»Abwarten, bis sie uns den Hals durchschneiden«, fügte Onkel Franz hinzu.

Mit der Kartenlotterie war es jetzt zu Ende. Hermann scheffelte das gewonnene Geld in die Hosentasche. Er ging mit seinem Vater durch den schmutzig gewordenen Schnee an verdunkelten Fenstern entlang nach Hause.

»Ist das schlimm mit Amerika, Papa?« fragte Hermann.

Steputat wußte keine Antwort. Sagte auch nichts. Erst als er spürte, wie erwartungsvoll Hermann zu ihm aufblickte, sagte er: »Ich glaube nicht, daß es schlimm ist.«

Es überraschte Steputat, daß der Feldpostbrief bei ihm einging. Mit der Bitte, ihn weiterzuleiten. Er war auf einer verschmutzten Schreibmaschine geschrieben (wirklich kein flotter Maschinenschreiber). Oben das Datum: 29. Dezember 1941. Aber keine genaue Ortsangabe ... Vor Moskau gefallen ... tapfer ... Pflichterfüllung ... Mit Deutschem Gruß! Kompanieführer Hegelein. Oder so ähnlich.

Steputat plagte es den ganzen Tag. Gegen Abend zog er seinen Pelz über und machte sich auf den Weg zu den Insthäusern des Gutes. Er malte sich aus, was er auf sich genommen hatte. Pfarrer müßte man lernen für solche Zeiten. Die blinde Oma lag in ihrem Bett und sang im Januar noch Weihnachtslieder. Sie war allein.

»Bist du da, Peterche?« fragte sie, als Steputat die Klinke runterdrückte. Steputat nannte seinen Namen. Da richtete sich die alte Frau im Bett auf und starrte mit ihren toten Augen zur Tür.

»Hat der Lorbaß was ausgefressen, Meisterche? Geklaut hat er, nich?«

»Nein, nein«, sagte Steputat leise. »Es ist nichts mit

dem Jungen. Ich hab da einen Brief bekommen ... einen Feldpostbrief... aus Rußland... gefallen ist er, der Otto, in Rußland gefallen, Oma.«

Nun war es raus. Steputat setzte sich ohne Aufforderung auf einen Schemel, entfaltete umständlich den Brief.

Und die Oma? Die fing nicht an zu schreien. Die ließ die knöchernen Hände über das rote Bettzeug gleiten. Sie starrte geradeaus, als hätte sie nichts begriffen.

»Wer hätte das gedacht«, flüsterte sie plötzlich, »daß der Otto noch eher in den Himmel kommt als ich.«

Peter steckte den Kopf zur Tür herein.

»Erfroren wird er sein«, meditierte die blinde Oma weiter. »Bei dieser Kälte! Wie kann ein Mensch im Winter Krieg führen!«

»Mein Papa ist nicht erfroren!« rief Peter von der Tür her.

»Nein, dein Vater ist nicht erfroren«, bestätigte Steputat und strich dem Jungen über das Haar.

»Lesen Sie bitte das Briefche vor, Meisterche«, bat die blinde Oma.

Steputat las.

»Nu stell dir vor, Peterche, da toben die vor Moskau rum. Das ist doch viel weiter als bis Insterburg, nich?«

Steputat faltete den Brief zusammen, übergab ihn der blinden Oma, die ihn an Peter weiterreichte.

»Lauf schnell, Peterche! Hol die Mutter!«

Was blieb für Steputat noch zu tun? Er suchte die trockene Hand der Alten, flüsterte etwas von Beileid und daß man da nichts machen könne. So ist der Krieg.

Steputat ging erleichtert nach Hause. Aber auf halbem Wege kam ihm die Frau entgegen. Sie war in der Dämmerung zwischen den Parkbäumen kaum zu erkennen, aber er hörte sie schreien. Die Frauen im Osten besaßen noch einen Rest jener alttestamentarischen Raserei. Schmerz ohne Maske. Keine Schminke der Konvention. Da brach alles heraus.

Steputat konnte rechtzeitig abbiegen. An der Schleuse verließ er den Weg, wollte über den zugefrorenen Teich nach Hause. Aber Peter hatte ihn gesehen und kam hinterhergelaufen.

»Mein Papa ist doch nicht erfroren?«

»Nein, Jungche«, sagte Karl Steputat, und er war ganz sicher, die Wahrheit zu sagen.

Das Steckenbleiben im russischen Schnee hatte Folgen. Der Heldenklau kam über die Dörfer. Der Musterbezirk 24 des Wehrmeldeamts Rastenburg im Wehrbezirkskommando Bartenstein, im Wehrersatzbezirk Königsberg (Wehrkreis I) lud die Männer Jokehnens zur Musterung ein. Wen gab es noch in Jokehnen? Die Jüngeren, sofern sie nicht Anzeichen von Schwachsinn zeigten oder lahmten, waren alle fort, einige schon unter der Erde. Da blieben nur die, die von 1914/18 her die Schnauze voll hatten. Steputat zum Beispiel, Inspektor Blonski, Krugwirt Wittkuhn und Kämmerer Mikoteit.

Anfang März fuhren die vier mit dem Gutsschlitten nach Rastenburg; Wittkuhn trug eine Flasche Bärenfang unter der Joppe, vertröstete die Männer aber bis zur Rückfahrt. Man kann den Stabsarzt nicht mit Bärenfang anblasen! Für Steputat war nichts zu befürchten. Sein Alter, sein Hexenschuß und die gelegentlichen Magenbeschwerden reichten aus, um ihn von allen militärischen Ehren zu befreien. Auch Krugwirt Wittkuhn hatte gut lachen: ihm steckte noch eine Kugel von der zweiten Sommeschlacht in der Schulter. Wittkuhn machte sich über den kleinen Blonski lustig. Der wäre doch der richtige Mann, um nach Moskau zu marschieren. Die kleine Figur bietet den feindlichen Kugeln kein Ziel. Mikoteit, der Bär mit den langen Armen, wäre viel gefährdeter.

Sie standen nackt in dem von einem Kanonenofen aufgeheizten Musterungssaal. Eine lange Reihe. Der kleine Blonski behaart wie ein Wildschwein, vom Hals bis zu den Knöcheln. Humorlos der Stabsarzt vor seiner Liste. Der hatte für jeden seinen Spruch.

»Plattfuß. Bück dich mal ... Mit Hämorrhoiden kannst du nicht nach Rußland, Mensch ... Einatmen ... Mußt mal den Sack waschen ... und die Füße abkratzen! Bauch rein, Mann!«

Blonski erhielt das Prädikat »kriegsverwendungsfähig«, ebenso Mikoteit, aber für Steputat und Wittkuhn reichte es nicht aus. Wittkuhn schleppte sie in ausgelassener Stimmung nach der Musterung in den Rastenburger Bahnhofskrug, dessen Wirt er kannte. Dort packten sie ihre Speckbrote aus und ließen dünnes Bier kommen. Wittkuhn mit seinen Beziehungen eiste sogar einen Grog hinter der Theke los. Nur dem kleinen Blonski war nicht zum Lachen zumute, obwohl es bei einer Musterung immer Anlaß zum Lachen gibt. Da waren die merkwürdigen Figuren, die aus jeder Musterung eine Clownsvorstellung machen, die Dickbäuchigen, die Buckligen, die Behaarten. Oder man lachte über Geschlechtsteile wie Pumpenschwengel, über ein erigiertes Glied, auf das der Stabsarzt mit seinem angespitzten Bleistift geschlagen hatte. Über Füße, schwarz wie Briketts. Über jenen Mann, der schamhaft seine Hände vor die Blöße hielt.

»Der Mensch ist ein häßliches Tier«, brummte Mikoteit in den Bierschaum. »Da seht euch mal die Pferde an oder die Hunde, sogar die Schweine sehen manierlich aus. Aber der nackte Mensch, zum Kotzen!«

Blonski konnte dem allen nicht mehr folgen. Als er

das strenge Führerbild über der Theke erblickte, salutierte er und schwor laut treue Pflichterfüllung.

»Du bist hier nicht im Jokehner Kuhstall«, sagte Mikoteit und zog ihn auf seinen Platz. Aber über Blonski war der patriotische Rausch hereingebrochen. Er steuerte – schon etwas wackelig – auf den letzten Tisch zu, an dem drei Urlauber vor einer durchsichtigen Brühe saßen.

»Wann siegen wir, Kameraden?« fragte Blonski.

»Im nächsten Krieg«, sagte der mit der Armprothese. Blonski störte das nicht, er erzählte, wie im nächsten Sommer unsere Panzer wieder rollen würden. Ja, Blonski wußte das alles. Laßt man erst den Schnee wegtauen!

Steputat hielt von allen noch am besten seine Gedanken zusammen; er nahm auf seinen Magen Rücksicht. Er war es auch, der den Rückweg zur Wagenremise fand, in der sie den Schlitten und die Pferde abgestellt hatten. Er wollte die Zügel nehmen, aber das ließ Blonski nicht zu. Einen Schneider an die Pferde lassen! Blonski zeigte den verschlafenen Rastenburgern, wie ein besoffener Gutsinspektor nachts Peitsche knallend durch die Straßen preschen konnte.

Bis Barten ging alles gut. Als sie den Bartener Mühlenteich passierten, erinnerte sich Wittkuhn an die Flasche Bärenfang in seiner Joppe. Er ließ sie kreisen. Nur Mikoteit hatte nichts mehr davon, weil er, in einen Pelz gewickelt, auf dem Rücksitz schlief.

Es wäre alles gutgegangen – auch das mit dem Bärenfang –, hätte nicht zwischen Wickerau und Jokehnen die Nordenburgische Kleinbahn die Chaussee gekreuzt. Da ließen die mitten in der Nacht einen Güterzug mit leeren Kartoffelwagen von Nordenburg runterbummeln. Die Lokomotive mit abgedunkelten Lichtern. Wittkuhn sah als erster die Kartoffelwagen. Er wollte Blonski in die Zügel fallen. Aber der gab den

Pferden die Peitsche. Wer fährt schneller, wer schafft eher die Kreuzung, die Nordenburgische Kleinbahn oder Blonski aus Jokehnen? Sie rasten auf die Kreuzung zu. Fast sah es so aus, als hätte Blonski einen Vorsprung. Da heulte die Lokomotive. Die Pferde gingen hoch. Wollten ausbrechen. Blonski fiel – oder sprang er? – in den Graben. Der Schlitten preschte über die Schienen wenige Schritte vor der Nordenburgischen Kleinbahn. Dann ging es abwärts. Die Böschung hinunter auf ein Feld: stachelige Weißdornbüsche, eingeschneite Kohlstrünke.

Der Schnee dämpfte den Aufprall. Mikoteit kam als erster zu sich, kroch aus dem Graben und tätschelte die zitternden Pferde, denen der Schaum vor dem Maul stand. Er spannte sie aus, das heißt, da gab es nicht viel auszuspannen; die Sielen hingen zerrissen an ihnen herunter. Erst als er die Pferde beruhigt und an einen Baum gebunden hatte, kümmerte er sich um Steputat und Wittkuhn. Nun kam auch Blonski angelaufen. Lamentierte laut über den Lokomotivführer. Warum heult so ein Kerl mitten in der Nacht und macht die Pferde scheu?

Sieh da, der Bärenfang war hin. Wittkuhn hielt nur noch den Hals der Flasche in der Hand. Drei Daumenbreit hochprozentiger Flüssigkeit versickerten im Schnee. Auch der Schlitten war demoliert. Wie nun weiter die letzten zwei Kilometer nach Jokehnen? Der besoffene Wittkuhn schlug vor, zu zweit auf die Pferde zu steigen. So ritten sie nachts um halb eins in Jokehnen ein. Na, davon würden die Jokehner noch nach Jahren erzählen.

»Wir werden weiter marschieren, bis alles in Scherben fällt«, sang Blonski auf der Dorfstraße. Trug der schon im Geiste den feldgrauen Rock? Aber es fiel nichts in Scherben, nicht in Jokehnen. Die Wittkuhnsche öffnete das Krugfenster und keifte: »Besoffen sind sie, alle besoffen!«

Den Krugwirt lieferten sie als ersten ab. Während er vor der Tür auf Einlaß wartete, stimmte Blonski die Zapfenstreichmelodie an:

»Zu Bett, zu Bett, wer eine hat!
Wer keine hat, geht auch zu Bett.«

In der Gaststube schlug der weiße Spitz an. Die Krugtür öffnete sich, gerade weit genug, damit die Wittkuhnsche vor allen Männern ihre ohnehin bekannte Überlegenheit demonstrieren konnte. Krugwirt Wittkuhn bekam, während der Spitz kläffte, einen Schlag links, einen Schlag rechts an die rotgefrorenen Ohren, bevor er hinter der Tür verschwand. Mikoteit nächtigte in der Häckselkammer, und den kleinen Blonski fanden die Melker morgens auf den Futterrüben im warmen Kuhstall. Nur Steputat gelangte ordnungsgemäß, wenn auch mit Magenbeschwerden, nach Hause.

Am nächsten Morgen sah alles ganz anders aus. Blonski suchte seine Papiere zusammen, schloß sich in der Gutsschreibstube ein und telefonierte mit der Kreisbauernschaft. Die suchten ständig erfahrene Landwirte als Gutsverwalter in den besetzten Ostgebieten. War das nicht eine Aufgabe für den kleinen Blonski? Die Ernährung des deutschen Volkes sichern. Aus der Ukraine herausholen, was Deutschland für den Sieg brauchte. Das war genauso wichtig wie auf Panzer schießen. Blonski berauschte sich an dem Gedanken, Herr eines Gutes von der dreifachen Größe Jokehnens zu sein. Mit Menschen, die zu gehorchen hatten, unbedingt zu gehorchen hatten.

Es ging schneller als erwartet. Die eroberten Ostgebiete brauchten schon zur Frühjahrsbestellung Männer wie den kleinen Blonski. Man ließ ihm nicht einmal Zeit, die Rückkehr des Majors aus Baden-Baden abzuwarten. Schon nach zwei Wochen reiste er über Warschau in südöstliche Richtung. Die Ukraine hatte ihn.

»Auch da wird ihn der Deikert holen«, brummte Onkel Franz, als er von dem Verschwinden des kleinen Blonski erfuhr.

Als das Schmelzwasser auf den Feldern versickert war, die Kiebitze in den jungen, spärlichen Gräsern ihre Nester bauten, die ersten Störche Luftkämpfe über Jokehnen austrugen, kam der Major aus dem milden Süden in die frische Weite Ostpreußens zurück. Kutscher Borowski fuhr im Morgengrauen nach Korschen, um ihn von der Bahn abzuholen. Die Majorsche verstaute vorsorglich Decken und Pelze in der Kutsche. Am Fenster des Erster-Klasse-Wagens stand er noch aufrecht, wie ihn jeder kannte. Aber auf dem Weg zur Kutsche mußte Borowski ihn stützen. Der Major war im fernen Süden noch kränklicher geworden. In Jokehnen trugen sie ihn mehr die Schloßtreppe hinauf, als daß er ging.

»Bei uns erholst du dich wieder«, sagte seine Frau aufmunternd. »Die Luft ist hier anders, und auf die Luft kommt es an.«

Die größte Enttäuschung stand dem Major aber noch bevor. Borowski mußte das Reitpferd gesattelt vorführen. Er dachte sich schon, daß das nicht gutging, und führte das Pferd dicht an die Treppe, damit der Major es leichter besteigen konnte. Aber er schaffte es nicht mehr, kam nicht in den Sattel. Das war ein Anblick! Wie der Major sich quälte, auf das Pferd zu kommen. Borowski erbot sich, ihn hinaufzuheben, aber für dieses Angebot hätte der Major ihn fast mit der Reitpeitsche geschlagen. Nein, er wollte nicht mehr reiten. Aus und vorbei. Ihm blieb nur der offene Landauer. Sein Reitpferd ließ der Major gesattelt, aber ohne Reiter hinter der Kutsche hertraben, es sollte nicht wegen der Gebrechlichkeit seines Reiters auf die täglichen Ausflüge verzichten müssen. So ließ sich der Major über die Felder fahren. Um zu sehen, wie die Saat durch den Winter gekommen ist. Ob die Kollkeimer mit der Frühjahrsbestellung weiter waren als die Jokehner. Am liebsten ließ er sich zur Pange fahren, wo die Torfhaufen zwischen den Birken lagen, Kiebitze und Wildenten nisteten und die Fischreiher in den moorigen Tümpeln umherstolzierten. Die Feldscheune besichtigen. Zum Vorwerk. Dann zu Förster Wiehn in den Wald. Sogar die Jokehner Mühle besuchte der Major.

Auf einer Rückfahrt ließ er bei Steputat halten. Nur um ein bißchen zu plachandern. Lieber Himmel, was war in den Major gefahren! Der kam sogar in Steputats Haus. Gebückt und auf einen Stock gestützt. Wie es den Menschen verändert, wenn er vom Pferd steigen muß. Wer auf dem Pferd sitzt, ist oben. Und nun saß der Major, der immer nur vom Pferd herab mit Karl Steputat gesprochen hatte, in dem ein wenig verschlissenen Plüschsofa und verschmähte nicht einmal den selbstgezogenen Johannisbeerwein, über den er sich sonst immer lustig gemacht hatte.

»Diesen Krieg haben wir verloren«, sagte der Major. Er sprach mit der Gelassenheit eines Mannes, der weiß, daß er das Ende nicht mehr erleben wird. »In Amerika bauen sie täglich hundert Flugzeuge. So viele können wir gar nicht abschießen.«

Im Reich sah alles anders aus. Die Stimmung war dort düsterer als in dem einfältigen, gläubigen Ostpreußen. Man hörte viel aus dem Ausland, aus der Schweiz kamen Nachrichten.

»Wir siegen nicht mehr, es hat nur noch niemand gemerkt.«

Steputat ärgerte sich. Das war die nörgelnde, mißmutige Stimmung der Kaisertreuen, die in den Kurparks ihre letzten Jahre abspazierten. Deutschlands Hoffnung aber war die Jugend, die fern von der milden Stille Baden-Badens marschierte.

»Wissen Sie, was die SS mit den Juden macht?« fragte der Major und machte das Zeichen des Halsabschneidens.

»Das sind Gerüchte, die unsere Feinde ausstreuen«, sagte Steputat. »Deutschland hat es nicht nötig, die Juden umzubringen. Die werden ins Ausland abgeschoben oder arbeiten in Lagern.«

Der Major wollte nicht darüber streiten. Genau wußte er es auch nicht. Aber in Baden-Baden hatte jemand davon gesprochen. Er würde seinen Sohn fragen, den Oberstleutnant, der mußte es wissen.

»Unser Blonski hat sich schnell aus dem Staub gemacht«, fuhr der Major fort. »Das liegt ihm. Die Russen in der Ukraine herumzukommandieren. Aber seine Rechnung wird nicht aufgehen. Wenn im Osten der Rückzug beginnt, werden die besetzten Gebiete ungemütlicher sein als die Front. Sie werden dem kleinen Blonski den Bauch aufschlitzen.«

Härter traf es den Major, daß auch Kämmerer Mikoteit eingezogen werden sollte. Und der wollte sich um keinen Preis zurückstellen lassen. Redete von Pflichterfüllung. Treu sein. Disziplin. Ein richtiger ostpreußischer Dickschädel. Aber was sollte aus Gut Jokehnen werden, wenn sie den Mikoteit holten und ihm ein kleines Loch in den Kopf schossen?

Der Major hatte noch einigen Einfluß, kannte ein paar Leute im Wehrbezirkskommando. Mikoteit durfte nichts davon erfahren. Er wartete vergeblich auf seine Einberufung. Man hatte ihn vergessen, vorerst gestrichen in der Liste der Helden.

Nach den Menschen kamen die Pferde. Das beste Blut von Jokehnen ging in die Mühle der Materialschlachten. Auf dem Jokehner Anger fing es ganz harmlos an: Pferdemusterung. Der Veterinärarzt saß mit zwei Assistenten auf wackligen Gartenstühlen vor der Schloßterrasse und ließ sich die Jokehner Pferde vorführen. Das war wie ein Volksfest. Ein Knecht nahm das Pferd am Zügel und rannte – ja, er mußte tüchtig laufen – an den Gartenstühlen vorbei. Dann wieder im Trab zurück. Vor dem Tisch anhalten. Der Assistent mit der Beinprothese stand auf, schaute dem Pferd ins Maul, prüfte Fesseln und Sprunggelenke, nannte verschlüsselte Daten, die ein zweiter Mann in eine Liste eintrug. Was muß ein Pferd tun, um den Materialschlachten und Gulaschkanonen zu entkommen? Vor allem störrisch sein, auf die Hinterbeine gehen, am besten ausbrechen, um den Teich galoppieren. Die deutsche Wehrmacht brauchte gutmütige und brave Pferde, die den Kanonendonner nicht fürchteten. Aber niemand sagte das den Pferden. Sie trabten ruhig am Zügel, ließen sich ins Maul schauen, ohne zu beißen, hinderten den Assistenten nicht daran, mit Bleistiftkreuzen auf der Liste ihr baldiges Ende zu markieren. Vielleicht verlangte man auch zuviel von den Pferden. Die konnten nicht gescheiter sein als die Menschen, die auch nicht ausbrachen, die sich geduldig ins Maul schauen und in den Heldentod schicken ließen.

Für die Gutspferde benötigte der Veterinärarzt den ganzen Vormittag. Nachmittags dann die Bauernpferde. Das war gut eingeteilt. Hermann lief gleich nach der Schule zu Onkel Franz, um den Osterhasen zur Musterung zu reiten. Peter Aschmoneit kam mit.

»Du bist doch vom Gut«, brummte Onkel Franz, als er Peter Aschmoneit sah. »Gutskinder können hier nicht reiten. Die im Gut haben doch Pferde genug.«

Peter wollte kehrtmachen, aber Hermann sagte: »Peter ist kein Gutskind mehr. Sein Vater hat früher im Gut gearbeitet, aber jetzt ist er tot, in Rußland gefallen.«

Onkel Franz musterte den schmächtigen Peter von oben bis unten, dann griff er ihn und setzte ihn auf den Rücken der Ziganschen. Hermann kletterte auf den Osterhasen.

»Onkel Franz ist in Ordnung«, sagte Hermann zu Peter, als sie vom Hof ritten. »Nur klauen darfst du bei ihm nicht.«

Auf dem Sommerweg trabten sie noch ruhig nebeneinander, aber als sie den Anger erreicht hatten, gab es kein Halten mehr. Sie galoppierten über Büsche und Gräben, zwischen Markowskis Hühnern und Seidlers Schafsbock hindurch auf die drei wackeligen Gartenstühle zu.

»Die reiten ja wie Ziethen aus dem Busch«, lachte der Veterinärarzt. Jetzt ruhiger. Im Trab an den Gartenstühlen vorbei. Wieder zurück. Die Beinprothese schaute den Pferden ins Maul. Ein gutmütiger Schlag auf den Pferdearsch.

»Kommt der Osterhase in den Krieg?« fragte Hermann.

»Willst ihn wohl gern behalten«, lachte der Veterinärarzt.

Hermann schüttelte den Kopf. »Wenn unsere Soldaten Pferde brauchen, dann muß der Osterhase gehen.«

Da lachte keiner mehr. Der mit der Beinprothese ging zur Liste, machte einige Notizen, sprach mit sich selbst, sagte so etwas wie: »Nur so können wir den Krieg noch gewinnen.«

Nach der Musterung ritten sie einen kleinen Umweg am Teich entlang. »Kavallerie finde ich nicht gut«, meinte Peter. »Da knallen sie dich zu leicht ab.«

»Gibt es doch gar nicht mehr«, antwortete Hermann.

»Wozu brauchen sie denn Pferde?«

»Kanonen ziehen ... oder für Meldereiter.«

Martha stand hinter der Gardine in der guten Stube. Stolz war sie. Er würde groß werden. Etwas Bedeutendes beim Militär oder in der Hitlerjugend. Der Junge hatte das Zeug dazu. Sein Platz war oben. Wer auf dem Pferd sitzt, ist oben, weit über den anderen. Seit den Ordensrittern gehörte das Land zwischen Weichsel und Memel den Männern auf Pferden. Das war der Lauf der Welt. (Übrigens: Der Osterhase kam nicht zu den Soldaten. Aber die Zigansche wurde im Sommer 44 in einer Partisanengulaschkanone im dalmatinischen Karst verbraten.)

»Wir sind hinausgegangen, den Sonnenschein zu fangen«, sang die Klosesche, und die Jokehner Schulkinder dammelten hinterher. Sie trug ein Dirndl, ihre Zöpfe hatte sie zu einem Kranz geflochten. So schritt sie voran wie eine nordische Elfe, immer fröhlich, immer der Sonne entgegen ... und dem Führer. »Ich weiß, warum die Klosesche keine Kinder kriegt«, sagte Peter am Ende des Zuges. »Die singt zuviel.«

Da konnte keiner drüber lachen, weil Singen nichts mit Kinderkriegen zu tun hat. Im Teich verstummten die Frösche, die Kälber auf den Wiesen stoben auseinander, als Jokehnens Zukunft anrückte. Unter der großen Pappel hinter dem Teich klatschte die Klosesche in die Hände.

»Bildet mal schnell einen Kreis!«

Sie erzählte von einem deutschen Soldaten, der von einer feindlichen Kugel verwundet wird. Sanitäter tragen ihn zum Verbandsplatz. Dort erhält er einen Verband mit heilender Salbe ... Und jetzt kam's: »Könnt ihr euch vorstellen, woher die Salbe stammt...? Aus den vielen Kräutern und Blumen, die auf deutschen Feldern und Wiesen wachsen. Die Natur ist voller heilender Kräfte, man muß sie nur aufsammeln.«

Das nun war die Aufgabe der Jokehner Kinder. Die Mädchen suchten in den Kartoffelfeldern Huflattich und Schachtelhalm. Die Jungs wurden auf Spitzwegerich angesetzt. Wer besonders mutig war, durfte in die blühenden Linden klettern, um Steputats Bienen die Blüten zu klauen. Das besorgte Peter. Er brach, in der Krone eines Lindenbaums schwebend, armdicke Äste ab und warf sie in die Tiefe.

»Lindenblütentee ist eine gesunde Köstlichkeit«, schwärmte die Klosesche.

Auf dem Kartoffelfeld liefen die Mädchen zusammen, sie hatten ein Skelett gefunden.

»Das muß ein Iltis sein«, meinte Peter und stocherte mit einem Knüppel in dem bleichen Gerippe herum.

»Können wir auch Knochen sammeln?« fragte Hermann.

Die Klosesche war sich nicht sicher. Knochen waren bestimmt in mehrfacher Hinsicht nützlich, aber sie hatte keinen Auftrag, Knochen zu sammeln. Vielleicht besaß Deutschland genügend Knochen. Nein, nur Huflattich und Spitzwegerich und Lindenblüten, keine Knochen!

Gegen Mittag zogen sie zurück zur Schule. Die Hitze flimmerte über dem Teich. Hermann sang das Afrikalied:

»Heiß über Afrikas Boden die Sonne glüht.
Unsere Panzermotoren singen ihr Lied.
Deutsche Panzer im Sonnenbrand,
rasseln zur Schlacht gegen Engeland.«

Afrika war groß im Schwange. Tripolis, Benghasi, deutsche Panzerspitzen vor Tobruk. Am heißen Afrika erwärmten sich die deutschen Herzen nach dem eiskalten russischen Winter. Man konnte sich schwer vorstellen, daß die gleiche Sonne, die so lieblich über dem Jokehner Dorfteich stand, die Rommelschen Panzerplatten dermaßen glühen ließ. Eier konnten die Soldaten darauf backen. In Afrika wuchs kein Huflattich und kein Lindenblütentee. So weit entfernt, und überall siegte Deutschland, noch immer siegte Deutschland.

Singend zogen sie auf den Schulhof. Lehrer Klose stand auf der Treppe. Die nordische Elfe hüpfte auf ihn zu, faßte seinen Arm und sagte: »Schau nur, wieviel die Kinderchen gesammelt haben.«

Aber Lehrer Klose war nicht zum Lachen zumute, denn er hatte einen amtlichen Brief bekommen.

»Ich bin nur noch eine Woche bei euch«, sagte er zu den Jokehner Kindern. »Dann ziehe ich den feldgrauen Rock an.«

Die nordische Elfe verlor alle Fröhlichkeit. Sie drückte sich an den Kindern vorbei und rannte ins Haus, während Klose dafür sorgte, daß die gesammelten Kräuter zum Trocknen ausgelegt wurden. Als die Kinder fort waren, fand er die nordische Elfe weinend in der Küche. Sie bestand darauf, sofort mit ihm ins Bett zu gehen. Jetzt zählte jede Stunde, der Sand lief aus der Uhr.

»Gut, daß es den Klose erwischt hat«, sagte Peter auf dem Nachhauseweg. »Der dachte, mit seinem dicken Bauch nehmen sie ihn nicht. Aber der Hitler wäre schön dumm, wenn er solche nicht nimmt.«

»Vielleicht kommt er nach Afrika«, sagte Hermann und malte sich aus, wie der specknackige Lehrer Klose im Wüstensand brutzelte. Und dann käme ein Brief aus Afrika in das kleine Jokehnen. Man stelle sich das vor!

Nehmen wir einen Tag im Sommer 42, nehmen wir den 2. August, Hermanns achten Geburtstag. Die Markowsche kam früh zum Gratulieren. Ja, sie erinnerte sich noch genau an den Tag vor acht Jahren, damals, als der große Hindenburg starb. Peter war eingeladen. Zum erstenmal. Für den war das ein richtiges Fest. Er schenkte Hermann sein Katapult, das treffsicherste Katapult von Jokehnen, ein Geschenk, das nur von Günter Priens »Mein Weg nach Scapa Flow« übertroffen wurde. Das Buch lag ganz oben auf dem Geburtstagstisch, ragte heraus aus Hosenträgern, selbstgestrickten Strümpfen, Buntstiften und Abziehbildern. Das bärtige Gesicht eines leibhaftigen Helden über der Luke eines auf Tauchfahrt gehenden U-Boots. Zwanzig Seiten weiter die rauchenden Trümmer der »Royal Oak«.

Mittags gab es Hermanns Lieblingsessen: Flinsen. Drei gehäufte Teller Kartoffelpuffer, mit Schweineschmalz knusperig und fett gebraten. Dazu kalte Brotsuppe mit Rosinen.

»Wo kriegt man heute noch Rosinen her?« wunderte sich Heinrich von Masuren.

»Na, unsere Soldaten sind doch in Griechenland«, erklärte Hermann.

Peter Aschmoneit stopfte dreiundzwanzig Flinsen in den leeren Bauch. Für Brotsuppe mit Rosinen blieb da kein Platz mehr. Nach dem Essen ein Löffel Bullrichsalz für Steputats Magen. Dann Lagebesprechung in der guten Stube vor der Riesenkarte des europäischen Rußlands.

»Sind wir schon wieder weiter, Papa?« fragte Hermann.

Steputat schüttelte den Kopf, rückte aber doch das rote Fähnchen neben dem Asowschen Meer ein kleines Stück auf Kertsch zu. Peter staunte über die Fähnchen, die in langer Kette von Norden nach Süden über die Karte liefen.

»Das sind wir«, erklärte Hermann stolz. »Haben wir alles genommen, alles besiegt.«

»Mensch, und Königsberg ist so klein auf der Karte, daß man es kaum sehen kann«, wunderte sich Peter. »So klein sind wir, und das große Stück von Rußland gehört uns.«

Die roten Fähnchen begannen in Karelien, genaugenommen oben bei Murmansk, liefen über Leningrad mitten durch den russischen Bauch. Im Süden gab es eine mächtige Ausbuchtung, fast bis an den schwarzen Strich heran, der vom Kaspischen Meer aus nach Norden lief.

»Das ist die Wolga«, sagte Steputat feierlich und fuhr mit dem Finger den schwarzen Strich aufwärts.

»Ist die Memel größer als die Wolga, Papa?«

»Nein, bestimmt nicht.«

Unten an der Karte hingen unbenutzte Fähnchen. Das war Steputats Reserve, falls die Front sich erweiterte, womöglich den Ural überschritt. Peter Aschmoneit nahm eines dieser Fähnchen, fuhr damit suchend über die Landkarte und steckte es einen Daumenbreit östlich von Mogilew ins Papier.

»Da ist mein Papa begraben«, sagte er bestimmt. »Dort gibt es einen See und viele Birken und Tannen kreuz und quer. Gleich am Wasser, da steht ein Birkenkreuz mit einem Stahlhelm drauf. Das ist mein Papa.«

»Woher weißt du das so genau?« fragte Hermann.

»Hat meine Oma erzählt.«

Nachmittags Honigschleudern im Garten. Machte auch Spaß. Zum Kaffee gab es Zwieback, auf den man gleich den frischen Honig träufeln konnte, dazu klitschen Streuselkuchen. Der Reichssender Königsberg übertrug das Wunschkonzert mit Eduard Künneke: »La Paloma« für einen verwundeten Soldaten in einem Lazarett in Narvik, die »Ballade von der Uhr« für Unteroffizier Schmitke irgendwo am Atlantikwall von seinen Kameraden. Peter hörte zum erstenmal in seinem Leben ein Radio spielen; er lag auf dem Teppich und hörte fasziniert zu.

Wie an jedem Abend im Sommer trieb Steputat seine Kuh auf den Dorfanger. Er setzte sich unter den Fliederbusch an der Auffahrt und sah den Kindern zu, die auf dem Anger Schlagball spielten. Gewöhnlich kam dann Straßenwärter Schubgilla herüber.

»Der ist schon wieder da«, sagte Schubgilla und zeigte über den Teich. Er meinte Melker August, dem sie jetzt in seiner SS-Uniform den Melker nicht mehr ansehen konnten. Er spielte Schifferklavier. »Antje, Antje, hörst du aus der Ferne das Schifferklavier?«

»Der hat alle halbe Jahr Urlaub«, sagte Steputat.

»Und einige sind überhaupt noch nicht zu Hause gewesen«, wunderte sich Schubgilla.

»Seitdem er bei der SS ist, kannst mit dem auch kein Wort sprechen. Der holt nur seine Urlauberkarten ab, weiter nuscht.«

»Vielleicht hat er einen Geheimauftrag«, rätselte Schubgilla.

»An der Front ist die SS am besten, sagen die Urlauber. Aber die meisten sind nicht an der Front ... treiben sich hinten rum ... Keiner weiß recht, was sie machen.«

Auf dem Gut stimmten die Russen ihre traurigen Lieder an. Sie sangen jeden Abend. Wenn der Wind günstig stand, trieb er ihren Gesang bis nach Marienthal. Gegen diesen Chor war Melker August mit dem Schifferklavier machtlos. Da schlenderte er lieber zum Schilf hinunter.

»Nun übt er wieder«, brummte Steputat, als August am Teich mit seiner Pistole herumballerte.

Inzwischen war es dunkel geworden, der Schlagball im hohen Gras kaum wiederzufinden. Ende des Kindergeburtstages. Peter mußte nach Hause.

»Lauf nicht um den Teich, Junge! Der Melker schießt scharf.« Hermann begleitete Peter ein Stück lang.

»Warum die Russen so traurig singen?« fragte Peter plötzlich, obwohl es gar nicht seine Art war, nach solchen Dingen zu fragen.

»Kein Wunder, daß sie traurig sind, die haben doch den Krieg verloren.«

»Ob die gefangenen Deutschen in Rußland auch so singen?« wollte Peter wissen.

»Es gibt keine gefangenen Deutschen«, behauptete Hermann. »Die deutschen Soldaten siegen oder sterben.«

So war das also.

»Und deshalb lebt mein Papa nicht mehr.«

Schubgilla schlurfte über das nasse Gänsefingerkraut nach Hause. Steputat fing die Kuh ein und trieb sie in den Stall. Die Russen sangen nicht mehr. Melker August schoß nicht mehr. Es war still in Jokehnen. Man konnte wieder die Fische springen und die Enten schnattern hören. Über dem Friedhof stand der Mond. Schubgilla verprügelte seinen Achtjährigen, weil er der kleinen Schwester die Milch ausgetrunken hatte. Martha wartete in der Küche mit warmer Seifenlauge, um Hermanns Füße zu waschen.

Am ersten Schultag nach den Sommerferien tobte Jokehnens Jugend bis zehn Uhr früh ohne Aufsicht im Klassenzimmer. Dann fuhr ein Auto vor. Ein hinkender Herr im schwarzen Anzug stieg aus, begleitet von einer Frau, nein, von einem Mädchen. Und wie das aussah!

Es trug jenen städtischen Bubikopfhaarschnitt, den die Jokehner nur aus Filmen kannten. Dazu einen BDM-Knoten als Krawatte, Bluse, schwarzer Rock. Es sah aus wie in Uniform.

Die beiden begaben sich in die Privaträume der Kloseschen. Nach kurzem Gespräch ging es die Treppe hinauf (der Mann humpelte voran) zu dem Zimmer mit den Dachschrägen. Da lagen noch Lindenblüten und Pfefferminztee zum Trocknen. Die großen Jungs aus der Klasse mußten mit anfassen, aufräumen, die Mädchen ausfegen. Hier stand das Bett. Ein wurmstichiger Schrank. Ein paar Stühle holen wir noch vom Boden. Aus dem Fenster ein Blick über den Schulhof zum Teich.

»Ein gemütliches, ruhiges Zimmer«, schwärmte die Klosesche wie eine Zimmervermieterin. Aber eigentlich war dieses Mädchen nichts für Jokehnen. Ganz hübsch zwar. Und ziemlich jung, vielleicht halb so alt wie die Klosesche.

Das Mädchen fand das Zimmer annehmbar – oder tat es nur so? – und lief hinter dem Hinkenden her nach unten in die Schule.

»Ruhe!« brüllte der Mann mit einer Lautstärke, die man ihm nicht zugetraut hatte. Er ließ die herumliegenden Schwämme, Kreidestücke und den Medizinball verwahren, der unter den Bänken auf das Lehrerpult zugerollt kam. Dann gab es eine kleine Einführungsrede. Lehrer Klose brauche bis zur Rückkehr aus dem Krieg eine Vertretung. Das hier sei sie: Erika Wenk. Sie sollten sich nicht einbilden, sie könnten mit einer Frau als Lehrerin machen, was sie wollten. Wenn die Jokehner Jungs nicht parierten, würde er persönlich herkommen und fürchterlich dazwischenschlagen. Dann Verabschiedung mit Handschlag. Autotür. Motor. Weg war er.

Da stand sie nun mit ihrem Bubikopf. Erika Wenk aus Elbing. Gerade das Abitur bestanden. Seit einem Vierteljahr im Arbeitsmaidenlager bei Barten. Zu gescheit für körperliche Arbeit und gerade recht für die Jokehner Kinder.

»Wir werden viele nette Stunden zusammen haben«, war das erste, was die Wenksche in Jokehnen sagte. Dann ließ sie ein Lied singen: Um die Morgenfrühe, das ist unsere Zeit.

Das Erscheinen der Wenkschen löste in Jokehnen eine Erschütterung aus. Wie ein Bombenschlag, vielleicht sogar dem Kriegsausbruch vergleichbar. Jahrhundertelang war es das Vorrecht von Männern gewesen, Rohrstöcke auf den Hintern der Jokehner Kinder zu zerprügeln. Und jetzt dieser Grünschnabel! Besaß ein Mädchen überhaupt so viel Verstand, den Kindern etwas beizubringen? Wie alt war die eigentlich?

Bei den größeren Jungs beschleunigte die neue Lehrerin die Pubertät. Sie wurden rot, wenn die Wenksche etwas fragte. Oder sie stellten sich bockig. Einige kämmten die Haare sorgfältiger. Bubi Helmich schmierte sogar Pomade in die Locken. Sorgfältig schnitt er seine Fingernägel. Damals schon trug der Fassonschnitt, während jeder andere froh war, so wenig Haare wie möglich auf dem Kopf zu lassen.

Die Wenksche schuf eine Atmosphäre knisternder Spannung. Plötzlich stromerten die Jungs nach der Schule zum Pferdestall auf dem Gut, um zu sehen, wie der Pferdepfleger die Stuten dem Hengst zuführte. Da die Jokehner Tabus sich auch auf das Sexualleben der Tiere erstreckten, bekamen die Jungs meistens eins mit der Peitsche übergezogen. Sie mußten schon in Scheunen und auf Heuböden kriechen und heimlich durch Astlöcher und Ritzen zuschauen. Peter Aschmoneit ergriff in jenen Tagen eine sinnlose Zerstörungswut.

Er erschlug alle Frösche, die sich im Wasser paarten. Sperlinge, die ihre Weibchen traten, holte er mit dem Katapult vom Dach. Hunde wurden mit Knüppeln auseinandergetrieben, Hähne mit Stöcken verfolgt, Fliegen, die zusammensaßen, scheußlich verstümmelt. Die ganze Kreatur mußte darunter leiden, daß Erika Wenk nach Jokehnen gekommen war, um den Kindern das Einmaleins beizubringen. Dabei war sie so fortschrittlich im Unterricht. Während Klose es bis zum Alten Fritz gebracht hatte, erzählte die Wenksche von Versailles, vom verlorenen Hultschiner Ländchen, Eupen und Malmedy und vom Marsch zur Feldherrnhalle.

Im Spätsommer kam der Oberstleutnant für kurze Zeit auf Urlaub. Ohne die kleine weiße Frau. Nur zum Entenschießen. Abend für Abend spazierte er mit seinem Hasso um den Teich und ließ mit seinem Geknalle die Jokehner Kinder nicht in den Schlaf kommen. Am Wochenende lud er die Gutsherren von Skandlack, Althof und Kollkeim ein. Da ballerten sie aus einem Dutzend Rohren auf die verschicherten Jokehner Wildenten. Der Major nahm nicht mehr daran teil. Während die anderen zum Teich gingen, brachte ihn seine Frau auf die Schloßterrasse, bereitete ihm ein gemütliches Plätzchen im Lehnstuhl. Von dort aus sah er das Mündungsfeuer der Flinten und hörte die verirrten Schrotkörner in den Blättern der Bäume rascheln.

Hermann und Peter liefen entweder noch am gleichen Abend oder frühmorgens vor der Schule um den Teich. Hermann sammelte die bunten Papp-Patronen, Peter dachte an praktischere Dinge. An einem Sonntagmorgen hatte er Erfolg und fand einen todwunden Erpel, den Hasso am Abend zuvor nicht aufgespürt hatte. Er lag im Schilf, keinen Steinwurf vom Ufer entfernt. Peter suchte einen Knüppel, krempelte die Hosen hoch und watete in den Teich. Für einen Augenblick hoffte Hermann, der Erpel würde sich in den Himmel erheben, einfach davonfliegen. Er versuchte es auch, kam aber keine fünf Meter weit. Auch ein Tauchversuch half ihm nicht. Peter hatte ihn schon an der Gurgel und schleppte das flügelschlagende Tier zum Ufer.

»Jetzt gibt es Entenbraten!« rief er.

Wie das Tier töten? Mit dem Knüppel oder einem Stein? Peter sah eine Weile zu, wie der Erpel hilflos im Gras herumflatterte, dann drehte er ihm in aller Ruhe den Hals um. So, das wäre geschafft. Er wischte die Hände an der Hose ab.

»Durchs Dorf können wir den nicht schleppen«, sagte Peter. »Wenn uns einer vom Gut sieht, sind wir den Braten los.«

Sie trugen den Erpel durch die Gärten zu Aschmoneits Insthaus. Für das letzte Stück holte Peter einen Sack aus dem Schuppen. Und jetzt schnell mit der Beute ins Haus. Da lag der Erpel auf dem Steinfußboden der Küche. Die blinde Oma schlief noch. Über einer Stuhllehne hing ein deutscher Soldatenrock.

»Ist das nicht die Jacke vom Wachmann Jäger?« fragte Hermann.

»Ja«, antwortete Peter, ohne aufzublicken. Er war voll und ganz damit beschäftigt, den Erpel bratfertig zu machen. Erst mit einem Beil den herabhängenden Erpelkopf abschlagen. Das Herdfeuer anblasen. Wie entfedert man den toten Vogel am besten? Absengen. Feuerzange her! Damit an den Beinen gepackt und über die Flammen gehalten. Pfui Teufel, stank das! Als der Erpel Feuer fing, warf Peter ihn in den Wassereimer. Hermann lachte. Die blinde Oma wachte auf, hustete, daß einem angst werden konnte.

»Machst schon wieder Schabernack, Peterche?« rief sie vom Bett her.

Jetzt rumorte es auch nebenan in Aschmoneits Schlafstube. Peters Mutter kam in die Küche. Hermann sah sie zum erstenmal aus der Nähe, sonst arbeitete sie von morgens bis abends. Ein bißchen durcheinander sah sie aus. So am Sonntagmorgen. Ziemlich wirre Haare, nur einen Unterrock an.

»Was macht ihr beiden denn?« fragte sie freundlich im Vorübergehen. Sie wartete keine Antwort ab, holte die Uniformjacke von der Stuhllehne und verschwand damit im Nebenzimmer.

Hermann wunderte sich. Was trieb sich Jägers Uniformjacke in diesem Haus herum? Der Jäger hatte doch auf die gefangenen Russen aufzupassen.

»So machen wir das«, sagte Peter. Er hatte eine große Schere geholt und schnitt dem Erpel die restlichen Federn ab.

»Was jetzt noch übrig ist, sengen wir ab.«

Und dann den Bauch aufschlitzen. Ausnehmen. Ob die blinde Oma das kann? Die Jungs standen neben dem Bett und sahen zu, wie die blinde Oma das Gekröse aus dem Erpelleib riß. Peter zählte die Einschläge der Schrotkugeln. Am Montag brachte er eine Handvoll Schrotkörner, die er in der Soße gefunden hatte, mit in die Schule und ließ sie über den Fußboden rollen.

Es war noch Sommer, da kam die Tochter der Markowschen mit fünf Kindern – alles Mädchen – aus Köln angefahren. In Köln waren Bomben gefallen. Aber es ging nicht allein um die Bomben. Die hatte noch mehr auf dem Herzen. Sie stand auffallend lange unter dem Holunderbusch, umgeben von den ersten trockenen Astern und dem lila Phlox, und starrte auf den verblühten Rittersporn. Sie konnte den Kopf nicht mehr zum Himmel heben, wenn ein Flugzeug über Jokehnen hinweg nach Masuren flog. Vielleicht war die Einsamkeit Jokehnens nicht das Rechte für sie. Im Kölner Stadtlärm wäre sie besser damit fertig geworden, trotz der Fliegerangriffe.

»Das kommt alles nach«, sagte die Markowsche. »Auf dem Friedhof durfte sie nicht weinen, deutsche Soldatenfrauen weinen nicht.«

»Wie können die einen Vater von fünf Kindern als Ausbilder fliegen lassen?« fragte Martha ihren Mann.

»Übers Grab geschossen haben sie«, erzählte die Markowsche. »Und drei Flieger im Tiefflug über den Friedhof. Alles mit Fahnen zugedeckt. Vom Sarg nuscht zu sehen. Nur Menschen in Uniform. Da darf kein Mensch weinen. Und später kommt es nach.«

Den kleinen Mädchen merkte man nichts an. Mit ihren schwarzen Bubiköpfen und den weißen Kniestrümpfen waren sie alle hübsch, auch mit Jokehner Augen gesehen. Natürlich ein wenig zimperlich. Konnten sich nicht ans Barfußlaufen gewöhnen, schrien »i gitt«, wenn sie in den Gänsedreck traten, liefen nie in den verkrauteten, schmutzigen Teich, spielten nur Ball und Seilhüpfen auf dem Anger.

Hermann und Peter lagen häufig in den Weidenbüschen am Teich und sahen den schwarzen Bubiköpfen zu.

»Die denken wohl, sie sind was Besseres, die mit ihren weißen Socken«, sagte Peter.

»Der Vater war Fluglehrer ... abgestürzt ... einfach so.«

Hermann zeigte, wie eine Maschine zur Erde trudelt.

»Wenn man schon abstürzt, muß man so zielen, daß noch ein russischer Panzer oder ein englisches Schiff getroffen wird«, fand Hermann.

»Sei still, sie kommen«, sagte Peter.

Als die weißen Kniestrümpfe nahe genug waren, stürzten Hermann und Peter mit Händen voller schwarzem Morast aus dem Gebüsch. Sie warfen den tropfenden Moder auf die weißen Kleidchen, griffen nach den Haarschleifen, hinterließen auf den Kniestrümpfen gräßliche Fingerabdrücke, rannten mit erhobenen Dreckhänden hinter den kreischenden Mädchen her bis zum Gartengatter der Markowschen. Danach lagen Hermann und Peter einige Stunden im Schilf und ruhten sich von ihrer Heldentat aus. Am Abend zeigte es sich, daß es vorteilhaft sein kann, keinen Vater mehr zu haben. Für Peter hatte der Schlammüberfall auf die weißen Mädchen keine Folgen, aber Steputat saß, die Kuh hütend, auf der Bank am Anger und wartete geduldig.

»Was hast du für dreckige Hände?« fragte er nur. Dann hob er den Stock, der eigentlich für das Rindvieh bestimmt war, und schlug zu. Anfangs auf die Hosen, dann auf die nackten Oberschenkel. Die Mädchen – schon wieder im adretten Weiß – hingen über der Gartenpforte und sahen zu, die dummen Gänse. Sie reisten ab, bevor es Herbst wurde.

»Die Kinder vertragen den ostpreußischen Winter nicht«, sagte die Markowsche, und da hatte sie wohl recht. Die mit ihren weißen Kniestrümpfen paßten nicht in den dreckigen, verschlammten Herbst. Und nicht in die gefrorene Einsamkeit des Winters.

Die Nächte wurden länger und die Gesichter. Noch immer siegte Deutschland ohne Unterlaß, aber der letzte, der entscheidende Sieg blieb aus. Bauer Behrend erhielt das EK 1 für ein erfolgreiches Himmelfahrtskommando im Mittelabschnitt. Else Behrend kam mit dem Brief und der kleinen Tochter an der Hand in die Bürgermeisterei, ließ sich von Steputat beglückwünschen zu der Auszeichnung, die ihr gar keine rechte Freude bereitete.

»Mit dem EK 2 fängt es an, dann das EK 1, am Schluß ein Holzkreuz.«

So dachte Else Behrend sich das in Unkenntnis der Verleihungsrichtlinien der deutschen Wehrmacht. Nach dem EK 1 kam erst das Ritterkreuz des Eisernen Kreuzes, dann das Ritterkreuz mit Eichenlaub, das Ritterkreuz mit Eichenlaub und Schwertern, schließlich das Ritterkreuz mit Eichenlaub, Schwertern und Brillanten (wie viele mußte man dafür totschlagen?) und dann das Großkreuz des Ritterkreuzes. Das war noch ein weiter Weg für Bauer Behrend. Natürlich ging es auch außer der Reihe. Einige fingen mit 'nem Holzkreuz an, ließen sich die Metallkreuze nachträglich verleihen. Andere bekamen nie ein Holzkreuz, gewannen wie beim Roulett in Serie Metallkreuze, bis hinauf zum Eichenlaub, dazu Krimschild, Verwundetenabzeichen, Gefrierfleischorden, Nahkampfspange ... Doch plötzlich wurde die Serie durch ein simples Holzkreuz unterbrochen.

Steputat führte die Frau an die große Rußlandkarte mit den roten Fähnchen. Orel im Mittelabschnitt. Da so ungefähr. Dort lag Heinrich Behrend in einem vom Herbstregen aufgeweichten Unterstand und freute sich seines EK 1. Es tröstete Else ein wenig, daß sie den Namen Orel auf der Karte entziffern konnte und wußte, wo er ungefähr sein mußte.

»Nun sagen Sie mal ehrlich, Meister Steputat«, meinte Else. »Drei Jahre Krieg sind doch genug.«

»Vierzehn/achtzehn hat es noch länger gedauert«, tröstete Steputat sie. »Wir dürfen nicht zu früh aufhören, nicht so wie damals.«

Während Else die Umgebung von Orel absuchte, klammerte sich das kleine Mädchen an den Rock der Mutter und spielte mit den roten Fähnchen unten am Südabschnitt. Sie riß den ganzen Frontbogen bei Stalingrad heraus und hinterließ ein mächtiges fähnchenloses

Loch. Auch am Kaukasus räumte sie auf, verkürzte die deutsche Front bis auf Rostow, nahm andererseits aber Astrachan für die Deutschen in Besitz.

»Vielleicht gibt es bald Urlaub«, meinte Steputat.

Else schüttelte den Kopf. »Die alte Woweriesche sagt, dieser Winter wird besonders schlimm. Tote, nichts als Tote diesen Winter.«

»Das ist Aberglauben«, lachte Steputat. »Die Woweriesche hat schon immer den Weltuntergang vorausgesehen.«

»In Meistersfelde blieb einer Frau die Küchenuhr stehen, als ihr Mann in Rußland starb. Und in Jankenwalde hat es nachts ans Fenster geklopft. Niemand war draußen, auch morgens keine Spuren unter dem Fenster. Zwei Wochen später kam der Brief aus Rußland.«

Else ging heim, bevor es dunkel wurde. Denn die Dunkelheit war nicht mehr geheuer. Da wanderten die Seelen, kehrten heim aus Rußland und klopften an die Fenster, hinter denen das deutsche Volk schlief. In Kollkeim meldete sich ein Sohn bei seiner Mutter ab, indem er ein Kinderbild von der Schlafzimmerwand herunterriß. Die Seelen wanderten. In den langen Nächten. Besonders auf dem Lande. Dort störte die wandernden Seelen kein elektrisches Licht, keine Straßenbeleuchtung. Der Wolfshagener Wald begann gleich hinter den Äckern. Dort aus der Finsternis kamen sie. Durch die Lüfte fuhr der wilde Ritter. Wohin wanderte die deutsche Seele? Vom Peipussee nach Insterburg. Und die alte Woweriesche rief jedem zu, der an ihrem einsamen Haus am Waldrand vorüberkam: »Es brennt! Es brennt!«

Dabei hob sie die Hände nach Osten, spreizte die Finger und starrte hindurch, als sähe sie zwischen den knöchernen Gitterstäben ferne Flammenmeere.

»Wenn die so weitermacht, kommt sie noch ins Gefängnis«, sagte Steputat.

Die beginnende Dunkelheit, die heimliche Angst, die Visionen eines großen Feuers erschreckten nur die Alten, die schon immer skeptisch gewesen waren. Jokehnens Jugend aber lernte bei der Wenkschen:

»Deutschland muß leben,
und wenn wir sterben müssen!«

Bei Tage sah alles heiterer aus. Der Altweibersommer spann seine Fäden von den abgeernteten Gutsfeldern bis zu Steputats Garten, in dem die Bienen die letzte Ernte einbrachten. Über Jokehnens Himmel zogen Krähen und Kraniche, noch keine Bombe war aus diesem heiteren Himmel auf Ostpreußen gefallen. Die Feuersbrünste, die die Woweriesche sah, wüteten in anderen Welten.

An der Mauer der Schule klebte ein Plakat: »Reitet für Deutschland!« Die von Dorf zu Dorf ziehenden Kuschke-Lichtspiele gaben den Film im Marienthaler Krug (zwei Vorstellungen an einem Mittwoch, nachmittags für die Kinder). Die Wenksche lobte den Film über alle Maßen. Jeder deutsche Junge und jedes deutsche Mädel müsse ihn sehen. Kostenpunkt: fünf Dittchen. Hermann bekam die halbe Mark mühelos von seinem Vater, bei Peter haperte es. Seiner Mutter durfte er damit nicht kommen, die hatte nichts übrig, um »Reitet für Deutschland!« zu bezahlen. Ein paar Tage kämpfte Peter mit der Versuchung, den Rock des Wachmanns Jäger, der gelegentlich bei seiner Mutter schlief, nach fünf Dittchen zu durchsuchen. Aber bald fiel ihm etwas Besseres ein.

»Oma, hast du nicht fünf Dittchen?«

»Du Lorbaß willst wieder Kandis holen«, schimpfte die blinde Oma.

»Ja, Kandis«, log Peter. »Reitet für Deutschland« konnte er der alten Frau nicht erklären, so etwas begriff die nicht. Dann lieber Kandis.

»Aber es ist Krieg, Jungche! Da müssen alle sparen. Spare in der Zeit, so hast du in der Not. Habt ihr das nicht in der Schule gelernt?«

Als Hermann am Mittwochnachmittag kam, um Peter abzuholen, fehlten immer noch die fünf Dittchen. Aber Peter würde das schon schaffen, da konnte man ziemlich sicher sein. Sie saßen mißmutig unter dem Küchenfenster zwischen den Sonnenblumen und warteten. Als Peter die tiefen Atemzüge der schlafenden Oma hörte, kletterte er über die Fensterbank in die Küche. Auf Zehenspitzen schlich er zum Bett.

»Ist da wer?« schrie die Alte plötzlich.

Peter kauerte neben ihrem Bett, sah zu, wie sie die leeren Augen wieder schloß und zu schlafen versuchte. Schlaf man, Oma, schlaf. Geduldig wartete Peter. Er zählte die roten Karos auf dem Bettzeug, versuchte die Fliegen zu verscheuchen, damit sie die blinde Oma nicht am Einschlafen hinderten. Plötzlich streckte sie ihre trockene Hand aus und hätte Peter fast berührt.

»Reitet für Deutschland!« An der Schule versammelten sich Jokehnens Kinder, um geschlossen nach Marienthal zu marschieren. Und Peter Aschmoneit fehlten noch fünf Dittchen. Er legte die Hand auf die Bettdecke. Mal sehen, ob die blinde Oma die Hand spürte. Nein, sie rührte sich nicht. Wo nun hin mit der Hand? Unter das Laken? Nein, tiefer! Peter hatte Angst, seine tastende Hand könnte den vertrockneten Körper berühren. Oder unter dem Strohsack? Seine Finger glitten über feuchtes, verschimmeltes Sackleinen, aus dem zerlegene Strohhalme wie Häcksel ragten. Mehr zum Kopf hin. Unter dem Keilkissen mit Seegras? Ja, da war etwas. Was brauchte die alte Oma Geld? Konnte man doch nuscht für kaufen in dieser Zeit. Und zum Essen schaffte Peter genug ran, Fische und so, auch für die blinde Oma.

Im Seegras lag das Geld. Keine Scheine, nur harte Stücke. Große und kleine, neue und alte, versteckt in einem Beutel, wie ihn die Gutsarbeiter für ihren selbstgeschnittenen Tabak benutzten. Peters Hand berührte die kalten Metallstücke; sie griff nach einer größeren Münze, weil jedes Rumgeklappere mit einzelnen Dittchen die Oma geweckt hätte. Ein großes Stück mußte ausreichen. In die Tasche damit und raus aus dem Fenster.

»Reitet für Deutschland!« Das Plakat hing in allen Fenstern des Marienthaler Krugs, und die Kinder standen vor dem Eingang in einer Zickzackschlange bis zur Chaussee. Punkt halb vier öffneten die Kuschke-Lichtspiele die Kasse. Hinter einem Tisch im Freien saß ein kleiner, feister Mann und ließ Dittchen um Dittchen in eine Waschschüssel kullern. Dafür riß er von einer Rolle Eintrittskarten ab und schob sie über den Tisch, unter dem eine schwarze Katze hockte, vor sich hin duselte und die vorbeiziehenden Kinderfüße anplierte. Peter legte seine Münze auf den Tisch. Die war ordentlich schwer, sah anders aus als die vielen Dittchen in der Waschschüssel. Die feisten Hände stockten. Sie wogen das goldene Zwanzig-Mark-Stück aus Kaisers Zeiten. Der Mann blickte Peter an. Lächelte, ein bißchen Mitleid, ein bißchen Schadenfreude. Zögerte einen Augenblick, schob plötzlich eine Eintrittskarte in Peters ausgestreckte Hand.

»Wo hast du den her?« fragte das feiste Gesicht.

»Gibt es nuscht raus?« wollte Peter wissen.

Der Mann schüttelte den Kopf. »Das Geld ist nichts mehr wert, aber ich laß dich trotzdem rein.«

»Reitet für Deutschland!« Wie zitterten die kleinen

Seelen für den deutschen Sieg, wie liebten sie die deutschen Pferde und die deutschen Helden. Wo immer nach diesem Film Jokehner Ackergäule über Wiesen oder Kartoffeläcker trabten, sie ritten für Deutschland. Die Begeisterung, die dieser Film in Deutschland hervorbrachte, reichte aus, um den Zweiten Weltkrieg um Monate zu verlängern. Und zum erstenmal sahen Hermann und Peter die deutsche Wochenschau mit dem grimmigen, immer größer werdenden Adler. Leibhaftige Panzerfahrten durch die Wüste, drohende Geschütze am Atlantikwall. Kuschkes Lichtspiele brachten den großen Atem des Weltgeschehens in die ostpreußischen Dörfer. Später dann »Calais sturmreif«. Stukas über französischen Weizenfeldern und über den rauchenden Trümmern der Stadt am Ärmelkanal. Ein Heimkehrerfilm mit guten Volksdeutschen, bösen Polen und einem Helden namens Keit. Zwischendurch »Eine Nacht in Venedig« mit viel Musik und nicht kinderfrei. Kinder brauchten keine Musikfilme. Ihre Musik war das Donnern der Eisenbahngeschütze am Nordabschnitt, das schnelle Tacken der Maschinengewehre, der Gesang der Hitlerjungen, die auf freiem Feld biwakierten. Die deutsche Wochenschau. Fahnen ... markige Worte ... die Welt war so einfach.

Während des milden Sommers ging es einigermaßen gut mit der Wenkschen, erst im Herbst, in diesem trostlosen, regnerischen Herbst kam der Katzenjammer. Da dauerte es nicht lange, bis sie über den Anger getrippelt kam, um Steputat zu besuchen. Hermann zog es vor, das Weite zu suchen, denn es war ein Naturgesetz in Jokehnen: vor dem Lehrer, dem Gutsherrn und der Zigansche hatten alle Kinder auszureißen! Bis zum Staketenzaun bei Onkel Franz. Dort saß er und sah zu, wie die Wenksche sich mit ihren Stöckelschuhen auf dem durchweichten Anger abmühte. Es freute ihn, daß sie an einem Wassergraben umkehren und einen anderen Weg einschlagen mußte.

Kaum war die Wenksche in Steputats Haus verschwunden, legte sie ihr strenges Schulmeistergehabe ab. Jetzt sah sie aus, wie alle achtzehnjährigen Mädchen aussehen: verlegen, schüchtern. Mein Gott, was hatte die für zierliche Hände! Kaum vorstellbar, daß sie damit die Jokehner Kinder verprügeln konnte.

»Ich werde mich versetzen lassen«, sagte sie schüchtern zu Steputat.

»Gefällt es Ihnen nicht bei uns?«

»Doch schon ... Aber es ist, als wäre ich am Ende der Welt. Ganz allein ... niemand ... und dieser Schmutz!«

»So ist es eben im Krieg«, sagte Steputat. »Niemand kann sich aussuchen, wo er seine Pflichten zu erfüllen hat.«

Da fing die kleine Wenk an zu weinen, heulte wie ein Mädchen aus der 6. Klasse. Wollte gar nicht aufhören und verschmierte damit den frisch aufgetragenen Lippenstift.

»Nicht einmal elektrisches Licht ist da!« rief sie aus, als hänge die Seligkeit vom Licht ab.

»1944 kommt die Überlandleitung zu uns«, versicherte Steputat.

»Neunzehnhundertvierundvierzig?« Sie sagte das so, als gäbe es das Jahr erst in einem anderen Jahrhundert.

»In vier Wochen sind Weihnachtsferien«, redete Steputat auf sie ein. »Da fahren Sie nach Hause. Und anschließend geht es auf den Frühling zu. Der Frühling ist schön in Jokehnen. Und dann ist der Krieg bald zu Ende.«

Martha bat die Wenksche an den Kaffeetisch in der guten Stube. Der Wenkschen war zwar nicht nach Kaffeetrinken zumute, aber sie wischte ihre Tränen ab und folgte der Einladung.

»Unser Junge ist bestimmt viel zu frech«, begann Martha das Kaffeegespräch.

Die Wenksche tat ihr den Gefallen und widersprach: »Auch nicht frecher als die anderen.«

»Mit den Schularbeiten haben wir gar keine Sorgen, er macht sie immer allein. Mein Mann sagt: Das geht uns nichts an, das muß er selber verantworten. So etwas erzieht zum Pflichtgefühl.«

Die Wenksche nickte. 1944 elektrisches Licht; jetzt war Herbst 1942. Nicht einmal eine anständige Bücherei gab es in der Schule. Nur Karl May und Fritz Steubens Tecumseh-Serie. Dazu Kinderbücher.

»Rechnen liegt ihm nicht so, aber auch da kann er alles. Nur es macht ihm keinen Spaß. Am liebsten liest er, aber keine Kinderbücher, sondern über den Krieg. Er ist ja so interessiert.«

Erika Wenk lächelte. Immer nur über andere sprechen, über die Probleme der anderen, und niemand kümmerte sich um sie. Um das auszuhalten, war sie zu jung. »Ganz verrückt ist er nach Sondermeldungen und den Nachrichten. Er weiß genau, wo die Front verläuft. Stellen Sie sich vor, jeden Mittwochabend hört er Hans Fritsche im Rundfunk.«

So ging das weiter bei Bienenstich und Kathreiner Malzkaffee. Draußen hatte Hermann Verstärkung herangeholt. Aus Grassoden und Steinen bauten die Jokehner Jungs einen Damm quer über den Weg, stauten das Regenwasser, das zum Teich laufen wollte. Zum Glück ging die Wenksche noch vor Einbruch der Dunkelheit nach Hause, sonst wäre sie mit ihren hübschen Stöckelschuhen ins aufgestaute Wasser gelaufen. Sie war wieder ganz die kleine, forsche Erika Wenk mit dem erhobenen Näschen und dem trippelnden Gang. Am Wasserstau mußte sie einen Umweg bis zur Pflasterstraße machen. Dort lauerten ein paar noch nicht schulpflichtige Fünfjährige und riefen ihr nach: »Stöckelschuh! Stöckelschuh! Halt dir deine Ohren zu!«

Hatte es die alte Woweriesche am Ende doch vorausgesehen? Hatten ihre vom Star befallenen Augen über Tausende von Kilometern hinweg jenes mächtige Feuer erspäht, dort am Knick der Wolga, jenen brennenden Steinhaufen in der verschneiten Steppe?

»Im dritten Kriegsjahr ist es keine Kunst, Tod und Feuer vorauszusehen; irgendwo brennt es immer«, sagte Steputat, als Martha ihn darauf ansprach. Aber diesmal brannte es heftiger, der ganze Wolgabogen stand in Flammen, und das Feuer drohte als Steppenbrand auf die Kaukasusfront überzugreifen. »Das schaffen unsere schon«, sagte Steputat. Hans Fritsche sagte es auch in seinen Mittwochkommentaren: »Wo der deutsche Soldat steht, da steht er!« Stalingrad erschien aus Jokehner Sicht nicht sehr schlimm. Kein Wendepunkt des Krieges. Rückschläge gibt es überall. Nach so vielen Siegen. Das macht hart. Das schweißt zusammen. Das weckt Trotzgefühle. Steputat räumte getreu dem Wehrmachtsbericht die am weitesten nach Osten gesteckten Fähnchen auf der mächtigen Wandkarte, ließ nur am Wolgaknick ein einsames Fähnchen zurück, ein Erinnerungsposten, Symbol der großen 6. Armee. Bis Anfang Februar. Dann ging auch die letzte Fahne an der Wolga unter.

Am Tag nach Görings Spartarede kam Onkel Franz zu Steputat. Es schien, als ginge es ihm nur um so praktische Dinge wie die Milchablieferung und die Viehzählung. Aber bevor er ging, fragte er Steputat: »Was sagst du zu Paulus?« Steputat blickte gar nicht auf. Er kannte diesen Gesichtsausdruck, dieses Ich-hab-es-ja-immergewußt.

»Das ist der Anfang vom Ende«, meinte Onkel Franz.

Natürlich machte auch Steputat sich Gedanken. Arbeitete die Zeit gegen Deutschland?

»Man wird abwarten müssen«, sagte er vorsichtig. »Es wird wieder Sommer. Im Sommer frieren unsere Panzer nicht ein.«

»Der hat uns schön reingeritten, dieser Hitler. Mit Amerika hätte er nicht anfangen dürfen.«

»Bisher ist es immer gutgegangen«, verteidigte Steputat »diesen Hitler«. Er fand es billig, in schweren Stunden so daherzureden. Es entsprach nicht seinem Gefühl für Anstand. Was sind das für Helden, die jahrelang zufrieden Siege einsammeln, aber nach der ersten verlorenen Schlacht bedenklich den Kopf schütteln?

Jokehnen nahm wenig Notiz von Stalingrad, hatte auch nur einen Toten in der 6. Armee zu beklagen, einen ledigen Waldarbeiter. Über die Gutsäcker liefen in diesen Tagen die Hasenjagden, und die Schlitten brachten Buschwerk aus dem Wald auf den Gutshof, wo die gefangenen Russen das Holz kleinschlugen. Ahnten die Gefangenen, daß sie zum erstenmal gesiegt hatten?

Martha erzählte Hermann vom lieben Gott. Sie tat es heimlich vor dem Einschlafen, damit Steputat es nicht hörte.

»Der Junge soll unvoreingenommen groß werden. Er muß sich selber ein Bild machen, ob er den Spuk glauben will oder nicht.«

Das waren Steputats Reden zur Religion. Aber Martha dachte, es könne nicht schaden. Auch ein Spuk könne nicht schaden.

»Warum soll ich beten?« fragte Hermann.

»Dann hilft der liebe Gott.«

Hermann wußte nicht recht, warum der liebe Gott helfen sollte. Da war im Augenblick nichts zu helfen, nicht einmal bei den Schularbeiten.

»Uns allen kann er helfen, ganz Deutschland.«

Deutschland! Ja, das leuchtete ein. An einigen Abenden schaffte Hermann das Vaterunser um Deutschlands willen, dann vergaß er das Beten. Deutschland würde sich allein helfen müssen, irgendwie.

Gut, daß der Major Stalingrad nicht mehr bewußt erlebte. Der wäre zu Steputat gekommen, um stundenlang über den Dilettanten aus Braunau zu sprechen. Bei Hindenburg und Ludendorff wäre das nicht vorgekommen. Das deutsche Volk wird schon sehen, wohin es mit diesem Anstreicher kommt!

Ausgerechnet an Kaisers Geburtstag traf den Major der Schlag. Er lag im Koma, als in Stalingrad die Lichter ausgingen. Am 5. Februar starb er. Sein Tod überraschte niemand. Seit dem Sommer hatte man den Major nicht mehr auf den Feldern gesehen, und seit Weihnachten – so verbreiteten es die Jokehner Klatschweiber – hatte er sein Essen im Schlafzimmer eingenommen. In Jokehnen brach die große Trauer aus. Wie der Tod eines Stammesfürsten ergriff die Nachricht jeden einzelnen. Zehn Säuglinge konnten an Diphtherie sterben, es bedeutete für Jokehnen nicht so viel wie der Tod dieses greisen Mannes. Schon am frühen Morgen um halb sieben ließ die Majorsche, gefaßt und von kühler Unnahbarkeit umgeben, Kämmerer Mikoteit rufen, um ihm die Ausgestaltung der Jokehner Trauer zu übertragen. Sie verlas einen Brief des Majors, in dem er die Abwicklung seines Todesfalls genauestens vorgeschrieben hatte. Im Schloß brannten in allen Fenstern Kerzen. Die Stubenmädchen hatten ihr Lachen verloren. Die Mamsell weinte in Strömen und mußte deshalb vom Kochtopf entfernt werden. Sogar die Polenmädchen und die beiden Ukrainerinnen, die im Schloß arbeiteten, stimmten in das allgemeine Geheule ein. Mikoteit veranlaßte, daß die Mittagsglocke am Speicher schon in der Frühe des Februarmorgens eine Viertelstunde lang unaufhörlich bimmelte. Nun wußte jeder Bescheid. Er selbst ging auf den Schloßturm und hißte die kaiserliche Reichskriegsflagge, wie es der Major befohlen hatte. Natürlich war er sich klar darüber, daß diese Fahne über Deutschlands Dächern nichts mehr zu suchen hatte, aber der letzte Wille eines Toten ging solchen Bestimmungen vor. So dachte jedenfalls Mikoteit. Er zweifelte auch nicht daran, daß Ortsgruppenleiter Krause dafür Verständnis aufbringen würde. Wenn er es überhaupt erfuhr.

Anschließend besuchte Mikoteit mit dem Wolhyniendeutschen Zarkan die gefangenen Russen. Zarkan mußte übersetzen, was dem kleinen Jokehnen zugestoßen war. Die Gefangenen nahmen es gelassen hin; nur die Aussicht, am Beerdigungstag nicht arbeiten zu müssen, aber gut zu essen, heiterte sie ein wenig auf. Fünf Russen wurden abgestellt, um das Grab des Majors zu schaufeln. Nicht auf dem Gemeindefriedhof an der Chaussee, sondern in der hintersten Ecke des Gutsparks, unweit des Blutkruschkenbaums, umgeben von Erlen und Faulbäumen. Dort ruhten die Generationen, die auf Schloß Jokehnen gelebt oder besser: geherrscht hatten. Hier schaufelten die Gefangenen das Grab, schaufelten den Schneematsch beiseite und die aufgeweichte Erdkruste, brachen mit der Spitzhacke den Frost aus den tieferen Schichten und landeten schließlich im Schwemmsand. Das ist tief genug, sagte Mikoteit.

Am Begräbnistag fiel die Schule aus. Das war nicht ganz verständlich, denn die Kinder hatten bei der Beerdigung nichts zu suchen, durften nicht einmal aus der Ferne zusehen. Gegen Mittag kamen die schwarzen Kutschen wie in verabredeter Sternfahrt nach Jokehnen. Die von Skandlack und Kollkeim, Althof, Dönhofstädt und Meistersfelde, die Lehndorffs vom Mauersee.

Sie stellten ihre Equipagen in langer Reihe vor die Gutswaschküche, unter die vergitterten Fenster, aus denen die runden Russengesichter zuschauten. Die Kutscher in ihren schwarzen Pelerinen standen beieinander und ließen ein Fläschchen kreisen.

Vor dem Schloßportal eine Versammlung der Damen in schwarzen Kleidern. Männer in Uniformen mit den Ehrenzeichen der letzten fünfzig Jahre. Ein Leutnant und sechs Mann kamen vom Drengfurter Verpflegungsdepot zur Ehrenwache; die Soldaten nahmen mit geschultertem Gewehr vor der Schloßterrasse Aufstellung, drei an jeder Seite. Und der Jokehner Kriegerverein kam mit der Fahne durch den Park gezogen, gefolgt von der Drengfurter Schusterkapelle, die mit dumpfem Trommelschlag für den richtigen Gleichschritt sorgte. Sattler Rogall hatte einen großen Tag, fast so wie damals bei der Beisetzung des alten Hindenburg. Er trug die bunte Fahne mit den französischen Schlachtennamen, unter der auch Steputat marschierte. Krugwirt Wittkuhn folgte im zweiten Glied und überschlug im stillen, wie viele Teilnehmer der Trauerfeier anschließend in seinem Krug einkehren würden.

Und nun schau mal an, wer da steht! Mitten auf dem Schloßhof in vortrefflich gewichsten Stiefeln und strahlender Parteiuniform: Eduard Blonski. Die Nachricht vom Tod des Majors hatte ihn auf seinem Riesengut in der Ukraine erreicht, wo er deutschen Lebensraum und Nährstand sicherte. Er war gekommen, um den Jokehnern zu erzählen, wie in der Kornkammer Rußlands der Krieg gewonnen wird. Dicker war er geworden, aber die schneidige Uniform ließ ihn noch recht passabel erscheinen. Blonski gesellte sich zu dem Kriegerverein und begrüßte jeden mit Handschlag.

»Ist der Oberstleutnant nicht zur Beerdigung seines Vaters gekommen?« erkundigte er sich.

Mikoteit schüttelte den Kopf »Den brauchen sie für die Auffangstellung am Donez.«

Blonski winkte ab. »Ist schon alles in Ordnung«, beruhigte er die Jokehner. »Die Front steht. Ich habe mit einem Offizier aus dem Führerhauptquartier gesprochen (sieh mal an, der Blonski hat sogar Verbindung zum Führerhauptquartier). Im Frühjahr greifen wir wieder an. Dann ist es aus mit den Russen. Keine Menschen mehr. Da türmen sich Berge von russischen Leichen vor unseren Stellungen. Stalingrad war ein Opfer. Aber es hat Rußland die letzte Kraft gekostet.«

Blonski war es auch, der die kaiserliche Reichskriegsflagge auf dem Turm entdeckte und Mikoteit zur Rede stellte: »Das ist ja eine schöne Sauerei da oben«, sagte er.

»Es war der letzte Wunsch des Majors«, entschuldigte Mikoteit die Fahne.

»Ihr seid mir treue Anhänger des Führers«, sagte Blonski. »In Stalingrad marschieren die deutschen Soldaten mit dem Deutschlandlied auf den Lippen in den Tod, und ihr laßt so einen Mumpitz zu. Im Kleinen fängt es an. Man darf nichts durchgehen lassen.«

Blonski hätte sicherlich noch weitere Sprüche von sich gegeben, wäre nicht die Lafette vorgefahren, von vier verhängten Pferden gezogen. Kutscher Borowski saß steif auf dem Bock wie ein Denkmal. Das Reitpferd des Majors folgte gesattelt mit geflochtener Mähne. Die Soldaten präsentierten das Gewehr. Sechs ostpreußische Gutsbesitzer – einige schon recht betagt – schleppten den Sarg aus dem Schloß. Dabei gab es fast ein Unglück auf der Schloßtreppe, als einer stolperte. Mikoteit vergaß alle Würde, sprang hinzu und bewahrte den toten Major davor, in den Schneematsch abzugleiten.

Aus Allenstein hatten sie einen Militärpfarrer geholt, der die Waffen des Majors schon in Flandern und Galizien gesegnet hatte. Der Drengfurter Pastor reichte für so etwas nicht aus. Dem schwarzen Mann aus Allenstein folgte die Witwe, an deren Arm ein zierliches, zerbrechliches Wesen hing: die kleine weiße Frau. Sie war stellvertretend für ihren Mann, den am Donez kämpfenden Oberstleutnant, nach Jokehnen gekommen, und jedermann spürte, wie sie im Jokehner Matschwetter fröstelte.

Hermann und Peter lungerten anfangs hinter dem Gutsspeicher herum, dann trabten sie um den Park zum Blutkruschkenbaum, versteckten sich im Gebüsch und warteten auf den Trauerzug. Hinter dem Blutkruschkenbaum bog die Lafette rechts ab, blieb halb verdeckt hinter den schwarzen Strichen der Parkbäume, stockte vor den Granitblöcken.

Der Pfarrer sprach, aber nicht laut genug, um hinter dem Blutkruschkenbaum gehört zu werden. Nach ihm hatte Sattler Rogall seine Stunde. Der alte, zittrige Rogall machte das wesentlich lauter: » ... unserem treuen Kameraden ... Deutschland ... Kampf ... ganz Jokehnen ... treu ... treu ... treu ...«

Die Wortfetzen flogen herüber zum Blutkruschkenbaum. Während Rogall sprach, hielt Steputat die Fahne des Kriegervereins, machte aber keine gute Figur dabei, wie Hermann feststellte.

Die Stute des Majors, die bis dahin willig mit gesenktem Kopf der Lafette gefolgt war, spreizte während der Rede die Hinterbeine und ließ einen Wasserschwall in den Matsch rauschen, daß es nur so spritzte. Wer in der Nähe stand, wich zurück. Schade um die schwarzen Anzüge und gewichsten Schuhe.

Die schneidige Stimme des Leutnants gab ein Kommando. Hermann und Peter hörten das Klappen der Gewehrschlösser. »Feuer!«

Sechs Schüsse übers Grab.

»Mensch, die schießen auf uns!« rief Hermann.

»Quatsch, das sind Platzpatronen«, sagte Peter.

Als die zweite Salve krachte, hörten sie es deutlich über ihren Köpfen pfeifen. Sie warfen sich flach in den Dreck und kamen erst hoch, als die Schusterkapelle »Ich hatt' einen Kameraden« spielte, als der ganze Park einschließlich der Findlinge, der Fichten und alten Eichen einstimmte.

»Er ging an meiner Seite, als wär's ein Stück von mir ...«

»Mensch, du heulst ja«, sagte Peter.

Das Lied vom guten Kameraden, das Millionen gestandener Männer zu Tränen gerührt hatte, ließ jetzt den letzten Schnee schmelzen.

»... eine Kugel kam geflogen ...«

Die Gutsarbeiter ließen harte Erdschollen auf den Sarg poltern.

»... es hat ihn weggerissen, er liegt zu meinen Füßen ...«

»Ob so alle Soldaten beerdigt werden?« fragte Peter. In Gedanken war er bei jenen Birken am Waldsee von Mogilew, unter denen sein Vater lag.

Nun sprach wieder der Militärpfarrer aus Allenstein. Kaum zu verstehen. Zum Schluß sang er »Ich bete an die Macht der Liebe«. Dabei gab es eine Panne. Auf den »guten Kameraden« hatten sich die Drengfurter Schuster gespitzt, aber die »Macht der Liebe« traf sie gänzlich unvorbereitet. Nur eine einsame Trompete wagte es, mit dem Allensteiner Militärpfarrer mitzuhalten, meistens falsch. Nach einer Strophe des alten Preußenchorals endete die Beerdigung, die Versammlung zerstreute sich. Streichhölzer flammten auf, Zigarren wurden in Brand gesetzt. Ein Knecht schwang sich, ohne daß ihn jemand an diesem Frevel hinderte, auf den Rücken des Reitpferdes, das bis zu dieser Stunde nur der Major hatte reiten dürfen. Die kleine weiße Frau aus Königsberg strebte mit hastigen Schritten dem Schloß zu, verschwand in den von Buchenkloben geheizten Räumen. Das wäre geschafft.

Als alle fort waren, sahen Hermann und Peter sich das Grab an.

»Schade um die Blumen«, meinte Peter und strich über weiße Nelken, die aus einem Kranz hervorschauten. Er schien zu überlegen, ob er diese Kostbarkeiten noch nutzbringend verwenden konnte, aber ihm fiel nichts Passendes ein. Hermann sammelte indessen die Patronenhülsen auf.

»Die Gemeinde Jokehnen«, »Der Kriegerverein Jokehnen/Kollkeim«, »Das Gesinde dem guten Herrn«. So stand es auf den Schleifen. Kein Kranz von den zahlreichen Jokehner Kindern, denen der Major Vater war, kein Kranz der Mütter, die zum erstenmal von ihm geschwängert worden waren.

Die Rechnung des Krugwirts Wittkuhn ging auf. Gut die Hälfte der Trauergäste versammelte sich nachmittags im Krug, um das dünne Kinderhofer Kriegsbier aus Gerdauen zu trinken. Später kam auch Blonski, noch immer in zackiger Parteiuniform, aber schon mit dicken Dreckspritzern auf den Stiefeln. Die Majorsche hatte nur ein paar unverbindliche Worte mit ihm gesprochen. Keine Einladung. Hatte er das verdient? Neun Jahre Inspektor auf Gut Jokehnen. Nun eine siebenhundert Kilometer lange Reise aus dem tiefsten Rußland nach Jokehnen. Und die Majorsche lud ihn nicht einmal zum Mittagessen ein.

»Eure Scheißfahne hängt immer noch!« sagte Blonski und ließ sich an dem Tisch nieder, an dem Steputat und Mikoteit saßen.

»Die bleibt bis morgen hängen, so hat es der alte Herr gewollt«, brummte Mikoteit.

»Die Partei wird euch schon Beine machen!« rief Blonski. »Wenn erst der Krieg zu Ende ist. Dann wird Ordnung geschaffen. Jokehnen ist doch ein verschlafenes, rückständiges Nest. Hier ist nichts zu merken von dem neuen Geist, der durch Deutschland weht. Übel kann einem werden bei einer solchen Beerdigung. Die Blaublütigen, die von und zu, die ihren Lebtag keinen Handschlag fürs deutsche Volk getan haben. Da kriechen sie herum und träumen von der Vergangenheit, weil ihnen die neue Zeit nicht vornehm genug ist. Kaiserfahnen an die Häuser hängen! Der Führer wird es denen schon zeigen. Wartet nur den Endsieg ab.«

So ereiferte sich Gutsinspektor Blonski im Jokehner Krug. Und nachdem er einen Grog getrunken hatte, fuhr er fort: »Bei uns draußen wird das neue Deutschland gebaut! Germanische Wehrdörfer im slawischen Land. Ihr sollt mal sehen, wie unsere Jungs begeistert sind. Die lassen sich für ihren Führer totschlagen.«

Was war nur aus dem Blonski geworden? Der hatte ja einen richtigen Höhenflug. Als Mikoteit ihn vorsichtig nach dem Stand der Feldbestellung in der Ukraine fragte, reagierte Blonski fast beleidigt: »Zum Arbeiten haben wir die anderen. Da herrscht Ordnung, da kann nicht jeder machen, was er will. Kein Vergleich mit Jokehnen.«

Und dann legte sich Blonski darauf fest, daß er nicht mehr nach Jokehnen zurückkehren werde, niemals. Für ihn gab es größere Aufgaben. Den Blonski hatten die Jokehner endgültig verloren, der ging auf im Kampf für Führer und Vaterland.

Hermann Göring wollte Meier heißen, sollte ein feindliches Flugzeug die Reichsgrenzen überfliegen. Aber es kam alles ganz anders. Immer häufiger schlich sich in die Wehrmachtsberichte vom heldenhaften Abwehrkampf am Kubanbrückenkopf und der Belagerung Leningrads jener Hinweis auf Terrorangriffe im Reichsgebiet. Die Verdunkelung wurde zum Symbol des Durchhaltewillens an der Heimatfront.

»Solange Jokehnen kein elektrisches Licht hat, brauchen wir die blödsinnige Verdunkelung doch nicht«, meinte Onkel Franz.

Aber SA-Führer Neumann kam persönlich an einem Abend nach Jokehnen geradelt, um sich davon zu überzeugen, daß die Jokehner Petroleumfunzeln und Hindenburgkerzen keine feindlichen Flieger anlockten. In den großen Städten des Reichs ging nach und nach das Licht aus. Im Frühling bekam Steputat von der Kreisverwaltung eine Liste mit 38 Namen, Frauen und Kinder aus Berlin. Die mußte er unterbringen, im Schloß, im Krug, bei den Bauern. Und selbst mit gutem Beispiel vorangehen.

Nachmittags um vier hielt der Sonderzug auf dem Wickerauer Bahnhof. Drei Leiterwagen hatte das Gut abgestellt, einer kam von Onkel Franz mit dem Polen Anton als Kutscher. Jokehnen zeigte sich den Berliner Frauen und Kindern von seiner guten Seite. Die Sonne schien, eine milde Sonne. Die Wege waren für die Jahreszeit außergewöhnlich trocken. Zwischen den Schwellen auf dem Bahndamm blühten die ersten Butterblumen. Als der Zug einlief, hielten die Kutscher die Pferde am Halfter fest; denn Eisenbahnen waren ein ungewohnter Anblick für Jokehner Gäule. Eine NSV-Schwester sprang vom Trittbrett und rief mit unbekümmerter Fröhlichkeit: »Wir sind am Ziel! Bitte alle aussteigen.« Steputat im schlichten Anzug, nur das Parteiabzeichen am Revers, ging auf die NSV-Schwester zu. Eigentlich hätte er eine Rede zur Begrüßung halten sollen, aber Steputat mochte nicht reden. Das Weinen der kleinen

Kinder, das Paffen der Lokomotive und das unruhige Schnauben der Pferde entschuldigten ihn.

Es dauerte eine halbe Stunde, bis Gepäck und Menschen auf dem schwarzen Schotter des kleinen Bahnhofs standen. Die dampfspeiende Lok verbreitete noch einen letzten zaghaften Eindruck von städtischem Getriebe, natürlich nicht vergleichbar mit Berlin, Bahnhof Friedrichstraße. Als die Lokomotive die leeren Wagen langsam aus dem Bahnhof schob und bedächtig schnaufend hinter der Wickerauer Kurve verschwand, brach die ganze ostpreußische Weite und Einsamkeit über die Frauen und Kinder herein. Nur die NSV-Schwester blieb fröhlich. Sie behauptete, die Frauen seien hier ganz sicher vor Terrorbomben, denn in die ostpreußische Einsamkeit sei noch nie eine Bombe gefallen. An die Kinder verteilte sie Schokoladenriegel. Die Kutscher hoben die Kleinsten auf die Leiterwagen, zeigten ihnen, wie man mit Peitschen knallt. Der Pole Anton setzte einen dickbäuchigen kleinen Berliner namens Ralf auf ein Jokehner Ackerpferd. Na, das war vielleicht zum Lachen. Und gleich etwas fürs Fotoalbum.

Langsam, viel langsamer als die Trambahn am Alexanderplatz, schaukelten die Jokehner Leiterwagen über die Chaussee. Steputat schämte sich für sein Jokehnen. Ihm fiel auch nichts Bemerkenswertes ein, um den Eindruck der barfußlaufenden, kahlgeschorenen Kinder, der farblosen Strohdachhäuser, der Holperstraßen und staubigen Sommerwege zu überspielen. Schließlich – sie waren schon mitten im Dorf – sagte er zu den Frauen und Kindern: »Wir haben sogar ein Schloß in Jokehnen.«

Auf dem Anger große Verteilung. Die meisten kamen aufs Gut. Steputat nahm eine Frau mit zwei kleinen Jungen in sein Fremdenzimmer auf dem Dachboden. Onkel Franz wollte sich drücken, weil seine Polen schon alle Räume belegt hatten. Es half aber nichts, die Polen mußten zusammenrücken und auch ihren Teil zur Jokehner Einquartierung beitragen. Else Behrend nahm gern eine Frau mit drei Kindern auf. Das gab ein bißchen Leben auf dem einsamen Gehöft; außerdem hoffte Else, in der Frau aus Charlottenburg eine Hilfe für den Garten gefunden zu haben. Schlimm wurde es bei der Wittkuhnschen im Krug. Sie verteidigte ihre zwei Fremdenzimmer im ersten Stock mit Klauen und Zähnen. Neulich habe ein Oberst auf der Durchreise bei ihr übernachtet. Für nächste Woche hätten sich hohe Persönlichkeiten der Organisation Todt angemeldet. Auch Melker August bringe gelegentlich seinen Freund von der SS mit auf Urlaub und quartiere ihn im Krug ein. Nein, es sei unverantwortlich, ihr die Fremdenzimmer zu belegen. Außerdem: wieviel Geld bekäme sie für die Beschlagnahme des Zimmers? Sie müsse auch leben, die Zeiten seien schlecht genug für die Krugwirte. Wie ein Höllenhund stand sie vor der Treppe, die zu den behüteten Fremdenzimmern führte, und wollte weder Steputat noch die Frau aus dem Berliner Norden mit einem vierjährigen Jungen vorbeilassen.

Steputat schaffte es nicht, er mußte amtlich werden. Also telefonierte er mit Ortsgruppenleiter Krause in Drengfurt, der sich aber nicht engagieren wollte und an SA-Führer Neumann weitergab. Für Neumann war das ein gefundenes Fressen.

»Ausheben!« brüllte er noch am Telefon. Dann kam er per Fahrrad nach Jokehnen, vorsorglich in Begleitung des Stadtpolizisten Kallweit.

»Das sehen wir gern!« rief er schon in der Krugtür. »Unser Volk kämpft um Leben und Tod, und ihr scheißt euch in die Hose, weil ein Zimmer belegt werden soll!«

Er schob die Wittkuhnsche beiseite, polterte die Treppe hinauf, schrie von oben nach dem Schlüssel, wollte die Tür einschlagen, bekäme er nicht sofort den Schlüssel. Während die Wittkuhnsche heulend in der Küche verschwand, brachte Krugwirt Wittkuhn dem tobenden Neumann die Schlüssel. Neumann wies die Frau aus Berlin in das große Fremdenzimmer ein, in das Zimmer mit der schönen Aussicht über den Jokehner Dorfteich, über die Saatfelder an der Marienthaler Grenze. Sagte ihr sogar ein paar freundliche Worte und fragte den Vierjährigen, ob er ein guter deutscher Hitlerjunge werden wolle. Schließlich besaß Neumann die Stirn, in den Krug zu gehen und sich von Wittkuhn ein Bier servieren zu lassen. Er bekam gratis noch ein zweites und dazu zwei Korn. Als er alles hinuntergekippt hatte, deutete Neumann an, er werde den Vorfall vergessen. Nicht weitermelden. Diesmal nicht. Aber so eine Schweinerei möchte er nicht noch einmal erleben. Und währenddessen heulte die Wittkuhnsche in der Küche. Ach, wenn der Führer wüßte, was sie mit der armen Frau Wittkuhn in Jokehnen anstellten.

Mit weißen Söckchen und Klapperschuhen liefen die Berliner Kinder durch den Jokehner Dreck. Sie mieden das Weidengestrüpp am Teich, waren ängstlich darauf bedacht, nicht mit nassen Füßen heimzukehren. Wenn Onkel Franz die Kühe in den Roßgarten trieb, rannten sie ängstlich nach Hause, kamen Pferde in ihre Nähe, schrien sie nach der Mutter. Ihre Furcht vor Pferden ging so weit, daß sie um die braunen Pferdeäpfel auf den Sommerwegen einen Bogen machten. Auf Kriegsfuß standen sie auch mit den Bienen, die zwischen Jokehner und Berliner Kinderfüßen keinen Unterschied machten. Und es gab viele Bienen auf dem Anger, die in den Butterblumen und ersten Weißkleeblüten saßen.

Viele Bienen und keinen Arzt, der Bienenstiche behandelte!

»Mit solchen Zimperlingen soll Deutschland den Krieg gewinnen«, meinte Hermann.

Und die bekamen sogar Schokoladenpudding. Auf Sondermarken. Dafür staunten sie nicht schlecht über Rauchwurst und Schinken, die es in den Jokehner Räucherkammern ohne Sondermarken gab. Ließ sich da nicht ein Tauschgeschäft arrangieren? Schokoladenpudding gegen Hausmacherwurst.

Die Berliner Frauen versammelten sich jede Woche einmal zu einem Kaffeekränzchen, wie sie es nannten. Am liebsten trafen sie sich dort, wo sie Radio hören konnten. Blieb Berlin zwei Wochen ohne Luftangriff, planten sie die Heimreise: Eine fuhr tatsächlich, fuhr auf eigene Faust ohne Abmeldung. Die hatte Heimweh nach der U-Bahn, nach dem Zoologischen Garten, der entschieden mehr Tiere enthielt als der Jokehner Dorfteich Kaulquappen. Die Berliner Frauen sangen damals schon »Lili Marleen«, ja sie waren es, die das Lied in das einsame Jokehnen brachten. Und dazu rauchten sie Zigaretten. Massenweise. Wo hatten die das Kraut nur her?

»Das sind eben Stadtmenschen«, entschuldigte Steputat die Frauen vor Martha, die nur Frauen gelten ließ, die Kartoffeln schälen und Hühner schlachten konnten und die auch so aussahen. Auch Tante Hedwig schüttelte über ihre Einquartierung aus Berlin verständnislos den Kopf. Die ließ sich jede Woche ein Päckchen Romanhefte aus Berlin schicken. Manchmal weinte sie beim Lesen. Und das, wo es so viel Arbeit gab, bei der man sich nützlich machen konnte! Im Garten und auf dem Feld.

»Was ist das für ein schreckliches Leben!« sagte Tante Hedwig, die von Sonnenaufgang bis Sonnenuntergang mit Hühnerfühlen, Schweinefüttern, Essenkochen, Entenrausjagen, Entenreinjagen und Gemüsejäten beschäftigt war. Langeweile ist aller Laster Anfang!

Die achtunddreißig Berliner Seelen vergrößerten die Jokehner Einwohnerzahl vorübergehend um ein Fünftel. Das brachte Mehrarbeit für Steputat, der Marken ausgeben, Bescheinigungen ausstellen und Urkunden beglaubigen mußte. Vor allem kam der öffentliche Fernsprecher in Gebrauch. Die Berliner hatten immer etwas zu telefonieren, besaßen auch zu Marthas Verwunderung das Geld für diesen Luxus. Man stelle sich das vor: aus dem kleinen, schmutzigen, einsamen, auf keiner Landkarte sichtbaren Jokehnen telefonierten sie mit dem großen Berlin!

Na, und erst die Verteilung der Lebensmittelmarken und Sondermarken. Steputat kam kaum noch in die Schneiderstube. Auch Hermann mußte mithelfen. Alle mußten helfen, diesen Krieg zu gewinnen, jeder an seinem Platz. So stand es in der »Verordnung über die Meldung von Männern und Frauen für Aufgaben der Reichsverteidigung«, die in jenen Tagen mit dem Rastenburger Kreisblatt ins Haus geflattert kam:

»In dem totalen Krieg, den wir durchkämpfen, müssen alle Kräfte auf ein Ziel, die schnellstmögliche Erringung des Endsieges, ausgerichtet sein. Alle Deutschen sind von dem Willen beseelt, nach besten Kräften an dieser Aufgabe mitzuwirken. Um diese Aktion des nationalen Willens zur höchstmöglichen Entfaltung zu bringen, verordne ich auf Grund besonderer Ermächtigung durch den Führer ...«

Und dann ging es los. Alle mußten ran. Hermann leistete seinen Teil mit Lebensmittelkarten zählen, Kleiderkarten ausgeben, Listen abhaken. Das konnte kriegsentscheidend sein. Einmal im Monat erschienen die Jokehner zum Kartenempfang bei Steputat. Sie traten

Marthas Flur schmutzig und waren eine dauernde Herausforderung für den Ganter der Markowschen, der mit seinen Gänsen vor Steputats Auffahrt den Anger abgraste. Hermann gehörten die gelben Kleiderkarten, später bekam er auch die Zuckermarken. Er sorgte dafür, daß Jokehnens Kinder etwas Zucker in die abendliche Milchsuppe bekamen. Steputat las die Namen vor, hakte sie in der Liste ab, ließ den Empfang der Karten quittieren. Das war richtig ein feierlicher Akt. Hermann sah die schmutzigen, abgearbeiteten Hände, die sich mühten, den Bleistift an der richtigen Stelle aufzusetzen. Von Kartoffelschälmessern zerfurchte Daumen. Blaugeschlagene Fingernägel. Viel Dreck. Dabei wuschen sie sich bestimmt noch gründlich, bevor sie zu Steputat gingen. »Hände wie Scheißhausdeckel«, sagte Heinrich aus Masuren.

Einige schafften nur drei Kreuze. Dazu gehörten Zarkan, der Wolhyniendeutsche, aber auch Leute, von denen man eigentlich mehr erwartet hatte: die Frau des Chausseekratzers Schubgilla zum Beispiel. Die mit den neun Kindern (das zehnte war unterwegs). Sie hatte wohl zu früh begonnen mit dem Kinderkriegen und darüber das Schreiben und Lesen vergessen.

Während Steputat die Namen laut verlas, Martha die Fleisch- und Nährmittelmarken bereitlegte, Hermann für den Zucker sorgte, blickten Hindenburg und Hitler wohlgefällig von der Wand auf den Markensalat zu ihren Füßen.

»Möge unserem theuern Vaterlande der Geist von 1914 in hoffentlich langen Friedensjahren erhalten bleiben«, hatte der alte Feldmarschall faksimiliert unter sein Bild geschrieben.

Am Abend rechneten sie ab. Da mußte alles stimmen; die verbliebenen Karten gingen zurück zum Drengfurter Magistrat. Da blieb kein Fetzen übrig, wenn auch Martha manchmal mit dem Gedanken spielte, es sei recht und billig, für ihre Mühe ein paar Zuckermarken extra zu behalten. Die männlichen Steputats wagten nicht einmal, so etwas zu denken. Ordnung mußte sein! Wo käme Deutschland sonst hin?

In der warmen Jahreszeit kam Chausseekratzer Schubgilla wieder abends zu Steputat, um ihm beim Kühehüten Gesellschaft zu leisten. Jokehnen konnte die Uhr nach ihm stellen. Kurz vor sechs Uhr bog Schubgilla mit seinem Fahrrad von der Angerburger Chaussee auf die Jokehner Dorfstraße; sein Schaufelstiel hinten auf dem Gepäckträger glich einem etwas dünn geratenen Kanonenrohr. Eine Viertelstunde lang schrien die Schubgillakinder, weil Schubgilla die im Laufe des Tages von der Mutter versprochenen Prügel austeilte. Um halb sieben trat Schubgilla mit nacktem Oberkörper und herabhängenden Hosenträgern unter die Pumpe, um den Staub der ostpreußischen Landstraßen abzuspülen. Dann eine halbe Stunde Ruhe. Abendessen. Milchsuppe. Für Schubgilla außerdem eine Scheibe Speck auf trockenem Brot, für die Kinder nur trockenes Brot, manchmal mit Zucker bestreut. Gegen halb acht kam er, zufrieden die Pfeife rauchend, über den Anger.

Heute ließ er die Prügel aus und kam früher; er paffte auch hastiger als sonst die weißen Rauchwolken in die Mückenschwärme. Bis hinter Rastenburg sei er gewesen. Am Mauersee. Alles Sperrgebiet. Stacheldrahtzäune, Wachtposten. Autos mit hohen Offizieren, Goldfasane, Eichenlaub und so. Das verschwindet im Wald, und niemand sonst kommt hinein, nicht einmal ein Chausseekratzer. In Rastenburg hatte ihm einer gesagt, da sitze der Adolf im Wald, da sei das Führerhauptquartier. Aber wer konnte das glauben? Der Führer zwanzig Kilometer von Jokehnen entfernt im ostpreußischen Wald? Auch Steputat zweifelte daran; davon hätte er als Bürgermeister etwas wissen müssen. Nur Hermann, der neben ihnen im Gras spielte, glaubte es. Nicht auszudenken, der Führer lebte dort hinter dem Waldstreifen am Horizont! Man konnte mit dem Fahrrad hinfahren, ihn sehen, ihm die Hand schütteln, seine Worte hören. Während Hermann ganz sicher war, daß er seinen Führer bald besuchen würde, einigten sich Steputat und Schubgilla darauf, die Geschichte mit dem Führerhauptquartier nicht zu glauben. Aber Schubgilla wollte die abgesperrte Bunkerstadt hinter Rastenburg im Auge behalten. Er war zweifellos der richtige Mann für so etwas. Ihm entging nichts in seinem Gebiet zwischen Korschen und Angerburg. Er sah jeden LKW, der nach Osten fuhr, und jedes Rote-Kreuz-Auto, das mit Verwundeten zurückkehrte. Einmal entdeckte er sogar einen Deserteur in einem Kornfeld, gab ihm sein Vesperbrot zu essen, bekam später aber ein schlechtes Gewissen und meldete den Fund der Polizei.

Steputat erzählte von den Massenmorden in Katyn, die damals ein beliebtes Thema von Hans Fritsche waren. Wenn es Deutschland nicht gelingt, die bolschewistische Flut einzudämmen, geht es uns allen so. Das sagte Hans Fritsche. Aber die Flut war noch weit entfernt, noch brachen keine Dämme. Steputat steckte zwar häufiger zur Frontbegradigung die roten Fähnchen auf seiner Karte zurück, aber noch lagen unendliche russische Weiten zwischen Jokehnen und der Front.

»Samuel Mathern soll tot sein«, sagte Schubgilla eines Abends. In Drengfurt hatte er es im Krug gehört. Steputat schüttelte den Kopf. Für einen Augenblick glaubte er, sich vorwerfen zu müssen, damals nicht genug für den kleinen Juden getan zu haben.

»Der war doch immer kerngesund«, sagte er zweifelnd.

»Vielleicht geben sie den Juden nicht genug zu essen«, meinte Schubgilla.

Das wäre schon möglich, aber nach Steputats Meinung unwahrscheinlich. Er tippte auf eine ansteckende Krankheit, die Samuel dahingerafft hatte. So etwas holt man sich leicht in einem Lager. Schade um den kleinen Samuel. Das war wirklich einmal ein guter Jude. Der hatte niemand etwas zuleide getan, nicht einmal seinem litauischen Panjepferdchen. Bei Samuel hätten sie eine Ausnahme machen sollen. Samuel Mathern hatte das nicht verdient.

Es schien zu stimmen, das Gerücht von Samuels Tod; denn eine Woche später brachen Unbekannte in das von der Polizei versiegelte Textilgeschäft ein und führten die dort noch verbliebenen Stoffe, Küchenschürzen, Kopftücher und Manchesterhosen einer praktischen Verwendung zu. Nun, da der kleine Samuel tot war, kannten die Drengfurter keine Rücksicht mehr. Dabei riskierten sie den Kopf, denn sie stahlen nicht das Eigentum eines kleinen Juden, sondern beschlagnahmte Güter, sie stahlen das Eigentum des deutschen Volkes! Übers Dach waren sie gekommen und mit allen Stoffen und Tüchern wieder verschwunden. SA-Führer Neumann und Stadtpolizist Kallweit kamen zu spät. Ihnen blieben nur noch einige Dutzend Taschentücher, Wollsocken, grobe Handtücher und ein weißes Bettlaken, das an der Dachluke hängengeblieben war und wie ein Zeichen der Kapitulation im Wind flatterte. Als nach drei Wochen die amtliche Todesnachricht auf dem Magistrat einging – Todesursache Herzschwäche –, wurde der Fall Samuel Mathern endgültig zu den Akten gelegt. Ein Insterburger mit dem deutschen Namen Hoffmann eröffnete am 1. Juli 1943 in Samuels Laden am Drengfurter Markt ein neues Textilgeschäft. Ohne das kleine Wägelchen, ohne das Litauer Pferdchen, ohne ein bißchen Schachern und ein bißchen Handeln, ohne Jammern und Händereiben, einfach nur mit deutscher, Hoffmannscher Nüchternheit.

Es fiel schließlich doch auf: die Wenksche gab Nachhilfeunterricht. Wenn auch niemand wußte, in welchen Fächern. Peter war einmal dabei. Mit drei anderen saß er oben in der Dachkammer mit dem Blick über den Teich, und die Wenksche gab sich große Mühe im Bruchrechnen. Nach ihnen kam Bubi Helmich dran. Auch Nachhilfeunterricht im Rechnen. Er war der einzige aus der achten Klasse, der zur Wenkschen aufs Zimmer durfte. Ganz allein. Der mit seinen pomadisierten Haaren!

Niemand wäre dahintergekommen, hätte nicht die Klosesche so lange keinen Mann gehabt. Sie stand lauschend an der Treppe und hörte, wie beim Nachhilfeunterricht die Sprungfedern des Sofas quietschten. Sie erzählte es beim Einkaufen im Krug, dann schwappte es in ganz Jokehnen über. Auf merkwürdigen Wegen erfuhren es sogar die Kleinen, die ABC-Schützen. Peter hörte es abends gegen zehn aus einem Gespräch seiner Mutter mit Wachmann Jäger im Schlafzimmer. »Daß die was braucht, kann man ja verstehen; aber man läßt sich doch nicht mit Schulkindern ein«, war die Meinung des Wachsoldaten.

Das Gerücht erschütterte Jokehnen und die kleine Schule bis in den letzten Ziegelstein. Staunend musterten die Kinder Bubi Helmich, der sich morgens mit glänzendem, welligem Haar – manchmal kam er zu spät, ohne sich zu entschuldigen – in die letzte Bankreihe drückte. Bubi durfte Hefte korrigieren. Bubi erhielt in den Pausen die Aufsicht. Bubi sorgte dafür, daß die

Landkarte von Mitteleuropa richtig auf- und abgehängt wurde. Da kann man mal sehen, wie gut der Nachhilfeunterricht bei der Wenkschen ist.

Nachmittags lagen Hermann und Peter hinter dem Blutkruschkenbaum am Park und warteten, bis Bubi und die Wenksche durch den Hohlweg kamen. Meistens spazierten sie dort entlang, wenn der Nachhilfeunterricht zu Ende war. In der kleinen Dachkammer fühlten sie sich nicht mehr sicher, seitdem die Klosesche auffallend oft auf dem Boden zu tun hatte. Sie spazierten in gehörigem Abstand, jeder auf einer Seite des Weges. Die Wenksche redete ohne Unterlaß. Was die wohl zu erzählen hatte? Bubi durfte sogar beide Hände in die Hosentaschen stecken. Das hätte sich jemand anderes in Jokehnen erlauben sollen!

Als sie in den Park bogen, robbten Hermann und Peter hinterher. Am Grab des Majors vorbei. Ins Unterholz. Die Wege wurden schmaler, so daß die Wenksche nicht mehr genügend Abstand von Bubi halten konnte.

»Ob die sich küssen?« grinste Hermann.

»Die machen noch ganz was anderes«, stellte Peter fachmännisch fest, ohne sich näher zu erklären.

Plötzlich waren sie verschwunden, untergetaucht im Gebüsch und hohen Schneidegras.

»Jetzt haben sie sich hingelegt«, sagte Peter.

Hermann wollte auf einen Baum klettern, um Ausschau zu halten.

»Wenn die dich auf dem Baum sehen, kriegst du morgen fürchterlich den Arsch versohlt«, meinte Peter.

Sie machten einen Bogen, krochen durch ein vertrocknetes Frühkartoffelfeld, schreckten einen Hasen aus den Furchen. Sonst nichts. Die Wenksche war verschwunden.

Am nächsten Morgen standen sie vor Schulbeginn im Flur neben dem großen Schrank mit den Medizinbällen. Peter erzählte, wie die Wenksche gestern mit Bubi im Schneidegras verschwunden war. Raufgelegt wird er sich haben. Na klar, wie die Frösche im Teich zusammenkleben. Hermann malte mit Blaustift ein Herz auf die Schranktür, schrieb dazu in Druckbuchstaben: ERIKA + BUBI.

In der ersten Stunde ging alles gut. Aber in der Pause sah die Wenksche die Schranktür. Nun fing es an. Was würde sie tun? Umfallen? Weglaufen? Weinen? Prügeln? ... Sie rief Bubi Helmich. Sie zeigte auf den Schrank, sagte nichts, aber ihr Gesichtsausdruck meinte so etwas wie: Das ist deine Sache! Bubi begriff sofort, was die wollte. Er schnappte sich Hermann auf dem Schulhof. Schlug mit der Faust in sein Gesicht, trat ihm in den Hintern, in den Rücken, während die Wenksche schweigend auf der Treppe stand und zusah. In Anwesenheit des Lehrers durfte noch niemals ein Vierzehnjähriger einen Neunjährigen auf dem Jokehner Schulhof dermaßen verprügeln. Das war ungerecht. Hermann fühlte die kalte Wut in sich aufsteigen, eine Wut zum Häuseranstecken und Menschenerschlagen. Er packte einen Ziegelstein, rannte damit auf Bubi los, traf aber nur die Schulmauer. Holte sich den Stein wieder, raste auf die Wenksche zu. Die sprang zur Seite, und der Stein polterte in den Flur. Aber Hermann packte einen Zipfel ihres Kleides, hielt mit aller Kraft fest. Der Stoff, schlichte Kriegsware, gab nach, riß bis zur Hüfte. Da stand sie mit aufgeschlitztem Kleid.

»Alte Sau!« schrie Hermann, drehte ab, kurvte um die Hauswand, lief davon. Wohin eigentlich?

Die Wenksche befahl, Hermann einzufangen. Aber niemand gehorchte, nicht einmal Bubi Helmich. Alles stand wie versteinert und sah diesem Spektakel zu, das es in Jokehnen noch nicht gegeben hatte. Bis zu ihrem Zimmer behielt die Wenksche die Fassung, aber oben in der Dachkammer gab sie auf. Die Klosesche stand auf der Treppe und hörte sie schluchzen. Das kommt davon, dachte sie. Auf dem Schulhof spielten die Kinder Stunde um Stunde Völkerball, bis die Klosesche sie nach Hause schickte.

Hermann rannte in den Park. Als er merkte, daß ihm niemand folgte, ging er langsamer, suchte den Weg, den die Wenksche und Bubi gestern entlangspaziert waren. Am Ende des Weges fand er die Stelle, an der sie gelegen hatten. Mensch, war das Gras verwühlt! Hermann setzte sich auf eine Baumwurzel, lehnte den Kopf gegen einen Stamm und blickte in die weißen Wolken, die über den Parkbäumen hingen. Er wollte nichts mehr hören und sehen. Jetzt müßten feindliche Flugzeuge über Jokehnen auftauchen und alles in Schutt und Asche legen.

Ob die ihn suchten? Bestimmt. Der Vater, die Mutter, Onkel Franz, Peter, vielleicht sogar die Wenksche. Hermann schleppte Äste und halbverrottetes Laub zusammen, fand auch eine morsche Gartentür, die er schräg gegen einen Baum lehnte und mit Gras und Laub bedeckte. Das war ein richtiger Unterstand; sogar im Regen ließ es sich hier aushalten. Wie still es im Park sein konnte. Ein Specht hämmerte gleichförmig in die Baumrinde. Auf dem Schloßhof bellten die Jagdhunde bei der Mittagsfütterung. Peter würde kommen, bestimmt.

Natürlich kam Peter. Am späten Nachmittag. Brachte auch gleich Verpflegung mit: geklaute Mohrrüben aus dem Gutsgarten.

»Die Schule ist ausgefallen, weil die Wenksche fertig ist«, sagte Peter.

Hermann erklärte ihm, daß er nicht nach Hause, sondern unter der morschen Gartentür im Park schlafen wolle.

»Da ist unser Schweinestall doch besser«, meinte Peter.

Von Aschmoneits Schweinestall wollte Hermann nichts wissen. Nein, er würde hierbleiben. Und am Abend sollte Peter mehr Verpflegung bringen.

Höchste Zeit, daß Peter sich davonmachte, denn Martha lief schon durch den Park. Sie rief immer wieder Hermanns Namen, fragte auch Peter, den sie am Blutkruschkenbaum traf. Aber Peter wußte nichts. Der kam auf ihr Bitten sogar mit und half suchen. Natürlich immer in der verkehrten Richtung. Sie suchten in der Nähe der Gutsgärtnerei, bei der Reitbahn, unweit der Gräber, aber nicht im hohen Schneidegras. Hermann blickte durch die Ritzen der morschen Gartentür, sah seine Mutter einmal aus der Nähe, dann wieder weit entfernt. Er spürte überhaupt kein Mitleid, wünschte immer noch, eine Bombe sollte Jokehnen auslöschen, vor allem die Schule mit Nachhilfeunterricht, Sprungfedermatratzen und allem, was dazugehörte.

Bedenklicher wurde es gegen Abend. Die Dämmerung veränderte alles, ließ die Parkbäume größer und gespenstischer erscheinen, das stinkende Laub noch schwärzer und muffiger. Zudem wurde es kühler, während zu Hause die Petroleumfunzeln brannten und aus dem Küchenherd warme Schwaden strömten. Vielleicht war der Pferdestall von Onkel Franz angenehmer, der Heuboden, auf dem sie geschlafen hatten, als der Krieg mit Rußland ausbrach.

Bevor die Dunkelheit den Park völlig in ihren Besitz nahm, schlich Hermann aus seinem Versteck. Er kreuzte den Weg nach Skandlack, verfolgte die akkuraten Reihen eines Rübenackers und verweilte kurze Zeit vor der Feldscheune. Die Scheune war zwar ein gutes und bequemes Versteck, lag aber zu nahe an dem nebligen, moorigen Pangewald, aus dem die feuchten Dämpfe wie aus einer Hexenküche aufstiegen. Hermann kletterte über den Stacheldraht in den Roßgarten von Onkel Franz, wo die Kühe ihn wiederkäuend anstarrten. Eine Weile hielt er sich bei den Pferden auf, streichelte den Osterhasen, der ihm zutraulich bis zum Gatter gefolgt war. Schön wäre es, jetzt einfach mit dem Osterhasen davonzureiten. Aber wohin? Außer Jokehnen kannte er nichts. Am Strohberg hinter der Scheune ruhte er sich aus. Er versteckte sich nicht besonders gut, so daß der Pole Anton, der Stroh für den Kuhstall holte, ihn sofort entdeckte. Hermann unternahm einen müden Fluchtversuch, kam aber nur bis zum Gartenzaun. Dann schlossen sich Antons Fäuste wie Schraubstöcke um seine Handgelenke. »Kleid von Lehrerin ganz kapuuuut!« rief Anton. »Ganze Dorf lachen darüber.« Anton fand das anscheinend recht spaßig, fast wie eine kleine Heldentat. Er brachte Hermann nach Hause.

»Hab ich kleinen Ausreißer gefunden«, lachte Anton, als Martha die Tür öffnete. Hermann vergrub das Gesicht in der Schürze der Mutter. Er fühlte ihre rauhen, warmen Hände auf seinem Kopf. Er hörte nicht mehr, was Martha und Anton sprachen. Durch das dünne Schürzengewebe sah er das rotgelbe Licht der Petroleumlampe in der Küche. Er brauchte seine Hände nicht zu waschen, sich nicht auszuziehen. Es gab keine Schularbeiten zu machen. Martha schob ihm den Küchenschemel hin und schöpfte warme Milchsuppe in einen Teller. Jetzt erst sah Hermann, daß Heinrich in der Ecke saß und sein Nach-dem-Abendbrot-Pfeifchen rauchte. Hermann starrte nur in den Teller, spürte aber doch, daß sein Vater hinter ihm in der Tür stand. Er hielt sich dort eine ganze Weile (mindestens zehn Milchsuppenlöffel lang) auf. Schließlich setzte sich Steputat wortlos neben Hermann an den Küchentisch.

Martha brachte Wurstbrot.

Jetzt mußte doch irgend etwas Schreckliches geschehen. Vielleicht zerstörte Steputat mit einem Donnerschlag den Küchentisch, oder er griff zum Feuerhaken. Aber nichts passierte. Kein Wort des Vorwurfs.

Martha sammelte die Kletten aus seinem Pullover.

»Peter hat deine Schulbücher gebracht«, sagte sie.

»Hast dem Anton einen Schnaps gegeben?« fragte Steputat. Martha hatte es vor Aufregung vergessen, versprach aber, es nachzuholen.

»Die Italiener haben uns verraten«, sagte Heinrich aus Masuren. »Ist eben durch die Nachrichten gekommen.«

Zum erstenmal blickte Hermann auf.

»Sind uns in den Rücken gefallen, die Italiener, diese Schweinehunde.«

»Ist das schlimm, Papa?« fragte Hermann.

»So wichtig sind die Italiener auch nicht«, meinte Steputat.

»Vierzehnachtzehn haben sie es genauso gemacht«, schimpfte Heinrich aus Masuren.

Ja, die Italiener retteten den ganzen Abend. Das läßt sich doch der Hitler nicht gefallen. Einfach zum Feind überlaufen. Der wird es denen schon zeigen!

Und niemand dachte an Erika Wenk. Zwei Tage war sie krank, dann begannen die Sommerferien. Danach kam sie nicht wieder. Es gab da eine Konferenz beim Schulrat in Rastenburg, die alles erledigte.

Frauensleute taugten nun mal nuscht als Lehrer. Das war erwiesen. Aber woher in dieser männermordenden Zeit richtige Lehrer nehmen? Alle Buckligen, Alten, Dicken, Lahmen saßen schon hinter dem Katheder. Für Jokehnen blieb nur wieder eine Frau übrig, aber älter, nüchterner, ohne Schminke, eine, die auf der Oberlippe ein Bärtchen hatte.

Und Bubi Helmich? Er pomadisierte sein Haar für

ein frühreifes Mädchen aus Berlin, das mit den Evakuierten nach Jokehnen gekommen war. Mit ihrem pechschwarzen Bubikopf stach sie alle langzöpfigen, blonden Mädchen Jokehnens aus. Kalabrien, rief man sie. Das brachte die Zeit so mit sich, die vielen Wehrmachtsberichte über Kalabrien. Und schwarz war sie wie die Mädchen in Kalabrien.

Mit dem Fahrrad zum Führer! Hermann redete auf Peter ein, aber der verspürte wenig Lust mitzukommen.

»Die lassen uns gar nicht rein«, sagte er.

Das war doch Unsinn. Warum sollte der Führer ihnen nicht die Hand geben? Hermann hatte eine bestimmte Vorstellung vom Führerhauptquartier. Ein von Fahnen umgebenes Areal, Soldaten in Paradeuniform, Blumensträuße aus allen Gauen in den Fenstern. Militärkapellen spielen Marschmusik, immerfort Marschmusik. Sonnenschein über den Dächern, nur Sonnenschein. Lachende Menschen in der Umgebung des Führers.

»Meinst du, dein Führer schenkt uns fünf Mark?« fragte Peter.

Hermann schwieg böse. Peter sah alles so nüchtern und praktisch, fragte nur, ob man Fische fangen, Äpfel klauen oder sonst etwas bekommen konnte. Der brachte es fertig, den Führer um fünf Reichsmark anzubetteln. Nein, es hatte keinen Zweck, mit Peter nach Rastenburg zu fahren.

Der Zufall verhalf Hermann schließlich doch zu einer Reise nach Rastenburg. Er stellte sich Anfang August ein, dieser Zufall, in Gestalt einer Mähmaschine, einer Flochtenmaschine, wie die Jokehner sagten. Diese Maschine fuhr, von vier Pferden gezogen, um den Roggenschlag am Wolfshagener Hornberg, Onkel Franz saß darauf, während Tante Hedwig, Jescha und Anton Garben banden. Schon bei der ersten Umrundung des Feldes kam es zu dem Malheur. Der Roggen grenzte an ein Gemüsefeld, aus dessen Kohlköpfen, Mohrrüben und blühendem Mohn eine windschiefe Vogelscheuche blickte. Auf einen solchen Anblick waren die Pferde nicht vorbereitet. Sie scheuten, gingen hoch, brachen seitwärts aus, klabasterten mit der schwerfälligen Mähmaschine über den Acker. Da wirbelten Ähren hoch, Steine wurden vom Messer in die Luft geschleudert, es schepperte schrecklich. Onkel Franz hielt sich eine Weile, stürzte aber schließlich vom Bock, als die Maschine in einer Senke verschwand. Ein Rad rollte über seinen Oberschenkel, verursachte einen stechenden Schmerz, der ihn daran hinderte, aufzuspringen und den Pferden nachzulaufen.

Onkel Franz fluchte ganz schön: Deikert, Pojatz, Schinder und Pomuchelskopp!

Tante Hedwig kam durch das Roggenfeld gelaufen, betastete sein Bein, wollte ihm die Hose öffnen, aber Onkel Franz ließ das nicht zu. Nicht hier auf dem freien Feld, wo Jescha jeden Augenblick auftauchen konnte.

Anton hatte inzwischen die Pferde eingefangen, tätschelte sie, redete ihnen gut zu. Er schickte Jescha ins Gemüsefeld, um der Vogelscheuche den Garaus zu machen. Während Anton die Pferde vor den Wagen spannte, warf Tante Hedwig Garben als weiche Unterlage auf die Bretter. Anton trug Onkel Franz auf den Wagen.

Er wollte sich nur kurz ins Bett legen, ein wenig ausruhen, spätestens am nächsten Tag weiterarbeiten. Die Ernte mußte doch in die Scheune. Aber als Tante Hedwig in der Schlafstube das geschwollene, blau angelaufene Bein erblickte, ließ sie die Kutsche anspannen. Onkel Franz fuhr nach Drengfurt zum Sanitätsrat Wittke, der einen glatten Oberschenkelbruch feststellte. Der Einfachheit halber ließ er Anton mit der Kutsche gleich nach Rastenburg weiterfahren. So kam Onkel Franz in der Erntezeit, der wichtigsten Zeit in Jokehnen, ins Krankenhaus.

»Kommst mit zum Krankenbesuch nach Rastenburg?« fragte Tante Hedwig den kleinen Steputat. Sie hatte ein wenig Angst, allein mit der Eisenbahn zu fahren; für einen Jokehner war eine Fahrt nach Rastenburg eine Weltreise. Es war Hermanns erste Eisenbahnfahrt in seinem neunjährigen Leben, und sie brachte ihn nach Rastenburg in die Nähe seines Führers.

Anton fuhr Tante Hedwig und Hermann mit dem Einspänner zur Bahn nach Drengfurt. Tante Hedwig war bepackt, als wollte sie einen Verkaufsstand auf dem Rastenburger Markt eröffnen. Schinken, braune Eier, Rotwurst, eine Flasche Johannisbeersaft und warme Unterwäsche. Anton schleppte das ganze Zeug in Taschen, Tüten und Körben über den Bahnhofsplatz. Hermann trottete hinterher in einem Bleyle-Matrosenanzug und lächerlichen weißen Kniestrümpfen. Sie hatten viel Zeit bis zur Abfahrt; wenn ein Jokehner schon mal mit der Eisenbahn fährt, ist er wenigstens pünktlich. Tante Hedwig und Hermann saßen auf einer Bank des einzigen Bahnsteigs in Drengfurt. Sie holte für ihn roten Sprudel, ein ganzes Bierglas voll.

»Fährst du auch zum erstenmal mit dem Zug?« fragte Hermann.

Tante Hedwig schüttelte den Kopf. Vor vielen Jahren war sie mit Onkel Franz in Königsberg gewesen, damals gleich nach der Hochzeit. War es nun 1924 oder 1925 gewesen? Den Steindamm waren sie entlangspaziert, dann auf die Pregelinseln zum Kneiphof mit dem Dom. Tante Hedwig hatte damals einen großen weißen Hut getragen, der jetzt auf dem Küchenschrank in Jokehnen Staub fing. Und Onkel Franz neben ihr hatte die ganze Zeit verlegen mit seiner goldenen Uhrkette gespielt, die aus der Weste baumelte. Onkel Franz war damals ein stattlicher Mann gewesen mit Sommersprossen auf der Nase und mit Armen so stark wie das Eisengeländer am Pregelufer.

»Warum fahrt ihr jetzt nicht mehr nach Königsberg?« fragte Hermann.

»Ach, Jungche«, sagte sie. »Es ist doch Krieg. Da darf man nicht in der Gegend herumfahren. Und was hab ich zu Hause alles zu beschicken: Gänse füttern und die Enten, Hühner, Schweine, Kälber. Im Garten wächst einem das Unkraut über den Kopf.«

Tante Hedwig breitete Wurstbrote auf einem Tuch aus und lud Hermann zum Essen ein. Eine kleine Lokomotive sammelte Personenwagen vom Abstellgleis und schob sie neben die Holzbude mit der roten Limonade.

»Wenn Frieden ist, fahren wir nach Berlin«, sagte Tante Hedwig, aber sie sagte das so, als sei das noch sehr weit entfernt.

Einsteigen. Alle Tüten und Taschen in den Zug schleppen. Hermann stand am Fenster und umklammerte die Messinggriffe. So ein Zug ist doch ein richtiges Lebewesen. Wie es atmet und vibriert. Und die Kolbenstöße der Lokomotive sind die Herzschläge dieses Eisenwurms. Die Limonadenbude wurde plötzlich von weißem Dampf umhüllt. Hermann sah einen verrußten Heizer, der Braunkohle in den Bauch des Ungeheuers schaufelte.

Nun fuhr der Bimmelzug. Hermann spürte zum erstenmal diese atemstockende Geschwindigkeit, mit der Häuser, Pferdefuhrwerke und Roggenschläge am Fenster vorbeirasten, spürte den erfrischenden Fahrtwind, der Distelsamen, den Staub eines Dreschkastens, einen verirrten Schmetterling und Ruß ins Abteil trieb. In Wenden wurde ein Waggon mit Frühkartoffeln angekoppelt.

»Willst du noch ein Schlubberche trinken?« fragte Tante Hedwig und zeigte auf die Flasche mit Johannisbeersaft.

Rastenburg, eine richtige Stadt! Zwanzigtausend Menschen vielleicht. Der Zug bummelte an der Zuckerfabrik vorbei. Im Nordwesten der sechseckige Turm. Ein verwittertes Schild: Eisen- und Glockengießerei Gebr. Reschke. Wo ist denn die Burg? Natürlich gibt es eine Burg, sogar gut erhalten, liegt gleich an der Guber, einem bescheidenen Flüßchen, das nach Westen fließt. Am Bahnhof hing ein unübersehbares Transparent mit dem Spruch:

Räder müssen rollen für den Sieg!

Erst viele Monate später beschmierte ein Witzbold das Tuch mit dem Zusatz:

... und Kinderwagen für den nächsten Krieg!

Hermann stand staunend unter dem Transparent, bis Tante Hedwig ihn fortzog. Sie brachte für Transparente und Sprüche kein Verständnis auf. Für Räder allenfalls noch, sofern sie nicht über das Bein von Onkel Franz rollten. Und Siege? Was war das? Sie waren ihr so fremd wie die Namen der Orte, bei denen gerade gesiegt wurde. Wie werden die Gurken in diesem Jahr? Und hoffentlich kriegen die Mohrrüben keine Würmer. Das Unkraut besiegen, das war die Welt für Tante Hedwig.

Sie steuerte zielstrebig dem roten Backsteinbau hinter dem Schloßteich zu. Sie achtete nicht auf die Seerosen im Wasser, auf die hübsch angelegten Rabatten, auf die Schwäne, die hier viel friedlicher als auf dem Jokehner Dorfteich ihre Bahn zogen. Tante Hedwig hatte es eilig, ihre gutgemeinte Last aus Eiern, Eingemachtem und Rotwurst ans Krankenbett zu bringen.

Hermann dagegen hielt Ausschau nach dem Führer. Er entdeckte keine fahnengeschmückte Prachtstraße, die ins Führerhauptquartier führte, keine Soldaten in Paradeuniform, nur einen Fieseler Storch, der über dem Rastenburger Schloßteich einflog. Immerhin begegnete ihnen eine Maybach-Limousine mit Berliner Kennzeichen und Hakenkreuzstander. Mitten auf dem Rastenburger Stadtpflaster.

Während Hermann dem Wagen nachblickte, hatte Tante Hedwig das Portal des Krankenhauses erreicht. Sie setzte die Taschen ab, schneuzte sich, drückte die Klinke und sah sich jenem überzeugenden Wandspruch gegenüber: Gesundheit ist des deutschen Volkes höchstes Gut! Ja, das stimmte wohl.

Hinauf in den 5. Stock. Das war eine Last mit dem Eingemachten. Hermann schleppte auch ein Netz.

Nummer 17, das Bett neben dem Fenster. Da lag Onkel Franz, glatt rasiert wie sonst nur an hohen kirchlichen Feiertagen. Hermann rechnete mit der peinlichen Möglichkeit, daß Tante Hedwig ihn küssen könnte. Aber nichts dergleichen. Sie ließ die abgearbeitete Hand lange auf der Bettdecke liegen und sagte unter Tränen: »Das sieht ja furchtbar aus.«

Damit meinte sie das eingegipste Bein, das auf einer Stütze lag.

»Gut, daß du mitgekommen bist, Hermannche«, sagte Onkel Franz. Hermann durfte mit der Faust auf den Gips schlagen, während Tante Hedwig ihre Pakete auspackte. Sie schnitt hier ein Stückchen Wurst ab, nahm dort ein Löffelchen Sülze und fütterte Onkel Franz. Der wehrte sich zwar, schnappte aber immer wieder zu, weil Tante Hedwig ihn drängte und immer neue Leckerbissen aus den Taschen hervorholte. Essen mußte man. Essen macht gesund! Ein heißes Suppchen am Krankenbett wirkt Wunder. Schinken und Eier vor dem Zubettgehen. Und zum Frühstück am liebsten eine Pfanne Gebratenes.

Hermann blickte aus dem 5. Stock über die Rastenburger Dächer. Im Südosten nur Wald mit einigen Wasserflecken: Masuren. Lag dort in den Wäldern die geheimnisvolle Bunkerstadt? Er suchte den Horizont ab, hörte kaum noch, wie Tante Hedwig hinter ihm von Jokehnen erzählte, von jener Pute, die den Hals nicht aus dem Maschendrahtzaun bekommen und sich erwürgt hatte, von dem Maulwurf, der die Zwiebelbeete heimgesucht hatte, so schlimm, daß Anton den Spaten nehmen und sich auf die Lauer legen mußte. Wie Anton seinen Ehrgeiz daransetzte, die Ernte so gut einzubringen wie in jedem Jahr. Daß sie den Hafer hinter dem Teich früher mähen sollten. Dann wächst der Klee darunter besser und die Kühe können im Herbst auf die Stoppeln. So ging es die ganze Besuchszeit lang.

Räder müssen rollen für den Sieg! Auf dem Rückweg sah Hermann den Spruch von der anderen Seite. Und die Rastenburger Bimmelbahn rollte und rollte für einen fernen Sieg, rollte durch die lange Kurve vor dem Bahnhof Wenden, rollte an abgeblühten Kartoffelfeldern vorbei über den Fluß namens Liebe, rollte in den Drengfurter Bahnhof ein und hielt wieder neben dem Limonadenstand, wo Anton wartete und seine selbstgedrehten Zigaretten paffte.

Die Gewitter, die von Masuren heraufzogen, waren die schlimmsten. Sie brauchten ihre Zeit, hielten sich lange über den Wasserflächen des Spirdingsees auf, fielen dann aber über die flachen Felder im Norden her, walzten den Roggen nieder und fällten Eichen an der Angerburger Chaussee. Das Gewitter an jenem 17. August 1943 zog schon in den Vormittagsstunden auf. Auf dem Haferfeld des Guts an der Lenzkeimer Grenze lief noch die Dreschmaschine. Die Russen schleppten

Strohbunde auf einen Strohberg, der wie ein großer, gelber Turm in der Landschaft stand. Kämmerer Mikoteit hielt sich mit Vorliebe bei den Säcken auf, dort, wo der Segen des Feldes aus dem Dreschkasten lief. Er wog und zählte die Säcke, rechnete aus, wie viele Doppelzentner Hafer der Hektar brachte. Der erste Windstoß des masurischen Gewitters warf eine Reihe Haferhocken um. Mikoteit ließ die Dreschmaschine stoppen. Die Russen kletterten vom Strohberg und halfen mit, Regenplanen über die Hafersäcke zu ziehen. Dann überstürzter Aufbruch. Wachmann Jäger ließ die Gefangenen in Dreierreihen antreten und marschierte mit ihnen über die Stoppeln an der Jokehner Mühle vorbei ins Dorf. Es regnete nicht. Das Gewitter hing über dem Teich. Der Wind war eingeschlafen. Der Donner rollte von Drengfurt nach Nordenburg, als wenn einer mit der Sackkarre über die Dielen des Gutsspeichers fuhr.

»Singen, Nikita!« rief Wachmann Jäger dem langen Russen in der ersten Reihe zu. Es war zur Gewohnheit geworden: Wenn die Gefangenen ins Dorf zogen, sangen sie. Nikita begann mit hoher Stimme, die anderen fielen ein. Wie die Orgel eines Doms. Melancholische Gesänge, Lieder aus der Tatarensteppe, Lieder von den Schleppkähnen der Wolga, von Stenka Rasin. Für gewöhnlich öffneten die Jokehner die Fenster oder traten auf die Straße, wenn die Gefangenen sangen, aber an jenem Gewittertag blieben alle in den Häusern. Gewitter, das war hier noch jene furchtbare Urgewalt, vor der der Mensch sich beugt. Der liebe Gott ist böse. Der Himmel verfinstert sich wie in Golgatha. Die Urangst kriecht aus den Erdspalten. Bei Gewitter am Fenster sitzen, ist reiner Frevel. Am sichersten ist ein Gesangbuch. Wer fromme Lieder singen kann, sollte singen. Im Herd darf kein Feuer brennen. Es ist verboten, Eisen zu berühren und den Blitzen zuzuschauen. Demütig muß man sein.

Die Gefangenen kamen noch trockenen Fußes bis zur Gutsauffahrt. Dort überfiel sie der Regen. Sie rannten zum nächstgelegenen Speicher, stellten sich unter den Dachvorsprung, während das Wasser über die abgeschliffenen Steine an ihnen vorbei abwärts rauschte, kurz auf der Dorfstraße verweilte und sich schließlich über den Anger in den Teich ergoß. Hier kam Wachmann Jäger der Gedanke, das nachzuholen, was er beim eiligen Aufbruch versäumt hatte: Er zählte die Gefangenen. Er zählte einmal ... zweimal ... einer fehlte! Das war der schweigsame Pjotr aus Kasan, der immer vor sich hin gebrütet hatte. Der behäbige Jäger geriet außer sich. Er trieb die Gefangenen durch den Regen in das Quartier hinter der vergitterten Waschküche und schloß sie ein.

Dann hängte er das Gewehr um, schwang sich auf sein Fahrrad und raste mit dem Wasser um die Wette die Gutsauffahrt hinunter. Der schweigsame Pjotr lag bestimmt noch im Strohberg und wartete auf besseres Wetter.

Kaum war Jäger außer Sichtweite, als Mikoteit über den Gutshof gerannt kam, sich auf die Schloßterrasse stellte und das Feuerhorn blies. Es hatte eingeschlagen. Im Stall warfen die Knechte den Pferden das Geschirr über, sprengten durch den niederprasselnden Regen zum Spritzenhaus neben der Schule. Mikoteit lief hinterher. Bei der Wowerieschen am Wald hat es eingeschlagen! Schon wieder, nun schon zum dritten- oder viertenmal. Die hatte ja schon ein Kreuz in den Akten der Ostpreußischen Landesbrandkasse. Die Jokehner Feuerwehr preschte durch den Park, an der Schmiede vorbei und zur Abkürzung den aufgeweichten Weg an der Feldscheune entlang. Hinter der Pange sah man den

Rauch, der aus dem Stall der Wowerieschen quoll und sich mit den schwarzen Gewitterwolken vermischte. Nun abgeprotzt! Den Schlauch in den verkrauteten Ententeich. Dann gib ihm Kattun! Sechs Männer pumpten an der Spritze, Mikoteit zielte mit dem Wasserstrahl in die qualmende Finsternis, ließ es zischen und dampfen.

Nein, der Stall war nicht mehr zu retten. Da lagen die Kühe mit aufgeblähten Bäuchen herum, bedeckt von herabgestürzten, noch brennenden Balken. Wo steckte nur das alte Weib? Von der war nuscht zu sehen. Lag die bei den Kühen?

Die Woweriesche zog die Blitze an, das wußte jeder in Jokehnen. Da mußte eine Wasserader klaftertief unter ihrem Hof laufen. Oder es lag an ihren magischen Kräften. Die alte Woweriesche sah alle Feuersbrünste Europas voraus, von Stalingrad bis Dresden. Nur beim eigenen Stall versagte sie.

Mikoteit übergab den Schlauch an Kutscher Borowski mit der Weisung, Scheune und Wohnhaus unter Wasser zu halten, um ein Übergreifen des Feuers zu verhindern. Währenddessen machte er sich auf die Suche nach der alten Frau. Im Haus, in der Scheune, schließlich im Garten. Mikoteit schrie wie verrückt. War die vor Angst in den Wald gelaufen? Oder lag sie tatsächlich bei den stinkenden, aufgedunsenen Kühen im Stall?

Als der Regen aufhörte, kam sie. Die alte Wowerie-sche kam aus dem Wald, ihre Ziege am Strick ziehend, naß wie eine Selbstmörderin, die man aus dem Ententeich gezogen hat. Die Ziege wurde angesichts des Feuers störrisch, überschlug sich mehrere Male, konnte die Alte aber nicht umwerfen. Als die beiden den Garten betraten, krachte der östliche Giebel des Stalles funkenspeiend zusammen. Sie stand regungslos zwischen den Rhabarberstauden und ließ den Rauch an sich vorüberziehen. Was sah sie? Sah sie noch mehr Flammen? Sie sprach kein Wort, stellte sich neben die Handspritze und sah zu, wie das Wasser langsam die Oberhand gewann.

Das war ein aufregender Tag für Jokehnen. Dieses mörderische Masurengewitter. Da brannte die Wowe-riesche ab, und Wachmann Jäger stocherte vergeblich in dem Strohberg nach seinem Gefangenen; der schweigsame Pjotr hatte sich schon aus dem Staub gemacht. Es half nichts, Jäger mußte den Vorfall melden. Er erledigte das per Telefon vom Gutsbüro aus und wurde für den nächsten Tag zum Rapport nach Drengfurt bestellt. Nach Jokehnen kehrte er nicht mehr zurück, denn in Drengfurt hielt man es für besser, ihn auf anderen Kriegsschauplätzen einzusetzen. Jäger erfuhr auch nicht mehr die Genugtuung, daß sie den entlaufenen Pjotr dreieinhalb Wochen später auf einem Kartoffelacker hinter Grodno in Litauen abknallten.

Noch härter als die alte Woweriesche und den Wachmann Jäger traf dieses masurische Gewitter Peters Mutter. Fortan schlief sie wieder allein mit der blinden Oma und Peter in der kärglichen, muffigen Deputatwohnung. Aber wer fragte danach?

In Steputats Büro wurde die Stimmung düsterer. Die Urlauber berichteten nicht mehr vom Gipfelsturm im Kaukasus, von der Einnahme Sewastopols, dem Vormarsch auf die Waldaihöhen. Der planmäßige Rückzug, die Verteidigung von Brückenköpfen und Höhenzügen waren bevorzugte Gesprächsthemen. Steputat gewann den Eindruck, das Ende dieser bitteren Phase sei abzusehen. Rußland verblutete. Da türmten sich nach den Berichten der Urlauber gefrorene Leichenhügel vor den deutschen Stellungen, und über diese Berge kletterten neue Pelzmützen, stürmten schreiend auf die deutschen MGs 42 zu.

»Man muß sie rankommen lassen, nicht zu früh schießen!«

»Die meisten sind betrunken, laufen ohne Deckung in unser Feuer!«

»Einige sind unbewaffnet, müssen sich erst die Gewehre ihrer gefallenen Kameraden holen!«

»Hunger haben sie auch, die armen Russen!«

»Um ihre Verwundeten kümmern sie sich nicht; die schreien die ganze Nacht, bis eine MG-Garbe sie erlöst!«

»Welle auf Welle kommt über den Schnee. Im Handumdrehen ist das Schneefeld mit schwarzen Flecken bedeckt; einige krabbeln noch.«

Hermann hörte solche Berichte mit offenem Mund an. Es war gewiß, daß es in Rußland bald keine Menschen mehr geben würde. Irgendwann mußte der Krieg enden, weil es im Osten nicht genug schwarze Flecken für die unendlichen weißen Schneeflächen gab.

Die Berichte aus dem Westen waren weniger blutrünstig. Dafür wußten die Westurlauber besser Bescheid. Sie kannten die Gerüchte über neue Waffen, Invasionen, unheilbare Krankheiten des Führers, sie gaben die Aussprüche berühmter Generäle wieder, die diese oder jene Stellung unbedingt halten wollten. Nur Melker August, der Urlauber in der schwarzen Uniform, begnügte sich mit vielsagendem Lächeln, sprach nie über seine Einsätze, streifte während seines Urlaubs einsam über die Felder, übte Pistolenschießen auf Blechdosen und reiste nach jeweils zwei Wochen Heimaturlaub mit unbestimmtem Ziel davon.

Merkwürdigerweise kam niemand aus dem Süden auf Urlaub. Die Jokehner Soldaten waren besser für das schlammige, verschneite Rußland geeignet, niemand schrieb eine Feldpostkarte aus dem italienischen Stiefelabsatz nach Jokehnen, sogar der dicke Lehrer Klose war nach der Ausbildung in Rußland gelandet. Und für immer war die Chance dahin, daß Jokehnen einen Afrikakämpfer stellte. Denn Afrika war gefallen! Aber das bedeutete nicht viel: Afrika, Süditalien, der Atlantikwall. Für Ostpreußen zählte, was im weiten Raum östlich der Memel geschah. Steputat legte täglich sein Schneidermaß an die Rußlandkarte und rechnete die Zentimeter in Kilometer um. Befriedigt stellte er fest, daß zwischen den roten Fähnchen des Frontverlaufs und Jokehnen noch ein Raum lag, breiter als das ganze großdeutsche Reich. Die deutschen Armeen standen noch tiefer in Rußland als jemals im großen Krieg vierzehn/achtzehn. Aber diesmal ging es auch schneller, das Siegen und das Verlieren.

Hermann konzentrierte sich ganz auf die Orden und Medaillen, die die Urlauber heimbrachten. Er fragte nach den Heldentaten, mit denen man dieses silberne Geklimper verdienen konnte. Dafür mußte ein T 34 rauchend im Dreck steckenbleiben, und dieses Metall gab es für einen gefährlichen Stoßtrupp, von dem nur die Hälfte zurückgekehrt war. Zu der »Medaille für die Winterschlacht im Osten« war das Krimschild zur »Erinnerung an die heldenhaften Kämpfe um die Krim« getreten. Für die Verteidigung des Kubanbrückenkopfs stiftete der Führer das Kubanschild, und Bauer Behrend, der mit einigen Kratzern und Streifschüssen durch den Schlauch des Demjanskkessels gerettet worden war, trug das Demjanskschild zur »Erinnerung an die mehrmonatige heldenhafte Verteidigung des Kampfraumes Demjansk gegen einen zahlenmäßig weit überlegenen Gegner«.

Schweineschlachten bei Steputat. Das arme Tier hatte schon am Tag vorher nichts zu fressen bekommen, damit Martha nicht so viel Dreck aus den Därmen zu kratzen hatte. In aller Frühe kam Schlachter Lampert über den zugefrorenen Teich, schärfte die langen Messer mit einem grauenhaft metallischen Geräusch und prüfte, ob Martha genügend kochendes Wasser bereitgestellt hatte. Der Schweinstrog stand neben der Stalltür. Martha schleppte Eimer und Schüsseln zum Blutrühren auf den Hof, während Hermann das Weite suchte, als Lampert mit seinem Messer auftauchte. Er verschwand hinter den verschneiten Büschen am Teich, wartete auf den ersten Quieker, um sich die Finger in die Ohren zu stopfen. Das Ganze nannte sich nun Schlachtfest. Lampert zwirbelte seinen Schnauzbart und schlang der verstörten Sau einen Strick um den linken Hinterfuß. Er öffnete die Stalltür. Das Schwein wollte nicht hinaus, kein Wunder bei der Kälte. Da mußte Lampert mit dem Knüppel nachhelfen. Er hielt den Strick fest in der Hand, damit das Schwein nicht den Weg in Steputats Rauchkammer verfehlte und womöglich über die Felder rannte. Kaum war die Sau im Schnee, begann jenes mörderische Quieken, das die Schweine bei den Schwarzschlachtern so unbeliebt gemacht hatte. Es war unmöglich, in Jokehnen ein Schwein zu schlachten, ohne daß es das ganze Dorf hörte.

Am Trog gab Lampert den Strick an Steputat. Er nahm die Axt, ging einmal links rum, einmal rechts rum, eine günstige Stellung auszusuchen. Dann der betäubende Schlag mit der stumpfen Axtseite, während Steputat das Schwein mit einem Ruck von den Beinen zog. Noch quiekte es, als Lampert das spitze Messer über dem linken Vorderfuß ansetzte und zustieß. Ein gurgelnder Laut, Blut spritzte, die Sau lag auf der Seite und strampelte heftig mit den Beinen. Schnee verfärbte sich. Martha, die vor der Haustür gewartet hatte, kam mit Schüssel und Kochlöffel angelaufen, um den roten Saft für die Blutwurst aufzufangen. Sie rührte erst mit dem Löffel, dann mit der Hand. Lampert pumpte mit dem Vorderfuß des toten Tieres, und mit jeder Bewegung schwappte ein Blutstrahl in Marthas Schüssel. Jetzt zogen sie das Tier in den Schweinstrog. Während Martha das Blut in die Küche trug, erschien Heinrich aus Masuren mit den ersten Eimern voll kochendem Wasser. Er goß das dampfende Wasser über das im Trog liegende Schwein. Lampert und Steputat griffen zu den Borstenschabern, bearbeiteten das Schweineleder, während Heinrich mehr Wasser holte. Beim Umdrehen des Schweins schwappte das heiße, blutige Wasser über und machte eine breite, rote Spur im Schnee. Lampert bohrte Löcher in die Hinterfüße und zog den Strick durch. Daran hievten sie das Schwein auf eine schräg an die Hauswand gestellte Leiter. Da hing es, nackt und bluttropfend in der Januarkälte. Nun wurde es Zeit, daß Martha mit der Schnapsflasche erschien. Wenn das Schwein hängt, gibt es einen Schnaps, so war das nun mal in Jokehnen. Lampert nahm einen, noch einen, zwirbelte den Bart und schlitzte dem hängenden Schwein den Bauch auf.

Gerade klatschten die Gedärme in den Schnee, als Gendarm Kallweit aus Drengfurt mit dem Fahrrad auftauchte. Der suchte wohl Schwarzschlachter. Aber bei Steputat ging alles mit rechten Dingen zu. Drei Zentner wog das Schwein, vielleicht etwas weniger, und ein Dreizentnerschwein durfte ein Jokehner Selbstversorger jährlich schlachten, ohne mit dem Gesetz ins Gerangel zu kommen. Kallweit lehnte sein Fahrrad an die Hauswand, ließ sich auch gleich einen Schnaps geben und nahm vor dem Schwein Aufstellung.

»Ein schönes Schwienke«, brummte er.

Nun zeigte Lampert, was ein abgebrühter ostpreußischer Schweineschlachter alles kann. Er schnitt ein Stück frischen Speck aus dem Schwein, spießte es mit einem Dolch auf und begann zu essen, als hätte er eine Rauchwurst auf der Gabel. Der Kerl besaß sogar die Unverfrorenheit, der Amtsperson Kallweit ein Stück des noch warmen Specks anzubieten. Als Kallweit sich erwärmt hatte, kam er zur Sache. Ihm lag eine Anzeige vor. Wegen Schwarzschlachtens. Nicht gegen Steputat, sondern gegen eine Frau aus Jokehnen. Kallweit holte den Wisch aus seiner Diensttasche. Gegen die Bäuerin Else Behrend. Der Pollack sollte ihr das Schwein schwarz in der Scheune totgeschlagen haben. Das Polenmädchen Katinka war auf den Kerl wütend und hatte ihn angezeigt. So war die unangenehme Sache zu Kallweit gekommen.

»Mit der Frau wird es noch gehen«, meinte Kallweit, »weil die Kinder hat und einen Mann, der im Felde ist. Aber für den Pollack sehe ich schwarz.«

Steputat mußte sein Schwein hängen lassen und mit Kallweit zum Abbau fahren, um zu retten, was zu retten war. Sie standen ziemlich lange palavernd auf dem Behrendschen Hof. Die Frau weinte. Kallweit zeigte seine furchtbare Amtsmiene und schwenkte fortwährend das Stück Papier durch die Luft. Nun ja, sie hatte tatsächlich vor Weihnachten ein Dreizentnerschwein geschlachtet, obwohl ihr Selbstversorgungsquantum für 1943 schon erschöpft war. Fast die Hälfte der drei Zentner war nach Rastenburg gegangen im Tausch gegen Kleiderstoff und Manchesterhosen für die Kinder. Steputat überlegte, wie sich die Sache regeln ließ, und zwar so, daß auch Kallweit eine vernünftige Begründung in die Papiere schreiben konnte. Wäre das Schwein nach Silvester geschlachtet worden, ließe sich nichts einwenden. Jawohl, das bestätigte auch Kallweit. Denn Else Behrend stand selbstverständlich auch für 1944 ihr Selbstversorgungsschwein zu. Es kam also darauf an, das um Weihnachten 43 geschlachtete Schwein zum

44er Schwein zu machen. Umständehalber sei das 44er Tier noch im alten Jahr getötet worden. Aber Kallweit mußte diese Umstände genau wissen, er hatte sie auf den Zettel zu schreiben, versteht sich. Da ließ sich beispielsweise sagen, Anfang Januar 44 habe man dreschen wollen. Und Dreschen ist doch wichtig für das deutsche Volk! Wer dreschen will, kann sich nicht mit Schweineschlachten aufhalten. Deshalb mußte der Borg noch vor dem Dreschen im alten Jahr sterben. Ja, das ging, das leuchtete auch Kallweit ein.

Der Pole Stanislaus hatte sich die Geschichte aus der Ferne angehört. Als er merkte, worum es ging, wurde ihm klar, daß seine Katinka ihm die Sache eingebrockt hatte. Stanislaus verzog sich in den Stall. Er schlenderte an den Pferden vorbei, weiter zu den Schweinekoben, hob im Vorübergehen einen abgebrochenen Forkenstiel auf, den er zufällig in einer Ecke fand. Mit dem Knüppel in der Hand erreichte er das Vieh, ging an den Kälberschlägen vorbei und entdeckte am Ende des Stalls Katinka beim Kälbertränken. Stanislaus ging noch immer bedächtig; erst als er hinter Katinka stand, fiel er über sie her, warf sie übers Knie, schob den Rock hoch und schlug mit dem abgebrochenen Forkenstiel zu. Sie schrie nicht. Sie biß in seinen Oberschenkel. Sie umklammerte sein Bein, rutschte vor ihm auf die Knie, kam mit dem Kopf zwischen seine Beine. Sie hielt ihn fest, ließ ihn nicht los. Er ließ den Knüppel fallen, schleppte sie auf das Haferstroh, das vor den Kühen auf dem Futtergang lag, fiel auf sie, deckte sie ganz zu. Die Kühe lagen ruhig und glotzten teilnahmslos auf das Stroh, in dem Stanislaus und Katinka wühlten.

Ende Februar packte Steputat der Hexenschuß so heftig, daß er zeitweise das Bett hüten mußte. Er lag bandagiert auf heißen Kartoffeln, die Martha alle Stunde erneuerte. In jenen Tagen lieferte Förster Wiehn mit einem Gutsschlitten das bestellte Brennholz an.

»Ich schicke dir ein paar Russen, die können es sägen und hacken«, sagte Kämmerer Mikoteit.

Vier Gefangene kamen an einem Sonntagmorgen. Zwei trugen eine Axt, der kleinste schleppte eine lange Säge auf der Schulter. Grinsend standen sie vor Steputats Haustür. Steputat humpelte an einer Krücke hinaus und zeigte ihnen die Arbeit. Hermann sah von der Fensterbank zu, wie die Russen auf Steputats Buchenkloben einschlugen. Die hauten ganz schön rein.

»Sehen doch wie vernünftige Menschen aus«, meinte Heinrich aus Masuren. Kein Wunder, Mikoteit hatte bestimmt die besten geschickt.

Bald wurde es Hermann an der Fensterbank zu langweilig. Er ging hinaus und hielt angemessenen Abstand, damit ihm nicht die Buchenscheite um die Ohren flogen. Einer rief etwas. Hörte sich an wie: »Na Kleiner, willst du uns helfen?« Auf russisch natürlich.

Hermann lachte. Der mit dem Bart legte ein Holzstück so auf einen Hauklotz, daß es beim Zuschlagen in die Luft wirbeln mußte. Das wiederholte er ein paarmal. Immer wenn das Holz haushoch über ihren Köpfen schwebte, rief er: »Bum ... bum ... bum!« Aha, der meinte Holzflugzeuge abschießen.

Zu Kleinmittag holte Martha die Russen an den Küchentisch. Sie standen verlegen im Flur, kratzten wieder und wieder ihre zerschlissenen Stiefel ab. Martha mußte sie mehrfach auffordern, Platz zu nehmen. Da saßen sie schweigend und sahen zu, wie Martha am Küchenherd Kaffee aufgoß. Selbstgebackenes frisches Brot, Butter, Wurst, auch ein Glas Honig von Steputats Bienen, dazu viel Schmalz und Griebenfett. Alles zum Aussuchen. Nun fangt man an! Hermann stand in der Nähe. Der Kleine hielt ihm lachend den Teller mit

Wurstbroten unter die Nase. Hermann schüttelte den Kopf; er wollte nicht essen, was für die Gefangenen bestimmt war. Sie kauen wie normale Menschen, dachte Hermann. Vielleicht mit größerem Hunger.

Der Bärtige verbrühte sich beim hastigen Trinken die Lippen. Der fluchte genauso, wie Heinrich aus Masuren fluchte, wenn er mit der Nadel in seinen Daumen stach. Und die anderen lachten über den Bärtigen.

Die sind gar nicht so, wie man sich Russen vorstellt, ging es Hermann durch den Kopf. Schwer zu glauben, wie man solche Menschen totschießen kann. Aus der Nähe sieht alles so viel menschlicher aus. Die fernen Ideen sind es, die die Menschen dazu bringen, einander umzubringen. Die Ideen machen die Welt bösartig.

Die Russen steckten ihre selbstgedrehten Papirossy an, nicht ohne Martha vorher zu fragen, ob das Rauchen erlaubt sei. Es stank noch scheußlicher als von Heinrichs Krüllschnitt. Martha brachte mehr Brote und frischen Kaffee. Einer erzählte, und während er sprach, blickten alle vier Hermann an. Der erzählte bestimmt von einem kleinen Jungen – auch neun Jahre alt –, der irgendwo in der Steppe – um den Ural herum – lebte. Ach, man müßte öfter zusammensitzen und an abgeschabten Küchentischen Wurstbrot essen. Die Nähe tut so gut.

Martha rief Hermann zu sich.

»Geh nicht so dicht ran«, flüsterte sie. Ja, ja, Martha Steputat hatte immer Angst. Wegen der Läuse vielleicht und wegen ansteckender Krankheiten. Dabei hatte Mikoteit doch sicherlich die saubersten, nettesten, zuverlässigsten zu Steputat geschickt. Und doch schrubbte Martha, als die Gefangenen wieder zur Arbeit gegangen waren, Tisch und Stühle gründlicher ab als sonst. Mittags lag das Holz gespalten hinter dem Stall. Steputat gab jedem eine blanke Mark, und Martha rückte eine

Mettwurst heraus, die der kleinste von ihnen liebevoll unter seinem Mantel verbarg.

Zehn Jahre blieben die Kinder bei ihren Eltern, dann verlangte der große Baal sie zum Opfer. Hermann gelang es, diese Frist auf neun Jahre zu verkürzen. Seitdem eine Jungschaft Hitlerjungen mit dem Lied »Von den Bergen rauscht ein Wasser« durch Jokehnen gezogen war, sich auf den Wiesen hinter dem Teich niedergelassen, in Zelten geschlafen, am offenen Feuer Kartoffelsuppe gekocht und nachmittags im Park Schnitzeljagden veranstaltet hatte, seitdem gab es für Hermann kein Halten mehr. Am 20. April 1944 nahm ihn der Führer als Geburtstagsgeschenk in Empfang. Mit Rücksicht auf die Kriegsbedürfnisse mußte ganz Deutschland an diesem Feiertag arbeiten, nur die Jugend bekam schulfrei für den Eid auf den Führer.

Wie mußte Hermann auf Peter einreden, um ihn zum Mitkommen zu bewegen. Peter war immerhin schon elf Jahre alt, aber die Pfeife des Rattenfängers hatte ihn noch nicht gefangen. Jokehnen nahm das nicht so genau. Für einen eigenen Jungzug gab es nicht genug Pimpfe im Dorf, allenfalls reichte es für eine bescheidene Horde. Und es gab auch niemand, der die Jokehner Braunhemden führen konnte. Hermann träumte davon, eines Tages Bannführer von Nord-Rastenburg zu werden, vielleicht im Jahr 1950 oder 1952.

Martha fuhr rechtzeitig vor dem 20. April nach Drengfurt, beschaffte ohne Kleiderkarte und Punkte eine schwarze Hose und ein braunes Hemd. Nur mit den Schulterriemen haperte es, die waren ausgegangen. Großzügig zeigte sich der Führer gegenüber den Armen und Kriegswaisen: Peter bekam die Uniform von der Nationalsozialistischen Deutschen Arbeiterpartei geschenkt.

»Mensch, die sind gut«, sagte Peter und war fortan bereit, jede Woche zwei Stunden seiner Freiheit für den Pimpfenunterricht zu opfern.

Feierliche Aufnahme in die Hitlerjugend am Führergeburtstag. Sie fuhren – zu zweit auf Steputats Fahrrad – nach Drengfurt in die Aula der großen Schule. Die Stadt an der Omet wurde an diesem Tage beherrscht von den kleinen Braunhemden des Jungbanns Nord-Rastenburg. Heiß war es am 20. April 1944, und im »Kronprinzen« gab es massenhaft Zitroneneis für einen Dittchen. Die Hakenkreuzfahnen hingen schlaff aus den Fenstern. Vor den Steinquadern des Schuleingangs standen Vierzehnjährige mit Fahnen und Standarten. Kein Lachen. Entschlossene Gesichter. Strammstehen! Augen geradeaus! Die Fahne ist unser Leben!

Noch vor der Vereidigung bekleckerte Peter das braune Hemd mit Zitroneneis. Mein Gott, so etwas konnte nur Peter passieren! Und statt sich zu ärgern, lutschte er genüßlich den süßen Saft aus dem Hemdsärmel. In der Aula Fahnen wie bei einer Kaiserproklamation. Aus dem grellen Rot der Fahnentücher blickten die strengen Augen des Führers über lange Bankreihen. Unter dem Führerbild ein bekränztes Pult, auch das umrahmt von schier zu Stein erstarrten Fahnenträgern. Deutsche Jungen! Der Führer ruft euch! Deutschland braucht euch! Ihr seid Deutschlands Zukunft! Der Bannführer donnerte seine Worte in den Fahnenwald. Peter rieb immer noch an dem Eisfleck. Als er zum Eid nach vorn marschierte, war der Fleck fast trocken und entging den strengen Augen des Führers. Die Hand ausstrecken. Ein fester Händedruck. Scharf in die Augen geblickt. Heil Hitler. Der Führer hatte sie. Gemeinsamer Schlußgesang:

»Es zittern die morschen Knochen
der Welt vor dem großen Krieg.

Wir haben die Fesseln gebrochen,
für uns war's ein großer Sieg.
Wir werden weiter marschieren,
wenn alles in Scherben fällt;
denn heute hört uns Deutschland
und morgen die ganze Welt.«

Anschließend das Deutschlandlied: Von der Maas bis an die Memel ... Die Fahne hoch ... Bei diesem Lied rissen die Jungs vorn tatsächlich die Fahnen höher.

Auf dem Schulhof dampfte eine Gulaschkanone; die NS-Frauenschaft verteilte Würstchen. Peter war begeistert: »Die haben ja sogar etwas zu fressen«, flüsterte er Hermann zu und stieß ihm in die Rippen.

Aber so einfach ging das nicht. Ehe sie an die Wurst kamen, brüllte der Bannführer über den Schulhof. Von Schlamperei und Zigeunerlager schrie er. Der ganze Haufen mußte antreten. Stillgestanden! Augen geradeaus! Deutschlands Zukunft stand in sanft geschwungener Linie auf dem Schulhof. Der Bannführer begradigte die Front rigoros, indem er auf vorstehende Schuhspitzen trat, Bäuche rein- und Brustkörbe rausdrückte. So und jetzt in strenger Ordnung zur Gulaschkanone.

»Hitlerjunge Steputat bittet, Essen empfangen zu dürfen!«

Und dann nicht wie wild mit der Wurst auf dem Schulhof herumlaufen. Das ist kein Jahrmarkt. Kreis bilden. Ordentlich zusammenstehen. Danach in Dreierreihen antreten. Umzug durch die Stadt mit der Schusterkapelle vorweg. Mein Gott, war das eine Feier! Wir werden weiter marschieren! Für den Führer sterben! Für Deutschland. Es nahm kein Ende.

Jeden Mittwochnachmittag kam der Jungzugführer aus Baumgarten nach Jokehnen und unterrichtete seine Pimpfe unter dem Blutkruschkenbaum hinter dem Park.

»Wann ist unser Führer Adolf Hitler geboren?«

»Wie lange saß unser Führer in Festungshaft?« (Das mußte auf den Monat genau stimmen.)

»Wann war der Tag der Machtergreifung?«

So ging es die Parteigeschichte vorwärts und rückwärts. Der Jungzugführer sorgte auch dafür, daß auf dem Jokehner Anger eine Weitsprunggrube ausgehoben wurde (drei Meter schaffte Hermann im ersten Versuch). Aus HJ-Beständen besorgte er eine Stoppuhr, die Peter als den schnellsten Hundert-Meter-Läufer Jokehnens auswies. Jeden Mittwochnachmittag zogen die Jokehner Pimpfe singend die Dorfstraße entlang: »Fern bei Sedan« oder »Schwer mit den Schätzen des Orients beladen«. Der Jungzugführer mit Schulterriemen und Fahrtenmesser an der Seite marschierte nebenher, achtete auf Haltung und Gleichschritt. Wer auch immer vorbeikam, Onkel Franz, der Pole Anton oder der alte Kommunist Seidler, der Jungzugführer riß die Hand zum deutschen Gruß empor und ließ den Führer hochleben. Nur Peter bekam bald Ärger mit dem Jungzugführer, weil seine Uniform nach wenigen Monaten hin war. Kein Wunder, er trug des Führers Ehrenkleid auch zum Ausmisten der Kaninchenställe und zum Fischefangen im Teich. Heimlich spekulierte Peter darauf, der Führer werde ihm eine neue Uniform schenken.

In die Kommentare von Hans Fritsche mischte sich stärker und stärker das monotone Pfeifen eines russischen Störsenders. Hinein ins Massengrab! rief die ferne Stimme über die Fronten hinweg, während Hans Fritsche meinte, der Führer habe sein Pulver noch lange nicht verschossen. Neue, schreckliche Waffen ständen bereit, den Feind das Fürchten zu lehren.

Auf Steputats Landkarte verschwanden die roten Fähnchen, als die Heeresgruppe Mitte zusammenbrach.

Das Wunschkonzert des Deutschlandsenders zeigte einen Hang vom Martialischen zum Melancholischen. Vorbei die Zeit, in der die morschen Knochen zitterten. Lili Marleen zog auch durch die ostpreußischen Dörfer. Und die kleine Masurenstadt Lyck erntete wegen der vortrefflichen Reimfähigkeit ihres Namens einigen Ruhm; Urlauber brachten eine Parodie auf einen wehmütigen Schlager nach Jokehnen:

»Es geht alles vorüber, es geht alles zurück;
erst war'n wir in Charkow, jetzt sind wir in Lyck.«

»Denn wir fahren gegen Engeland« verstummte fast ganz. »Hein Mück von der Waterkant« sang nicht mehr so heiter, seitdem sie Hamburg in Schutt und Asche gelegt hatten. Immer häufiger erklang das Lied vom guten Kameraden als Nachruf auf die, die nicht mehr marschieren konnten. Und schließlich:

»Grau wie die Erde ist unser Kleid,
graue Soldaten in sturmschwerer Zeit.«

Grau! Grau! Die Erde ist grau, besonders wenn man sie von unten betrachtet. Und die U-Boote lagen immer noch vor Madagaskar und hatten die Pest an Bord. Wer ahnte denn schon, wie sehr wir die Pest an Bord hatten? Daß wir auf einem verpesteten, sinkenden Kahn saßen? Die meisten ruderten noch ehrlich gegen den widrigen Wind einer verschworenen Welt, während in den heimischen Kesseln das Wasser faulte.

Die Staatenlosen im Deutschen Reich erhielten durch Führererlaß die Ehre, ihre Wehrpflicht in der deutschen Armee ableisten zu dürfen. Die Ostarbeiter wurden im Verordnungswege zu Menschen befördert. Das Deutsche Reich gewährte ihnen großmütig die Gleichstellung mit deutschen Arbeitern. Else Behrend durfte mit ihren Polen gemeinsam an einem Tisch Abendbrot essen, notfalls auch schlafen, wenn sie wollte. Aber sie wollte nicht. Jetzt nicht mehr. Sie hatte gesiegt.

Noch einmal erlebte Jokehnen einen großen Aufmarsch in Braun, als die Frau des Straßenwärters Schubgilla nach der Geburt ihres zehnten Kindes das Deutsche Mutterkreuz erhielt. Ortsgruppenleiter Krause und SA-Führer Neumann erschienen in Uniform, dazu eine Frau, die noch niemand in Jokehnen gesehen hatte: die Leiterin der NS-Frauenschaft im Kreis Rastenburg. Es half nichts, Steputat mußte sich auch in die braune Uniform werfen (es war übrigens das letzte Mal) und an der Feierstunde teilnehmen. Da die Räume bei Schubgilla zu eng und dürftig waren, außerdem auch die vielen Kinder herumkrabbelten, weinten oder lachten, verlegte Krause die Feier in die würdigere Umgebung der Schule. Da saß sie nun, die zehnfache Mutter, in Schwarz von unten bis oben wie auf einer Beerdigung. Das Kreuz baumelte an ihrer Brust. Die von der NS-Frauenschaft sprach bewegende Worte. Da läßt sich schon etwas draus machen aus Mutter, Liebe, viel Deutschland, ein bißchen Führer, Treue, Pflichterfüllung. Kein Wunder, daß die Schubgillasche an ihrem Ehrentag heulte.

Es vergingen nur zwei Wochen, da kam Schubgilla nachts und klopfte an Steputats Fenster. Dem kleinen Berthold gehe es nicht gut, der Arzt müsse gerufen werden, der alte Sanitätsrat Wittke aus Drengfurt. Wenn er nicht bald komme, werde der kleine Berthold ersticken. Dem Chausseekratzer kam die große Tochter nachgelaufen. Fing an zu weinen vor Steputats Haustür, und das mitten in der Nacht. Hermann lag wach und hörte jedes Wort. Hörte, wie Steputat die Telefonnummer wählte. Nur wenige Worte sprach. Die Haustür fiel ins Schloß. Mit schweren Schritten ging der Straßenwärter Schubgilla die Auffahrt hinunter, begleitet von der weinenden Tochter.

Hermann versuchte zu schlafen, mußte aber fortwährend an den kleinen, vier Monate alten Berthold denken, der keine Luft bekommen konnte. Erst gegen Morgen schlief Hermann ein, mußte von Martha geweckt werden und merkte gleich, daß etwas los war. Als er in die Küche kam, saß die Markowsche auf dem Sessel und blickte ihn so merkwürdig an. Martha bestrich ein Butterbrot, streute Salz darauf und schob es Hermann über den Tisch.

»Die Engelchen haben den kleinen Berthold in den Himmel geholt«, sagte sie. So war das also. Der alte Sanitätsrat war nicht schnell genug gekommen. Hermann biß vom Butterbrot ab und versuchte sich vorzustellen, wie die Engelchen mit dem Berthold in den Wolken verschwunden waren. Wer keine Luft bekommt, muß in den Himmel! »Der Mehrmacher lebt ja noch«, sagte die Markowsche mit gefalteten Händen.

Es hielt sich hartnäckig das Gerücht, nicht die Diphtherie, sondern die Ziganische habe den kleinen Berthold auf dem Gewissen. Vor ein paar Wochen war sie durchs Dorf gelaufen mit Holzpantoffeln und einem langen, schwarzen Rock, unter dem sich mühelos tote Hühner, gestohlene Gurken und erbettelte Speckseiten verbergen ließen. Vor dem Hause des Chausseekratzers war sie stehengeblieben, hatte in die Wiege geschaut, die im Vorgarten stand, und sie hatte den kleinen Berthold mit ihrem vertrockneten, zahnlosen Gesicht angelacht. Nun muß man wissen, Zigeuner können gar nicht lachen. Jedenfalls nicht in Jokehnen. Die haben den bösen Blick. Die stehlen Kinder, mit Vorliebe blonde und blauäugige. Vor der Ziganschen hatten sich die Jokehner Kinder mehr zu fürchten als vor der Kornmuhme oder dem Weihnachtsmann. Zigeuner dürfen nicht einmal in die Ställe sehen, weil das Vieh davon krepiert. So kam es, daß der kleine Berthold sterben mußte, weil die Ziganische in seine Wiege geblickt hatte.

Die Zigansche wußte nicht, daß die Engelchen den kleinen Berthold in den Himmel geholt hatten. Sie kam einige Wochen später ahnungslos durch Jokehnen, unglücklicherweise zur Mittagszeit, als die Gespanne vom Feld nach Hause rumpelten. Sie wunderte sich, als die Fuhrwerke plötzlich stehenblieben, als sie sich eingekreist sah von den Gutsknechten mit ihren Peitschen.

»Renn, du schwarzer Deibel!« schrie einer. Als die Zigansche ihre Holzpantoffeln in die Hand nahm und barfuß über das Pflaster rannte, zogen sie ihr die Peitschen über das Hinterteil, schlugen ihr den bösen Blick aus den Flickern. Da half alles nichts, die Knechte liefen schneller und ließen die Peitschen knallen.

An der Schleuse fiel sie hin. Aus ihrem Unterrock purzelten eine Speckseite und ein Beutelchen Kautabak. Sie raffte das Verlorene hastig zusammen, rannte weiter, bevor die Peitschen näher kamen. In der Schule hatten die Kinder gerade Pause, als die Zigansche vorbeikam. Sie hingen am Zaun des Schulhofs und sahen zu, wie die Zigansche aus dem Dorf geprügelt wurde. Nun war Jokehnen endgültig vom bösen Blick befreit.

Peter Aschmoneit scherte sich einen Teufel darum, daß die Schwäne unter Naturschutz standen. Als er erlebte, wie der Schwan über das Wasser geflogen kam und an der Schleuse zwei Hausenten totschlug, die seiner Mutter gehörten, sann er auf Rache. Er holte sich einen Knüppel und zog damit zum Schwanennest im Schilf. Die brütende Schwänin leistete nur zischenden Widerstand. Als Peter mit erhobenem Knüppel erschien, räumte sie das Nest. Fünf mächtige Eier ließ sie zurück. Peter wog eines der Eier in der Hand, warf es wie einen Schlagball in die Luft. Das Ei klatschte ins Wasser und zerbrach. Rührei im Teich. So ließ Peter noch drei Eier zu Bruch gehen. Das letzte schob er unter den Pullover, nahm es mit ins Dorf, um es Hermann zu zeigen.

Er kam am Ehrenmal für die Helden von 14/18 vorbei; einen prächtigeren Stein gab es in ganz Jokehnen nicht. Und so schön verziert. Peter konnte der Versuchung nicht widerstehen und zermatschte das Schwanenei an diesem Gedenkstein, genau an der Stelle, an der das schlichte Kreuz in den Stein gemeißelt worden war. Nun lief die gelbe Soße über die Heldennamen Kurbjuweit, Wittke, Sablowski, erreichte das Wort Flandern hinter dem Namen Schuppa und war im Begriff, Verdun zu beschmutzen.

Eine solche Schweinerei mußte Folgen haben. Gendarm Kallweit kam aus Drengfurt, um nach dem Rechten zu sehen. Zwei Straftaten hatte er aufzuklären, die Zerstörung des Schwanennestes und die Denkmalsbeschmutzung. Kallweit radelte kreuz und quer durchs Dorf, sprach mit diesem und jenem, auch mit der Lehrerin. Aber niemand konnte Auskunft geben, wie die gelbe Soße auf den Heldengedenkstein gekommen war. Peter saß mit Hermann im Schilf und verfolgte die aufgeregte Geschäftigkeit des Drengfurter Polizisten. Mein Gott, was der sich anstellte wegen der paar Schwaneneier! Da Deutschland den Krieg gewinnen wollte, kam es doch nicht auf fünf Schwaneneier an. Die Schwäne regelten das schon von selbst. Der Schwan trat wieder die Schwänin; bald würde sie neue Eier legen und – wenn auch etwas verspätet – ausbrüten.

Während sie darauf warteten, daß Kallweit das Dorf räumte, tauchte über dem Wolfshagener Wald ein Pulk Flugzeuge auf. »Das sind Messerschmitts«, stellte Hermann fest.

Die Maschinen fegten über die Baumspitzen, durchquerten die tiefhängende Abendsonne. Als die erste Staffel aus dem Sonnenlicht auftauchte, sah es wie Feuer aus. Oder war es nur eine Spiegelung des Sonnenlichts? Nein, da schoß eine Stichflamme aus der Tragfläche, das Flugzeug sackte ab, berührte fast die Wolfshagener Fichten, traf eine zweite, eine dritte Maschine. Wie betrunkene Maikäfer torkelten die schnellen Vögel zur Erde, die brennende Maschine als erste. Ein Rauchpilz wuchs in den Himmel, als hätte der Blitz wieder bei der Wowerieschen eingeschlagen.

Hermann und Peter rannten über die Felder zur Pange. Immer der Rauchfahne nach. Am Kollkeimer Kartoffelacker entlang. Donnerwetter, das war weiter entfernt, als es ausgesehen hatte! Bis zur Grenze des Gutes Skandlack. Dort endlich auf einem Feld, auf dem der junge Hafer kniehoch stand, dort fanden sie die rauchenden Trümmer. Zwei Gutsarbeiter, die in der Nähe Kartoffeln gehäufelt hatten, standen schon bei dem brennenden Wrack.

»Nicht so dicht ran!« schrie der eine den Jungs zu. »Gleich fliegt die Munition in die Luft.«

Hermann und Peter blieben vor dem Haferfeld stehen. Es stank nach Öl. Der Westwind trieb ihnen schwarzen, beißenden Rauch ins Gesicht.

»Ob die Besatzung abgesprungen ist?« fragte Hermann. Er suchte Fallschirme in der Umgebung, konnte aber keine weißen Flecken im grünen Haferfeld entdecken.

»Vielleicht sitzen sie noch im Heck und trauen sich nicht raus«, grinste Peter. Das Heck hatte einen Weidenzaun niedergewalzt und lag einen Steinwurf vom brennenden Rumpf entfernt.

»Einer brennt da«, sagte der Landarbeiter und zeigte auf einen zusammengeschmorten Haufen neben der Tragfläche. Kein Kopf, keine Gliedmaßen, das konnte ebensogut ein Sack mit Sägespänen sein.

»Die andern sind auch hin, liegen mitten im Feuer.«

Der Mann, der das sagte, hatte ein gelbes Gesicht, wie eine geschälte Kartoffel.

»Scheißtod Verbrennen«, stellte Peter fest.

Von allen Seiten strömten die Menschen zur Unglücksstelle, aus dem nahe gelegenen Skandlack kamen sogar alte Weiber auf Krücken, um sich das Schauspiel anzusehen. Auch die Polizei traf ein, nicht Gendarm Kallweit, der für diesen Bezirk nicht zuständig war. Zwei Polizisten aus Barten machten sich sofort an die Absperrung. Absperrung ist wichtig, Absperrung muß sein in solchen Situationen.

Im Zwielicht der Abenddämmerung landete ein Fieseler Storch. Luftwaffenoffiziere in Lammfellwesten stelzten durch den Hafer und ließen sich Meldung erstatten. Das sah alles sehr wichtig aus, mußte wohl auch sein. Die Jungs aber warteten auf den Knall. Doch die Munition explodierte nicht. War die schon beim Aufschlag in die Luft gegangen? Die Flammen züngelten niedriger, der Rauchvorhang lichtete sich. Die Vorstellung ging ihrem Ende entgegen.

»Wie die wohl beerdigt werden?« fragte Hermann.

»Sie werden die Knochen aus den Trümmern sammeln«, schlug Peter vor.

»Die Knochen sind auch verbrannt«, meinte Hermann. »Und wenn noch was übrig ist, weiß keiner, was zu wem gehört.«

»Die schießen einfach über den Trümmerhaufen Salut, dann ist die Beerdigung zu Ende«, sagte Peter.

In dieser Nacht näßte Hermann das Bett. Er bestätigte Marthas dauerndes Reden: Kinder sollten vor dem Schlafengehen nicht mit Feuer spielen, das schlägt auf die Blase!

Am nächsten Morgen erzählte die Postbotin, daß noch zwei Maschinen runtergekommen seien. Die eine habe auf einer Schutthalde vor der Bartener Vorstadt eine Bauchlandung versucht, die zweite sei zwischen Barten und Rastenburg auf einer Wiese niedergegangen, habe einen verrosteten Stacheldraht mitgenommen und sei mit der Nase in einen Jauchegraben getaucht.

Da kam eines Abends Heinrich aus Masuren in die Küche und sagte: »Der Bismarckturm blinkt nicht mehr.«

Steputat ging mit hinaus. Sie blickten zum Turm auf dem Fürstenauer Berg, der keine Leuchtsignale mehr aussandte. Am Abendhimmel hörten sie ein fremdes, unbekanntes Summen, seltsam klagend wie ein Hund, der den Mond ansingt.

»Das ist der Russe«, meinte Heinrich, nahm die Pfeife aus dem Mund und starrte in die Düsternis. In beträchtlicher Höhe flog provozierend langsam die russische Nähmaschine über das abendliche Ostpreußen. Wu ... wu ... wu ... wu ... sang sie, und es gab keine Messerschmitt, keine Heinkel mehr, die diesen wehmütig heulenden Wolf vom Himmel trieb.

Heinrich phantasierte gleich von den schlimmsten Dingen. Das sei der Vorbote eines russischen Angriffs auf Ostpreußen. Der Flieger sehe sich alles genau an und dann: gib ihm Saures! Aber so weit war es noch lange nicht.

Die Jokehner gewöhnten sich an die seltsam heulenden russischen Aufklärer, die Abend für Abend das Blinklicht des Bismarckturms zum Erlöschen brachten. Hermann öffnete vor dem Schlafengehen stets sein Fenster, wartete mit dem Einschlafen, bis er den eintönigen Singsang hörte. Manchmal kletterte er auch auf die Fensterbank, spähte zu den Sternen, suchte einen metallischen Schatten, der das Sternenlicht verdunkelte. Wurde ihm das klagende Summen unheimlich, zog er die Bettdecke über beide Ohren und dachte an angenehmere Dinge: an den HJ-Unterricht beim Blutkruschkenbaum oder an das Führerhauptquartier, wie er es sich vorstellte, mit Fahnen, Blumen und paradierenden Spielmannszügen.

Einmal mußte es natürlich passieren. Jeder ahnte, daß die Nähmaschinen sich mit freundlichem Gebrumm allein nicht zufriedengeben würden. In der Nacht vom 28. zum 29. Juni 1944 rissen drei Detonationen die Jokehner aus dem Schlaf. Nur drei, dann wieder Stille und das Brummen der russischen Nähmaschinen. Kein Flakbeschuß, keine Nachtjäger, kein Feueralarm. War es nur ein Versehen?

Neben der Kleinbahn am Wickerauer Berg hatten drei Bomben ein Maul voller Erde genommen und im weiten Umkreis verstreut, hatten ein Kohlfeld mit nassem Lehm bedeckt und schätzungsweise hundertfünfzig Zuckerrüben im besten Wachstum umgebracht. Die Bahnschienen hatte es nicht getroffen, nicht einmal verbogen waren sie. Auf ihnen lag nur eine feine Dreckschicht, die der Heizer mit dem Besen wegräumen konnte, als der Zug am nächsten Morgen die Milchkannen von den Dörfern in die Stadt brachte.

Hermann und Peter durchwühlten einen Tag lang die Bombentrichter. Hermann fand den größten Splitter, so groß wie eine Hand, phantastisch gezackt, ein Stück Metall von einem fernen Stern. Er trug den bizarren Metallklumpen nach Hause, legte ihn neben sein Bett auf die Fensterbank zur Erinnerung an die Nacht, als der stille ostpreußische Sommer durch diesen unnötigen Lärm gestört wurde. Es war die erste greifbare Botschaft aus jener feuerspeienden Welt der Wochenschauen, Wehrmachtsberichte und Sondermeldungen, sie markierte – aber das wußte damals noch niemand – das Ende des beschaulichen, gemütlichen Teils dieses Krieges für das Land zwischen Weichsel und Memel.

Gründlicher als die kleine russische Nähmaschine, die die Milchkanneneisenbahn außer Betrieb setzen wollte, arbeiteten die Engländer. In jenem Sommer legten sie Königsberg, die fernste Großstadt des Deutschen Reiches, die Stadt, deren Sender immer noch Musik spielte, wenn das übrige Reichsgebiet beim Einflug von Feindflugzeugen stumm blieb, dieses ferne, liebliche Königsberg am Pregel legten sie in Schutt und Asche. Sie kamen ohne Furcht tausend Kilometer über feindliches Gebiet nach Königsberg geflogen. So weit war es schon.

Während auf Jokehnens Wiesen das Heu duftete, in der moorigen Pange die blutsaugenden Bremsen sich haufenweise an den Hals der Pferde hängten, die Kühe mit dem Zagel Fliegen schicherten, während die Poggen im Teich unter den Schilfstengeln huckten und quakten, während die Schabbelbohnen behaglich die Stangen hinaufrankten, der Schmand leicht säuerte und abends Glums mit Zucker auf dem Tisch stand, während auf der Lucht der frische Duft des trockenen Pfefferminzkrauts alle Düfte übertraf, während die Heemskes im Heu die Beine hochpeesten und die Marjellens kreischend ihre Koddern ausschlackerten, während das alles in dem fernen, beschaulichen Jokehnen geschah, versuchte Hans Fritsche in seinen Mittwochabendbetrachtungen, den Brückenkopf in der Normandie abzuriegeln. Schon einmal seien die Engländer mit verspaakten Themsekähnen von Ost nach West über den Kanal geflüchtet. Das könnte ihnen jetzt wieder passieren. Wartet nur ab! Als Caen fiel, der Invasionsbrückenkopf immer größer wurde, dirigierte Hans Fritsche zur Unterstützung fürchterliche Vergeltungswaffen gen England. Wunderwaffen, die er durch die Stratosphäre fliegen und neben Big Ben einschlagen ließ.

Das mit den Raketen war nun wirklich etwas ganz Neues und brachte auch den Jokehner Luftkrieg durcheinander. Hermann hatte am Teich neben dem verkrauteten Feuerlöschtümpel eine Abschußrampe für V-I-Raketen errichtet und ließ von dort aus dicke Lehmklumpen auf die Frösche in der Themse niedergehen.

Die Woweriesche sah – leibhaftiger Gott – eine Rakete mit mächtigem Feuerzagel, mit einem bläulich leuchtenden Kopf und im Mondlicht silbern glänzender Metallverkleidung über den Wolfshagener Wald ziehen, gemächlich im guten Kutschentempo Richtung England. Wo kam das Biest bloß her? Mußte sich verirrt und einen Umweg über Jokehnen genommen haben.

Was niemand sah in jenem Sommer, war der Zusammenbruch der Heeresgruppe Mitte vor Ostpreußens Haustür. Die verschwand einfach in den Sümpfen zwischen Litauen und Weißrußland, ohne daß der Kanonendonner von Witebsk und Baranowitsche herübergedrungen wäre.

Für Peter tat sich eine neue Welt auf in diesem Sommer. Es fing damit an, daß er plötzlich mit einem Fahrrad zu Hermann kam. Das hatte sogar eine neue Bereifung.

»Hat meine Mutter mitgebracht«, sagte er und ließ Hermann damit ein paar Kurven auf dem Anger drehen. Damit nicht genug, holte Peter plötzlich ein daumendickes Stück Blockschokolade aus der Hosentasche und schob es Hermann in den Mund. Hatte auch die Mutter mitgebracht. Die schleppte so viele nützliche Dinge heran, daß Peter kaum noch zum Fischen zu gehen brauchte. Wenn er fischte, dann nur aus Spaß, um den Karauschen den Bauch aufzuschlitzen und sie ins Wasser zu werfen. Woher der ganze Segen kam, wußte Peter auch nicht so genau, aber wer fragte schon danach?

»Jungche, befreß dich nicht!« jammerte die blinde Oma, wenn sie hörte, wie Peter eine Kakaodose öffnete, das braune Pulver mit Zucker vermengte und die Mischung mit dem Löffel trocken schluckte. Auf dem Küchenschrank wären die Dosen mit trockenen Erbsen, Räucherfleisch und Streichkäse, die Tüten mit Haferflocken und Linsen zu sehr ins Auge gefallen. Peter hatte deshalb für sie den Ziegelfußboden unter dem Bett der blinden Oma als Versteck ausgewählt. Dort stand das Zeug und lockte die Mäuse an. Mit den Mäusen stand Peter jetzt regelrecht auf Kriegsfuß. Kaum hatten die Aschmoneits etwas zu essen im Haus, da tauchten die Viecher aus allen Ecken auf. Als hätten sie nur darauf gewartet. Peter verstopfte alle Löcher, aber die Biester kamen über die Türschwelle und durchs offene Fenster. Er baute um die Dosen und Tüten eine Befestigung aus Mausefallen, die er vom Gutsspeicher geklaut hatte. Aber auch das war nicht das richtige; wenn die Fallen nachts zuklappten, rissen sie die blinde Oma aus dem Schlaf.

»Wie soll das bloß weitergehen?« wunderte sich die blinde Oma über den Segen, wenn Peter ihr ein Stück von der geräucherten Dauerwurst abschnitt, damit sie daran herumlutschen konnte.

Wenn abends die Mutter von der Gutsarbeit heimkehrte, verzog Peter sich, ohne daß sie ihn aufzufordern brauchte. Er wußte, sie wusch die staubigen Füße und auch den Oberkörper, manchmal zog sie sich nackt aus und rieb den Körper am Holzzuber ab.

»Willst du schon wieder wegfahren?« fragte die blinde Oma. »Kind, Kind, das hält doch kein Mensch aus.«

»Ist sowieso bald alles vorbei«, sagte Peters Mutter. Woher sie das wußte? Von den Soldaten im Drengfurter Verpflegungslager. Die wußten Bescheid.

»Alles vorbei ... alles vorbei«, sinnierte die blinde Oma.

»Und ich bin doch erst dreißig«, sagte Peters Mutter und holte das Sonntagskleid aus dem Schrank. Aber die blinde Oma hörte schon gar nicht mehr hin. Sie sang: »Befiehl du deine Wege« und »Jesus meine Zuversicht«.

Wenn die Mutter das weiße Sommerkleid mit den blauen Punkten anzog, fand Peter sie richtig hübsch. Er schlich um das Haus, um zu sehen, wie sie abfuhr. Er holte für sie das Fahrrad aus dem Schuppen und pumpte Luft auf. Meistens sagte sie etwas zu Peter, bevor sie davonfuhr: »Hast auch Schularbeiten gemacht?« oder »vergiß nicht, die Füße zu waschen, Peterche« oder »gib Oma noch was zu essen«.

Keine halbe Stunde brauchte sie bis zur Drengfurter Vorstadt. Dort bog sie auf jenes Feld, auf dem die Organisation Todt in gut vier Wochen Arbeit ein Dutzend Baracken – groß wie Bahnhofshallen – aus dem Boden gestampft hatte. Baracken, die sich flach an die Erde kuschelten, äußerlich so grau wie der unbestellte Acker. In ihnen lagerte der Nachschub für die verschwundene Heeresgruppe Mitte: Käse und Dauerwurst, Zwieback, Marmelade und Süßigkeiten, trockene Erbsen und Linsen.

Der Posten kannte sie schon, öffnete den Schlagbaum und ließ sie ins Lager radeln. Meistens fuhr sie zu Robert, dem Feldwebel, aber manchmal schickte Robert sie auch zu einem anderen. Die lebten doch alle allein auf diesem Acker zwischen Käsedosen und Zwieback und langweilten sich.

Sie hielt sich nie lange auf. Wegen der Arbeit auf dem Gut. Da hieß es früh aufstehen. Nur samstags blieb sie länger in Drengfurt. Vor der Rückfahrt (auf dem Gepäckträger lagen die Vorräte der Heeresgruppe Mitte) blieb sie meistens beim Posten am Eingang stehen, rauchte mit ihm eine Zigarette. Das war auch so eine neue Angewohnheit, das Rauchen. Die blinde Oma wußte nichts davon, aber Peter hatte seine Mutter einmal beim Rauchen im Schlafzimmer überrascht. Er hatte nur gegrinst und war schweigend hinausgegangen.

Eine Zigarette lang sprach sie mit dem Posten über dies und das. Vielleicht ging es bald an die Front, vielleicht auch zurück ins Reich; in diesen unsicheren Zeiten dauert die denkbare Zukunft nur eine Woche. Gut, daß der Mond über den Häusern der Vorstadt stand. Weil sie doch abends wegen der russischen Aufklärer die Fahrradbeleuchtung nicht einschalten durfte. Peter schlief noch nicht, als seine Mutter heimkehrte. Er hatte es sich zur Gewohnheit gemacht, auf sie zu warten. Weil es sich lohnte. Zehn Rollen Drops hatte die Mutter für ihn mitgebracht.

Die Sonne schien an jenem Vormittag mild über Ostpreußen. Keine qualvolle Hitze, weiße Wolkenfelder, die über die Frische Nehrung gesegelt kamen, sich eine Weile über Masuren verpusteten, um dann in dem weiten Bauch Rußlands zu verschwinden ohne Rücksicht auf Grenzen und Hauptkampflinien. Weiße Wolkenfelder auch über dem Oberkommando der Wehrmacht im Mauerwald und über der Wolfsschanze. Und an diesem friedlichen Tag – die reifen Kornfelder warteten auf das Rattern der Mähmaschinen und das Dengeln der Sensen –, an diesem Tag versuchte einer, den Wolf aus seinem Bau zu räuchern. Das gab einen ziemlich lauten Knall im Herzen Ostpreußens. In Jokehnen hörte niemand die Explosion im Kartenbunker der Wolfsschanze, aber in Rastenburg zitterten einige Scheiben, und auch die Angerburger dachten, in Masuren übe die schwere Artillerie. Den ganzen Tag über wußte keiner, was zwanzig Kilometer südöstlich in die Luft gegangen war. Bis zu den Fünf-Uhr-Nachrichten:

»Auf den Führer wurde heute ein Sprengstoffanschlag verübt. Aus seiner Umgebung wurden dabei verletzt ...

Der Führer selbst hat außer leichten Verbrennungen und Prellungen keine Verletzungen erlitten. Wie vorgesehen, hat er den Duce empfangen.«

In der Nacht vom 20. zum 21. Juli sprach der Wolf aus seiner Schanze mit matter, rauher Stimme, die gefährlicher denn je das R rollte: »Eine ganz kleine Clique ehrgeiziger, gewissenloser und zugleich verbrecherischer, dummer Offiziere hat ein Komplott geschmiedet ... unbarmherzig ausrotten ... unbarmherzig ausrotten ...«

Das Ausrotten begann auch schon, als noch die Abendsonne über Masuren schien. Daß so etwas gerade in Ostpreußen geschehen mußte!

Es gab genug einfältige, ehrliche Menschen, die sich dessen schämten.

»Wir Deutschen können den Krieg nicht gewinnen, weil wir nicht zusammenhalten«, sagte Kämmerer Mikoteit verzweifelt, als er vom Gut aus bei Steputat anrief.

»Das liebe Gottche hat es nicht zugelassen«, meinte die alte Markowsche.

»Ja, es ist schon wie ein Wunder«, bestätigte Martha.

Hermann rannte aufgeregt über den Anger. Er fand Peter, Sonnenblumenkerne kauend, an der Schleuse im Gras.

»Sie wollten Adolf Hitler umbringen«, keuchte er.

Peter schien das nicht sehr nahe zu gehen.

»Ist der Krieg aus?« fragte er nur.

Das weiß doch kein Mensch, ob der Krieg aus ist. Darum ging es auch gar nicht. Der Führer lebte, das war für Hermann genug. Er lebte so sicher, daß fünf Tage später in Steputats Gesetzesblatt sein Erlaß über den totalen Kriegseinsatz erschien, der nun wirklich alles dem Endkampf unterordnete. Erstes Opfer der eifrigen Verrätersuche wurde Chausseekratzer Schubgilla, der in Dienstausübung mit Schaufel und Besen den stark befestigten Mauerwald durchradelte und von einer SS-Streife angehalten wurde. Schubgilla wußte nichts Besseres, als sich an Steputats Telefonnummer zu erinnern. Tatsächlich rief ein näselnder Gruppenführer bei Steputat an und ließ sich bestätigen, daß Schubgilla ein harmloser Straßenkehrer aus Jokehnen sei.

Onkel Franz hatte wie so oft eine andere Ansicht von den Dingen.

»Zu spät«, sagte er, »fünf Jahre zu spät.«

Darüber wurde Steputat ernsthaft ärgerlich, und er sagte es auch zu Onkel Franz. War es denn anständig, jetzt in der Stunde der Not so daherzureden?

Damals, als Frankreich in sechs Wochen zerschlagen worden war, hatte sich auch Onkel Franz gefreut.

»Ist doch keine Schande, nach fünf Jahren Krieg die Meinung zu ändern«, sagte Onkel Franz.

Ja, das war die Frage. Steputat schwieg dazu. Er hatte alle Möglichkeiten in stillen Stunden am Schneidertisch hundertfach durchdacht. Zwei Jahre planmäßiger Rückzug an allen Fronten. Und mehr und mehr sank in Trümmer. Das mußte einem doch zu denken geben. Aber es würde etwas Wunderbares geschehen, etwas, das niemand für möglich hielt. Adolf Hitler hatte eine endlose Kette von Wundern zustande gebracht. Wunder können natürlich über Nacht kommen. Aber in den ostpreußischen Nächten kamen nur die russischen Nähmaschinen mit ihrem monotonen Singsang. Wo blieb das deutsche Wunder an der Marne? Das Wunder an der Weichsel? Würde es sich in Berlin ereignen oder an der Memel oder in Masuren?

In den Wirren des Spätsommers 1944 fand der Oberstleutnant noch Zeit, zur Entenjagd nach Jokehnen zu kommen. Er trug den linken Arm in einer Binde, was ihn nicht daran hinderte, zu Pferd über die Felder zu reiten, die ihm gehörten, seitdem sein Vater gestorben war. Oder er saß am späten Nachmittag mit seiner Mutter auf der Schloßterrasse und sah den heimkehrenden Gespannen zu.

»Wenn es gefährlich wird, schicke bitte alle Papiere zu Leonore in Plön«, sagte er einmal zu seiner Mutter.

»Wird es denn gefährlich?« fragte sie.

Er machte eine lässige Handbewegung. Natürlich nicht. Nur für alle Fälle, eine Vorsichtsmaßnahme. Im Krieg muß man mit allem rechnen.

Gegen Abend, wenn es kühler wurde, brachte das Dienstmädchen der alten Dame eine Decke für die Füße. Außerdem heißen Tee. Hinter den Gespannen marschierten die russischen Gefangenen nach Hause; sie hatten das Singen noch nicht verlernt. Der neue Wachmann hatte sie auf ein deutsches Volkslied dressiert: Das Wandern ist des Müllers Lust. Das klang machtvoll und grollend, die Steine polterten den Bach hinab, die Räder wollten gar noch schneller sein. »Die können ja im Frontzirkus auftreten«, sagte der Oberstleutnant lächelnd.

Kämmerer Mikoteit kam auf die Terrasse und fragte, ob es nach dem Abendessen zum Entenschießen gehe. Ja, natürlich Enten schießen! Mikoteit sollte ihn begleiten, gegen halb acht. Wenn nichts dazwischenkommt.

»Am besten wäre es, einfach in den Wald zu laufen«, sagte seine Mutter, als Mikoteit gegangen war. »Die Wälder sind weit und undurchdringlich. Wir könnten eine Stelle verabreden, an der wir Lebensmittel für dich hinterlegen. Die meisten Menschen kommen deshalb in der Gefahr um, weil sie nicht bereit sind, ihr gewohntes Leben aufzugeben. Sie wollen nicht die gemütliche Stube mit der kalten Köhlerhütte vertauschen, das warme Essen mit den Beeren und Pilzen des Waldes. Aber in den warmen Stuben werden alle gefunden.«

»Ich kann diesen Rock nicht ausziehen und mich zu den Säuen legen«, sagte der Oberstleutnant. Damit war die Frage entschieden.

Der Nebel kroch vom Teich her über den Anger und teilte die flachen Häuser Jokehnens in ein Erd- und ein Obergeschoß. Bis Mikoteit kam, balgte sich der Oberstleutnant im Zwinger mit seinem Jagdhund. Schließlich legte er ihn an die Leine und ließ sich von ihm den Gutsweg hinabziehen. Mikoteit folgte mit den Flinten; er war mächtig stolz darauf, seinem Oberstleutnant eine Vorrichtung gebastelt zu haben, die es ihm erlaubte, auch mit dem verletzten Arm Enten zu schießen. Während sie um den Teich spazierten, erzählte Mikoteit von seinen Plänen für das Gut.

»Am Lenzkeimer Weg werden wir Raps säen.«

»Säen Sie, säen Sie«, murmelte der Oberstleutnant.

»Raps bringt einen anständigen Preis ... Deutschland braucht doch Öl.«

»Sie haben völlig freie Hand, Mikoteit«, sagte der Oberstleutnant abwesend.

»Und in der Pange ist der Kahlschlag aufzuforsten. Das wäre eine gute Arbeit für die Gefangenen, aber ich kann die Russen doch nicht in den Wald lassen. Dann hauen bestimmt einige ab.«

Sie trafen Steputat, der auf dem Anger seine Kuh hütete.

»Heil Hitler«, grüßte Steputat, aber der Oberstleutnant legte nur wortlos die Hand an die Mütze.

»Ob der sein Ritterkreuz auch zum Entenschießen mitnimmt?« fragte Hermann seinen Vater. Er wäre den beiden am liebsten nachgelaufen, um zu sehen, wie ein Ritterkreuz aussieht.

Es verging eine Viertelstunde, bis der Oberstleutnant und Mikoteit die Einflugschneise der Wildenten hinter dem Teich erreicht hatten. Mikoteit lud durch, reichte die geladenen Schrotflinten dem Oberstleutnant, der Schuß um Schuß in die Jokehner Abenddämmerung ballerte. Auf der Suche nach den abgestürzten Wildenten platschte der Hund durchs Wasser. Die Schwäne verließen aufgeschreckt ihr Nest und steuerten mit ihren viel zu spät geschlüpften, grauen, krutzigen Jungen der sicheren Schleuse zu.

Während die Schrotkörner aufs Schilf niederregneten und Mikoteit die im Steilflug abstürzenden Enten zählte, bog ein Auto von der Chaussee auf die Dorfstraße. Die spärlichen Lichtstreifen aus den Scheinwerferschlitzen tasteten suchend über die Pflastersteine, sprangen über ausgefahrene Schlaglöcher und richteten ihren Strahl auf lange nicht gestrichene Staketenzäune. Zu dieser Stunde ein Auto in Jokehnen, das war schon etwas Bemerkenswertes. Es bog langsam auf die Gutsauffahrt, machte eine weite Kurve, blieb lange verschwunden, bis es im Schrittempo zur Dorfstraße zurückkehrte. Dort hielt es. Die Scheinwerfer erloschen.

Mikoteit band die toten Enten an den Hälsen zusammen und warf sie über die Schulter. Schweigend ging er neben dem Oberstleutnant, während der Hund durch die nassen Wiesen streunte. Sie näherten sich der Dorfstraße. Die Umrisse des Autos wuchsen aus der Dämmerung. Ein Streichholz flammte auf. Erlosch wieder. Unbeweglich wie die Ziegelpfeiler der Parkumzäunung standen zwei Gestalten neben dem Wagen.

»Sie bekommen Besuch«, sagte Mikoteit.

Der Oberstleutnant blieb stehen, pfiff nach dem Hund, kraulte seine nassen Hängeohren, gab sich auffallend lange mit dem Tier ab, überlegte, ob es Sinn hatte, denen dort eine Schrotladung ins Gesicht zu schießen. Es hatte keinen Sinn. Oder einfach umzukehren und Enten zu jagen. Es hatte keinen Sinn. Oder auf Umwegen in den Reitstall zu gehen, das Pferd zu satteln und davonzureiten. Es hatte keinen Sinn.

Einer der Schatten löste sich und kam bedächtig näher. Trug der Kerl nun Uniform oder Zivil? Erst ganz aus der Nähe erkannte Mikoteit die schwarze Uniform mit dem Totenkopf. Mensch, das ist Melker August, dachte Mikoteit.

Aber er hatte sich geirrt; die in der schwarzen Uniform sahen sich alle ähnlich. Der Mann hielt eine Pistole in der Hand.

»Ich habe den Auftrag, Sie zu verhaften«, sprach die fremde Stimme.

Jetzt löste sich der zweite Schatten von dem Auto.

»Wieviel Zeit geben Sie mir?« fragte der Oberstleutnant ruhig.

»Keine.«

Der Motor sprang an.

»Gehen Sie zu meiner Mutter, Mikoteit. Sagen Sie ihr, ich sei dienstlich abberufen worden.«

Er hängte dem Kämmerer die Schrotflinten um den Hals. Vor dem Oberstleutnant öffnete sich die Autotür.

»Danke«, sagte der Oberstleutnant und nahm auf dem Rücksitz Platz.

Als der Wagen sich in Bewegung setzte, rannte der Hund kläffend hinterher, sprang an den Kotflügeln hoch, winselte, heulte, verfolgte das Auto bis zum Krug und gab erst auf, als der Wagen die Chaussee erreichte und das Tempo beschleunigte.

»Anhängliches Tier«, sagte einer der Fremden im Auto.

Pflügen. Die dampfende Erde aufbrechen für die neue Saat ...

»Du rackerst dich ab, und wer weiß, ob wir das alles noch ernten«, sagte Tante Hedwig.

»Aber säen muß man«, meinte Onkel Franz. »Wenn das Land liegenbleibt, verkrautet es. Irgendwer wird schon ernten.«

Onkel Franz und der Pole Anton zogen mit den Pflügen ihre Runden um den Kartoffelacker an der Wolfshagener Grenze. Hin und wieder warf die Pflugschar eine tiefliegende Kartoffel auf; Anton bückte sich, steckte die Kartoffel in die Tasche und warf sie auf den großen Haufen am Ende des Feldes, wenn er mit den Pferden daran vorbeikam. Nichts durfte umkommen. Nicht nur die Bachstelzen und die letzten Stare hüpften über die frisch gebrochene Erde, vom Wald her segelten die ersten Krähen heran, verharrten auf den Weidenbäumen am Weg und fielen hinter den Pflügen auf das Feld ein.

Anton hielt mitten auf dem Acker. Er wickelte die Leine am Griff fest, hob einen Fetzen Papier auf und betrachtete ihn von allen Seiten. Weil er nicht deutsch lesen konnte, brachte er das Papier zu Onkel Franz. Es war ein grobes, holziges Papier, vom Regen aufgeweicht und von der Sonne wieder getrocknet. Unten fehlte eine Ecke.

»Deutsche Männer und Frauen!«

stand in fetten Buchstaben am oberen Rand.

»Der Krieg ist verloren!
Die Rote Armee kommt!
Sie befreit euch von dem Verbrecher Adolf Hitler.
Vergießt kein Blut mehr!
Es kommt der Tag ...«

Weiter ging es nicht; da war die Ecke abgerissen. Das Flugblatt umrahmte eine Borte rankender Rosen, ein

Bild aus der »Gartenlaube«. Sollte wohl nach der Vorstellung russischer Propagandaoffiziere das deutsche Gemüt ansprechen. Anton blickte zum grau verhangenen Himmel.

»Wu ... wu ... wu ...« lachte er. Ja, Anton wußte Bescheid. Die russischen Nähmaschinen hatten diese Botschaft bei ihren nächtlichen Besuchen über Ostpreußen ausgeschüttet. Plötzlich verstummte sein Lachen.

»Wenn die Rote Armee kommt, muß ich zu Hause in Polen sein. Die erschießen jeden Polen und Russen, der gearbeitet hat bei den Deutschen.«

Onkel Franz glaubte zwar nicht, daß es so schlimm werden würde, wie Anton es voraussah, sagte aber doch: »Meinetwegen kannst du nach Hause, aber erst mußt du mir beim Einsäen helfen. Wir müssen säen. Man kann das Land nicht liegenlassen, unser Land.«

Das sah Anton ein.

»Was sollen wir mit dem Wisch anfangen?« fragte Onkel Franz nach einer Weile.

Anton machte die Geste des Arschwischens. Aber Onkel Franz fiel etwas Besseres ein. Steputat wollte er das Flugblatt bringen. Sollte er sich Gedanken machen, was mit einem solchen Fetzen anzufangen ist.

Steputat war nicht weniger ratlos, als er die Luftpost der Roten Armee in den Händen hielt. So etwas sollte man gar nicht lesen, gleich vernichten, am besten verbrennen! Nicht darüber nachdenken.

»Als Amtsperson steht es dir zu, den Fetzen zu lesen«, meinte Onkel Franz.

Also gut, Steputat las. Dann griff er das Blatt mit zwei Fingerspitzen, als hätte er es aus der Scheiße gezogen, und eilte damit in die Küche. Er schob die Pfanne mit den Bratkartoffeln vom Küchenherd und übergab die Nachricht der Roten Armee mit dem schönen Rosengeranke den Flammen.

»Stell dir vor, ich schreibe darüber einen Bericht und schicke ihn nach Drengfurt. Das hätte doch eine Untersuchung gegeben, und deinem Anton wäre sonst noch was passiert. Nein, verbrennen ist das beste!«

Aber Jokehnen hatte nicht nur einen ersten Gruß von der Roten Armee erhalten, Onkel Franz brachte auch eine gute Nachricht von Steputat mit nach Hause. In einem halben Jahr würde Jokehnen elektrisches Licht bekommen. Steputat hatte ihm den Brief des Ostpreußenwerks in Friedland gezeigt. Weihnachten 1944 sind sie mit der Überlandleitung bis Jokehnen durch. Im Gut fangen sie schon das neue Jahr 1945 mit elektrischem Licht an, der Rest des Dorfes ist im Mai 1945 dran. Wenn nichts dazwischenkommt.

Spätabends kam die Depesche aus Königsberg. Die Majorsche ließ Kutscher Borowski wecken. Der mußte anspannen und noch in der Nacht mit der Kutsche nach Korschen zum Bahnhof fahren. Elf Uhr fünfzig sollte der Zug aus Königsberg eintreffen, aber Borowski mußte drei Gläser Dünnbier in der Bahnhofswirtschaft schlubbern, weil der Zug Verspätung hatte. Es war schon nach Mitternacht, als die verhangenen Wagen auf dem verdunkelten Bahnhof einrollten. Borowski stand an der Sperre. Von einer grauen Litfaßsäule schielte der Kohlenklau, blickte ausgerechnet ihn, den Kutscher Borowski an, als hätte der etwas mit Kohlen zu tun. Und der Schatten des Schwarzen Mannes warnte von einem meterhohen Plakat über dem Bahnsteig: Psst! Feind hört mit! Schatten, überall Schatten.

Ein Volk, ein Reich, ein Führer! stand an einem der einrollenden Eisenbahnwagen. Das »Reich« hatte jemand mit Kohle durchgestrichen und »Scheiß« darunter geschrieben. Verwundete lehnten aus den Fenstern, Urlauber und Kuriere. Kaum Zivilpersonen.

Mensch, wie sieht die aus, dachte Borowski, als die Frau des Oberstleutnants aus dem Zug stieg. Die kleine weiße Frau war gar nicht mehr weiß, eher grau, düster, farblos. Und noch kleiner erschien sie ihm, eingefallen. Die muß mal ordentlich Jokehner Küche essen, dachte Borowski.

»Gut, daß Sie gekommen sind«, sagte sie. Borowski trug ihre Tasche, die so leicht war, daß sie höchstens Zahnbürste, Handtuch und Seife enthalten konnte, zur Kutsche.

»Alles gesund in Jokehnen?« fragte sie.

Borowski lachte. »Solange es noch Beetenbartsch und sauren Kumst gibt, sind die Jokehner gesund.«

Er schlug vor, sie solle sich von der Fahrt ausruhen. Sie könne hinten in der Kutsche schlafen. Bei der Jokehner Mühle würde er sie rechtzeitig wecken. Aber die kleine weiße Frau dachte nicht daran zu schlafen. Sie setzte sich zu ihm, sprach mit ihm während des ganzen Weges.

»Wissen Sie«, sagte sie, »früher habe ich Jokehnen nie gemocht. Aber heute komme ich gern zu euch aufs Land. In Jokehnen ist alles noch beim alten, die Pferdefuhrwerke, die Menschen, die Häuser. Jokehnen hat keinen Krieg, keine Bomben, keine Uniformen, Jokehnen ist wie eine friedliche Insel, verstehen Sie, Borowski?«

»Ja, ja«, brummte der Kutscher, und für sich dachte er: Mensch, die weint ja gleich.

Mitten in der Nacht stand die Majorsche auf der Schloßtreppe, wartete auf die Kutsche mit der kleinen weißen Frau. Sie hatte sich nie besonders gut verstanden mit der zierlichen Professorentochter; aber in dieser Nacht kam die Schwiegertochter die Treppe herauf und warf sich ihr in die Arme.

»Nicht weinen, nicht weinen«, flüsterte die Majorsche. »Es wird schon wieder gut, irgendwie wird alles gut.«

Sie führte die kleine weiße Frau in das Jagdzimmer, zu den Elchschaufeln, den Zwölfendern, den furchterregenden Eberzähnen.

»Du bleibst hier, bis alles vorbei ist. Ruhst dich aus. Kommst wieder zu Kräften.«

Die Frau ihres Sohnes nickte. »Das hält kein Mensch aus, Mutter. Jede Woche kommen sie ... sagen kein Wort ... durchsuchen alles, suchen Papiere, belastendes Material.«

»Weißt du, wo er ist?« fragte die Majorsche.

Die kleine weiße Frau schüttelte den Kopf. »Keiner sagt ein Wort. Ich kann fragen, wen ich will. Manchmal denke ich, er lebt gar nicht mehr.«

»Nein, nein, so schnell geht das nicht«, beruhigte die Majorsche sie. »Erst müssen sie ihm einen Prozeß machen. Und sie werden ihm nichts nachweisen können.«

»Es ist möglich, daß er von dem Attentat gewußt hat, aber mitgemacht hat er bestimmt nicht«, beteuerte die kleine weiße Frau.

»Seit wann war er gegen Hitler?«

»Seit 1941, seit dem Überfall auf Rußland. Man kann nicht Verträge schließen und dann den Vertragspartner überfallen, sagte er immer.«

»Mit mir hat er kein Wort darüber gesprochen«, beklagte sich die Majorsche.

»Das mußt du verstehen, Mutter. Die Menschen hier draußen sind so einfach, so vertrauensselig. Hier kann man nicht darüber sprechen. Das versteht niemand. Nicht einmal Vater hätte es verstanden.«

Im Oktober 1944 stand der Führererlaß im Amtlichen Kreisblatt. Steputat las ihn mit Bedacht, einmal, zweimal. Er zählte die Männer in Jokehnen, die er betraf: Kämmerer Mikoteit, Straßenkehrer Schubgilla, Onkel Franz, Krugwirt Wittkuhn und schließlich ihn selbst,

Karl Steputat. Alle deutschen Männer zwischen sechzehn und sechzig Jahren. Er verschwieg Martha den Führererlaß über die Bildung des Volkssturms, um sie nicht zu beunruhigen. So etwas ging nicht von heute auf morgen. Da fehlten noch die Ausführungsbestimmungen. Es gab bestimmt Musterungen, ärztliche Untersuchungen und schließlich seinen Hexenschuß.

Am selben Tag meldete sich die Wittkuhnsche bei Steputat und keifte ins Telefon: »Ist das wahr, daß alle Männer in den Krieg müssen?«

Steputat blieb gelassen. Abwarten. Noch keine Ausführungsbestimmungen. Wir werden sehen. Aber die Wittkuhnsche gab sich damit nicht zufrieden. Sie steigerte sich in die kühnsten Pläne. Wollte an den Führer persönlich schreiben, um die Freistellung des Krugwirts von Jokehnen zu erreichen. Drohte sogar damit, Kommunistin zu werden und gar nichts mehr für Deutschland zu tun, wenn man ihr den Mann nicht ließe.

Und überhaupt, da liefen doch noch dutzendweise junge Männer herum. Warum nehmen sie nur die alten?

»Krieg ist Krieg!« sagte Steputat und legte den Hörer auf.

Steputat sollte recht behalten. Die Sache mit dem Volkssturm zog sich in die Länge; der Oktober ging vorüber, ohne daß sich etwas tat. Trotzdem gab es einen aufregenden Herbst in Jokehnen. Da erschien an einem Wochenende ein Lastwagen der Organisation Todt und sammelte alle Männer ein, die eine Schaufel tragen konnten. Sie fuhren zum Schippen an Deutschlands Ostgrenze.

Der Ostwall mußte stehen, bevor der Winter hereinbrach. Auf diese Weise kam Heinrich aus Masuren noch einmal kostenlos in seine Heimat.

Er schaufelte mit an dem sieben Meter tiefen Panzergraben vor der Festung Lötzen. Die russischen T 34 sollten dort hineinrollen und sich überschlagen. Um das Deutsche Reich wurde ein Graben geschaufelt. Wir machen Deutschland einfach zur Insel. Wir geben keinen Fußbreit her!

Auch auf Jokehnen griff die Schipperei über. Gauleiter Koch aus Königsberg meinte, jedes ostpreußische Dorf müsse zur Festung werden. Also los.

»Müssen wir wirklich den frisch eingesäten Roggenacker aufreißen, nur um da einen Schützengraben hinzuhauen?« fragte Onkel Franz ärgerlich.

»Ja, wir müssen«, behauptete Steputat und zeigte ihm die Bestimmungen. »Vor Einbruch des Frostes kommt eine Kommission, um sich die Verteidigungsvorbereitungen der ostpreußischen Dörfer anzusehen.«

»Aber wir brauchen doch keinen Schützengraben nach Westen«, wunderte sich Onkel Franz.

»Ums ganze Dorf«, beharrte Steputat und tippte auf das Papier mit den Bestimmungen.

»Meinst du, irgendwer stellt sich in den Graben, wenn es ernst wird?«

Das wußte Steputat auch nicht.

»Steht es wirklich so schlimm um Deutschland, daß sie um jedes Dorf die Wiesen und Äcker aufreißen müssen?« fragte Martha spätabends, als sie ins Bett gingen.

Steputat schüttelte den Kopf. »Vierzehn/achtzehn haben wir zu früh schlapp gemacht, sind der Front in den Rücken gefallen. Das soll nicht wieder vorkommen. Niemand soll uns vorwerfen, wir hätten geschlafen und nicht an alles gedacht.«

Jokehnen kam schließlich doch zu seinen Schützengräben. Als Hermann davon erfuhr, trommelte er die Jokehner Pimpfe zum Schippen zusammen. Nach der Schule marschierten sie, jeder einen Spaten auf der

Schulter, singend durch Jokehnen. Da wurde nicht viel gefragt, ob die Schützengräben sinnvoll waren, da wurde gegraben. Erst wühlten sie auf Steputats Wiese, das wurde die Front nach Norden, zum Wolfshagener Wald hin. Auch am Friedhof gruben sie, gruben den Toten das Wasser ab. Dann hinter der Mühle, am Park und schließlich auf dem Roggenacker von Onkel Franz. Das hätte der Führer sehen müssen, diese Begeisterung!

»Was ist bloß mit den Kindern los?« wunderte sich Tante Hedwig. »Die jagen einem richtig Angst ein.«

Zum Essen erschienen sie abwechselnd im Gut, bei Steputat und Tante Hedwig. Sie marschierten im Gleichschritt bis unter die Küchenfenster, stellten die Spaten zu einer Pyramide zusammen wie die Soldaten die Gewehre. Anschließend der Reihe nach zum Waschen unter die Pumpe. Und keiner zitterte. Dann Essenempfang.

»Eßt nur, Kinderchen, eßt«, ermunterte Tante Hedwig die Jokehner Pimpfe. Sie stand fassungslos in ihrer Küche und staunte, was aus diesen Kindern geworden war.

Peter Aschmoneit schippte nur einen Tag. Am zweiten kroch er als Ausguck auf einen Weidenbaum und lauerte auf feindliche Spähtrupps.

»Ihr könnt doch nicht ahnungslos schippen, und auf einmal seid ihr im Arsch. Da muß einer aufpassen.«

Er saß auf einem Strohbund in der Astgabel, gut versteckt hinter den gelb werdenden Weidenblättern, rauchte hin und wieder eine von der Mutter geklaute Zigarette und schoß, wenn er sich langweilte, mit dem Katapult auf Spatzen. Zum Scheißen kletterte er herunter und lief, weil ihn der eigene Gestank störte, einen Steinwurf weiter. Das Wasserlassen besorgte er durch die Astgabel. Zwischen den schippenden Pimpfen und ihrem Vorposten entwickelte sich ein reger Kurierdienst. Manchmal gab Peter auch mit der Trillerpfeife Alarm. Dann verschwanden die Köpfe im halb ausgehobenen Graben, Spatenstiele erschienen als Gewehrläufe, Steine flogen auf einen ausgedachten Feind, der sich aus dem Osten heranrobbte. Das Tacktacktack der Maschinengewehre verscheuchte die Krähenschwärme von den Äckern. Die Jungs stürmten vorwärts, tobten über die Ackerfurchen, warfen sich in den Dreck, schossen die Welt in Klumpen, die kleine Welt von Jokehnen.

Nach dem Gefecht schleppten sie Kartoffelkraut vor die ausgehobenen Gräben. Peter, der immer Streichhölzer bei sich trug, steckte die Haufen an. Sie saßen im Halbkreis um das Feuer und ließen aufgespießte Kartoffeln an Stöcken brutzeln. Dazu sangen sie die Lieder der Hitlerjungen.

Die Schützengrabenwut verschonte auch nicht den Dorfanger. Die Pimpfe zogen einen Zickzackgraben quer über den Anger, teilten das Dorf in einen Nord- und einen Südteil. Aber der Anger lag zu nahe am Teich. Als sie einen halben Meter tief waren, sprudelte ihnen das Grundwasser entgegen. Es half nichts, sie mußten den Graben mit Ästen und Stroh auslegen, um nicht bis zu den Knöcheln im Wasser zu waten. Als der auf dem Anger grasende Schafsbock des alten Seidler in einem Anflug von Panik kopfüber in den Graben stürzte und notgeschlachtet werden mußte, hatte der Spaß ein Ende. Steputat ordnete an, einen Teil des Grabens auf dem Anger zuzuschütten, über den Rest deckten sie Bretter und Bohlen. Zum Ausgleich dafür durfte Hermann in Steputats Gemüsegarten einen Bunker bauen. Er wurde so geräumig, daß er sämtlichen Hitlerjungen Jokehnens bei schlechtem Wetter Platz bot. Für diesen Bunker opferte Steputat seine Eichenpfähle, die er für einen neuen Gartenzaun im nächsten Sommer bereitgestellt hatte.

»Mein Gott, ich kann gar nicht hinsehen«, jammerte Martha. »Wenn die Erde nachgibt, sind sie alle in dem Bunker begraben.«

»Laß den Kindern den Spaß«, sagte Steputat, und das klang so, als wollte er hinzufügen: wer weiß, wie lange es noch gutgeht?

In die Mitte des Bunkers stellten sie eine verrostete Badewanne und füllten sie mit flachen, handlichen Steinen, die sie auf den Feldern gesammelt hatten. Das war die Munition der Verteidiger von Jokehnen. Wenn es regnete, saßen sie im Bunker, schnitzten Holzhandgranaten und primitive Flinten. Wir werden weiter marschieren ...

Oktober 1944.

Nur die ahnungslosen Kinder waren noch begeistert.

Kein Kanonendonner. Kein Maschinengewehrfeuer. Und doch begann an jenem 16. Oktober 1944 der Großangriff an der ostpreußischen Grenze. Zwischen Gumbinnen und der Rominter Heide. Der Wind stand günstig, denn er trieb den Kanonendonner über die Grenze nach Osten. Aber langsam sickerte es doch durch: an der Grenze war etwas los! Zum erstenmal erschienen deutsche Ortsnamen im Wehrmachtsbericht: Großwaltersdorf, Schloßberg, Eydtkuhnen, Goldap.

Auf der Angerburger Chaussee tauchten kleine Panjewagen auf, fuhren gemächlich nach Westen. Ohne große Eile. Vorn zwei struppige Pferde, hinten eine Kuh. An den Seiten Körbe, Wannen, Marmeladeneimer. Unter der Plane ein paar Säcke mit Hafer für die Pferde, etwas Mehl für die Milchsuppe der Kinder. Pferdedecken, Schaffelle, Betten, aus denen Kinderköpfe herausschauten. Sie kamen von jenseits der Grenze, Litauer und Weißrussen, die die Rückkehr der Roten Armee fürchteten, weil sie zu freundlich gegenüber den Deutschen gewesen waren. Eine in schwarze Tücher gehüllte Madka, ein Mann mit Zwirbelbart, viele Kinder, die barfuß neben dem Wagen hertrabten; es war noch erträglich warm in diesem Oktober. Sie fielen niemand zur Last. Im Chausseegraben ließen sie ihre Kühe und Pferde grasen, kochten auf offenem Feuer Milchsuppe, buddelten sich ein paar Kartoffeln aus der Erde. Sie nächtigten in Feldscheunen oder Ställen, hatten es nicht sehr eilig, am nächsten Tag weiterzuziehen. Es war eine beschauliche Flucht in diesem klaren, trockenen Herbst.

Am 20. Oktober erreichten Panzerspitzen der II. russischen Gardearmee Nemmersdorf an der Angerapp. Das lag schon runde vierzig Kilometer auf ostpreußischem Boden und nicht mehr weit von der Wolfsschanze entfernt, in der der Wolf in jenen Tagen noch hauste.

»Ich muß nun bald nach Hause, Meister«, sagte Heinrich aus Masuren zu Steputat, und das war ein schlimmes Zeichen, wenn Heinrich nach Hause mußte.

»In Masuren bist du noch näher an der Grenze als hier«, versuchte Steputat, ihm die Reise auszureden. Aber das half nicht viel. Heinrich packte. Erkundigte sich, wann der Bus nach Korschen fuhr. Da kam Steputat der Wehrmachtsbericht zu Hilfe: Ein Flankenangriff des Fallschirm-Panzer-Korps »Hermann Göring« hatte den Einbruch bei Nemmersdorf abgeriegelt.

»Na, siehst du«, sagte Steputat. Da packte Heinrich seine Koffer wieder aus. Es wird schon alles gut werden.

Ende Oktober erlebte Jokehnen ein Schauspiel, bei dem Kämmerer Mikoteit an der Straße stand und sich vor allen Menschen, vor Kindern und Frauen, die Tränen aus den Augen wischte. Südlich von Insterburg war das Gestüt Trakehnen in die Frontlinie geraten. In aller

Eile trieb man den Stolz Ostpreußens durch die Wälder nach Westen. Auf der Flucht kamen die Pferde auch durch Jokehnen, schwärmten über den Anger, standen bis zu den Knien im Teich, um zu saufen.

»Mein Gott, so scheene Peerdkes«, murmelte Kämmerer Mikoteit ... und weinte.

Bald wurde der Wagenstrom auf den Straßen größer. Das waren nicht nur Litauer von jenseits der Grenze, sondern die ersten deutschen Bauern aus den Grenzkreisen, aus Goldap, Heydekrug und Tilsit. Viehherden versperrten die Angerburger Chaussee, wurden von hupenden Militärfahrzeugen immer wieder in den Graben und auf die Felder getrieben. Eine Kuh kalbte auf dem Acker neben dem Jokehner Friedhof. Was soll man da machen? Die hält den ganzen Treck auf mit ihrem Kalb. Kämmerer Mikoteit ließ Kuh und Kalb in den Jokehner Kuhstall bringen. Nur vorübergehend natürlich. Und gegen Quittung. Bei der Rückkehr würde man die Tiere abholen. Einige Rinder blieben lahm und entkräftet neben der Chaussee liegen. Brüllten die ganze Nacht, daß es in der letzten Jokehner Kammer zu hören war. Mikoteit holte den Wachmann der russischen Gefangenen und ging mit ihm mitten in der Nacht zur Chaussee. Der drückte einmal ab, da hatte das Gebrüll ein Ende. Das Fleisch ließ Mikoteit vorschriftsmäßig am nächsten Morgen zur Freibank nach Drengfurt bringen. Ordnung mußte sein.

Als Goldap fiel, stand Heinrich aus Masuren wieder in Hut und Mantel vor Steputat. Aber ein Telefonanruf machte alle Reisevorbereitungen zunichte: die Zugverbindungen ins Grenzgebiet von Masuren waren schon unterbrochen. Für Zivilpersonen gab es kein Durchkommen mehr. Heinrich hätte es wohl zu Fuß versucht, aber am 28. Oktober meldete der Wehrmachtsbericht, daß die russische Offensive an der ostpreußischen Grenze zusammengebrochen sei. Als Goldap schließlich in zweitägigem Kampf von Haus zu Haus zurückerobert wurde, konnte Hans Fritsche behaupten, die Russen seien vom deutschen Boden vertrieben. Allerdings stimmte das nicht ganz, denn die Rominter Heide, dieses ausgedehnte Waldgebiet an der Grenze, in dem Hermann Göring in freundlicheren Zeiten gejagt hatte, blieb in russischer Hand. Die Jagd war aus.

»Die Front hat gehalten«, sagte Steputat erleichtert zu Heinrich. »Jetzt geht es um deutsche Erde, nicht um ein paar russische Sümpfe. Da gibt jeder das Letzte. An unserer Grenze ist kein Durchkommen.«

Am 5. November 1944 war Frieden in Ostpreußen. Ein später, sonniger Herbst: die ersten Nachtfröste. Dampfende Erde hinter den Pflügen. Krähenschwärme. Stille.

Plötzlich tauchte Blonski wieder auf. Er stand eines Morgens, als Mikoteit auf den Gutshof kam, um die Bimmel zum Arbeitsanfang zu läuten, in der Tür des Pferdestalls. Niemand wußte zu sagen, wie und wann er nach Jokehnen gekommen war. Seinem Äußeren nach zu urteilen, mußte er den weiten Weg von der Ukraine bis Jokehnen zu Fuß zurückgelegt haben. Die Stiefel staubig, die Jacke abgewetzt und voller Dreckspritzer. Strohhalme an der Hose (er hatte wohl ständig in den Strohbergen geschlafen), so sah der kleine, stolze Inspektor Blonski aus, vor dem einst ganz Jokehnen und danach die halbe Ukraine gezittert hatten.

»Mensch, es wurde höchste Zeit abzuhauen«, sagte Blonski. »Die Bude brannte schon. Und immer durch Partisanengebiet. Die knallen alles ab, was ihnen vor die Flinte kommt.«

Fassungslos musterte Mikoteit den heruntergekommenen Blonski.

»Wir müssen alle verschwinden! Der ganze Osten brennt, das wackelt an allen Enden.«

»Die Front ist doch ruhig«, bemerkte Mikoteit.

»Das ist die Ruhe vor dem Sturm. Wenn wir nicht rechtzeitig in den Westen kommen, werden sie uns alle massakrieren. Es geht alles in Klump. Da ziehen wir lieber zu den Amerikanern oder Engländern. Hier im Osten wird es fürchterlich. Wir sind verraten und verkauft. Verraten von den Italienern und Rumänen, von den Juden, Zigeunern und Jesuiten, vom Adel und den Offizieren. Die gönnen es doch dem Gefreiten Adolf Hitler nicht, daß er den Krieg gewinnt! Überall, wo du hinsiehst, ist Verrat. Für die Pakgeschütze kommt Maschinengewehrmunition an die Front, die Tankwagen für unsere Tigerpanzer enthalten Wasser, und statt Handgranaten gibt es Kisten mit Damenwäsche.«

»So schlecht sieht das doch gar nicht aus«, meinte Mikoteit nachdenklich. »Der Führer hat versprochen, Ostpreußen zu halten.«

»Der Führer! Der Führer! Der kann auch nicht allein die Grenze halten. Bis Oktober war er noch in der Wolfsschanze, inzwischen hat er sich auch schon aus dem Staub gemacht. Ostpreußen ist Frontgebiet. Das habt ihr noch gar nicht gemerkt, was?«

Da sieh mal einer den Blonski an, dachte Mikoteit. Bescheißt sich fast vor Angst. Wie hat der sich verändert! Der ist ja noch kleiner geworden. Er nahm ihn mit zu sich nach Hause, damit er sich waschen und vernünftig ankleiden konnte. Als Blonski den Trupp der russischen Gefangenen sah, der zur Arbeit aufs Feld marschierte, schlug er die Hände über dem Kopf zusammen.

»Mensch, ihr habt noch die Gefangenen in Jokehnen!«

»Die brauchen wir doch für die Zuckerrübenernte«,

erklärte Mikoteit. »Ohne die Russen kriegen wir die Rüben nicht aus der Erde.«

»Ihr mit euren Zuckerrüben! Wenn ihr die Gefangenen nicht wegschafft, werden sie euch die Gurgel durchschneiden, sobald die Front näher kommt.«

Mikoteit schüttelte den Kopf. »Nun scheiß dir bloß nicht in die Hosen! Warum sollten die Gefangenen so was tun? Die haben es doch gut gehabt in Jokehnen.«

Keine Frage, die Russen mußten bleiben! Mikoteit dachte nicht daran, die Rüben verfrieren zu lassen. Nach der Rübenernte würde er mit sich reden lassen, weil im Winter nur wenig Arbeit auf dem Gut ist und man die Gefangenen sowieso nicht zum Holzschlagen in den Wald lassen konnte. Aber bis Ende November brauchte er die Russen, da war nichts zu machen!

Warum verschloß Karl Steputat neuerdings seinen Nachtschrank? Hermann stellte sich schlafend. Er sah, wo sein Vater den Schlüssel versteckte. Danach war es nur ein Kinderspiel. Hermann zog die wurmstichige Schublade auf und erschrak. Seine Hand berührte den kalten Lauf eines Revolvers. Er nahm die Waffe aus dem Nachtschrank und betrachtete sie von allen Seiten. Wozu brauchte sein Vater einen Revolver? Hatte er Angst? Fürchtete er, nachts könnten Partisanen aus dem Wolfshagener Wald nach Jokehnen kommen?

Unter dem Revolver lag Zeitungspapier, darunter Zeitschriften. Hermann holte ein Exemplar des »Völkischen Beobachters« von Anfang November aus dem Nachtschrank. Vorn auf der ersten Seite ein Bild: die Leichen von Nemmersdorf. Verstümmelte Menschenteile, aufgeschichtet und in Reih und Glied gebracht. Deutsche Leichen. Nemmersdorf war der erste deutsche Ort, dessen Bewohner den Russen in die Hände fielen. Nach der Rückeroberung hatten die Fotografen die Leichen gezählt, und der »Völkische Beobachter« zeigte sie dem deutschen Volk zur Warnung: »So wird es uns ergehen, wenn wir nicht bereit sind, in diesem Kampf das Letzte für den Endsieg zu geben!«

Weiter unten lag ein Heft des »Stürmers«, die Sondernummer über das Warschauer Getto. Da zockelte der ewige Jude an einer Krücke über ausgehungerte und ausgebeutete Menschen. Gestalten von der Gräßlichkeit der Apokalypse, dicke Nasen, zerzauste weiße Bärte, schäbige Mäntel bevölkerten Seite um Seite. Diese Sammlung von Häßlichkeit hatte Steputat in seinem Nachtschrank eingeschlossen, um niemand zu beunruhigen. In den letzten Seiten des »Stürmers« ein Bild, auf dem Hermann ein Gesicht wiedererkannte. Dieser Mann in der Uniform der SS, der mit der Maschinenpistole im Anschlag neben einer Warschauer Häuserfront stand, vor sich ein Dutzend Männer und Frauen, die mit erhobenen Händen das Gesicht der Mauer zukehrten, dieser Mann ... Hermann rannte mit dem Heft zu seiner Mutter in die Küche.

»Das ist Melker August!« rief er und zeigte auf das Bild mit der Unterschrift: »SS räumt im Getto auf.«

Martha nahm ihm bestürzt das Heft aus der Hand. Trug es zurück in den Nachtschrank. Schloß ab. Nein, das war nichts für Kinder, weder die Leichen von Nemmersdorf noch die SS im Getto.

Im Dezember kam Melker August auf Urlaub (zum Weihnachtsfest besuchte er immer seine Mutter). Als er bei Steputat erschien, um seine Urlauberkarten abzuholen, als er im Besucherstuhl Platz genommen hatte und die erste Zigarette angesteckt hatte, holte Steputat den »Stürmer«.

»Kennst du den?« lachte er verlegen und zeigte auf das Bild aus dem Warschauer Getto.

Ja, er kannte den. Melker August verlor erst jede Farbe, dann lief er rot an. Seine Finger drückten nervös die Zigarette aus. Er beugte sich über das Foto, prüfte es genau, untersuchte anscheinend jeden Stein in der Warschauer Häuserfront. Aber es gab da nichts zu deuteln.

»Du kannst stolz darauf sein, in der Zeitung zu stehen«, sagte Steputat.

»Wir haben die nicht umgelegt«, erklärte Melker August und tippte auf die Menschen an der Warschauer Hauswand. »Nur nach Waffen durchsucht. Das sieht schlimmer aus, als es in Wirklichkeit war.«

Mit dem ersten Frost zogen die Schwäne in den Süden. Zu spät, viel zu spät. Sie waren so lange geblieben, weil die Ende Juni geschlüpften Jungen noch nicht fliegen konnten. Das hatte Peter Aschmoneit auf dem Gewissen, der den Schwänen das erste Gelege zerstört hatte.

Die jungen Schwäne blieben zurück, versuchten auf dem dünnen Eis zu stehen, brachen ein, kuschelten sich in einem kleinen Loch nebeneinander, um das Wasser offenzuhalten. Sie waren fast so groß wie das alte Schwanenpaar, aber ihr Gefieder war noch nicht weiß. Anfangs nährten sie sich von abgestorbenen Schilfresten und dem letzten Entenkraut auf dem Jokehner Dorfteich. Der Frost zwang sie schließlich aufs Land. Sie watschelten bedächtig über den Anger, wagten sich sogar auf die Straße, stritten mit den Krähen um die Abfälle hinter den Häusern, kämpften um jede Kartoffelschale. Sogar zu Tante Hedwig auf den Hof kamen sie, der Reste des Hühnerfutters wegen. Die Jokehner Kinder verfolgten die jungen Schwäne mit grausamer Beharrlichkeit. Wo immer sie auftauchten, wurden sie mit Stöcken und Steinen davongetrieben, zu hoffnungslosen Flugversuchen gezwungen, die auf der schon hart gefrorenen Erde endeten, graue Flecken in einer sich weiß färbenden Landschaft.

Aber die grauen Schwäne waren nicht die einzigen Flecken im frischen Weiß: Fußspuren! Durch den Neuschnee führte eine Trampelspur quer über Jokehnens Felder von Nordwesten nach Südosten. Mindestens zwanzig Füße. Und kein Hund hatte angeschlagen. Wer ist da nachts um das Dorf gewandert? Es wurde unheimlich in den ostpreußischen Wäldern. Jeden Abend nach Einbruch der Dunkelheit kamen die heulenden Nähmaschinen.

»Die werfen Munition und Verpflegung in die Wälder«, sagte Heinrich aus Masuren.

Die Gutsgespanne beeilten sich, vor Einbruch der Dunkelheit den Wald zu verlassen, denn nachts gehörten die Wälder anderen. Förster Wiehn legte sich einen zweiten Hund zu und einen Badolgio-Karabiner.

»Ich will mir nicht den Bauch aufschlitzen lassen«, lachte er, aber eigentlich war ihm nicht nach Lachen zumute.

Kutscher Borowski beschwor die kleine weiße Frau, doch lieber nicht auszufahren. Man hörte so viel in letzter Zeit! Aber sie bestand darauf. Sie brauchte die täglichen Ausfahrten im Einspänner, die Weite und Stille der abgeernteten Felder, den Blick bis zu den Scherenschnitten am Horizont.

»Die massakrieren uns noch mal«, brummte Borowski verzweifelt. Er richtete es so ein, daß sie die gefährlichsten Ecken mieden. Nichts konnte ihn bewegen, zur Pange zu fahren, auch die Feldscheune und der sandige Weg zur Wowerieschen am Waldrand erschienen ihm nicht geheuer. Besser ging es schon auf dem baumlosen Feldweg zum Vorwerk. Oder zur Mühle. Natürlich auch ein Stück die Chaussee nach Drengfurt hinunter. Aber die Chaussee war der kleinen weißen Frau nicht einsam genug. Nein, sie konnte es nicht ertragen, wenn die Vorbeifahrenden sie anstarrten, die Flüchtlinge von der Grenze, die Soldaten in weißen Tarnanzügen. Da ging die Welt unter, und in Jokehnen ließ sich jemand mit der Kutsche spazierenfahren. Am liebsten hätte sie auch den Kutscher zu Hause gelassen, um allein zu sein, um allein zu weinen.

Tatsächlich wurde aber niemand massakriert in jenen Tagen. Es gab kein Blutbad, das die Partisanen unter der Zivilbevölkerung anrichteten. Es waren auch keine richtigen Partisanen, sondern entlaufene Gefangene, die schon im Herbst mit dem Einmarsch der Roten Armee gerechnet hatten und vom Winter überrascht worden waren. Der einsetzende Frost trieb sie aus den Wäldern. An einem Abend besuchten drei das abgelegene Gehöft von Else Behrend. Sie standen plötzlich in der Küche, der erste mit einer Maschinenpistole. Zwei Stück Speck, mehrere Rauchwürste und einen Laib Brot ließen sie sich auf den Küchentisch packen, dazu alte Handschuhe von Bauer Behrend. Sie steckten alles in einen Sack, den sie selber mitgebracht hatten. Während zwei einpackten, saß der Mann mit der Maschinenpistole auf einem Schemel neben der Tür und sprach russisch mit der Katze, ließ sie immer wieder an seinem Arm hochklettern und von der Schulter auf die Fliesen springen.

»Weuna kapuut!« sagte er lachend, als sie fortgingen.

Kein Schuß fiel. Else verriegelte rasch die Tür hinter den unheimlichen Gästen. Eine Weile war alles still, dann knallte es doch noch. Ein Feuerstoß aus der Maschinenpistole durchlöcherte den Hofhund, der das Bellen nicht hatte lassen können.

Der Überfall auf die Vorratskammer der Else Behrend löste eine Großaktion aus. SA-Führer Neumann aus Drengfurt (sein letzter großer Einsatz) trommelte die Männer der Umgebung zu einer Treibjagd in die Pange. Mit Knüppeln, Schrotflinten und Revolvern zog die Treiberkette in den Wald, jagte einen Keiler aus der

Suhle und ließ die Rehe in halsbrecherischen Sprüngen davonsetzen. Kein erdgrauer Mantel tauchte im Dickicht auf, und auch Else Behrends Rauchwürste blieben verschwunden. Ein im Unterholz zusammengetragener Blätterhaufen, möglicherweise die Schlafstätte eines frierenden Menschen, war die einzige Ausbeute der Jagd. SA-Führer Neumann lieferte seinen Bericht nach Rastenburg: Pange und Wolfshagener Wald durchkämmt. Keine verdächtigen Personen! Das beruhigte. Das gab den nachdenklich gewordenen Menschen Sicherheit. Als fünf Tage später Tante Hedwig ihren Hühnerstall betrat und feststellte, daß über Nacht drei Hennen der Hals umgedreht worden war, meldete Onkel Franz den Vorfall gar nicht. Das hätte wieder große Aufregung gekostet und einen Tagesmarsch durch die Pange. Und nur wegen der drei Hühner!

Aber die Gerüchte nahmen kein Ende. An der Bahnstrecke nach Nordenburg sollen über Nacht die Schwellen gelockert worden sein. Die Omet, diesen kleinen Fluß nördlich von Jokehnen, haben sie vergiftet, die Fische sind ungenießbar. Es fing an zu spuken in Ostpreußen. Am Jokehner Krug hatten bis zum Sommer noch die bunten Reklametafeln von Eckstein und Juno dick und rund gehangen, jetzt sah man nur den Schatten des Schwarzen Mannes, und daneben zog der Kohlenklau scheu und verschlagen durch das Land. Chausseekratzer Schubgilla hatte bei Engelstein mit einem hohen Offizier gesprochen: Verrat, alles Verrat! In den abgesperrten Mauerwald südlich Angerburg fuhren Tag für Tag schwerbeladene Militärlastwagen.

»Wunderwaffen«, sagte Schubgilla, der es von einem Mann der Organisation Todt erfahren hatte.

Auf der Ferieninsel Upalten im Mauersee, der Insel mit den uralten Bäumen und dem Lustschloß der

Lehndorffs, stand die Waffe, die Deutschland retten konnte.

Tröstliche Gerüchte. Die Welt war voller Wunder und wundervoller Waffen. Jeden Abend legte sich ein Volk schlafen und wartete auf ein Wunder. Während Lili Marleen melancholisch über Radio Belgrad sang. Im Kino in Drengfurt gab es »Die goldene Stadt«.

Die Front war still. Und das Land war still. Auf den ersten Schnee fiel der zweite Schnee. Der Teich fror endgültig zu, und die Gutsarbeiter begannen, Eisblöcke zu schneiden und in den Gutskeller zu fahren. Keine Flüchtlingswagen mehr auf der Angerburger Chaussee. Keine brüllenden Viehherden auf den Feldern. Große Stille. Der Friede war so vollkommen, daß einige Flüchtlinge zur Grenze zurückkehrten. Weihnachten zu Hause verleben! Sehen, ob der Herbstregen durchs Scheunendach geleckt hatte. Wie ist die Wintersaat aufgegangen? Man kann den Hof doch nicht verkommen lassen. Um die Hühner muß man sich kümmern und die Schweine, muß die Stuten zum Beschälen und die Färsen zum Decken bringen, auch wenn niemand weiß, wer den Tieren später beim Gebären helfen soll. Zum Fest wurden Schweine geschlachtet wie in jedem Jahr, Pfefferkuchen gebacken aus Rübensirup. Was bringt der Weihnachtsmann 1944? Es nahm alles seinen Lauf, wie schon immer. Das Adolfche ließ Ostpreußen in diesem frühen, stillen Winter nicht im Stich. Über den Schwenzaitsee bei Angerburg rasten wie in jedem Winter die Eissegler. Es gab die ersten Treibjagden auf Hasen und Füchse; mehr Uniformierte als sonst nahmen daran teil, Offiziere aus der Etappe. Schubgilla machte sich auf eine Dienstfahrt zum Gefallenenfriedhof Jägerhöhe bei Angerburg. Er brachte die Nachricht nach Hause, die deutsche Wehrmacht habe das Wasser des

Goldapsees abgelassen und dadurch die Eisdecke zum Einsturz gebracht. Die Rote Armee konnte nicht über das Eis marschieren.

Hermann und Peter lagen auf dem Teich, lutschten Eisstückchen, die sie mit den Schlittschuhen aus dem Eis geschlagen hatten. Sie sahen einem russischen Aufklärer zu, der im Zeitlupentempo über Ostpreußens tiefblauen Winterhimmel kroch, Drengfurt fotografierte und Barten, dazwischen das kleine Jokehnen. Irgendwo im russischen Generalstab liegt noch heute ein Luftbild des Jokehner Dorfteichs mit zwei schwarzen Punkten auf der Eisfläche: Hermann Steputat und Peter Aschmoneit.

Von Rastenburg aus nahm die Flak den Fotografen unter Feuer, tupfte weiße Wölkchen in das tiefe Blau, malte eine Rosette um den silbern glänzenden Flugzeugleib und zwang den Piloten zu Kapriolen und Sturzflügen. Hermann und Peter stellten sich vor, welch ein Chaos entstände, wenn die Maschine auf den Jokehner Dorfteich stürzte. Aber die Flak holte ihn nicht herunter, der Fotograf flog zu hoch. Statt dessen prasselten die Splitter der Flakgranaten auf den Jokehner Dorfteich und ließen beim Aufschlagen das Eis singen. An jeder Aufschlagstelle bildete sich ein schwarzer Wasserfleck. Hermann und Peter rannten zum Schilf und warfen sich auf den Bauch.

»Scheißspiel«, stellte Peter fest. »Wer so einen Brocken auf den Kopf bekommt, ist hin.«

Als der Splitterregen vorüber war, schlug Peter vor, mit dem Fahrrad nach Drengfurt zu fahren. Es gab da einen mächtigen Panzergraben zu besichtigen, den sie als Teil des Ostwalls quer durch die Vorstadt gezogen hatten. Ganz schön tief. Die Furche einer riesigen Pflugschar. Sie kletterten die steile Böschung hinab und gingen auf der Sohle des Grabens nach Süden. Unten im Graben Windstille. Der Ostwind trieb nur ein paar glitzernde Schneekristalle über den Rand und ließ sie langsam in die Tiefe taumeln. Wie lang der Graben wohl ist? Reicht er wirklich bis zur Grenze? Wenn im Frühling der Schnee schmilzt, läuft der Graben voll Wasser. Prima, da hat man gleich einen Kanal quer durch Ostpreußen. Ob die russischen Panzer da wirklich reinfahren? Gut, daß Jokehnen westlich des Panzergrabens liegt, die Jokehner sind da ganz sicher.

Als sie ins Dorf zurückkehrten, dunkelte es schon. Martha war in heller Aufregung. Man durfte nicht im Dunkeln durch die Gegend fahren, nicht in dieser Zeit. Hermann verzog sich frühzeitig ins Bett, weil er Marthas Geschichten über deutsche Kinder, die von Partisanen im Wald verschleppt wurden, nicht mehr hören konnte.

Das frühe Zubettgehen brachte ihn um ein Schauspiel, das an jenem Abend den Menschen in Ostpreußen vorgeführt wurde. Eine abendfüllende Vorstellung. Peter hatte es da besser. Der aß mit der blinden Oma Milchsuppe. Als er anschließend hinausging, um den Stall abzuschließen, damit niemand das Fahrrad klaute, sah er das Schauspiel: im Nordosten brannte der ausgesternte Himmel. Die russischen Flugzeuge ließen in dieser Vorweihnachtszeit über Insterburg prachtvolle Weihnachtsbäume niedergehen. Das war ein Licht! Es warf von Insterburg her Peters Schatten gegen die Hauswand und spiegelte sich in den Fenstern der Insthäuser.

Peter rief die blinde Oma vor die Tür. Die kam tatsächlich hinaus in die kalte Nacht, riß ihre großen, toten Augen auf, so daß sich das rote Licht darin spiegelte.

»Was ist das wieder für ein neumodischer Kram«, sagte sie, als Peter ihr den verzauberten Himmel erklärte. Die langsam zur Erde gleitenden Fackeln, die das verdunkelte Ostpreußen für die russischen Flieger erleuchteten, sah sie nicht. Auch nicht das Aufblitzen der Flakgeschütze, die am Insterburger Flugplatz und bei den großen Kasernen standen. Aber sie hörte das leise Rumoren der Bombeneinschläge.

»Wenn es im Winter Gewitter gibt, wird das Kornche im nächsten Jahr gut«, meinte sie.

Immer neue Weihnachtsbäume wurden am wolkenlosen Himmel entzündet. Gleißendes Licht verbreitete sich von Nordosten her über das Land. Der Stern von Bethlehem hing über dem vorweihnachtlichen Ostpreußen. Er verdrängte den blassen Halbmond über dem Friedhof und gab mit seinem rötlichen Schimmer dem Schnee eine andere Farbe. Zum erstenmal wurde Peter von diesem Krieg beeindruckt. Er saß auf dem Stalldach, starrte zum Himmel und fror.

Auch Steputat und Heinrich aus Masuren hielten es so lange draußen aus, bis der letzte Tannenbaum über Insterburg erloschen war.

»Nun ist auch Insterburg hin«, sagte Steputat ruhig. Insterburg, die Stadt, in der das Ännchen von Tharau starb.

»Wollen wir nicht den Jungen wecken, damit er sich das ansieht?« fragte Steputat seine Frau.

Um Himmels willen! Bloß das Kind schlafen lassen. Es nicht beunruhigen. Es schlief so friedlich unter einem Bild, auf dem ein pausbäckiger Engel Posaune blies.

Auch die Markowsche kam an den Gartenzaun und konnte es nicht glauben, daß dieses Licht Menschenwerk sei.

»Das ist ein Zeichen vom Himmel«, sagte sie. Nur wußte niemand zu sagen, ob es ein gutes oder böses Zeichen war.

Als das Feuer endlich erlosch, lag Jokehnen da wie in einer schwarzen Wüste. Erst langsam gelang es dem blassen Mond, die dünne Schneedecke wieder zum Leuchten zu bringen. Gut, daß es warm war in Steputats Schlafstube und in allen Stuben Jokehnens. Martha blickte besorgt über das Kinderbett, in dem ihr Junge schlief. Ach ja, eigentlich müßte Hermann bald ein größeres Bett bekommen. Er war schon zehn Jahre alt.

Es würde schon alles gutgehen. Irgendwie gutgehen. Der rote Schein drang nicht in die Schlafstube zu dem pausbäckigen Posaunenengel. Warum sollte es nicht gutgehen? Damals war es auch gutgegangen. Martha dachte an die lachenden Kosaken, die den Kindern im August 1914 Pflaumen von den Bäumen geschüttelt hatten. In Jokehnen hatte doch niemand etwas Böses getan, jeder nur seine Pflicht erfüllt. Deshalb mußte es gutgehen.

Letzte Sicherheit erhielt Jokehnen, als eine ganze Division im Herzen Ostpreußens – und dazu zählte das kleine Jokehnen – Quartier bezog. Die nahmen jeden freien Raum in Anspruch, belegten das Schloß, den Krug, Steputats Bodenzimmer. Aber sie sprachen wenig über den Krieg. Dabei hätte es Steputat so wohlgetan, wären seine heimlichen Zweifel von ihnen zerstreut worden. Ein bißchen Zuversicht. Glauben an die Führung und die deutsche Kraft. Wir halten die Grenze, bestimmt! Vielleicht kommen wir mit einem ehrenhaften Frieden aus dem Schlamassel heraus. Wir haben doch noch etwas zu bieten: ein Stückchen von Polen, die Tschechoslowakei, ein bißchen Jugoslawien, von Italien den nördlichen Teil, eine Ecke Frankreich, Holland fast ganz, von Belgien ein Stückchen und natürlich Dänemark und Norwegen, Kurland nicht zu vergessen. Nähme man alle diese Fetzen geraubter Erde zusammen und würfe sie dem Feind in den Rachen, müßte doch ein annehmbarer Friede einzuhandeln sein!

Aber sie sagten nichts, die jungen Soldaten, sie machten Steputat keine Hoffnungen. Schwiegen einfach. Warteten auf den nächsten Einsatz und schwiegen. Aber ihre Anwesenheit genügte schon, um in die Jokehner Stuben kurz vor Weihnachten ein Gefühl der Behaglichkeit und Zufriedenheit einkehren zu lassen. Die oberste Führung gab Ostpreußen nicht preis, sonst hätte sie nicht diese Elitedivision heraufgeschickt.

Sogar Blonski, den die Ruhe an der Front bewogen hatte, länger als beabsichtigt in Jokehnen zu bleiben, reckte den rechten Arm wieder höher. An einem Sonntag trug er sogar seine Parteiuniform, ohne daß das auf die jungen Soldaten Eindruck gemacht hätte.

Vor Weihnachten verließen auch die russischen Gefangenen Jokehnen, einfach deshalb, weil die Soldaten die Räume der Gefangenen im Gut brauchten. Die Russen hatten noch die Zuckerrüben vor Wintereinbruch aus der lehmigen Erde gezogen und in die Kleinbahn nach Rastenburg verfrachtet. Nun war eigentlich nichts mehr zu tun, und auch Mikoteit war mit ihrem Abzug einverstanden.

»Zur Frühjahrsbestellung bekommt ihr neue Gefangene«, sagte der Kreisbauernführer am Telefon.

Der Auszug der Gefangenen ging in aller Stille vor sich. Sie sangen nicht einmal wie so oft in all den Jahren, sondern marschierten schweigend durch den Gutspark zur Kleinbahn. Der Posten hinterher. Neben ihm ritt Mikoteit, der einzige aus Jokehnen, der die Gefangenen zur Bahn begleitete. Sie kletterten in zwei mit Stroh ausgelegte Rübenwagen.

»Wissen Sie, wo es hingeht?« fragte Mikoteit den Posten.

Der wußte es nicht. Vielleicht in ein Lager.

»Weuna kapuut«, sagte einer der Russen und versuchte zu lächeln.

»Der Krieg ist noch lange nicht kaputt«, brummte der Posten und spuckte in den schmutzigen Schnee.

»Die denken, sie kommen nach Hause«, sagte Mikoteit.

Aber der Posten schüttelte den Kopf. »Die haben Angst. Die wissen ganz genau, wie gut sie es in Jokehnen gehabt haben. Was jetzt kommt, weiß keiner!«

Als die Lok anruckte, brachten einige es sogar fertig, aus der geöffneten Schiebetür scheu zu winken. Und Mikoteit winkte zurück.

Jokehnen gehörte nun ganz den Jokehnern und den Soldaten. Die Weihnachtsfeier der Schulkinder fiel aus, weil bei der Wittkuhnschen Soldaten kampierten. Dafür wurden die Kinder mit Graupensuppe, dicken Erbsen und Kommißbrot entschädigt. Unter den Eichen an der Gutsauffahrt stand die Gulaschkanone. Als erstes gewöhnte der Koch den Hunden im Zwinger das Bellen ab, indem er ihnen mit fetten Brocken das Maul stopfte. Nach den Hunden kamen die Jokehner Kinder an die Reihe. Die Reste aus der Gulaschkanone wurden in scharfkantige Blechdosen verteilt, an denen man sich die Lippen wundreißen konnte. Es war trotzdem jedesmal ein Fest für die Kinder aus den Insthäusern. Die vielen kleinen Schubgillas genossen hier die angenehme Seite dieser späten Kriegstage. Es bürgerte sich ein, gleich nach der Schule zur Gulaschkanone zu laufen, um festzustellen, was es bei den Soldaten zu essen gab. Soldatenkost gibt Kraft, sagte die Lehrerin. Kommißbrot stärkt die Zähne. Der Gedanke, von dem gleichen Stoff zu leben, den Tausende deutscher Soldaten zu sich nahmen, ließ selbst die flauste Suppe noch kraftstrotzend und bekömmlich erscheinen.

Das alles endete am 10. Dezember 1944, als die Division Ostpreußen verließ. Der Führer hielt es für nötig, mit dieser Eliteeinheit einen russischen Einbruch am Plattensee in Ungarn abzuriegeln. Die Ostpreußen mit ihrer Sturheit und Beharrlichkeit würden sich schon selber helfen können. Blonski, schon wieder völlig auf der Höhe, deutete es sogleich positiv: »So sicher ist unser Ostwall, wir geben sogar Reserven an andere Frontabschnitte ab.«

Immerhin wurde Jokehnen ein wenig entschädigt. Die Führung der 4. Armee, die mit der Verteidigung Ostpreußens beauftragt war, legte eine sächsische Einheit nach Jokehnen, die Panzer, Autos und Geschütze reparierte. Der große Gutspark mit den schützenden Bäumen wurde zur Riesenwerkstatt, in der Panzerketten, Motorenteile, Autoreifen und Benzinkanister herumlagen.

Natürlich ließen sich die Sachsen nicht mit den jungen Burschen der Elite-Division vergleichen. Diese gemütlichen Sachsen konnten wohl ein defektes Lastauto wieder flottkriegen, aber keinen russischen Sturmangriff stoppen. Die waren auch redseliger und schwärmten immerzu von ihrem Dresdner Christstollen, der nun bald per Feldpost eintreffen müßte. Aber auch sie gaben Steputat keine Zuversicht. Im Gegenteil. Sie sprachen ziemlich deutlich aus, wie sehr im Augenblick alles in der Scheiße liege. Da gab es keine Möglichkeit, sich am eigenen Schopf aus dem Sumpf zu ziehen und irgendwo in Sicherheit zu bringen, denn es brannte überall in Deutschland. Jokehnen erschien da fast noch als ein friedliches Fleckchen Erde. Wer weiß, ob der Russe hier überhaupt angriff? Der hat vom Herbst noch die Nase voll.

Als die Sachsen kamen, belebte sich die Chaussee wieder. Da wurden defekte Kettenfahrzeuge in den Park geschleppt, LKWs mit Achsenbruch und demolierten Aufbauten, von MG-Garben oder Granatsplittern durchsiebt. Das war wieder ein Fahren und Marschieren auf der Chaussee wie im Frühsommer 1941, als sie nach Osten gezogen waren. Natürlich anders. Kein Gesang mehr. Es blühte keine Erika auf Ostpreußens verschneiten Feldern. Was jetzt auf der Angerburger Chaussee marschierte, waren vereinzelte Gruppen in weißen Tarnanzügen. Ab und zu ein Panzer. Dazwischen Flüchtlingswagen, die zum Weihnachtsfest nach Hause fahren wollten. Ein einsames Pakgeschütz. Sturmgeschütze auf Zugmaschinen. Das alles zog nicht etwa nach Osten zur Verstärkung der Front, verdächtig viele Fahrzeuge verschwanden in westlicher Richtung hinter der Wickerauer Kurve. Wie sicher mußte der Ostwall sein, wenn Ostpreußen das alles entbehren konnte.

Und dann noch einmal Weihnachten. Es war alles wie früher: selbstgebackener Pfefferkuchen, Braten vom frisch geschlachteten Schwein, die üblichen Weihnachtsrationen an Schnaps und Tabak. Förster Wiehn brachte drei Tage vor dem Fest den Tannenbaum zu Steputat und holte sich dafür eine Schnapsche und eine Handvoll Zigarren. Wie in jedem Jahr schleppte er mit seinen Stiefeln Schneematsch in die zum Fest gerichtete Wohnstube, während sein Hund im Flur auf dem Läufer lag und abtaute. Die Schrotflinte hatte er neben sich in die Sofaecke gestellt. Förster Wiehn behauptete, zum Fest falle noch mehr Schnee. Aber es wird keinen strengen Winter geben. Das sagten ihm die Birkenknospen und die Baumrinde. Wir bekommen einen frühen März, nicht so kalt wie im Jahr 1929, als in Ostpreußen die Obstbäume erfroren.

Sie schlabberten in der warmen Stube, bis die Flasche leer war. Dann stapfte er los, der behäbige Förster Wiehn, allein mit seinem Hund und der Schrotflinte. Ganz schön mutig, so in den Wald zu laufen. In dieser Zeit.

Am Heiligabend fiel der von Förster Wiehn angekündigte Schnee, aber in bescheidenen Mengen. Krümelschnee, vom Ostwind gegen die Scheiben getrieben. Wie in jedem Jahr läuteten die Glocken von Drengfurt herüber. Der Bismarckturm auf dem Fürstenauer Berg streute seine einsamen Signale über das verschneite Land; nach Osten hin hatte man ihn abgedunkelt. Kein Fahrzeug auf der Chaussee. Ein paar Hasen und Krähen in der Nähe der Häuser betupften den frischen Schnee mit zarten Spuren. Der sonst so belebte Jokehner Dorfteich blieb am Heiligabend den Krähen überlassen. Die Knechte gingen am späten Nachmittag mit vollen Milchkannen vom Gut nach Hause, nachdem sie den Pferden reichlich Hafer in die Krippe geschüttet hatten. Auf der Schloßterrasse (das war eigentlich wegen der Verdunkelung gar nicht erlaubt) brannten die Kerzen am Tannenbaum, dem größten Tannenbaum in Jokehnen.

Die kleine weiße Frau setzte sich nach ihrer Ausfahrt im Schlitten in Decken verpackt auf die Terrasse und sah den funkelnden Tannenbaum an.

Es kam noch einmal der Weihnachtsmann. Natürlich wußte Hermann längst, daß Schubgilla sich damit ein paar Mark verdiente. Und seine Eltern wußten auch, daß er es wußte. Aber der Weihnachtsmann gehörte dazu. Steputat verdunkelte sorgfältig, bevor er die Lichter anzündete. »O Tannenbaum« war sein liebstes Weihnachtslied, nicht so christlich wie die anderen. Martha kamen bei »Stille Nacht« die Tränen. Warum die wohl weinte! Das hatte sie Weihnachten noch nie getan. Heinrich aus Masuren saß stumm – er brummte nicht einmal – in einer Ecke und drehte an seiner kalten Pfeife. Früher war er meistens zu Weihnachten nach Masuren gefahren, aber Steputat hatte ihm das diesmal ausgeredet. Masuren liegt zu nahe an der Grenze. Und außerdem sei es nicht angebracht, in diesen Zeiten mit der Bahn herumzureisen. Als es dann die Auffahrt heraufkam mit schweren Stiefeln, als es gegen die Scheibe klopfte, wieder stapfte, die Tür aufstieß, hereinpolterte, da kam Hermann der schreckliche Gedanke, es könnte nicht Schubgilla sein, sondern ein Mann aus den Wäldern mit einer Maschinenpistole.

Trotz der rotbackigen Larve war Schubgilla leicht zu erkennen, zum Beispiel an seinem breiten Gang und an den Händen, den vertrockneten Chausseekratzerhänden. Nun die üblichen Formalitäten: Artig gewesen? Kannst auch ein Gedicht? »Von drauß vom Walde komm ich her.« Na, Weihnachtsmann, willst auch ein Schnapsche? (Das war Martha.) Und ob der wollte! Der kippte den Bärenfang sogar durch die Larve. Sack auspacken. Für Martha eine Schürze (mehr fiel dem Weihnachtsmann auch nicht ein), für Steputat Hosenträger und Handschuhe, Rasierseife für Heinrich. Hermann aber erlebte eine richtige Überraschung. Was er sich jahrelang vergeblich gewünscht hatte, Weihnachten 1944 stand es auf dem Tisch: eine Holzkanone mit knapp dreißig Zentimeter langem Rohr. Mit der konnte man Klötze durch die Stube auf feindliche Patrouillen und Baukastendörfer schießen. Ein Stellmacher aus Drengfurt baute sie für fünfzehn Mark das Stück; erstaunlich, daß in dieser Zeit noch Kanonen für Kinder gebaut wurden. Hermann probierte gleich die Reichweite aus, ließ schwere Granaten auf die Holzdiele poltern, richtete fürchterliche Verwüstungen unter der Infanterie an, die sich neben dem Tannenbaum verschanzt hatte. Bis Martha einschritt, weil der Schlachtenlärm den weihnachtlichen Frieden störte.

Später erschienen auch die Sachsen. Die hatten im Saal des Dorfkruges eine Gemeinschaftsfeier mit viel Punsch veranstaltet. Kein Wunder, daß sie ziemlich fidel über den Anger nach Hause kamen. Und bei Steputat feierten sie weiter. Steputat öffnete wieder und wieder die Luke im Wohnzimmerfußboden, legte sich auf den Bauch und holte eine verstaubte Flasche Johannisbeerwein nach der anderen aus seinem Weinkeller. Ein Sachse, Geselle Heinrich und Steputat brachten es sogar fertig, am Heiligabend Skat zu spielen, was in Jokehnen beinahe als unanständig galt.

»Säufst, dann mußt ins Jenseits schweben,
säufste nicht, bleibst auch nicht leben!«

rief Heinrich allemal, bevor er sein Glas leerte. Scheiß in Masuren. Er verspielte das Geld beim Skat, das er den masurischen Nichten und Neffen zu Weihnachten ins Sparschwein stecken wollte. Übers Jahr ist wieder Weihnachten!

Während die Sachsen und Heinrich aus Masuren immer lauter wurden, feierte Peter das wunderbarste Weihnachtsfest seines Lebens. Noch nie hatte die Mutter so viel herangeschleppt wie zu dieser Kriegsweihnacht 1944. Tüten mit Kandis, Reis und Mehl, sogar Korinthen aus dem fernen Griechenland. Ein Beutel mit Walnüssen, dazu einen Nußknacker aus dem Erzgebirge in der Uniform eines »Langen Kerls« aus der Zeit des preußischen Soldatenkönigs. Für sich seidene Strümpfe, die sie am Weihnachtsabend anprobierte, über die rauhen, muskulösen Beine streifte, um sich vor dem Spiegel zu drehen und zu strecken. Unterdessen raste Peter mit einem Tigerpanzer aus Blech über die Steinfliesen in der Küche und ließ die schwenkbare Kanone Funken sprühen. Anschließend schlug er bis spät in die Nacht auf die Walnüsse ein, aß sie vermischt mit Korinthen aus Griechenland.

»Haben wir schon den Krieg gewonnen?« fragte die blinde Oma, als sie mit ihren knöcherigen Händen den Weihnachtssegen auf dem Küchentisch abtastete. »Du hast noch gar kein Weihnachtslied gesungen, Oma«, sagte Peters Mutter. Da legte sich die alte Frau in ihr Bett und sang die ganzen Lieder rauf und runter von »Stille Nacht« bis »Alle Jahre wieder«.

Als die Mutter auch ins Bett ging, machte Peter sich heimlich über die angebrochene Flasche Zitroneneislikör her, die im Küchenschrank stand. Süß und scharf schmeckte das Zeug. Und man konnte herrlich danach schlafen.

Der Morgen des ersten Weihnachtstages brachte das übliche Hin- und Hergelaufe der Kinder. Geschenke begucken. Tannenbäume vergleichen. Wer hat den größten? Wo ist am meisten Lametta dran? Die Sachsen fegten lange Bahnen aufs Eis zum Schlittschuhlaufen. Als Onkel Franz wie immer an diesem christlichsten aller Feiertage nach Rößel zur Kirche fuhr, drehte Melker August schon seine einsamen Achten und Pirouetten auf dem Eis.

Nachmittags holte Hermann die Geschenke ab, die der Weihnachtsmann bei Onkel Franz und Tante Hedwig für ihn zurückgelassen hatte. Das war immer besonders reichlich. Weihnachten 1944 mußte Onkel Franz ihm sogar mithelfen, die Sachen nach Hause zu tragen. So kam Onkel Franz ausgerechnet zum Nachmittagskaffee in Steputats gute Stube und sagte: »Werden wohl die letzten Weihnachten in Jokehnen sein.«

Das sagte er ohne jede Scheu, obwohl Hermann dabei war und Heinrich aus Masuren; auch Martha hörte es, die gerade mit dem Kaffee in die Stube trat.

»Die Front ist doch ruhig«, bemerkte Steputat.

»Aber da braut sich was zusammen.«

(Solche pessimistischen Gedanken brachte Onkel Franz immer von seinen Katholischen aus Rößel mit.)

»Wir müssen durch, so oder so«, gab sich Steputat heroisch. »Dem Alten Fritz ging es damals viel dreckiger.«

»Aber die Frauen und die Kinder sollten wir in Sicherheit bringen«, schlug Onkel Franz vor. »Sie einfach ins Reich schicken.«

Steputat hatte diesen Gedanken in schlaflosen Nächten selbst schon erwogen. Aber es ging nicht. Die Führung hatte es verboten. Niemand durfte seinen Platz verlassen. Wer abhaut, fällt der Front in den Rücken, zweifelt an der Fähigkeit des Führers, Ostpreußen zu halten. Wohin die Frauen und Kinder auch schicken? Nur wenige hatten Verwandte im Reich. Und es brannte überall. Es gab kein sicheres Plätzchen mehr in diesem Winter 1944/45. Steputat sah es als seine Pflicht an, mit gutem Beispiel voranzugehen. Was sollten die Jokehner von ihm denken, wenn er Martha und Hermann ins Reich schickte? Das entsprach nicht seinem Sinn für Anständigkeit. Die Sache mußte hier gemeinsam durchgestanden werden.

»Wir sind keine hundert Kilometer von der Grenze weg«, meinte Onkel Franz. »Die Dörfer an der Grenze sind alle leer. Wenn der Russe durchbricht, trifft er hier bei uns die ersten Menschen. Das wird fürchterlich.«

Steputat war da anderer Meinung. Wenn es ganz schlimm wurde, konnte man immer noch flüchten. Aber wer sagt, daß es nicht gut ausgeht? Vielleicht lassen die Russen die ostpreußische Insel unbehelligt und stoßen gleich auf Berlin vor. Steputat und Onkel Franz standen am Fenster und blickten über die Blumenkrippe zum Dorfteich. Jetzt spielten die lustigen Sachsen sogar Eishockey mit Knüppeln, die sie aus dem Weidengebüsch geschnitten hatten. Und Melker August zog in SS-Uniform hinten am Schilf seine schwungvollen Bahnen.

Heinrich aus Masuren lief den ganzen Abend über geschäftig umher, sorgte dafür, daß in der Küche das Feuer nicht ausging, und ließ sich von Martha alte, verbogene Löffel geben. Als es schon auf Mitternacht zuging, brachte er einen kleinen geheimnisvollen Beutel aus seiner Kammer. Den Inhalt schüttete er auf den Küchentisch: verformte Bleiklumpen, bizarre Figuren, Beine und Köpfe von gefallenen Bleisoldaten.

Sie saßen im Schein der Petroleumlampe um den Tisch. Hermann durfte dabeisein, zum erstenmal. Heinrich stellte eine Schüssel mit kaltem Wasser auf den Tisch, ließ sich von Martha eine alte Schürze geben, die er sich um den Leib band. So ausgerüstet, fing er mit dem Zauber an, genau um Mitternacht, als Melker August zur Begrüßung des neuen Jahres schöne, rote Leuchtkugeln über den Teich schoß. Heinrich füllte die verbogenen Löffel mit Bleiklumpen und hielt sie ins Feuer. Alle sahen zu, wie sich das Metall langsam verflüssigte.

»Willst anfangen, Hermannche?« fragte Heinrich und hielt ihm den Löffel mit flüssigem Blei hin.

»O Gott, seid bloß vorsichtig«, jammerte Martha, die davon gehört hatte, daß flüssiges Blei, auf die Haut getropft, glatt durchbrennt.

Hermann führte den Löffel über die Wasserschüssel, drehte ihn ruckartig um, so als klinke ein Flugzeug seine Bombenlast über dem Jokehner Teich aus. Unten zischte und dampfte das Wasser, und auf dem Grund der Schüssel zeigte sich ein rätselhaftes Gebilde. Sah aus wie ein plattgewalzter Maikäfer. Oder ein Panzer, aus der Luft betrachtet.

Heinrich hielt seinen Tuntel übers Wasser und versuchte sich im Deuten. Ein bißchen Geld. Vorsicht am großen Wasser, da drohen Gefahren. Reisen, viele Reisen, aber nicht sehr weit.

»Natürlich, im Frühling kommt Hermann zur Mittelschule nach Drengfurt«, sagte Martha. Davon hätte sie nicht sprechen sollen, weil sie Hermann damit die ganze Silvesternacht verdarb. Er hörte es nicht gern, daß er in vier Monaten die Jokehner Dorfschule verlassen und nach Drengfurt fahren sollte. Ja, wenn Peter Aschmoneit nach Drengfurt mitkäme! Peter Aschmoneit ging es immer viel besser. Weder die Mutter noch die blinde Oma zwangen ihn, etwas zu werden und deshalb nach Drengfurt zur Schule zu fahren. Die ließen ihn bei den Fischen am Teich, bei den Poggen und wilden Kruschkenbäumen. Vielleicht kommt der Krieg dazwischen, hoffte Hermann. Die Mittelschule in Drengfurt lag östlich des Panzergrabens. Sollte sie ruhig in russische Hände fallen.

Während Hermann nachdachte, ob der Krieg ihn von der Mittelschule in Drengfurt erlösen könnte, goß sein Vater sich die Verheißung auf sehr viel Geld in Blei. Wo sollte das bloß herkommen? Nur was Martha da in die Schüssel schüttete, war kaum zu erkennen. Aber nichts Schlechtes, beteuerte Heinrich, wirklich nichts Schlechtes. Heinrich aus Masuren goß für sich selbst ebenfalls eine weite Reise, eine sehr weite Reise. Die ging nicht nur bis Masuren, sondern weiter. Übers Wasser vielleicht? Am Ende sogar durch die Luft.

Auf dem Gut bimmelte Kämmerer Mikoteit mit der Vesperglocke das neue Jahr ein. Im Radio sprach der Führer. Volksgenossen und Volksgenossinnen! Wie das klang! Er sprach sogar vom Herrgott. Dankte ihm dafür, daß er das deutsche Volk bisher so sicher geführt habe. Dankte vor allem für die eigene Rettung aus höchster Gefahr. Die Zukunft sah nicht schlecht aus. Der Tiefpunkt war überschritten. Deutschland stieg wieder aus der Asche empor. Steputat spielte mit dem Gedanken, auf diese tröstliche Nachricht einen Schluck aus seiner Rumflasche zu nehmen. Er hatte ja jene Flasche Friedensrum zwischen dem guten Kristall im Schrank stehen, die nun schon bald sechs Jahre auf den Endsieg wartete. Er holte die Flasche, studierte das bunte Etikett. Jamaika. 38 Prozent.

»Weißt, wo Jamaika liegt?« fragte er Hermann.

»Schade, wenn die Russen den Rum aussaufen«, meinte Heinrich aus Masuren bekümmert.

Nein, Heinrich, das war zuviel! Das hättest du nicht sagen dürfen. Nach allem, was der Führer im Radio gesprochen hatte, konnte keine Rede davon sein, daß die Russen den Rum aussaufen. Steputat brachte die Flasche zurück in den Schrank. Friedensrum trinkt man im Frieden. Nach dem Endsieg. Deutschland, Deutschland über alles. Keine Feindflieger über dem Reichsgebiet. Sendeschluß.

Prosit Neujahr! Scheiß ins alte Jahr! Ein schönes neues Jahr hatte begonnen, groß, unversehrt, mit allem drin: 1945.

In den Lüften zog Wotan mit seiner Schar durch die zwölf dunklen Nächte. Wotan auf der Flucht aus seinem Germanenhimmel.

Martha wollte sie gar nicht reinlassen, weil sie immer alles durcheinanderbrachten. Aber Steputat meinte, das gehöre dazu. In jedem Jahr seien sie bisher gekommen, warum nicht zu Neujahr 1945? Es gab da auch nicht viel zu überlegen, der Neujahrsbock hatte schon die Haustür aufgestoßen, polterte meckernd und blökend in den Raum, brachte nicht nur einen Strom arktischer

Kälte über die Schwelle, sondern auch einen Haufen schmutzigen Schnee. »Mä!« blökte der Bock vorn. Er hatte sich von Kopf bis Fuß in weißes Bettzeug gewickelt und stieß mit zwei kräftigen Hörnern um sich. Heinrich stubste er so kräftig, daß er zwischen zwei Stühle fiel. Määä!

Mensch, das ist Bubi Helmich, dachte Hermann, der durch den Spalt der Schlafzimmertür dem Ansturm des Neujahrsbocks zuschaute. Und hinter der Maske des Schornsteinfegers verbarg sich der kleine Schmidtke. Der pinselte alles fröhlich mit schwarzem Ruß an, was ihm in die Quere kam. Der Klapperstorch hieb mit seinem wuchtigen Holzschnabel auf Marthas Rücken, bis sie Äpfel und übriggebliebenes Weihnachtsgebäck herausrückte. Sie tanzten wie die Derwische um den Wohnzimmertisch und rissen um ein Haar den Tannenbaum mit allem Behang zu Boden. Nur die alte Hexe kam nicht so zügig mit. Die humpelte an einer Krücke durch die Wohnstube, zeigte ihre zahnlose Larve und machte Anstalten, Bürgermeister Steputat die Wange zu küssen. Bedächtiger schritt auch der Tod einher. Er hatte Mühe, seine Sense auszubalancieren, um nicht die Bilder von der Wand zu reißen und den Tannenbaum umzumähen. Zweimal schlich er lautlos durch das Zimmer und verschwand wieder in der Kälte, aus der er gekommen war, während die Zigansche kichernd die letzten Nüsse von Steputats buntem Teller klaute. Martha mußte noch eine angebrochene Rauchwurst herausrücken und ein Stück durchwachsenen Speck, bevor der Neujahrsbock das Weite suchte, sich auf der Straße einsame Passanten vornahm und in den Schnee schubste.

»Mein Gott, dieser Dreck«, klagte Martha und kehrte mit dem Handfeger den Schnee auf die Schaufel, bevor er schmolz.

»Spaß muß sein«, meinte Steputat zufrieden. »Was sollen die Jungs sonst anfangen?«

Er ging mit Hermann und Heinrich vor die Haustür, um zu sehen, was der Neujahrsbock in Jokehnen noch alles anrichtete.

Es war in der Tat der letzte Spaß des neubegonnenen Jahres. Zwei Tage darauf erhielt Bubi Helmich das amtliche Schreiben mit deutschem Gruß und Hakenkreuzstempel, das ihn zu einer kostenlosen Fahrt nach Bartenstein für den 9. Januar einlud. Zum Volkssturm-Grenadier-Regiment soundsoviel. Frau Helmich kam zwar zu Steputat gelaufen und jammerte, daß ihr Bubi noch ein Kind sei mit seinen sechzehn Jahren. Aber das war stark untertrieben, wenn man bedenkt, daß Bubi schon vor einem Sommer mit der Wenkschen im hohen Gras hinter dem Park gelegen hatte. Wer das kann, darf auch für Deutschland kämpfen!

Am gleichen Tage bekam auch Kämmerer Mikoteit seinen Brief und meldete sich telefonisch bei Steputat ab. Steputat beschwor ihn, seine Freistellung zu beantragen, aber Mikoteit hielt nichts davon. Pflicht ist Pflicht! Außerdem war Blonski wieder da und konnte sich um das Gut kümmern. Wie kommt es bloß, daß sie den Blonski nicht einziehen? Die denken wohl, der sitzt noch in der Ukraine.

Mikoteit wußte es auch nicht, warum der jüngere Blonski in Jokehnen bleiben durfte, während er im Januar 1945 noch einmal die Flinte in die Hand nehmen mußte. Aber darüber denkt man nicht nach. Befehl ist Befehl.

Ja, der Heldenklau sah sich in den letzten Schlupfwinkeln um. Der Volkssturm – mehr Lüftchen als Sturm – brach über das verschneite Ostpreußen herein, versuchte zu retten, was zu retten war. In Jokehnen hatte die Einberufung Mikoteits erstaunliche Folgen.

Krugwirt Wittkuhn lag mit hohem Fieber – Angina oder so ähnlich – im Bett, soff kannenweise Kamillen- und Holundertee, ohne daß es anschlug. Onkel Franz erwog, seine Katholischen in Rößel zu besuchen. Wer nicht da ist, dem kann die Post auch keine amtlichen Briefe bringen. Nur sein Vieh hielt ihn von der Reise zu den Katholischen ab. Schweine, Hühner, Pferde, Rinder, das schaffte Tante Hedwig nicht allein, und Jescha, die treue Jescha aus Polen, fragte auch schon mehr als nötig, ob der Krieg nicht bald zu Ende sei.

Auch Steputat rechnete mit einer Einladung nach Bartenstein. Als sie ausblieb, hielt er es seinem Amt zugute. In ernsten Zeiten braucht die Gemeinde einen Kopf, der Ruhe bewahrt, Panik verhindert.

Der Volkssturm vermasselte Mikoteit die traditionelle Treibjagd auf den dreitausend Morgen des Gutes Jokehnen. Förster Wiehn organisierte sie wie in jedem Jahr in den ersten Januartagen. Noch einmal kamen Breecheshosen und Reitstiefel, Kutschen und Kaleschen zu Ehren. Nur mit den Treibern gab es Schwierigkeiten. Jokehnen hatte nicht mehr genug Männer, um das Feld der Hasen und Füchse in langgezogener Kette von Lenzkeim und Wickerau her aufzurollen. Da kam Blonski auf die Idee, die größeren Schuljungen zur Treibjagd mitzunehmen. So kam es, daß auch Peter Aschmoneit – Hermann wurde für zu klein befunden – die Hasen über das Schneefeld treiben durfte. Für nichts. Nur für den Spaß und für warme Suppe nach der Jagd, für den Anblick purzelnder Hasen im verharschten Schnee und für das Anhören des großen Halalis ganz aus der Nähe.

Zu Lebzeiten des Majors waren die Januartreibjagden auf Jokehnen ein Ereignis gewesen; im Jahre 1945 war dieses Fest eine mäßige Vorstellung. Es fehlten die großen Namen. Von den Lehndorffs aus Steinort kam keiner. Den alten, schwergewichtigen Brettschneider hatten sie nur mit Mühe dazu bewegen können, in die Kutsche zu steigen. Wo blieben die Dönhofstädter? Nicht einmal der Landrat war gekommen. Blonski lud den Oberleutnant der einquartierten Sachsen ein, erhielt aber von dem tierliebenden Menschen eine Absage. Er kam aus der Kunststadt Dresden; da schlägt man keine Hasen tot, sondern ißt sie nur.

Blonski bewirtete die Jagdgäste im Jokehner Schloß.

Aber halt, erst müssen wir die Jagd stattfinden lassen. Den ersten Kessel bildeten sie an der Marienthaler Grenze. Die Schützen standen unter den Eichen der Chaussee und warteten auf das, was ihnen die Treiber zutrieben. Mitten im Kessel lag die Jokehner Mühle, die heute Ruhetag hatte, weil kein Wind wehte. Die Treiber kamen von Osten her auf die Mühle zu.

»Hoos op! Hoos op!«

Peter lief neben dem Wolhyniendeutschen Zarkan her. Es machte ihm richtig Spaß. Er schwang seinen Knüppel, ließ damit in regelmäßigen Abständen den Schnee aufstauben, warf das Holz auch mal ein Stück voraus, wenn er einen schwarzen Fleck entdeckte, der nach einem Hasen aussah, bei näherem Hinsehen aber doch nur einen Stein oder ein halbverwehtes Grasbüschel abgab. Der erste Hase, den sie aufscheuchten, dachte nicht daran, in Richtung auf die Schützen zu laufen. Mit durchtriebener Hasenschläue raste er auf den alten Zarkan zu, schlug kurz vor ihm einen Haken und brach zwischen Peter und Zarkan aus dem Kessel. Peter schickte ihm einen Knüppel nach, aber der Hase peeste über die Marienthaler Bauernwiesen. Weg war er. Die anderen, die sie aufstöberten, zeigten sich weniger schlau. Sie rannten ein paarmal ziellos durch den Kessel, entschieden sich dann für die stille, aber gefährliche Richtung, machten einen großen Bogen um die drohende Jokehner Mühle und kamen so dem alten Brettschneider vor die Flinte, der auf seinem in den Schnee gebohrten Sitz hockte (die Füße in Katzenfell verpackt) und mit ruhiger Hand und sicherem Auge links und rechts hinhielt. Es knallte wie im Manöver.

Peter weidete sich einen Augenblick an der Vorstellung eines sehr gescheiten Hasen, der einfach nicht weiterläuft, der mitten im Kessel Männchen macht und sich umsieht, wo die Luft rein ist. Der vorsichtig zur Mühle hoppelt, sich an der angelehnten Tür vorbeidrückt, über die Schwelle setzt, zwischen den aufgereihten Kornsäcken untertaucht, sich den Bauch vollschlägt mit Roggen und Weizen und wartet, bis dem alten Brettschneider draußen die Füße frieren. Hase müßte man sein, man würde alles ganz anders machen!

An der Mühle blieben die Treiber stehen. Jetzt gehörte das Feld den Hunden, die die toten Hasen einsammelten. Bei einigen mußten sie nachhelfen. Die Langohren, obwohl eigentlich schon tot, rappelten sich wieder auf, schafften noch eine Strecke von vielleicht vierzig Metern, auch einen zaghaften Haken, bis sie endgültig zusammenbrachen und die Meute den Rest besorgte. In schöner Reihe lagen sie im Chausseegraben und froren langsam steif. Kutscher Borowski mußte jeden Augenblick mit seinem Klapperwagen um die Ecke biegen, um die Langohren aufzuladen.

Die Jäger schlubberten ein Kornche gegen die kalten Füße. Zarkan holte die halbleere Flasche zu den Treibern, paßte aber auf, daß die Kinder nichts tranken, obwohl sie auch froren. Lustiges Jägerleben. Die letzte große Jagd, bevor es ernst wurde.

»Wie heißt du?« fragte Blonski gönnerhaft Peter

Aschmoneit. Peter sah Blonski zum erstenmal richtig aus der Nähe. Der war tatsächlich kleiner als er selbst, auch wenn er jetzt eine dicke Zigarre rauchte.

»Dein Vater ist im Krieg gefallen, nicht wahr?« erinnerte sich Blonski.

Peter sagte nichts darauf. Plötzlich legte dieser Blonski, der Peter beim Fischeklauen mit der Reitpeitsche traktiert, dessen gewaltige Stimme ihn mehr als einmal von Gutsapfelbäumen und aus Gutserdbeerbeeten getrieben hatte, dieser Blonski legte seine Hand auf Peters Schulter und sagte: »Bist ein prima Kerlchen!«

Die Schulferien reichten weit in den Januar hinein. Erster Schultag am 13. Januar 1945. Am Abend vorher sah Martha die Bücher und Hefte durch, legte Strümpfe, Hosen und Pullover bereit, wickelte auch eine schöne, lange Mohrrübe in eine Tüte. Rohkostzeit. Jeder mußte sein Hasenfutter in der Schule vorzeigen. Wegen der gesunden Zähne und der Vitamine. Großdeutschland brauchte viele gesunde Kinder.

Es bedurfte keines schnurrenden Weckers am Morgen des 13. Januar. Das Wecken aller Schulkinder von Masuren bis an die Memel besorgte die russische Artillerie. Sie rollte mit ihrem Donner im Nordosten auf Tilsit, Gumbinnen und Insterburg zu. Das waren keine Einzelabschüsse, sondern ein gleichmäßiges Grummeln, das die Fensterscheiben sachte vibrieren ließ.

Martha hatte die Kleider angewärmt und brachte sie Hermann ins Schlafzimmer. »Das kommt von der Grenze«, sagte sie, während sie ihm das warme Hemd überzog.

»Die Russen oder die Deutschen?« fragte Hermann.

»Das weiß keiner.«

Sie nahm ihn auf den Arm und trug ihn in die warme Küche. Es überkam sie manchmal, ihn wie ein kleines Kind zu behandeln, besonders wenn sie allein waren.

Sie goß ihm warmes Wasser in die Schüssel, obwohl ein Hitlerjunge sich eigentlich mit kaltem Wasser abzuhärten hatte. Sie setzte ihn nach dem Waschen auf den Schoß und trocknete ihn sorgfältig ab, vor allem die Ohren. Schließlich säuberte sie seine Fingernägel, denn am ersten Schultag gab es bestimmt Fingerappell. Schließlich setzte sie sich zu ihm an den Frühstückstisch, nur zum Zuschauen. Nimm noch ein bißchen Honig. Oder willst Wurstbrot? Ist der Kaffee süß genug? Willst auch lieber Haferflocken?

Steputat kam mit rotgefrorenen Ohren ins Haus und hielt die Hände zum Wärmen über die Herdplatte.

»So geht das nun schon zwei Stunden.«

Auch Heinrich aus Masuren wanderte unruhig auf und ab, hielt es nicht aus auf dem Nähtisch.

»Vielleicht greifen wir an«, kommentierte Hermann hoffnungsvoll den Kanonendonner an der Grenze.

»Das ist Trommelfeuer«, sagte Heinrich.

»Als der Rußlandkrieg anfing, hörte sich das auch so an«, meinte Martha. Ja, genauso. Der Kanonendonner, der damals im Heumonat 1941 begonnen hatte, kehrte jetzt im Wolfsmonat 1945 als Echo zurück.

Der grau verhangene Himmel wußte nicht, ob er schneien oder frieren sollte. Hermann bummelte über den Teich zur Schule und traf mit den anderen Kindern auf dem Eis zusammen. Da gab es noch viel über Weihnachten zu erzählen, über die Geschenke und die Schlittenfahrten in die Umgebung. Peters Tigerpanzer schoß nicht mehr, weil der Feuerstein hin war; aber die Mutter würde ihm neue Steine aus Drengfurt mitbringen, die brachte alles mit. Sie malten Figuren in den Schnee, zum Beispiel einen echten deutschen Hoheitsadler. Man brauchte sich nur auf den Rücken zu legen und mit den ausgestreckten Armen seitwärts in den Schnee zu schlagen, dann war der Vogel fertig.

Die Lehrerin kam wegen eines langen Ferngesprächs, das sie von der öffentlichen Fernsprechstelle bei Steputat aus geführt hatte, mit einer halben Stunde Verspätung in die Klasse. Sie ließ erst einmal singen:

»Am Morgen, das ist meine Freude,
da steig ich in stiller Stund
auf den höchsten Berg in die Wei --- ei -- ei - te,
grüß dich Deutschland aus Herzensgrund,
grüß dich Deutschland aus Her --- her -- her -
herzensgrund.«

Mit diesem frischen Lied gelang es, für ein paar Minuten das Trommelfeuer zu übertönen. Aber als sie geendet hatten, sangen die riesigen Fensterscheiben weiter, nahmen jeden Ton auf, der von Gumbinnen herübervibrierte, summten, schepperten, klirrten leise mit. Das hörte sich ulkig an. Die Lehrerin hatte Mühe, Jokehnens Kinder von den mitsingenden Scheiben abzubringen. Vielleicht mit Bruchrechnen. Man teilt einen Bruch durch eine Zahl, indem man ...

Gegen Mittag hörte das Trommelfeuer auf.

»Jetzt greifen sie an«, sagte Hermann laut während der Lesestunde.

Da hielt es die Lehrerin nicht mehr aus. Sie gab eine Stunde früher frei. Und in den nächsten Tagen würde die Schule ausfallen. Ihre Mutter sei krank. Da müßte sie hin. Sie gab eine Unmenge Schularbeiten auf. Vor allem die Brüche, die geraden und die ungeraden. Sie würde sie abfragen, wenn sie wiederkäme, ganz bestimmt.

Im Wehrmachtsbericht hörte sich das Grummeln und Donnern im Osten so an:

»An der Weichselfront hat die lange erwartete Winteroffensive der Russen begonnen. Nach außergewöhnlich starker Artillerievorbereitung trat der Feind an der Westfront des Brückenkopfes von Baranow an. Erbitterte Kämpfe sind entbrannt. Im ostpreußischen Grenzgebiet lag beiderseits der Rominter Heide schweres feindliches Artilleriefeuer.«

Wolfsmonat in Ostpreußen! In strengen Wintern kamen die hungrigen Wölfe in Rudeln aus den russischen Wäldern über die Grenze.

»Russische Durchbruchsversuche zwischen Ebenrode und Schloßberg wurden zum Scheitern gebracht.«

Bei Baranow begann es. An der Weichselfront im Süden. Die 1. Ukrainische Front griff westlich von Sandomierz an, erzielte gleich tiefe Einbrüche und trieb Panzerspitzen in Richtung Oberschlesien und Weichselmündung vor.

»Na, in Masuren ist ja noch alles ruhig«, sagte Heinrich erleichtert.

Wolfsmonat in Ostpreußen. Die Wölfe kamen mit 160 Divisionen aus den östlichen Wäldern. Bei Goldap und Gumbinnen stand die 3. Weißrussische Front. Von Norden kam die 1. Baltische Front über die Memel.

»An der gesamten Front von den Nordhängen der Karpaten bis zur Memel tobt die Winterschlacht mit größter Erbitterung.«

»Wenn wir nur die Festung Lötzen halten«, sprach Steputat sich selber Mut zu.

Sie saßen über Hermanns Schulatlas. So klein war die Welt geworden, daß sich die großen Geschehnisse des Wehrmachtsberichts auf einer simplen Heimatkarte von Ostpreußen verfolgen ließen!

Im Norden brach die 3. deutsche Panzerarmee zusammen. Am 21. Januar fielen Gumbinnen und Tilsit.

»Die kommen ja auch von Süden, von Polen her«, sagte Heinrich verwundert und tippte mit dem Finger auf die Karte in die Gegend, in der Allenstein und Deutsch-Eylau lagen.

»Da wollen sie den Sack zuschnüren. Wenn Elbing am Frischen Haff fällt, ist Ostpreußen eine Insel«, sagte Steputat. Sie hatten alle den Inselkomplex. Vom Reich abgeschnitten zu sein, von aller Hilfe und allen Hoffnungen, das war das Schlimmste, was Ostpreußen geschehen konnte. Der Führer hatte sie heimgeholt, hatte aus dem schmalen Korridor festes Land gewonnen, allerdings um den Preis eines Weltkriegs. Und jetzt drohte die Flut, den Damm einzureißen. Rückkehr in die Verbannung einer einsamen Insel! Warum hatte Adolf Hitler sie verlassen? Warum saß er nicht mehr in der Wolfsschanze? Das dachte Steputat, als er auf die Heimatkarte von Ostpreußen starrte. Und es kamen ihm zum erstenmal Zweifel. »Russische Panzerspitzen stießen auf Königsberg vor. Am 21. Januar lösten sich Teile der 4. deutschen Armee aus der Frontlinie Angerapp–Goldap–Augustowo.«

Die 4. Armee hatte auch den Inselkomplex. Wollte im Südwesten zur Weichsel durchbrechen, ein Entschluß, der dem kommandierenden General Hoßbach die Stellung kostete. Der Führer soll einen Wutanfall bekommen haben. Der wollte die Insel. Keinen Durchbruch nach Westen. Halten! Halten!

Das Fallschirmpanzer-Korps »Hermann Göring« hatten sie an der Ostgrenze zurückgelassen. Das sollte den Masurischen Kanal halten, bis im Südwesten der Ring zerschlagen war. Mensch, und der Masurische Kanal lag nur ganze dreizehn Kilometer von Jokehnen entfernt, lief nordöstlich von Jokehnen durch die Wälder. Und natürlich war er zugefroren, der Masurische Kanal. Den konnten die Russen leicht überqueren! Am 23. Januar fiel Insterburg. Ännchen von Tharau.

Kein Trommelfeuer mehr, aber auch keine Stille. Vereinzelte Abschüsse. Hin und wieder Flugzeuge, die um den Fürstenauer Berg kurvten, schossen oder beschossen wurden. Da stand Peter Aschmoneit eines Morgens vor der Tür und sagte: »Heute wird das Lager in Drengfurt aufgelöst. Da müssen wir hin, da gibt es Kekse und Bonbons.«

Auf der Angerburger Chaussee kamen Hermann und Peter schon am frühen Morgen Flüchtlingswagen entgegen. Und ein Tigerpanzer mit gigantischem Rohr, dem sie mit ihren Fahrrädern bis in die Schneewehen am Straßenrand ausweichen mußten. »Warum der nach Westen fährt?« wunderte sich Hermann.

»Das ist doch scheißegal«, meinte Peter. Er konnte nicht begreifen, warum Hermann herumgrübelte, daß ein Panzer nach Westen fährt, obwohl im Osten geschossen wird. Peter dachte nur an die Kekse und Bonbons, die es in den Baracken der Drengfurter Vorstadt gab.

»Mensch, die haben nicht einmal einen Posten aufgestellt«, staunte Peter, als sie die Barackenstadt erreichten. Sie schoben die Fahrräder an dem leeren Schilderhäuschen vorbei, stellten sie hinter die erste Baracke, so daß sie von der Straße aus nicht gesehen werden konnten (sonst werden die noch geklaut). Am Ende der Barackenstraße entdeckten sie einen Wehrmachtskübelwagen und Soldaten, die mit langen Schnüren hantierten.

Peter öffnete die nur angelehnte Barackentür. Sie betraten einen Raum, der wie ein in Panik verlassenes Büro aussah. Ein Stuhl lag umgekippt auf dem Fußboden, dazu Papierfetzen und eine Menge leerer Zigarettenschachteln. Die Nebentür zum Lagerraum hing nur noch an einem Scharnier.

»Was habe ich gesagt!« rief Peter triumphierend und

zeigte auf die lange Reihe Pappkartons, die im Lagerraum zu beiden Seiten des Ganges bis unter die Decke gestapelt waren. Er riß einen Karton auf, holte eine Konservendose heraus, prüfte die Aufschrift.

»Scheiß Marmelade!«

Peter ließ die Dose über den Fußboden rollen, ließ sie den langen Hang hinabpoltern, bis sie gegen die Bretterwand schlug. Hermann staunte über die Unmengen von Marmeladenkartons. Da ließen sich ganze Armeen mit Marmelade einschmieren.

»Marmelade ist nuscht!« meinte Peter und rannte zur nächsten Baracke.

Knäckebrot! Knäckebrot in solchen Mengen, daß man die Gutspferde damit füttern konnte. Hermann fing an, Knäckebrotpakete in seine Taschen zu stecken, wollte auch einen Karton auf dem Gepäckträger festbinden, aber Peter schüttelte den Kopf.

»Wegen Knäckebrot sind wir nicht sechs Kilometer nach Drengfurt gefahren.«

Peter suchte Zwieback und fand ihn am Ende der Knäckebrotbaracke. Eine ganze Wandseite Zwieback. Aber man mußte aufpassen, daß man nicht die Kartons mit dem salzigen Gebäck, sondern den zuckersüßen Zwieback erwischte. Sie setzten sich auf den Fußboden, den Rücken zur Bretterwand, rissen Zwiebackschachteln auf und probierten.

»Dazu müßte man was trinken«, meinte Hermann.

»Nee, zum Saufen haben die hier nuscht! Bloß getrocknete Milch.«

Hermann überlegte gerade, wie man es fertigbringt, Milch einzutrocknen, als es einen fürchterlichen Knall gab, der ihnen die Fensterscheiben vor die Füße warf, drei Stapel süßen Zwieback in Längsrichtung umkippte (wenn sie da gesessen hätten!), Holzstücke, Dreck und Steine gegen die Barackenwand schleuderte und ein

Loch in die Decke riß, so groß, daß ein Leiterwagen hindurchfahren konnte. Peter erfaßte sofort die Situation: eine der letzten Baracken war in die Luft geflogen, die Baracke mit den Schmelzkäsedosen.

»Raus!« schrie er.

Während sie den Gang entlangliefen, über Zwieback und Knäckebrotkartons sprangen, krachte es schon wieder. Der Wehrmachtskübelwagen kam im Schritttempo die Barackenstraße entlanggefahren, und hinter ihm flog eine Baracke nach der anderen in die Luft.

Die Fahrräder!

»Mensch, wenn die Räder was abkriegen, sind wir aufgeschmissen!«

Sie holten die Fahrräder von der Marmeladenbaracke, rannten damit auf das Schilderhäuschen zu, wollten die Chaussee erreichen, bevor es wieder krachte. Da bemerkte sie der Unteroffizier im Kübelwagen.

»Was zum Teufel macht ihr hier?« schrie er. Er stoppte den Kübelwagen, hörte auf, Bretterwände und Schmelzkäsedosen in die Luft zu wirbeln. »Sind da noch mehr drin?« fragte er ärgerlich.

Peter schüttelte den Kopf.

Der Mann begann zu lächeln.

»Habt ihr wenigstens was gefunden?«

Er beugte sich zum Rücksitz des Kübelwagens, hangelte einen Papiersack hervor, warf ihn den Jungs zu.

»Und jetzt abhauen, aber schnell!«

Peter hievte den Papiersack auf den Gepäckträger.

»Du, das sind Bonsche«, grinste er Hermann an. Er wollte den Sack gleich an Ort und Stelle untersuchen, ihn aufbinden, mal probieren, aber in diesem Augenblick ging die Knäckebrotbaracke mit salzigem und süßem Zwieback hoch. Es wurde höchste Zeit, daß sie verschwanden.

Auf der Straße sammelte sich inzwischen eine Menschenmenge. Als das Knallen angefangen hatte, waren die Drengfurter aus ihren Häusern gekommen, um von den Marmeladendosen und Zwiebacktüten noch etwas zu retten. »Weitergehen! Weitergehen!« schrie der Soldat, der jetzt (wo war der hergekommen?) am Eingang stand und für den reibungslosen Ablauf der Sprengung zu sorgen hatte. Hermann und Peter drückten sich an ihm vorbei, bogen auf die Chaussee, bahnten sich klingelnd ihren Weg durch die herumstehenden Menschen. In sicherer Entfernung machten sie halt. Peter untersuchte den Sack. Tatsächlich Bonbons. Mal probieren. Mit Himbeergeschmack.

»Die hauen alles in Klump«, sagte Hermann.

»Davon hätte ganz Jokehnen hundert Jahre leben können«, brummte Peter, während seine Hände in den Bonbons wühlten. Alles eine Sorte. Nur Himbeerbonbons.

Nun fing es an zu brennen. Weißer Qualm wälzte sich aus den zertrümmerten Baracken und zog dicht über dem Erdboden Richtung Nordwesten.

»So stell ich mir Nebelwerfer vor«, meinte Hermann.

Es war alles hin, nur noch die Marmeladenbaracke stand hinter dem Schilderhäuschen. Der Kübelwagen stellte sich quer auf die Chaussee, drängte die Menschen zurück in die Vorstadt. Dann ade Marmeladenbaracke. Die Seitenwände gaben nach, legten sich flach auf die Erde, aus der Decke schossen Fetzen von Dachpappe, Holz und Karton. Auch das Schilderhäuschen klappte zusammen, wie von unsichtbarer Hand umgestoßen. Über die Straße rollten Marmeladendosen, beschädigte und unbeschädigte. Gelbe Aprikosenmarmelade kleckerte in den Drengfurter Chausseegraben.

»Nun ist die auch hinüber«, sagte Hermann.

Auf der Rückfahrt überholten sie einen Flüchtlingstreck. Die behäbigen Wagen rollten ohne Eile die

Chaussee entlang. Gemütlich sah es aus. Die Leute hatten Holzgestelle auf ihren Leiterwagen befestigt und darüber Wolldecken gespannt.

»Findest du nicht, daß die so ähnlich aussehen wie die Planwagen im Wilden Westen?« fragte Hermann.

Peter hängte sich an einen Wagen, unterhielt sich mit einem vermummten Kindergesicht, das hinter der Plane hervorschaute.

»Willst Bonsche?« fragte er das Kindergesicht.

Das Mädchen schlug die Plane zurück, und Peter warf, na bestimmt sieben, acht Bonbons in den Wagen.

»Wo seid ihr her?« wollte er wissen.

»Bei Angerburg«, sagte das Kindergesicht.

Das war gar nicht weit entfernt, 25 Kilometer östlich von Jokehnen.

Hoffentlich ist der Führer in Sicherheit, dachte Hermann. Wenn sein Hauptquartier zwischen Angerburg und Rastenburg im Wald lag, befand er sich jetzt in größter Gefahr. Und ohne Führer war alles verloren.

Kurz vor Jokehnen gab es eine Stockung auf der Chaussee: der Treck wurde von einer Viehherde aufgehalten. Die Rinder blockierten den Fahrdamm; einige versuchten, beiderseits der Chaussee zu grasen, und brüllten laut, weil sie unter der festen Schneedecke nichts Freßbares fanden. Ein Bauer aus dem Angerburgischen verhandelte mit einer Gruppe Soldaten. Sie sollten ihm seine Kuh erschießen, die mit lahmem Bein im Chausseegraben stand und sich weigerte, weiter zu flüchten. Hermann und Peter drängten sich dazwischen, sahen sich das genau an, sahen den Kleinsten der weißen Tarnanzüge durchladen und entsichern. Diese stumpfsinnigen Augen dort im Chausseegraben. Das knallte gar nicht so laut, wie man es sich immer vorgestellt hatte. Die Kuh stand noch einen Augenblick, als könnte sie nichts von ihren lahmen Beinen bringen.

Plötzlich legte sie sich auf die Seite, kehrte zwei Beine in die Höhe, rollte wieder zurück, ließ die Zunge aus dem Maul in den Schnee hängen, der sich rot färbte.

»Die friert nun ein«, sagte Peter. »Das Fleisch verdirbt nicht, kannst noch im Frühling essen.«

Ja, es war die Zeit, in der sich die Straßengräben mit konserviertem Rindfleisch füllten. Gelegentlich waren auch Pferde dabei und Schafe, später auch Menschen. Der große Überfluß landete in den Straßengräben.

Vor der Einmündung der Jokehner Dorfstraße schon wieder ein Stau. Die Sachsen rückten ab. Sie hatten die Chaussee abgesperrt, um in Ruhe ihre schwerbeladenen LKWs auf die Straße bringen zu können.

»An die Front fahren die auch nicht«, meinte Peter. Na, das war doch klar, mit Schraubenziehern und Kneifzangen konnte man nicht an die Front fahren. Die reparierten nur, was von der Front zurückkehrte.

Hermann und Peter stellten die Fahrräder vor Aschmoneits Haustür. Stolz trugen sie den Bonbonsack in die Küche. Peter ließ ihn auf die Fliesen fallen, daß es einen lauten Klatsch gab. »So«, sagte er und schlitzte den Sack mit einem Küchenmesser auf. Sie lagen auf dem Fußboden und verteilten: du einen, ich einen.

»Ist schon Abend, Peterche?« fragte die blinde Oma, die in ihrem Bett lag und für die es eigentlich immer Abend war.

»Du mußt nun mal den Mund halten, sonst verzählen wir uns, Oma.«

Sie waren noch nicht mit dem Zählen fertig, als Martha in der Tür erschien.

»Mein Gott, da seid ihr endlich!« stammelte sie. Ja, ja, die hatte wieder Angst ausgestanden, daß ihr Hermann unter die Räder kommen könnte. So spät nach Hause zu kommen!

»Zweihundertzweiundsiebzig Bonbons!« rief Hermann triumphierend.

»Kinder, Kinder, es wird doch schon dunkel. Und die ganze Chaussee ist verstopft mit Flüchtlingen und Militär!«

Hermann reichte seiner Mutter einen eingewickelten Himbeerbonbon.

War das nicht ein glücklicher Tag? Zweihundertzweiundsiebzig Bonbons. Wann gab es das schon? Nicht einmal zu Weihnachten oder zum Geburtstag.

Peter brachte der blinden Oma eine ganze Handvoll, schüttete den süßen Segen einfach auf die rotkarierte Bettdecke.

»Da, Oma, hast auch was zum Lutschen.«

Schlecht geschlafen. Das Detonieren der Marmeladenbaracke – immer wieder die Marmeladenbaracke – ließ Hermann ein ums andere Mal aus dem Schlaf aufschrecken. Dazu der brenzlige Gestank, die Flammen, die aus dem Barackenholz züngelten. Außerdem die Aufregung in Steputats guter Stube. Da kam schon in der Frühe, als alle noch schliefen, Inspektor Blonski über den Anger, ausnahmsweise nicht zu Pferd. Er kaute nervös auf einer kalten Zigarre und sagte: »Wir müssen abhauen!«

Insterburg war gefallen. Vor Angerburg stand die Rote Armee. Königsberg drohte die Einschließung.

Steputat drückte Blonski beschwichtigend ins Sofa. Es gab da Befehle von der Kreisleitung, von der Gauleitung, vom Gauleiter Erich Koch persönlich. Die Ostpreußen flüchten nicht, sie verteidigen ihre Höfe höchstpersönlich, notfalls mit Bohnenstangen und Mistforken. Bei Eydtkuhnen soll die SS einen Bürgermeister standrechtlich erschossen haben, weil sein Dorf zu früh flüchtete. »Aber die Leitnerswalder sind schon weg, auch die Nordenburger und alle Dörfer hinter dem Fürstenauer Berg.«

Steputat rief bei Ortsgruppenleiter Krause in Drengfurt an. Der würde mehr wissen.

»Der Krause ist bestimmt schon über alle Berge«, meinte Blonski. Aber er hatte sich geirrt. Ortsgruppenleiter Krause saß am 23. Januar 1945 in seinem Parteibüro am Drengfurter Markt direkt gegenüber dem ehemaligen Geschäft des kleinen Juden Samuel Mathern. Krause studierte die Feindlage: Nur Ruhe bewahren! Das Fallschirm-Panzer-Korps »Hermann Göring« hält den Masurischen Kanal. Ganz gewiß! Das weiß ich aus sicherer Quelle. Wir schicken heute sicherheitshalber Frauen und Kleinkinder aus Drengfurt nach Rastenburg ... Mit der Kleinbahn ... natürlich fährt die Kleinbahn noch ... bloß keine Panik. Wer auf die Flucht geht, verstopft unnötigerweise die Straßen und gefährdet das Heranführen unserer Reserven!

Recht so. Reserven heranführen. Steputat atmete auf. Er war felsenfest davon überzeugt, die oberste Führung würde das kleine Jokehnen nicht im Stich lassen. Alles hatte seine Ordnung. Wenn Gefahr bestände, bekäme Jokehnen Nachricht.

»Aber wir müssen auf das Schlimmste vorbereitet sein«, sagte Blonski.

Ja, da hatte er wohl recht. Vorbereitet sein, das verstieß gegen keine Befehle. Gibt es überhaupt genug Fuhrwerke in Jokehnen, um auf die Flucht zu gehen? Die Instleute vom Gut müssen zusammenrücken, drei Familien auf einen Leiterwagen. Und was machen die anderen, die weder Pferd noch Wagen besitzen? Sattler Rogall zum Beispiel, Straßenwärter Schubgilla mit den vielen Kindern? Blonski erbot sich, einen Plan aufzustellen über alle Wagen und Pferde Jokehnens. Noch heute, sofort. Er zündete die halbzerkaute Zigarre an, verschwand grußlos, dachte schon an seinen Plan, rechnete die Pferde und Wagen zusammen, verteilte die Jokehner. Schade, daß Mikoteit nicht dabei war, der mit seiner praktischen Art hätte so etwas am besten organisiert.

Kaum war Blonski gegangen, tauchte Onkel Franz auf.

»Ich versteh dich ja«, sagte er ruhig zu Steputat. »Als Bürgermeister mußt du anders darüber denken ... aber als Nachbar ... Ich meine, du darfst dich nicht wundern, wenn wir rechtzeitig abhauen. Weißt du, die Verwandtschaft in Rößel. Wir treffen uns da ... Wenn es losgeht, flüchten wir von dort aus alle zusammen!«

Onkel Franz zog es zu seinen Katholischen nach Rößel. Dort hatte die Mutter Gottes größeren Einfluß auf den Ablauf der Ereignisse. Tante Hedwig sagte immer: Man muß auf Gott vertrauen! Und ihr Gott, der Gott der Katholischen, war natürlich in Rößel ganz nahe dran.

Steputat schwieg dazu.

»Weißt du«, fuhr Onkel Franz fort, »ich laß dir den Osterhasen. Und einen Wagen hab ich für dich fertig abgeschmiert auf die Scheune gefahren. Wenn du dir noch ein Pferd vom Gut holst, hast du ein prima Gespann ... Auf den Osterhasen kannst du dich verlassen.«

Steputat murmelte etwas vor sich hin, wollte sich wohl bedanken für den Osterhasen und den abgeschmierten Wagen. »Was wird mit deinem Vieh?« fragte er nach einer Weile.

»Das binde ich los und werfe ihm Futter runter. Für eine Woche reicht es. Und in einer Woche entscheidet sich alles. Entweder kommen wir zurück, oder die Russen sind da und können sich um die Tiere kümmern.«

Martha saß schweigend im Lehnstuhl, strickte an grauen Wollstrümpfen für Hermann, die er nicht gern trug, weil sie kratzten. Aber sie sind doch so schön warm, Jungche! Während Steputat und Onkel Franz sich ausführlich über das Vieh unterhielten (vor allem über das Tränken der Kühe), dachte Martha an die Kosaken, die im August 1914 den Kindern Pflaumen von den Bäumen geschüttelt hatten. An die kleinen, struppigen Pferde, die schnauzbärtigen Kerle. Das war damals alles gar nicht so schlimm gewesen. Aber warum mußte es jetzt im tiefsten Winter geschehen? Im Wolfsmonat mit Eis und Schnee? Da gab es kein Pflaumenschütteln. Schade.

Der alte Maurer Seidler saß hinter dem Küchenfenster. Er pustete warmen Rauch aus seiner Tabakspfeife gegen die befrorenen Scheiben und sah zu, wie die Eisblumen abtauten. Erst gaben sie den grauverhangenen Himmel frei, dann die Äste des Apfelbaums, schließlich konnte Seidler den Anger sehen und die in den Schnee getretenen Trampelpfade.

»Da kommt der Steputat«, sagte er zu seiner Frau, die im Lehnstuhl am Ofen saß, die verkrüppelten Beine in eine Decke gehüllt.

»Was der wohl will?«

Steputat trat den Schnee von den Schuhen, klopfte laut an die Tür, stand schon in der Küche, noch ehe Seidler ihn hereingebeten hatte. Man sah es ihm an, daß er nur wenig Zeit hatte. Er kam auch gleich zur Sache. Für den Fall eines Falles hätte man das so eingeteilt: Seidler mit seiner Frau und der Markowschen auf einen Leiterwagen. Dazu Sattler Rogall. Das Fuhrwerk wird vom Gut gestellt. Natürlich nur das Nötigste packen, es geht ja bald zurück. Außerdem ist alles nur eine Vorsichtsmaßnahme für den Ernstfall. Höchstwahrscheinlich brauchen die Jokehner nicht weg, weil der Masurische Kanal gehalten wird.

»Der alte Seidler flüchtet nicht«, brummte der Mann

am Küchenfenster. Umständlich stand er auf, schlurfte mit seinen Holzpantoffeln zum Küchenschrank, holte allerlei Koddern und Schlorren hervor, bis er endlich das Gesuchte fand.

»Wir haben dies hier«, sagte Seidler und entrollte eine rote Fahne, fast ein Meter im Quadrat. Bedächtig pustete er Staub und Spinngewebe von dem roten Tuch.

»Die hängen wir raus, nich, Minna?« schrie er in die Stube.

Steputat blickte ihn fassungslos an.

»Noch ist das nicht soweit«, sagte er gereizt. (Es mußte einen scheußlichen Eindruck machen, wenn in Jokehnen eine rote Fahne aus der Dachluke hing.)

»Aber bald«, triumphierte der alte Mann.

»Das geht nicht gut«, sagte Steputat kopfschüttelnd.

Seidler stopfte seine Pfeife, pustete wieder Rauch gegen die abgetauten Scheiben und sagte: »Was habt ihr bloß Angst. Denkt wohl, die Rote Armee wird morden und brennen. Das ist doch alles Propagandagerede von diesem Josef, diesem hinkenden Josef. Die Soldaten der Roten Armee sind anders als früher die Mongolenhaufen des Zaren. Die wollen die Menschheit befreien, verstehst du. Die sind doch nicht so dumm, mit Mord und Totschlag über uns herzufallen. Die bestrafen nur den, der es verdient hat. Aber den anderen werden die Augen aufgehen! Ganz Deutschland wird auf einmal sehen, daß es neben dieser Welt der Gutsbesitzer, Pfaffen und Offiziere noch ein anderes Leben gibt. Und über Deutschland wird der Kommunismus seinen Siegeszug um die Welt antreten.«

Der alte Seidler redete sich langsam in Rage, trumpfte ein paarmal zur Unterstreichung mit der Krücke auf, berief sich immer wieder auf seine Minna, die schweigend neben dem Ofen saß und die krummen Füße wärmte.

»Noch sind die Deutschen da«, sagte Steputat. »Wenn sie deine rote Fahne sehen, werden sie dir eine Handgranate in die Küche werfen.«

»Ich weiß, was ich tue.«

So war es. Der alte Seidler war doch kein Dummkopf. Der Kommunismus wollte die Welt gewinnen. Wer solche Ziele hat, darf die Menschen nicht mit Grausamkeiten erschrecken. War das nicht logisch gedacht für einen alten Mann im fernen Jokehnen?

Steputat verließ kopfschüttelnd das Haus. Im Grund genommen hatte die Halsstarrigkeit des Alten auch seine Vorteile: sie sparten zwei Plätze auf den Fuhrwerken.

Während Steputat in amtlicher Eigenschaft durch das Dorf eilte, benutzte die Markowsche die Gelegenheit, Martha einen Besuch abzustatten. Sie kam am liebsten, wenn Martha allein war. An diesem Tag überraschte sie Martha beim heimlichen Packen. Martha hatte – Steputat durfte davon nichts wissen – mit den unauffälligen Stücken begonnen, Wäsche zum Beispiel. Gestärkte Hemden, Unterhosen, dicke Schlüpfer und lange Nachtgewänder verschwanden in einem Bettbezug, den sie hastig hinter den Schrank schob, als die Markowsche auftauchte. Aber die alte Frau hatte schon längst erkannt, was in Steputats guter Stube vorging.

»O Gottke, o Gottke«, jammerte sie. »Nun müssen wir doch flüchten.«

Martha wollte es ihr ausreden. Aber die Markowsche war nicht mehr aufzuhalten. Sie wollte gleich rüberlaufen und bei sich alles in eine Flickerzich werfen. Ob sie den Spinnwocken mitnehmen sollte? Und natürlich ordentlich Bauchstück aus der Räucherkammer. Eingemachtes: Haschee und Sülze, Klopse und Kujelfüße. Aber was sollte aus dem Lebendigen werden? In dieser Jahreszeit! Ach, die armen Hühnerchen! Nein, sie wollte doch nicht flüchten! Die Katz hatte auch nichts zu fressen. Na, die kann doch für kurze Zeit Mäuse fangen. Aber die Karnickel. Nein, das ließ sich nicht machen! Man kann die Kreatur nicht allein lassen. Und überhaupt: Hier ist unsereiner zu Hause, hier raucht der Schornstein, hier ist der Ofen warm. Hier muß man bleiben, da hat alles seinen Platz und seine Bestimmung.

»Wo bloß der Hindenburg bleibt?« wunderte sich die alte Frau.

»Der ist doch tot, Mutter Markowski.«

»So, tot ist er.«

Die Markowsche sah alle Hoffnungen fahren. Keine Tannenbergschlacht, keine Winterschlacht in Masuren zur Rettung Ostpreußens. Ja, wenn der Hindenburg noch da wäre! Sie konnte nicht wissen, daß der Retter Ostpreußens an diesem Tage selbst auf die Flucht ging. Am Abend wollte der mit Flüchtlingen beladene Kreuzer »Emden« den Königsberger Hafen verlassen, als ein Wehrmachtslastwagen am Kai vorfuhr. Soldaten schleppten die Särge der Hindenburgs an Bord. Sie hatten die Leichen in letzter Stunde aus dem Hindenburgturm des Reichsehrenmals Tannenberg geholt und nach Königsberg geschafft. Der gute Geist Ostpreußens verließ die grausige Stätte. Das Tannenbergdenkmal, der burgartige Bau mit acht Türmen, wurde von einer deutschen Dynamitladung in die Luft gejagt, noch bevor die russischen Soldaten schweinische Sprüche an die heiligen Mauern schmieren konnten. Aber nach der Befreiung Ostpreußens wird Tannenberg wieder aufgebaut! Das verkündete der Großdeutsche Rundfunk.

Und der geflüchtete Hindenburg wird wiederkehren, dort wird er sitzen in seinem Turm und über das Schlachtfeld von Tannenberg blicken.

Die Lage besserte sich. Am Friedhof – ausgerechnet hinter den Gräbern – ging an diesem 25. Januar deutsche Artillerie in Stellung. Für die Jokehner Jungs war es eine Freude, daß die Artillerie die von ihnen ausgehobenen Schützengräben mitbenutzte. Die Artillerie befindet sich nach allen militärischen Regeln in zurückgezogener Stellung, weit davor die Infanterie, dann noch ein gutes Stück Niemandsland zum Feind hin. Wenn man das alles zusammenrechnete, sah es für Jokehnen gar nicht so schlecht aus.

Zum Mittagessen brachte Hermann die Nachricht nach Hause: Onkel Franz ist weg. Der war in aller Frühe noch vor Tagesanbruch mit zwei vollgepackten Wagen zu seinen Katholischen nach Rößel gefahren. Steputat nickte nur abwesend, ging aber nach dem Mittagessen doch mit Hermann auf den verlassenen Hof und überzeugte sich davon, daß Onkel Franz tatsächlich den Osterhasen und einen abgeschmierten Wagen zurückgelassen hatte. Vor dem Eingang zum Schweinestall fand Hermann den toten Hofhund. Warum nimmt man Hunde nicht mit auf die Flucht? War es möglich, daß Onkel Franz ihn eigenhändig erschossen hatte? »Für den Hund ist es besser so«, sagte Steputat und zog Hermann fort.

Aber Hermann konnte es nicht fassen. Blieb stehen. Schaute sich um. Nicht einmal beerdigt haben sie den Hund. Einfach vor den Schweinestall gelegt.

Der Junge muß sich erst an so etwas gewöhnen, dachte Steputat. Der weint noch um einen toten Hund. Und wenn ein Schwein geschlachtet wird, läuft er in die Büsche am Teich. Aber das Leben besteht nicht nur aus Wurstessen, man muß auch die Schweine totschlagen, um an die Wurst zu kommen. Sie kamen zusammen mit der Briefträgerin vor der Bürgermeisterei an. »Das wird das letzte Mal sein«, sagte die Frau, die mit dem

Fahrrad von Drengfurt aus die Briefe über Land brachte. Heute abend fährt der letzte Zug nach Rastenburg. Dann kommt keine Post mehr.

Aber am 25. Januar brachte sie noch einmal das Kreisblatt und den »Völkischen Beobachter« mit einem Artikel über die Schwierigkeiten der Engländer in Indien zu Steputat nach Jokehnen. Einen Brief vom Wehrbezirkskommando wegen einer Personalauskunft über den zum Volkssturm einberufenen Bubi Helmich. Auch die Karte einer Frau Schobewitz aus Berlin war dabei, die als Evakuierte in Jokehnen gelebt und zwei Bücher – wichtige Bücher – vergessen hatte, um deren freundliche Übersendung sie bat. Gegen Erstattung der Auslagen, versteht sich. Das Reichsgesetzblatt mit einer Verordnung vom 12. Januar 1945 über die Stiftung eines Tiefffliegervernichtungsabzeichens vervollständigte den amtlichen Posteingang bei Steputat. Was später an restlichen Reichsgesetzen verkündet wurde, sollte die Bürgermeisterei von Jokehnen nicht mehr erreichen. Niemals in Jokehnen angekommen sind eine 2. Verordnung über die Verwaltung der Landwirtschaftlichen Hochschule Tetschen-Liebwerd, eine Verordnung über die Aufhebung der Sonderbestimmungen für die Ostarbeiter und die betrübliche, aber den Umständen nach wohl unvermeidliche Mitteilung, daß aus kriegswichtigen Gründen der 20. April 1945 – Führers Geburtstag – wie ein gewöhnlicher Arbeitstag zu behandeln sei. Dann schwieg das Reichsgesetzblatt.

Sie saßen beim Mittagessen, als eine Detonation die Teller klirren ließ. »Das ist unsere Artillerie!« jubelte Hermann. Er rannte zum Fenster und blickte zum Friedhof. Nein, die Artillerie schoß nicht. Aber über den hundertfünfzig Metern des Fürstenauer Berges hing eine weiße Rauchwolke.

»Die haben den Bismarckturm gesprengt«, bemerkte Steputat und setzte sich wieder an den Mittagstisch. Eingemachte Blaubeeren gab es und Flinsen, Hermanns Lieblingsgericht. Martha erfüllte in diesen Tagen jeden Wunsch. Neben der Blaubeersuppe lag die Zeitung auf dem Tisch; Steputat blickte mehr auf das Papier als in die Schüssel. Der aus Elberfeld zugelaufene ostpreußische Gauleiter Erich Koch hatte die Flucht der Zivilbevölkerung verboten. Das schrieb die Zeitung. Deutsche Männer und Frauen stehen, wo sie stehen. Der dachte wohl, es müßte den deutschen Soldaten das Herz brechen, Dörfer mit bewohnten Häusern in russische Hand fallen zu lassen. Angerburg wurde aufgegeben an diesem 25. Januar. Auf dem Soldatenfriedhof stand die russische Artillerie. Von dort aus schoß sie bequem über den Fürstenauer Berg hinweg nach Drengfurt hinein. Hell und klar klangen die Abschüsse. Das hörte sich anders an als das undeutliche Gegrummel von der Grenze her, mit dem der Großangriff vor zwölf Tagen begonnen hatte. Hier konnte man sie zählen, die Abschüsse.

»Warum schießt unsere Artillerie denn nicht zurück?« fragte Hermann.

Wie sollte Steputat das wissen? Gegen Abend wurde es still, so still wie immer in Jokehnen. Die russische Artillerie machte Pause. Hinter dem Fürstenauer Berg brannte es; niemand sah die Flammen, nur den Widerschein des Feuers am abendlichen Himmel. Oder ging der Mond auf?

Martha brachte ihr Kind ins Bett. Sie ließ sich viel Zeit. Sie wärmte das Zudeck an der Heizung, weil Hermann es gern mochte. Sie saß auf der Bettkante, bis er einschlief. Mein Gott, so eine Nacht kann lang sein. Plötzlich überfiel sie die Vision, bis zum Morgengrauen könnte Schreckliches geschehen.

»Und wenn sie über Nacht kommen?« fragte sie Steputat.

Der schüttelte den Kopf. »Es ist doch alles ruhig.«

Steputat ging zum Telefon, rief das Fernamt an.

»Hier Vermittlung«, hörte er eine helle Stimme.

»Können Sie mich mit Angerburg verbinden, Fräulein?«

»Die Leitung nach Angerburg ist unterbrochen.«

»Sind Drengfurt und Nordenburg noch zu erreichen?«

»Ja, alles frei.«

»Danke«, sagte Steputat.

»Welchen Teilnehmer wollten Sie?« fragte die helle Stimme.

»Nein, danke, ist schon gut.« Steputat legte den Hörer auf.

»Siehst du«, sagte er zuversichtlich. »Alles noch in deutscher Hand.«

Bis auf Angerburg.

Martha war früh auf den Beinen an diesem 26. Januar 1945, der ohne Kanonendonner begann. Grau verhangen der Morgenhimmel und still, viel zu still. Auf der Chaussee keine Flüchtlingswagen, kein Militär. Lag Jokehnen schon im Niemandsland?

»Ich halte das nicht mehr aus«, sagte Martha und fing erneut an zu packen. Steputat ließ sie gewähren.

Heinrich aus Masuren saß fertig angezogen in der Schneiderstube, hatte sein Bündel gepackt und auf den Bügeltisch gelegt. Nun saß er da und rauchte eine Pfeife nach der anderen.

»Ihr nehmt mich doch mit, Meister?«

Natürlich nehmen wir Heinrich mit!

Steputat wollte sich in Drengfurt nach der neuesten Lage erkundigen. Darf man den Ortsgruppenleiter so früh aus dem Schlaf telefonieren? Auf Marthas Drängen wählte Steputat die Drengfurter Nummer: die Leitung war tot. Hatten sie das kleine Jokehnen am Ende doch vergessen? Mal sehen, was in Barten los ist. Stadtverwaltung Barten. Das Telefon klingelte fortwährend, aber niemand nahm den Hörer ab. Waren die Jokehner denn ganz allein geblieben? Ob Rastenburg noch zu erreichen ist? Nein, auch dort war die Leitung tot.

»Aber unsere Artillerie steht noch am Friedhof«, sagt Hermann.

Gott sei Dank, die Artillerie!

Vom Friedhof her kommt Blonski durchs Dorf galoppiert. Hält vor Steputats Tür und schreit: »Der Batteriechef sagt, wir sollen verschwinden!«

Schon reitet er weiter, sprengt zu den Insthäusern, um dort Bescheid zu geben.

Ein Gutsknecht bringt ein kleines schwarzes Pferd zu Steputat.

»Ilka heißt es«, sagt er.

Steputat nimmt Ilka am Zügel, führt das Pferd, begleitet von Hermann, zu dem verlassenen Hof von Onkel Franz. Holt den Osterhasen aus dem Pferdestall. Sie spannen die Pferde vor den leeren Wagen, der auf der Scheune steht. Als Hermann sich bückt, um die Stränge zu befestigen, sieht er das Gesicht seines Vaters.

Mensch, der weint ja!

Hermann darf den Wagen bis zu Steputats Haustür fahren. Steputat bleibt zurück auf dem verlassenen Hof. Was will der da? Sich die Tränen aus den Augen wischen? Einen verlassenen Bauernhof ansehen?

Die schwarze Ilka und der braune Osterhase geben ein drolliges Gespann: der Osterhase groß und kräftig, Ilka zierlich, mit langer schwarzer Mähne. Heinrich nagelt die Holzlatten für das Verdeck des Wagens. Steputat – er ist bedächtig schlendernd nachgekommen – befestigt die Decken. Weint auch nicht mehr. Martha schleppt Kisten und Beutel aus dem Haus. Nun wird es ein richtiger Planwagen wie in den Büchern aus dem Wilden Westen. Gemütlich ist es unter dem Deckendach. Da kann man sich schön verkriechen, wenn es draußen schneien sollte.

Während sie an dem Verdeck basteln, kommen Soldaten in Tarnanzügen durchs Dorf. Kommen von Norden, von Wolfshagen her, marschieren nach Südwesten. »Seid ihr noch nicht weg?« fragt einer im Vorübergehen. Sie haben keine Zeit für lange Gespräche, sammeln sich an der Bahnstrecke nach Barten. Sind das die letzten? Liegt Jokehnen jetzt endgültig im Niemandsland?

Da kommt schon wieder Blonski angejagt.

»Wir fahren besser nicht auf die Chaussee, sonst halten die uns noch an, weil wir keinen Befehl zum Flüchten haben. Am besten über die Dörfer, über Skandlack und dann durch die Wälder. Nach Schippenbeil zur Allebrücke. Die müssen wir kriegen, bevor sie kaputtgeht.«

Er redet noch eine Weile auf den schweigenden Steputat ein. Blonski will vorausfahren mit der Majorschen und der kleinen weißen Frau. Hinter Schippenbeil wird er warten und Pferdefutter für den Jokehner Treck organisieren. Aus der Ferne im Norden Maschinengewehrfeuer. Das muß im Wolfshagener Wald sein.

Der Himmel ist noch immer grau verhangen. Schneewolken. Mittags rückt die Artillerie vom Friedhof ab, ohne einen Schuß gefeuert zu haben.

»Wollt ihr noch was essen?« fragt Martha, als sie mit den letzten Gepäckstücken zum Wagen kommt.

Steputat schüttelt den Kopf. Er geht zum Stall, bindet die Kuh los und wirft ihr reichlich Heu vom Boden. Martha öffnet den Hühnerauslauf, aber die Hennen frösteln und bleiben im Stall. Es ist halb drei.

Im Gut geht das elektrische Licht aus, das schöne Licht, das erst seit Weihnachten in Jokehnen brennt.

Über Drengfurt liegt schwarzer Qualm.

Martha schließt die Haustür ab.

Ach Gott, die Karnickel. Futter hinwerfen und Stalltüren öffnen. Sie müssen sehen, wie sie überleben.

Die Zentralheizung geht bestimmt in die Brüche, bei dem Frost!

Unten am Gut versammeln sich die ersten Wagen.

Wird es Schnee geben? Heinrich aus Masuren schüttelt den Kopf. Eher Frost. Hermann baut sich hinten im Wagen ein Nest aus warmen Decken und Kissen. Er findet einen Ausguck, durch den er über den Jokehner Dorfteich blicken kann. Da watscheln die noch immer grauen Schwäne über das Eis. Im Gänsemarsch. Auf die Brücke zu. Auf die Schule. Sieht aus, als gehen sie zur Schule. Um Gottes willen, wenn die Lehrerin morgen zurückkommt, und alle Jokehner Schulkinder sind fort! Da die so viele Schularbeiten aufgegeben hat.

Steputat nimmt den Schlüssel und geht noch einmal hinauf. Ganz allein. Es dauert nicht lange. Er steckt den kleinen Revolver aus dem Nachttisch ein. Kommt mit einer Flasche im Arm zum Wagen zurück: Das ist der Friedensrum für den Endsieg. Er schiebt die Flasche vorn neben den Kutscherbock. So, ist noch was?

Nein, nichts. Steputat knallt mit der Peitsche. Ilka und der Osterhase ziehen an. Es knirscht im Schnee. Steputat blickt sich nicht um. Auch Heinrich aus Masuren nicht. Der sitzt neben Steputat auf dem Bock, hat seine Pfeife ausgehen lassen. Denkt ein bißchen an Masuren.

»Frierst auch nicht, Hermannche?« fragt Martha, die tief im Innern des Wagens sitzt.

Nein, er friert nicht.

Maurer Seidler hat tatsächlich ein rotes Tuch aus der

Dachluke gehängt. Steputat sieht es im Vorüberfahren. Sieht er es wirklich? Es ist ihm ziemlich gleichgültig.

Unten vor der Gutsauffahrt reiht sich Wagen an Wagen. Na, denn los! Die Kolonne setzt sich in Bewegung. An den Insthäusern vorbei zur Schmiede. Steputat am Schluß des Trecks. Ist der Feldweg nach Skandlack überhaupt passierbar? Ja, die Gutsschlitten haben Buschholz aus dem Wald geholt und die Schneedecke festgefahren.

Wie der weiße Dampf aus den Nüstern der Pferde pafft!

Hermann liegt auf dem Bauch und blickt rückwärts durch seinen Ausguck. Er ist der letzte, der Jokehnen verläßt, sieht die grauen Häuser langsam im weißen Schneefeld untertauchen.

Drengfurt brennt noch immer.

»Wir sind die letzten«, meinte Heinrich. »Nach uns kommt keiner mehr. Die Kollkeimer sind schon weg und die Skandlacker.«

Der Treck führte durch leere Dörfer, in denen kein Hund anschlug und kein Licht brannte. Diese Stille. Kein Schuß fiel, kein Kanonendonner. Kein Mensch stand auf den verschneiten Dorfstraßen und grüßte. Eine willkommene Unterbrechung dieser Verlassenheit waren die Kühe, die sie auf dem Skandlacker Gutshof antrafen. Sie standen im Schnee und brüllten. In Jokehnen wäre jetzt Melkzeit. Dann Schummerstunde, Petroleumfunzeln anzünden.

Es wurde schummerig. Sie durchquerten den Skandlacker Forst, dessen eingeschneite Tannen wie Scharfschützen am Wege lauerten. Warum fahren wir nicht einfach in den Wald? dachte Hermann. Eine Höhle schaufeln und darin warten, bis der Weltuntergang vorbei ist. Was soll dieser lange Treck, den ein einziges

Flugzeug mit Bordwaffen in seine Bestandteile aufzulösen vermag? Sollte man in solchen Situationen nicht den großen Haufen verlassen, sich allein durchschlagen?

Plötzlich griff eine Hand aus der Dunkelheit unter die Plane und berührte Hermanns Schulter. Das war Peter Aschmoneit. »Komm raus und sieh dir das an«, sagte Peter. »Es brennt überall.«

Hermann sprang in den Schnee. Sie stiefelten hinter den knirschenden Rädern her und blickten nach rückwärts. An vier ... fünf Stellen brannte der Horizont.

»Ist das Jokehnen?« fragte Hermann.

Peter war ziemlich sicher, daß es nicht Jokehnen sein konnte. Jokehnen lag südlicher. Jetzt ging auch noch der Mond auf, täuschte einen Großbrand am Horizont vor, schob sich mit seiner fülligen Rundung zwischen zwei brennende Häuser, stahl dem Feuer die Schau, räucherte nicht, fackelte nicht. Dieser Mond, mitten in der Hauptkampflinie! Oder lag er im Niemandsland?

Hermann und Peter eilten nach vorn bis zu dem Wagen, auf dem Peters Mutter und die blinde Oma saßen. Es gab da allerlei Spektakel, weil sie ihren Platz mit einer Frau und drei kleinen Kindern teilen mußten. Die Kinder weinten abwechselnd, um sich am Einschlafen zu hindern. Peter langte unter die Kissen, auf denen die blinde Oma lag, holte eine Handvoll Bonbons hervor. Bei der Bonbonbaracke in Drengfurt sind vielleicht schon die Russen, dachte Hermann.

Plötzlich stockte der Treck. Vorn Lärm: Fahrzeuge, Ketten. Gott sei Dank, wieder Menschen. Hermann und Peter liefen zur Kreuzung und sahen den Rückzug der deutschen Nachhut vom Masurischen Kanal. Drei Soldaten sperrten die Kreuzung, sorgten dafür, daß die Mannschaftswagen, einige Pakgeschütze, drei Panzer (einer davon mit zerschossenen Ketten auf einem Tieflader) ungestört im Schutze der Dunkelheit nach Westen fahren konnten.

Heinrich aus Masuren stopfte sich eine Pfeife, die erste, nachdem sie Jokehnen verlassen hatten. Steputat neben ihm starrte geradeaus, sprach kein Wort, blickte sich nicht um, so sehr der Horizont auch brannte.

»Warum geht es nicht weiter?« fragte Martha von hinten.

»Auf der Chaussee sind Soldaten.«

Sie warteten eine halbe Stunde und noch eine halbe Stunde. Da kommen einem die wunderlichsten Gedanken. Da hat man viel Zeit zu denken. Während dieses verdammten Wartens vor der Chaussee nach Schippenbeil brach Steputat ein Wort, das er sich und dem deutschen Volk gegeben hatte. Er holte die Flasche Friedensrum hervor, betrachtete das Etikett im Mondschein, öffnete die Flasche feierlich. Überlegte eine Weile, ob er trinken oder Heinrich den ersten Schluck anbieten sollte. Setzte schließlich selber an und trank. »Hier, nimm einen«, murmelte Steputat und reichte Heinrich die Flasche. Heinrich trank, als sei es die selbstverständlichste Sache der Welt, daß sie sich jetzt über den Friedensrum hermachten. Nur Martha wunderte sich, sagte aber nichts. Sie kletterte vom Wagen und meinte: »Mein Gott, ich muß nach dem Jungen sehen.«

Sie lief nach vorn und holte Hermann aus der Menge, die den abrückenden Soldaten zuschaute, während Peter, um den sich keiner kümmerte, an der Straße bleiben durfte, bis die letzten Kradfahrer die an der Chaussee postierten Soldaten mitnahmen. Schluß. Aus. Niemandsland.

»Nu is wieder still«, brummte Heinrich aus Masuren.

»Ich glaube, die haben uns angeschissen«, sagte Steputat. »Die ganze Zeit über angeschissen.«

»Was soll der Junge denken?« ermahnte ihn Martha aus dem Innern des Wagens.

»Der Junge, der Junge! Der wird auch merken, daß sie uns angeschissen haben. So sieht der planmäßige Rückzug aus, Heinrich! Wir kämpfen um jeden Meter, Heinrich! Bloß ist nuscht davon zu merken.«

So sprach Bürgermeister Karl Steputat aus Jokehnen am 26. Januar 1945, nachdem er viermal aus der Flasche Friedensrum getrunken hatte. Derselbe Karl Steputat, der für alles eine Erklärung gehabt, der immer an das Gute geglaubt, der völlig arglos sechs Jahre Krieg erlebt hatte. Friedensrum ist eben Friedensrum.

Der Jokehner Treck bog auf die Chaussee nach Schippenbeil. Die Pferde begannen zu traben. Vorn an den Wagen schepperten die aufgehängten Eimer und Kochtöpfe. Anschluß gewinnen. Irgendwo wieder Menschen treffen. Rechtzeitig über die Allebrücke kommen, bevor das Ding in die Luft fliegt.

Wie spät ist es wohl?

Schon nach Mitternacht. Es ist der 27. Januar, der Tag, an dem Rastenburg, Drengfurt und – aber das erwähnte kein Wehrmachtsbericht – Jokehnen in die Hand der 3. Weißrussischen Front fielen, im Norden die Baltische Front vor Königsberg stand, im Südwesten die 4. deutsche Armee im Raum Wormditt–Guttstadt–Liebstadt den Durchbruch zur Weichsel versuchte. Der Mond hing über dem Schnee. Die Feuer am Horizont waren erloschen. Eine ganz normale, stille Nacht.

Gegen Morgen verdichtete sich der Strom der Fahrzeuge. Während die Trecks sich stauten, blieb Zeit, die Pferde zu füttern. Heinrich hielt Ilka und dem Osterhasen zwei Eimer mit Hafer vor das Maul, während Steputat von einem verlassenen Gehöft Wasser holte. Er war wieder nüchtern und ganz der alte Karl Steputat.

Wieder ein wenig hoffnungsvoller. Irgendwo wird die Front schon halten. Vielleicht an der Alle, diesem Flüßchen, das Ostpreußen von Süden nach Norden durchquert, es in zwei Teile schneidet. Von vorn kam das Gerücht, die Allebrücke in Schippenbeil sei hin.

»Dummes Zeug!« sagte Steputat. »Den Knall hätten wir hören müssen.«

Aber es kam nun doch Bewegung in die Trecks. Vierspänner überholten Zweispänner im Trab. Es gab keinen Gegenverkehr. Wer aus Nebenstraßen auf die Chaussee wollte, mußte lange warten. In der Vorstadt von Schippenbeil brach einem Wagen das Hinterrad (zum Glück war es kein Jokehner). Der Treck machte einen Bogen um das zusammengebrochene Fuhrwerk, an dem zwei Männer rissen und hoben, während die Kinder weinend am Straßenrand standen. Endlich wieder ein deutscher Soldat. Er stand auf der Holzbrücke in Schippenbeil und winkte hastig wie ein Verkehrspolizist, der die Kreuzung räumen will. Er hatte Mühe, mit dem Durcheinander fertig zu werden. Aus allen Gassen strömte es auf die Brücke zu. Das nahm überhaupt kein Ende. Eine halbe Stunde standen sie in dem Wirrwarr davor, dann kamen die Jokehner an die Reihe. Ilka und der Osterhase schlugen ihre Hufe in das zerfaserte Holz der Notbrücke. Es vibrierte. An den Pfeilern hingen Sprengladungen. Irgendwann wird der Soldat auf der anderen Seite den Hebel runterdrücken und das Brückenholz zerkleinern. Die Pferde werden scheuen, Fuhrwerke kurz vor der Flußböschung zum Stehen kommen ... oder auch nicht. Der Wagen mit dem zerbrochenen Hinterrad in der Vorstadt schafft es bestimmt nicht mehr. Granaten werden in den zurückbleibenden Haufen einschlagen. Wer Mut hat, wird über das Eis des Flusses laufen, die Kinder auf dem Rücken. Den steilen Hang hinauf ...

Aber die Jokehner waren durch. Nun erst mal ausruhen. Die Pferde ausspannen. Hinter der Alle gab es Dörfer, in denen noch Menschen wohnten. Das beruhigte. Da war zum Beispiel Landskrohn. Die Jokehner scherten aus dem Zug, hielten auf dem zerfahrenen Platz vor dem Landskrohner Krug, der von Heuresten und Pferdemist verunziert war. Im Krug durften sie Kaffee kochen. Der Krugwirt belud selber schon seinen Wagen, mühte sich ab, einen wohl sehr wertvollen Teppich aus dem Clubzimmer nach draußen zu schleppen. Den wollte er mitnehmen. In der Küche drängten sich die Jokehner Frauen. Ein Kessel blies heißen Dampf gegen die verräucherte Küchendecke. Heinrich schleppte Buschholz vom Hof herein und gab dem Feuer Zunder. Draußen besorgten Steputat, Hermann und Peter Heu für die Pferde.

Während die Erwachsenen im Krug Kaffee tranken und Schmalzbrot aßen, saßen die beiden Jungs auf einem Heubündel bei den Pferden. Sie sahen den Fuhrwerken nach, die nun wesentlich gemächlicher als in dem Schippenbeiler Gedränge vorbeiklapperten, die Kehren der Dorfstraße gehorsam ausfuhren, bei der Kreuzung auf die Chaussee bogen und in endloser Reihe hinter den Bäumen verschwanden. Hermann zählte sie, kam bis dreiundsechzig, als jener mörderische Lärm anfing. Über ihnen. In den Wolken oder unter den Wolken? Es raste über den Himmel ... an drei ... vier Stellen. An einem Punkt verharrte der Lärm, wurde sichtbar in Gestalt einer Dreckfontäne, die aus dem Chausseegraben in die Baumkronen spritzte. Da rollte es schon wieder zurück, zeigte sich noch einige Male in hochwirbelnden Erdkluten, warf auf einmal Räder, Deichsel und Pferdefleisch in die Luft.

Irgendwo tackte eine Vierlingsflak.

Und die Pferde! Sie gingen hoch. Wieherten. Deichseln splitterten. Da kam ein Wagen ohne Kutscher auf die Krugtür von Landskrohn zu, machte vorher eine scharfe Kehre, warf das Verdeck mit allem, was darunter war, in den Schmutz (zum Glück kein Jokehner Fuhrwerk). Stränge rissen und Zügel. Männer schoben einen zu Bruch gegangenen Wagen an den Straßenrand, um Platz für die übrigen zu schaffen.

In diesem Chaos bewährte sich die treue Seele Ilka. Irgendwo im Baltischen erbeutet und als Ersatz für ein eingezogenes Vollblutpferd an das Gut Jokehnen geliefert, stand Ilka unerschütterlich, kaute ihr Heu, schlug nur lässig mit dem Zagel, als schichere sie Stechfliegen. Der Osterhase, diesen Lärm am Himmel Ostpreußens nicht gewohnt, wollte mitmachen, ausbrechen, das Chaos vergrößern, aber Ilka stand brav an ihrer Deichsel und hielt ihn zurück.

Es ging so schnell, daß schon alles vorüber war, als Hermann und Peter aus dem Heuhaufen krabbelten. Die Vierlingsflak gab zwar noch Laut, stotterte hinter dem abnehmenden Getöse im Osten her, dann gab auch sie es auf. Als Steputat und Heinrich am Wagen eintrafen, war schon alles ruhig. Aber die gemütliche Morgenkaffeerunde hatte ein Ende. Als sie weiterfuhren, blieb Peter auf Steputats Wagen. Er saß mit Hermann hinten und sah sich die Bescherung an. Hermann zählte die Löcher auf dem Acker.

»Besonders gut gezielt haben die auch nicht«, meinte Peter.

In der Tat, sie hatten kräftig den Acker aufgewühlt. Aber einmal hatten sie doch getroffen, hart am Rand des Straßengrabens. Hermann und Peter lagen auf dem Rücken und sahen die zerfetzten Äste der Chausseebäume über sich. Da hingen Handtücher, zerrissene Bettlaken, ein Stück Wagenplane. Nein, keine Gliedmaßen. So etwas hält sich nicht da oben. Aber ein Tuch mit dem

Spruch: »Eigner Herd ist Goldes wert.« Sie wunderten sich, daß sie keine Leichen entdeckten, nicht einmal Pferdekadaver. Aber vorn saß Heinrich aus Masuren. Der mußte mehr gesehen haben, der hängte seinen Schlund über das Wagenbrett und kotzte alles auf den Weg, den heißen Kaffee aus dem Krug von Landskrohn und die Schmalzbrote.

Mittags schon wieder eine Unterbrechung: Die blinde Oma lag steif auf dem Wagen und wackelte bei jeder Erschütterung mit dem Kopf. Peter meinte, die Beine seien ihr abgefroren, weil die immer aus dem Wagen gebaumelt hätten. Jedenfalls war der Tod von unten gekommen, die eiskalten Beine herauf.

Vier Jokehner Männer hoben unter Anleitung des Chausseekratzers Schubgilla die blinde Oma vom Wagen und trugen sie einen Steinwurf von der Straße entfernt aufs Feld. Sie buddelten ein Loch in den Acker, gar nicht so einfach bei einem Meter tiefem Frost. Eigentlich kratzten sie mehr den Schnee zur Seite als die Erde. Die beiden Jungs standen an der Böschung und sahen zu. Hermann stellte sich vor, wie im Frühling bei der Schneeschmelze eine Hand oder ein Bein der blinden Oma aus dem Erdreich ragte.

Besonders feierlich war das nicht. Frau Aschmoneit weinte ein bißchen. Daß die blinde Oma auch gerade hier sterben mußte, wo sie auf dem Jokehner Friedhof schon eine Grabstelle für sie bereitet hatten. Peter mußte sich die Örtlichkeit genau merken. Irgendwann würden sie die blinde Oma nach Jokehnen zurückholen. Wenn es wärmer ist, wenn alles besser ist, wenn Frieden ist.

Die Männer nahmen den Hut ab, verharrten ein halbes Vaterunser lang unbeweglich und schaufelten dann ein Gemisch aus gefrorener Schwarzerde und Schnee auf die blinde Oma. Keine Lieder vom Herrn Jesus. Kein Glockenbimmeln. So leicht kommt man unter die Erde.

Während sie die blinde Oma begruben, erschien auf der Chaussee ein hochaufgeschossener Mann in Parteiuniform, die Hakenkreuzbinde am Arm, einen Revolver am Koppel. Der ging von Wagen zu Wagen und ließ sich die Papiere zeigen, begleitet von einem Leutnant in Feldgrau und zwei blutjungen Soldaten (etwa so alt wie Bubi Helmich), die denkbar linkisch mit ihren Karabinern hantierten. Die suchten Männer, die ein Gewehr tragen konnten, Männer für den deutschen Volkssturm. Heinrich aus Masuren mußte vom Wagen steigen und humpelnd demonstrieren, daß sein linkes Bein fünf Zentimeter weniger maß als das rechte. Bei Steputat genügte sein Alter und die Tatsache, daß er Bürgermeister von Jokehnen und Leiter dieses Trecks war. Krugwirt Wittkuhn überkam die Scheißerei. Er verschwand in einer Tannenschonung, schiß dort so lange, daß jedem normalen Menschen der Arsch abgefroren wäre. Aber bei Chausseewärter Schubgilla hatten sie Glück. Der klopfte gerade den Dreck von der Schaufel, mit der er die blinde Oma beerdigt hatte, als die Uniformierten an den Wagen traten. In mehr als fünf Jahren Krieg hatte Schubgilla seinen kriegswichtigen Einsatz auf den Landstraßen zwischen Korschen und Angerburg abgeleistet. Jetzt war es aus mit Ostpreußens Chausseen, sie brauchten keine Straßenwärter mehr. Auch die vielen Kinder, die mit großen Augen unter der Plane hervorschauten, änderten nichts daran, daß Schubgilla zum Volkssturm einberufen wurde, jetzt und sofort. Der älteste Sohn, gerade fünfzehn Jahre alt, stellte sich schon recht schicklich an mit den Pferden. Der konnte das Gespann führen. Schubgilla nahm sein Bündel und ging.

»Weiß der liebe Gott, wozu das gut ist«, sagte Martha, als sie Schubgilla mit den Uniformierten verschwinden sah. Sie neigte mehr und mehr dazu, den lieben Gott ins Spiel zu bringen, alles in seine Hand zu legen.

»Wenn der Blonski nicht vorher abgehauen wäre, hätten sie ihn auch mitgenommen«, meinte Heinrich aus Masuren.

Ja, der Blonski hatte wieder Dusel. Aber sie trafen ihn noch, den kleinen Inspektor Blonski, der mit der Kutsche und den beiden Frauen aus dem Schloß vorausgefahren war. Vor Einbruch der Dunkelheit holte der Jokehner Treck ihn ein. Er wartete mit der Kutsche auf einem Seitenweg. Blonski hatte alles arrangiert, hatte ein Quartier für die Jokehner ausfindig gemacht auf einem Gut namens Juditten. Erst einmal ausruhen. Abwarten. Vielleicht ging es bald nach Jokehnen zurück. 1914 war es auch zurückgegangen.

Juditten. Das waren wenige Tage Frieden, warme Stuben, vom Dach leckendes Schmelzwasser, ein ruhiger Sonntag. Man hätte zur Kirche gehen können. Die Kinder bekamen Milch, die Jokehner Frauen hängten Wäsche in den Gutsgarten. Pferde wurden beschlagen, zerrissene Geschirre geflickt, ein Tierarzt ließ sich auftreiben, der einem hustenden Pferd Spritzen verabreichte. Nur für die kleine weiße Frau gab es keinen Arzt. Ihre Schwächeanfälle häuften sich. Einmal brach sie auf der Treppe des Gutshauses von Juditten zusammen und mußte von Kutscher Borowski ins Bett getragen werden. Mit dem Essen haperte es bei ihr auch. Nur stark gesüßte Milchsuppen. Gebratenes kam regelmäßig wieder heraus. Die Majorsche saß bei ihr und pflegte sie wie ein krankes Kind.

»Das wird erst besser, wenn die Märzensonne kommt«, sagte der Kutscher Borowski.

In Juditten brannte noch das elektrische Licht, und der Großdeutsche Rundfunk verbreitete seine wichtigen Durchsagen. Eine heroische Schlacht tobte um Ostpreußen, behauptete der Sprecher. Wo tobte sie nur?

Niemand war so enttäuscht von der Wirklichkeit des Krieges wie Hermann Steputat. Er hatte die Wehrmachtsberichte wörtlich genommen und wartete vergeblich auf den Kampf um jeden Meter Boden, um jedes Erdloch, jede Hausruine. Aber dieser Krieg spielte sich in weiten Räumen ab. Wurde irgendwo der Druck zu stark, wich man aus, baute weit zurück neue Stellungen auf. Man sah den Feind nicht mehr, schon gar nicht das Weiße in seinen Augen. Man brachte sich per Distanz um, mit Flugzeugen und weitreichenden Kanonen. Das gelang so sauber und fleckenlos, das beeinträchtigte kein Gewissen, verlangte auch nicht allzu großen persönlichen Mut, nur etwas technisches Verständnis.

»Nun geht es bald zurück«, meinte die alte Markowsche zuversichtlich. 1914 war es auch zurückgegangen.

»Und dann zu Hause tüchtig aufräumen ... Na, ich kann mir schon denken, wie das da aussieht. Damals lagen die Pferdeäpfel im Schlafzimmer.«

Vielleicht war Jokehnen gar nicht in russische Hand geraten. Der Wehrmachtsbericht schwieg sich darüber aus, räumte nur ein, daß Königsberg seit dem 28. Januar belagert werde. Und bei Elbing versuchte die Rote Armee das Frische Haff zu erreichen. Der Angriff der 4. deutschen Armee nach Südwesten blieb stecken, brachte nur eine kurze Atempause für die Insel Ostpreußen. General Hoßbach mußte seinen Hut nehmen, weil man nach Westen nicht angreifen darf.

»Wenn wir zu Hause sind, ist der Winter fast vorbei«, meditierte die alte Markowsche. Sie überlegte, auf welchen Beeten sie Radieschen und Zwiebeln säen, wie viele Eier sie unter die Glucke legen sollte, ob die Quecke in diesem Jahr wieder so fürchterlich die Kartoffeln verkrauten würde.

Aber eines Abends brannte es wieder am Horizont, gar nicht so weit. Das mußte Bartenstein sein. Die Gutsleute von Juditten packten, und Blonski rannte mit Steputat gegen Mitternacht durch die Stuben und Ställe. Vor Anbruch des Tages mußten sie weiter.

Wohin weiter? Wie von einer Insel fliehen? Über das Eis? Zum Glück war Winter. Wenn sie über das Frische Haff zur Nehrung kämen, dann den schmalen Sandstreifen hinunter nach Süden. Irgendwo mußte ein Mauseloch sein. Das Heilsberger Dreieck wird gehalten, bis die Flüchtlinge in Sicherheit sind! Blonski brachte dieses Gerücht von der Straße mit. Ein hoher Offizier sollte es gesagt haben. Die oberste Führung wurde nicht müde, imaginäre Dreiecke, Linien, Höhenzüge, Ringe, Kreise und Bogen zu erfinden, die unbedingt zu halten waren. Nur lag Juditten außerhalb des rettenden Heilsberger Dreiecks, viel zu weit nördlich. Sie mußten in den Süden hinunter und dann zur Spitze des Dreiecks ans Meer. Schnell über das Haff, bevor das Eis schmolz.

Das Juditter Rindvieh stand auf seinen Schneeweiden und brüllte den davonziehenden Menschen nach; die Kreatur spürte, daß die Menschen ratlos waren. Flucht in das rettende Heilsberger Dreieck. Verstopfte Straßen. Unterwegs der erste tote Soldat. Als sich der Verkehr an einer Kreuzung staute, kam Peter zu Hermann.

»Da vorn liegt einer«, sagte er und nahm Hermann mit. Sie schlängelten sich durch die Wagenkolonnen, vorbei an Kindern, die um einen schief gewachsenen Schneemann spielten. An der Kreuzung wühlten Tigerpanzer die Erde auf. Hermann wollte die Kolosse bestaunen, aber Peter zog ihn weiter. Bis an den Grabenrand hinter der Kreuzung. Dort hatte die Wintersonne den Schnee weggefressen, halbverfaultes Gras aus dem Vorjahr freigelegt, ein hübsches Plätzchen gemacht für einen bei einem Fliegerangriff zusammengeschossenen Wehrmachts-LKW.

»Da«, sagte Peter und zeigte in den Graben.

Neben dem umgestürzten Fahrzeug lag ein halber Mensch. Gar nicht viel Blut. Aus dem Hals hingen Fasern und Adernstränge. Sah aus wie ein abgenutzter Besen. Und der Kopf? Kein Kopf mehr. So sah ein toter Soldat aus. Obergefreiter. Ganz anders. Der liegt da, als wäre er nichts, ein umgefallener Zaunpfahl, ein verendetes Wild, das Geruch ausströmt.

»Schätze, der ist höchstens eine halbe Stunde tot«, meinte Peter. Er stellte fest, daß die Uniform fast unversehrt war, verspürte auch das Verlangen, die Taschen nach Brauchbarem zu durchwühlen. Dem Toten schadet so etwas nicht! Aber der Kopf, der fehlende Kopf hielt ihn davon ab. Er könnte irgendwo auftauchen und ihn anschreien.

Die Tigerpanzer gaben die Kreuzung frei, verschwanden in Richtung Landsberg. Der Treck fuhr weiter. Hermann gab sich alle Mühe, seiner Mutter den kopflosen Toten zu zeigen, aber vom Wagen aus wollte es nicht gelingen. Der verbarg sich hinter dem umgestürzten LKW im farblosen Gras des letzten Sommers.

Aber der nächste Tote war für alle gut sichtbar. Er hing an einem Chausseebaum – eine Linde oder Esche? –, der Kopf noch dran (natürlich, den brauchte er zum Hängen). Aber einen Schuh hatte er verloren, der Ärmste. Bei dieser Kälte. Mantel und Jacke waren ebenfalls abhanden gekommen. Hervorstechendes Merkmal waren die abgetragenen Hosenträger, die an dem Körper herabbaumelten. Schwarze Socken trug er, das war unbestreitbar. Und einen stoppeligen Bart, aber der konnte nachgewachsen sein während der Zeit des Hängens. Er wies sich aus, er hielt den Trecks seine Visitenkarte auf einem Pappschild entgegen: »Wer den Tod in Ehren fürchtet, stirbt ihn in Schande!«

Mit den Toten nahm es nun kein Ende mehr. Da begrub eine Familie unter fürchterlichem Geheul einen Säugling am Straßenrand (zum Glück keine Leute aus Jokehnen). Diese Beerdigungen halten immer so schrecklich auf. Man gewöhnt sich an Leichen wie an zusammengebrochene Fuhrwerke und brüllendes Vieh. Der erste Tote ist immer der schlimmste.

Viel mehr Ärger gab es mit dem Glatteis. Die Februarsonne hatte tagsüber das Eis auf den Straßen bearbeitet. Gegen Abend fror es wieder. Da mußten sie schon mit der Peitsche dreinschlagen. Nur nicht am Hang liegenbleiben. Da gab es kein Weiterkommen. Während Heinrich die Zügel führte, lief Steputat mit der Schaufel neben dem Wagen her, streute den Pferden Sand vor die Füße. So ging es bei Glatteis hinauf auf den Hügel und eine Rutschpartie hinunter. Schließlich wurde es doch zu arg mit der Glätte. Blonski kam von der Spitze des Trecks zu Steputat, um zu beratschlagen, wo sie ein Nachtquartier suchen sollten. Aber es gab keine geheizten Gutshäuser und warmen Kuhställe mehr. Da blieb nur das freie Feld. Wagen reihte sich an Wagen, und nach den Jokehnern kamen andere. So ging es fort bis in die Dunkelheit hinein. Die Pferde blieben in den Sielen. Steputat hüllte sie mit Wolldecken ein, um sie vor dem Rauhreif zu schützen. In versteckten Mulden machten sie kleine Feuer. Dort kochten die Frauen Schneewasser, um etwas Warmes in den Bauch zu bekommen. Das Feld – irgendein verschneiter Kartoffelacker vor dem Städtchen Landsberg – glich einem Zigeunerlager von ungeheuren Ausmaßen. Wollten die alle in das Heilsberger Dreieck und von dort zu dem rettenden Meer? Was wußten die vom Meer? Die kannten doch nur die stillen Seen Masurens. Mit dem Fuhrwerk über das Meer fahren? Nach Berlin fahren. Ins Reich fahren.

Blonskis Kutsche mit den beiden Frauen hielt neben Steputats Fuhrwerk. Auch die Majorsche und die kleine weiße Frau mußten in der Kutsche auf dem Schneeacker schlafen. Kutscher Borowski hatte einen Ziegelstein aufgetrieben, den er am Feuer wärmte und der kleinen weißen Frau unter die Füße legte. Die brauchte Wärme, weil sie Tag und Nacht hustete.

Und die Majorsche zog die Vorhänge am Kutschenfenster zur Seite und sagte zu Steputat: »Mein seliger Mann hat es immer gesagt. Das geht nicht gut, hat er gesagt.«

Die redete auf Steputat ein, als sei er allein an allem schuld.

Blonski kam von der Straße mit der Nachricht, daß Bartenstein gefallen sei. Bartenstein, das lag doch fünfzig Kilometer westlich von Jokehnen!

»*Ihr* Hitler hat uns ganz schön im Stich gelassen«, fing die Majorsche wieder an.

»Wieso *mein* Hitler?« fragte Steputat.

»Na, Sie sind doch der Bürgermeister von Jokehnen.«

In der Tat, das war Karl Steputat. Ihm fiel die Gestalt ein, die in schwarzen Socken und hängenden Hosenträgern an einem Chausseebaum – es war wohl doch eine Esche – gebaumelt hatte. Es konnte auch ein Bürgermeister gewesen sein, einer, der seine Pflicht nicht getan hatte in diesem fürchterlichen Durcheinander. Er konnte sich von dem Bild nicht lösen, starrte vor sich hin, starrte in den schmutzigen Schnee.

Bartenstein war gefallen an diesem 4. Februar 1945. Morgen in aller Frühe weiter. An Landsberg vorbei und gleich durch bis zum Haff. Blonski spazierte durch die

Wagenreihen. Er sorgte dafür, daß die Flammen der Feuerstellen nicht zu hoch schlugen.

»Wenn die Russen Feuer sehen, schicken sie uns ein paar Granaten rüber.«

In der Tat, es grummelte während der ganzen Nacht. Der Osterhase zuckte bei jedem Abschuß heftig zusammen und riß den Kopf mit der Deichsel hoch.

Dieser Morgen begann früher als alle anderen Morgen. Noch vor Tagesanbruch trommelte die russische Artillerie zum Wecken. Eine Granate nahm sich einen Chausseebaum vor, zerfetzte ihn zur Hälfte und wühlte Pflastersteine wie Spielzeugmurmeln aus der Erde. Das war kein Morgen für Langschläfer. Wer am schnellsten die Pferde in den Sielen hatte, wer die längste Peitsche schwang, fuhr als erster auf die Chaussee, mogelte sich unter den Granaten hindurch, hatte freie Fahrt bis Landsberg.

Aber Äcker wie diese haben nur eine Ausfahrt. Da wühlt und staut es sich. Da gehen die Gäule hoch. Ineinandergekeilte Wagen werden zur Seite geschoben. Da rutscht ein Fuhrwerk in den Graben. Einige verlieren die Geduld, nehmen den Kampf mit dem zugeschneiten Graben auf, überschätzen die Wagenräder. Bruch! Aus!

Was unternimmt der kleine Blonski in einem solchen Durcheinander? Er rast mit den beiden Frauen in der Kutsche über den Acker, immer parallel zur Straße. Da kann man mal sehen, wie stabil die Kutschen sind, die der Jokehner Stellmacher gebaut hat. Am Ende des Ackers jagt Blonski an einer flachen Stelle durch den Graben, setzt sich an die Spitze des aufgelösten Zuges. Schlägt mit der Peitsche um sich. Blonski ist schneller als alle anderen, verschwindet hinter der Wegbiegung Richtung Landsberg.

Das Schneefeld hat sich schon bedenklich geleert, als Ilka und der Osterhase die Pflastersteine der Chaussee unter die Hufe bekommen. Wo sind die anderen Jokehner? Überall fremde Gesichter, der ganze Treck zerrissen. Nur Krugwirt Wittkuhn schlägt vorn schreiend auf seine Pferde ein.

Endlich Tag. Hell genug, um den angeknickten Wegweiser zu erkennen, der der Chaussee befiehlt, sich zu gabeln. Er schickt eine Straße nach Westen, gibt an, daß das Städtchen Zinthen soundso viele Kilometer entfernt liegt, läßt die andere Straße mit leichtem Gefälle auf Landsberg zusteuern und in dem Häuserwirrwarr untertauchen.

Landsberg. Es liegt lieblich im Tal. Etwas Schnee auf den Dächern. Man vermißt nur den weißen Rauch aus den Kaminen, den Glockenschlag der Kirche, die Dampfpfeife eines Sägewerks und das Klappern der Meiereiwagen auf dem Kopfsteinpflaster. Auffällig still für diese Morgenstunde. In der Umgebung Gärten, Obstbäume, ein flaches Wiesengelände, durch das die Bimmelbahn fährt. Eine kleine Idylle, nur von einem ausgebrannten und in Fetzen geschossenen Eisenbahnzug verschandelt, der auf den Wiesen vor der Stadt aus den Fugen geraten ist. Kein Granatwerferfeuer stört die kleine Stadt beim Morgenkaffee. Steputat läßt die Pferde Schritt gehen. Verschnaufen.

Und nun dieser angeknickte Wegweiser, der noch immer beharrlich behauptet, Zinthen liege soundso viele Kilometer von Landsberg entfernt. Wie handeln Menschen vor einem Wegweiser? Sie folgen dem großen Haufen, der befahrenen Straße, dem ausgetretenen Pfad. Sogar die Pferde bestehen darauf. Da muß man schon heftig an den Zügeln reißen, um sie auf einen neuen Weg zu bringen. Die Straße nach Zinthen ist leer, alles strömt in das beschauliche, liebliche Landsberg. Auch Steputat folgt dem Sog der Menge. Dort unten in der Stadt wird er die übrigen Jokehner wiedertreffen.

In Landsberg scheint man ein Erntedankfest zu feiern. In den verstopften Straßen Frauen mit Pappkartons, Männer mit Flaschen im Arm. Schon wieder geht ein Verpflegungslager der 4. deutschen Armee auf den Rest. Zitroneneislikör und Kekse. Da wird sogar Heinrich aus Masuren unruhig. Ein Schnäpschen hätte er schon gern. Und für Hermann ein Kistchen mit Keksen. Wo bleibt Peter Aschmoneit? Peter hat doch eine Nase für solche Gelegenheiten. Der ist bestimmt schon da und schleppt Kekse zu seinem Wagen. Hermann und Heinrich ziehen gemeinsam los, den Menschen entgegen, den Keksschachteln und Zitroneneislikörflaschen. Da grölt ein alter Mann mit halbleerer Flasche in der Hand und scheuert sich an einer Hauswand den Mantel weiß. Ja, man sollte sich betrinken. Kinder und Betrunkene haben die größten Chancen in diesen Tagen des Chaos.

Lag es nun daran, daß der humpelnde Heinrich nicht so schnell laufen konnte oder daß sie zu spät in Landsberg eingetroffen waren. Jedenfalls erreichten sie nicht mehr die Kekse und den Zitroneneislikör des Verpflegungsdepots. Das Maschinengewehrfeuer aus den Obstgärten hielt sie auf. Verdammt nahe. Die gemütliche Morgenstunde in Landsberg ging zu Ende. Die hatten es auf die Dachziegel abgesehen. Wie die splitterten! Vom Rathaus rieselten gebrannte Lehmstücke aufs Pflaster. Eine Fensterscheibe ging direkt über Heinrich zu Bruch. Glassplitter fielen auf seinen Hut.

Von den Hängen zwischen den Obstbäumen kommen sie in breiter Front wie die Kette der Treiber bei der Hasenjagd. Fast gemächlich, ohne Deckung zu suchen. Raus aus dieser verdammten Stadt!

Von Süden fluten die Fuhrwerke zurück, die Straße nach Mehlsack ist schon unterbrochen. Zurück zu dem Wegweiser nach Zinthen. Steputat schlägt auf die Pferde ein. Aber der Wegweiser ist nicht mehr erreichbar. Von dort nähert sich die Kette der Treiber. Umkehren. Man sollte versuchen, die Zinthener Straße durch einige Gemüsegärten zu erreichen. Die Wagen wälzen Maschendrahtzäune, Johannisbeersträucher und stehengebliebene Kohlstrünke nieder. Dann über einen Sturzacker. Die Bäume dort markieren die Straße nach Zinthen.

»Leg dich hin«, flüstert Martha. Sie sitzt ganz nahe bei Hermann und drückt ihn in die Kissen, schützt ihn mit ihrem Körper. Hermann versucht, den Kopf zu heben. Vor sich sieht er die Gesäße der beiden Männer. Dazwischen ein Stück des grauen Himmels, der über dem Sturzacker hin und her schwankt. Die Äste eines Kruschkenbaumes. Eine spärliche Rauchsäule ohne Ursprung hängt am Himmel. Über sich entdeckt Hermann ein faustgroßes Loch in der Plane. Mensch, da haben die durchgeschossen.

»Leg dich hin, Junge!«

Unglaublich, wie Heinrich auf die Pferde eindrischt. Auf dem dicken Arsch des Osterhasen zeichnen sich schwarze Striemen ab. Und was da an den Schenkeln des Tieres herabläuft, muß Blut sein. Die haben den Osterhasen getroffen! Hermann starrt seinen Vater an, rechnet fest damit, daß er plötzlich zurückfällt, sich auf die Decke legt, getroffen, blutüberströmt. Aber Steputat fuchtelt weiter mit den Armen, läßt die Leine klatschen.

Und dann steht der Wagen. Wie nahe die Abschüsse! Hermann hört Stimmen. Er schiebt sich von hinten an seinen Vater heran, kann erkennen, daß sie vor der langen Baumreihe der Zinthener Straße halten. Mitten auf dem Acker. Es geht nicht durch den Graben. Rechts und links Fuhrwerke, einige zusammengebrochen. Pferde, die sich mit vollem Geschirr in den Schnee gelegt haben, mit den Hinterbeinen schlagen und Schaum kauen. Da hängt ja auch die Galakutsche des Gutes Jokehnen schief an der Grabenböschung. Blonski springt vom Bock. Spannt ein Pferd von der Deichsel. Reißt es aus dem Graben. Schwingt sich hinauf. Schlägt mit Händen und Füßen auf das Tier ein. Sprengt allein nach Zinthen, immer nahe am Straßenrand im Schutz der Chausseebäume. Eine Maschinenpistole jagt ihre ganze Trommel hinter dem kleinen Blonski her, holt ihn aber nicht ein. Der ist durch.

Hermann wirft den Kopf herum. Sieht die wattierten Jacken. Die Pelzmützen mit dem roten Stern. Die umgehängten Maschinenpistolen. Sie kommen gemächlich aus der Landsberger Vorstadt. Ballern ab und zu in die Luft, wenn es still zu werden droht. Sie zwingen einen deutschen Kradmelder, der sicherlich eine wichtige Meldung von Zinthen nach Landsberg bringen sollte, zu halsbrecherischer Umkehr und wilder Flucht.

»Nun ist es soweit«, sagt Martha erstaunlich gefaßt. Keine Kosaken, keine Pflaumenbäume.

Die wattierten Jacken springen über den Graben, nähern sich den steckengebliebenen Fuhrwerken. Mensch, die haben sich schon bedient. Aus den Wattejacken schauen die Hälse der Zitroneneislikörflaschen, und im Arm tragen sie Keksschachteln.

»Erschießen die uns?« fragt Hermann zitternd.

»Wirf doch das Ding weg, Karl«, sagt Martha und zeigt auf das Parteiabzeichen am Rockaufschlag. Steputat schaut sich um, sieht so merkwürdig aus, blickt den Jungen an, der hinter ihm liegt. Vor Heinrich und seiner Frau hätte er sich nicht geschämt. Aber der Junge! Was soll der von ihm denken? Mußte er nicht in dieser

Stunde zu allem stehen, was er für richtig gehalten hatte? Ja, wenn das so einfach wäre: das Ding da abnehmen, in den Schnee werfen und neu anfangen!

Da steht ein kleiner russischer Soldat mit rundem Gesicht vor Steputats Wagen. Runterkommen! Er zeigt es mit dem Daumen. Während die Männer hinunterklettern, erscheint Marthas Gesicht hinter der Plane. Ihre Hand streckt dem kleinen Soldaten die halbleere Rumflasche entgegen. Da geht er hin, der Friedensrum für den Endsieg. Der Kleine scheint nicht viel von halbleeren Friedensrumflaschen zu halten, aber ein zweiter Soldat nimmt sich der Flasche an. Der versteht sich auch auf Uhren. Steputat gibt ihm bereitwillig seine goldene Taschenuhr. Bei Heinrich dauert es etwas länger, so daß der ungeduldige russische Uhrmacher das Knopfloch an Heinrichs Weste aufreißen muß. Er geht weiter, der chronometersammelnde Uhrmacher, steuert mit dem richtigen Riecher auf die zusammengebrochene Kutsche zu, in der die Majorsche und die kleine weiße Frau ihren Schmuck verbergen. Nur der kleine Russe bleibt bei Steputat. Er fragt ihn nach Waffen. Steputats selbstmörderischer Hang zur Ehrlichkeit zwingt ihn, mit dem Kopf zu nicken. Während Marthas Atem stockt, greift Steputat unter den Sitz und reicht dem Soldaten der Roten Armee seinen kleinen Revolver. Nun müßte eigentlich etwas Schreckliches geschehen. Aber der kleine Russe sieht den Revolver nur flüchtig an, findet nichts Bemerkenswertes daran, schleudert ihn achtlos auf das Feld. Er hat inzwischen die Parteinadel mit dem Hakenkreuz an Steputats Jacke entdeckt.

»Chitler kapuut!« lacht er und reißt die Nadel aus dem Revers. Er untersucht sie, wie ein kleines Kind einen toten Mistkäfer auseinandernimmt. Plötzlich leuchten seine Augen. Er läßt das Abzeichen der Nationalsozialistischen Deutschen Arbeiterpartei in seiner Tasche verschwinden, ein Andenken für Babuschka an der Wolga.

Chitler kapuut! Weuna kapuut!

Als er Hermanns blasses Gesicht hinter der Plane entdeckt, wirft er lässig eine Keksschachtel in den Wagen. So kommt Hermann doch noch zu den Keksen der 4. deutschen Armee.

Der Uhrmacher hat inzwischen die Wittkuhnsche erreicht, entdeckt ihr silbernes Amulett am Hals – ein Fisch, der sich um ein Kreuz schlängelt –, mochte Amulette schon immer gern, rechnet aber nicht mit dem Starrsinn der Wittkuhnschen. Sie heult und jammert, will auch den störrischen Kopf nicht stillhalten, damit der Uhrmacher das Schmuckstück in Ruhe entfernen kann. Es hilft nichts, er muß einen Feuerstoß aus der Maschinenpistole in den Himmel jagen, schiebt dann den Handschuh zwischen Hals und Kette und schafft es mit einem Ruck. Ohne Blutvergießen, nur ein roter Striemen bleibt am Hals der Wittkuhnschen zurück.

Aus. Der Krieg zieht weiter. Nur vereinzelt noch Schüsse. So ist das also, wenn die Hauptkampflinie über einen hinwegrollt. Hermann hatte sich das viel schrecklicher vorgestellt, mit aufgewühlter Erde, mit Menschenteilen und Blut hier und da.

Sie standen ratlos auf dem Acker neben den Fuhrwerken und den verwundeten Pferden. Ließen die vielen Chronometersammler über sich ergehen, die mit der Maschinenpistole von Wagen zu Wagen wanderten und alles mitnahmen, was tick-tack machte.

Bis ein russischer Offizier aus der Stadt kam. Der fuchtelte mit den Armen und ordnete die Rückkehr der Flüchtlinge in die Stadt an. Einige versuchten es mit den Fuhrwerken, aber der Offizier winkte ab. Ohne Pferd und Wagen. Also gut, dann eben zu Fuß. Jeder griff, was gerade am nächsten lag. Kleinigkeiten. Und die Pferde? Man würde wiederkommen, um sie zu holen. Nachmittags vielleicht. Spätestens morgen früh. Der Osterhase blutete stärker und verfärbte den Schnee auf dem Acker vor Landsberg. Ilka dagegen scharrte gelassen mit den Hufen, suchte nach einem Bündel trockenen Grases oder einer vergessenen Rübe. Steputat löste die Stränge der Pferde, das war alles, was er für sie tun konnte.

So, nun gehen wir zu den Häusern von Landsberg. Und morgen kommen wir wieder, um die Wagen abzuholen und nach Hause zu fahren. Nur nach Hause. Die Heizung reparieren. Ein bißchen nähen. Nach der Schneeschmelze den Garten umgraben. Derartig nebensächliche Gedanken beschäftigen einen in solchen Stunden. Nach Hause. Nicht zum Meer. Nicht nach Berlin. Die Flutwelle war über sie hinweggespült. Sie lagen auf dem Trockenen und zappelten.

Wo waren die Jokehner? Da sah man nicht viele bekannte Gesichter. Die Majorsche stützte die kleine weiße Frau auf dem Weg zu den Häusern. Die Wittkuhnsche jammerte laut und mußte von ihrem Mann immer wieder zur Ruhe ermahnt werden. Die Frau des Chausseewärters Schubgilla schleppte, umgeben von ihren vielen Kindern, einen Koffer zu den Häusern von Landsberg. Hinter ihnen Steputat, Martha, der kleine Hermann und Heinrich aus Masuren. Sonst niemand aus Jokehnen. Wo steckte Peter Aschmoneit? Das sah dem so ähnlich! Der war durchgekommen, Peter kam immer durch. Der hatte eine Nase fürs Durchkommen. Hermann kamen fast die Tränen, als er begriff, daß Peter nicht bei ihnen war. Der fuhr jetzt über das Eis. Der kam ins Reich. Zum erstenmal beneidete er Peter, den armen Peter, der immer halb vom Klauen und halb vom Betteln gelebt hatte, dem der Weihnachtsmann nichts und der Osterhase nur aus Versehen etwas geschenkt hatte. Peter war durchgekommen.

An der Straße nach Zinthen lag die Landsberger Meierei, ein kleiner Backsteinbau mit hölzerner Rampe und Wohnungen im Obergeschoß. Es war das erste Gebäude, gleich zur Linken, wenn man von Zinthen nach Landsberg kommt. Wer kam auf die Idee, in diese Meierei einzukehren? Oder lag es an dem russischen Posten, der auf der Straße neben einem ausgebrannten Kübelwagen saß und keinen Deutschen durchließ?

Also in die Meierei. Das war ein großer, blitzender Raum, mit Fliesen ausgelegt, mit silbergrauen Kesseln an den Wänden. Es hallte unerhört, als sie die schneebeschmutzten Stiefel abtraten. Saubere Milchkannen standen in ordentlicher Reihe auf einem Fließband, das nicht mehr fließen konnte. Im Milchauslauf lag eine tote Katze. Wie kommt eine tote Katze in diese saubere Meierei? Hatte sie Milch schlecken wollen und war vom Krieg überrascht worden? Hermann dachte daran, huhu oder Kuckuck zu rufen, wie man es unter Brücken macht, damit es laut hallt. Aber das schickte sich wohl nicht in dieser Stunde. Also zählte er die schwarzen Einschüsse, die eine Maschinenpistole in die Riesenzentrifuge gehämmert hatte.

Nein, diese kahle Meierei war kein wohnlicher Ort. Als jemand aus Versehen die feldmarschmäßig aufgereihten Milchkannen berührte und eine Kettenreaktion auslöste, bei der zwei Dutzend Kannen über die Meiereifliesen rollten, ergriff die Jokehner eine Panik. Sie rannten durch die rückwärtige Tür auf den Innenhof, drängten in einen kleinen Anbau des Meiereigebäudes, möglicherweise das Büro der Meierei.

Auf der Treppe lag die Leiche eines deutschen Soldaten. Den Kopf im Schnee, die Füße auf der obersten

Stufe. Ziemlich schmutzig das Gesicht, aber nicht unkenntlich. Er lag da ohne Waffe wie ein gefallener Engel, den sie vom Treppenportal gestoßen haben. Heute morgen noch Zitroneneislikör und Kekse, jetzt im Schmutz auf dem Hinterhof der Landsberger Meierei. Man hätte ihm nur einen kleinen Schubs zu geben brauchen, der arme Kerl hätte bereitwillig die Treppe geräumt, wäre willig in den Dreck gerollt. Aber niemand wagte es, ihn zu berühren. Alle drückten sich an ihm vorbei, stiegen über ihn hinweg, zogen sich am Handlauf der Treppe empor, bis ein russischer Soldat ihn mit dem Fuß beiseite schob und ihn aus der Schwebelage befreite.

Ja, es war ein Büro. Gar nicht so nüchtern, wie Büros sonst sind. Mit gepolsterten Stühlen und Blumentöpfen am Fenster. Da saßen sie nun, die Jokehner, aber auch andere Flüchtlinge, die mit ihnen vom Acker gekommen waren. Saßen zusammengedrängt wie der Rest einer Herde, die unter die Wölfe gefallen ist. Und das Büro der Meierei wurde zur Besichtigungsstation. Die ganze Brigade, die Landsberg im Handstreich genommen hatte, trat sich hier die Füße ab, um die Deutschen zu sehen.

Da war ein Soldat, der Hermann sanft das linke Ohr langzog und ihm lachend die Maschinenpistole unter die Nase hielt. Hermann mußte das kalte Spielzeug anfassen, und der Russe zeigte ihm, wie die Sache funktionierte. Er jagte nur zum Spaß einen Feuerstoß in die Decke und ließ den Putz herunterrieseln.

»Deutsche Soldat kapuut!« rief er triumphierend.

Kein Wunder, daß die kleinen Kinder der Schubgillaschen zu weinen begannen. Danach kam einer, der spuckte Heinrich ins Gesicht – warum gerade Heinrich? –, ging grimmig durch den Raum, knallte die Tür hinter sich zu wie in einem Pferdestall. Andere wieder grinsten verlegen. Und immer wieder die zeitbesessene Frage nach der Uhr. Aber sie hatten kein Glück, der Uhrmacher war vor ihnen dagewesen. Zwei versuchten sich an der Standuhr in der Ecke, die zu ticken aufgehört hatte. Sie brachten tatsächlich das Läutwerk in Gang, freuten sich spitzbübisch, ließen es immer wieder zwölf schlagen, bis die Uhr den letzten Schnaufer getan hatte, nicht mehr tickte und nicht mehr schlug. Sie rüttelten eine Weile am Gehäuse, zogen am Perpendikel, überdrehten den Schlüssel. Als alles nichts half, traten sie mit dem Stiefelabsatz die Glasscheibe ein. Deutsche Uhr nix gut!

Krugwirt Wittkuhn schlug vor, den Kachelofen einzuheizen. Aber man hätte über den Hof gehen müssen, um aus dem Schuppen Holz zu holen. An der Leiche vorbei. Da macht man sich verdächtig. Da geht man besser nicht allein in einen Holzschuppen. Zusammenbleiben. Aneinanderrücken, sich gegenseitig wärmen.

Draußen wurde noch immer geschossen. Nicht auf deutsche Soldaten, sondern auf verängstigte Katzen, auf weißgefiederte Tauben, die über die unsicheren Dächer von Landsberg flogen. Auch die Landsberger Straßenlaternen überstanden diesen Krieg nicht, ebensowenig wie die einladenden Schaufensterscheiben an der Straßenfront.

»Malinki, Malinki!« summte der Russe mit dem Zwirbelbart und dem blatternarbigen Gesicht, der sich neben Steputat gesetzt hatte. Hermann mußte auf seinen Schoß klettern. Er hopste mit ihm, wie man hoppe-hoppe-Reiter hopst. Dabei erzählte er pausenlos unverständliche Dinge. Hörte sich an wie heiße russische Sommer, wie Kinder, die im Staub der Wege spielen, das klang nach Babuschka, die die Wäsche durch den Bach zieht und zum Trocknen an die Straße hängt. Nun packte er Sahnebonbons aus, erbeutete Sahnebonbons aus dem deutschen Verpflegungslager. Zuerst tröstete er damit die weinenden Schubgillakinder. Hermann wußte nicht, ob er essen durfte, was ein russischer Soldat in seiner Hand gehalten hatte. Als Martha nickte, ließ Hermann sich den ausgewickelten Bonbon in den Mund schieben. Der Russe tippte auf Steputats Schulter, zeigte auf Hermann, sagte, was Väter so untereinander sagen: prächtiger Bengel oder so.

Steputat lächelte gequält. Eigentlich war es Zeit, die Pferde zu füttern. Warum ging niemand zu den Pferden?

»Daß die sich nicht vor den Kindern schämen!«

Die Wittkuhnsche sagte es. Die hatte gut reden. Die hatte nichts zu befürchten mit ihrem warzenbetupften, alten Gesicht, das eher abstoßend als einladend wirkte.

Nein, sie schämten sich nicht vor den Kindern!

Martha hatte es rechtzeitig erkannt. Sie hatte das schwarze Tuch um ihr Gesicht gewickelt und ließ die grauen Haarsträhnen hervorquellen. Alt sein, häßlich sein! Sie rückte in die äußerste Ecke, hängte Steputats Mantel so vor das Gesicht, daß er sie verhüllte. Hermann mußte sich auf ihren Schoß setzen. Wenn er nur einschliefe! Die kinderfreundlichen Russen würden kein schlafendes Kind aufschrecken.

Aber die Taschenlampen raubten jeden Schlaf. Die plötzlichen, schmerzhaften Lichtkegel kamen von der Tür, prüften die Gesichter, wanderten weiter, verharrten hier länger, dort kürzer, huschten flüchtig über die schlafenden Kinder der Schubgillaschen, blieben an der Mutter haften, an der Trägerin des Mutterkreuzes.

»Frau komm!« Die Stimme duldete keinen Widerspruch. Die Frau des Chausseekratzers Schubgilla erhob sich aus der Mitte ihrer Kinder, nun schon zum viertenmal. Das Kleinste wachte auf, weinte ein wenig, wurde von einer alten Frau getröstet: »Mama kommt bald wieder.«

Mama folgte der Taschenlampe, verschwand hinter der schwarzen Tür. Noch ehe die Frau zurückkehrte, erschien die Taschenlampe wieder. Jetzt mit einer anderen Stimme. Sie mußte auch den Kolben einer Maschinenpistole einsetzen, um ein junges Mädchen zu bekommen, das sich hinter seinen Eltern flach auf den Fußboden gelegt hatte.

So ging es die ganze Nacht. Da kann doch kein Mensch schlafen. Hermann verfolgte die wandernden Taschenlampen. Kamen sie in seine Nähe, drückte er sich fest an die Mutter, verdeckte sie mit seinem Körper. Oh, er wußte, was gespielt wurde. Er hatte gesehen, wie die Frauen ihre Unterwäsche ordneten, wenn sie zurückkehrten.

»Sie sind Ferkel«, sagte eine Stimme im Dunkeln.

Hermann überlegte, was sein Vater tun würde, wenn die Taschenlampe käme, um die Mutter zu holen. Sich dazwischenwerfen? Sich erschießen lassen? Karl Steputat saß bleich und wortlos an der Wand.

Eine Frau brachte ein Stück Soldatenbrot mit. Der erste Lohn. Die Weiber keiften sich gegenseitig an. Die vorn saßen, die das Licht der Taschenlampe immer wieder traf, die ihren Körper zuerst hinaustragen mußten, schimpften auf die anderen, die sich hinter dem Ofen, unter Schreibtischen und zwischen dem Gestühl versteckt hielten.

»Ihr könnt eure Löcher auch mal hinhalten.«

Vielleicht hatten sie es denen draußen gesagt. Jedenfalls suchten die Taschenlampen gründlicher, durchstöberten Nischen und Ecken, tauchten auch unter die Tische, verweilten auf dem runzeligen Gesicht der Majorschen, das dem kalten Lichtschein unbeweglich standhielt, erreichten schließlich die kleine Gestalt, die neben der Majorschen, in eine Decke gehüllt, auf dem Fußboden lag.

»Frau komm!«

»Die ist doch krank«, sagte die Majorsche, aber der mit der Taschenlampe verstand nicht.

»Die feinen Leute sind auch nichts Besseres!« schrie eine Frauenstimme aus der Dunkelheit.

»Frau komm!« Der mit der Taschenlampe stieß ungeduldig mit der Stiefelspitze gegen das zusammengekauerte Bündel. Er riß die Decke fort. Er zog die kleine weiße Frau am Arm. Sie stand ohne zu zögern auf. Die Taschenlampe leuchtete voraus, über die Leiber hinweg, über die schlafenden Kinder zur Tür. Die kleine weiße Frau verharrte fröstelnd im Flur. Die Taschenlampe wies ihr den Weg die Treppe hinauf. Sie sah den Menschen nicht, sah nicht, ob er alt oder jung, groß oder klein war. Sie sah nur in dem Zimmer oben ein altes Kanapee, auf dem Fußboden beschmutzte Teppiche, dazu ein borstiges Wildschweinfell, eine Art Bettvorleger. Nahe am Fenster standen zwei Gestalten und rauchten. Sie riefen der Taschenlampe etwas zu. Einer lachte. Als die Taschenlampe erlosch, glimmte nur noch das Feuer der Zigaretten am Fenster.

Sie stand eine Weile reglos im dunkeln Raum, bis zwei Hände ihre Schultern griffen und sie nach unten drückten. Ein Stiefel preßte sich in ihre Kniekehle. Sie fiel rücklings. Sie lag auf dem Kanapee, in dessen Polsterung sich eine Feder gelöst hatte und durch den Stoffbezug in ihren Rücken bohrte.

Er wälzte sich über sie. Sie roch das Desinfektionsmittel in dem Uniformhemd. Der steife Kragen scheuerte ihren Hals. Er stank nach Zitroneneislikör. Sie lag reglos. Sie spürte, wie eine Hand an ihrer Unterwäsche riß. Komischerweise dachte sie nur daran, ob sie jetzt Läuse bekäme. Die Bartstoppeln kratzten ihr Gesicht.

Er griff ihre Hand wie ein Fangeisen. Sie mußte sein Glied berühren. Da spürte sie, wie der warme, klebrige Samen ihre Wäsche beschmutzte. Er legte sich auf den eitrigen Kleister, erdrückte sie fast mit seiner Kraft, stieß mit den groben Stiefeln ihre Füße zur Seite.

Die kleine weiße Frau sah nur noch die zwei Glühwürmchen am Fenster. Sie standen wie Leuchtfeuer am Horizont. Wie groß sie wurden! Sie kamen näher, pulsierende Sterne kamen aus der Finsternis auf sie zu. Das Licht der Glühwürmchen schmerzte, durchdrang sie wie glühende Eisenstäbe. Die kleine weiße Frau schloß die Augen. Sie sah keine Sterne mehr, sie fühlte keinen Schmerz, roch keinen Zitronenlikör, hörte nicht den keuchenden Atem des Menschen über sich, vernahm nicht die Wortfetzen der zwei, die am Fenster standen.

»Wo bleibt sie nur?« fragte die Majorsche nun schon zum drittenmal. »Meister Steputat, wollen Sie nicht hingehen und suchen? Sie ist krank, sie wird es nicht überleben.«

Steputat schrak auf, wollte aufstehen, wollte hinausgehen, hielt es für seine Pflicht, etwas zu tun. Aber Martha griff seinen Arm.

»Das ist nicht mehr deine Sache«, sagte sie. Und Martha hatte recht. Karl Steputat war nicht mehr Bürgermeister von Jokehnen. Karl Steputat hatte weiter nichts zu tun, als nur noch an sein eigenes Leben zu denken. Er blieb sitzen. Sagte kein Wort.

Über ihnen knarrte die Holzdecke unter den Tritten der Soldatenstiefel. Ein Stuhl fiel um. Schritte auf der Treppe. Die Tür wurde aufgerissen. Jemand griff Steputats Arm.

»Mitkommen!«

Steputat und Heinrich aus Masuren gingen die Treppe hinauf. Das Zimmer war leer, keine Glühwürmchen am Fenster. Nur eine Kerze brannte. Die kleine weiße

Frau lag auf dem Fußboden. Wie leblos. Eine Decke über den Körper geworfen. Steputat ergriff die Schultern, Heinrich die Knie. Ohne große Mühe trugen sie die kleine weiße Frau die Treppe hinunter. Sie war leicht wie ein Kind.

»Nun haben sie sie umgebracht«, sagte die Majorsche, als Steputat und Heinrich den leblosen Körper vor sie niederlegten.

»Die ist nur ohnmächtig«, sagte Steputat. Er holte Wasser aus dem Nebenraum, goß es über das leblose Gesicht. Das half fürs erste. Das brachte die kleine weiße Frau zurück ins Bewußtsein, ließ sie nach mehr Wasser rufen.

Im Hause herrschte Stille. Keine Schritte mehr auf der Treppe, keine suchenden Taschenlampen. Die Wittkuhnsche schnarchte. Draußen vereinzelt Schüsse. Sehr fern.

Als der Tag graute, wollten sie zu ihren Wagen gehen, anspannen und nach Hause fahren. Nur nach Hause, nichts wie nach Hause. Aber am Ortsausgang von Landsberg lag die russische Hauptkampflinie. Da standen Posten hinter umgestürzten Fuhrwerken und ließen keinen durch. Auf dem Acker neben den Flüchtlingswagen aufgeschlitzte Betten, Küchengeschirr, Silberlöffel, zerbrochene Deichseln, die zerfetzten Verdecke der Planwagen. Es sah aus, als hätte ein Bauer Mist gestreut. Und keine Pferde! Ilka war nicht da und der verwundete Osterhase auch nicht. Zogen die schon russische Kanonen, oder füllten sie eine Gulaschküche?

»Was wird Onkel Franz sagen, wenn wir den Osterhasen nicht zurückbringen?« fragte Hermann.

Steputat antwortete nicht. Auf einen Osterhasen mehr oder weniger kam es in diesen Tagen auch nicht an.

Von den Posten wurden sie in die Stadt zurückgedrängt. Niemand durfte an die Wagen. Kein Brot holen, keinen Mantel. Kein Wunder, daß die Wittkuhnsche schon am frühen Morgen einen Anfall bekam, gemischt aus Weinen und Keifen. Alles mußte sie zurücklassen. Nicht nur den wertvollen Teppich aus dem Clubzimmer des Jokehner Krugs, den sie ganz unten im Wagen versteckt hatte. Sogar ihr Kristall, ein Hochzeitsgeschenk aus früheren Jahren. Ein Koffer mit Silberbesteck. Alles ging unter im Dreck eines aufgewühlten Ackers. Krugwirt Wittkuhn zog die Schreiende fort, weil er Angst hatte, die Posten könnten diesen teils belustigenden, teils ärgerlichen Auftritt mit einem Feuerstoß aus der Maschinenpistole beenden.

Sie wanderten durch Landsberg. Wie das Gefolge eines Leichenwagens. Ohne Gepäck. Was sie am Leibe trugen, gehörte ihnen, sonst nichts. Am Ende des Zuges die kleine weiße Frau, gestützt von der Majorschen, aber doch bemerkenswert tapfer.

»Auch das überlebt man«, sagte die Schubgillasche, die mit ihren Kindern an der Spitze des Zuges ging.

Die Sonne schien. Von den Dächern Landsbergs leckte Tauwasser auf den Bürgersteig, leckte auf tote Pferde, auf einen erschossenen Zivilisten, auf aufgeweichte Keksschachteln und zu Bruch gegangene Zitroneneislikörflaschen.

»Nun haben wir alles verloren«, jammerte die Wittkuhnsche immer noch.

Aber Steputat hatte schon wieder eine Hoffnung.

»Erst einmal nach Hause«, sagte er laut.

Er sagte es so, als sei es gewiß, daß zu Hause alles besser werden würde. Auch die Wittkuhnsche erinnerte sich an ihr gutes Porzellangeschirr, das sie zu Hause im Garten vergraben hatte. Und in der Scheune unter drei Metern Stroh befanden sich mehrere Kilo Zucker, ein halber Sack Salz, Flaschen mit Speiseöl und andere brauchbare Dinge. Ja, es würde irgendwie weitergehen. Es wird Frieden geben. Die Menschen werden zurückkehren zu ihren Häusern und im Jokehner Krug Kinderhofer Bier trinken. Ein bißchen Zucker könnte die Wittkuhnsche verkaufen und Salz, das in solchen Zeiten besonders kostbar ist. Wenn die Deutschen nicht wiederkommen, werden Russen Kinderhofer Bier trinken. Nur zahlen müssen sie, natürlich zahlen.

Die Rote Armee rechnete mit einem Gegenschlag. Zwischen den Apfelbäumen an den Hängen von Landsberg hoben die Soldaten Schützengräben aus. Neben der Straße, die von Landsberg nach Osten, nach Bartenstein führte, gingen Geschütze in Stellung. Die Kanonen schossen über das Tal nach Südwesten, über den ausgebrannten Personenzug hinweg, neben dem die vielen kleinen leblosen schwarzen Punkte im Schnee lagen. Hermann sah den Kanonieren zu, wie sie die Granaten in das Rohr schoben, den Befehl des Offiziers abwarteten. Rückstoß. Die leere Granathülse flog in den Dreck. Das waren die gleichen Kanonen, die über den Fürstenauer Berg hinweg den Drengfurter Marktplatz in Brand geschossen hatten.

Auf der Straße kamen ihnen Autos mit dem Sowjetstern auf dem Dach entgegen. Sie transportierten Treibstoff und Soldaten an die Front, spritzten gnadenlos den Schneematsch um sich und zwangen die Jokehner immer wieder in den Straßengraben. Reich hätte man werden können in jenen Tagen. Da lagen Gepäckstücke im Chausseegraben, feine Stoffballen, wie sie der kleine Samuel Mathern vor Jahren auf seinem Wägelchen über Land gefahren hatte, gut erhaltene Kleider, Decken, Pelze, ein Schifferklavier mit eingetretenen Bässen. Der herrenlose Reichtum, auf der Flucht verloren, aufgegeben, ging sang- und klanglos im ostpreußischen Schmutz- und Tauwetter unter. Die Dinge hatten ihren Wert verloren, das galt sogar für die großen Reichsmarkscheine, die im Schneematsch lagen. Da mußte einem Zahlmeister auf der Flucht die Regimentskasse geplatzt sein. Die Jokehner gingen an dem Reichtum vorüber, als wären die Fetzen pures Zeitungspapier. Nur auf die Wittkuhnsche übte das Papier mit den großen Zahlen die alte Anziehungskraft aus. Sie bückte sich trotz ihrer Behäbigkeit immer wieder, wischte den Schmutz ab, glättete die Scheine und schob sie unter den Pelz. Man kann nie wissen!

»Die sind doch gut zum Arschwischen«, meinte Heinrich aus Masuren. Hitler kaputt ... das Reich kaputt ... dann ist auch die Reichsmark kaputt.

Hermann erbeutete einen Honigeimer. Der stand herausfordernd auf einem Gartenzaun, so wie man eine Blechdose hinstellt, wenn man mit dem Katapult Zielübungen machen will. Das Eimerchen war zur Hälfte mit Bienenhonig gefüllt. Weiß der Himmel, in welchem Winkel Ostpreußens die Bienen aus Raps, Rotklee und Lindenblüten diesen süßen Saft zusammengetragen hatten! Hermann steckte den Finger hinein, leckte ihn ab, hängte das Eimerchen um seinen Arm und lief den anderen nach.

»Sind wir bald zu Hause, Mama?«

»Heute nicht und morgen auch noch nicht«, sagte Martha.

»Haben wir jetzt den Krieg verloren, Mama?«

»Ich weiß nicht, Kind.«

»Vielleicht wird Ostpreußen wieder befreit, Mama.«

»Ja, vielleicht, mein Junge.«

Wer kam nur auf den Gedanken, jenes abseitige Gehöft aufzusuchen, drei Steinwürfe von der Bartensteiner Chaussee entfernt? Auf dem Hof herrschte geschäftiges

Treiben, Männer schleppten Holz in das Bauernhaus, Frauen versuchten, der vereisten Pumpe einen Eimer Wasser abzugewinnen. Die unteren Räume waren überfüllt. Flüchtlinge aus dem Angerburgischen, auch ein paar Familien aus Gerdauen. Steputat zog hinauf in die Gesindekammer unter dem Dach. Hermann sah sich das alles an, suchte unter den vielen Kindern einen Peter Aschmoneit, hatte aber kein Glück damit. Peter Aschmoneit war tatsächlich durchgekommen.

Hermann fragte sich, warum gerade dieses Gehöft für die Nachtruhe ausersehen war. Mit den überfüllten Räumen und Ställen! Warum nicht den leidlich passierbaren Feldweg weiterwandern, bis er ein Ziel erreicht? Weiter zu einsamen Häusern, zu verlassenen Dörfern ohne Militärautos und russische Panzer. Sich dort in eine stille Ecke drücken, die Luft anhalten und warten, bis die Blumen wieder blühen. Nein, es schien ein Naturgesetz zu geben, das die Menschen zwang, dem großen Haufen zu folgen, sich aneinander zu wärmen. Wer allein bleibt, stirbt allein und schnell.

Es wurde wieder eine Nacht mit Kontrollen, vergeblichem Suchen nach Uhren, Schmuck und brauchbaren Frauen. Noch eine Spur gewalttätiger als die Nacht in Landsberg direkt hinter der Frontlinie, denn Mitleid und Güte nehmen ab mit der Entfernung von der eigenen Gefahr. An der Front kalkuliert jeder den eigenen Tod mit ein, und dieser Gedanke läßt einen Rest von Menschlichkeit übrig. Aber in der Distanz beginnt die grausame Kälte der Ideen und Parolen, die ihren Höhepunkt an fernen, sehr fernen Schreibtischen findet.

Die kleine weiße Frau überstand diese Nacht ohne Bewußtlosigkeit, obwohl sie nicht geschont wurde. Auch Martha halfen diesmal keine grauen Haare und schwarzen Tücher. Hermann schlief schon – den Honigeimer im Arm –, als sie seine Mutter holten. Aber

Steputat schlief nicht. Er hielt die Hände vors Gesicht, und kein Mensch konnte ergründen, was in ihm vorging.

Heinrich hörte, daß man unten im Keller Tabak gefunden habe, Krüllschnitt aus Eigenbau. Da erwachten seine Lebensgeister, und er humpelte, die Pfeife in der Hand, die Treppe hinunter. Die Verteilung des Krüllschnitts bereitete offenbar Schwierigkeiten, denn Heinrich kehrte nicht zurück. Alle kamen sie wieder, die Frauen, auch Martha schließlich, die in ihrer praktischen Art zu Steputat sagte: »Wir werden auch das überleben.«

Aber wo blieb Heinrich aus Masuren?

Sie schliefen ein, ohne daß Heinrich zurückgekehrt wäre. Um Mitternacht unterbrach der Feuerstoß einer Maschinenpistole kurz ihren Schlaf, nichts Ungewöhnliches, denn es wurde immer noch geschossen.

Morgens weckte sie Lärmen und Kindergeschrei unten im Haus. Auf dem Hof stand eine Menschengruppe vor dem Scheunentor. Frauen kreischten, ein Hund lief kläffend um den Misthaufen. Steputat ging mit Hermann hinunter. Durch die Küche. Über den Hof zu den Menschen vor der Scheune. Hermann zwängte sich zwischen den Beinen hindurch nach vorn, Steputat versuchte, über ihre Köpfe zu blicken. Die Scheunentür stand offen. Da lag Stroh, viel Stroh. Mit Blut bespritzt. Ein Ärmel ragte aus dem Stroh und ein paar Stiefel. Nur flüchtig zugedeckt. Mein Gott, das waren ja eine Menge, fünf oder sechs Menschen! Neben dem Balken ein alter Mann mit Kaiser-Wilhelm-Bart, daneben ein Unbekannter und dann – Hermann erkannte ihn sofort: Heinrich aus Masuren. Die kalte Pfeife in der Hand, die Joppe geöffnet, so wie er hinuntergegangen war, seinen Krüllschnitt zu holen.

Zum erstenmal in diesem Krieg ergriff Hermann das

eisige Grauen. Er rannte durch die Menge, wollte den grausigen Ort verlassen, einfach über die Felder laufen. Aber da stand wie ein rettender Engel Martha vor ihm, und er warf sich in ihre Arme und drückte das Gesicht in die Schürze.

»Die Russen haben ein Maschinengewehr in der Scheune gefunden«, sagte eine Frau zu Karl Steputat. »Da haben sie alle Männer aus dem Haus geholt und erschossen.«

Plötzlich drängten die Menschen zum Aufbruch. Fort von den blutdurchtränkten Strohballen. Aber wir müssen doch Heinrich begraben, dachte Hermann. Wir können den alten Heinrich nicht in der Scheune liegenlassen, unseren Heinrich. Nein, es gab kein Halten mehr. Sollten die Toten ihre Toten begraben. Was noch lebte, eilte den Feldweg hinauf zur Straße.

»Du wolltest von Gott immer nichts wissen«, sagte Martha mit leisem Vorwurf zu Steputat. »Aber das ist doch wie ein Wunder.«

»Zufall«, murmelte Steputat und schüttelte unmerklich den Kopf. Verdankte er seine Rettung wirklich dem lieben Gott oder einem unachtsamen russischen Soldaten, der den Treppenaufgang im Bauernhaus übersehen und die Männer aus dem Obergeschoß nicht zur Exekution geholt hatte? Steputat wußte es nicht. Er teilte dieses Wunder noch mit Krugwirt Wittkuhn und einem Greis aus der Gegend von Insterburg. Sie waren die einzigen Männer, die diese Nacht in dem Haus überlebt hatten.

Gab es denn gar nichts zu lachen in diesen Tagen? Da rutschte eine Frau mit Tasche und Kleiderbündel aus und legte sich ins Schmelzwasser der Straße. Das sah zwar sehr drollig aus, war aber wohl nichts zum Lachen.

Eher schon die Scheißerei der Wittkuhnschen. An jeder Straßenbiegung rannte sie in den Graben und entlud. Martha mußte Hermann immer wieder ermahnen, nicht hinzusehen, wenn die behäbige Frau sich ausbreitete.

Oder die beiden Russen, die in einem Toilettenbecken Kartoffeln wuschen und sich wunderten, wenn die Spülung die Kartoffeln mitriß.

Nicht zuletzt jener Kirgise muß erwähnt werden, der einen scheppernden Wecker entsetzt wegwarf und mit seiner Maschinenpistole tötete.

Oh, es gab schon lächerliche Dinge, nur waren sie zu häufig mit Leichen durchsetzt. Und das konnte einem das Lachen verleiden. Zum Beispiel der Anblick jenes Fuhrwerks, das vor einigen Tagen von Tieffliegern am Weiterfahren gehindert worden war. Oder: am Stadtrand von Bartenstein ein ausgebrannter Panzer, so verunstaltet, daß die Nationalität nicht zu erkennen war. Behängt mit verkohlten Gestalten. Einer guckte verkrümmt aus der Luke, ein paar lagen neben der zerschossenen Raupe.

In Bartenstein räucherte es noch. Die Hauptstraße war gesperrt, weil die Giebel der ausgebrannten Häuser sich quer über den Fahrdamm gelegt hatten. Zum erstenmal deutsche Gefangene. Sie räumten die Straße für den russischen Nachschub.

Der feldgraue Mantel beschmutzt vom Ziegelruß, nicht einmal ein Koppel hielt sie zusammen. Ein Papirossy rauchender Wachtposten daneben. Hermann staunte. Die sahen nicht anders aus als die russischen Gefangenen in den Jokehner Zuckerrüben. Konnte es sein, daß alle Gefangenen, Besiegten, Gedemütigten so aussahen?

Immerhin, über Bartenstein gab es noch einen Luftkampf. Es existierten noch deutsche Flugzeuge. Sie kurvten durch die helle Wolkendecke, jagten sich mit einem Rudel russischer Schlachtflieger, schossen ihre Magazine leer, ohne daß Hermann einen wochenschaureifen Absturz erlebt hätte.

Schlimmer war, daß Steputat zu humpeln begann und häufiger Pausen einlegen mußte. Der Schmerz zog vom Knie hinauf bis zur Hüfte, und es half auch wenig, daß Martha in einem verlassenen Haus einen Krückstock für Steputat fand. Sie fielen zurück. Sie verloren die Schubgillasche mit den vielen Kindern aus den Augen, sogar Krugwirt Wittkuhn war ihnen trotz des flüssigen Stuhlgangs seiner Frau weit voraus. Auch die Majorsche und die kleine weiße Frau holten sie ein. Jeder ging, so gut er konnte. In Jokehnen würde man sich wiedersehen.

Es hätte gar nicht dieser Eile bedurft, denn am späten Nachmittag trafen sich alle wieder. Es gab da eine Straßenkreuzung hinter Bartenstein, auf der russische Posten mit roten Armbinden standen und alle Deutschen auf einen verschneiten Acker schickten. Hermann sah die Ansammlung schon aus der Ferne, sagte es seinem Vater, sagte es Martha. Sie hatten Zeit genug, in ein leeres Haus zu laufen oder in einen einsamen Feldweg einzubiegen. Aber Steputat erwog diese Möglichkeit nicht einmal. Es ist der Glaube an den guten Ausgang, die unbedingte Hoffnung, die stets dem Bösen in die Hand spielt. Sicherlich sollten nur alle Flüchtlinge registriert werden. Vielleicht gaben die Russen einen Schein aus, der zur ungehinderten Heimkehr nach Jokehnen berechtigte. Martha wiegte sich sogar in dem schönen Glauben, die Russen würden Wagen zur Verfügung stellen, um wenigstens die Alten und Kranken schneller nach Hause zu bringen.

Auf dem Acker brannte ein Feuer, an dem sich das durchweichte Schuhwerk trocknen ließ. Es begann ganz manierlich. Aufstellen zum Registrieren. Eine uniformierte Frau sprach deutsch. Name, Herkunftsort, Alter. Beim Alter mogelten die meisten ein paar Jahre hinzu, aber das hatte keine Bedeutung für das, was folgte. Papiere abgeben, Geld abgeben. Auch die Wittkuhnsche büßte ihre aus dem Schmutz gesammelten Geldscheine wieder ein. Wer Uhren und Schmuck noch gerettet hatte, hier ging alles verloren. Man ließ sich viel Zeit, fand sogar Verstecke im Mantelfutter und in den Nähten.

Die Männer stellten sich in langer Reihe auf, immerhin zwanzig bis dreißig Männer aus einer großen Schar von Frauen und Kindern.

»Wir brauchen Arbeiter zum Aufräumen«, sagte die uniformierte Dolmetscherin. Klar, das leuchtete ein: Ziegelschleppen in Bartenstein, Schutt wegräumen! »Wenn die Arbeit fertig ist, kommen die Männer nach Hause.«

Martha stand neben der Kolonne.

»Wenn wir vor dir zu Hause sind, räumen wir alles auf«, sagte sie zuversichtlich zu Steputat.

Zu weiteren Gesprächen reichte die Zeit nicht. Ein Posten schob Frauen und Kinder mit dem Gewehrlauf zurück. Der Zug setzte sich in Bewegung. Vorn ein Bewaffneter, hinten ein Bewaffneter. Vom Acker runter, links auf die Straße eingeschwenkt.

»Da geht es aber nicht nach Bartenstein zum Aufräumen«, murmelte Martha, als sie sah, daß die Kolonne nach Osten marschierte.

Hermann winkte seinem Vater nach, wie man einem freundlichen Reisenden nachwinkt. Und es wäre tatsächlich alles gutgegangen, hätten einige Weiber nicht zu heulen begonnen. Als Hermann die weinenden Frauen sah – schon wieder weinende Frauen –, ergriff ihn jenes Gefühl von Angst und Panik, das blind machte. Er riß sich von seiner Mutter los, rannte über den

Acker, eilte den Männern nach, die in zügigem Tempo auf die nächste Chausseebiegung zustrebten.

»Papa! Ich will meinen Papa wiederhaben!«

Hinter ihm löste sich alles auf. Die Frauen folgten Hermann auf dem Acker. Kreischende, weinende, rufende Frauen. Eine Szene von biblischen Ausmaßen. Während die Männer auf der Straße schweigend nach Osten marschierten, liefen Frauen und Kinder schreiend über die Schneewehen am Straßenrand, versanken im wäßrigen Schnee. Reckten vergeblich die Hände. Kamen nicht mehr mit. Wer auf die Straße wollte, wurde von den Gewehrläufen sanft zurückgeschoben in den tauenden, matschigen Schnee des Straßengrabens. Hermann rannte immer wieder gegen die Böschung an, aber der russische Posten hielt ihm fast traurig den Gewehrlauf vor die Nase.

»Ich will meinen Papa!«

Es gelang Martha nicht, Hermann einzuholen, ihn zurückzuhalten. Sie rief seinen Namen, aber Hermann hörte nichts. Er rannte im Graben weiter, sah seinen Vater im braunen Pelzmantel vor sich, sah ihn schweigend auf das Pflaster starren. Warum blickte er sich nicht nach ihm um? Warum sagte er nichts? Die schreienden Weiber blieben erschöpft zurück, hielten den schnellen Marschtritt nicht durch. Nur Hermann gab nicht auf, behielt den braunen Pelzmantel in den Augen, wollte seinen Vater wiederhaben, ihn von der Roten Armee ertrotzen. Martha fand ihn, einige Kilometer weiter, im Graben sitzend und zur Kühlung matschigen Schnee essend. Er wollte nicht aufstehen, wollte so lange im nassen Graben sitzen, bis sein Vater zurückkehrte. Wollte sterben, wenn sein Vater nicht käme. Jetzt sofort!

»Vielleicht ist Papa noch eher zu Hause als wir«, sagte Martha. Ach, die hatte gleich wieder eine schöne Hoffnung parat.

Sie standen allein auf der Straße. Die Kolonne der Männer war verschwunden, und den Jokehner Frauen und Kindern waren sie weit voraus. Krähen glitten lautlos mit ein paar Flügelschlägen über die Chausseebäume. Beängstigend still war es nach all dem Geschrei. Und die Dämmerung näherte sich von allen Seiten.

Martha entwickelte jetzt jene Art praktischer Heiterkeit, die selbst aus der finstersten Ecke noch einen lichten Funken hervorzuzaubern vermag: Es wird schon alles gutgehen. In einer Scheune fanden sie eine verstörte Kuh. Martha holte einen Eimer aus dem verwüsteten Bauernhaus, trieb das Tier in die Enge und band ihm einen Strick um den Hals. Milch muß man haben. Milch ist das wichtigste. Aber in dem übervollen Euter war die Milch verklumpt, die Striche der Kuh waren wund und geplatzt. Da half auch kein Melkfett, das Martha aufgetrieben hatte. Bei jeder Berührung schlug die Kuh aus, weil es schmerzte.

Also keine Milch. Wie ist es denn mit einem Feuerchen in der Bauernküche an diesem naßkalten Abend? Nein, das würde Rauch und Funken geben und verraten, daß hier Menschen lebten. Sie schliefen in der zugigen Scheune, mit Haferstroh reichlich zugedeckt. Eigentlich ganz gemütlich, wenn nicht das Rindvieh die ganze Nacht über gebrüllt hätte.

Am nächsten Tag – es muß wohl der 8. oder 9. Februar gewesen sein – erreichten sie Korschen, jenen in Trümmer geschossenen Eisenbahnknotenpunkt im Herzen Ostpreußens. Auf der Straße rollte ihnen der russische Nachschub entgegen. LKWs, die stinkendes Öl aus dem Kaukasus an die Front brachten. Rote Sowjetsterne über den Treibstoffbehältern. Hinter dem Steuer ein rundes Mongolengesicht mit jener unbeabsichtigten Neigung zum Grinsen. Asien war zu Besuch gekommen.

In Korschen verließen sie die Hauptstraße. Martha wollte über die Dörfer nach Hause wandern, den Weg abkürzen. Dort waren sie ganz allein. Abseits der großen Straße spürten sie, wie einsam Ostpreußen geworden war. Fünfzig Kilometer hinter der Front gab es keine Menschen mehr. Häuser mit zerschossenen Fenstern und ausgehängten Türen. Ab und zu eine Brandruine. Nicht einmal eine Katze streunte durch die Trümmer. Betten lagen auf den Dorfstraßen und tote Hunde. Die hatten wohl zu laut gebellt, als die Rote Armee einzog. In den verlassenen Dörfern hinter Korschen begegnete ihnen die Einsamkeit. Sie kroch aus dem stillen, verwüsteten Land und überfiel alles, was warm war und lebte. Unheimlicher konnte es im finstersten Wald nicht sein als in diesen verlassenen, entstellten Dörfern. Wie gut, daß es die Krähen gab, die krächzend über die Gehöfte flogen. Ihre schwarzen Pulks versammelten sich bei den verendeten Rindern und hackten auf die Schädel ein. Ja, die Krähen hatten einen guten Winter.

Martha begann plötzlich zu singen. Ja, so war Martha Steputat! Was singt man denn in solchen Zeiten? »Warum weinst du, holde Gärtnersfrau?« oder »Dort unten in der Mühle«, auf Hermanns Vorschlag auch »Die blauen Dragoner«, obwohl es nun wirklich nichts mehr zu reiten gab, von »klingendem Spiel« ganz zu schweigen. Martha konnte so hoffnungsvolle Dinge sagen wie diese: »Vielleicht ist Papa schon zu Hause und hat für uns eingeheizt.«

Oder: »Wenn wir erst die Jokehner Mühle sehen, haben wir es geschafft.«

Nach Hause, nach Hause! – schön gemütlich einheizen. Wieder ausschlafen, bis die Sonne über dem Fürstenauer Berg aufgeht. Vielleicht sind die Jokehner schon alle zu Hause, und die Gespanne des Guts fahren in den Wald, um Holz zu schlagen. Ein guter Schneider wird doch immer gebraucht. Natürlich, mit dem Bürgermeister ist es vorbei. Vielleicht wird der alte Seidler Bürgermeister, der war doch immer Kommunist. Aber das ist auch egal. Nur genug zu essen haben und ein Dach über dem Kopf. Ob man nun Heil Hitler ruft oder Heil Moskau oder was die neuen Leute verlangen! Der liebe Gott wird schon sehen, wie es weitergeht.

»Im Ersten Weltkrieg waren die Kosaken doch viel netter«, sagte Hermann.

Martha nickte und erzählte, während sie den Pfützen auf den Feldwegen auswichen, die Geschichte von den pflaumenschüttelnden Kosaken im Sommer 1914.

»Damals fing der Krieg erst an«, erklärte Martha. »Am Anfang ist alles menschlicher, aber je länger der Krieg dauert, desto schlimmer wird es.«

Die ostpreußischen Pflaumenbäume waren eingeschneit. Es gab auch keine struppigen Kosakenpferde mehr. Stalinpanzer und stinkende Treibstoffwagen wälzten sich über das Land.

»Wenn wir zu Hause sind, kochen wir uns eine schöne Milchsuppe«, versprach Martha, ohne sich Gedanken darüber zu machen, woher die Milch kommen sollte. »Und ein Bauernfrühstück dazu.«

Ja, Bauernfrühstück, das war schon etwas, da konnte man ein Stückchen Weges drüber nachdenken. Die Ortsschilder wurden vertrauter. Martha rechnete die Kilometer bis zur Jokehner Mühle aus. Wenn wir erst in Barten sind, ist die Jokehner Mühle schon zu sehen. Aber vor dem Städtchen Barten erreichten sie ein Dorf namens Baumgarten. Dort gab es Menschen. Rauchende Kamine, Kindergesichter hinter mit Pappe verklebten Fenstern, einen leibhaftigen Kikerikihahn, der auf einem vereisten Zaunpfahl stand und das Geschäft aller Hähne besorgte. Hatte der Krieg dieses Dorf vergessen?

Eine alte Frau holte Wasser von der Pumpe. Martha sprach sie an, sagte, was man so sagt. Sie freue sich, wieder Menschen zu sehen. Wie es denn gewesen sei? Aber die Alte antwortete nicht. Sie verschwand mit dem Wassereimer im Haus, kam nach einer Weile zurück, pumpte wieder.

»Wir sind nicht geflüchtet«, sagte sie. »Uns hat keiner Bescheid gesagt ... Bei uns trafen die Russen die ersten Deutschen ... Die Männer sind alle erschossen, ein paar Frauen und Kinder auch, wohl aus Versehen ... zweiundvierzig Tote ... Wir haben noch nicht alle unter der Erde ... Wer soll denn im Winter den Frost aufbrechen? Wo doch keine Männer da sind ... Und von den Verletzten sterben auch noch ein paar ... Es gibt keinen Arzt und keine Medizin ...«

Ohne eine Antwort abzuwarten, hob sie den Eimer von der Pumpe, wischte mit der Schürze über ihr Gesicht und ging.

Hermann zog seine Mutter fort. Er fürchtete, plötzlich vor einem Haufen unbeerdigter Leichen zu stehen und beim Begraben mithelfen zu müssen.

Während sie durch das menschenleere Barten gingen, stellte Hermann sich vor, Peter Aschmoneit sei schon zu Hause und warte auf ihn. Ja, das wäre dem Peter Aschmoneit zuzutrauen.

»Wann fängt unsere Schule wieder an, Mama?« fragte Hermann plötzlich.

Das wußte Martha auch nicht genau, aber sie war sicher, daß es bald wieder losgehen würde. Natürlich mußten die Kinder zur Schule. Alle Kinder in Deutschland mußten zur Schule, es bestand doch Schulpflicht.

»Aber wenn die Schule abgebrannt ist?«

Auch für diesen Fall wußte Martha Rat: Der Jokehner Dorfkrug mußte vorübergehend als Schule herhalten.

Als erstes tauchte tatsächlich die Mühle hinter den blätterlosen Eichen der Angerburger Chaussee auf. Martha blieb stehen, hob Hermann auf den Arm, um ihm die Mühle zu zeigen, die Jokehner Mühle. Sie stand wie ein umgestülpter Fingerhut neben der Chaussee, zwei Flügel arg zerzaust und zerfetzt. Wie die es wohl fertiggebracht hatten, die Mühle so zu verstümmeln? Sie mußten mit Gewehren und Maschinenpistolen auf die Mühle losgegangen sein. Da stand sie nun und ließ ihre geknickten Flügel hängen. Kein mit Säcken beladener Wagen fuhr den Mühlenweg hinauf. Die Tür zum umgestülpten Fingerhut stand offen; vor der Schwelle hatte der Wind eine kleine Schneewehe aufgetürmt.

Hinter der Mühle die ersten Häuser. Die Türme des Schlosses ragten aus den Parkbäumen, und deutlich sichtbar war das Storchennest auf der Scheune von Onkel Franz. Aber keine Menschen im Dorf. Im Krug kein Kinderhofer Bier. Dafür zersplitterte Stühle. Ein Tisch hing halb aus dem Fenster der Schankstube. Und aus gutem Grund war Juno noch immer rund, wenn das Reklameschild an der Krugwand auch zahlreiche Einschüsse aufwies. Freundlich lächelte der Kathreinermann von der Tür des Jokehner Dorfkruges. Ihm hatte kein Krieg etwas anhaben können. Hermann fand hinter der stark beschmutzten Theke ein Päckchen Brausepulver – Waldmeister –, steckte es ein, ohne zu zahlen.

Bevor sie über den Anger nach Hause gingen, machte Hermann einen Abstecher zu Aschmoneits. Er hoffte, Peter würde ihm entgegenkommen. Aber Hermann fand das Haus so menschenleer wie alle Häuser in Jokehnen. Immerhin war die Unordnung nicht so groß; in den ärmlich eingerichteten Wohnungen gab es weniger zum Umwerfen und Zertrümmern. Nur das Bett der blinden Oma stand auf dem Kopf. Macht nichts, die blinde Oma brauchte kein Bett mehr.

Eine große Enttäuschung bot die Jokehner Dorfschule. Die Bänke lagen wie Langholz übereinander auf dem Schulhof. Hermann überzeugte sich davon, daß die Fritz-Steuben- und Karl-May-Bücher noch vorhanden waren. Auch »Mein Kampf« existierte noch. »Hitlerjunge Quex« und »Albert Leo Schlageter« lagen aufgeschlagen auf dem Fußboden. Wenn die Lehrerin nicht bald wiederkäme, würde Hermann die Bücher holen und behalten.

An der Parkmauer hing eine mannshohe Standuhr. Iwan hatte sie mitnehmen wollen nach Grusinien, aber schon auf der Jokehner Dorfstraße war sie ihm zu schwer geworden. Am Jokehner Schloß war der weiße Kalk neben einigen Fenstern im Erdgeschoß rauchgeschwärzt, und in den Ästen der Ulmen hingen – in Fetzen gerissen – die Fahnen, die einst zu Deutschlands Ruhm und Ehre auf dem Jokehner Schloßturm geweht hatten: schwarz-weiß-rot, die kaiserliche Reichskriegsflagge und die Überreste des Hakenkreuzes. Jemand mußte die Reliquien einer großen Zeit auf dem Turm zerstückelt und von oben in die Baumkronen geworfen haben.

Wie immer kürzten sie den Weg ab, gingen am Teich vorbei über den Anger. Der Telegrafenmast lag gefällt auf dem schneebedeckten Rasen, lag genau an der Stelle, an der die Kinder im Sommer Völkerball und Schlagball spielten. Die Telefondrähte hingen zerfetzt herum, mit der öffentlichen Fernsprechstelle, mit Drengfurt eins-null-vier, gab es keine Verbindung mehr.

Schon an der Auffahrt zu ihrem Haus mußten sie haltmachen. Da lag wie eine Barrikade eine geschlachtete Kuh, in Stücke geteilt, in brüchiges Leinen gewickelt, hart gefroren.

»Ist das unsere Liese?« fragte Hermann.

Martha wußte es nicht; im gevierteilten Zustand sind Kühe nicht mehr zu erkennen. Sie kletterten über die Fleischklumpen, arbeiteten sich zur Tür durch. Da brauchte man keinen Schlüssel, um in das Haus Karl Steputats einzutreten. Eher eine Mistforke, um den Unrat von der Schwelle zu räumen. Die Akten aus der Bürgermeisterei bedeckten knöcheltief den Fußboden in Flur und Küche. Dazwischen Flicken aus der Schneiderstube. Von allen Schränken hatte nur die Küchenanrichte überlebt. Hindenburg und Hitler waren aus ihren Rahmen geschossen worden. Dem großen Anprobierspiegel, stets wie ein Schmuckstück gehütet, war der Garaus gemacht worden. Und dabei war Spiegelglas so teuer! Nun ins Wohnzimmer. Hier brach Martha zum erstenmal in Tränen aus. Das herrliche Kristall in Scherben. Den Verwandtenporträts an den Wänden waren die Augen abhanden gekommen. Auch Steputats Weinkeller hatten sie gefunden, obwohl er gut versteckt unter den Dielen lag. Keine Flaschen mehr mit Johannisbeerwein, statt dessen Unrat bis an den Rand des Kellers. Hermann fand unter seinem zusammengebrochenen Kinderbett ein totes Kaninchen, eine tragende Häsin, die aus der Nachbarschaft zugelaufen sein mußte.

Martha stand fassungslos vor diesem Durcheinander. Zum erstenmal fand sie kein optimistisches Sprüchlein, hielt die Hände ratlos vor dem Leib gefaltet. Ein Gast im eigenen Haus, den niemand aufforderte, den Mantel abzulegen. Wie schnell sich alles verliert! Durch die Fenster und Türen trieb der Wind feine Schneekrümel.

»Ach Gott, da ist mein Kartoffelschälmesser!« rief sie plötzlich, bückte sich und holte das blanke Messer aus dem Unrat. Sie legte es nicht mehr aus der Hand, klammerte sich daran, lief mit ihm sogar zum Stall hinüber, um zu sehen, was dort übriggeblieben war. Die Stalltür offen. Die Kuh fehlte. Ein Schwein lag tot im Futtertrog, selbst die Hühner hatten sich nicht retten können; von ihnen fehlte jede Spur. Aber Hermanns Kaninchen waren da. Die hoppelten verbiestert durch den Garten, zeichneten ihre Spuren in den Schnee. Eigentlich müßte man jetzt einheizen. Aber die Zentralheizung war im Frost zersprungen.

»In Heinrichs Kammer ist doch ein Kachelofen«, sagte Hermann.

Natürlich, der alte Kachelofen. Im Winter 45 kam er zu späten Ehren. Während Hermann Holz für den Ofen hereinschleppte, befestigte Martha Aktendeckel vor den zerbrochenen Scheiben in Heinrichs kleiner Stube. In der Küchenanrichte fand sie noch Zündhölzer. Bald stieg eine feine Rauchsäule über dem verlassenen Jokehnen auf. Das Leben konnte weitergehen.

Am Tag darauf streifte Hermann durch die Nachbarschaft. Er schaute zur Markowschen hinüber, wagte sich aber nur bis zum Fenster, weil er Scheu empfand, in fremde Häuser zu gehen, ohne zu fragen, Dinge in die Hand zu nehmen, die ihm nicht gehörten. Auch bei der Markowschen sah es nicht anders aus. Das geliebte Küchenschaff, in dem die Alte immer Honig, Stachelbeermarmelade und Gänseschmalz aufbewahrt hatte, gab es nicht mehr, es war einfach verschwunden. Aber das Kruzifix hing hoch über dem Plüschsofa, dem die Russen den Bezug geklaut hatten. Einfach mit dem Messer abgetrennt. Mein Gott, warum waren die so wild auf Plüsch?

Die Zerstörungen und Verwüstungen in jedem der Häuser waren das erstaunlichste an diesem Krieg. Was mußte es die Rote Armee für Zeit gekostet haben, Tische und Schränke zu demolieren, durch die Fenster zu werfen, auf die Dächer zu schleppen, in die Bäume zu hängen? Da stand doch wahrhaftig ein gut erhaltener Ohrensessel auf dem Eis des Jokehner Dorfteiches. Und unter ihm lag eine Handgranate.

Nun wollen wir mal Onkel Franz besuchen. Als Hermann auf dem leeren Hof stand, umgeben von den schwarzen Höhlen der Stalltüren und Scheunentore, überkam ihn die kalte Angst. Er stand da, wo Tante Hedwig immer Hühner und Puten gefüttert hatte. Sollte er rufen? Irgendeinen Namen rufen? Wenn Onkel Franz heimkehrte, mußten sie ihm den Osterhasen abliefern. Aber den hatten sie verloren. Hermann ging zum Pferdestall, hoffte heimlich, der brave Osterhase wäre von Landsberg querfeldein in seinen Stall nach Jokehnen gelaufen. In der Stalltür blieb Hermann stehen, wartete, bis sich die Augen an das Dunkel gewöhnt hatten, rechnete damit, einen Rinderkadaver, schlimmstenfalls die Leiche eines Soldaten zu finden. Aber dann dieses: Unter der Krippe im Pferdestall begann es zu rumoren! Zischte ihn an! Kam auf ihn zu! Jemand versuchte, ihn zu umfassen. Glitt an ihm vorbei, stieß an sein Bein, stürzte ins Freie. Mein Gott, die Schwäne! Die noch immer grauen Schwäne. Sie hatten den Krieg überlebt, zwei jedenfalls. Sie standen halbverhungert auf dem Hof, schrien heiser, rührten sich nicht vom Fleck. Hermann schleppte einen Eimer Hafer aus der Häckselkiste auf den Hof und sah zu, wie die Schwäne sich über die Körner hermachten. Als er fortging, liefen sie ihm nach, anhänglich wie Haustiere.

Er kam am Haus des Maurers Seidler vorbei. Da fiel ihm ein, daß Seidler da sein mußte. Der war doch nicht geflüchtet. Aus dem Dachfenster hing tatsächlich noch die rote Fahne. Aber die Vordertür war verschlossen, nur ein Fenster eingeschlagen. Keine Spur von Leben. Hermann ging um das Haus, blickte durchs Fenster in die Küche. Auch da niemand. Als er die Tür öffnete, strömte ihm säuerlicher Geruch entgegen. In der Küche standen unabgewaschene Teller mit angetrockneten Speiseresten. Kaum Zerstörungen. Aber kalt war es. Hermann schob die angelehnte Wohnzimmertür zur Seite und erschrak: Da saß die schwerhörige Frau im Lehnstuhl. Regungslos.

Mensch, die ist tot, dachte Hermann und wagte nicht weiterzugehen. Keine Spuren äußerer Gewalt. Vielleicht war sie vor Schreck gestorben. Ihre linke Kopfseite klebte am Kachelofen, und der Kragen des schwarzen Kattunkleides war versengt. Wo war Maurer Seidler?

Hermann machte sich keine Mühe, diese Frage zu beantworten. Er rannte, vom Entsetzen gepackt, zum Hinterausgang. Wollte über den Hof laufen, möglichst schnell zur Straße kommen. Aber dort neben dem Holzschuppen wäre er fast über den alten Mann gestolpert. Er lag an der Tür zum Schuppen. Durchlöchert. So war es dazu gekommen, daß der einzige Kommunist Jokehnens zuerst sterben mußte. Krieg ist Krieg. Da bleibt keine Zeit, nach der Gesinnung zu forschen.

Nach und nach kehrten die Jokehner heim, die bei Landsberg von der Front überrollt worden waren. Als erste die Schubgillasche mit den vielen Kindern. Sie hatte unterwegs einen Handwagen aufgetrieben, auf dem die Kleinen saßen. Auch befanden sich im Wagen allerlei nützliche Dinge, die die Kinder auf dem langen Marsch am Straßenrand aufgesammelt hatten, sogar eine Puppe mit ausgestochenen Augen. In Jokehnen angekommen, schwärmten die Kinder gleich aus, um Brauchbares zu suchen. Guterhaltene Gardinen. Porzellangeschirr. Tischdecken. Das alles war wohlfeil zu haben. Es gab keine Diebe mehr im herrenlosen Ostpreußen. Die Wittkuhnsche kam noch rechtzeitig nach Hause, um zu verhindern, daß die Schubgilla-Kinder den Krug restlos ausplünderten. Sie rannte durchs Dorf und suchte Menschen, denen sie den desolaten Zustand ihres Kruges schildern konnte. Die Wittkuhnsche nahm gar nicht wahr, daß es in anderen Häusern nicht viel besser aussah. Sie fragte Martha allen Ernstes, ob sie ihr beim Aufräumen des Kruges helfen könnte. Und für die Nacht quartierte sie sich trotz des Kinderlärms bei der Schubgillaschen ein, weil sie sich fürchtete, allein im Krug zu bleiben.

Mit einem Tag Verspätung kehrten die Majorsche und die kleine weiße Frau heim. Sie gingen ins Schloß, in die weiten, menschenleeren Räume, in die die Kälte gedrungen war. Die kleine weiße Frau legte sich gleich ins Bett, während die Majorsche Pfefferminztee vom Speicher holte und den Kachelofen einheizte. Pfefferminztee ist gut gegen das Fieber und gegen Magenkrämpfe. Trink nur, trink! Es wird alles besser.

Wie war es möglich, daß plötzlich der Wolhyniendeutsche Zarkan auftauchte? Der war in Landsberg noch durchgekommen, hatte aber in Braunsberg die Flucht über das gefrorene Haff verschlafen und den Einzug der Roten Armee leidlich überstanden. So ist das eben, wenn man Russisch sprechen kann. Dann nehmen dich sogar die leeren Lastautos von der Front mit nach Hause. Der alte Zarkan, dem die Kinder früher freche Worte nachgerufen hatten, weil er kein ordentliches Deutsch sprach, war jetzt die wichtigste Person in Jokehnen. So ändern sich die Zeiten.

Und dann erlebte Jokehnen diesen Abend: Auf der Angerburger Chaussee abgedunkelte Kolonnen, die nach Westen fuhren. Feine Schneekrümel in der Luft.

Da kommt in der hereinbrechenden Dämmerung eine Gestalt die Dorfstraße entlanggehumpelt. Geht an einem Stock. Ruht sich aus am Brückengeländer vor der Schule. Dann wieder eine Ruhepause bei den Ziegelpfeilern der Gutsauffahrt. Jetzt der Weg über den Anger. Ein mühsamer Sprung über einen zugeschneiten Graben. Wieder Pause neben dem umgestürzten Telefonmast. Und nun das letzte Stück: Karl Steputat kehrt heim! Verharrt nicht an der Schwelle. Steigt über den ganzen Unrat hinweg, geht von Raum zu Raum und findet schließlich Martha und Hermann in Heinrichs warmer Kammer.

Sie stehen sich fassungslos gegenüber. Mein Gott! Ist das möglich? Martha denkt: Da hat der liebe Gott wieder geholfen. Steputat stellt die Krücke in die Ecke, setzt sich. Martha wischt die Tränen aus ihrem Gesicht. Steputat zeigt auf sein krankes Bein.

»Es schmerzte so sehr, daß ich nicht mehr gehen konnte. Da ließ mich der Posten am Straßenrand sitzen.«

Aber das war nicht alles. Nein, da war noch etwas, das Steputat loswerden, über das er sprechen mußte. Er legte das kranke Bein auf einen Schemel, lehnte sich zurück.

»Dafür hat er einen anderen mitgenommen ... Einen alten Mann, den wir mit seiner Familie auf der Straße trafen ... Unser Posten faßte den Alten am Arm und zog ihn in die Kolonne ... Mich ließ er sitzen ... Klar, der Posten hatte einen Zettel mitbekommen. Da stand eine Zahl drauf, die mußte er abliefern, keinen mehr und keinen weniger ... Wenn er einen gehen läßt, muß er sich einen anderen suchen, damit die Zahl stimmt ...«

Martha hörte gar nicht zu. Sie kümmerte sich erst einmal um das kranke Bein. Zog die Schuhe aus, krempelte das Hosenbein hoch, begann vorsichtig, das Bein zu massieren.

»Die marschieren alle nach Rußland«, behauptete Steputat. »Aber sie werden es nicht lange durchhalten, weil es alte Männer sind.«

»Wir müssen das Bein mit Spiritus einreiben«, meinte Martha. Ja, Spiritus! Wo bekommt man nur Spiritus her in diesem Chaos? Martha durchsuchte die Küche, fand aber nur Gänseschmalz. Natürlich, Gänseschmalz tat es auch. Schön einreiben und dann das Bein ruhig halten. Es wird schon alles besser, alles.

Nicht allein die mangelhafte Heizung und das unbeschreibliche Durcheinander veranlaßten Steputat, sein Haus zu verlassen. In der Bürgermeisterei von Jokehnen fühlte er sich nicht mehr sicher. Sie würden ihn holen, wenn das Bein gesund wäre. Martha hatte den Einfall, zu dem abseits gelegenen Gehöft von Else Behrend zu ziehen. Dort wären sie allein. In dieser großen Zeit mußte sich jeder so klein wie möglich machen.

So zogen sie also den Weidenweg hinunter nach Wolfshagen. Bis zum Hornberg. Dann links ab den Feldweg zu Else Behrend. Während Martha den größten Teil des Gepäcks schleppte (ja, es gab schon wieder wertvolle Dinge, die man mit sich herumtrug), humpelte Steputat an seinem Stock hinterher. Hermann unternahm einen Abstecher zu den Gräben, die die Jokehner Hitlerjungen im Herbst ausgehoben hatten. Er suchte die Spuren eines heroischen Kampfes; aber der Krieg war über die Jokehner Befestigungen hinweggegangen wie über frische Maulwurfshügel. An einigen Stellen hatte das Erdreich nachgegeben. Eine Kuh lag verendet im Graben: Steputats Liese. Sie war in den Graben gerutscht, hatte sich nicht befreien können, hatte den Schädel auf die aufgeworfenen Erdhügel gelegt und sich zu Stein frieren lassen. Martha weinte, als sie ihre Kuh sah. Aber Hermann rannte den Graben ab, suchte Patronenhülsen und im Nahkampf gefallene Feinde.

»Die haben gar nicht gekämpft«, sagte er enttäuscht.

»Wenn sie gekämpft hätten, wäre noch mehr in Trümmer gegangen«, meinte Karl Steputat.

»Warum haben wir denn die Gräben ausgehoben?«

»Zur Beruhigung«, sagte Steputat.

Niemand hatte gekämpft. Jokehnen war ohne Widerstand in feindliche Hände gefallen; nur die Kühe, Kaninchen und Hühner hatten gelitten.

Während sie zu Else Behrend umzogen, verpaßten sie die erste Jokehner Beerdigung nach der Flucht, das Begräbnis der kleinen weißen Frau. Nur zwei Tage hatte sie es in dem einigermaßen hergerichteten Terrassenzimmer des Schlosses ausgehalten. Da halfen auch keine Wadenwickel und kein Pfefferminztee. Woran war sie gestorben? An dem nicht enden wollenden Husten? An der Angst vor den Landsberger Glühwürmchen, die sie in nächtlichen Fieberträumen heimsuchten? Es gab keinen Totenschein, keine amtlich beglaubigte Todesursache. Sie hatte sich in einem letzten Aufbäumen aller Kräfte aus dem Bett geschleppt und lag morgens regungslos auf dem kalten Fußboden.

Die Majorsche suchte Zarkan auf und bat ihn, so etwas wie einen Sarg zu zimmern. Zarkan wußte wohl, daß sie ihm keine Aufträge mehr zu erteilen hatte, daß die Herren der Güter plötzlich auch nur Überlebende waren wie alle anderen, gefährdeter als alle anderen. Nur aus Ehrfurcht vor dem Tod und weil die kleine weiße Frau unter die Erde mußte, sagte Zarkan zu, er werde sehen, was sich machen lasse. Was er schließlich aus zwei mäßig gesäuberten Schweinströgen zusammenzimmerte, glich mehr einer in die Länge gezogenen

Hundehütte als einem Sarg. Die Majorsche nahm es schweigend hin, obwohl sie natürlich bemerkte, daß ihre Schwiegertochter in zwei Trögen beerdigt werden sollte, in denen die Jokehner vor vier Wochen noch ihre Schweine abgebrüht hatten. Zarkan hob auch die Kuhle aus, nicht auf dem Dorffriedhof, sondern im Park neben dem Grab des Majors. Eine Sträflingsarbeit in dieser Jahreszeit, weil die Erde hart gefroren und von Wurzeln durchwachsen war. Nur um den Transport wollte er sich nicht kümmern. Nein, Zarkan fährt keine Leichen! Da mußte die Frau zur Schubgillaschen laufen und sich den Handwagen ausleihen. Die Kinder spielten die Zugpferde für dieses eigenartige Leichengefährt, und die Wittkuhnsche übernahm das obligate Heulen auf dieser mehr grausigen als traurigen Beerdigung, wobei niemand recht wußte, ob sie die Verstorbene beweinte oder den verwahrlosten Krug oder das, was sie alles verloren hatte.

Wäre sie ein Jahr früher gestorben, hätte der Oberstleutnant eine ganze Flakbatterie antreten und über das Grab ballern lassen. Jetzt blieb es beängstigend still. Nicht einmal die Vesperglocke auf dem Gutshof bimmelte. Es gab niemand, der sie schlagen konnte. Kein Trauermarsch, keine Knallerei, keine Uniform. Niemand sagte etwas. Niemand sang: Jesus, meine Zuversicht. Zarkan stand mit der Schaufel in der Hand neben dem Grab. Er kaute seinen Priem und nahm für einen kurzen Augenblick die Mütze ab. Die Kinder spielten im Buschwerk neben der Grabstätte. Sie hatten ihren Spaß daran, den Handwagen den Abhang hinabrollen zu lassen, weil es so schön polterte.

Bei Else Behrend gab es wenigstens eine Kuh. Martha brachte das Tier nach ausdauerndem Einfetten und Massieren des Euters dazu, wieder Milch zu geben.

Warme Milch und geröstetes Brot, damit ließ sich alles kurieren, auch der heftige Durchfall, die blutige Ruhr.

Martha bestand darauf, nur abends einzuheizen, damit der Rauch sie nicht verriet.

»So herrlich weit haben wir es gebracht, daß wir nicht mal Feuer im Ofen machen können«, sagte Steputat, fügte sich aber. Er fügte sich in alles. Er ließ geduldig sein Bein massieren, mit Gänseschmalz einreiben, saß den ganzen Tag herum, blickte hinüber nach Jokehnen, als erwarte er Besuch, sprach kaum und wenn, dann am liebsten zu sich selbst.

Nur Hermann ging einmal ins Dorf, um die Schulbücherei durchzustöbern. Lächerlich, wie die alte, gefürchtete Dorfschule aussah. Die ganze Autorität war hin. Man konnte ungestraft auf das Lehrerpult pinkeln. Was gab es zu erben in dem wüsten Gerümpel? Hermann kniete nieder im Unrat und versuchte, die zerfetzte Landkarte mit den blauen, grünen und braunen Flecken zusammenzusetzen. Er schaffte Südamerika, diese Mohrrübe, die sich in die Antarktis bohrt. Auch Nordamerika erhielt wieder das Aussehen eines über den Atlantik blickenden Indianers. Nur Europa wollte nicht glücken, Europa war zerfetzt und zerrissen, war einfach hin. Da fehlten ganze Stücke, da waren Länder untergegangen und Meere herausgerissen. Sie galt nicht mehr, die alte Geographie der Jokehner Dorfschule.

Und nun die Bücher. Da lagen die vor den Weihnachtsferien eingesammelten Fibeln. »Deutscher Rat« von Robert Reinick im Schmutz auf dem Fußboden. Die »Trompete von Vionville« hatte zum letztenmal geblasen. »Vetter Starmatz« und »Ein Lied hinterm Ofen zu singen« brauchten nicht mehr unendlich geleiert zu werden. Hermann sammelte alle Tecumseh-Bücher ein, deren er habhaft werden konnte, den »Strahlenden

Stern«, den »Berglöwen« und den »Fliegenden Pfeil«. Zum Schluß fiel ihm ein, daß er seinem Vater eine Freude bereiten könnte, wenn er ihm ein Buch mitbrächte. Der saß doch den ganzen Tag grübelnd am Fenster. Er durchwühlte noch einmal die Reste der Schulbibliothek, fand die meisten Bücher zu kindisch für seinen Vater, schwankte zwischen Gorch Focks »Seefahrt ist not« und dem »Mythos des 20. Jahrhunderts«, nahm schließlich beide mit nach Hause.

Karl Steputat las nicht, weder den »Mythos« noch irgend etwas. Er hatte das Vertrauen zum geschriebenen Wort verloren. Er humpelte durch die vielen Räume und bewunderte Marthas praktischen Optimismus, mit dem sie in der fremden Küche schuftete, die Kuh versorgte und jeden Tag neue Hoffnungen erfand.

»Unsere werden wiederkommen wie im ersten Krieg.«

»Nein, da kommt nichts mehr«, sagte Steputat.

»Aber die Flüchtlinge werden zurückkehren, und dann geht das Leben weiter. Wer den gefangenen Polen und Russen nichts Böses getan hat, dem werden sie auch nichts tun. Du warst doch immer gut zu ihnen, Karl.«

»Das zählt nicht«, meinte Steputat. »Den Kommunisten Seidler haben sie zuerst umgebracht, und auf einem Bauernhof bei Bartenstein lagen zwei erschossene Franzosen, die auf die Befreiung aus der Kriegsgefangenschaft gewartet hatten. Und Heinrich, denk nur an Heinrich! Was hatte er getan? Das ist alles Zufall. Das Unglück schlägt blind um sich, da zählt nicht, was einer gedacht oder getan hat.«

Einmal wachte Hermann auf, als Steputat nachts am Fenster stand und zur Angerburger Chaussee starrte.

»Das fährt nun schon die ganze Nacht«, murmelte er.

»Leg dich hin, dein Bein braucht Ruhe«, sagte Martha.

»Und sie haben uns immer gesagt, der Russe hat nichts mehr. Keine Waffen, kein Benzin, keine Menschen. Die verdunkeln nicht einmal. Ihre Lastautos fahren mit aufgeblendeten Scheinwerfern nach Westen. So sicher fühlen sie sich.«

Es war beängstigend still geworden in Ostpreußen. Keine Nachricht, kein Gerücht vermochte sich auszubreiten in diesem Niemandsland. War der Krieg zu Ende? Lebte Adolf Hitler noch? Siegte er vielleicht in fernen Ländern? Kein Wehrmachtsbericht, keine Sondermeldung gab den verbliebenen Jokehnern kund, wie in diesen Tagen die Welt unterging. Um das belagerte Königsberg wurde noch gekämpft, nördlich von Memel hielt sich ein deutscher Brückenkopf in Kurland. In den verlassenen Dörfern zwischen der Weichsel und der Memel herrschte die Freiheit des Alleinseins. Jeder konnte tun und nehmen, was er begehrte. Es gab keine Ordnung mehr, keine Verbote, keinen Schutz. Aber die Dinge hatten ihren Wert verloren. Anfangs zogen die Überlebenden auf die schönsten Bauernhöfe, rafften Kannen, Pflüge, Kuhketten und Milcheimer zusammen. Aber bald spürten sie, daß der zusammengetragene Reichtum nichts war. Denn an sich sind die Dinge wertlos, gewinnen nur Bedeutung im Verhältnis zu anderen Dingen, zu anderen Besitzern. Von einem Tag zum anderen war so vieles gleichgültig geworden. Der Prozeß zwischen Krugwirt Wittkuhn und Sattler Rogall um einen Kruschkenbaum auf der Grundstücksgrenze hatte sich in zweiter Instanz durch den Einmarsch der Roten Armee von selbst erledigt. Der Erbstreit um eine versauerte Wiese hinter dem Jokehner Dorfteich erschien in diesen Tagen wie ein lächerliches Possenspiel.

Über die schwierige Frage, ob auf dem Gemeindeanger auch Gutskühe grasen durften, brauchte sich niemand mehr den Kopf zu zerbrechen. Es war gleichgültig, ob der Teich austrocknete oder die Pange abbrannte, die Saat auswinterte, ob es einen zeitigen oder späten Frühling gab.

Nur die Schubgillasche hatte diese allgemeine Gleichgültigkeit noch nicht begriffen. Sie stapelte Damasttischtücher, ließ die Kinder mit dem Handwagen Meißner Porzellan und was sie dafür hielt zusammenfahren, verbrannte ihr wurmstichiges, abgegriffenes, speckiges Mobiliar und ersetzte es durch Polstermöbel von fernen Bauernhöfen. Ließ die Kinder auf einem Sofa am Küchentisch sitzen und Suppe schlabbern. Auf ihrem Küchenschrank stand ein bunter Porzellankranich. Neben dem Rauchfang hing ein vergoldeter Teller mit einem eingravierten, zum Sprung ansetzenden Pferd und der Erinnerung an einen Sieg in der Insterburger Rennwoche 1938.

»Nun leben wir wie die Herren«, pflegte sie ihren Kindern zu sagen. Aber sie wurde dieses Herrenlebens nicht so recht froh, weil niemand da war, dem sie es zeigen konnte. Wo waren bloß die Menschen geblieben? In Jokehnen gab es nach dem Tode der kleinen weißen Frau achtzehn, in Marienthal ganze neun Menschen, Kinder eingerechnet. In Wolfshagen keinen, in Skandlack keinen, in Baumgarten siebenundsechzig Überlebende, in Wickerau keinen, in Lenzkeim keinen, in Althof keinen, in Kollkeim keinen, in Sausgörken sieben, in Meistersfelde drei, in Marienwalde keinen, in Jankenwalde neun. Das Land der Pruzzen war in den Urzustand zurückgekehrt. An einem Morgen im späten Februar übernagelte eine russische Kolonne das Jokehner Ortsschild mit einer kyrillischen Aufschrift. Es gab kein Jokehnen mehr.

Endlich kam Besuch. Obwohl Besuch in diesen Tagen nichts Gutes zu bedeuten hatte, erlöste er Steputat von der Langeweile des Grübelns, des Geradeausstarrens. Drei Männer und eine Frau bereisten mit Fahrrädern die verlassenen Höfe. Woher hatten die noch brauchbare Fahrräder? Sie trugen Zivil, und doch besaß einer einen Wehrmachtskarabiner, die beiden anderen trugen ziemlich altertümliche Schrotflinten, allein die Frau begnügte sich mit einem umgeschnallten Koppel, auf dessen Schloß »Gott mit uns« stand. Befreite Gefangene, Polen, Litauer, Ukrainer.

Steputat sah sie kommen, hatte noch genügend Zeit, in die Scheune zu gehen, um sich zu verstecken, entschied sich aber gegen jedes Versteckspiel. So entschied er sich immer. Steputat war zu stolz, um vor diesen Leuten in die Spreu der Scheune zu kriechen. Schon gar nicht, wenn Hermann zuschaute. Er ging ihnen entgegen.

Die vier waren sichtlich überrascht, als sie feststellten, daß es auf dem Hof Menschen gab. Sie berieten sich kurz, kehrten aber nicht um. Sie gaben vor, vom Oberkommando der Roten Armee zu kommen, um die verlassenen Dörfer nach Waffen zu durchsuchen. Zwei gingen in die Scheune, einer kam mit der Frau ins Wohnhaus. Es zeigte sich bald, daß das Waffensuchen – wenn überhaupt – nur ein Nebenzweck ihres Besuches war. Die Frau schien in Polstermöbel vernarrt zu sein. Sie streichelte den Plüschbezug des Sofas, ließ sich in die Polster fallen und fand es aufregend angenehm. Mit geübter Technik trennte sie die blumigen Bezüge ab, legte die Innereien der Sessel frei, überließ das verstümmelte Inventar der Obhut von Martha Steputat, die schnell eine Decke darüber breitete. Die Männer in der Scheune stießen mit spitzen Lanzen ins Stroh, gingen wie Wünschelrutengänger die Scheune ab, krochen schließlich auf den Heuboden über dem Kuhstall. Aber Else Behrend hatte keine Kisten mit Silber und gutem Geschirr versteckt. Nicht einmal ein Eimer mit Weckgläsern kam zum Vorschein, auch nichts Geräuchertes. Als sie im Garten den letzten Schnee zur Seite gekratzt hatten, ohne Anzeichen vergrabener Kostbarkeiten zu entdecken, zogen sie enttäuscht ab. Aber noch am gleichen Tage kam Wassili. Da glaubte jeder, die Zeit der stolzen Reiter mit blitzenden Schnallen und Tressen sei endgültig vorüber. Und nun kam Wassili auf einem Fuchswallach angeritten. Aus der Ferne war eine gewisse Ähnlichkeit mit dem kleinen Blonski nicht zu leugnen, nur daß Wassili ein wenig größer war.

Wer war Wassili? Er sprach Deutsch. Die verdammten Faschisten hatten ihn drei Jahre als Gefangenen auf einem Gut hinter Nordenburg festgehalten. Er sei Ukrainer, kein Russe, betonte er. Ein General Sowieso der weißrussischen Front habe ihm eine Maschinenpistole gegeben und die Herrschaft über Jokehnen und die umliegenden Dörfer anvertraut. Alle Deutschen hätten ihm zu gehorchen. Wassili befahl den Deutschen, auf das Vorwerk des Gutes Jokehnen zu ziehen. Dort werde das Vieh aus der Umgebung zusammengetrieben. Die Deutschen müßten es füttern und melken. Milch und Butter dürften sie behalten, aber kein Rind schlachten. Das war die erste Verlautbarung des neuen Herrn. Wie in vielen hundert Jahren vorher verkündete er sie vom tänzelnden Pferd herab mit drohender Reitpeitsche. Hatte sich denn gar nichts geändert?

Steputat hatte Zeit genug, es sich anders zu überlegen. Es gab viele leerstehende Häuser in Ostpreußen, und auch Wassili hätte Steputat nicht daran hindern können, heimlich davonzuziehen. Der Waldrand lag nur ein Viertelstündchen entfernt, und dahinter begann der große Wolfshagener Forst, dann der Skandlacksche Wald. Da gab es – mitten in den hohen Fichten – das Haus des Försters Wiehn. Schlimmstenfalls konnte man noch weiter ziehen, über das Flüßchen Omet hinaus bis nach Sechserben, Leitnerswalde oder Löcknick.

Aber Wassilis Angebot hatte auch seine Verlockungen. Martha fand, daß sie auf dem Jokehner Vorwerk zusammen mit anderen Deutschen vielleicht doch ganz gut untergebracht wären. Wenigstens Milch und Butter gäbe es reichlich. Und sicher sind auf dem Vorwerk auch Kinder, mit denen Hermann spielen kann. Der Junge langweilt sich doch so. Die Aussicht, zur Herde zurückzukehren, ihre warme – manchmal tödliche – Geborgenheit zu fühlen, bringt den Menschen immer wieder um seinen wachen Raubtierverstand.

Man kann die Menschen nur beherrschen, indem man sie zusammentreibt, in Kolonnen, in Lagern, auf die Rampe.

»Na, dann wollen wir mal packen«, sagte Martha. Ja, es gab inzwischen noch mehr Dinge, die wertvoll genug erschienen, mitgenommen zu werden. Sie hingen schon wieder an ein paar Topflappen und Blechkrügen, und Steputat reparierte am gleichen Tag Else Behrends Handkarre, damit sie ihre bescheidenen Habseligkeiten zum Jokehner Vorwerk fahren konnten.

Es gab angenehmere Plätze als das Jokehner Vorwerk. Da empfing sie ein schmutziges, flaches Fachwerkhaus mit verwohnten Innenräumen und Fenstern ohne Gardinen. Viel Schmutz auf dem Hof und auf den Wegen. Nur die Kühe fühlten sich wohl, weil das Vorwerk die größten Heuvorräte des Gutes besaß. Und auf die Kühe kam es Wassili in erster Linie an.

Sie waren alle da: die Schubgillasche mit ihren Kindern, die Wittkuhnsche und die Majorsche, die Wassili aus dem einsamen Schloß herausgeholt hatte. Wassili selbst kam täglich einmal von Drengfurt herübergeritten, um nach den Kühen zu sehen. Für die Zeit seiner Abwesenheit hatte der alte Zarkan das Sagen auf dem Vorwerk. Auch aus Marienthal hatte Wassili zwei Frauen und zwei Mädchen herbeigeschafft. Tulla riefen sie das eine Mädchen und Maria das andere. »Jetzt hast du jemand zum Spielen«, sagte Martha zu Hermann.

Aber der schüttelte den Kopf.

»Die sind doch schon zwölf.«

Mädchen waren nichts im Vergleich zu Peter Aschmoneit. Peter fehlte ihm sehr. Wenn Peter nur zurückkäme! Mehr als die beiden Mädchen faszinierte Hermann das alte Klavier im Flur des Wohnhauses, von dem niemand wußte, wie es während des ganzen Durcheinanders in dieses ärmliche Haus gekommen war. Die Baßtöne hatten den Krieg nicht überlebt, aber die rechte Seite klimperte noch ganz manierlich. Kuck... kuck... Kuck... kuck... ruft's... aus... dem... Wald! Da brauchte man gar nicht lange zu üben.

Ja, es würde Frühling werden. Und der Frühling machte alles gut. Als die braunen Äcker zum Vorschein kamen, zeigte sich, daß die Saat des letzten Herbstes gut aufgegangen war. Roggen und Wintergerste würden wachsen, einmal noch gäbe es Ernte in Ostpreußen. Und die Bauern mußten sich sputen, auf ihre Höfe zurückzukehren. Sie konnten ihre Felder doch nicht allein lassen! Es wurde Zeit, für die Frühjahrsbestellung zu rüsten.

Für Steputat war nur noch die kleine Kammer im Obergeschoß des Hauses frei. Im Raum nebenan lebte die Majorsche. Sie sahen sich täglich, aber die alte Frau sprach kaum ein Wort. Da gab es nichts mehr zu sagen. Jeden Morgen zog sie ihre roten Gummistiefel an und half beim Melken und Ausmisten des Kuhstalls. Dann kam sie ins Haus, kochte sich ihre Milchsuppe auf dem

Kanonenofen und las. Las sie die Bibel? Oder die Chronik des Gutes Jokehnen? Blätterte sie die alten Fotografien durch? Schrieb sie Briefe an unbekannte Empfänger? »Ostpreußen wird amerikanische Kolonie«, behauptete die Wittkuhnsche eines Tages. Sie glaubte, auf diese Weise würden sich die Geschäfte am schnellsten beleben, denn Dollars sind gutes Geld.

Steputat dachte weder an Geschäfte noch an die Chronik des Gutes Jokehnen. Sein Magen rebellierte in immer kürzeren Abständen. Ihm war das Bullrichsalz ausgegangen, und niemand konnte ihm helfen. Meistens wanderte er in der Kammer auf und ab, während Martha beim Schein der spärlichen Hindenburgkerzen butterte. Wassili hatte Wort gehalten: alle Milch, die die Kühe gaben, durften sie behalten. Nur am Leben mußten die Tiere bleiben, Wassili hatte sie gezählt. Martha sang sogar wieder. Das ergab sich so bei dem eintönigen Stampfen des Butterfasses.

Und unten klimperte Tulla pausenlos auf dem Kuckuck-Klavier.

In den milden, zeitigen Frühling fielen noch einmal Berge von Schnee. Das Vorwerk war abgeschnitten, der Weidenweg nach Jokehnen zugeschneit. Durch die undichte Haustür hatte der Wind den Schnee in den Flur getrieben; sogar auf dem Kuckuck-Klavier lag feiner Schneestaub. Sie schaufelten sich durch bis zum Kuhstall, Steputat und Zarkan voran, die Frauen hinterher. Nachdem die Kühe gemolken waren, begannen sie damit, den Weg nach Jokehnen freizuschaufeln. Das hätten sie nicht tun sollen, nein, sie hätten in ihrer abgeschnittenen Schneeburg bleiben sollen. Vielleicht wäre alles anders gekommen. Aber mittags schon erreichten die Schneeschaufler die Jokehner Mühle, und von dort war es nur ein Steinwurf bis zur Dorfstraße.

Tulla verbreitete das Gerücht, im Jokehner Krug gebe es Puddingpulver, Dr. Oetkers Vanillepudding unter altem Gerümpel. Das ließ Hermann nicht ruhen. Er lief auf dem frisch geräumten Weg bis zum Jokehner Krug. Zwar hatte die Wittkuhnsche als Barrikade ein paar sperrige Möbelstücke vor die Tür geschoben, aber Hermann stieg durch ein zertrümmertes Küchenfenster ins Haus. Im Schankraum, der gleichzeitig als Krämerladen gedient hatte, fand er geplatzte Tüten mit Pottasche und Imi, aber keinen Vanillepudding. Er legte die Tonbank auf die Seite, stellte umgefallene Regale auf den Kopf und erbeutete eine ganze Schachtel brauner Schuhwichse. In der Küche stocherte er mit einer Zaunlatte in Porzellanscherben, scheute sich nicht, einen verdreckten Wischlappen anzufassen und auszubreiten: kein Vanillepudding. Dafür stieß er auf Reste des Riesenbildes von Adolf Hitler, das jahrelang gegenüber der Bühne im Saal gehangen hatte und von den Jokehnern auf jedem Dorfgemeinschaftsabend angesungen worden war: ein Volk ... ein Reich ... ein Führer. Mehr war nicht übriggeblieben.

Mißmutig und ohne Puddingpulver schlenderte Hermann zum Vorwerk zurück. An der Mühle vorbei, der flügellahmen Jokehner Mühle. Die würde auch bald zusammenbrechen, wenn sich niemand ihrer annahm.

Tulla klimperte schon wieder auf den hohen Tönen herum. Das hörte Hermann schon von weitem, als er heimkehrte. Er würde sie verprügeln, weil er kein Puddingpulver gefunden hatte. Hermann riß die Haustüre auf und blieb erschrocken stehen. Nicht Tulla saß am Klavier, sondern ein russischer Soldat mit umgehängter Maschinenpistole, der ausdauernd mit dem Zeigefinger auf die Tasten zielte. Er blickte auf, winkte Hermann heran, freute sich diebisch, als Hermann ihm das Kuckuck ... Kuckuck vorspielte.

Nebenan öffnete Tulla die Tür.

»Dein Vater ist da drin«, sagte sie und zeigte auf den Nebenraum. Hermann hörte Stimmen. Er öffnete. Stockte auf der Schwelle. Da saß sein Vater in der Mitte eines kahlen Zimmers auf dem Stuhl, umgeben von Soldaten, Uniformen, mein Gott, so vielen Uniformen. Wie das aussah! Sein Vater allein in der Mitte. Keine Möglichkeit, die Hände, das Gesicht zu verbergen. Umgeben von Uniformen, die ihn anstarrten, von Fragen, die auf ihn zuflogen wie Geschosse. So unglücklich hatte er seinen Vater noch nie gesehen wie auf dem Vernehmungsstuhl in diesem Zimmer.

Das Gespräch verstummte.

»Geh zur Mama, mein Junge«, sagte Steputat.

Hermann schloß die Tür, rannte die Treppe hinauf und fand Martha in der kleinen Kammer untätig mit gefalteten Händen am Ofen sitzen.

»Tulla hat gelogen, es gibt kein Puddingpulver im Krug«, sagte Hermann.

Unten hämmerte der grobe Zeigefinger das hohe C.

Es dauerte lange, bis sie die Treppe heraufkamen, allen voran Karl Steputat.

»Ich muß nach Rastenburg«, sagte er, nahm den Pelzmantel vom Haken, suchte hastig ein paar Gegenstände zusammen, die er glaubte mitnehmen zu müssen.

»Nicht weinen«, sagte der Dolmetscher zu Martha.

Hermann stand am Fenster und sah seinem Vater zu: wie er die Weste überzog, wie er unschlüssig schwankte, ob er die pelzgefütterten Stiefel oder die Lederschuhe anziehen sollte. Aber es ging auf den Frühling zu, da nimmt man besser die Lederschuhe.

»Wir haben in Rastenburg eine Schneiderwerkstatt«, sagte der Dolmetscher. »In vier Wochen kann Ihr Mann seine Familie nachholen.«

Martha weinte. Als Hermann die Tränen sah, überkam es ihn wie damals im Chausseegraben bei Bartenstein. Er begann zu schreien, trampelte mit den Füßen, hinderte seinen Vater daran, den Pelzmantel überzuziehen, riß wütend an den herabhängenden Ärmeln. Plötzlich standen vier ... sechs Soldatenstiefel zwischen Hermann und seinem Vater. Hermann rannte gegen sie an, versuchte sie umzuwerfen, aber sie standen wie Zementsäulen, und ein Arm schob ihn mit sanfter Gewalt zurück.

»Auf Wiedersehen«, hörte er die Stimme seines Vaters. Es schien ihm, als hätte er die flüchtige Berührung einer Hand auf seinem Kopf gespürt, aber das mochte Täuschung sein. Karl Steputat verschwand auf der Treppe. Unten verstummte das Geklimper. Sie gingen den frisch geschaufelten Weg zur Mühle. Der Klavierspieler vorneweg, Steputat in der Mitte, die anderen im weiten Abstand hinterher.

Tulla kam heraufgeschlichen, lehnte sich gegen die Tür und sagte: »Ich gebe dir von meinem Vanillepudding etwas ab.«

Sie legte tatsächlich ein gelbes Päckchen auf den Tisch, und Hermann sagte nicht einmal danke.

Tullas Mutter kam die Treppe herauf. Sie hatte von ihrem Zimmer aus das Verhör gehört.

»Wie konnte er das nur tun!« sagte sie. »Er hat alles zugegeben. Als sie ihn fragten, ob er in der Partei war, hat er ja gesagt. Und daß er Bürgermeister von Jokehnen war, hat er ihnen gesagt ... Warum hat er das nur getan?«

Ja, so war Karl Steputat. Er glaubte, Ehrlichkeit müsse beeindrucken. Wer zu seinen Taten stehe, habe schon halb gewonnen. Und er fühlte keine Schuld. Er hatte niemand etwas getan. In diesem Glauben marschierte Karl Steputat von Jokehnen nach Sibirien.

Bald schmolzen die Heuvorräte auf dem Vorwerk zusammen. Sollten die Kühe nicht verhungern, mußte man Heu aus der Nachbarschaft heranschaffen. Wassili brachte zwei Pferde und übergab sie dem alten Zarkan zur Pflege. Zarkan, das war nun der einzige Mann auf dem Vorwerk, Herr über Frauen, Kinder und Kühe, wenn Wassili nicht da war. Er sprach neuerdings mehr russisch als deutsch und versuchte, auch den Pferden die russische Sprache beizubringen. Jeden Morgen spannte er die Gäule vor einen notdürftig hergerichteten Leiterwagen und fuhr damit durch die Gegend auf der Suche nach Heu und Rüben. Er fing in Jokehnen an, mußte aber, als die Vorräte zur Neige gingen, auch nach Marienthal und Wolfshagen fahren. Er sah es gern, wenn Hermann ihn begleitete. Dann war er nicht so allein auf den einsamen Bauernhöfen. Manchmal kamen auch Tulla und Maria mit. Dann war es besonders lustig.

An einem solchen Tage, als Zarkan, Hermann und die beiden Mädchen den Heuboden von Else Behrend plünderten, geschah es. Nachmittags kamen sie auf schwankendem Wagen heim, Heuernte im kalten März. Vorn der alte Zarkan mit der Leine, hinten im weichen Heu saß Tulla und pulte eine Distel aus ihrem Strumpf. Hermann lag neben ihr auf dem Bauch und blickte die Angerburger Chaussee entlang, auf der eine Gruppe Menschen hinter der Marienthaler Kurve verschwand. Wenn der alte Zarkan nur nicht diese stinkenden Kleeblüten rauchen würde. Der verpestete die Luft, daß einem schlecht werden konnte. Zuletzt ging es den ausgefahrenen Weidenweg zum Vorwerk hinauf. Tulla juchzte bei jeder Kuhle, in die die Vorderräder sanken, und Maria hielt sich ihren Bauch wie in einem Karussell.

»Pirr!« rief Zarkan, als sie die Kuhstalltür erreicht

hatten. Daß Tulla immer Angst hatte, vom Heuwagen zu rutschen! Hermann mußte sie festhalten, und trotzdem kreischte sie, daß es auf dem ganzen Vorwerk zu hören war. Sie gingen ins Haus. Tulla setzte sich mit dem Hintern auf die Tastatur des Kuckuck-Klaviers, mitten in die hohen Töne. Das machte sie immer, wenn sie besonders ausgelassen war.

Hermann rannte an ihr vorbei die Treppe hinauf, rief schon von weitem: »Ich hab fürchterlichen Hunger!«

Aber Martha war nicht da. Es stand auch nichts auf dem Herd. Das Feuer im Ofen war fast erloschen. Hermann stellte sich auf den Flur und schrie nach seiner Mutter, schrie mindestens so laut, wie Tulla mit ihrem Arsch Klavier spielte. Sie würde im Kuhstall sein oder auf dem Boden oder im Keller.

Nach einer Weile trat Tullas Mutter unten auf den Flur. Schon an der Art, wie sie ihn ansah, wie sie näher kam, wie sie die Hände an der Schürze abtrocknete, spürte Hermann, daß etwas geschehen sein mußte.

»Deine Mama ist in Drengfurt«, sagte Tullas Mutter. »Nur zur Vernehmung.«

Hermann stand wortlos neben dem Kuckuck-Klavier, spürte gar nicht, daß Tullas Mutter seinen Arm ergriffen hatte.

»Sie kommt heute noch zurück, haben sie gesagt ... Es waren die gleichen, die vor ein paar Tagen deinen Vater geholt haben.«

Für einen Augenblick überkam Hermann wieder das Gefühl, er müßte schreien und mit dem Kopf gegen die Wand laufen. Aber dann besann er sich, drehte sich ruckartig um, lief die Treppe hinauf und schlug die Tür hinter sich zu. Er kletterte auf die Fensterbank, preßte seinen Kopf gegen die Scheibe, preßte ihn, bis das Wasser aus seinen Augen trat und an dem kalten Glas hinablief.

Was hatte Mama getan? Die konnte doch nur singen und lustig sein. Die hatte immer geglaubt, alles würde gutgehen. War es böse, so etwas zu glauben? Zum Verhör nach Drengfurt. Na, das ist eine Stunde Fußmarsch hin und eine Stunde zurück ... Aber dazwischen Verhör. Kein Mensch weiß, wie lange Verhöre dauern ... Die nehmen manchmal gar kein Ende ... Vielleicht besuchte sie nur Papa in der Schneiderwerkstatt in Rastenburg, wo er russische Uniformmäntel nähte für Rubel und gutes Essen, wie es der Dolmetscher damals gesagt hatte.

»Kommst spielen?« fragte Tulla von der Tür her.

»Ich will meine Mama wiederhaben!«

Tulla verzog sich, schloß leise die Tür und trippelte die Stufen hinunter. Warum hatte Mama nicht gewartet, bis er zurückkehrte? Er wäre mitgegangen. Sie hatte nicht einmal Mittagessen für ihn gemacht. Er riß die Schranktür auf, bestrich eine Brotscheibe dick mit Butter ... biß aber nur einmal ab. Unten sah er Tulla und Maria am Roßwerk im Garten spielen. Spielten so, als wäre nichts geschehen, als hätten sie ihm nicht die Mutter weggenommen.

Ein paarmal rief er noch laut nach seiner Mutter, aber das hörten die natürlich nicht auf der Kommandantur in Drengfurt. Nur die Majorsche in der Stube nebenan hörte es. Sie kam auf ihren Filzpantoffeln angeschlurft, ein dickes Buch unter dem Arm.

»Ach Gott«, sagte sie, »das Feuer ist schon bald aus.« Sie stocherte in Steputats Herd herum und warf Papier und Holzscheite auf die Glut.

»Mit fünf Mann waren sie da, um deine Mutter abzuholen ... Oh, du großes Rußland, wieviel Soldaten hast du übrig, daß du fünf allein schicken kannst, um eine Frau abzuführen?«

Im Herd donnerte das neu entfachte Feuer; der

Rauch zog durch das Kanonenrohr und schlug von draußen gegen die Fensterscheiben.

»Sieh mal, Jungche«, sagte die Majorsche und schlug das dicke Buch auf. Als Hermann auf der Fensterbank sitzen blieb, rückte sie näher heran, zeigte ihm die Chronik des Gutes Jokehnen.

»So sah der Teich früher aus ... An der einen Seite Wald ... Das da ist mein Sohn ... Auf dem Bild war er so alt, wie du jetzt bist.«

Hermann sah einen blonden, sommersprossigen Jungen im Matrosenanzug, der auf einem Pferd saß und im Begriff war, auf die Schloßterrasse zu galoppieren.

»Es war schön in Jokehnen«, sagte die Majorsche und zählte die Kühe auf einem Foto, dessen Hintergrund das weiße Jokehner Schloß zeigte.

»Als ich das erste Mal nach Jokehnen kam, war dein Vater fünf Jahre alt.«

Sie verfiel ins Erzählen, verweilte lange bei einem Sommerfest im Jahr 1910, sprach vom alten Lehrer Lenz, dem mehr Bienenstöcke als Schulkinder gehörten, von jenem kalten Winter 1929, als ein verirrter Elch, der vom Kurischen Haff bis nach Jokehnen getrottet war, verbiestert auf dem zugefrorenen Dorfteich stand und mit seinen Schaufeln den Schnee pflügte. Sie besaß auch ein Bild von Pfingsten 1941, als die deutschen Soldaten sich mit einer Floßfahrt auf dem Teich von Jokehnen verabschiedeten, bevor sie nach Rußland zogen. Mitten unter den Soldaten, ganz entfernt und ziemlich undeutlich: Hermann Steputat und Peter Aschmoneit.

»Ich will meine Mama wiederhaben!« fiel es Hermann plötzlich wieder ein, er schrie es laut, schrie es durch Sommerfeste, Elchschaufeln und Bienenstöcke hindurch.

Als Tulla das Schreien hörte, kam sie wieder nach oben.

»Meine Mutter macht Kartoffelflinsen. Willst welche?«

Aber Hermann wollte nur seine Mutter wiederhaben.

Tulla ging still hinaus, und die Majorsche legte Scheite ins Feuer. Schließlich kam Tullas Mutter.

»Wir haben einen ganzen Teller voll Flinsen«, sagte sie.

»Aber Mama muß doch gleich wiederkommen.«

Der kleine Hitlerjunge Steputat glaubte, die Russen mit einem Hungerstreik erpressen zu können, wollte seine Mutter ertrotzen, indem er auf der Fensterbank sitzen blieb und die Angerburger Straße hinabstarrte.

»Vielleicht dauert es ein bißchen länger in Drengfurt«, meinte Tullas Mutter. »Du kannst ein paar Flinsen essen, und anschließend gehst du wieder rauf und wartest.«

Das sah nach einem annehmbaren Kompromiß aus. Hermann ließ sich von Tullas Mutter an die Hand nehmen und ging mit ihr die Treppe hinunter. Tulla saß schon am Tisch bei ihren Kartoffelflinsen. Sie starrte Hermann an, wie man einen anstarrt, der seine Mutter verloren hat. Zu den Kartoffelflinsen gab es Milchsuppe.

»Schlürf nicht so«, sagte die Frau zu Tulla. Tulla blickte betreten in den Teller. Sie schämte sich ein bißchen vor Hermann, obwohl der nicht weniger schlürfte. Als es schummerig wurde, zündete Tullas Mutter eine Kerze an und stellte sie neben die Terrine mit Milchsuppe.

Hermann überkam plötzlich die Angst, nach dem Essen wieder hinaufgehen zu müssen in das leere Zimmer mit der kalten Fensterbank. Er aß betont langsam und fand es angenehm, daß Tulla fortwährend unter dem Tisch gegen sein Knie stieß. Tullas Mutter ließ sie zusammensitzen, auch als das Essen vorüber war. Aber irgendwann würde sie den Mund auftun und Hermann zurück auf sein Zimmer schicken, in das dunkle, verlassene Zimmer. Sie saßen dicht beieinander und spielten mit dem flüssigen Wachs der Kerze. Draußen kamen die Frauen vom Melken. Hermann wartete auf Schritte, die die Treppe hinaufgehen sollten, auf eine Stimme, die seinen Namen rief. Aber nur die Wittkuhnsche schaute herein und sagte: »Armer Junge, haben sie dir die Mutter weggenommen.«

»Sie haben meine Mama nicht weggenommen!« schrie Hermann. »Die kommt wieder!«

»Gehen Sie, gehen Sie«, murmelte Tullas Mutter und drängte die Wittkuhnsche aus dem Raum.

Als die Kerze ausging, sagte Tullas Mutter: »Jetzt wollen wir schlafen gehen ... Du kannst bei Tulla schlafen.«

Tulla freute sich. Mit welcher Geschwindigkeit sie das Kleid über ihren Kopf zog! Und dann sprang sie in das rote Bettzeug, deckte sich bis zum Hals zu, sah Hermann erwartungsvoll an, kicherte und gluckste. Die war richtig stolz darauf, mit einem Jungen schlafen zu können.

»Nun betet man schön«, sagte Tullas Mutter, als es völlig dunkel geworden war. Tulla plapperte hastig ein paar unverständliche Worte, während Hermann schweigend dalag und auf die Schritte draußen horchte. Tulla kroch nahe zu ihm. Es war angenehm, ihren warmen Körper zu fühlen. Sie kicherte immer noch, mein Gott, war die albern! Als wäre es etwas Besonderes, mit einem Jungen zu schlafen. Wo Hermann doch erst zehn Jahre alt war und seine Mutter verloren hatte. Tulla drückte ihren kleinen Bauch gegen seine Hüfte. Sie pustete in sein Ohr, rieb mit der Nase seinen Hals.

»Küß mich doch«, flüsterte sie.

Aber Hermann war erst zehn Jahre alt und hatte seine Mutter verloren.

Als endlich der Frühling kam, stank es fürchterlich, ein Frühling des Pestgeruchs. Er ließ die Kadaver in den Straßengräben und auf den Gehöften tauen: Rinder, Pferde und Menschen. Feiner süßlicher Aasgestank verpestete die Luft. Am schlimmsten war es, wenn der Nordwind von Jokehnen zum Vorwerk herüberwehte. Er brachte den Gestank von einem guten Dutzend verwesender Schweine aus dem Gutsgarten mit. Welch ein Frühling in Ostpreußen!

Aber der Roggen stand gut. Er arbeitete sich aus dem frostigen Boden, legte die winterliche Bräune ab und wuchs. Nur gab es keinen Bauern, der am Feldrain entlangspazierte und sich des kräftigen Grüns der Saat erfreute; der Roggen wuchs für sich allein, wuchs trotz des Gestanks und ohne Kunstdünger.

Wo blieben nur die Störche? Keine Luftkämpfe über Jokehnen um die besten Horste. Hatten sie die feindlichen Linien nicht überfliegen können? Waren sie über der Hauptkampflinie an der Oder, in Böhmen oder vor Wien abgeschossen worden? Es war sicherlich schwer, über ein rauchendes, schwelendes, feuerspeiendes Europa hinweg von Afrika nach Ostpreußen zu fliegen. Oder lag es an ihren Farben, daß sie nicht wiederkehrten? An ihrem Schwarz-Weiß-Rot? Wurden sie zur Strafe für diese typisch deutschen Farbtupfer vom Himmel geholt und an verlassene Scheunentore und Chausseebäume genagelt? Nur wenige Störche kamen durch, es war ein Jahr der Frösche. Wenn vereinzelt ein Storchenpaar auftauchte, zog es weiter nach Norden zum Baltikum. Denn Störche brauchen Menschen, bewohnte Höfe, Wiesen, auf denen das Vieh grast. Mit dem verlassenen Ostpreußen konnten sie nichts anfangen.

Zwar blieben die Störche aus, aber am 14. April 1945 erlebte Jokehnen diese Heimkehr: Später Nachmittag, die Sonne lag zwischen den noch kahlen Eichenkronen der Chaussee, der Wind trieb den Jokehner Gestank weit fort zum Wolfshagener Wald hin; im Park blühten die ersten Anemonen; die letzten Eisschollen – spärliche Inseln des Winters – stauten sich an der Schleuse. Tulla trug zum erstenmal ein Sommerkleidchen; in den Weidenbäumen schaukelten die Stare; die Kühe auf dem Vorwerk witterten das frische Gras und brüllten den ganzen Tag über.

An diesem Tag kehrte Peter Aschmoneit mit seiner Mutter zurück. Zu Fuß.

»Wir waren bis Pommern, bis Stargard ... Da kam der Russe von vorn, von Westen her ... Das stell sich einer vor!«

Frau Aschmoneit brachte ein rundes, aufgequollenes Gesicht von der Reise mit, ferner geplatzte Krampfadern und eine Geschlechtskrankheit. Peter sah dagegen unverändert aus.

»Gut, daß keine Schule ist«, sagte er zu Hermann und grinste dabei, wie nur Peter Aschmoneit grinsen konnte.

Hermann stand da und starrte den großen Peter Aschmoneit an, der eine Russenmütze auf dem Kopf trug und schrecklich lange Haare hatte, weil es seit Weihnachten keinen Friseur mehr gab in Ostpreußen.

Natürlich hatten sie noch Platz auf dem Vorwerk. Steputats Kammer stand leer, seitdem Hermann bei Tulla schlief.

»Wenn deine Eltern wiederkommen, ziehen wir aus«, sagte Frau Aschmoneit zu Hermann.

»Da kommt keiner wieder«, keifte die Wittkuhnsche

aus dem Hintergrund. »Mein Mann kommt auch nicht wieder. Von den Verschleppten kommt keiner wieder.«

»Wie können Sie das vor dem Kind sagen!« rief Tullas Mutter. »Natürlich kommen sie wieder. Alle kommen wieder, wenn Frieden ist.«

Hermann zeigte Peter das Kuckuck-Klavier, führte ihn durch die Ställe und Scheunen, lief mit ihm zur verstümmelten Mühle, während die Frauen zusammenstanden und sich unterhielten. Worüber sprachen Frauen im April 1945? Darüber, daß sie es ausbaden mußten, die Frauen des deutschen Ostens. Daß sie die ganze Rote Armee über ihre Leiber steigen lassen mußten. Über ungewollte Schwangerschaften, über Geschlechtskrankheiten, über Krätze und Aussatz.

»Gibt es denn keinen Arzt?« fragte Peters Mutter.

Nein, es gab nichts. Keinen Arzt, keinen Pfarrer, keinen Leichenträger, keine Polizei, keinen Kaufmannsladen, keine Arbeit, kein Geld, keine Obrigkeit, keine Zeitung, kein Radio. Nur Kühe gab es.

Warum sind die überhaupt von Pommern zurückgekommen? Wandern den ganzen Weg zurück, um in ein Land zu kommen, in dem es nichts mehr gibt. Sind es die alten Bilder, die die Menschen zurücktreiben? Die alten Erinnerungen, die sich von der Wirklichkeit gelöst haben und ihr Eigendasein führen: Pferde in der Schwemme, die Vesperglocke vom Gut, Sommerabende am Teich, schwankende Erntewagen. Distanzierte Traumtänzereien auf dem Drahtseil der Erinnerung. Aber das alte Leben ging nicht weiter.

Peter brachte gleich Leben und Aufregung aufs Vorwerk. Er stellte die große Leiter ans Scheunendach, um Spatzeneier auszunehmen. Achtundfünfzig Stück sammelten sie aus den kleinen Nestern; davon waren vierundzwanzig angebrütet. Die guten Eier mußte Peters

Mutter in die Pfanne schlagen und daraus Rührei machen. Und dazu Bratkartoffeln. Aber Tulla aß nichts von diesem Bauernfrühstück.

Peter kletterte auf das Scheunendach bis zum leeren Storchennest. Niemand hinderte ihn daran, alles war freigegeben. Auch die Dachpfannen, die Peter zertrat und von oben auf den Misthaufen warf. Tulla und Maria sprangen kreischend zur Seite, wenn Peter vom Dach Bomben feuerte.

Als Zarkan Leibschmerzen hatte, durfte Peter die Pferde anspannen und mit Hermann und den Mädchen über die Dörfer fahren, um Heu zu holen. Sie saßen vorn in einer Reihe, die Mädchen in der Mitte. Hermann schwang die Peitsche, Peter führte die Zügel. Sie fuhren die Chaussee nach Marienthal hinunter. Peter ließ die Gäule traben, bis die Mädchen sich beschwerten, weil es zu sehr stuckerte. Hermann führte den Mädchen Kunststücke vor. So kroch er während der Fahrt auf die Deichsel, stellte sich sogar auf einen Pferderücken. Spreizte die Beine, jeden Fuß auf einem Pferd. Das sah drollig aus.

Vor Marienthal hielt eine LKW-Kolonne. Die Soldaten hängten ihre Köpfe in einen freigelegten Motorraum, suchten irgendeinen Schaden. Wer nichts von Motoren verstand, saß am Straßenrand oder auf den Trittbrettern der Autos. Das war langweilig, und alle freuten sich über das Pferdefuhrwerk, das ihnen entgegenkam und eine unterhaltsame Abwechslung brachte. Einer stellte sich den Pferden in den Weg. Wollte der Pferde klauen? Wo die Russen doch so schöne Autos hatten! Die Soldaten redeten auf die Kinder ein. Jemand holte Maiskörner aus der Rocktasche und schüttete sie Hermann in die aufgehaltene Mütze.

»Chitler! Chitler!«

Was hatten die mit Hitler? Einer hob den rechten

Arm und marschierte im Stechschritt die Angerburger Chaussee auf und ab. Das gab ein Gelächter; sogar die ölverschmierten Mechaniker legten die Schraubenschlüssel zur Seite und sahen sich den Aufzug an. Die Soldaten forderten Hermann auf, sich auf das Sitzbrett des Fuhrwerks zu stellen. So, und nun die rechte Hand heben und stramm stehen.

»Cheil! Cheil!«

Jemand fotografierte. Der wollte unbedingt ein Bild von einem Hitlerjungen nach Hause bringen. Vielleicht ist heute Führers Geburtstag, dachte Hermann. Er kam sich ziemlich dämlich vor, auch die Mädchen lachten über ihn. Ein Soldat holte unter dem Fahrersitz eines LKWs eine halbleere Flasche Rübenschnaps hervor, sprach auf russisch zu den Jungs.

Nein, nicht für die Mädchen. Hermann und Peter bekamen jeder einen Schluck. Da gab es keine Widerrede. Die Soldaten lachten, als sie sahen, wie die Jungs ihre Augen verdrehten und rot anliefen. Zum Glück sprang jetzt qualmend und knatternd der defekte Motor an. Ein Soldat warf eine Schachtel harten, ungesüßten Zwieback auf den Leiterwagen, wohl als Belohnung für die Vorstellung. Dann kletterten die Männer auf die Autos, fuhren nach Berlin, fuhren zu Führers Geburtstag.

»Ob wir den Krieg noch gewinnen?« fragte Hermann.

»Ist doch scheißegal«, meinte Peter und trieb die Pferde an.

Armes Deutschland. Während das Fuhrwerk Staub aufwirbelte, dachte Hermann an die Feier zu Führers Geburtstag vor einem Jahr. Das Fahnenmeer in der Aula der Drengfurter Schule. Wir werden weiter marschieren. Der Bannführer vor der langen Reihe der Pimpfe. Bis alles in Scherben fällt. Erbsensuppe mit Bockwurst.

Während Hermann an Hitlers Geburtstag dachte, bog Peter von der Chaussee ab, klapperte auf einen Bauernhof zu. Nein, da stank es zu sehr. Vor der Stalltür lag eine verfaulende Kuh, dazu ein paar geschwärzte Schweine. Tulla und Maria hielten sich die Nasen zu. Also schnell weiter. Peter kutschierte zu Bauer Kosack auf der anderen Straßenseite. Dort gab es keinen Verwesungsgestank und reichlich Klee auf dem Stallboden. Sie fuhren den Wagen unter die Bodenluke, banden die Pferde fest und kletterten hinauf. Tulla und Maria blieben auf dem Wagen und packten den Klee, den die Jungs aus der Luke warfen. Sie hatten die Fuhre fast voll, als Hermann mit der Forke auf Widerstand stieß. Die Zinken blieben stecken, saßen fest im Holz. Peter wühlte den Klee zur Seite. Zum Vorschein kam eine Kiste! Sie legten sie frei, schoben sie zur Bodenluke. Peter stieß die Forke zwischen die Bretter und brach die Kiste auf. Papier. Unter dem Papier geräucherter Speck, Mettwürste in Zellophan, einige Gläser mit Blutwurst.

»Seht mal, was das ist!« rief Peter den Mädchen zu und ließ eine Mettwurst aus der Bodenluke baumeln. Die Mädchen kamen die Leiter herauf. Peter beschaffte einen abgebrochenen Spaten, mit dem er eine Mettwurst auf dem Balken in vier Teile schlug. Sie setzten sich in die Bodenluke, ließen die Beine runterbaumeln und aßen Mettwurst.

»Das sagen wir keinem«, schlug Hermann vor. »Wir verstecken die Kiste, und wenn wir Hunger haben, holen wir mehr.«

»Klar, wenn wir das Zeug nach Hause schleppen, müssen wir alles teilen«, meinte Peter.

Aber Tulla wollte ihrer Mutter eine Speckseite mitbringen, und Maria wickelte die Hälfte ihrer Mettwurst in Zellophanpapier und schob sie unter den Rock. Peter hämmerte die Kiste wieder zu, warf Klee darauf und trampelte ihn fest. Sie begannen, auf dem Heuboden herumzutoben. Hermann kletterte auf die Balken und sprang vor den Mädchen in den Klee.

»Wir können doch alle zusammen etwas spielen«, sagte Tulla.

»Was denn spielen?« fragte Peter.

»Wie wäre es, wenn wir ›Frau komm‹ spielen?« meinte Tulla.

Peter grinste. Tulla rollte sich rücklings in den Klee, ließ sich so geschickt fallen, daß der Rock hochrutschte. Peter öffnete seinen Hosenschlitz, versuchte den Penis in die Horizontale zu bringen. Tulla griff danach, wollte ihn irgendwo in ihrer Wäsche verstecken. Aber plötzlich fingen beide so albern an zu lachen, daß der Penis wieder in die Vertikale zurückfiel. Tulla rollte kichernd über den Heuboden.

»Frau komm!« rief Peter. Er erwischte Tullas Zöpfe.

»Hinlegen ... und nix schreien ... sonst ich schießen!«

Peter warf sich über sie wie ein Brett, lag einfach da und starrte Tullas Ohrläppchen an. Pulte einen trockenen Grashalm aus seiner Nase.

»Mensch, ich krieg doch keine Luft!« stöhnte Tulla.

Plötzlich sprang Hermann vom Balken auf die überraschte Maria. Er vollführte ein paar hastige Bewegungen, wie er es früher bei den Kaninchenböcken gesehen hatte, und wunderte sich, daß Maria seinen Hals umschlang.

»Mußt mich auch küssen«, flüsterte sie.

Die war wohl verrückt geworden! Hermann rappelte sich auf. Sie rasten über den Heuboden, die Mädchen hinter den Jungs. Auf die Balken und wieder runter. Drückten sich in die Nischen, kreischten, lachten. Wenn das einer gehört hätte! Zum Schluß saßen sie erschöpft vor der Luke. Peter brach die Kiste noch einmal auf und holte ein Weckglas mit Blutwurst hervor. Sie machten es leer, einfach so mit den Fingern. Das leere Glas warf Peter aus der Luke auf die Steinfliesen vor der Stalltür. Das knallte ganz schön.

Am 9. April fiel Königsberg, und niemand erfuhr etwas davon. Am 30. April starb Adolf Hitler, und niemand teilte es den Jokehnern mit. Aber die russischen Soldaten, die mit den LKW-Konvois von Angerburg kamen, wußten es. Sie hatten die Kühlerhauben ihrer Autos mit roten Fahnen dekoriert und Birkenreisig an die Türen gehängt.

1. Mai. Wassili kam und sagte, sie brauchten kein Heu mehr für das Vieh zu holen, die Wiesen seien grün genug in diesem zeitigen Frühling. Zarkan erhielt den Befehl, die Kühe auf die Weide zu treiben. Hermann und Peter wurden zu Kuhhirten. Sie bezogen Stellung in einem von den Hitlerjungen ausgehobenen Schützengraben hinter dem Friedhof. Zum Schutz vor Regenwetter überdachten sie einen Teil des Grabens mit Zaunlatten. Meistens lag Hermann im Gras und zählte die Lastwagen, die auf der Chaussee vorbeifuhren. Auf der Fahrt nach Osten waren sie hoch beladen mit deutschem Mobiliar. Die Wagen, die Munition an die Oderfront gefahren hatten, nahmen auf dem Rückweg deutsche Sofas, Klaviere und Ohrensessel mit. Auch Klosettbecken und Badewannen für die russischen Madkas, Standuhren, die auf der holprigen Straße zu schlagen anfingen. Ach, es ist schön, einen Krieg zu gewinnen; nur für das Mobiliar ist es nicht schön. Es stößt sich auf den schmutzigen Lastwagen die Kanten ab und gerät gelegentlich in einen Regenschauer. Oder es geht ihm wie jenem Sofa, das auf der Chaussee vor Jokehnen von einem Auto fiel und mit gebrochenen Beinen am Straßenrand liegenblieb. Hermann und Peter sahen sich das gestürzte Möbelstück näher an. Sie

richteten es auf. Hermann wollte sich drauf lang machen, so tun, als schlafe er unter den Chausseebäumen, aber Peter sagte: »Da sind bestimmt Läuse drin.«

Nach dieser Warnung begnügte Hermann sich damit, auf dem Sofa Trampolin zu tanzen. Die geknickten Beine ächzten und stöhnten, und das alte Sofa erinnerte sich der großväterlichen Vergangenheit auf einem Gutshof im Ermland, der wilden Periode russischer Vergewaltigungen auf seinem dunkelroten Plüschzeug, und es fühlte, wie die Läuse tiefer in den alten Stoff krochen. Peter entleerte die Blase auf das Sofa, und dann schlenderten sie zurück zu ihren Kühen.

Nach den Möbelstücken kamen die Viehherden. Jetzt im Frühling konnten sie sich am Weg durchfressen, bis nach Rußland hineinfressen. Sie kamen von Westen in Herden zu Hunderten, begleitet von ein paar Soldaten und uniformierten Frauen zu Pferde: Die russische Steppe holte sich schwarz-weißes Herdbuchvieh. Sie kamen aus der gleichen Richtung wie die schneidigen Kolonnen, die Pfingsten 41 nach Osten gezogen waren. Sie bogen um die Wickerauer Kurve, blökten am Flüchtlingsgrab von 1914 vorbei, versammelten sich bei der Jokehner Mühle, wurden von den Reitern weitergetrieben, bis sie hinter den Marienthaler Bauernhäusern verschwanden: Herde um Herde, Tag für Tag. Wo damals »Erika« gesungen wurde, brüllten die müden Herden unter den noch blätterlosen Eichen. Es zog alles nach Osten in jenen Tagen, die Wolken und die Sofas, das noch nicht krepierte Vieh und die deutschen Gefangenen. Ein neuer magnetischer Pol war im weiten Osten entstanden und zog alles in seinen Bann.

»Im Winter haben wir die Kühe füttern müssen, damit sie nicht krepieren«, sagte Hermann, »und jetzt werden sie alle wegholen.«

Peter schmiedete Pläne, wie er eine Kuh beiseite schaffen könnte. Einfach auf ein abgelegenes Gehöft treiben und dort verstecken, bis Wassili mit der Herde verschwunden war.

»Mensch, der Wassili hat alle gezählt«, meinte Hermann. »Wenn eine Kuh fehlt, läßt er den Zarkan erschießen.«

Hermann lag im Gras und rupfte die Blütenblätter aus einem Gänseblümchen.

»Ob noch Krieg ist?« fragte er plötzlich.

»Klar, irgendwo ist doch immer Krieg«, entschied Peter.

»Meine Mutter hat manchmal gebetet, daß es Frieden geben soll.«

»Was hat die?« fragte Peter und hörte auf, mit seinem Taschenmesser Grassoden aus der Wiese zu schneiden.

»Gebetet ... zum lieben Gott. Glaubst du nicht, daß es so was gibt?«

Peter rammte das Messer bis zum Schaft in die Erde. Er zuckte mit den Schultern. Nein, da wußte Peter Aschmoneit auch nicht Bescheid. War ihm auch ziemlich gleichgültig.

»Meine Mutter hat gesagt, jetzt kann nur noch der liebe Gott Deutschland retten.«

Peter schüttelte den Kopf. »Der kann das auch nicht ... Da gibt es zu viele, die beten gerade das Gegenteil ... die wollen, daß Deutschland kaputtgeht. Was soll der liebe Gott da machen? Der ist doch völlig hilflos, weil alles durcheinanderbetet.«

Sie hätten noch herausgefunden, warum der liebe Gott Deutschland nicht retten konnte, wären nicht Tulla und Maria mit einer Kanne Erbsensuppe über die Felder gekommen. Die lärmten ganz schön, waren schon hinter dem Friedhof zu hören, scheuchten Lerchen auf mit ihrem Geschrei und sammelten Gänse- und Butterblumen. Während die Jungs Erbsensuppe aßen, flochten die Mädchen Blumenkränze. Für wen? Nur so. Blumen sind doch immer hübsch.

War das ein Frühling! Die Butterblumen auf den Teichwiesen strotzten vor Kraft. Das frische Grün deckte allen Unrat zu, auch die Leichen, die nicht mehr stanken, sondern nur noch in der Sonne bleichten. Im Park blühte weiß der Faulbaum, und der Flieder am Friedhof trug dicke lila Knospen. Und es waren Schulferien, immer noch Schulferien in Jokehnen.

Einmal verließ Hermann die Kuhherde und machte einen Abstecher zu seinem Haus. Aus der Ferne sah es nicht anders aus als in jedem Frühling. Deshalb hatte ihn auch plötzlich das Heimweh überfallen, als er im Gras lag und über den Teich zu seinem Haus blickte. Heimweh, und nur einen Kilometer von zu Hause entfernt. Er hatte merkwürdige Gedanken, als er über den Anger lief. Vielleicht erwartete ihn jemand an der Haustür und sagte: »Komm rein, Jungche!« Aber er fand nur die bekannte Verwüstung, und die geschlachtete Kuh lag noch immer vor der Haustür.

Hermann stand auf der Schwelle und rief laut: »Mama!«

Natürlich wußte er, wie unsinnig es war, so etwas zu rufen, aber es tat ihm trotzdem wohl. Seine Mutter würde in diesem Unrat nicht leben können. Die hätte längst alles aufgeräumt und ein gemütliches Eckchen eingerichtet. Die hätte Feuer im Herd und brutzelnden Speck in der Pfanne. So war seine Mutter. Er saß eine Weile neben dem zusammengebrochenen Kinderbett im Schlafzimmer. Dann schlenderte er zurück zu Peter und den Kühen.

Niemand sagte es ihnen, aber sie ahnten, daß der Krieg vorbei war. Sie spürten es an der Art, wie die russischen Soldaten auf den vorbeifahrenden Autos sangen. »Weuna kapuut!«

Die Wittkuhnsche frohlockte. Wenn der Krieg vorbei war, bestand gute Aussicht, ihren Plan zu verwirklichen und Ostpreußen zur amerikanischen Kolonie zu machen. Sie glaubte fest daran, ein Glaube, der durch die Sehnsucht nach Corned-Beef-Dosen und amerikanischer Schokolade beflügelt wurde. Man sehnte sich nach Herren mit reichlicheren Abfällen als die Russen.

Am 12. Mai dann das sichere Zeichen des Endes. Morgens begann der Himmel zu rumoren, hörte den ganzen Tag über nicht auf. Die russische Luftflotte flog zurück nach Osten. Hermann lag bei den Kühen auf der Wiese und zählte die Maschinen wie früher die Stukas, die zum Einsatz nach Rußland geflogen waren. Das Zählen wäre nicht so schwer gewesen, hätten die Maschinen in Staffeln und Geschwadern ihren Weg genommen, aber sie tauchten vereinzelt am Horizont auf, beunruhigten das Vieh mit ihrem Gebrumme und verschwanden hinter dem Fürstenauer Berg. Der Himmel war mit schwarzen Punkten bedeckt, die wie einsame Krähen gemächlich über das Land zogen. Ohne zu schießen, ohne Bomben zu werfen, brummten sie über die Jokehner Kühe. Wirklich, es war Frieden. Bis zum Mittag hatte Hermann vierhundertachtundsechzig Maschinen gezählt, dann störte ihn Tulla mit dem Mittagessen.

Am nächsten Morgen kam Wassili mit ein paar berittenen Soldaten aufs Vorwerk. Mensch, sahen die verwegen aus! So stellte sich Hermann die Kosaken vor, die pflaumenschüttelnden Kosaken vom August 14.

»He, Fritze!« rief Wassili vom Pferd herab. »Brauchst die Kühe nicht rauszutreiben, wir nehmen sie alle mit.«

Die Kosaken sprangen von den Pferden und öffneten die Stalltüren. Zarkan mußte helfen, das Vieh auf den Hof zu treiben. Frauen und Kinder standen hinter dem Zaun und sahen zu.

»Laßt uns doch ein paar Kühe«, sagte Peters Mutter.

Wassili blickte erstaunt vom Pferd herab. Nein, er habe einen Befehl. Er müsse alles abliefern ... Vielleicht kommen neue Kühe ... Jeder erhält eine Kuh, denn eine Kuh braucht der Mensch zum Leben ... Und Rußland läßt keinen verhungern. Aber diese Kühe hier, die müssen weg. Die sind gezählt.

Sie trieben das Vieh den Weidenweg hinab auf die Chaussee. Zwei Reiter riegelten die Dorfstraße ab, damit die Kühe nicht zu den Teichwiesen liefen. Nein, sie mußten den Weg aller Herden nach Osten gehen.

»Jeder kann jetzt in sein Haus zurück«, sagte Wassili. »Ihr könnt gehen, wohin ihr wollt. Der Krieg ist aus. Euer Hitler ist tot.«

So zogen sie fort und ließen das Vorwerk in einer ungewohnten Stille zurück. Nur Hermann rannte aufgeregt herum und suchte Peter. Er fand ihn schließlich im Flur, wo er auf dem Kuckuck-Klavier klimperte.

»Der Wassili hat gesagt, Hitler ist tot!«

Peter grinste.

»Sieh mal, ich kann den Kuckuck auch schon spielen«, sagte er und ließ die Finger mit den schwarzen Nägeln über die schmuddelige Tastatur gleiten.

Sie blieben ein paar Tage auf dem Vorwerk, aber ohne die Kühe war es dort einfach nicht auszuhalten. Nur leere, öde Ställe, in denen selbst die Kuhfliegen langsam eingingen. Langeweile. Tullas Mutter packte als erste.

»Wenn du willst, kannst mitkommen nach Marienthal«, sagte sie zu Hermann.

Der schüttelte den Kopf. Nein, er gehörte zu Jokehnen. Er wollte in Jokehnen bleiben, damit seine Eltern ihn fänden, wenn sie heimkehrten. Jetzt, bei der Langeweile, wurde ihm das Heimweh immer stärker bewußt. Er kletterte heimlich – Peter sollte es nicht merken – in die Weidenbäume hinter der Scheune und blickte über die Dächer nach Hause. Es war kein Heimweh nach dem verwahrlosten Haus hinter dem Teich mit der zertrümmerten Inneneinrichtung, sondern Heimweh nach der Vergangenheit, nach der warmen Küche, dem hübschen Blumenfenster in der guten Stube, dem Gesang der Mutter und dem Summen der Bienen vor den Körben draußen im Garten.

Nachdem Tulla gegangen war, ging auch Maria mit ihrer Mutter. Es gab kein Halten mehr. Die Wittkuhnsche wollte endlich wieder ihren Krug besitzen, die Majorsche verschwand an einem frühen Morgen, kehrte in die beängstigend leeren Räume ihres Schlosses zurück.

Peters Mutter sagte zu Hermann: »Komm mit uns, Jungche. Wir ziehen in die Schule, da haben wir viel Platz.«

Aber Hermann wollte lieber nach Hause. War er nicht verpflichtet, nach Hause zu gehen, weil alle anderen auch nach Hause gingen? Wenn er jetzt nicht in sein Haus ging, verzichtete er auf das Eigentum. Er wurde gebraucht, er mußte sein Haus in Besitz nehmen und warten. So zog Hermann mit den paar kümmerlichen Gegenständen, die seine Eltern zurückgelassen hatten, vom Vorwerk durchs Dorf über den Anger. Es war eine merkwürdige Stimmung, eine unbeschreibliche Rührung. Wie Heimkehr von einer langen Reise, obwohl er sein Haus täglich gesehen hatte.

Der Park stand voller Schlüsselblumen und Veilchen, die niemand pflückte. Kein Blonski galoppierte die Wege entlang, um Jokehner Kinder aus dem Schloßpark zu vertreiben. Auf dem Teich nicht einmal mehr die Schwäne, die vor wenigen Monaten noch so zutraulich hinter Hermann hergelaufen waren. Auf dem Anger fehlten die Gänse und der kriegerische Schafbock von Maurer Seidler. Mein Gott, das war zum Heulen. Wenn nur Peter mitgekommen wäre!

Wo sollte er anfangen? Am besten, er zog wieder in Heinrichs kleine Kammer; dort sah es noch am manierlichsten aus. Er wischte mit Papier und Lumpen das Wasser auf, das durch die undichten Scheiben gedrungen war, kratzte den Schimmel von den Wänden und heizte den Ofen an, damit die Feuchtigkeit auftrocknete. Als der Ofen die erste Wärme ausstrahlte, legte er sich auf Heinrichs altes Kanapee und starrte zur Decke. Diese Stille! Gut, daß die Äste des alten Birnbaums ab und zu an der Giebelmauer kratzten. Er schloß die Augen, aber die alten Träume kehrten nicht wieder. Statt dessen spürte er deutlicher als zuvor, daß es nach verrotteten Lumpen roch, daß es abscheulich stank in Heinrichs kleiner Kammer.

Schließlich stellte sich etwas ein, an das Hermann überhaupt nicht gedacht hatte: Er bekam Hunger. Er durchwühlte die Küche, fand aber nur eine Tüte mit nassem Salz. Auch der Garten gab noch nichts Eßbares her. Da fiel ihm die Wiese von Onkel Franz ein, die Wiese mit dem herrlichen Sauerampfer. Er rannte hinüber und schlang hinunter, was er fand, steckte sich die Taschen voll, trug Sauerampfer nach Hause, genug für einen Wassereimer schöner Sauerampfersuppe.

Eigentlich müßte er jetzt mit der Arbeit anfangen. Aufräumen, das Haus herrichten, sein Haus. Also los. Er schleppte einen Arm voller Lumpen vor die Tür und warf ihn neben den Gartenzaun. Anstecken müßte man das. Aber vorsichtig. Hermann prüfte, wie der Wind stand, dann ratschte er ein Zündholz an. Nur mühsam wollten die verschimmelten Lumpen aus Steputats Schneiderwerkstatt brennen. Da mußte Papier her. Die Akten, die verstreut herumliegenden Papiere des Bürgermeisters Steputat. Hermann brachte alles vor die Tür, sah zufrieden zu, wie die Flammen hochschlugen. Da gingen Meldebogen, Bezugsscheinlisten und gut erhaltene Urlauberlebensmittelkarten in Rauch auf. Das zerfetzte Reichsgesetzblatt mit deutschem Hoheitsadler und Hakenkreuz wanderte ins Feuer und hielt eine ganze Weile vor neben den qualmenden Flicken für Breecheshosen, die Steputat so sorgsam für noch schlechtere Zeiten aufbewahrt hatte. Auch ein paar Bücher von Felix Dahn, dazu ein bißchen Nietzsche und Alfred Rosenberg waren dermaßen demoliert, daß man sie besser ins Feuer warf. Gut erhalten war dagegen »Quo vadis?« und ein volkstümliches Buch über Astronomie. Die Bibel gab auch nichts her, die hatte einen so harten schweinsledernen Einband, daß ihr kein Feuer etwas anhaben konnte. Aber das Steuerbuch von Jokehnen verschwand auf dem Scheiterhaufen. Das amtliche Jokehnen ging an diesem späten Maitag 1945 endgültig unter. Die Papierfetzen hatten ihren Wert verloren, aus Dokumenten war Abfall geworden. Hermann zögerte auch nicht, das zertrümmerte Hindenburgbild zu verbrennen. Aber dann fand er etwas, das ihn zum Einhalten zwang: unter dem Unrat lag ein Foto der Familie Steputat. Sein Vater im Sonntagsanzug vor den Lilienbeeten im Garten, daneben die Mutter in einem Sommerkleid, hell leuchtend, und vor ihnen der dreijährige Hermann, am Daumen lutschend. Sie hatte eigentlich recht gut ausgesehen, seine Mutter. Damals. Hermann setzte sich auf die Schwelle, sah abwechselnd in das Feuer und auf das Bild, wollte auch ein bißchen weinen, fand aber Ablenkung darin, weiteren Unrat ins Feuer zu tragen. Das Bild bewahrte er sorgfältig in der schweinsledernen Bibel auf.

Der Rauch stieg ganz schön in den Himmel. Was die Jokehner wohl dachten? Ein solcher Qualm aus Steputats Garten! Hermann war stolz darauf, Feuer anzünden zu dürfen, ohne zu fragen. Es waren sein Haus und seine Lumpen und sein Feuer.

Nun fing der Hunger schon wieder an. Man kann doch nicht dauernd Sauerampfer essen. Er stöberte durchs Haus, gelangte in den Keller zu den Kartoffeln. Die hatten zwar armlange Keime, aber das hinderte Hermann nicht, eine Blechbüchse mit Kartoffeln zum Feuer zu tragen. Aus dem Fliederbusch – der Flieder stand kurz vor der Blüte – holte er spitze Stöcke, spießte die Kartoffeln auf und schob sie in die Glut. So hatten sie immer auf den Feldern bei Onkel Franz Kartoffeln geröstet. Neben sich auf die Türschwelle stellte er die Tüte mit Salz. Dann aß er und aß, ohne satt zu werden. Er mußte eine weitere Blechbüchse mit Kartoffeln holen, probierte Kartoffeln mit Sauerampfer, fand aber keinen rechten Geschmack daran.

Eine Weile saß er reglos mit gefülltem Kartoffelbauch vor dem niederbrennenden Feuer. Vielleicht käme Peter, um zu sehen, was da brennt. Aber Peter kam nicht. Unten im Teich sprangen die Karpfen wie jeden Sommer, nur die Schwalben mit ihren Tieffliegerkünsten fehlten. Wo blieben die Schwalben in diesem Sommer?

Als es zu dunkeln begann, legte sich Hermann auf Heinrichs altes Kanapee, strengte sich an, in den Schlaf zu kommen. Aber es wollte nicht gelingen. Er hörte, wie es draußen regnete. Die Tropfen fielen in die heiße Asche. Es regnete durch die zerbrochenen Fenster in die gute Stube, pladderte die ganze Nacht über. Hätte er nur ein Licht gehabt! Am nächsten Tag würde er losziehen und in den verlassenen Häusern nach Hindenburgkerzen suchen. Gut, daß die Nächte Ende Mai nur kurz sind. Als es gegen drei Uhr dämmerte, als das Tropfen von der Dachrinne aufhörte, schlief Hermann Steputat ein.

Er schlief noch, als Peter kam und ihm eine doppelte Scheibe Butterbrot von seiner Mutter brachte.

»Mensch, du hast gestern ganz schön geräuchert«, sagte Peter. »Wenn die Russen in Drengfurt das gesehen haben, kommen sie uns bald besuchen.«

Hermann aß Butterbrot.

»Wenn du Lust hast, gehen wir nach Wolfshagen«, schlug Peter vor. »Da wohnt kein Mensch. Vielleicht finden wir etwas in den Häusern.«

Ja, nach Wolfshagen. Hermann brauchte Hindenburgkerzen. Sie saßen eine Weile auf Heinrichs Kanapee und sprachen über das, was man in den verlassenen Häusern finden konnte: Kleidung, Schuhe, vielleicht etwas Eßbares. Sie steigerten sich langsam in Begeisterung, waren schon bei Einmachgläsern und ganzen Säcken mit Zucker angelangt, als die Wittkuhnsche erschien. Mit aufgelöstem Haar. Mensch, sah die verkommen aus!

»Gut, daß du da bist, Jungche«, sagte sie zu Hermann. »War das nicht eine schreckliche Nacht heute? Dieser furchtbare Regen ... und ich ganz allein im Krug ... So dicht bei der Chaussee ... Da kann jeder reinkommen.«

Sie machte eine Pause, sagte schließlich: »Willst nicht zu mir in den Krug ziehen, Jungche? Dann sind wir beide nicht so allein.«

Hermann antwortete nicht, sah Peter fragend an.

»Im Krug bist du dicht bei der Chaussee. Da kannst du deine Eltern gleich sehen, wenn sie wiederkommen«, meinte die Wittkuhnsche.

Ja, das leuchtete ein. Hermann gab nicht zu, daß er sich auf Heinrichs Kanapee vor der kommenden Nacht genauso fürchtete wie die Wittkuhnsche. Also gut, er zog in den Krug. Bevor er seine Sachen zur Wittkuhnschen brachte, verbarrikadierte er mit Peter die Tür seines Hauses. Sie rissen Staketen vom Gartenzaun und nagelten sie quer über die Tür. Hermann malte mit einem abgebrochenen Buntstift, den er in der Schule gefunden hatte, folgenden Hinweis an die Haustür:

»Dies ist mein Haus! Wenn Papa und Mama kommen, ich bin im Krug!«

Wir gehen nun nach Wolfshagen. Gehen den Weidenweg nordwärts, vorbei an den schon längst von Gras und Unkraut überwucherten Schützengräben auf Steputats Wiese, gehen bis zu dem Sommerweg, der zu Bauer Behrend führt.

»Nein, bei Behrend ist nuscht zu holen«, sagt Hermann, als Peter abbiegen will.

Also weiter nach Wolfshagen. Den Hornberg hinunter. Wie diese Dörfer komisch aussehen. Da gibt es keine in der Sonne dösenden Katzen, keine anschlagenden Hofhunde, sogar der Himmel ist leer, denn die Vögel sind ausgestorben in Ostpreußen. Die Türen aller Häuser stehen offen, aber nicht einladend, eher unheimlich düster, abweisend. Ein Geruch von Verwesung, von faulenden Lumpen und verrottetem Bettzeug liegt über dem Dorf. Auf den Höfen wuchern Brennessel und Wegerich. Das Unkraut ist über die Pflüge und Eggen gekrochen, und in den Gärten stehen die weißen Pusteln der Butterblumen zwischen verkrauteten Spargelbeeten und giftgrünen Stachelbeeren. Auf den Treppen wächst Gras, und die Wolfshagener Pflastersteine sind zwischen Wegerich und Löwenzahn nur spärlich zu erkennen. Die Natur holt sich alles wieder.

Peter tat das einzig Richtige in dieser Situation. Er sammelte Steine und zielte auf die wenigen Fensterscheiben, die noch nicht zertrümmert waren. Das schepperte angenehm laut, ein erlösender Lärm in diesem stillen, unheimlichen Dorf. Peter hob auch eine

Tür aus und warf sie auf die Straße. Was brauchen diese Häuser noch Türen?

»Am besten, wir fangen auf den großen Bauernhöfen an«, sagte Peter. »Aus den Insthäusern ist nichts zu holen, die Leute waren zu arm.«

Sie gingen zum Bauern Abramowski. Als sie auf den geräumigen Hof kamen, starrten sie die geöffneten Scheunentore wie Drachenmäuler an.

»In die Stalltür haben sie eine MG-Garbe gejagt«, sagte Hermann.

Klar, denen ist die Stille auch auf die Nerven gegangen. Da haben sie die Stalltür durchlöchert, so wie Peter jetzt mit Steinen auf das kleine Dachfenster zielte. Aber er traf nicht. Es ist gar nicht so einfach. Einmal knallt es links daneben, dann rechts, einmal zu hoch, dann wieder zu niedrig. Na, er brauchte bestimmt zwanzig Steine, bis es klirrte.

Hermann riß eine Latte vom Zaun und mähte damit die Brennesseln, die sich neben dem Misthaufen breitgemacht hatten und den Weg zur Haustür versperrten. Sie betraten das Wohnhaus von der Hofseite. Gleich vorn die Geschirrkammer, in der ein halbes Dutzend Milchkannen herumlag. Anschließend die Küche. Peter durchstöberte den umgekippten Küchenschrank. Verschimmelte Marmelade. Mostrich, ausgetrocknet und hart. Er fand einen hölzernen Kochlöffel, mit dem er auf alles trommelte, was Lärm verursachte. Lärm kann so wohltuend sein.

»Das stinkt hier«, sagte Hermann.

»Na klar, so stinkt es überall«, meinte Peter.

»Nein, das stinkt nach Aas, vielleicht eine Leiche.«

Und wenn schon. Leiche ist Leiche. Da gab es genug von. In jedem Chausseegraben ließ sich mühelos eine auftreiben.

»Oder ein totes Schwein«, sagte Peter.

Er schob mit dem Fuß die Wohnzimmertür auf, schaute sich in der guten Stube des Bauern Abramowski um. Aber er fand keine Leiche. Der Gestank kam aus einer anderen Ecke. Sie durchsuchten die Gesindestube, und hier fand Hermann etwas, das Heinrich aus Masuren in Begeisterung versetzt hätte: trockene Tabakblätter. Er stocherte sie mit der Zaunlatte hinter dem Ofen hervor. Peter zerkrümelte sich ein Blatt, schüttete den Tabak auf einen Papierfetzen und rollte sich eine Zigarette. Peter konnte rauchen, ohne zu husten, eine Leistung, die Hermann maßlos bewunderte.

»Mit Rauch läßt sich am besten gegen den Gestank anstinken«, meinte Peter. Er stieß die Flurtür auf, da lag die Quelle des Gestanks. Lag ausgestreckt auf der Bodentreppe, trug feldgraue Uniform. Unkenntlich. Verwest.

»Der wollte gerade die Treppe rauf, da haben sie ihn abgeknallt«, sagte Peter.

»Ein Unteroffizier«, stellte Hermann an den Achselklappen der Uniformjacke fest.

»Mensch, der hat noch prima Stiefel an.« Peter beugte sich, griff einen angeschimmelten Lederstiefel am Absatz und zog. Aus dem Stiefelschacht quoll ein derart penetranter Gestank, daß Peter mit der Zigarette nichts dagegen ausrichten konnte. Nein, die Stiefel mußten sie dem Toten lassen.

Hermann entdeckte eine Schachtel Schuhwichse, die neben dem Kopf des Toten auf der Treppe lag. Erdal mit dem Rotfrosch. Was wollte der Unteroffizier mit einer Schachtel Schuhwichse? Hermann hätte über die Leiche steigen müssen, um an die Schuhwichse zu kommen. Aber vielleicht ging es mit der Zaunlatte. Er holte die Schachtel Stufe um Stufe die Treppe herunter. Endlich rollte sie auf den Boden. Scheiße, die Schachtel war leer!

Lange hielten sie es nicht aus in dem Gestank. Sie sprangen durch das Fenster in den Vorgarten. Peter köpfte mit dem Kochlöffel die wenigen Tulpen, die sich aus dem Unkraut hervorgewagt hatten. Hermann kletterte auf einen rostenden Grasmäher und spielte Heuernte.

»Bald gibt es Erdbeeren!« schrie Peter, der ein verkrautetes Erdbeerbeet gefunden hatte. Mein Gott, daran hatten sie gar nicht gedacht. In fast allen Gärten wuchsen Erdbeeren, und bald war Erntezeit. Sie durchsuchten das Beet, fanden einige weiße Früchte, die aber noch nicht recht schmeckten, dafür aber einen aufregenden Gegenstand.

»Mensch, das ist eine Handgranate!«

Peter nahm sie in die Hand, betrachtete sie von allen Seiten, reichte sie Hermann zum Ansehen.

»Die knall ich ab«, sagte Peter und hielt Ausschau nach einem passenden Ziel. Wohin mit der Handgranate aus dem Erdbeerbeet? Peter zog ab. Einundzwanzig ... zweiundzwanzig ... dreiundzwanzig ...

Die Handgranate flog über den Gartenzaun, schlug auf dem Wolfshagener Straßenpflaster auf, explodierte, riß Sand und Steine hoch und schleuderte den Schmutz gegen die Hauswand.

»Gut, was?« grinste Peter.

Sie fanden noch ein halbes Dutzend Handgranaten im Kraut und legten sie alle schön in Reih und Glied neben den Gartenzaun.

»Eine hau ich ins Haus rein«, meinte Peter, zog ab, zählte, warf die Handgranate durch ein Fenster in die gute Stube des Bauern Abramowski. Drinnen polterte und rollte es, aber sonst geschah nichts. Blindgänger.

Peter schickte eine zweite Handgranate hinterher, und diesmal flogen Türen und Fensterkreuze auf den Hof.

»Der Unteroffizier denkt, es geht wieder los«, lachte Peter.

»Ob ich den Dreschkasten in die Luft jage?« fragte Hermann, der jetzt an der Reihe war.

»Na klar«, sagte Peter. »Wir können alles zertrümmern. Es ist alles nichts mehr wert.«

Also gut, den Dreschkasten. Es riß die Bretter und Balken in Stücke und wirbelte Holz und Späne in die Luft. Hermann und Peter mußten sich hinwerfen, weil ihnen die Trümmer um die Ohren flogen. Einige Bretter landeten im Erdbeerbeet.

»Der ist hin«, brummte Peter.

»Wenn die Russen in Drengfurt das hören, denken sie, die Deutschen kommen wieder«, lachte Hermann.

Drei Handgranaten blieben übrig. Peter schlug vor, sie nach Jokehnen mitzunehmen und zu verstecken. Wer weiß, wozu man sie noch brauchen kann? Vielleicht, um die Schule in die Luft zu sprengen? Oder zum Fischen im Jokehner Teich?

Hermann ging mit großen Erwartungen nach Drengfurt. Er glaubte ein Dutzend ausgebrannter Panzer, dazu haufenweise Leichen und Munition im Drengfurter Panzergraben zu finden. Aber nichts. Der Ginster blühte auf der Sohle des Panzergrabens, und das Unkraut kroch an der sandigen Böschung empor.

»Die haben gar nicht gekämpft«, sagte er enttäuscht zu Peter.

Sie bummelten im Graben stadteinwärts, bis Peter eine Stelle fand, an der sie sich bequem ins Gras legen konnten. Da unten wehte kein Wind, die Sonne brütete. Peter zog sein Hemd aus, steckte eine Zigarette an und legte sich ins frische Gras, während Hermann nach den Spuren eines Krieges suchte, der über den Panzergraben hinweggegangen war.

»Komm mal her, ich zeig dir ein paar Knacker!« rief Peter.

Er fuhr mit dem Daumennagel an den Innennähten seines Hemdes entlang, stöberte sie aus ihren warmen Verstecken auf. Vor allem unter dem Saum saßen sie wie die Schwalben auf Telefondrähten: Läuse!

»Größer sind die nicht?« staunte Hermann.

Peter knackte sie mit dem Daumennagel. Hermann hörte, wie sie platzten.

Nachdem alles, was krabbelte, unter Peters Daumennagel gekommen war, kratzte er die winzigen Eier aus den Nähten und schüttelte die ganze Schweinerei in den Panzergraben.

»Die kriegst du auch, jeder kriegt hier Läuse«, stellte Peter fest.

Nach der Entlausung ging es weiter. Ginster. Wilde Veilchen. Huflattich. Bei der Schülzener Straße krochen sie aus dem Graben und befanden sich mitten in der Stadt. Nun wollen wir mal sehen, was von Drengfurt übriggeblieben ist. Die Vorstadt sieht ja noch ganz ordentlich aus, sogar der Bahnhof ist erhalten geblieben. Aber in der Mitte hatte die Artillerie reingehauen. Über den Fürstenauer Berg hinweg. Die Geschäfte um den Rathausmarkt: ausgebrannt. Nur das Hotel »Kronprinz« stand noch und Samuel Matherns ehemaliger Textilladen. Er war zu Ehren gekommen, der Laden des kleinen litauischen Juden. Rote Fahnen hingen aus seinem Fenster, und über dem Eingang lächelte Väterchen Stalin. Ein Soldat mit aufgepflanztem Bajonett hielt Wache vor Samuels Laden, der die Kommandantur von Drengfurt beherbergte.

Und plötzlich tauchten zwischen den Trümmern des Drengfurter Marktplatzes zwei Jungs mit nackten, dreckigen Füßen, geflickten Hosen und viel zu langen Haaren auf, schlenderten zwischen verbrannten Ziegeln und einsturzgefährdeten Hauswänden herum, machten sich an dem Wasserhydranten vor dem Rathaus zu schaffen, vertrieben mit einem Steinwurf die Spatzen aus den verdorrten Kastanienbäumen.

Verglichen mit der Stille in den Dörfern herrschte hier reges Leben. Eine Gruppe Soldaten palaverte vor dem »Kronprinz«, andere reparierten einen Jeep neben der eisenbeschlagenen Rathaustür. Sogar Frauen sah man auf dem Rathausplatz, russische Frauen in Uniform, Dolmetscherinnen und Schreibkräfte von der Kommandantur. Nur Deutsche gab es in Drengfurt nicht.

Peter wollte gerade zum Rückzug blasen, wollte sagen, daß in diesen verrußten Steinen doch nichts zu holen sei, als vom »Kronprinz« her ein russischer Soldat über den Platz rief. Na, was wird er gerufen haben? Kommt mal her oder so ähnlich. Da blieb ihnen nichts übrig, als über den Platz zu gehen.

»Du kleine Chitler bist«, sagte er und zog sanft an Hermanns linkem Ohr. Amüsiert bestaunte er die beiden Jungs, die da aus den Trümmern aufgetaucht waren. Als ob es da etwas zu lachen gäbe! Dann rief er zum »Kronprinz« hinüber, schrie nach irgendeinem Boris. Aber er mußte ganz schön lange schreien, bis Boris ein Kellerfenster aufstieß und sein gelbes, rundes Mongolengesicht zeigte.

Kuchna. Essen. Soviel verstanden sie. Der Soldat schob sie dem Eingang zu. Sie standen in der Empfangshalle des »Kronprinz«, in der die Teppiche aus allen erhalten gebliebenen Drengfurter Häusern übereinander lagen. Ein wenig ängstlich warteten sie, stets bereit, zur Tür zu laufen, sollte sich etwas Unvorhergesehenes ereignen. Endlich erschien Boris und trocknete seine Hände an einem Handtuch ab, das er nach Art der Köche ständig über der Schulter trug.

»Dawei!« sagte Boris ziemlich schroff und hielt ihnen die Tür zu einem Nebenraum auf. Für einen Augenblick zweifelten Hermann und Peter, ob sie hier etwas zu essen bekommen oder selbst in der Suppe gekocht werden sollten. In einer beengten Küche begann Boris zu hantieren. Er goß den dicken Bodensatz einer Suppe aus dem Aluminiumkessel in eine Porzellanschüssel. Das sah nach vier bis fünf Litern Suppe aus. Er schleppte die Schüssel auf den Tisch, legte zwei Blechlöffel dazu und setzte sich den Jungs gegenüber. Grinsend verfolgte er, wie sie abwechselnd die Löffel in die Suppe tauchten. Kohlsuppe. Ziemlich stark gepfeffert und nicht mehr richtig warm.

»Wir hätten uns einen anderen Tag aussuchen sollen«, meinte Peter.

»Denkst du, die laden uns ein, wenn sie Braten haben«, erwiderte Hermann.

Ob der Mongole den leichten Vorwurf verstanden hatte? Er schlurfte zum Küchenschrank, schnitt zwei Stücke Schinken ab und ließ sie in die Suppe platschen. Dazu lachte er, weil Peter einen Spritzer auf die Nase bekommen hatte.

Sie aßen alles auf. Mein Gott, waren sie voll! Boris freute sich über die leere Schüssel, freute sich so, daß er jedem ein viertel Kommißbrot unter das Hemd schob. Spasibo, Boris aus Aserbeidschan! Er hielt sein rundes Mongolengesicht noch aus dem Kellerfenster, als Hermann und Peter schon auf der anderen Seite des Marktes durch die Trümmer wanderten.

Auf dem Rückweg ließen sie sich Zeit. Waren auch ziemlich träge von dem vielen Essen. Als sie in der Vorstadt das ausgebrannte Heeresverpflegungslager erreichten, bog Peter ein. Sie schlenderten am Trümmerfeld entlang, vorbei an den Resten der Marmeladenbaracke, der Zwiebackbaracke, der Bonbonbaracke. Bei der Käsebaracke blieben sie stehen.

»Da kann doch nicht alles hin sein«, murmelte Peter.

Sie balancierten über den Schutt zu den zusammengeschmorten Schmelzkäsedosen. Peter räumte die deformierten, geplatzten, ausgelaufenen Dosen zur Seite. Tauchte immer tiefer hinein. Je tiefer er kam, desto manierlicher sahen die Käsedosen aus. Schließlich hielt er eine in der Hand, die überhaupt nicht beschädigt war. Er suchte im Schutt einen Nagel, trieb ihn mit einem Stein in das Blech und brach die Dose auf.

»Riecht doch einigermaßen, wie?« sagte er und hielt Hermann die Dose unter die Nase. Sie bohrten mit dem Finger ein Stück Käse heraus und probierten.

»Läßt sich essen«, sagte Peter.

Jetzt räumten sie die ganzen Trümmer beiseite und brachten haufenweise gut erhaltene Konservendosen ans Tageslicht. Lieber Himmel, war das ein Fest! Erst die Kohlsuppe und jetzt die Käsedosen. Sie konnten nicht alles mitschleppen. Ein paar Dosen schoben sie unter das Hemd, die übrigen versteckten sie unter den Trümmern. Sie würden wiederkommen, um Käsedosen zu ernten. Oh, ein glücklicher Tag! Auch ein Regenschauer, der sie auf dem Heimweg beim Jokehner Friedhof überraschte, konnte daran nichts mehr ändern. Ein wirklich großer Tag.

Kirschenernte. Im Skandlacker Gutsgarten standen vier Bäume mit Glaskirschen, zu denen Hermann und Peter schon am frühen Morgen aufbrachen. Sie mußten das Zeug pflücken, bevor es reif wurde; sonst kamen ihnen die Schubgilla-Kinder zuvor. Peter erfand eine neue Art, Kirschen zu ernten. Mit einer Pflugschar schlug er die Äste ab, schleppte sie auf die Terrasse des Skandlacker Herrenhauses und erntete dort bequem im Sitzen. Die Bäume sahen aus wie von Granaten zerfetzt.

Mittags ging es mit den vollen Kirscheneimern zurück nach Jokehnen. Das war eine Schlepperei! Um den Weg abzukürzen, gingen sie über die Pange. Sie balancierten auf schmalen Stegen durchs Moor und jagten Wildenten aus ihren Nestern. Peter verspürte nicht übel Lust, die lästigen Kirschen ins Moor zu schütten, aber Hermann wollte das Zeug unbedingt nach Jokehnen bringen. Hinter der Pange legten sie sich ins Gras, aßen wieder halbreife Kirschen – was man im Bauch hat, braucht man nicht zu tragen – und schossen mit Kirschenkernen auf Grashüpfer.

Ein paar Steinwürfe entfernt am Waldrand lag der Hof der alten Wowerieschen. »Die ist früher immer abgebrannt, aber vom Krieg hat sie nichts abbekommen«, sagte Hermann.

Peter wollte das nachholen. Warum sollten sie der Natur nicht zuvorkommen, die in jedem zweiten Jahr einen Blitz in die Scheune der Wowerieschen gejagt hatte? Es kümmerte sich keiner darum. Auf ein Haus mehr oder weniger kam es nicht an, wo es doch so viele leere Häuser gab. Peter holte eine Zündholzschachtel aus der Tasche und wanderte zum Hof der Wowerieschen.

»Wir fangen am besten mit der Scheune an«, meinte er.

»Aber wenn die Woweriesche nun doch von der Flucht zurückkommt?« bemerkte Hermann.

»Dann denkt sie, die Russen haben das Haus angesteckt«, sagte Peter.

Er steuerte auf die Scheune zu, aber bevor er dazu kam, ein Bund Stroh anzustecken, hörten sie es aus der Ferne rufen. Aus dem Wohnhaus oder dem Garten? »Hee ... daa!« rief jemand, und es war deutlich zu vernehmen.

Hermann schlug vor abzuhauen, aber Peter wollte

der Sache auf den Grund gehen. Er besorgte sich einen Knüppel und ging auf die Haustür zu. Er schob die Tür auf. Ein fetter Dackel schlich zwischen ordentlich aufgestellten Wassereimern, Schaufeln und Besen umher. Bellte nicht einmal. Peter öffnete die Küchentür. Herrgott, war das ein Anblick! Da saß die alte Woweriesche auf der Küchenbank. Die grauen Haare hingen wirr um das Gesicht, der Dreck klebte an den Händen und hatte braune Falten in die Haut gelegt. Wie ein Gespenst sah die alte Frau aus.

»Kommt nur näher, Jungchens«, rief sie erfreut.

Hermann und Peter blieben auf der Schwelle stehen. Sie blickten auf Essensreste und schmutzige Teller, aber immerhin keine zertrümmerten Tische, Stühle und Schränke.

»Endlich kommt einer zu Besuch«, lachte die alte Frau und wischte die verkleisterten Strähnen aus ihrem Gesicht.

»Bist du nicht der Sohn vom Bürgermeister Steputat? Na, sag deinem Vater, die Jokehner haben mich ganz schön allein gelassen ... Alle sind abgehauen, die Gefangenen sind weggelaufen, auch meine Magd, nur Piso ist geblieben.«

Piso, das war der dickbäuchige Dackel, der inzwischen auf den Küchentisch gesprungen war und zwischen den Essensresten herumspazierte.

»Ich kann doch nicht laufen, Kinder«, jammerte die alte Frau. »Ich kann nicht ins Dorf kommen ... Da muß schon einer nach mir sehen. Ihr dürft mich alte Frau doch nicht allein lassen.«

»In Jokehnen ist keiner mehr«, sagte Hermann.

»Aber einer muß doch nach der alten Wowerieschen sehen, ich gehöre zu Jokehnen. Sag das deinem Vater, Jungchen.«

»Der Krieg ist schon längst vorbei. In Jokehnen sind

die Russen, da muß jeder sehen, wie er allein fertig wird«, meinte Peter.

»Bei mir waren keine Russen«, sagte die Woweriesche. Danach erhob sie sich und stieß mit der Krücke die Tür zur Speisekammer auf.

»Bei mir ist nicht schlecht leben«, lachte sie und zeigte auf die Gläser mit Eingemachtem, auf Mettwürste, Speckseiten und angeschnittene Schweineschinken. Die Jungs staunten. Peter kämpfte einen Augenblick mit der Versuchung, einfach hinzugehen und zu nehmen, was er wollte (die Alte konnte sich doch nicht wehren). Aber die Woweriesche kam seinen Wünschen entgegen. »Nehmt euch eine Wurst, Jungchens«, sagte sie.

Peter hangelte eine armlange Rotwurst aus der Speisekammer, brach sie überm Knie durch und begann zu essen. Hermann würgte es in der Kehle. Nicht die Wurst, nein, der unappetitliche Dreck auf den Tischen und Stühlen. Und dazwischen der fette Dackel Piso.

»Sind sie wirklich nicht mehr da, die Herren von Jokehnen?« meditierte die Woweriesche, während Peter an der Rotwurst schlang. »Dein Vater auch nicht mehr?«

Hermann schüttelte den Kopf.

»Krugwirt Wittkuhn nicht und Kämmerer Mikoteit nicht«, redete die alte Frau vor sich hin. »Auch der kleine Blonski reitet nicht mehr schreiend übers Feld. Die Herren sind vom Pferd gestiegen und werden nie mehr aufs Pferd steigen. Sie werden umsteigen auf größere Pferde. Und dann werden sie irgendwann wieder die Herren sein.«

So faselte die Woweriesche, die schon immer mehr gesehen hatte als andere Menschen.

Peter steckte den Rest Rotwurst unter die Jacke. Wenn man sich den Dreck wegdachte, erschien dies von jeder Plünderung und Verwüstung verschonte Haus wie eine Schatzkammer. Peter war entschlossen wiederzukommen. Eine solche Speisekammer gab es im Umkreis von vielen Kilometern nicht wieder.

Die Woweriesche blickte über den Rand ihrer Brille, blätterte in dem fettigen Buch, aus dem sie alle Weisheit herauslas. Bei Hesekiel oder beim Propheten Daniel stand alles haargenau beschrieben. Das rote Pferd wird das braune Pferd besiegen. Das war vorgeschrieben in diesem Buch. Und eine große Wüste und Einöde wird sein. Hungersnot und Pestilenz. Die Woweriesche fand für alles ihre Stelle. Warum waren die Menschen nur so viele Jahre dem braunen Pferd nachgelaufen, da es doch in dem Buch der Wowerieschen geschrieben stand, daß das braune Pferd untergehen wird?

Zu Johannis brannte Bauer Schipper in Marienthal ab. Mit Haus und Stall und Scheune und Wagenremise. Es wehte kein Wind, deshalb stieg der schwarze Rauch kerzengerade in den Himmel.

»Wenn das die Russen in Drengfurt sehen«, sagte Hermann.

»Denen ist das doch egal«, erklärte Peter.

Er hatte mit der Scheune begonnen, auf den Stall hatte das Feuer von allein übergegriffen. Nur beim Wohnhaus hatte Peter noch etwas nachhelfen müssen. Ja, es war schon ein merkwürdiges Feuer beim Bauer Schipper in Marienthal. Keine Feuerwehr kam die Straße entlanggebimmelt. Kein Vieh brüllte verängstigt in den Ställen. Niemand schleppte Wäsche und Gestühl aus dem brennenden Haus. Keiner löschte. Die Flammen prasselten ungestört – beinahe langweilig – vor sich hin, ließen hier eine Giebelmauer einstürzen, fraßen dort den alten Birnbaum an, züngelten um den Komposthaufen in der Mitte des Hofes. Am stärksten räucherte die Dachpappe auf der Wagenremise. Die

Hitze verbreitete sich bis in den hintersten Winkel des Gartens, wärmte sogar Hermann und Peter, die unter den Johannisbeersträuchern lagen und die ersten roten Beeren pflückten.

»Das macht keinen Spaß«, sagte Peter und fing an, Steine ins Feuer zu werfen. Er hatte sich das aufregender vorgestellt.

Als erstes lag die Scheune flach. Peter wagte sich ziemlich nahe an ihre Reste heran und stieß stehengebliebene Balkenstümpfe um. Da blieb nichts übrig, nur das Gerippe einer Mähmaschine mit ihren gestutzten Flügeln. Warm dampfte die Erde hinter der Scheune, und das Gras war versengt, und dem Birnbaum hinter dem Stall hatte es Blätter und Früchte geschwärzt.

Nein, das machte keinen Spaß. Sie schlenderten um das niedergebrannte Gehöft, wußten nichts Rechtes anzufangen mit den rauchenden Trümmern, mit dem Schornstein, der so schief stand, daß Peter ihn mit einer Hand hätte umstoßen können. Als die Decke des Wohnhauses zusammenkrachte, tobten sie schon ausgelassen im Roßgarten von Bauer Schipper herum. Hermann setzte an der Pferdetränke eine Pumpe in Betrieb, brachte nach langem Mühen tatsächlich Wasser zutage. Na, wenn schon Wasser da ist, kann man auch löschen. Es machte richtig Spaß, von der Pferdetränke Wasser zum Feuer zu schleppen und die heiße Asche zischen zu lassen. Auf dem Weg zur Pferdetränke fanden sie auch die beiden Skelette im Gras. Um sie herum waren Löwenzahn und Gänsefingerkraut besonders üppig in die Höhe geschossen, klar, Leichen düngen doch vortrefflich. Peter räumte mit einem Knüppel die zerfetzte Kleidung zur Seite, um an die Knochen zu kommen. Es stank nicht, weil die Leichen im Freien lagen, an der frischen Luft. Alte Leute. Vielleicht die beiden Altenteiler von Bauer Schipper, die nicht mehr hatten flüchten wollen. Das lange, graue Haar der Frau war noch gut zu erkennen. Als Peter mit dem Stock einen Schädel berührte, flüchtete allerlei Getier, Käfer, Asseln und Würmer.

Erstaunlich, wie die beiden so schön nebeneinander auf der Wiese lagen.

»Vielleicht sind sie weggelaufen, als die Russen kamen«, meinte Peter.

Ja, so wird es gewesen sein. Wer wegläuft, wird erschossen. Man schießt nicht gern aus der Nähe, solange das Weiße in den Augen sichtbar ist. Aber hundert Meter weiter, da werden alle Menschen zu Figuren, da lohnt sich das Zielen wieder. Dort hatten sich die beiden Alten auf die Wiese gelegt. Und jetzt wuchsen Blumen um sie herum.

Hermann kam der Gedanke, so etwas wie ein Grab herzurichten. Sie schleppten Steine zusammen, auch angeschwärzte Ziegel aus dem abgebrannten Schweinestall. Sie legten eine hübsche Steineinfriedung um die Skelette. Alle Achtung, das sah gut aus! Das Ganze überdeckten sie mit einer angekohlten Stalltür. War das ein Grab! Etwas komisch, aber besser als gar nichts.

Noch einmal erlebte Ostpreußen die Illusion einer heilen Welt. Als die Roggenfelder zu reifen begannen. Der im Herbst gesäte Roggen hatte sich in allem Unkraut behauptet, war auch ohne Kunstdünger gewachsen, wogte vom Jokehner Friedhof bis zur Marienthaler Grenze. Durch die Luft trieb der mehlige, trockene Staub der reifenden Ähren. Erntezeit in Ostpreußen. Zeit der Pferdebremsen, der weißen Tücher auf den Feldern und der Strohhüte, der Vesperstunde im Gras am Feldrain, der polternden Leiterwagen. Anschirren in der Morgendämmerung. Das einsame Dengeln einer Sense, die die Vormahd schneidet. Staubwolken über den Feldwegen wie in einem Sandsturm. Kannen mit Buttermilch im Schatten einer Hocke. Kinder, die auf Erntewagen mitfahren. Lauf mal barfuß über die Stoppeln! Das tut ganz schön weh, wenn du nicht abgehärtete Füße hast. Feldmäuse jagen unter den Roggengarben. Vielleicht auch gleich aus der Hocke dreschen, wenn die Scheune voll ist. Strohberge bauen. Sonnenuntergang. Feierabend. Die Pferde in die Schwemme reiten. Eigentlich müßten in dieser Zeit die Schulferien beginnen.

Aber in diesem Sommer reifte das Korn, und nichts geschah. Keiner nahm sich des Segens an. Von Masuren her zogen die Sommergewitter auf, stießen ihre Regenlast am Fürstenauer Berg ab und ließen Blitze in die Pappel hinter dem Teich fahren. Keiner sorgte sich um gutes Wetter. Es kommt, wie es kommt.

Mitten im Roggenfeld von Onkel Franz bauten Hermann und Peter einen Unterstand. Das durfte man in jenem Sommer 45. Sie fürchteten die Kornmuhme nicht mehr, denn dieses alte Gespenst aus Ostpreußens Kornfeldern war sicherlich auch geflüchtet, hatte das heilige Korn sich selber überlassen.

Hermann lag oft in diesem Versteck, das auf sternförmig angelegten Trampelpfaden zu erreichen war. Meistens wartete er auf Peter. Wußte nicht so recht, was er anfangen sollte. Er sah den Ähren zu, die über ihm die Köpfe zusammensteckten. Hier fühlte er sich geborgen. Unter dem Ährenwald war es wie früher; es ließ sich alles so schön ausmalen. Vielleicht kommt Onkel Franz mit seiner Flügelmaschine, um die Schwaden niederzumähen. Mittags ruft Hermanns Mutter zum Essen. Oh, die kann laut rufen! Das hört man in jedem Kornfeld. Warten auf das Rufen, warten auf Peter. Den weißen Haufenwolken nachsehen, die über die Ährenköpfe hinweg nach Osten ziehen.

Peter schlich meistens wie ein Indianer zum Unterstand. Das hatten sie geübt: Anschleichen. Lautlos. Dann plötzlich ein Überfall mit lautem Geheul. So kam er auch diesmal mit einem Satz aus dem Korn geschossen und kullerte neben Hermann auf das niedergewalzte Stroh.

»Hier findet uns kein Schwein«, stellte Peter zufrieden fest.

Er riß Ähren ab, zerrieb sie in der Hand, pustete die Spreu fort und kaute die Körner. Das gab Kraft. So lagen sie jeden Tag viele Stunden im Kornfeld. Sprachen über dies und das.

Über die Schule zum Beispiel. Wo steckte die Jokehner Lehrerin? Über ihre Pläne für die nächsten Tage. Sollten sie bei Bauer Behrend Tauben totschlagen oder in Wolfshagen Kaninchen fangen? Ob es wohl Blaubeeren gibt in diesem einsamen Sommer? Hermann fragte manchmal nach dem Krieg, nach der großen Zeit, die sich so schnell davongemacht hatte. Peter war es völlig gleichgültig, was aus Deutschland wurde. Er sprach lieber über andere Dinge, über das Essen zum Beispiel. Woher man es bekommt. Was man noch holen könnte.

Über seine Eltern sprach Hermann nie. Aber sie würden wiederkommen. Irgendwann. Auf der Angerburger Chaussee zwischen den hübschen Baumreihen wird plötzlich eine Gestalt – vielleicht auch zwei – auftauchen, wird langsam von Osten her auf Jokehnen zuwandern. Und Hermann wird ihr entgegenlaufen, bis ihm die Puste ausgeht. Wenn er allein war, legte er sich regelrecht auf die Lauer. Er suchte sich einen höher gelegenen Platz, von dem aus er die Chaussee einsehen konnte, und musterte Baum für Baum. Stundenlang. Hundertsechsundzwanzig Bäume gab es bis zur Marienthaler Kurve.

Abseits der Roggenfelder verflog jede Illusion. Da standen das wuchernde, mannshohe Unkraut, der gelbblühende Hederich, das Fliegenkraut, Disteln und Schachtelhalme. Ein Sommer allein genügte, um dieses Land in den Urzustand zurückzuversetzen, es dem Unkraut preiszugeben. Die gelben Kornfelder glichen Oasen in einem weiten Meer des Unkrauts und des Verfalls.

Aber Kornblumen gab es wie lange nicht mehr.

»Was willst du damit?« fragte Peter, als Hermann einen Strauß pflückte.

»Nach Haus mitnehmen.«

»Ach, Jungche, das sind ja die Lieblingsblumen unserer Königin Luise«, sagte die Wittkuhnsche, als Hermann mittags den Strauß in die Krugküche brachte. Unsere Königin Luise. Hermann erinnerte sich an ein Bild in der Schule. Königin Luise auf der Flucht vor den Franzosen. Im Schlitten auf dem gefrorenen Haff. Das stell sich einer vor: Damals waren die Franzosen bis an die Memel gekommen! Heute sind es die Russen. Damals wurde alles anders. Warum sollte es heute nicht anders werden? Hermann glaubte fest daran, daß Deutschland nicht untergehen würde.

Nach dem Mittagessen holte ihn Peter ab.

»Wir wollen Tauben totschlagen«, sagte er.

Sie trabten den Feldweg zu Bauer Behrend entlang. Peter besorgte sich unterwegs einen armdicken Knüppel. Vorsichtig krochen sie die Leiter zum Heuboden hinauf. Das mußte leise geschehen, damit die Tauben nicht durch die geöffnete Bodenluke das Weite suchten. Peter sprang schnell zur Luke und knallte sie zu. Verdammt dunkel war es jetzt auf dem Heuboden. Über ihnen flatterte es aufgeregt, schoß von Balken zu Balken, trippelte auf den Dachlatten.

»Gib ihnen die Stange«, sagte Peter.

Hermann stökerte mit einer Bohnenstange in den Verstecken unter den Balken. Wenn eine Taube aufflog, schleuderte Peter mit seinem Knüppel nach ihr. Meistens traf er nicht, dann rumorte Hermann weiter mit der Stange. Bis es endlich klappte.

»Abgeschossen!« rief Peter zufrieden. Die Taube trudelte mit lahmen Flügeln ins Heu. Sie jagten hinterher, trieben sie in eine Ecke, Peter warf sich über sie. Triumphierend hielt er das zitternde Tier in den Händen.

»Sieh mal!« rief er und pustete in die zarten Federn am Hals der Taube. »Gleich macht es knack.«

Peter hielt die Flügel in der Linken, die Rechte griff den Hals. Eine kurze, ruckartige Bewegung: Peter hatte der Taube den Hals umgedreht. Er warf sie Hermann vor die Füße und sagte: »Eine müssen wir noch kriegen, sonst lohnt das Kochen nicht.«

Die zweite schafften sie leichter. Peter holte sie mit der Stange herunter, als sie durch ein winziges Dachfenster entkommen wollte, aber hoffnungslos gegen das Glas anflog. Er band die Taubenhälse zu einem Knoten zusammen und steckte die beiden Vögel auf einen Stock.

»Morgen fressen wir sie auf«, sagte Peter, und das war eine Einladung, zum Mittagessen zu Aschmoneits zu kommen.

Auf dem Rückweg machte ihnen die Hitze zu schaffen. Eigentlich sollte man jetzt im Jokehner Dorfteich baden. Wie in jedem Sommer. Aber allein baden? Dazu braucht man den großen Haufen, das Geschrei vieler Kinder, Schwäne und Enten auf dem Teich.

Nein, nein, da hatte Peter eine bessere Idee: Fische fangen. Aus den Brennesseln an der Schleuse holte er die übriggebliebenen Handgranaten. Am besten, man wirft sie von der Brücke ins Wasser. Mal sehen, was dabei herauskommt. Es knallte schauerlich im Hohlraum des Brückenbogens, aber kein Lehrer Klose kam von der nahen Schule herbeigelaufen, um die Übeltäter zu greifen. Kein Blonski sprengte, mit der Reitpeitsche um sich schlagend, durch den Gutspark. Die erste Ausbeute war gering. Ein paar Karpfen schwammen mit hellen Bäuchen an der Oberfläche und ließen sich von Hermann willig in einen Marmeladeneimer sammeln.

Die zweite Handgranate ließ Peter früher fallen. Sie sank fast auf den Grund, explodierte dort und riß die Schleie aus dem Moder. Das brachte mehr. Schleie, nichts als Schleie.

Am nächsten Morgen war der Teich zur Hälfte abgelaufen. Die Handgranaten hatten die Schleuse beschädigt, das Wasser lief unter der Brücke hindurch in den Park, verursachte auf den Parkwiesen eine kleine Überschwemmung wie zur Zeit der Schneeschmelze. Im Teich tauchten trockene Flecken auf, morastiger Grund, auf dem sich die Wasservögel sammelten. Das Schwanennest, ohnehin nicht bewohnt, lag im Trockenen. Das sah ja schrecklich aus! Was war Jokehnen ohne den Teich? Eine stinkende Dreckkuhle. Hermann und Peter rannten zur Schleuse, um den Schaden anzusehen. Zufrieden stellten sie fest, daß das Wasser nicht weiter fallen konnte. Der Jokehner Dorfteich würde ihnen erhalten bleiben, wenn auch mit ein paar dreckigen Inseln in der Mitte.

Statt weiter auf diese Art zu fischen, plünderten sie lieber die Johannisbeersträucher auf den Bauernhöfen der Umgebung, futterten Johannisbeeren, bis sie die Scheißerei bekamen. Und als es bei Bauer Behrend keine Tauben mehr gab, fanden sie in Wolfshagen einen Hof, auf dem sich die Kaninchen ungestört vermehrt hatten. Kaninchen fängt man leichter mit dem Knüppel als Tauben. Peter wußte, wie man Kaninchen am besten umbrachte. An den Ohren festhalten, mit der Handkante einen kräftigen Schlag ins Genick. Dann zappelten sie nur noch ein bißchen. Peter zog ihnen das Fell über die Ohren und hängte es auf den Gartenzaun zum Trocknen. Wer weiß, wozu Kaninchenfelle noch brauchbar sind?

Drei Tage später kam ein kleines Wägelchen die Chaussee entlanggeklappert. Darauf saßen der schnauzbärtige Iwan, das Milchgesicht Aljoscha und ein Mann in Uniform, der bestimmt soviel darstellte wie ein deutscher Unteroffizier. Sie hatten ihre Maschinenpistolen so umgehängt, daß der Lauf nach unten zeigte. Nur der Unteroffizier trug eine Pistole. Hinten auf dem Wägelchen lagen Säcke, Kanister und Dosen, über allem erhob sich ein ziemlich gut erhaltenes Damenfahrrad.

Die Jokehner staunten nicht schlecht, als die drei von der Chaussee auf das Dorfpflaster bogen. Sie hielten vor dem erstbesten Haus von respektabler Größe: das war der gelbgestrichene Jokehner Krug.

Iwan blieb bei den Pferden, drehte sich gemütlich eine Papirossa, während der Unteroffizier und Aljoscha den Krug betraten.

Die Wittkuhnsche geriet sofort in Aufregung.

»Ich hab doch nuscht!« jammerte sie. »Nuscht zu essen, nuscht zu trinken ... Ihr könnt mir nichts wegnehmen!«

Der Unteroffizier ging schweigend durch das Haus, inspizierte jeden Raum. Aljoscha spielte indessen mit seiner Maschinenpistole. Als der Unteroffizier schließlich das leidlich erhaltene Gästezimmer im ersten Stock betrat, entschied er, daß sie in diesem Zimmer bleiben wollten.

»Das ist mein Haus!« protestierte die Wittkuhnsche. »Es gibt doch genug leere Häuser im Dorf. Warum nehmt ihr mein Haus?«

Der Unteroffizier blickte sie verwundert an. Aljoscha polterte die Treppe hinunter, rannte über die Straße zu Iwan.

»Ihr dürft mir nicht mein Haus wegnehmen«, zeterte die Wittkuhnsche weiter, rang weinend die Hände vor dem schweigsamen Unteroffizier. Oh, sie war fest entschlossen, ihren Krug zu verteidigen. Der Krug war ihr ein und alles, und eines Tages würde sie wieder Kinderhofer Bier, Zuckerstangen und gelbe Limonade verkaufen. Nein, sie durfte den Krug nicht hergeben.

Der Unteroffizier versuchte, ihr in gebrochenem Deutsch klarzumachen, daß sie den Krug nicht zu verlassen brauchte. Sie sollte in ihrem Zimmer bleiben, und die Soldaten würden das Gästezimmer nehmen. Das war doch ein vernünftiges Angebot, oder?

Iwan fuhr mit dem Wägelchen auf den Hof, suchte im Stall einen trockenen Platz für die Pferde, während Aljoscha die Vorräte vom Wagen in das Haus trug. Als er damit fertig war, nahm Aljoscha das Fahrrad, pumpte die Reifen auf und raste die Dorfstraße hinunter. An der Schule vorbei, über die Brücke an der Schleuse, am Park entlang. Er saß merkwürdig steif auf dem Sattel, ließ das Vorderrad beängstigend wackeln. Hermann und Peter kamen gerade aus dem Gutsapfelgarten, als Aljoscha die Kontrolle über sein Fahrrad verlor und in die Brennesseln raste. Das hohe Kraut schlug über seinem Fahrrad zusammen. Er kam auf allen vieren, das Rad hinter sich herziehend, aus dem Graben gekrochen und sah die Jungs auf der Straße stehen und lachen. Wütend riß Aljoscha die Maschinenpistole hoch, schoß über ihre Köpfe hinweg in den Weidenbaum. Schoß ein ganzes Magazin leer. Nein, Aljoscha ließ nicht mit sich spaßen! Mit einem Sprung in die Brennesseln retteten Hermann und Peter sich vor dem wütenden Aljoscha.

Als Hermann abends in den Krug kam, fand er die

Wittkuhnsche weinend auf ihrem Zimmer. Die hatte sich noch immer nicht beruhigt. »Sie wollen mir den Krug wegnehmen!« Sie saß auf der Bettkante mit wirrem Haar. So saß sie jeden Abend und sammelte Läuse aus ihrem Unterhemd. Hermann konnte das nicht mit ansehen: die alte Frau im langen Nachthemd, mit den grauen Haaren, die bis in den Schoß hingen. Er schlich vor die Tür, wartete auf der Treppe, bis sie im Bett lag, bis alles dunkel war.

Während Hermann auf der Treppe wartete, bis die Wittkuhnsche ihr Läusegeschäft erledigt hatte, kam Aljoscha die Stufen hinauf. Aljoscha erkannte ihn sofort. Hermann drückte sich ans Treppengeländer, blickte nicht auf, hoffte, Aljoscha würde vorübergehen. Aber Aljoscha blieb stehen. Setzte sich zu Hermann auf die Treppe, krempelte die Ärmel der Uniformbluse hoch und zeigte ihm die roten Brennesselflecken. Grinste dabei, dieser kleine Aljoscha. Er zeigte Hermann, wie man das macht mit den brennenden roten Flecken: Draufspucken und verreiben, das hilft.

Hermann lachte.

Karascho!

Ganz netter Kerl, dieser Aljoscha.

Aljoscha, der Jüngste, sollte für das Essen sorgen. Er schloß sich in der Küche ein, versuchte es für den Anfang mit Bratkartoffeln. Der Gestank der verkohlenden Kartoffeln zog durch den Krug, stieg auch die Treppe hinauf bis zur Wittkuhnschen, die in Panik ausbrach. Sie glaubte, die Russen wollten ihr Haus anstecken. Im Nachthemd kam sie die Treppe herunter, schrie vor der verschlossenen Küchentür, bis der Unteroffizier erschien und sie davonjagte. Das war ein Anblick! Aljoscha stand in der verqualmten Küche und pulte mit den nackten Fingern verbrannte Kartoffeln aus der

Pfanne. Der Unteroffizier riß das Fenster auf, ließ den Dunst entweichen, feuerte die Pfanne mit den verkohlten Kartoffeln auf den Hof. Aljoscha glaubte, vom Küchendienst befreit zu sein, und schlenderte zu Iwan in den Stall, um sich beim Füttern der Pferde nützlich zu machen.

Der Unteroffizier dachte zunächst an die Wittkuhnsche. Aber als er diesen verunglückten Erzengel mit wallendem Haar und langem Nachthemd wimmernd am Treppengeländer stehen sah, überkam ihn vermutlich der gleiche Abscheu wie Hermann beim Anblick der läuseknackenden alten Frau. Kopfschüttelnd rannte er aus dem Haus, nahm Aljoschas Fahrrad und strampelte die Dorfstraße abwärts. Das erste bewohnte Haus war die Schule, in der Peter mit seiner Mutter lebte. Frau Aschmoneit arbeitete noch im Garten unter dem Riesenbirnbaum, von dem Generationen Jokehner Schulkinder Früchte geklaut hatten.

»Du kochen?« fragte der Unteroffizier.

Peters Mutter nickte. Da mußte sie mitkommen. Sie zog die Strickjacke über, band das Kopftuch fester und folgte dem fremden Soldaten, der bedächtig auf dem Fahrrad vorausfuhr. In der Küche immer noch der brenzlige Gestank von Aljoschas Bratkünsten. Der Unteroffizier holte eine Flasche Speiseöl und zog den Sack mit Kartoffeln hervor, den Aljoscha unter den Küchentisch geworfen hatte. Sie begann mit der Arbeit. Der Unteroffizier setzte sich an den Küchentisch und sah zu. War er mißtrauisch? Fürchtete er, sie würde das Essen vergiften? Nein, das alles nicht. Er betrachtete die schwarzen Haare an ihren nackten Beinen, die gedrungene Form ihres Unterkörpers. Sie fühlte seine Blicke. Als sie die Zwiebeln schälte und dabei weinte, sagte er lachend: »Weinen nix gut.« Sie vergaß die fremde Uniform, die fremde Sprache, witterte wie ein Tier, ein Instinkt, der jeden weiteren Gedanken verdrängte. Es wäre wieder nichts geworden aus den Bratkartoffeln; aber plötzlich traten Iwan und Aljoscha ein, setzten sich schwatzend auf die Küchenbank, um die Zeit bis zum Essen zu vertreiben. Da klang es ab. Sie salzte, wendete, gab Zwiebeln dazu, ein paar Tropfen Öl.

Nach dem Essen brachte sie der Unteroffizier zurück zur Schule. Ohne Fahrrad. Sie sprachen kein Wort. Sie gingen an den leeren, verkommenen Häusern vorbei, die von der milden Dämmerung des Abends gnädig zugedeckt wurden. Nein, hinter diese feuchten, muffigen Wände konnten sie nicht gehen! Nicht im August, wenn das Gras in den Gärten kniehoch wuchert und ein sanfter Wind über den Park weht.

Sie wußten nicht, wie sie plötzlich unter den großen Birnbaum im Schulgarten kamen, wie sie plötzlich im Gras lagen, allen Ameisen, Grashüpfern und Schnecken zum Trotz. Es vollzog sich außerhalb des Denkbaren und Kontrollierbaren. Bratkartoffeln, Salz, Zwiebeln, schwarze Schnecken, gelbliche Wolken am Abendhimmel, ein Birnbaum mit grünen Früchten. Wie einfach das mit den Menschen ist, wenn sie alles ablegen.

Sieh mal an, da tauchte wieder Wassili auf. Ritt auf einem Apfelschimmel durchs Dorf, suchte alle Jokehner auf, die damals für ihn auf dem Vorwerk die Kühe gefüttert hatten: am Montagmorgen beginnt die Ernte! Nein, wirklich? Ernte in Jokehnen? Gab es das wirklich noch einmal? Wassili hatte den Auftrag erhalten, den gut gewachsenen Jokehner Roggen für Rußland in die Scheuer zu fahren. Es durfte nichts mehr umkommen. Nun plötzlich war alles wertvoll, nachdem so vieles umgekommen war.

Ernte auf dem Gutsvorwerk in Jokehnen. Es rächte sich, daß sie alle Männer nach Osten geschleppt hatten.

Wer sollte die weiten Schläge mähen? Wer die Wagen beladen, das Stroh und die Kornsäcke schleppen? Zunächst braucht man dazu Pferde, das ist doch klar. Wassili nahm die beiden Jungs mit nach Wenden, ließ sie neben dem Apfelschimmel auf der staubigen Landstraße traben. Aber auf dem Rückweg, das hatte ihnen Wassili versprochen, durften sie reiten. In Wenden hatte die Rote Armee in einem Gutsroßgarten herrenlose Pferde eingefangen. Schwerblütige Belgier, vom Artilleriefeuer verstörte Kavalleriegäule, Kutschpferde, die den tänzelnden Schritt nicht ablegen konnten. Hermann hoffte sogar, Ilka und den Osterhasen wiederzufinden. Aber vergeblich.

Wassili nahm die ganze Herde mit nach Jokehnen. Das ging so vor sich: Hermann und Peter mußten sich jeder ein Pferd einfangen, aufzäumen und aufsitzen. Sattelzeug gab es nicht. Wassili holte eine Peitsche, öffnete das Gatter und trieb die Herde zum Ausgang. Dann ritt er voraus, die Herde in der Mitte, die beiden Jungs folgten. So etwas darf nicht langsam vor sich gehen, sonst verlieren sich die Pferde, laufen in Nebenwege und auf leere Höfe. Deshalb preschten sie auf der Straße nach Jankenwalde entlang, jagten durch menschenleere Dörfer, über verkrautete Felder, schreiend, peitschenschwingend. Ein Bogen um den Buchenwald am Flüßchen Liebe. Rüber über die Liebe! Um Himmels willen bloß nicht mit der Herde in den Wald! An Baumgarten vorbei – der Arsch schmerzte schon – die Wickauer Grenze entlang. In der Ferne tauchten die Schloßtürme von Jokehnen auf. Wie nun diese wilde Jagd auf dem Jokehner Vorwerk zum Stehen bringen? Wassili ritt einen Bogen, die Herde folgte ihm. Er kam näher, kreiste das Vorwerk ein, wurde langsamer, fiel in Trab, ritt in einen umzäunten Roßgarten. Die Tiere folgten mit zitternden Flanken. So, nun das

Gatter zu. Jokehnen besaß wieder Pferde, siebzehn Stück.

Es gab noch einmal einen Erntesommer in Jokehnen. Zarkan drehte mit der Flügelmaschine seine Runden um den Roggenschlag am Lenzkeimer Weg. Frauen mit weißen Kopftüchern banden die Garben, die Kinder stellten Hocken auf. Die Majorsche und die Wittkuhnsche, die zu alt waren für die Erntearbeit, hatten in der Waschküche des Vorwerks eine provisorische Gemeinschaftsküche eingerichtet, für die Wassili Kartoffeln und ab und zu zähes Rindfleisch aus Drengfurt heranfuhr. Meistens gab es Bohneneintopf mit Kuhfleisch. Na, immerhin etwas.

»Ihr bekommt alle Lohn«, hatte Wassili gesagt. Keine Rubel, keine Zloty, keine Mark; das Zeug besaß hier in der Einsamkeit keinen Wert. Korn wollte er liefern, jedem Arbeiter einen Sack voll, auch den Kindern.

Zarkan bekam Ärger mit den Pferden. Einige konnten das monotone Rattern der Mähmaschine hinter sich nicht ertragen, hatten noch den Kanonendonner in den Ohren, waren es gewohnt, Kutschen oder Leichenwagen zu ziehen. Und nun Zarkans klabastriges Blechungeheuer. Sie versuchten durchzugehen, auszubrechen. Es dauerte einige Tage, bis Zarkan herausgefunden hatte, welche Pferde bereit waren, mit seiner ratternden Mähmaschine Frieden zu schließen.

Erntesommer. Die Frauen auf den Feldern sangen. Sangen die alten Lieder, während sie sich nach dem überreifen Korn bückten. In den Hocken spielten die kleinen Kinder der Schubgillaschen, und die großen stellten die Garben zu Hocken zusammen. Da tauchte doch tatsächlich ein leibhaftiger Klapperstorch auf, spazierte zwischen den Stoppeln umher und suchte sich kleine graue Ackerfrösche. Die Kinder sangen: Storch, Storch, Guter, bring mir einen Bruder!

Es kostete Zarkan und Wassili einen ganzen Vormittag, die alte Dampfmaschine mit dem langen Schornstein in Betrieb zu setzen. Nun konnten sie dreschen. Während Zarkan das rostige Stahlungetüm mit Torf aus der Pange fütterte, fuhren Hermann und Peter die vollen Erntewagen an die Rampe der Dreschmaschine, stakten selber ab und holten neue Fuhren vom Feld. Sie waren stolz darauf, wie die Großen zu arbeiten, die kleinen Männer von Jokehnen. Aber sie vermochten nichts auszurichten gegen die reifende Fülle und Weite, diese Handvoll Menschen. Was half es, wenn der alte Zarkan ein paarmal um den Roggenschlag am Lenzkeimer Weg fuhr, während das reifende Korn bis zu den Baumreihen am Horizont reichte? Die Ähren hielten die Körner nicht mehr und streuten sie aus für eine neue Saat. Wassili ließ von Sonnenaufgang bis zur Abenddämmerung arbeiten, aber Ostpreußen war voll von reifendem Korn und ohne Menschen. Nach einem Regentag nahmen die Felder graue Färbung an, und die Ähren legten sich flach auf den Boden.

Es kam der Tag, an dem Hermann sich weigerte, zu Wassili zu gehen. Während Iwan morgens die Pferde anspannte und mit Aljoscha nach Drengfurt fuhr, um Vorräte zu holen, während die Wittkuhnsche ihr Haar zusammensteckte, um zum Kartoffelschälen aufs Vorwerk zu gehen, während der alte Zarkan schon mit dem ersten Leiterwagen hinausfuhr, verließ Hermann heimlich den Krug. Er schlug die Richtung zum Vorwerk ein, machte aber hinter der Mühle einen Bogen, schlich um den Friedhof, rannte über die Wiesen zum Teich, bis er die schützenden Weidenbüsche im Rücken hatte. Dann schlenderte er ruhig an dem verkrauteten, blühenden Wasser vorbei, lag eine Weile träumend unter der Riesenpappel ... und kam schließlich zu Hause an.

Heute war Geburtstag, sein Geburtstag. Elf Jahre. Immerhin, schon elf Jahre! Im Garten blühten Blumen, kümmerliche Astern und Lilien. Er dachte an das Lied von den Lilien, das sie in den Schummerstunden des Winters gesungen hatten: ... die pflanzt ich auf mein Grab ... da kam ein stolzer Reiter ... Abbrechen, zerstören, töten!

Die Sonne schien, es war warm und trocken. Der Garten sah freundlich aus. Auch das Haus machte äußerlich einen wohnlichen Eindruck; natürlich durfte er sich nicht an den zertrümmerten Fensterscheiben stören.

Elfter Geburtstag. Bienenstich mit Kakao gab es gewöhnlich zum Geburtstag. Als Geschenk Bücher über Indianer und Seefahrer, fünf Mark vom Vater für die Spardose. Kleidung, vor allem etwas Praktisches.

Warum Mama nicht wenigstens zu seinem Geburtstag heimgekehrt war? Sein Vater, na ja, der hatte schon immer gekränkelt, der lebte vielleicht gar nicht mehr. Aber die Mutter, die blühende Gesundheit ... immer sang sie, immer lachte sie. Er saß im Garten und drückte den Eiter aus den Geschwüren, die seine Beine wie eine Kraterlandschaft überzogen. In diesem Sommer heilte nichts. Kaum setzte sich der weiße Schorf auf die Eiterbeulen, brachen neue Geschwüre auf. »Das kommt vom dreckigen Teichwasser«, sagte Peters Mutter, aber Hermann glaubte ihr nicht. Der Jokehner Teich war nicht dreckiger als in früheren Jahren. Nur nicht die Geschwüre verbinden. Das sah schrecklich aus und klebte außerdem fest. Hermann drückte Tag für Tag den weißen Eiter aus den Beulen und wischte ihn mit Wegerichblättern von den Beinen. Das tat gut. Wegerich war die Heilpflanze, die sie mit der Kloseschen früher gesammelt hatten.

Mittags kamen Aljoscha und Iwan mit dem Panjewagen aus Drengfurt zurück, während Hermann immer noch bei den Lilien in seinem Garten saß. Worauf wartete er eigentlich? Er hörte Aljoscha singen. Der sang sehr oft, wenn er nicht gerade fluchte. Einen Augenblick dachte Hermann daran, seinen Geburtstag abzubrechen und in den Krug zu laufen. Vielleicht hatte Aljoscha Würfelzucker mitgebracht. Aber er blieb dann doch zu Hause, feierte seinen Geburtstag weiter. Nachmittags kam für gewöhnlich Onkel Franz auf ein Viertelstündchen vorbei und brachte ein paar süße Kleinigkeiten mit. Geselle Heinrich erzählte Räubergeschichten aus Masuren. Meistens war schönes Wetter an seinem Geburtstag. So wie heute. Leider fiel der Tag immer in die Erntezeit. Da hatten die Leute alle Hände voll zu tun und konnten sich nicht um den Geburtstag des kleinen Steputat kümmern. Nur Mama hatte sich für ihn immer Zeit genommen. Mittags Flinsen mit Blaubeersuppe. Zum Kaffee Bienenstich mit heißem Kakao und abends gewürfelten Schinken, soviel jeder mochte. Dazu Himbeersaft satt. Mein Gott, Peter hatte den Himbeersaft kannenweise gesoffen.

Während Hermann an die früheren Geburtstage dachte, sprang Peter tatsächlich hinter der Hauswand hervor, stieß einen lauten Schrei aus und grinste ihn an. Gut, daß Peter gekommen war.

»Warum hast du nicht gesagt, daß du heute nicht arbeitest?« fragte Peter. »Wassili tobte wie ein Verrückter. Wenn du nicht kommst, will er dir den Arsch versohlen.«

»Ich habe Geburtstag«, sagte Hermann feierlich.

»Weiß ich«, lachte Peter und warf ihm ein paar tadellose blanke Schlittschuhe vor die Füße, Peters Geburtstagsgeschenk.

»Die habe ich unter einem umgekippten Schrank in Wickerau gefunden.«

Prima Schlittschuhe. Sie untersuchten sie und redeten sich in Eifer. Hohlschliff und herrliche Lederriemen. Und für sich hatte Peter auch ein Paar beschafft. Na, laß nur erst den Winter kommen! Mit solchen Schlittschuhen ist man der Schnellste auf dem Eis. Da kommt keiner mit. Über das Eis werden sie rasen, sich Eishockeyschlachten liefern.

»Hast schon Mittag gegessen?« fragte Peter plötzlich.

Hermann schüttelte den Kopf.

»Dann komm zum Vorwerk, da gibt es ziemlich gute Erbsensuppe.«

Anfangs wollte Hermann nicht. »An meinem Geburtstag muß ich zu Hause bleiben, vielleicht kommt einer.«

»Blödsinn! Wer soll denn kommen?«

Ja, wer sollte kommen? Sie bummelten über den Anger, bogen in den Gutspark und erreichten das Vorwerk lange nach der Mittagszeit. Die alten Frauen waren schon mit der Abwäsche fertig.

»Ich hab heute Geburtstag«, sagte Hermann.

Da rührte die Majorsche lange in der übriggebliebenen Erbsensuppe und brachte einen Knochen zutage, an dem noch einige ausgelaugte Fleischfetzen hingen.

»Weil du Geburtstag hast«, sagte sie und ließ den Knochen in das Kochgeschirr plumpsen.

Hermann dachte nicht daran, zur Arbeit zu gehen. Es war sein Geburtstag. Nach dem Essen schlenderte er zum Krug. Aljoscha hatte leider keinen Würfelzucker mitgebracht. Also ging er am besten wieder ins Dorf; es zog ihn zu seinem Haus hinter dem Teich. Er legte sich unter den Fliederbusch an der Auffahrt, blickte über das Wasser, wartete, daß die Karpfen sprangen, die Schwalben im Tiefflug über die Oberfläche schossen, Blonski und Mikoteit mit Schrotflinten und Jagdhunden um den Teich wanderten. Nichts geschah. Ein Geburtstag, an dem sich nichts ereignete. Er übergab sich hinter dem Fliederbusch. Hatte er die Erbsen zu hastig gegessen? Dann betete er. Für Deutschland, für Mama und Papa, für Ostpreußen und die gelben Getreidefelder. Das erleichterte ein bißchen.

Als er zum Krug aufbrach, lag schon die Dunkelheit auf dem Spiegel des Wassers. Er fürchtete sich, weil er am Friedhof vorbei mußte. In solchen Situationen half Singen: »Die blauen Dragoner«, »Wir lagen vor Madagaskar«, »Es zittern die morschen Knochen«.

Was die wohl dachten, die auf dem Friedhof?

Zum Schluß schmetterte er die »Alten Kameraden«. Das kannten die auf dem Friedhof, die kamen aus einer Zeit, als man »Alte Kameraden« gesungen hatte.

Die Wittkuhnsche schlief schon, als Hermann heimkehrte. Und Aljoscha hatte doch Würfelzucker mitgebracht. Er versprach Hermann fünf Stücke, wenn er die Stiefel für den Unteroffizier, Iwan und Aljoscha putzte. Und dann ging er mit Würfelzucker ins Bett. Immerhin, eine Handvoll Würfelzucker zum Geburtstag.

Statt der Amerikaner, mit deren Dollars die Wittkuhnsche so fest gerechnet hatte, erschienen die Polen. Vereinzelt nur. Nach Marienthal drei Familien, nach Jokehnen eine Familie. Sie suchte sich den Hof von Onkel Franz aus. Hermann war ihnen deshalb ein wenig böse, denn für den Hof von Onkel Franz fühlte er sich mitverantwortlich, bis Onkel Franz heimkehrte. Er hatte immer mal in die leeren Ställe und Scheunen gesehen ... und jetzt die Polen!

Wie muß ihnen zumute gewesen sein? In ein Land zu kommen, in dem die Getreidefelder schon reif sind, die leeren Häuser zur Auswahl an der Straße stehen, die schwarzen Äcker bereitwillig auf den Pflug warten, die Weiden umzäunt, die Flüsse überbrückt sind. Freie

Auswahl auf dem Jahrmarkt der Geschichte. Sie durften sich die schönsten Höfe aussuchen, die fruchtbarsten Felder bestellen. Aber sie schienen nicht sehr glücklich darüber. Trauten sie dem Paradies nicht? Scheu saßen sie in den fremden Häusern, ohne Pferde, mit mehr Kindern als Hühnern, mit ein paar mitgebrachten Kühen, die nicht viel größer als ausgewachsene Ziegen waren, die sich in den großen Ställen bei Onkel Franz fast verliefen.

Hermann und Peter saßen in Steputats Birnbaum und sahen zu, wie die Polen sich einrichteten.

»Warum sind die Kinder kahlgeschoren?« fragte Hermann.

»Die haben bestimmt Läuse wie wir«, meinte Peter.

Die vielen kleinen Kinder der polnischen Familie sahen nicht anders aus als die Kleinen der Schubgillaschen, spielten mit Steinen und Stöcken im Dreck der Straße, wie das die Kinder in Jokehnen schon immer getan hatten.

Die Polen kamen noch rechtzeitig zur Ernte, aber sie ernteten nicht. Ein bißchen Roggen schnitten sie mit der Sichel, gerade so viel, daß sie im Winter nicht zu hungern brauchten. Die wenigen Garben fuhren sie mit ihren Kühen nach Hause, droschen mit Flegeln wie vor hundert Jahren und mahlten das Korn zwischen zwei runden, von Hand bewegten Steinen. Die Steinzeit war zurückgekehrt. Katzen besaßen sie reichlich und einen abgemagerten Hund, der über die Felder streunte und kranke Hasen jagte.

»Wir sollten den Polenhund totschlagen«, sagte Peter. Seinetwegen bewaffneten Hermann und Peter sich auf ihren Streifzügen mit armlangen Knüppeln.

Und dann brannte eines Tages das Kornfeld ab, in dem die Jungs ihren Unterstand gebaut hatten. Das mußte man gesehen haben: ein Kornfeld in Flammen!

Wie die kleinen Flammen aus der Tiefe an den Halmen emporzüngeln, wie sie übergreifen, wie sie nicht satt werden in ihrer zerstörerischen Gier, wie sie sich ausbreiten mit dem Wind. Und dann fällt alles in sich zusammen.

Die Jokehner standen auf der Dorfstraße und sahen, wie sich der Rauch über den Teich wälzte. Solange die alten Weiber zurückdenken konnten, hatte es das noch nicht gegeben, ein brennendes Kornfeld. Vergleichbar etwa mit dem Brand eines heiligen Doms, denn sie waren heilig, die ostpreußischen Kornfelder.

»Dafür wird uns der liebe Gott bestrafen«, sagte die Majorsche feierlich und faltete die Hände.

Hermann und Peter kamen in Verdacht, das Feuer gelegt zu haben. Zu Unrecht. Genau genommen war ein solches Feuer kein so schreckliches Ereignis. Die alten Weiber übertrieben maßlos. Die hatten noch nicht begriffen, daß eine Zeit angebrochen war, in der man Kornfelder anstecken durfte. Im Grunde lief es auf das gleiche hinaus: verbrannt oder verrottet. Was noch auf den Halmen stand, sank mehr und mehr in sich zusammen, verlor die frische Farbe, bekam grüne Köpfe vom Auswuchs. Die weißen Pusteln der Disteln wuchsen über die geknickten Ähren hinaus. Die Jokehner brachten nicht einmal das in die Scheune, was Zarkan gemäht hatte. Der ganze Schlag an der Pange lag ungebunden und faulend auf der Erde, vom grünen Teppich des Auswuchses überlagert. Zarkan hatte zuviel gemäht.

Nach einer Woche kam es heraus: Die Polen hatten das Kornfeld angesteckt. Aus sehr praktischen Gründen. Sie wollten einen Acker umpflügen für die Herbstaussaat. In dem verkrauteten, verwilderten Brachland hätten die kleinen Kühe den Pflug nie geschafft. Darum brannten die Polen einen Roggenschlag nieder und nahmen das aschenbedeckte Stoppelfeld unter den Pflug.

Wie versprochen fuhr Wassili mit Zarkan an einem Sonntagmorgen durch das Dorf und brachte jedem, der in Wassilis Ernte geholfen hatte, einen Sack Roggen. Auch Hermann bekam seinen Lohn und schleppte ihn in den Keller des Jokehner Krugs. Das war Roggen für die Kaffeemühlen der alten Weiber, Roggen zum Suppche kochen und für grobes Brot. Mit dieser Tat verabschiedete sich Wassili endgültig von den ostpreußischen Feldern.

»Wovon werden wir im Winter leben?« jammerte die Wittkuhnsche, als die ersten Herbststürme in den Chausseebäumen rumorten und die Blätter über die Felder jagten.

Im Winter leben? Na, bis zum Winter ist doch alles geregelt in Ostpreußen. Bis zum Winter kehren alle heim, gibt es wieder Lebensmittelkarten und Züge, die Briketts aus Oberschlesien nach Rastenburg bringen.

Der bevorstehende Winter führte zu einem verzweifelten Sammeln alles Eßbaren. Wild gewachsene Kartoffeln, Hagebutten, die letzten Äpfel wurden zu saurem Apfelmus gestampft. Sogar wilde Kruschkenbäume an den Feldwegen kamen wieder zu Ehren. Die Jungs brachten die herben Birnen nach Hause, wo sie in Stücke geschnitten und zum Trocknen in den Herd geschoben wurden. Den größten Fund machten Hermann und Peter auf einem Feld hinter Kollkeim: weiße Futterrüben. Auf einem provisorisch hergerichteten Karren schleppten sie Säcke voll nach Jokehnen, schütteten im Hof des Krugs einen Rübenberg auf, direkt unter dem Küchenfenster. An einem Sonntag ging es los, das Waschen und Kratzen der Rüben. Den ganzen Tag über und in die Nacht hinein. Peters Mutter und die Wittkuhnsche verwandelten den Krug in eine klebrige Hexenküche. Weißer Dampf und süßlicher Geruch drangen durch alle Ritzen. Hermann schleppte Holz. Peter rührte mit einem Riesenknüppel den schmutzigen Sud, der im Waschkessel auf dem Feuer brodelte. Nach stundenlangem Rühren kratzten sie ein paar Gläser Sirup aus dem Waschkessel.

Hermann fürchtete sich nicht vor dem Winter. Solange Iwan, Aljoscha und der Unteroffizier da waren, fiel auch etwas zu essen ab. Dafür sorgte Peters Mutter, die den Russen noch immer das Essen kochte. Auch die Wittkuhnsche sah das ein. Sie, die vor ein paar Monaten den Krug noch mit Klauen und Zähnen vor den Russen retten wollte, freute sich, wenn ab und zu ein halber Brathering in der Küche lag. Auch Suppen kochte Peters Mutter so reichlich, daß immer etwa übrigblieb. Und wenn die Soldaten nicht da waren, ließ sie sich überreden, für die beiden Jungs eine Pfanne Bratkartoffeln mit Speiseöl aus Beständen der Roten Armee zu schmirgeln.

Hermann putzte den Russen jeden Tag die Stiefel, eine kleine Mühe, die sich lohnte, denn Aljoscha versorgte ihn dafür mit Würfelzucker, und Iwan beschaffte gelegentlich einen Zwieback. Iwan war ein gemütlicher Kauz. Immer wenn er Hermann und Peter traf, behauptete er, in Rußland gäbe es zwei Jungs im gleichen Alter, seine Söhne. Irgendwo an einem Meer. Aber er wußte nicht genau, ob sie noch lebten.

»Mitkommen«, sagte er manchmal zu Hermann. Dabei machte er eine Handbewegung, die über Drengfurt und den Fürstenauer Berg hinausreichte, weit nach Osten reichte, bestimmt bis zu jenem fernen Meer, dessen Name noch kein Wehrmachtsbericht erwähnt hatte.

Als die nassen Tage anfingen, übernahm Hermann auch das Heizen im Zimmer der Soldaten. Im Gegensatz zum Stiefelputzen machte das sogar Spaß. Er durfte ungestört auf dem Fußboden liegen und im Kachelofen die Glut anpusten. Warm war es dort, so warm, daß er seine Socken bequem trocknen konnte. Allerdings wurden auch die Läuse in der Wärme sehr lebendig.

Hermann entdeckte die Flammen. Die gespensterhaften Figuren, die phantastischen blauen, roten und gelben Soldaten des Feuerkönigs, die ihre Gesichter verzerrten, auf und ab marschierten, sich wie eine Flut über Zeitungspapier ergossen, Holzscheite und Briketts eroberten, alles eroberten. Gegen solche Soldaten gab es keinen Widerstand.

Überhaupt Zeitungen! Der Unteroffizier warf die ausgelesenen Exemplare der »Roten Armee« neben den Ofen. Stapelweise. Hermann blätterte sie regelmäßig durch, bevor er sie den Soldaten des Feuerkönigs zum Fraß hinwarf. Er verstand zwar kein Wort, aber die Bilder faszinierten ihn nach der langen Zeit, in der die Jokehner nichts von der Welt gesehen und gehört hatten. Wer war der kleine, asiatisch aussehende Mann, der auf einem Schiff, umgeben von Offizieren und Fotografen, eine anscheinend wichtige Urkunde unterzeichnete? Und das Bild jenes gigantischen Rauchpilzes, der bis an die Wolken reichte? Was konnte da brennen? In Jokehnen wußte niemand etwas vom Untergang Hiroshimas und der Unterzeichnung der japanischen Kapitulation. In einer abgegriffenen alten Zeitung schließlich ein vertrautes Bild: das Brandenburger Tor. Oben zwischen den Köpfen der Quadriga ein paar russische Soldaten mit einer roten Fahne. Ringsumher Trümmer. Mein Gott, so sah Berlin aus! Das heitere, sommerliche Berlin. Nun war es gewiß, daß Deutschland den Krieg verloren hatte. Hermann riß das Bild aus der Zeitung und schob es unter den Pullover. Er wollte es Peter zeigen: Deutschland hatte verloren!

Im November feierten die Russen. Revolution oder so etwas Ähnliches. Das ist wie Führers Geburtstag, dachte Hermann. Schon am Mittag war Aljoscha voller Rübenschnaps. Das zeigte sich daran, daß er drei Stufen der Treppe auf einmal nahm, aufwärts und abwärts.

»Komm, Fritze!« sagte er zu Hermann und zog ihn mit in den Garten. Aljoscha ging zu dem Schuppen, den Krugwirt Wittkuhn inmitten der Stachelbeersträucher für seine Gartengeräte gebaut hatte. Dort brach er einige Latten aus der Holzwand, um freies Schußfeld zu bekommen. Schob den Lauf seines Gewehrs aus der Schießscharte. Hermann mußte in dem dunklen Schuppen neben Aljoscha stehen und zusehen, sollte staunen, wie gut ein Soldat der Roten Armee schießen kann. Fünfzig Schritte entfernt lag der Abfallhaufen, der die Krähen anzog, die ersten Krähen, die im Herbst aus den Wäldern nach Jokehnen kamen. Sie segelten lautlos ohne Flügelschlag über die Parkbäume, zogen hoch oben spähend ihre Kreise und fielen schließlich über den Unrat her. Das war der Augenblick, in dem Aljoscha abdrückte, es knallen ließ, daß der Schuppen wackelte. Einmal, zweimal ... Eine Krähe holte er sogar im Flug herunter. Aljoscha war stolz auf seine Krähen, natürlich nur auf die toten. Er hängte sie an den Gartenzaun, wie man Lappen zum Trocknen aufhängt. Dann versuchte er es mit den Spatzen auf dem Stalldach, zertepperte aber mehr Dachpfannen als Spatzen.

»Da!« grinste Aljoscha und drückte Hermann das Gewehr in die Hand. Was Hermann während der ganzen großen Zeit der deutschen Wehrmacht nicht gestattet worden war, jetzt geschah es: Aljoscha ließ ihn schießen! Ganz schön schwer, so ein Karabiner. Da ist der Abzug. Hermann drückte, ohne viel zu zielen. Er schätzte, der Schuß sei irgendwo in den braungefärbten

Ästen der Parkbäume steckengeblieben. Immerhin, Aljoscha schien zufrieden zu sein.

Als sie in den Krug zurückkehrten, empfing sie Iwan mit Gesang. Der sang so laut und tief, wie ein Bär brummen kann. Aljoscha holte die Flasche unter dem Bett hervor. Er hielt sie Hermann unter die Nase. Es roch scharf nach verfaulten Rüben. Er schenkte ihm einen Becher ein, stieß mit ihm an.

»Trink, Fritze!«

Aljoscha lachte, weil Hermann rote Ohren bekam und prustete. Und Iwan brummte nicht nur wie ein Bär, sondern tanzte auch mit sich allein wie ein Kosak, wobei man immer Angst bekam, er könnte auf den Hintern fallen. Es störte die beiden wenig, daß Hermann, der Briketts aus dem Keller holen wollte, mit dem vollen Eimer die Treppen hinunterstürzte. Singend half Aljoscha mit, die Briketts in den Eimer zu sammeln. Ein lustiges Revolutionsfest.

Iwan tanzte plötzlich nicht mehr, schlief ein, legte den Kopf auf die Fensterbank und streckte die Beine von sich. Aljoscha suchte noch mehr von dem klaren Zeug, aber Iwan hatte den ganzen Fusel ausgetrunken. Also schlafen gehen. Schon am Nachmittag. Zum erstenmal ging Hermann früher schlafen als die Wittkuhnsche. Er spürte nicht das lästige Jucken der Läuse und die Kälte, die von den pappverkleideten Fenstern an sein Bett gekrochen kam.

Am nächsten Morgen stand Peter früher als sonst vor dem Krug und warf Steinchen gegen das Fenster, hinter dem Hermann schlief.

»Mensch, es hat gefroren!« schrie er.

Das war der erste Frost in diesem Herbst; an Hermanns Fenster rankten die Eisblumen. Peter trug riesengroße Wollhandschuhe, die er bei den Streifzügen über die Dörfer gefunden hatte. Unter dem Arm baumelten die Schlittschuhe. Gar nicht so einfach, nach diesem Rübenschnaps aufzustehen. Hermanns Schädel schmerzte. Aber als er Aljoscha pfeifend über den Hof gehen hörte, als Peter mit Aljoscha sprach, da hielt es Hermann nicht mehr in seinem Bett.

Der erste Frost war schon immer ein Ereignis in Jokehnen gewesen, fast so wichtig wie die Rückkehr der Störche im Frühling oder das Johannisfest im Sommer. Nach der ersten Frostnacht standen gewöhnlich die Jokehner Kinder um den Teich, prüften die spiegelglatte Fläche, holten sich auch ab und zu nasse Füße, wenn das Eis nachgab. Nein, dieses Schauspiel wollte Hermann nicht versäumen! Er zog sich hastig an, holte seine Schlittschuhe unter dem Bett hervor und schlich an der schlafenden Wittkuhnschen vorbei zur Tür.

Peter und er rannten zum Teich. Wie in jedem Jahr wollten sie die ersten auf dem Eis sein. Eistage waren Festtage in Jokehnen, bis das Eis zur Last wurde, bis es nicht mehr zu ertragen war, bis man den Frühling erwartete, der das Eis aufbrach.

Nein, nicht zur Schleuse! An der Schleuse ist das Wasser zu bewegt, außerdem liegt die Schleuse im Schutz der hohen Parkbäume. Dort friert es nicht so schnell. Vom Anger her gingen sie das Eis an. Durch das Weidengestrüpp. Die Oberfläche spiegelblank. Am Rande knackte es. Ein feines Singen und Pfeifen ging durch die dünne Eisschicht.

»Hält«, sagte Peter zuversichtlich, setzte sich aufs Eis und schnallte die Schlittschuhe fest. Erst liefen sie verhalten, probierten die Tragfähigkeit, hatten ihren Spaß daran, sanfte, beinahe biegsame Eiswellen vor sich herzuschieben. Als feststand, daß das Eis hielt, rasten sie wie toll über den Teich. Zur Schleuse. Zurück zu Steputats Haus. Hinein ins Schilf. Sie brachen Pompesel ab und trugen sie wie Fackeln vor sich her über das Eis. Aus dem Weidengestrüpp holten sie Hockeyknüppel, trieben einen unschuldigen Stein mit wuchtigen Schlägen über das Eis. Tor!

Plötzlich hörten sie auf.

»Du hast ganz rote Ohren«, sagte Peter.

Sie setzten sich aufs Eis. Warteten. Es kam niemand. Keiner versuchte, über das Eis zur Schule zu gehen wie sonst im Winter. Am Ufer standen keine ängstlich kichernden Mädchen, die sich nicht auf die Eisfläche wagten. Es formierte sich keine Hockeymannschaft, kein Schlitten schleuderte im Zickzackkurs über das Eis. Hatten sie vergessen, wie allein sie waren? Nicht einmal die Polenkinder kamen auf den Teich, saßen lieber hinter dem Ofen und spielten mit ihren Katzen. »Scheiße«, sagte Peter. Er legte sich der Länge nach hin und starrte in den klaren Himmel. Hermann hackte mit den Schlittschuhen Eisstückchen aus dem Teich und lutschte sie wie Bonbons.

»Allein ist das nuscht«, meinte er und schlug vor, die Kinder von der Schubgillaschen zu holen.

Peter zählte die toten Fische unter der Eisfläche. Mensch, da waren schon beim ersten Frost allerhand Karpfen draufgegangen. Sie klebten mit ihren flachen Innenseiten unter dem Eis. Ob man die noch essen kann? Peter schlug ein Loch in das Eis und holte tote Karpfen an die Oberfläche.

»Die braten wir«, sagte er.

Sie schleppten die toten Fische nach Hause. Weil Peters Mutter nicht da war, schlitzte Peter selber den Fischen die Bäuche auf und schnitt ihre Köpfe ab. Das konnte er sehr gut, hatte es damals bei der blinden Oma gelernt. Fische aufschlitzen! Fische braten!

Am Nachmittag des 11. Dezember 1945 erhielt Jokehnen wieder Anschluß an die Weltgeschichte. Das geschah so: Zwei Pferdefuhrwerke, schlichte Klapperwagen, durch deren Leitersprossen der Wind pustete, bogen von der Chaussee auf die Jokehner Dorfstraße. Die Zügel führten Männer in Zivil, neben ihnen saß jeweils ein Soldat in einer merkwürdigen, in Jokehnen noch nie gesehenen Uniform. Hermann und Aljoscha blickten gerade aus dem Krugfenster. Der Unteroffizier und Iwan gingen den Wagen entgegen, versperrten ihnen gewissermaßen den Weg. Man unterhielt sich. Ein Zivilist bot Zigaretten an. Sie lachten. Einer der fremden Soldaten beschrieb mit dem Arm einen Bogen, als wolle er sagen, Jokehnen gehöre ihm.

Der Unteroffizier nickte.

Iwan spuckte braune Tabaksoße in eine zugefrorene Pfütze.

Aljoscha hielt es nicht mehr im Krug. Er sprang die Treppe hinunter und stellte sich zu den Männern auf der Straße. Plötzlich löste sich einer der fremden Soldaten von der Gruppe und kam in den Krug. Hermann hörte seine Schritte im Flur, dann auf der Treppe. Der Fremde steuerte, als wüßte er genau Bescheid, auf die Tür zu, hinter der die Wittkuhnsche ihre Läuse knackte.

»Alle Deutschen müssen raus«, sagte er. »Nach Deutschland ... in zwei Stunden ... Und nicht mehr Gepäck, als jeder tragen kann.«

Hermann stellte sich in die Tür des Soldatenzimmers, wunderte sich, daß die Deutschen nach Deutschland sollten. Waren sie denn nicht in Deutschland? Die Wittkuhnsche erschrak dermaßen, daß sie viel zu spät zu jammern begann. Der Soldat hatte sich schon abgewandt, ging schon auf die Krugtür zu, als er Hermann zu Gesicht bekam.

»Bist du Deutscher?« fragte er.

Hermann nickte.

»Dann auch mit ... in zwei Stunden.«

Doch da mischten sich Iwan und Aljoscha ein, die dem fremden Soldaten gefolgt waren. Der kleine Fritze sollte bleiben. Iwan wollte ihn mitnehmen in sein Dorf im fernen Rußland. Und außerdem brauchten sie Hermann zum Ofenheizen und Stiefelputzen.

Karascho! Der fremde Soldat war einverstanden, der kleine Fritze durfte in Jokehnen bleiben.

Der Leiterwagen klapperte weiter. An jeder bewohnten Tür sagte einer der Soldaten seinen Spruch von der Reise nach Deutschland auf. In zwei Stunden. Über den Krug brach inzwischen der ganze Jammer der Welt herein. Die Wittkuhnsche flehte Iwan mit tränenden Augen an, sich für sie einzusetzen. Aber Iwan wollte die Alte um nichts in der Welt an sein großes Meer mitnehmen. Sie rannte konfus die Treppen auf und ab, machte nicht die geringsten Anstalten, ihre Habseligkeiten zu packen, blieb eine Weile im Keller, als wollte sie sich dort verstecken, lief dann wieder heulend durch den Stall und die Waschküche. Nein, sie wollte den Krug nicht preisgeben! Sie klammerte sich an diesen gelbgetünchten Ziegelbau, an das größte und schönste Haus Jokehnens, das Gutsschloß nicht mitgerechnet.

»Und nur zwei Stunden Zeit!« schrie sie plötzlich, als wäre das das größte Unrecht.

Hermann erschienen die zwei Stunden reichlich bemessen. Wer nichts hat, braucht nur die Jacke überzuziehen und ist fertig. Um sich dem Gekeife der Wittkuhnschen zu entziehen, stromerte er durch den Garten. Er hatte noch Zeit, mit Schneebällen die Spatzen vom Stalldach zu jagen, bummelte hinunter zum Teich, entleerte im Weidengebüsch seinen Darm und kehrte ohne Hast in den Krug zurück. Sollte er nach Deutschland reisen oder mit Iwan an das große Meer fahren? Mal sehen, was Peter dazu sagte.

Er wollte sich gerade in Trab setzen, um Peter Aschmoneit zu besuchen, als er den ersten Leiterwagen, bepackt mit geflickten Kartoffelsäcken, Taschen und Körben, die Straße heraufkommen sah. Hermann wartete. Er wollte das Spektakel ansehen, wollte zusehen, wie die Soldaten die Wittkuhnsche aus dem Krug holten.

Einer der Zivilisten erschien im Flur, rief auf polnisch, rief nach der Wittkuhnschen. Die Alte hatte sich ins Bett gelegt und bis über die Ohren zugedeckt. Kopfschüttelnd ging der Mann hinaus. Es dauerte nicht lange, da stürmte einer der fremden Soldaten in den Krug, eilte mit Riesenschritten – zwei, drei Stufen auf einmal – die Treppe hinauf, drängte Hermann fluchend zur Seite und stieß die Tür zur Wittkuhnschen auf. Hermann hörte, wie er mit dem Gewehrkolben auf das Federbett eindrosch, hörte die Wittkuhnsche winseln, na ja, wie eine sechzigjährige Frau jammert, wenn sie einen Gewehrkolben, gedämpft durch Gänsedaunen, im Kreuz verspürt.

Jammernd kroch sie aus dem Bett und zog ihre Kleider an, auch den guten Pelz aus Dachsfellen, den sie über alles Unglück hinweggerettet hatte, der jetzt aber den Läusen gehörte. Sie wackelte, rund wie ein Bierfaß, aus dem Krug, nahm mit einem verheulten Blick Abschied, ging bedächtig auf den Wagen zu, der draußen wartete. Hermann sah vom Fenster aus zu, wie sie sich mühte, auf den Wagen zu krabbeln. Das dauerte seine Zeit. Und während alle sich die Prozedur anschauten, kam die zweite Fuhre aus dem Dorf angeklappert. Hermann erschrak: Da ging Frau Aschmoneit neben den Pferden, und oben auf dem Gepäck thronte Peter. Schlagartig wurde ihm klar, daß Peter nach Deutschland fahren wollte, daß er sich jetzt in diesem Augenblick entscheiden mußte zwischen Peter und Jokehnen, zwischen Deutschland und dem fernen Asowschen Meer. Was blieb von Jokehnen übrig, wenn Peter fortging?

Peter winkte. Als Hermann keine Anstalten machte, seinen Fensterplatz zu verlassen, kam Peter in den Krug.

»Wo bleibst du?« schrie er schon auf der Treppe.

»Ich fahre nicht mit.«

Peter sah ihn verständnislos an. »Bist du verrückt geworden? Wenn wir abhauen, ist doch kein Deutscher mehr hier.«

»Ich muß auf Mama und Papa warten«, erwiderte Hermann und blickte flüchtig zur Chaussee, als könnten dort im nächsten Augenblick zwei Fußgänger auftauchen. Aber so leicht war Peter nicht zu vertreiben. Der hatte eine Art, diese Reise nach Deutschland als ein freudiges Ereignis zu schildern, als sei es eine abenteuerliche Weltreise zu fremden Städten, wie sie einem kleinen Jungen aus Jokehnen nur einmal im Leben geboten wird. Und am Schluß verstieg er sich zu jenem optimistischen Spruch: »Deine Eltern sind bestimmt schon in Deutschland! Wo sollen die vielen Menschen, die hier fehlen, denn sonst sein?«

Hinter ihnen pfiff Aljoscha ein Lied. Hermann blickte ihn an, und Aljoscha grinste. Wie sollte er es Iwan erklären, daß er doch nach Deutschland fahren wollte? Hermann zog die Jacke über und war fertig. Er schlenderte in den Stall, wo Iwan bei den Pferden arbeitete. In der Tür des Pferdestalls blieb er stehen. Es bedurfte keiner Erklärung, weil Iwan ihn sofort verstand (vielleicht hatte er es auch gar nicht so ernst gemeint). Er stellte die Mistforke in die Ecke und kletterte die Leiter zum Heuboden hinauf. Auf den letzten Sprossen blieb er stehen, suchte mit den Händen unter dem Gebälk, fluchte ein bißchen, hob eine Holzlatte hoch und fand schließlich, was er suchte. Er drückte Hermann ein Bündel Banknoten in die Hand. Reichsmark. Fünf ... sechs ... sieben ... acht Hundertmarkscheine. Dazu machte er große Ausführungen, die Hermann nicht verstand. Das klang so wie »gute Reise« und »vielleicht treffen wir uns in Berlin« und »bleib gesund«. Hermann schob das Papier gleichgültig unter sein Hemd, vergaß sogar, sich zu bedanken. Viel Wert konnten diese Fetzen nicht mehr haben.

Auf den beiden Fuhrwerken saßen die wenigen Jokehner, die der Krieg übriggelassen hatte. Saßen da, umgeben von Säcken und Bündeln, zwischen ihren zusammengesuchten Habseligkeiten und fröstelten im scharfen Nordostwind. Die Schubgillasche wie eine Glucke, umgeben von ihren vielen Küken, die Majorsche schweigend, in sich gekehrt. Sogar die alte Wowesiesche, die beim Einmarsch der Roten Armee übersehen worden war, hatten die Polen in ihrem Versteck am Waldrand gefunden und mitgebracht. Sie saß, von Decken und goldgelben Sofakissen umgeben, auf dem zweiten Wagen, während ihr Piso kläffend um die Fuhrwerke herumrannte. Das sah alles so aus wie eine zweite Flucht. Die Leiterwagen, der kalte Wintertag – aber keine Schießerei. Und sie waren auch nur eine Handvoll, verglichen mit dem großen Treck, der damals von Jokehnen aufgebrochen war.

Also fahren wir. Weiß der Himmel, ob wir jemals nach Jokehnen zurückkehren werden. Mein Gott, sah das Nest verlassen aus, jetzt, da alle Menschen fortfuhren und überall die Herdfeuer ausgingen!

Hermann und Peter saßen hinten auf dem letzten Wagen und ließen die Beine runterbaumeln. Sie holperten am Friedhof vorbei auf der Chaussee Richtung Drengfurt.

»Das sind Pollacken«, sagte Peter und zeigte mit dem Daumen auf die Uniformierten.

Hermann war es scheißegal. Es störte ihn ein bißchen, daß Peter diesen Auszug so nüchtern betrachtete. Peter eilte dem Kommenden schon wieder weit voraus. Wenn die Polen die Jokehner rausschmissen, würden sie ihnen auch etwas zu essen geben müssen, warme Suppe oder so. Peter dachte eine Weile an eine dampfende Gulaschkanone. Vielleicht in Drengfurt auf dem Marktplatz. Und dann stellte er sich vor, mit der Eisenbahn nach Berlin zu fahren. Ganz umsonst. Mensch, das war doch ein Erlebnis!

»In Berlin kannst du für dein Geld bestimmt was kaufen«, sagte Peter plötzlich. Er zählte die Scheine nach, die Iwan unter dem Gebälk des Pferdestalls hervorgeholt hatte. Tatsächlich achthundert Reichsmark.

Doch Hermann konnte nicht von den Häusern Jokehnens loskommen. Steputats Haus hinter dem Teich tauchte als erstes in der diesigen Schneeluft unter. Nur die Bäume des Parks und die Schloßtürme verfolgten sie bis zur Marienthaler Kurve.

Hermann bemühte sich, den Gedanken zu verscheuchen, daß es ein Abschied für immer sei. Nein, da müßte mehr geschehen. Man fährt nicht so einfach auf einem klapprigen Leiterwagen davon. Vielleicht ein bißchen weinen. So war ihm zumute. Aber Peter hätte ihn ausgelacht.

Nur Piso begriff, was vorging. Er heulte zum Steinerweichen und rannte wie närrisch um die Wagen. Immer wenn Piso zum Sprung ansetzte, um unter die warmen Kissen der Wowerieschen zu kommen, schlug der Kutscher mit der Peitsche zu. Piso mußte Jokehnen zu Fuß verlassen.

In Marienthal begann es zu schneien. Anfangs feine Krümel, die ihnen der scharfe Wind ins Gesicht wehte.

Als sie die Drengfurter Vorstadt erreicht hatten, war die Erde schon weiß. Zur Linken das ausgebrannte Heeresverpflegungslager.

»Ob da noch Käsedosen liegen?« fragte Peter. Er wäre so gern hinübergelaufen, um ein bißchen zu wühlen.

In Drengfurt gab es tatsächlich Menschen; Kinder standen auf den Bürgersteigen und sahen den klappernden Leiterwagen nach.

»Das sind auch Pollacken«, meinte Peter.

Über dem Textilladen des Juden Samuel Mathern hing noch immer, angestrahlt von zwei Scheinwerfern, ein Bild von Väterchen Stalin. Ihm gegenüber, direkt vor dem Rathaus, hielten die Fuhrwerke. Alle absteigen! Die Säcke und Bündel ins Rathaus tragen. Keine Gulaschkanone, keine warme Suppe. Nicht einmal geheizt hatten die. Die Jokehner lagerten an den Wänden der großen Eingangshalle.

»Morgen geht es weiter«, sagte der Milizsoldat, schloß das Rathaus ab und ging hinüber zu Väterchen Stalin.

Weiterfahren am nächsten Morgen? Das war leichter gesagt als getan. Die ganze Nacht über stiehmte es, und am Morgen hatten die aufgewehten Schneeschanzen die Trümmer um den Drengfurter Markt gnädig zugedeckt. Ein russischer Posten schippte den Eingang zu Väterchen Stalin frei.

Der erste Schneesturm dieses Winters. Die Jokehner hockten im kalten Rathaus und dachten darüber nach, wie es weitergehen sollte. Vielleicht mußten sie umkehren. Zurück nach Jokehnen. Feuer im Herd anmachen und ein warmes Suppche kochen. Aber die Milizsoldaten hatten ihren Befehl, der auch bei Stiehmwetter ausgeführt werden mußte. Klar, da wartete ein Zug in Rastenburg, der Zug nach Berlin.

Die Fuhrwerke hatten über Nacht in einer Scheune

gestanden und fuhren so herrlich trocken vor, daß es eine Freude war hinaufzuklettern. Die Milizsoldaten sorgten dafür, daß die Jungs den alten Weibern nicht die besten Plätze wegschnappten. Wie schnell sie wieder auf den geflickten Kartoffelsäcken, den Taschen und Bündeln saßen! Aber schon in der Vorstadt blieben die Pferde erschöpft stehen. Wer kann schon einen Haufen alter Weiber mit ihrem Gepäck durch solche Schneewehen ziehen? Runter von den Wagen! Sogar die Milizsoldaten stiegen ab. Nur die Woweriesche durfte sitzen bleiben, aber ihr Piso mußte in den Schnee, lief zitternd in der ausgefahrenen Wagenspur hinter den Fuhrwerken her.

Also zu Fuß nach Rastenburg. Die Wagen wechselten sich beim Spurenfahren ab, um die Kräfte der Pferde zu schonen.

»O Gottke, o Gottke«, weinerte die Wittkuhnsche. »Die machen schon was mit uns!«

Nur den Jungs bereitete es Spaß. Schneemessen. Hermann und Peter rannten den Wagen voraus, erkletterten die größten Schanzen und schrien vor Vergnügen, wenn sie bis zur Hüfte einsackten. Rangelten wieder heraus und übten Sprünge von der Chaussee in den zugeschneiten Graben. Toben mußte man, damit einem bei dem scharfen Ostwind nicht die Ohren abfroren.

Gegen Mittag hörte das Schneetreiben auf. Durch die schwarzen Äste der Chausseebäume schien eine verschleierte Sonne. Jetzt erst wurde deutlich, wie weit sich die Gruppe auseinandergezogen hatte. Vorn Hermann und Peter im unberührten Schnee, zwei Steinwürfe zurück die beiden Wagen. Im Windschutz hinter den Fuhrwerken die Schubgillasche mit ihren Küken. Weit zurück die alten Frauen.

Etwa auf der Hälfte des Weges nach Rastenburg geschah jene Merkwürdigkeit, über die einige lachten, die meisten aber erschraken. Die Wittkuhnsche kreischte plötzlich laut auf. Von der war man ja allerhand gewohnt, aber daß sie so schreien konnte! Alle blieben stehen. Die Wittkuhnsche verdrehte die Augen, lehnte sich an einen Baum – ohne den Baum wäre sie glatt hingehauen –, krallte sich mit den Händen an der rissigen Borke fest.

»Die stellt sich nur an«, sagte Peter.

Die Jokehner standen unschlüssig herum. Was die wohl hat? Nach und nach ging das Kreischen in ein tiefes Stöhnen über. Gleich liegt sie lang. Aber bevor sie sich in den Schnee legte, schleppte ein Milizsoldat die Wittkuhnsche zum Wagen, schob sie hinauf, wie man einen Ballen Stroh hinaufschiebt. Dort ging es ihr besser. Sie wurde zusehends ruhiger, und auch Piso, dem das Gekreische der alten Frau aufs Gehör geschlagen war, gab sein Heulen auf.

Sie erreichten Rastenburg, als die verschleierte Sonne sich anschickte, hinter einer Schneewehe unterzugehen. Sie standen auf einer Anhöhe, unter ihnen die Stadt. Hermann staunte. Da gab es tatsächlich elektrische Beleuchtung! Eine Straßenlaterne mit Schneemütze goß zauberhaftes, gelbes Licht auf den unberührten Schnee. Und aus dem Schornstein der Zuckerfabrik paffte weißer Rauch in den Schneehimmel. Mensch, das ist eine richtige Stadt mit Wärme und Leben, mit Pferdefuhrwerken, rauchenden Schornsteinen und Licht. Sie kamen aus der menschenleeren Wüste, aus der Einsamkeit der verfallenden Hütten. Und nun eine Stadt mit elektrischem Licht!

Wie nur Piso in die Baracke bringen? Der Milizposten am Eingang hatte ihn fürs erste mit einem Schneeball davongejagt. Da stand er nun in ziemlicher Entfernung, bis zum Hals im Schnee, und glotzte zur Barackentür, wartete auf die alte Wowериesche, die ihn schon irgendwie hineinschmuggeln würde, unter ihrem Rock oder in einer Tasche.

Die Jokehner schleppten ihre Bündel von den Leiterwagen zur überfüllten Baracke. Hermann stand neben dem Milizsoldaten und sah zu. Wenn man kein Gepäck hat, spart man sehr viel Arbeit.

Da gingen von einem langen Flur rechts und links Türen ab. Hinter der dritten Tür gab es noch ein bißchen Platz für die Jokehner, wenn alle etwas zusammenrückten. Nur nicht so nah an den Kanonenofen. Es wird noch heiß genug, wenn der Ofen erst mal richtig Zunder kriegt. Die nassen Kleider begannen zu dampfen, und die Läuse regten sich wieder. Wo kamen nur die vielen Menschen her? Hatten die Polen alle Deutschen zusammengeholt, die es im Kreis Rastenburg noch gab? Deutsche auf der Reise nach Deutschland.

»Gibt es denn nuscht zu essen?« fragte Peter laut.

Nein, daran hatte niemand gedacht. Es war warm in der alten Wehrmachtsbaracke; ist das nicht genug? Die Woweriesche, die ihren Plunder wie eine Marktfrau ausgebreitet hatte, begann sich zu rühren, schlitzte mit dem Daumennagel ein mitgebrachtes Kissen auf. Und was kam da zum Vorschein? Eine Mettwurst! Mein Gott, eine Mettwurst in dieser Zeit, in dieser elenden Baracke. Plötzlich fand sich auch ein Messer, und die Woweriesche schnitt mit ihren schmutzigen Händen daumenbreite Scheiben ab, die sie wortlos verteilte. Es begann nun auch in dem zugedeckten Korb zu rumoren, der zu Füßen der alten Frau stand. Es miefte und winselte unter dem Handtuch, mit dem die Woweriesche den Korb zugedeckt hatte. Und plötzlich steckte Piso seinen Kopf hervor, erhielt auch prompt sein daumenbreites Stück Mettwurst und tauchte wieder unter. Peters Mutter ließ saubere Schneeklumpen in einem

Kochgeschirr zu Wasser schmelzen, gab getrocknete Pfefferminzblätter dazu und brachte so etwas wie Pfefferminztee zustande.

»Schlaft, Kinder«, sagte Frau Aschmoneit.

Aber wer kann schon schlafen bei diesem dauernden Gehen und Kommen. Kinder schrien nebenan, Türen klappten, und jemand rüttelte wie verrückt an einem Ofenrost. Draußen rangierte die Kleinbahn vor der Zuckerfabrik, ließ Bremsen quietschen, Puffer aufeinanderkrachen, stieß keuchend Rauch in die Nacht. Fremde, merkwürdige Geräusche, die sogar Piso aufschreckten. Er knurrte im Traum.

Das glühende Rohr des Kanonenofens hinderte Hermann am Einschlafen. Es führte, zwei Handbreit neben der Barackenwand, zum Dach empor und erhellte mit seiner rötlichen Glut den finsteren Raum. Hermann konnte kein Auge davon lassen. Er malte sich aus, was in dieser überfüllten Baracke los wäre, wenn die Holzwände Feuer fingen. Peter wecken und den kleinen Piso mitnehmen! Und nichts wie raus in den Schnee!

Die Wittkuhnsche schnarchte. Auch das noch.

»Morgen nach Deutschland«, hatte der Posten gesagt. Klar, daß jeder vor einer solchen Reise aufgeregt ist. Von Jokehnen nach Berlin. Weihnachten schon in Deutschland. Er holte Iwans Papierscheine aus dem Hemd und zählte sie durch. Aus einem kniff er ein Schiffchen und ließ es vor sich auf den Knien schaukeln.

Es kam darauf an, im richtigen Augenblick aufzuwachen, nicht der letzte zu sein, wenn die Reise nach Deutschland begann. Dafür sorgte Peter. Er rüttelte Hermann wach, bevor der Posten seine Runde gemacht und gegen die Türen geschlagen hatte. Wie schnell ist man doch morgens fertig, wenn es kein Frühstück gibt, man sich nicht zu waschen braucht und auch das Zähneputzen ausfällt! Schuhe anziehen, Jacke über die Schulter, und sie standen draußen vor der Tür. Ein frostiger, dunkler Morgen mit vielen Sternen und Schnee, der im spärlichen Straßenlicht schimmerte.

Hermann und Peter besaßen einen ziemlichen Vorsprung beim Wettlauf über die verschneiten Gleise des Rangierbahnhofs, vorbei an Wagen mit erfrorenen Zuckerrüben, an verrosteten Loren, über die sich der Schnee getürmt hatte. Es war ein Wettlauf um die angenehmen Fensterplätze im D-Zug nach Berlin. Als sie den Bahnsteig erreichten, kam ihnen eine kleine Lokomotive gemütlich fauchend entgegen. Pustete mit ihrem heißen Dampf den Schnee zur Seite, verursachte so etwas wie ein kleines Tauwetter auf dem Bahnsteig. Hermann blieb sprachlos stehen.

Hinter der Lok hingen vier Güterwagen mit weit geöffneten Schiebetüren, durch die der Wind den Schnee ins Innere gefegt hatte. Immerhin, es waren Güterwagen mit einem Dach. Am Ende des jämmerlichen Zuges standen zwei Milizsoldaten mit umgehängten Maschinenpistolen. Peter stellte sich am schnellsten auf die neue Situation ein. Wortlos verzichtete er auf die gepolsterten Fensterplätze im D-Zug nach Berlin, setzte mit einem Sprung in den ersten Wagen, blickte sich kurz um und sprang auf der anderen Seite wieder in den Schnee. So lief er von Güterwagen zu Güterwagen, bis er herausgefunden hatte, daß im vorletzten Wagen kaum Schnee, dafür aber eine spärliche Strohschicht den Boden bedeckte.

»Den nehmen wir«, entschied Peter.

Sie schoben die Tür hinter sich zu, beschlagnahmten den vorletzten Güterwagen für die Jokehner. Durch einen schmalen Spalt schauten sie dem Getobe zu, das draußen losbrach. Da kamen sie angewälzt, die bepackten Menschen. Nicht zu glauben, wie die schrien und fluchten. Wie sie über die Schienen stolperten. Hinfielen. Wer etwas verloren hatte, rannte zurück, um es zu holen. Als die kleine, gemütliche Lok einmal tief Luft holte, geriet der Haufen in Panik. Wie die kreischten! Mensch, hatten die es eilig, nach Deutschland zu kommen!

Als Peter seine Mutter im Gewühl entdeckt hatte, öffnete er die Tür und holte sie in den Wagen. Auch die anderen Jokehner. Bis auf die Woweriesche. Wo steckte die alte Woweriesche?

»Die muß auch mit«, sagte Peter und dachte an die in Kissen eingenähten Mettwürste. Sie sprangen hinunter, liefen nach vorn zu der geduldig stampfenden kleinen Lok. Da kam sie, die Woweriesche, wie ein dicker, runder Pfannekuchen angerollt.

»Nehmt mich alte Frau doch auch mit«, jammerte sie. Sie schob die Tasche, aus der Pisos verängstigter Kopf schaute, in den Jokehner Güterwagen. Aber es war nicht daran zu denken, daß sie mit eigener Kraft in den Wagen klettern konnte. Nachdem sie eine Weile vergeblich an der Tür gehangen, sich auch auf dem Schotter das Knie aufgeschlagen hatte, stippten die beiden Milizsoldaten ihre Zigaretten aus und hievten die Woweriesche in den Güterwagen. Jesus Maria, das sah spaßig aus!

So, da wären wir also. Die Jokehner im vorletzten Güterwagen. Es kann losgehen. Aber an Abfahrt war nicht zu denken. Immer mehr Menschen strömten auf die vier Güterwagen zu. Nicht nur aus der Baracke, auch aus der Stadt. Einige wurden mit Fuhrwerken zum Güterbahnhof gebracht, kletterten gleich vom Pferdewagen in die Güterwagen. Die fluchten ganz schön, daß die besten Plätze schon weg waren. Und überhaupt, was ist das für eine Zumutung, Menschen in Güterwagen zu transportieren, mitten im Winter? Jetzt griffen auch die Milizsoldaten ein, leuchteten mit Taschenlampen das Innere der Wagen ab, fanden hier noch ein Plätzchen und dort eine Ecke, in der man zusammenrücken konnte. Erstaunlich, was ein Güterwagen fassen kann. Natürlich hatte die Fülle auch ihre guten Seiten. Die vielen Menschen verbreiteten Wärme zwischen den zugigen Brettern, und es dauerte gar nicht lange, da schrien die Frauen von hinten: »Tür zu, es zieht!«

Na, vielleicht war das nur der Zubringer zur nächsten größeren Stadt. So kann man doch keine weite Reise antreten. In Königsberg oder Allenstein werden sie in einen vernünftigen Zug umsteigen und gemütlich nach Deutschland fahren.

Es wollte nicht Tag werden.

»Wie spät es wohl ist?« fragte jemand aus dem dunklen Güterwagen.

Eine törichte Frage, denn es gab in Ostpreußen keine Uhren mehr. Die lagen in Trümmer oder tickten an russischen Armen. Aber an der Zuckerfabrik konnte man sich orientieren. Wann fängt so eine Zuckerfabrik mit der Arbeit an? Um fünf Uhr oder halb sechs? Die Rastenburger Zuckerfabrik heulte zum Arbeitsbeginn so heftig, daß Piso erschreckt aus seiner Tasche fuhr und Lust verspürte, die lärmende Zuckerfabrik anzukläffen. Aber die Woweriesche hielt ihm das Maul zu. Einen kläffenden Piso hätten die Milizsoldaten aus dem Wagen geholt und über den Schnee gejagt. Hunde reisen nicht nach Deutschland!

Hermann und Peter lagen auf dem Bauch und blickten durch die Ritzen in der Bretterwand zur Zuckerfabrik, sahen Funken aus dem Schornstein stieben und Dampf aus den Seitenfenstern quellen.

»Wenn man sich wenigstens Zuckerschnitzel holen könnte«, meinte Peter.

Er schwelgte in Erinnerungen an die Jokehner Zuckerschnitzel, die vom Gutsspeicher zu klauen eines der größten Vergnügen der Jokehner Kinder gewesen war.

Plötzlich ruckte die Lokomotive an, schob die vier Güterwagen langsam in Richtung Zuckerfabrik, schob sie an den beiden Milizsoldaten vorbei, die mit umgehängter Maschinenpistole im Schnee standen, Zigaretten rauchten und sich die Füße vertraten.

»Die fahren nicht nach Deutschland, die fahren nach Osten!« rief eine Frau.

»Na, die werden schon mit uns fahren!«

»Nach Rußland fahren die uns, ins Massengrab fahren die uns.«

»Vielleicht rangieren die bloß.«

»Sei ruhig, Piso.«

»Mein Gott, ich war doch schon in Sibirien.«

»Die haben uns belogen.«

»Hört auf zu heulen!«

»Wo soll man denn pissen gehen?«

»Lieber Herr Jesus Christus, die fahren nach Rußland!«

Der letzte Wagen krachte auf eine abgestellte Fuhre Langholz. Da fiel alles durcheinander, und Piso fing nun wirklich an zu kläffen.

Still. Die Lok koppelte ab. Fuhr auf dem Nebengleis vorbei. Hängte sich ans andere Ende des Zuges. Dann ging es bedächtig vorwärts. An dem schwarzen Schornstein der Zuckerfabrik vorbei, an den beiden Milizsoldaten, die mit glimmenden Zigaretten den Bahnsteig entlangschlenderten. Vorbei nach Deutschland.

»Eisenbahnfahren macht Spaß«, meinte Hermann.

»Schade nur, daß man nuscht essen kann«, ärgerte sich Peter.

Als es hell wurde, drängten sie zur Tür, wollten Ostpreußen vom bummelnden Güterzug aus sehen. Mein Gott, das hatte die Welt noch nicht erlebt! Da fuhren sie an den ungeernteten, verfaulten ostpreußischen Roggenschlägen vorbei, auf die sich die Last eines Schneesturms gelegt hatte. Hocken, um die der Wind Schanzen aufgetürmt hatte. Da lag der verrottete Reichtum Ostpreußens unter dem Schnee.

Ja, wie lange fährt man denn von Ostpreußen nach Deutschland?

Vor dem Kriege hat der D-Zug von Königsberg über Schneidemühl nach Berlin keine sechs Stunden gebraucht. Aber in diesen Zeiten muß man etwas zugeben. Wegen der polnischen Wirtschaft. Außerdem hatten die Räder so lange für den Sieg gerollt, daß sie jetzt nur noch mühsam über die klapprigen Schienen, die provisorisch gestützten Brücken kriechen konnten. Schön ist es, nach Deutschland zu fahren. In Deutschland ist es warm. Da gibt es keinen Schneesturm. Weihnachtszeit. Deutsche Weihnacht. Warten wir ab.

»Dreiundachtzig Menschen«, behauptete Peter.

Hermann zählte nur zweiundachtzig, aber er mochte sich geirrt haben, denn in den dunklen Ecken des Güterwagens lag alles wie Kraut und Rüben durcheinander. Auch sprangen die Kinder hin und her und störten die Zahlenreihen. Sie zählten noch einmal: zweiundachtzig. Ganz schön für einen Güterwagen, der bisher nur Getreide- und Kartoffelsäcke von Allenstein nach Berlin transportiert hatte. In Bischofsburg hielt der Zug zum erstenmal. Die Lok hängte ab, paffte ein paar Rauchwolken in die klare Winterluft und verschwand in der Schneelandschaft. Da kein Milizsoldat zu erblicken war, sprangen Hermann und Peter aus dem Wagen. Mal sehen, was in Bischofsburg los ist. Auf den Bahnsteigen regte sich nichts. Der Schneesturm hatte die Treppe zum Bahnhofsgebäude bis zur Unkenntlichkeit zugeweht. Sah wie ausgestorben aus. Sie umkreisten die vier mit Menschen gefüllten Güterwagen und blieben plötzlich stehen, weil jemand ihren Namen gerufen hatte. Da blickten aus der Tür eines Güterwagens zwei kugelrunde Augen, neben denen ein brauner Zopf herunterbaumelte.

»Mensch, das ist Tulla!« sagte Hermann.

Tulla schob die Tür auf und stand in ihrer vermummelten Größe über ihnen.

»Du fährst auch nach Deutschland?« fragte Peter.

Tulla nickte.

»Ist Maria auch da?« wollte Hermann wissen.

»Die ist doch gestorben«, sagte Tulla. Sagte es und sprang leichtfüßig zu ihnen in den Schnee.

Peter schlug vor, zu dritt den Bahnhof abzuklappern. Sie nahmen Tulla in die Mitte und zogen mit ihr über die verschneiten Schienenstränge. In einem abgestellten Wagen fanden sie ein paar Briketts. Peter besorgte einen verbeulten Marmeladeneimer, in den er einige Brikettstücke abzweigte. Wer weiß, wozu man die noch brauchen kann? Besser wären natürlich Kartoffeln gewesen, aber finde einer auf einem zugeschneiten Bahnhof Kartoffeln!

Als sie zu den Güterwagen zurückkehrten, herrschte auf den Bahnsteigen schon reges Leben. Mit den Füßen hatten sie den Schnee weggeschoben und ein wenig Stroh von der Unterlage geopfert, um ein Feuer anzuzünden. Nur an Holz mangelte es. Da erwies es sich als nützlich, daß die russische Artillerie im Januar 45 den Bischofsburger Bahnhof beschossen und einen Schuppen in Trümmer gelegt hatte. Sie verheizten die Bretter, dazu etwas Dachpappe. Das gab einen Qualm, der jede Lokomotive beschämen mußte. Wer gut auf den Beinen war, kam aus den Wagen und drängte sich um das Feuer. Peters Mutter löste wieder Schnee im Kochgeschirr auf und gab Pfefferminzblätter dazu. Andere kochten mitgebrachte Kartoffeln. Peter klaute eine heiße Pellkartoffel, steckte sie zum Wärmen in die Hosentasche und sprang über die Dächer der Güterwagen, bis sich die alten Weiber wegen des Lärms über ihren Köpfen beschwerten. Zusammen mit Tulla beschossen sie das tiefhängende Schild »Bischofsburg« mit Schneebällen.

Erst am Nachmittag kehrte die Lok zurück, spannte sich vor die Güterwagen und bummelte weiter in südwestlicher Richtung.

»Wir fahren nach Allenstein«, meinte die Majorsche, die sich aus früherer Zeit mit den ostpreußischen Bahnlinien auskannte.

Bald stellte sich heraus, daß niemand an die Beseitigung der Fäkalien gedacht hatte, auch die Polen nicht. Für Hermann und Peter war das kein Problem; notfalls schlugen sie ihr Wasser aus dem fahrenden Zug ab, indem sie das Glied durch die Tür oder einen Spalt der Bretterwand hielten. Aber wie sollten die Frauen damit fertig werden? Da kamen achtlos weggeworfene Blecheimer wieder zu Ehren. Vor aller Augen kroch die Wittkuhnsche auf einen solchen Eimer, umhüllte sich schützend mit ihrem Pelzmantel und saß so eine ganze Weile wie die Glucke auf den Eiern. Danach trug sie den Eimer zur Tür, entleerte ihn aus dem fahrenden Zug und stellte ihn in die Ecke, bis er wieder gebraucht wurde. Nur die Wowerische schien keinerlei Bedürfnisse dieser Art zu kennen. Bei ihr versickerte alles in den vier dicken Schlüpfern, die sie vorsichtshalber übergezogen hatte. Auch Piso verzichtete auf Bäume und erledigte sein Geschäft in der großen Ledertasche der Wowerieschen. Bald verbreitete sich jener pestilenzartige Gestank, der nur dadurch einigermaßen erträglich wurde, daß der Fahrtwind ständig frische Luft durch die Bretter pustete. Hermann und Peter nahmen jeden kurzen Aufenthalt wahr, um dem Gestank von Urin, Hunde- und Menschenkot zu entfliehen.

Gegen Abend erreichten sie Allenstein. Das war eine durch und durch polnische Stadt geworden, mit polnischen Fahnen an allen markanten Gebäuden, mit Pferdefuhrwerken und Schlitten und mit erstaunlich hellem Licht. Ein Ameisenheer von Menschen räumte Trümmer in der Nähe des Bahnhofs.

»Das sind bestimmt Deutsche«, sagte Peter.

Der Zug hielt im Bahnhof, die Lokomotive koppelte ab.

»Wo die uns wohl für die Nacht unterbringen werden?« fragte die Wittkuhnsche. Na, eine geheizte Baracke würde sich schon finden lassen. Vielleicht auch ein bißchen zu essen. Aber vorerst geschah nichts. Hätten nicht ein paar Kinder zu weinen begonnen, wäre es still gewesen wie in einem einsamen Wald.

»Die haben uns vergessen«, stellte Peters Mutter fest, als sich nach einer halben Stunde noch immer nichts tat. Das war für Hermann und Peter das Signal, den Güterwagen zu verlassen, um zu sehen, was in Allenstein los ist. Sie bummelten den Bahnsteig hinab, ein ganz manierlicher, sauberer Bahnsteig, kamen in die Bahnhofshalle mit der zertrümmerten Verglasung und trafen schließlich am Ende des Bahnsteigs, dort, wo normalerweise die Fahrkarten kontrolliert werden, einen Posten. Der fuchtelte mit den Armen und rief:

»Nix raus! Alle im Zug bleiben!«

Hermann und Peter kehrten um, entdeckten, daß das Bahnhofsgelände von hohem Stacheldraht umzäunt war, blickten eine Weile durch den Zaun zu den Lichtern der Stadt, sahen dem alten Mann nach, der auf einem Handwagen einen Tannenbaum durch die Straßen fuhr. Ach ja, es ging auf Weihnachten zu. Als sie froren, kletterten sie zurück in den wärmenden Mief des Güterwagens. Die Wittkuhnsche schlief schon, schnarchte wieder.

Gut, daß Peters Mutter Brot hatte.

Vielleicht fahren wir auch nachts weiter.

Nebenan im letzten Güterwagen sang eine Frauenstimme. Sang »Sonja«: Endlos, endlos dehnen sich die Steppen vom ewgen Schnee Sibiriens bedeckt ...

Sonja, Sonja, deine schwarzen Haare küsse ich im Traume tausendmal, ich kann dich nicht vergessen, wunderbare Blume aus dem Wolgatal ...

»Das ist eine richtige Sängerin«, sagte die Majorsche. Und die mußte es wissen, weil sie in jungen Jahren in Berlin in der Oper gewesen war. Nun fragt man sich, was treibt eine richtige Sängerin mitten im Winter in einem vollgestopften, stinkenden Güterwagen.

»Die hat auch bessere Zeiten gesehen«, sagte Peters Mutter, während sie Brot abschnitt.

»Es gibt noch mehr Schnee«, meditierte die Woweriesche vor sich hin; sie spürte das heraufziehende Wetter durch ihre vier Schlüpfer hindurch.

»Wenn es Schnee gibt, friert es wenigstens nicht so«, sagte die Schubgillasche.

Die Frauen drehten die Wittkuhnsche, die sich mit ihrem Pelz zugedeckt hatte, auf die Seite, weil sie in der Rückenlage zu laut schnarchte.

Sonja, Sonja, Jahre gehn um Jahre, und kein Ende nimmt die bitt're Qual; ich kann dich nicht vergessen, wunderbare Blume aus dem Wolgatal ...

Wie traurig sich das anhörte. Da konnte man fast weinen.

Unterwegs wurden mehr und mehr Wagen angekoppelt, Güterwagen voller Menschen. Bis Schneidemühl brauchte die kleine Lok vier Tage. Dort lagen sie fest, standen auf dem Abstellgleis, während die Hauptstrecke von russischen Militär- und Güterzügen blockiert wurde, die mit demontierten Maschinen von Deutschland nach Osten brausten.

Hinter der Weichsel gab es nur noch eine spärliche Schneedecke, ein Umstand, der die Streifzüge über die Bahnhöfe wesentlich erleichterte. Kartoffeln, Rüben, Briketts mußten, sofern es sie überhaupt gab, nicht mühselig unter dem Schnee hervorgewühlt werden.

Von Schneidemühl ging es Richtung Posen. Aber plötzlich auf halber Strecke wieder zurück. Ein Riesenumweg über Gnesen. Mal nach Osten, mal nach Westen. Mal standen sie einsam im Gelände, dann wieder auf einem Verschiebebahnhof.

Bei dieser Hin- und Herbummelei geschah es. Am siebenten Tag der Reise. Die Sonne ging auf, warf spärliche, rote Strahlen gegen die Bretterwand des rollenden Güterwagens, versuchte, durch die Ritzen in den Raum zu dringen, und verhedderte sich an Schmutz und Spinnweben.

Hermann wachte auf, weil Piso an seiner Seite miefte.

»Ganz schön kalt.« Jemand sagte es, der vorn neben der zugigen Schiebetür saß. Hermann richtete sich auf, drückte die Schultern gegen die Holzwand, ließ den Augen Zeit, sich an das Halbdunkel zu gewöhnen. Im Schimmer eines Sonnenstrahls sah er seinen Atem.

»Ruhig, Piso.«

Aber Piso gab keine Ruhe, winselte unruhig in seiner Tasche. Vielleicht fror er. Hermann beugte sich zu dem Hund, der neben ihm den Kopf aus der Tasche der Wowerieschen steckte.

»Mutter Woweries schläft ziemlich lange«, sagte Peters Mutter. Die Alte hatte ihren Kopf in Decken und Kissen vergraben und rührte sich nicht.

Plötzlich kläffte Piso laut und riß damit alle aus dem Schlaf, die noch nicht wach waren.

»He, Mutter Woweries, aufstehen!«

Hermann, der am nächsten saß, schüttelte das Deckenbündel. Aber es rührte sich nicht.

»Die ist tot«, sagte Peters Mutter. Sie zog die Decken zur Seite. Da lag die alte Frau, den zahnlosen Mund weit geöffnet. Hermann saß unbeweglich neben der Toten. Er betrachtete das graue Gesicht, wunderte sich, daß er keine Angst verspürte, daß ihn nicht das Grauen ergriff, weil er eine Nacht neben der Toten geschlafen hatte. Nur der Mund, dieser entsetzlich aufgerissene Mund ließ die Alte so absonderlich aussehen. Da lag sie nun, die alte Woweriesche, mit ihren Geschichten und Vorhersagen. Was sie jetzt wohl für Feuersbrünste voraussah? Die blickte nun oben aus den Wolken auf diesen dreckigen Güterzug mit inzwischen zwölf Wagen und beinahe tausend Menschen.

Immerhin, der Gestank hatte nachgelassen. Die tote Woweriesche stank nicht mehr. Was an ihr gestunken hatte, war gefroren.

Aus dem fahrenden Zug werfen?

»Wenn der Zug hält, bringen wir sie raus«, sagte die Majorsche.

Peters Mutter verteilte kalte Pellkartoffeln mit Salz zum Frühstück. Sie aßen, während Piso immer unruhigere Laute von sich gab.

Plötzlich stand der Zug auf freier Strecke. Sie räumten eine Gasse von der Bretterwand zur Tür, zogen die Woweriesche an den Füßen nach vorn. Dann ging es unsanft abwärts auf den Schotter des Bahndamms. Die Böschung hinunter durch kratzende Weißdornbüsche. Unten welkes Gras, bedeckt von Rauhreif. Eigentlich verlangte der Brauch, jetzt Erde zu schaufeln. Gewiß, ein ordentliches Grab hatte sie verdient. Aber das schaufele einer in dieser hartgefrorenen Erde! Die Majorsche wollte zur Lok laufen und um eine Schaufel bitten. Aber plötzlich ruckte der Zug an. Alle eilten die Böschung hinauf, kletterten hastig in den Wagen, um nicht allein bei der toten Wowerieschen am Bahndamm zu bleiben.

Erledigt.

Es gab mehr Platz im Wagen. Nur mit Piso ging das nicht so weiter. Der heulte und winselte ohne Unterlaß.

»Das hält doch keiner aus«, sagte die Wittkuhnsche.

»Am besten, wir lassen ihn laufen«, meinte Peters Mutter. Aber aus der anderen Ecke meldete sich ein alter Mann: »Bevor wir verhungern ...« sagte er, vollendete den Satz aber nicht.

Als der Zug wieder hielt, als die Lokomotive wegfuhr, um Wasser aufzunehmen, als draußen wieder kleine Feuerchen brannten und die Frauen Tee kochten, da kam der Mann auf seiner Krücke angehumpelt, schnappte sich den kleinen Piso und schleppte ihn mitsamt der Tasche nach draußen. Über die Schienen zum nahen Wäldchen, wo das Winseln und Jaulen plötzlich verstummte. Es gelang ihm noch, Pisos Fell abzuziehen. Zum Ausnehmen reichte die Zeit nicht mehr, weil die Lok zurückkehrte. Der Mann brachte den nackten, friedlichen Piso zurück in den Güterwagen, behütete ihn wie eine Kostbarkeit. Auf der nächsten Station würde er ihn ausnehmen. Und was dann? Braten ging wohl nicht. Aber in einem Marmeladeneimer kochen. Es mußte schon ein langer Aufenthalt sein, weil sonst das Fleisch nicht gar würde.

In Hermanns Ecke gab es reichlich Platz. So viel, daß er seine Beine ausstrecken konnte. Ein herrliches Gefühl. Um den gewonnenen Platz zu behaupten, blieb er im Wagen. Er legte sich auf den Bauch, blickte durch die Bretterritzen und zählte die Telefonmasten am Bahndamm.

Jemand, der sich in Geographie gut auskannte, behauptete, sie kämen nun bald nach Frankfurt. Dort beginne das, was von Deutschland übriggeblieben sei. Ob sie es noch vor Einbruch der Dunkelheit schafften? Sie hockten im Güterwagen und warteten auf die Oderbrücke, niemand mochte einschlafen. Aber Deutschland verspätete sich. Noch vor der Oder fiel der Zug in Schrittempo, verweilte auf freiem Feld. Draußen Stimmen. Da hing plötzlich jemand am Griff der Schiebetür. Schob die Tür auf. Ein Gewehrlauf erschien. Ein Mann in einer wattierten Jacke ohne Kopfbedeckung duckte sich in der Tür. Ein zweiter folgte, ohne Gewehr, aber mit einer Taschenlampe. Sah das putzig aus! Der Schein der Taschenlampe wanderte über den im Stroh zusammengekauerten Menschenhaufen. Die Frauen hielten sich die Hände vors Gesicht oder drehten den Kopf zur Wand. Kein Wort fiel, während der Lichtkegel der Taschenlampe sich umtat.

Da begann der Mann mit dem Gewehr seine Arbeit. Er stieg über die Liegenden, folgte dem Schein der Taschenlampe wie einem Leitstrahl, gelangte folgerichtig zu der hübschen, silbrigen Pelzmütze auf dem Kopf einer Frau. Jetzt waren Kopf und Pelzmütze gut im Lichtschein zu erkennen. Der mit dem Gewehr nahm die Mütze und warf sie nach vorn zur Taschenlampe. Der Lichtkegel wanderte weiter, heftete sich auf die Wolldecke, die Hermann von der toten Wowerieschen geerbt hatte und die ihn jetzt einigermaßen wärmte. Und wieder folgte das Gewehr dem Lichtkegel. Es wollte die Decke mit einem Ruck fortziehen, aber Hermann hatte seine Füße fest darin verkrallt. Der Mann mußte sich bücken und Hermann auswickeln, wie man einen Ballen Stoff auswickelt. Dann wanderte die Decke nach vorn zur Taschenlampe.

Und das Licht suchte weiter. Das Gewehr begann zu sprechen.

»Ausziehen!« sagte es. Lichtkegel und Gewehr hielten vor der Wittkuhnschen. Die glaubte, sie sei für eine Vergewaltigung vorgesehen, und begann zu jammern.

»Ich bin eine alte Frau ... Ich bin doch krank ... da gibt es andere, die das viel besser können ...«

Aber der mit dem Gewehr tippte auf den Pelzmantel, zog heftig am Kragen, bis es der Wittkuhnschen klar wurde, daß sie den Pelz ausziehen sollte.

Jetzt fing sie erst richtig an zu zetern. Sie schlug wild um sich, versicherte laut, sie wolle ihren Pelz, den sie über alles Unglück hinweggerettet habe, um nichts in der Welt hergeben. Jetzt so kurz vor Deutschland!

»Und außerdem ist er voller Läuse!«

Das störte den Mann wenig. Er drehte das Gewehr um, so daß der Lauf in seiner Hand lag, und ließ den Kolben auf den Rücken der Wittkuhnschen niedergehen.

»Geben Sie doch den Pelz her!« sagte Peters Mutter, die es nicht mit ansehen konnte, wie das Gewehr auf die alte Frau einschlug.

Aber die Wittkuhnsche gab nicht auf, bis das Gewehr ein Loch in die Decke des Güterwagens schoß. Nach dem Knall zog sie bedächtig das verlauste Stück aus, übergab es dem fremden Menschen, der hastig über die Leiber hinweg zur Tür sprang.

Licht aus.

Sie hörten den Aufsprung auf dem Schotter. Durch die offene Tür trieb der Fahrtwind eisige Kälte. Im hinteren Wagen begannen die Kinder zu weinen.

Aber nun endlich Frankfurt an der Oder. Lieber Himmel, dieser Betrieb auf dem Bahnhof. Schon am frühen Morgen. Da liefen Züge aus und ein, Männer in zerfransten Militärmänteln mit Taschen unter dem Arm gingen zur Arbeit. Ein richtiger Bahnbeamter mit roter Kelle rannte geschäftig herum, suchte Ordnung in das Chaos der vielen Menschen zu bringen.

Kaum daß der Zug stand, öffneten sich die Türen der Güterwagen. Die Menschen strömten hinaus, strömten nach Deutschland. Alles wälzte sich auf das Schild »Zu den Bahnsteigen 3 und 4« zu, weil unter diesem Schild Rote-Kreuz-Schwestern mit auffallend weißen Hauben eine warme, braune Flüssigkeit ausschenkten. Da sah man erst, wie viele Menschen in den Wagen gelegen hatten. Die Aussicht auf Gratiskaffee trieb sie jetzt auf den Bahnsteig.

»Sieh mal«, sagte Peter und zeigte auf einen Mann, der neben einem Häuschen stand, das in früheren Tagen als Zeitungskiosk gedient haben mochte. Der Mann erschien ungewöhnlich beleibt. Er trug etwas unter seinem Mantel, an dem man einfach nicht vorbeigehen konnte: Brote. Eines steckte zwei Fingerbreit hervor, und diese zwei Fingerbreit Brot waren es, die Hermann und Peter erstarren ließen. Weißbrot, fast so gelb wie früher der Kuchen in Jokehnen. Sie blickten den Menschen und das, was unter seinem Mantel hervorschaute, unverschämt an.

»Habt ihr Geld?« fragte der.

Peter begriff: der wollte seine Weißbrote verkaufen.

»Mensch«, flüsterte er und knuffte Hermann in den Rücken. »Du hast doch die Scheine von Iwan.«

Hermann zweifelte, ob Iwans Scheine das Geld waren, das auf diesem Bahnsteig galt. Es wäre schon ein Wunder, sollte er mit dem Papier, das Iwan unter den Dachlatten hervorgeholt hatte, Brot kaufen können, echtes Brot. Zaghaft knöpfte Hermann die Jacke auf, griff unter sein Hemd, fand einen Schein und zog ihn vorsichtig ans Tageslicht. Natürlich, der Mann schüttelte den Kopf. Aber nach einer Weile sagte er: »Noch so einen.«

Sagte es und blickte scheinbar unbeteiligt über das Gewimmel der Menschen. Hermann sah Peter an. Dessen Blick schien zu sagen: Scheißegal, wie viele Scheine der will. Hauptsache, er gibt uns Brot.

Hermann fischte einen weiteren Schein von seinen Rippen. Der Mann griff hastig zu, und Hermann hielt plötzlich ein Brot in der Hand, weich und mit knuspriger Rinde.

»Das ist ja noch warm«, staunte er.

Sie rannten mit dem Brot davon wie Hunde, die einen Knochen gestohlen haben. Peter machte einen Platz ausfindig, an dem sie, ohne teilen zu müssen, das Brot verschlingen konnten: die dunkle Ecke eines leeren Güterwagens auf dem Nebengleis. Sie brachen das Brot in der Mitte durch. Sie lehnten sich behaglich an die Innenwand des Wagens, jeder seine Brothälfte in der Hand, und aßen. Na, Deutschland fing ja gut an! Wie sich die Welt verändern kann. Die trüben Rauchwolken über den Fabrikschornsteinen erhielten plötzlich etwas Malerisches, und gelassen sahen sie den Eisschollen nach, die die Oder abwärts trieben, und den Güterzügen, die bedächtig durch den Bahnhof rollten.

Nach dem Essen – es dauerte keine fünf Minuten – bummelten sie gelangweilt über den Bahnsteig. Interessierten sich für die Wageninschriften, für Tragfähigkeit und Achslast, fanden auch, schwach übertüncht, jenen Spruch von den Rädern, die für den Sieg rollen müssen. Ja, es war alles noch greifbar nahe, auch das Siegen.

Sie standen vor einer deutschen Zeitung und probierten, ob sie noch deutsch lesen konnten. Und dann setzten sie sich auf eine Bank und sahen den Menschen zu, die den Bahnhof bevölkerten. So angenehm sieht die Welt aus, wenn man ein halbes Weißbrot verschlungen hat. Eine Rote-Kreuz-Schwester lächelte sie an, entschuldigte sich, daß sie nichts mehr von dem warmen, braunen Getränk habe. Macht doch nichts.

Es machte auch nichts aus, daß sie in die dreckigen Güterwagen zurück mußten, obwohl alle gehofft hatten, in Deutschland in Personenzüge umzusteigen.

»In ein paar Stunden seid ihr doch in Berlin«, sagte die Rote-Kreuz-Schwester, die den alten Leuten beim Einsteigen half.

Großartig, dieses Deutschland! Es hatte Weißbrot für zweihundert Reichsmark und hilfsbereite Rote-Kreuz-Schwestern.

»Hast du gehört?« flüsterte Hermann seinem Freund zu. »Ein paar Stunden nur bis Berlin.«

Ihn ergriff eine unerhörte Begeisterung. Er lag im Stroh des Güterwagens und starrte durch das Loch in der Decke, das die Gewehrkugel gerissen hatte.

Berlin! Sie fuhren nach Berlin!

Als würde dieser schäbige Güterzug direkt unter dem Brandenburger Tor hindurchfahren, die Quadriga über ihnen, genau dort, wo das Loch in der Decke ist. In ein paar Stunden.

Diese Erwartung! Sie ergriff sogar die alten Leute. Als der Zug sich in westlicher Richtung davonschlich, begannen sie, ihre herumliegenden Kleinigkeiten zu ordnen. Man kämmte sich. Wann hatten sie sich zuletzt gewaschen?

»Ob wir wirklich nach Berlin fahren?« fragte Hermann.

»Wenn die Schwester das sagt, dann fahren wir nach Berlin, klar«, erwiderte Peter.

»Hast du damals auch den Film über Berlin gesehen? Zwei in einer Stadt ... oder so ähnlich?«

Peter erinnerte sich nicht mehr genau, aber Hermann schwelgte in den Bildern eines sommerlich heiteren, warmen Berlins. Vor allem das Stadtbahnfahren hatte ihn damals so fasziniert. Wie sie über Brücken glitt, aus Tunneln auftauchte, sich in ein Häusermeer stürzte, weite Kehren zog. Und hinter den Scheiben lachende Menschen. Das war Berlin.

Aus mit der Stadtbahn! Der Güterzug hielt mitten im märkischen Wald. Wie sich herausstellte, sollte den Menschen Gelegenheit gegeben werden, ihre Notdurft zwischen verkrüppelten Kiefern zu verrichten. Na ja, die Scheißerei hatten doch alle!

Peter fand – einige Steinwürfe vom Bahndamm entfernt – einen eingefallenen Schützengraben, einen verbeulten Wehrmachtsstahlhelm ... aber kein Skelett.

»Hier haben die noch ganz schön gekämpft«, meinte Hermann und kratzte so lange mit den Schuhen im Sand, bis er auf leere Patronenhülsen stieß. Peter hielt die Patrone an den Mund und pfiff. Das hörte sich an, als hätte die Lok ein Signal gegeben. Da kamen sie mit halb zugeknöpften Hosen aus den Büschen gerannt, um den Zug nicht zu versäumen, den Zug nach Berlin. Auf dem Arm trugen sie die kleinen Kinder mit nacktem Hintern. Rein in den Wagen. Hermann und Peter hingen an der Schiebetür und lachten.

Als es dann wirklich losging, als der Zug gemächlich durch die märkische Heide kroch, staunten sie über die Ansammlung von wertlosem Schrott zwischen den Kiefern. Zusammengeschossene Flakgeschütze, ausgebrannte Panzer, ein Riesenhaufen Weißblech, vielleicht die Reste eines Flugzeuges. Daneben einige Holzkreuze im märkischen Sand.

Nur von Berlin war immer noch nichts zu sehen.

»Berlin ist kaputt, die lassen uns gar nicht rein«, sagte die Majorsche.

Am Nachmittag begann wieder der Hunger.

»Wir hätten nicht alles auffressen sollen«, sagte Peter. Es war schlimmer als vorher; der am Morgen mit Weißbrot verwöhnte Magen rebellierte heftiger gegen die neue Leere. Peters Mutter besaß nichts mehr; auch die Vorräte, die die alte Woweriesche hinterlassen hatte, waren hinüber.

Gut, daß der Zug häufig hielt. Dann sprangen Hermann und Peter aus dem Wagen, suchten die Böschung ab, stöberten zwischen den Gleisen umher. Sie fanden einen leeren Güterwagen, in dem einmal Getreide transportiert worden war. Auf dem schmutzigen Boden lagen noch einige Körner. Sie sammelten sie mühsam aus dem Dreck und steckten sie in den Mund.

»Mensch, was konnten wir in unserem Kornfeld in Jokehnen alles essen«, erinnerte sich Hermann.

»Und die Körner waren da auch nicht so dreckig«, brummte Peter.

Unter einer teerverschmierten Schwelle entdeckte Hermann eine gelbe Kartoffel, hartgefroren. Er setzte sich auf einen Schotterhaufen und biß hinein wie in einen Apfel. Sie schmeckte, die gefrorene Kartoffel, eine wunderbare Süße wie bei einer Frucht aus dem Süden. Als er sie hastig hinuntergeschlungen hatte, stand er auf, um Peter nachzulaufen. Da spürte er, wie die Schienen sich verformten, wie die Bäume am Bahndamm einen Knick bekamen, wie die Güterwagen verschwammen, die Wolken eine schwarze Färbung annahmen, das Licht am Himmel ausging. Müde fühlte er sich. Er sank auf den harten Schotter, spürte keine Schmerzen, empfand das Gestein wie ein weiches Kissen. So fand Peter ihn, das Gesicht zur Erde gekehrt.

»Was wühlst du mit dem Rüssel im Dreck?« lachte Peter und rüttelte ihn.

Aber Hermann wollte nicht aufhören, die Erde anzustarren.

»Du, die fahren gleich weiter!«

Er setzte sich zu ihm auf den Schotterhaufen, redete ihm gut zu, wollte ihn aufwecken. Als das nichts half, holte Peter seine Mutter. Gemeinsam trugen sie ihn zum Wagen, schoben ihn hinein, wie sie die alte Wowe-riesche hinausgeschoben hatten, legten ihn auf seinen Platz in der Ecke. Abwarten. Der kommt schon wieder zu sich.

»Mensch, steh auf!« sagte Peter. »Wir fahren durch Berlin, und du pennst!« Er rüttelte Hermann so lange, bis er aufwachte. Hermann rieb die Augen. Er spürte Kopfschmerzen und Übelkeit. Es war dunkel.

»Das ist Berlin?«

»Klar«, sagte Peter. »Wir fahren schon eine ganze Weile durch die Stadt.«

Der Zug kroch auffallend langsam, so als überquerte er ständig Baustellen oder notdürftig hergerichtete Brücken. In regelmäßigen Abständen fiel der Schein trüber Lampen vom Bahndamm durch die Ritzen des Güterwagens. Hermann raffte sich auf und starrte durch einen schmalen Spalt in die Nacht.

Berlin: in den Himmel ragende einsame Hauswände, Fensterhöhlen mit Sternen geschmückt, Schornsteine, die ohne Stütze wie abgestorbene Baumstümpfe aus den Trümmern ragten. Tief unten Licht aus einem Kellerfenster, bedeckt mit zimmerhohem Schutt. Eine Straßenkreuzung ohne Menschen, aber mit akkurat aufgestapelten Ziegelsteinen am Straßenrand.

»Sieh mal, da fährt eine Elektrische«, sagte Peter.

Tatsächlich fuhr unter ihnen eine Straßenbahn durch die Trümmerlandschaft, erleuchtet, ganz gut besetzt.

»Das ist die erste Elektrische, die ich sehe«, murmelte Hermann.

»In Königsberg gab es doch auch welche«, meinte Peter.

»Aber ich war noch nicht in Königsberg.«

»Die fährt schneller als unser Bummelzug«, entrüstete sich Peter.

Tatsächlich holte die Straßenbahn den Güterzug ein, überholte ihn, fiel erst bei der nächsten Haltestelle zurück.

Kilometerweit Trümmer. Wo wohnten nur die Menschen?

»Das haben die hier ganz schön kaputtgehauen«, stellte Peter fest. Hermann schwieg. Wenn so ganz Deutschland aussah: armes Deutschland!

»Wenn wir in Berlin bleiben, ist es Scheiße«, meinte Peter. »In diesen Steinen findest du kein Stück zum Essen.«

In der anderen Ecke des Güterwagens erzählte jemand von seinen Verwandten, die in Berlin wohnten, in Frohnau. Man müßte sie jetzt besuchen.

Plötzlich tauchte ein einigermaßen intakter Bahnhof auf, manierlich beleuchtet. Am gegenüberliegenden Bahnsteig hielt die Stadtbahn. Vollbesetzt mit vernünftig angezogenen Menschen, die die Güterwagen anstarrten, als käme da ein Transport wilder Tiere aus dem fernen Asien.

»Bitte hundert Meter geradeaus ... ein kleines Stück rechts ... da ist ein Bunker mit dem Schild ›Notaufnahme‹.«

»Bleiben wir da lange?« erkundigte sich einer aus dem Güterzug.

»Nur diese Nacht«, sagte der Bahnbeamte. »Morgen geht es weiter. Weiter in den Westen oder nach Thüringen.«

Aber erst einmal in den Bunker reinkommen. Da stand eine Menschenschlange, gut so lang wie vom Jokehner Krug bis zur Mühle. Registrieren. Zwei Mädchen am Eingang notierten die Namen.

Hermann drängte sich in die Schlange, stand vor einer Frau, die er nicht kannte.

»Wohin gehörst du denn, Jungche?« fragte die.

»Ich bin allein«, sagte Hermann. »Meine Eltern sind weg. Die haben sie zum Arbeiten nach Rußland geholt.«

»Na, von denen kommt auch keiner zurück«, sagte die fremde Frau. »Die Verschleppten sind doch alle umgekommen.«

»Meine Eltern sind nicht umgekommen!« schrie Hermann so laut, daß sich alle umdrehten. »Die arbeiten in Rußland, und wenn sie damit fertig sind, kommen sie nach Deutschland zurück!«

Da mischte sich Peters Mutter ein, sagte etwas zu der fremden Frau, das Hermann nicht verstand. »Ist schon gut, Jungche! Wenn die Arbeit in Rußland fertig ist, kommen sie zurück.«

Vorn im Büro die beiden eifrigen Mädchen. Sie schrieben alles auf. Namen und Herkunftsort angeben. Dann waren sie durch. Der Bunker empfing sie mit behaglicher Wärme und einem Wasserklosett, das beängstigend laut rauschte. Dazu im Waschraum eine lange Reihe von Wasserhähnen, von denen einige unablässig leckten.

»Da kommt sogar warmes Wasser raus«, stellte Peter fest. Sie stromerten durch den Bunker, wollten sehen, was es da so alles gab. Mensch, sogar eine Küche! Aber die war jetzt zur Nachtzeit geschlossen. Na, morgen gibt es bestimmt etwas zu essen. Um elf knipste eines der Mädchen das Licht aus. Schlafenszeit. Also hingehauen auf die schönen weichen Strohsäcke, die den Fußboden bedeckten. Dunkel. Nur der rote Schein des Schildes »Notaufnahme« fiel vom Eingang auf die

Schlafenden und die Wachenden. Man kann schlecht einschlafen in so einem Bunker. Hermann lag wach, starrte zum roten Licht am Eingang und dachte an das Gespräch mit der fremden Frau. Es wollte ihn nicht loslassen. Vorn hörte er die Mädchen im Büro kichern, Telefone läuteten. Hermann tastete sich über die Schlafenden hinweg. Ging ganz vorsichtig, so daß nicht einmal Peter es bemerkte. Er wartete vor dem Büro, mußte sich Mut einreden, bevor er eintrat, ohne anzuklopfen.

»Na, Kleiner«, sagte das Mädchen. »Um diese Zeit mußt du doch schlafen.«

»Ich suche meine Eltern«, erklärte Hermann.

»Wie heißt du denn?«

Er nannte seinen Namen. Sie nahm einen Stapel brauner Papierlisten, beugte sich darüber und befahl ihrem linken Zeigefinger, die Namenszeichen auf und ab zu gleiten.

»Wie heißen deine Eltern?«

»Karl Steputat und Martha Steputat aus Jokehnen in Ostpreußen.«

»Die sind nicht auf meiner Liste«, sagte sie.

»Die sind heute auch nicht mitgekommen«, antwortete Hermann. »Im März haben die Russen sie weggeholt ... Sie sind nicht nach Hause zurückgekommen ... Da habe ich gedacht, vielleicht sind sie von Rußland gleich nach Berlin gefahren und warten hier auf mich ... Wenn sie hier durchgekommen sind, müssen Sie sie doch aufgeschrieben haben.«

Das Mädchen befahl dem linken Zeigefinger anzuhalten. Sie blickte auf. Ratlos. Erhob sich. Der Zeigefinger, der eben noch die Namenreihen abgesucht hatte, berührte Hermanns Haar.

»Nein, mein Junge, die sind nicht in der Liste«, sagte sie.

Also nicht. Pech gehabt. Hermann schloß die Tür hinter sich, tastete zurück in den dunklen Raum.

»Warum rumorst du bloß so rum?« fluchte Peter, als Hermann sich wieder hinlegte.

Nur einen Tag in Berlin. Vor der Weiterfahrt erst einmal Entlausung. Ziemlich komisch ging das zu. Männer und Frauen getrennt in einem großen Raum. Alles ausziehen. Nackt herumsitzen, bis die Kleider aus dem großen, dampfenden Kessel kommen. Der Gestank des Läusemittels haftete penetrant an den Kleidungsstücken. Vor dem Anziehen duschen. Den Kopf, Achselhöhlen und Schamhaare mit einer Flüssigkeit einreiben, um die dort niedergelassene Läusebrut zu vernichten.

Klar, daß es nach der Entlausung nicht in den Güterwagen zurückging. Dort würden die Läuse wieder über sie herfallen. Als Ersatz warteten – es war nicht zu fassen – dunkelgrüne Personenwagen dritter Klasse auf die Entlausten. Hermann entzifferte auf den Wagen so unendlich ferne Namen wie Kassel, Altona, Würzburg. War das das Ziel ihrer Reise, oder kamen die Wagen von dort her?

Versteht sich, daß sie einen Fensterplatz eroberten. Da saßen sie nun ein wenig steif, neben ihren Beinen drang Warmluft aus den Heizungsdüsen. Sie verließen Berlin in einem geheizten Personenzug. Es ging auf Mittag zu. Die Sonne hatte schon längst den Staub der Trümmerlandschaft abgeschüttelt und stand an einem gelben, milchigen Himmel. Bei Tageslicht sahen die Trümmer doch ganz passabel aus. Da entdeckten sie sogar ein paar heile Fenster, und es lebte und krabbelte und rauchte ganz schön in Berlin. Sogar Autos fuhren die Trümmerstraße entlang. Eine Luftmine hatte einen Platz freigelegt, damit eine Horde Berliner Jungs mit

Konservendosen Fußball spielen konnte. Es gab Geschäfte, in denen Kunden aus und ein gingen. Ganz bestimmt bimmelte dort die Ladentür so gemütlich wie im Jokehner Krug. Sie fuhren an einer Bäckerei vorbei, die einen geschmückten Weihnachtsbaum vor die Tür gestellt hatte.

»Ist bald Weihnachten?« fragte Peter seine Mutter.

Die wußte es nicht genau und blickte sich fragend im Abteil um.

»Ist heute schon Heiligabend oder erst morgen?«

Sie redeten alle durcheinander, aber genau wußte es keiner. Erst als die Majorsche auf ihrem Weg zum Abort bei ihnen vorbeikam, erfuhren sie es.

»Morgen ist Heiligabend«, sagte sie.

Der Zug rangierte noch den ganzen Tag über und eine Nacht lang zwischen den Seen und Kiefern der Mark umher, hielt lange, sehr lange auf einem Abstellgleis des Güterbahnhofs Rathenow, bis er sich endlich am Mittag des Heiligen Abends entschloß, in die Stadt Brandenburg an der Havel einzulaufen.

Ein langer Fußmarsch vom Brandenburger Bahnhof durch die Stadt.

»Da draußen ist ein gemütliches, warmes Lager«, sagte der Einarmige von der Stadtverwaltung, der sie in Empfang genommen hatte und vorausging.

Der Haufen zog sich mächtig auseinander. Hermann und Peter hatten Tulla getroffen. Zu dritt begleiteten sie den Einarmigen an der Spitze des Zuges, während die alten Frauen zurückblieben. Sie kamen an den Brennaborwerken vorbei, die von russischen Militärposten bewacht wurden.

»Brennabor baut nach wie vor einen Auspuff wie'n Kanonenrohr«, reimte der Einarmige und lachte.

Danach das Lager.

»Früher waren hier Gefangene«, erklärte der Einarmige. »Aber die Rote Armee hat sie befreit.«

Viel Licht am Eingang. Ein roter Stern. Nein, nicht wegen Weihnachten. An Weihnachten erinnerte nur der Tannenbaum vor dem Pförtnerhaus. Aber so groß wie die Verpflegungsbaracken der Wehrmacht in Drengfurt sahen die Brandenburger Baracken nicht aus. Lieber Himmel, wäre das ein Fest, in eine Baracke mit Käsedosen, Zwieback und Marmelade zu kommen!

»Die haben immer noch Stacheldraht«, stellte Peter fest und zeigte auf den hohen Zaun, der die Barackenwelt umgab.

Auf dem Vorplatz vor dem Pförtnerhaus sammelten sich die Menschen. Der Einarmige suchte einen erhöhten Standort, fand ihn auf einem Marmeladeneimer. Er begann seine Begrüßungsansprache, wünschte den Angekommenen viel Glück im neuen Deutschland, verhehlte nicht, daß die Not noch groß sei, man aber gemeinsam eine bessere sozialistische Welt aufbauen wolle. Schuld an der ganzen Schweinerei hätten die Hitleristen.

Ja, ja, ist schon gut. Sie wollten ja alles glauben, wenn es nur bald etwas zu essen gebe und einen kleinen Ofen mit einem Feuerchen.

»Die sehen aus wie unsere Hitlerjungen«, flüsterte Hermann leise zu Peter und zeigte auf eine Gruppe Jungs, die hinter dem Einarmigen Aufstellung genommen hatte.

»Aber die Uniform ist anders«, antwortete Peter.

Ja, natürlich, die Uniform war anders. Jetzt trat der Einarmige zurück, und die Jungs sangen mit glockenheller Stimme. Was singt man denn im neuen Deutschland? Was singt man bei solchen Anlässen? Weihnachtslieder? Nein, die Brandenburger sangen: Brüder, zur Sonne zur Freiheit.

»Das haben wir bei unserem Dorfgemeinschaftsabend in Jokehnen auch gesungen«, meinte Peter. »Da kam auch so viel Freiheit und Sonne vor.«

»Nein, das war ein bißchen anders«, erwiderte Hermann.

»Aber die Melodie ist die gleiche«, beharrte Peter. »Da konnte man auch so zackig mitmarschieren.«

Hermann schüttelte den Kopf.

»Nein, auch die Melodie war ein bißchen anders.«

Nach dem Gesang führte der Einarmige sie zur Lagerküche, wo ein Notdienst des Küchenpersonals aus Milchkannen heißen Kaffee einschenkte. Dazu gab es – nein, dieser Anblick! – einen schmalen Streifen Pfefferkuchen, einmal der Breite nach über das Backblech geschnitten. Das war Weihnachten!

Danach Verteilung auf die Baracken. Die Jokehner nahmen Nummer 22 in Besitz. Peter wollte Tulla auch in 22 unterbringen, aber Tullas Mutter war schon in Nummer 18 eingewiesen. Erst einmal Holz reinholen und Feuer anzünden. Dann rein in die doppelstöckigen Betten. Hermann und Peter krochen nach oben. Dort konnten sie im Liegen bequem an die Holzdecke klopfen und die ins Holz geschnittenen Autogramme unzähliger Lagerinsassen entziffern, deutsch und kyrillisch einträchtig nebeneinander.

»Nun sind wir also da«, sagte Peters Mutter erleichtert, als sie alle auf ihren Strohsäcken unter den von dem Einarmigen ausgegebenen Decken lagen.

Über Peters Bett stand mit Bleistift tief ins Holz gedrückt:

»Alles Scheiße, deine Elli!«

In der ersten Nacht starben viele. Es war die Heilige Nacht, die sie sich ausgesucht hatten. Das Ende einer langen Erschöpfung. Das Ende aller Hoffnungen, die

die Reise noch erträglich gemacht hatten. Erschien die Wirklichkeit am Ende dieser langen Reise so trist, daß es sich leichter starb? Nein, sie war es nicht, denn morgens gab es heißen Kaffee und abgewogene 150 Gramm Brot, mittags Pellkartoffeln, manchmal Graupen- und Erbsensuppe, abends sogar ein Stück Schmelzkäse. War das kein Lebensinhalt?

Es läßt sich so einfach leben, wenn man nur auf die Mahlzeiten zu warten hat. Da weiß jeder, worauf es ankommt. Nach dem Aufstehen – die Lagersirene heulte seit Kriegsende nicht mehr – ging es zum Waschen in die Waschbaracke. Bei Kälte kann das ein sehr unangenehmer Gang sein, so daß man lieber darauf verzichtet. Hermann und Peter schenkten sich das Waschen meistens und zogen nach dem Ankleiden sofort zu Nummer 18, um Tulla abzuholen. Mit Tulla ging es zum Kaffee- und Brotempfang. Schon um halb acht stand eine Schlange vor der Küchenbaracke. Die Menschen traten sich die Füße warm, spähten durch die Scheiben in die Küchenbaracke, wo wohlgenährte Frauen Kübel entleerten, Brot in Scheiben schnitten und abwogen. Man rätselte herum, welches Mittagessen für diesen Tag zu erwarten sei. Ein angenehmer Zeitvertreib.

Um acht Uhr öffnete sich die Doppeltür, ein Schwall Warmluft verdampfte. Die Rationen wurden verteilt, ziemlich rasch war das erledigt. Die Jungs wanderten mit Tulla in der Mitte durch das Lager und kauten ihr Brot. Zur Handwerksbaracke, wo die Kreissägen kreischten. Von dort zur Rote-Kreuz-Station. Peter las, holprig buchstabierend, das Namensschild am Eingang: Dr. Jenussek, Schwester Agnes, Schwester Karin. »Ob da viele Kranke drin sind?« fragte Tulla.

Hermann sprang an den Fenstern hoch, konnte aber nicht über die straff gespannten Scheibengardinen blicken.

»Ich habe schon mal eine Spritze gekriegt«, behauptete Tulla stolz. Die gab richtig an mit ihrer Spritze, die sie vor zwei Jahren in den Hintern bekommen hatte. Eine unerhört dicke Spritze, fast so ein Apparat, wie die Mutter ihn hatte, um Schlagsahne auf die Torte zu spritzen. Torte? Schlagsahne? Was war das?

Sie wollten am Pförtnerhaus vorbei auf die Straße, wollten die Lastautos aus der Nähe ansehen und die russischen Militärfahrzeuge, die zu Schießübungen in die Mark fuhren. Aber der Pförtner sagte: »Ich kann euch nicht durchlassen, Kinder, wir haben doch Quarantäne.«

Die drei sahen ihn verständnislos an. Was ist Quarantäne?

»Na, das ist doch«, fuhr der alte Mann fort, »weil wir in Nummer sieben Typhus haben. Ihr könntet die Krankheit in die Stadt schleppen.«

Also eingesperrt.

Peter musterte den Stacheldrahtzaun, der das Lager umgab, taxierte seine Höhe, er suchte den Zaun nach undichten Stellen ab.

»Die draußen wollen nichts mit euch zu tun haben«, erzählte der Mann weiter. »Ist doch klar: Typhus und Läuse. Und die hier aus dem Lager haben schon immer geklaut. Die draußen haben Angst, daß ihr über die Schrebergärten und Kartoffelmieten auf dem Land herfallt.«

Sie hätten dem Alten noch eine Weile zugehört, wäre Peter nicht zur Latrine abgerufen worden. Seit einigen Tagen plagte ihn die Scheißerei. Er durfte sich nicht zu weit von der Kotgrube entfernen, die an der Rückseite von Nummer 25 ausgehoben worden war. Während Peter durch das Lager zu der von Strohmatten abgeschirmten offenen Grube mit dem täglich frisch gescheuerten Balken trabte, blieben Hermann und Tulla am Lagereingang. Hermann freute sich, daß er mit Tulla allein sein durfte, wunderte sich auch, daß er sie mit anderen Augen sah als vor zehn Monaten in Jokehnen. Er mochte ihre langen, braunen Zöpfe. Es störte ihn auch nicht der Gedanke, daß die Zöpfe schon wieder voller Läuse steckten. So schnell kriegen die das Ungeziefer bei einer Entlausung nicht heraus. Hermann griff nach diesen Zöpfen, zog daran so heftig, daß Tulla aufschrie, sich losriß und davonrannte. Er jagte hinterher. Sie tobten die Lagerstraße entlang, versteckten sich hinter Baracken und Mülltonnen, kicherten und kreischten und rannten schließlich einer alten Frau vor die Füße, die nasse Wäsche aus dem Waschraum zu ihrer Baracke trug, um sie am Ofen über die Leine zu hängen.

Als Peter mit blassem Gesicht zurückkehrte – sehr langsam kam er die Lagerstraße entlang –, schüttelte er den Kopf über diese verrückte Toberei. Was unternehmen wir jetzt? Mal zur Lagerküche bummeln. Sie lungerten vor dem Eingang zur Küchenbaracke, musterten jeden, der ein oder aus ging, durchwühlten den Abfallhaufen, ohne etwas Brauchbares zu finden.

»Was gibt es heute zu essen?« fragte Peter eine Frau, die Holz in die Küche trug.

»Kapusta«, sagte sie lachend.

Vielleicht gab es etwas extra, wenn sie der Frau halfen, Holz in die Küche zu tragen. Sie trugen gerade den ersten Armvoll Holz in die Küche, als das Auto mit dem Lautsprecher auf dem Dach auftauchte, das sie alle kannten. Es fuhr die Lagerstraße auf und ab und teilte mit, daß wieder eine ärztliche Untersuchung im Waschraum vorgesehen sei. Auch eine Abwechslung des eintönigen Lagerlebens. Alle antreten. Frauen und Kinder um zehn Uhr, die wenigen Männer gegen halb zwölf. Mittagessen gibt es erst, wenn alle untersucht sind. Peter rechnete schon zu den Männern, aber Hermann durfte mit Tulla und den Frauen zur Zehn-Uhr-Untersuchung in den Waschraum. Da sah er Tulla zum erstenmal nackt, nur mit ihrem langen Haar. Mein Gott, inmitten der verknöcherten alten Rücken, der gelben, faltigen Haut, der hängenden Bäuche und Brüste, der schmutzigen, eiternden Beine sah Tulla aus wie ein blasser, zarter Engel.

Wieder ein Morgen. Nach der Brotausgabe nahm Peter Hermann beiseite und ging zum Lagerzaun. Wortlos hob er den Draht und zeigte auf ein Loch, groß genug, um auf dem Bauch hindurchzurobben. Sie holten Tulla ab. Peter kroch als erster, dann Hermann, zum Schluß Tulla, die sich vergeblich bemühte, ihr Kleid nicht schmutzig zu machen.

Nun waren sie draußen. Sie marschierten planlos ins Gelände, näherten sich dem Militärflughafen, dessen zerschossene Hallen einige Kilometer entfernt am Waldrand sichtbar waren. Die öde Betonlandschaft, verunstaltete Einsamkeit mit zerfetzten Bäumen, Bombentrichtern und zu Bruch gegangenen Heinkelmaschinen, ängstigte Tulla. Sie wäre am liebsten ins Lager zurückgelaufen. Tulla zuliebe machten die Jungs einen Bogen um das Trümmerfeld und steuerten auf die Gartenhäuser am Stadtrand zu. Da zog der warme, weiße Rauch aus den Schornsteinen eines geregelten, gemütlichen Lebens. Die Gärten sahen gepflegt aus, die Zäune glänzten in Farbe. Hinter einigen Fenstern stand noch der geschmückte Tannenbaum. Bis zum Dreikönigstag, dann wird er geplündert. Es gab Menschen in der Siedlung, die auf einem Fahrrad radelten, Postboten, ein mit Holz beladenes Pferdefuhrwerk, und ein Lastauto, das mit Holzkohle angetrieben wurde, verteilte Braunkohlensäcke. Da gab es Kinder, die mit einem Ranzen auf dem Rücken zur Schule gingen. Hunde, die die Fremden ankläfften. Vogelhäuschen und Talgringe an den Bäumen. Eine erstaunliche Welt!

Wer kam nur auf die Idee? Peter oder Tulla? Es ließ sich nachher nicht mehr genau feststellen. Tulla sagte jedenfalls: »Die haben bestimmt eine Menge zu essen.«

Peter dachte gleich ans Klauen. Wenn man im Dunkeln käme und die Gärten untersuchte. Vielleicht gab es eine Kartoffelmiete. Oder Rüben. Aber Tulla meinte: »Wir fragen sie einfach... Wir gehen an die Haustür und fragen, ob sie etwas für uns haben.«

»Das ist doch Betteln«, sagte Hermann.

Peter war sofort begeistert. »Ob nun Betteln oder nicht... Tulla geht an die Tür und sagt... Was sagt man am besten?«

»Warum ich?« fragte Tulla.

»Mädchen kriegen mehr«, erklärte Peter.

Sie übten gemeinsam den Spruch, den Tulla aufsagen sollte: »Ich bin ein armes Flüchtlingskind und habe nichts zu essen.«

Schon beim erstenmal klappte es. Tulla bekam für jeden einen Apfel. Dann hatten sie Pech. Einmal wurde nicht geöffnet, vor dem nächsten Haus empfing sie ein Hund. Aber schließlich gab es Weihnachtskekse, Mohrrüben, ein Stück sehr trockenes Brot.

Es wurde ein Rausch des Einsammelns und Essens und Taschevollstopfens. Sie nahmen die geraden Hausnummern auf der rechten Seite, auf dem Rückweg die ungeraden, machten auch einen Abstecher in eine Parallelstraße, mochten gar nicht aufhören.

»Das können wir unmöglich alles ins Lager schleppen«, stellte Peter fest.

Hermann schlug vor, die Beute zum verlassenen Flugplatz zu tragen. Dort fanden sie eine halbdemolierte Holzkiste, in der sie alles verstauten. Unter Kiefernzweigen im Wald neben dem Weißblech eines ausgebrannten Jägers versteckten sie ihren Reichtum aus Kartoffeln, Möhren und Rüben. So, das wäre geschafft.

Sie waren so satt, daß sie sich nicht einmal beeilten, rechtzeitig zum Mittagessen ins Lager zu kommen. Sie bummelten über die Felder, warfen mit Steinen nach aufgescheuchten Hasen und holten Porzellanglocken von den Telefonmasten. Sie schwelgten in künftigen Unternehmungen außerhalb des Lagerzauns, dort in der Welt der Schrebergärten, der warmen Häuser mit Bratäpfeln und Pellkartoffeln.

»Ist euch auch so heiß?« fragte Peter plötzlich.

Er setzte sich auf einen Stein und stützte den Kopf in beide Hände.

»Vielleicht hast du was Schlechtes gegessen«, meinte Tulla, besorgt wie eine Krankenschwester.

Für die letzten hundert Meter bis zum Loch im Lagerzaun brauchten sie eine Viertelstunde. Peter schaffte es nicht schneller, mußte sich immer wieder hinsetzen.

»Du hast bestimmt Fieber«, sagte Tulla.

Sie zogen Peter unter dem Draht durch, wie man einen Kartoffelsack durchzieht. Da lag er erschöpft hinter den Strohmatten der Latrine.

»Nur ein Stückchen noch, dann haust du dich ins Bett und schläfst«, ermunterte ihn Hermann.

Sie stützten ihn bis zur Lagerstraße. Dort kam ihnen Peters Mutter entgegen. Sie nahm Peter auf den Arm, tatsächlich auf den Arm wie einen kleinen Jungen. Sie trug ihn in die Baracke. Weg war er, Peter Aschmoneit.

Hermann stand mit Tulla allein auf der Lagerstraße. Ob sie noch zum Essen gehen sollten? Klar, warum etwas verschenken?

Nach dem Essen gammelten sie unentschlossen die Lagerstraße auf und ab.

»Na, jetzt kommt ihr bald raus«, sagte der alte Pförtner. »Vielleicht nach Thüringen oder Schleswig-Holstein. Wenn eine Woche lang kein neuer Typhusfall auftritt, ist die Quarantäne zu Ende.«

»Wo ist Thüringen?« fragte Tulla.

Der Pförtner wußte es auch nicht genau. Aber es mußte sehr schön sein in Thüringen. Die aus dem Lager hatten sich immer gefreut, wenn es nach Thüringen ging. Einige hatten sogar von Thüringen geschrieben. In Thüringen gibt es Berge, die über und über mit Apfelbäumen bepflanzt sind. Man stelle sich vor, im Sommer in einem solchen Land zu leben!

»Das ist das grüne Herz Deutschlands«, sagte der alte Pförtner feierlich.

Als es zu dunkeln begann, ging Hermann in die Baracke 22. Peter hatte wirklich Fieber. Seine Mutter saß neben ihm auf der Bettkante und kühlte seine Schläfen. Hermann kroch nach oben, legte sich in sein Bett und blickte zu Peter hinunter.

»Mit Tulla allein gehe ich nicht durch den Zaun«, versprach er. »Wir warten, bis du gesund bist.«

»Hinter dem Wald ist ein Dorf«, phantasierte Peter im Fieber. »Richtig mit Bauernhöfen.«

»Da gehen wir hin, wenn du wieder laufen kannst«, sagte Hermann.

»In dem Dorf kriegen wir alles«, flüsterte Peter.

»Sei still, Junge.«

»Die haben sogar Wurst, Räucherwurst und Leberwurst.«

»Sei still, Junge!«

Plötzlich bäumte Peter sich auf und rief: »Trinken, gib mir Trinken!« Frau Aschmoneit holte den lauwarmen Tee vom Ofen. Aber als sie mit der Kanne ans Bett trat, wollte Peter nicht mehr trinken. Er war in sich zusammengesunken, hielt die Augen geschlossen.

»Mein Gott, der ist ohnmächtig!« schrie Frau Aschmoneit. Sie rannte hinaus, schlug den kürzesten Weg zur Rote-Kreuz-Station ein.

»Ohnmächtig sein ist gar nicht schlimm«, sagte Hermann von oben. »Ich war doch auch ohnmächtig auf dem verdammten Bahnhof zwischen Frankfurt und Berlin. Und nachts hast du mich geweckt, als wir durch Berlin fuhren. Ohnmächtig ist so gut wie schlafen.«

Es dauerte ziemlich lange, bis Frau Aschmoneit mit der Schwester Karin kam.

»Der schläft nur«, behauptete Hermann, als die Schwester sich über Peter beugte.

Sie griff an seinen Kopf, riß das Hemd von der Brust, nahm Peters Hand und fühlte den Puls. Sie schien zu zählen. Oder warum starrte sie so unbeweglich auf die Barackenwand? Tat nichts, sagte nichts. Mein Gott, was war los mit Peter Aschmoneit?

»Von wegen schlafen«, sagte die Schwester leise, »der ist tot.«

Sie stand auf, blickte niemand mehr an, ging zur Tür und sagte nur noch: »Ich hole den Doktor.«

Aus. Vorbei, Peter Aschmoneit. Warum wolltest du nicht mitkommen ins grüne Herz Deutschlands, wo die Berge voller Apfelbäume sind? Oder nach Schleswig-Holstein. Vielleicht auch zurück nach Jokehnen. Übermorgen geht vielleicht schon der Transport. Es steht immer am Schwarzen Brett neben der Essensausgabe, wann ein Transport geht. Aber wenn du Typhus gehabt hast, verlängern sie die Quarantäne.

Und wie beerdigen wir dich, Peter Aschmoneit? Nur keine Umstände. Da holt dich ein Wagen ab. Gleich, sofort. Keine Stunde lassen die dich länger in der Baracke. Wegen der Ansteckungsgefahr wirst du verbrannt.

Die aus dem Lager werden alle verbrannt.

Nein, weiter. Nach Thüringen oder Schleswig-Holstein. Ob man in Thüringen Kartoffeln klauen kann? Mein Gott, vielleicht übermorgen schon in aller Frühe zum Bahnhof.

Wie lange fährt man von Ostpreußen nach Deutschland? Viele sind nicht angekommen:

Karl Steputat	starb am 16. Juni 1945 in einem Lager an der Grenze zwischen Europa und Asien.
Martha Steputat	starb am 2. Oktober 1945, vier Tage vor ihrem 42. Geburtstag, in einem Lager bei Kubitschew an der Wolga.
Heinrich aus Masuren	wurde in einer Scheune hinter Bartenstein erschossen.
Onkel Franz	marschierte in einer Kolonne nach Osten und kam nicht mehr zurück.
Tante Hedwig	betete in der katholischen Kirche zu Rößel und fuhr im Mai 1946 im Güterwagen nach Deutschland.
Die Schubgillasche	wird ihre Kinder im Holsteinischen durchbringen. Mit Ährensammeln, Kartoffelstoppeln, mit ein bißchen Stehlen und viel, viel Arbeit. Sie wird sie alle zu anständigen, fleißigen Menschen machen und dann sterben.
Die Markowsche	hockte in einem Dorf auf der Frischen Nehrung und wartete auf den Frühling und den alten Hindenburg.
Kämmerer Mikoteit	fiel im Kampf um das Heilsberger Dreieck.
Krugwirt Wittkuhn	zog mit einer Kolonne nach Osten.

Die Wittkuhnsche	verschlug es nach Westfalen, wo sie noch viele Jahre den Verlust des Jokehner Krugs bejammerte.
Peter Aschmoneit	tot.
Frau Aschmoneit	fuhr mit einem Transport nach Thüringen, von dort nach Bayern. Sie heiratete wieder und brachte sogar noch ein Kind auf die Welt.
Die blinde Oma	wurde auf einem Acker bei Landskrohn begraben.
Die Woweriesche	liegt noch immer neben dem Eisenbahndamm.
Die kleine weiße Frau	starb am Fieber.
Samuel Mathern	verhungerte im Herbst 42 in einem Konzentrationslager.
Die Majorsche	hatte noch vier Jahre Zeit, in der Lüneburger Heide ihren Erinnerungen nachzuhängen, bevor sie starb.
Der Oberstleutnant	wurde in einem sächsischen Zuchthaus wegen Verschwörung gegen den Führer hingerichtet.
Melker August	hing in SS-Uniform ohne Stiefel an einem Lindenbaum in Kattowitz/Oberschlesien.
Else Behrend mit ihren Kindern	hatte in Danzig-Neufahrwasser ein Schiff nach Dänemark bekommen.
Bauer Behrend	war in ein Gefangenenlager in Südfrankreich geraten.
Chausseekratzer Schubgilla	lag mit einer Kopfverletzung in

	einem russischen Gefangenenlazarett, wird bald sterben.
Kommunist Seidler	wurde vor seinem Holzschuppen erschossen.
Die Jokehner Lehrerin	hatten sie in Elbing zu Tode vergewaltigt.
Lehrer Klose	war in den Ardennen gefallen.
Die Klosesche	kochte in einem russischen Lager Essen für deutsche Kriegsgefangene.
SA-Führer Neumann	geriet als Volkssturmmann in russische Gefangenschaft.
Ortsgruppenleiter Krause	verschwand im belagerten Königsberg.
Kutscher Borowski	gelangte mit einem Gutswagen bis nach Mecklenburg, fütterte die Pferde und wartete auf die Jokehner.
Der kleine Blonski	rauchte schon wieder schwarze Zigarren im Westen. In fünf Jahren wird er als Vertreter einer Weingroßhandlung zwischen Koblenz und Kassel herumfahren.
Hermann Steputat	elf Jahre alt. Wer nimmt ein übriggebliebenes Kind? Er stand ganz allein da. Da löste sich die Schubgillasche aus ihrer Kinderschar, ging auf Hermann zu, ergriff seine Hand und sagte: »Komm mit, Jungche, komm mit.«